KB150842

tiger woods

tiger woods

글
제프 베네딕트
아먼 케티언

번역
강한서

tiger woods

2022년 1월 20일 초판 발행

지은이 제프 베네딕트 & 아먼 케디언
옮긴이 강한서
발행인 전용훈
편 집 장옥희
발행처 1984
등록번호 제313-2012-44호
주소 서울시 마포구 동교로 194 혜원빌딩 1층
전화 02-325-1984
팩스 0303-3445-1984
홈페이지 www.re1984.com
이메일 master@re1984.com
ISBN 979-11-85042-37-4 03840

세상에서 최고의 여성이며 부인인 리디아에게

인내하고 영감을 주며 믿음을 준, 그리고 무엇보다도
사랑을 아끼지 않은 훌륭한 부인 디디에게

CONTENTS

tiger woods

PROLOGUE

마이크 몰러(Mike Mohler)는 천공기를 흙밭으로 몰고 가서 두 개의 묘비석 사이에 구멍을 뚫기 시작했다. 천공기는 마치 코르크 마개로 파고드는 와인 스크루 같았다. 2006년 5월 5일 금요일, 캔자스주 맨해튼의 선셋 묘지 흙은 포근한 기온으로 부드러웠다. 쿵쿵거리는 소리와 함께 대머리의 40대 묘지 관리인은 꼼꼼하게 묫자리를 판 뒤 흙을 옆에 쌓았다. 곧 이 도시에서 가장 유명한 이의 유골이 묻힐 예정이었다. 장례식을 아는 사람은 거의 없었으며, 마이크 역시 묵묵히 하던 일을 계속했다.

전날 밤 마이크가 TV를 보고 있을 때 전화벨이 울렸다. 밤 9시 즈음이었고, 전화기 너머의 상대는 누구인지 밝히지 않은 여성이었다.

"선셋 묘지에서 장례를 치를 예정입니다."

그녀가 말했다.

마이크는 무슨 전화를 이런 식으로 하나 싶었다. 더구나 제법 늦은 시간이기도 했으므로 퉁명스럽게 대꾸했다.

"사망하신 분이 누구신가요?"

마이크가 물었다.

"그건 말씀드릴 수 없습니다."

그녀가 잘라 말했다.

"흠, 제게 이름을 알려주시지 않는다면 저도 도와드릴 수 없습니다."

마이크도 단호했다.

"비밀 유지에 서명해 주신다면 알려드리겠습니다."

그녀가 말을 이었다.

마이크는 상대방에게 그렇게까지 할 필요는 없다고 설명했다. 그가 17년 전 묘지 관리인 일을 시작했을 때 이미 기밀을 유지하기로 서명했기 때문이었다.

"누구의 묏자리인지도 알아야 하고, 장지도 있는지 확인해야 합니다."

마이크가 말을 이어갔다.

그녀는 마이크에게 장지는 이미 정해져 있을 거라고 말했다. 그때 전화기 너머로 '그냥 누구인지 말해줘요.'라는 남자의 목소리가 들려왔다.

"저는 타이거 우즈를 대신해서 전화하는 겁니다. 그의 아버지가 사망했습니다."

전화기의 그녀가 마이크에게 알렸다.

얼 데니슨 우즈(Earl Dennison Woods) 중령은 2006년 5월 3일 캘리포니아주 사이프러스의 그의 자택에서 심장마비로 사망했다. 74세의 나이에 그는 담배와 술 그리고 암으로 인해 쇠약해져 있었다. 얼은 베트남에 두 차례나 복무했던 그린베레(Green Beret)*로 역대 가장 훌륭한 골퍼를 키우는 데 거의 신화 같은 역할을 했다는 세계적인 찬사를 받았다. 그가 생전에 기이한 발언을 했던 적이 있다. 일례로 그의 아들이 20세였을 때 그는 『스포츠 일러스트레이티드(Sports Illustrated, 이하 SI로 표기)』 지와의 인터뷰에서 '내 아들은 미래에 넬슨 만델라, 간디, 부처보다 더 영향력 있는 존재가 될 것이다.'라고 서슴지 않고 말했다. '그는 선택된 자이며 전 세계에 큰 파장을 일으킬 것이다.'라고 말하기도 했다.

* 미국 육군 특전부대(United States Army Special Forces (Airborne))는 미국 육군 특수 작전 사령부 예하의 특수부대 사령부이다. 흔히 그린베레(Green Berets)라는 별명으로도 알려져 있는데, 이것은 특수부대 자격 과정을 수료해 해당 부대에 소속하는 장병만 착용하는 초록 베레에서 유래한 것이다.

이런 말들이 어찌 보면 부담일 수 있겠지만, 타이거는 아버지만큼 자신을 잘 아는 이는 세상에 없고, 아버지를 절친이자 자신의 영웅이라고 언급했다. 이 부자는 역사상 가장 기억에 남을 만한 순간들을 함께했다. 1997년 타이거 우즈가 마스터스 토너먼트의 마지막 퍼트 후 기록적인 12타 차의 우승을 확정하는 순간 얼은 아들에게 상징적인 포옹을 선보였다. 이는 미국 역사상 골프 방송에서 최고 시청률의 순간이었다. 4,300만 명, 미국 가정의 15퍼센트가 넘는 이들이 화상으로 그 광경을 보고 있었다. 아버지와 아들이 서로 부둥켜안고 흐느끼며 얼의 '사랑한다, 아들아.'라고 말하는 그 순간이 수많은 골프 방송에 전파를 타고 나갔다.

하지만 마이크 몰러는 골프 프로그램을 시청하지 않았다. 그는 골프를 좋아하지도 않았다. 골프클럽조차 잡아 본 적도 없다. 그래도 그는 타이거 우즈를 훌륭하다고 여겼으며, 그의 아버지 묏자리를 준비하는 데에 자부심을 가졌다. 지도를 보면서 그는 얼의 묏자리를 확인했다. 5블록 12구역, 그의 부모인 마일스(Miles)와 모드(Maude) 우즈 사이였다. 1989년 묘지 관리인을 맡은 이후로 2만 건이 넘는 묏자리를 준비해 왔지만 얼의 묏자리는 유독 비좁아 보였다. 아마도 화장일 것으로 생각되었다. 그는 한 시간 정도 땅을 판 후 가로세로 12인치 정도를 42인치 깊이로 다듬어 갔다. 삽을 이용해서 흙을 긁어내고 끄트머리를 자로 잰 듯 반듯하게 다듬어서는 준비를 마치고 기다리고 있었다. 타이거와 쿨티다가 캘리포니아 남부에서부터 얼의 재가 담긴 10인치의 정사각형 나무상자를 들고 나타날 때까지.

다음 날 정오 즈음 리무진 두 대가 묘지 쪽으로 다가와서는 멈췄다. 타이거와 그의 부인 엘린(Elin), 타이거의 어머니 쿨티다(Kultida)가 첫 번째 차에서 내렸다. 두 번째 차에선 얼과 전처 사이에서 태어난 삼 남매가 나왔다. 마이크와 그의 부인 케이(Kay)가 그들을 마중했다. 20분 정도의 장례식 후에 쿨티다는 캘리포니아 남부에서 가져온 남편의 유골 상자를 마이크에게 건넸다. 마이크는 상자를 묏자리에 안장하고 시멘트로 덮었다. 타이거 가족들이 지켜보는 가운데 마이크는 묏자리를 흙으로 채우고 편편하게 다져서 잔디를 올렸다. 그리고 가족들은 리무진에 다시 올라탔고, 얼이 유년 시절을 보낸 동네를 잠시 둘러본 후에 공항으로 돌아갔다.

며칠 후 얼 우즈가 선셋 묘지에 안치됐다는 소식이 알려지자 지역의 머릿돌 묘비석을 제작하는 맨해튼 모뉴먼트에선 큰 대리석을 미리 주문했다. 그리고 마이크를 불러 물었지만 원하는 대답을 들을 수는 없었다. 타이거나 그의 어머니는 머릿돌에 대해 아무런 언급도 하지 않았다.

처음에 마이크는 얼의 가족에게 시간이 조금 더 필요할지도 모른다고 생각했다. 사람들은 각기 다른 방식으로 애도하는 걸 마이크는 알고 있었다. 하지만 5년, 10년이 지나도 타이거의 가족은 묘비를 주문하지 않았다.

"묘석이 없습니다." 2015년 마이크가 밝혔다. "그의 무덤에는 표식이 없습니다. 얼 우즈가 있는 자리를 알 수 있는 유일한 방법은 지구상에서 그가 묻힌 구역을 표시하는 모퉁이를 찾는 겁니다. 지도가 있어야 찾을 수 있습니다."

결국 얼 데니슨 우즈는 캔자스의 땅, 표식 없는 묘지에 묻혔다. 비석이나 문구 따위는 아무것도 없다.

"심지어 거기에 있는지조차 모르겠습니다."

마이크가 말했다.

타이거 우즈는 진정 핼리 혜성이 오는 정도의 확률로 대변할 수 있는, 스타를 초월한 스타임엔 분명하다. 그야말로 전무후무한 골퍼이며, 의문의 여지 없이 현대 역사에서 가장 위대한 운동선수로 평가받는다. 1994년 8월, 고등학교 3학년 때 처음 US 아마추어를 우승한 때부터(3년 연속 우승이었다.) 2009년 11월 27일, 역사상 가장 위대했던 골퍼는 SUV를 몰고 나무로 돌진하면서 순식간에 추락하고 말았다. 하지만 단연코 그는 심장을 뛰게 하는 드라마와 엔터테인먼트의 소용돌이 중심이었고, 역사상 TV에 담은 스포츠 중 기억에 남는 몇 안 되는 장면의 주인공이다.

우즈는 앞으로도 메이저 우승 면에서 우위에 있는 잭 니클라우스(Jack Nicklaus)

의 업적과 비교될 것이다. 하지만 '타이거 효과'는 통계적으로 비교 불가일 것이다. 형식적인 비유라면 가능하겠으나 놀라움과 경외를 끌어내는 그의 천재적인 능력은 현존하는 셰익스피어이다. 타이거 우즈는 진정 이전에도 없었고, 앞으로도 없을 그런 존재이다.

골프에 관한 한 우즈의 업적은 독보적이다. 메이저 대회를 우승한 최초의 아프리카계 미국인이며, 최연소이다. 메이저 우승 통산 14승, 투어 통산 79승*, 통산 승수로는 샘 스니드(Sam Snead)의 82승 다음이다. 유럽, 아시아, 비공식 대회 등에서의 우승을 포함하면 100승을 훌쩍 넘는다. 투어 역대 최다 연속 본선 진출 기록 8년 동안 142경기이며, 최장기간 세계 랭킹 1위 기록인 683주도 보유하고 있다. PGA 투어 올해의 선수상을 열한 차례나 수상했고, 시즌 최저타상의 영예도 아홉 차례나 누렸다. 그가 투어에서 거둬들인 공식 상금은 1억 천만 달러가 넘는다.(이 또한 깨지기 힘든 기록) 그가 나왔던 대회에선 미국이든 미국 밖이든 간에 갤러리 입장 기록과 TV 시청률은 항상 기록을 경신했다. 그가 투어에서 카리스마 넘치는 존재감으로 활동해 온 20년 동안 PGA 투어의 상금 규모는 천정부지로 치솟았다. 데뷔 해인 1996년 투어 총상금이 6,700만 달러였고, 2017~2018 시즌엔 3억 630만 달러, 대회별 평균 150만 달러에서 740만 달러로 그야말로 폭등이라 할 수 있다. 또한 같은 시기에 백만 달러 투어 골퍼가 400명이 넘어서게 됐다. 한마디로 말해 타이거 우즈는 총체적으로 골프의 얼굴을 완전히 갈아치운 셈이다.

타이거 우즈의 전성기에 미국 내 골프 시청률이 널슨 기준으로 NFL, NBA를 앞서는 건 다반사였다. 광고 모델로의 타이거 우즈는 나이키, 아메리칸 익스프레스, 디즈니, 질레트, 제너럴 모터스, 롤렉스, 액센추어, 게토레이, 제너럴 밀스, EA 스포츠 등의 TV, 옥외, 잡지, 일간지의 광고를 장식했다. 프랑스, 태국, 영국, 일본, 독일, 남아공, 호주, 두바이를 방문했을 땐 어마어마한 사람들이 그를 보기 위해 몰

* 원서 발간 당시 기록이며, 한글판 발간 시점에선 82승.

려들었다. 왕과 회장들이 그를 위해 등장했고, 기업들은 그의 마음을 얻으려고 안간힘을 썼다. 록스타부터 할리우드 배우들은 타이거 우즈를 열망했으며, 여성 팬들은 그와 함께 침대에 오르길 원했다. 어쨌든 20년 동안 타이거는 가장 유명한 운동선수였다.

타이거는 그렇게 골프의 최정상에 있으면서도 언제나 외로웠다. 글자 그대로 매우 외로웠다. 그는 골프 코스에선 본능적으로 제압하는 존재였다. 하지만 비디오 게임을 한다던가, TV를 본다던가, 골프 연습이나 운동할 때에는 혼자 하기를 좋아하는 매우 내성적인 사람이다. 그의 유년 시절을 돌이켜보면 밖에서 친구들과 보낸 시간보다 혼자 있는 시간이 더 많았다. 외동으로 자란 그는 일찌감치 진심으로 믿고 의지해야 할 대상은 부모뿐이었다. 그의 부모 역시 그런 식으로 교육했다. 그의 아버지는 골프 멘터, 현자, 통찰력 있는 사람, 절친한 친구의 역할을 맡았다. 어머니 쿨티다는 엄하게 가르치며 헌신으로 그를 보호했다. 이 두 사람이 합해 다져놓은 성공의 길은 아들 외에는 절대로 들어올 수 없는 어마어마한 난공불락의 요새와 다름없었다. 타이거와 골프 위주로 삶이 펼쳐졌던 캘리포니아 남부에 있는 그들의 집안 법도는 명료했다. 가족이 전부였다.

우즈 가족 간의 이러한 동력은 타이거를 신비에 싸인 골퍼로 완성시켰다. 사생활에 대한 집착은 대중 속에서도 투명인간처럼 모습을 보이지 않게 하고, 말을 하고 있어도 그 속내를 드러내지 않는 신비한 능력을 갖추게 했다. 그는 두 살부터 TV에 등장했고, 유년 시절 동안 지면이나 잡지에 실리면서 존재감을 드러냈다. 그러나 다른 한편으로는 그의 진실한 가족사와 개인의 삶이 제한된 인터뷰, 섬세하게 구성된 보도자료, 신화적인 이야기, 반쪽 진실, 난해한 광고 활동, 지라시, 일간지 헤드라인 등을 통해 여전히 베일에 싸여 있었다.

이런 점에서 타이거의 대변인 글렌 그린스펀(Glenn Greenspan)이 이 책을 위한 인터뷰를 거절했다는 점은 그리 놀랄 일이 아니었다. 아니 더 정확히 말하자면, 그 어떤 인터뷰를 하기 전에 이야기의 소스에 대해 누구와의 대화였는지, 소스 제공자가 뭐라 얘기했는지, 우리가 질문할 것들이 구체적으로 어떤 내용인지 등 우리의 조건에 절대로 부합하지 못했다. 우즈의 어머니 쿨티다도 결국 우리의 인터뷰에 응하지 않았다. 하지만 우즈의 오랜 카이로프랙틱 치료사는 우즈의 전반적인 치료와 운동력 향상 약물과 관련된 이야기는 공개하기로 결정했다.

포괄적인 접근을 위해 타이거 우즈와 관련된 20권이 넘는 책자를 모조리 정독했다. 그 책 중 우즈가 직접 관여한 책, 그의 아버지, 전 스윙코치, 전 캐디, 아버지 얼의 첫 번째 부인인 바버라 우즈 게리(Barbara Woods Gary) 등과 관련된 것들이 있다. 또 훌륭한 저널리스트들로 명성을 떨친 톰 캘러핸(Tom Callahan), 존 파인스틴(John Feinstein), 스티브 헬링(Steve Helling), 로버트 루스티치(Robert Lusetich), 팀 로사포르티(Tim Rosaforte), 하워드 손스(Howard Sounes), 존 스트리지(John Strege)에게서도 정보를 얻을 수 있었다. 그리고 《1997년 마스터스: 나의 이야기(*The 1997 Masters:My Story*)》(타이거 우즈와 로언 루벤스타인(Lorne Rubenstein) 저, 2017년 발간, 타이거의 오거스타에서의 역사적인 우승에 관한 이야기를 담았다.), 타이거 우즈의 전 스윙코치 행크 헤이니(Hank Haney)의 《빅 미스: 타이거 우즈의 스윙코치를 맡았던 나의 이야기(*The Big Miss:My Years of Coaching Tiger Woods*)》 이 두 권의 책에서도 매우 소중한 정보를 얻을 수 있었음에 감사한다. 우리의 이야기에 진정성을 담기 위해 두 권의 책에 대해선 의견, 사실, 설명 등을 철저하게 분석했다. 덧붙여서 불교, 해군 특수부대, 영재, 성공, 골프 관련 사업, 성 중독, 강박 행동, 부정, 운동력 향상 약물 등에 대해 다방면으로 조사했다. 동시에 타이거 우즈의 태생부터 중요한 이벤트나 순간을 연대기로 120페이지에 달하는 분량을 종합적으로 구성하는 데에 수개월을 할애했다. 또 1996년부터 2017년까지 타이거 우즈의 약 320건의 공식 기자회견 내용과 더불어 뉴스 방송사, TV 방송 출연 등 그가 허가한 여러 인터뷰 원고 또한 살펴봤다. 『SI』 연구원의 도움으로 일간지, 잡지, 저널 기사에서 발췌한 타이거 우즈의 이야기도 인용했다. 그리고 NBC, CBS, 골프 채널 'PGA TOUR'의 제공으로 100시간이 넘는 타이거 우즈의 골프장 안팎의 영상들을 감수했다.

3년 동안 우리는 타이거 우즈 인생에 여러 방면으로 관여했던 250명이 넘는 주변 인물들과도 400건이 넘는 인터뷰를 진행했다. 그중에는 타이거의 스윙코치이면서 그와 친구처럼 가까이 지냈던 인물은 물론 타이거의 초창기 티칭프로에서부터 진정한 첫사랑까지의 이야기도 담았다. 이 책의 내용 중에는 이전에는 인터뷰에 응하지 않았거나 인터뷰하지 않았던 이들도 있다. 타이거의 아마추어 시절 금전적인 후견인, 타이거가 마스터스에 출전하는 동안 집을 내줬던 집주인, 가까운 여자친구, 함께 일했던 직원, 사업 파트너, 스쿠버 다이빙 교습가, 아일워스의 이웃, 그와 이면에서 일했던 IMG, 나이키, 타이틀리스트, EA 스포츠, NBC 스포츠, CBS 스포츠 관계자들이 바로 그들이다.

일찌감치 우리는 타이거 우즈가 중요시하는 두 가지의 키워드를 발견했다. 그것은 바로 남의 눈을 피해 있는 프라이버시와 의리였다. 타이거의 전 에이전트 J. 휴스 노턴 3세(Hughes Norton III)부터 타이거 ETW사의 전 직원까지 기밀 유지 협약서에 서명한 터라 우리에게는 함구로 일관했다. '그의 주변인들은 물론이고, 나도 계약서나 여러 법 관련 문서에 서명하도록 지시를 받았다.'고 전 직원이 이메일을 통해 답변했다. 공인으로서, 특히 타이거나 그의 가족 가까이 있는 이들에게는 더더욱 그런 기밀 유지를 엄격하게 요구했다. 타이거는 그의 과거에 대한 평범한 내용까지도 관리하기 위해 여러 단계의 특별한 보호망을 뒀다. 예를 들어 그의 고등학교 졸업 앨범조차 다른 누구에게도 보여주지 않기를 개인적으로 요청해두었을 정도였다. 그리고 놀랍게도 공립학교 행정관리부서는 그의 졸업 앨범을 공개할 수 없다고 우리에게 답했다.(대신 우리는 지역의 도서관에서 그의 졸업 앨범을 열람할 수 있었다.) 의리와 관련된 것은 우리가 만나는 개인들 대부분 '그건 타이거하고 이야기해야겠습니다.'라며 한발 물러나는 경우가 많았다. 타이거의 고교 동기 중 어떤 이는 우리가 단순히 애너하임의 웨스턴 고등학교에 대해 알고 싶다고 말했을 뿐인데도 먼저 타이거의 허락을 받아야겠다고 했다. 우리는 그에게 그럴 필요까진 없다고 말했다.

이러한 모든 것들이 하나의 질문을 떠오르게 했다. '왜 이렇게 프로젝트 첫 단계부터 태클이었을까?' 그 답변은 간단하다. 이 세상에서 단 하나의 단어로 알려진 사람은 거의 없다는 것. 논란의 여지는 아직 있지만, 타이거는 현대에서 가장 위대한 골퍼이면서 소수의 특권층 무리에 속해 있다. 그의 이야기는 골프라는 영역을 넘어섰고, 그의 영향력은 지구 전체에 미쳤다고 볼 수 있다. 그러나 지금까지 그에 대한 포괄적인 전기는 없었다. 이 책은 그의 전면적인 관점과 함께 그의 태생부터 웅장한 등장, 몰락, 부활에 미친 그의 부모의 역할 등에 대해 다뤘다. 미국 대학 풋볼의 복잡한 세계를 심도 있게 분석한 《더 시스템(*The System*)》이란 책을 마친 후, 우리는 또다시 오를 다른 산을 찾고 있었다. 그리고 '우즈 산'만큼 인상적이고 신나는 주제는 없을 거라 여겼다. 우리의 목표는 첫 페이지부터 뭔가 신선하고 흥미로운 사실이 이어지는, 그리고 비록 받아들이기 어려운 부분이 있을지라도 진정한 아메리칸 아이돌의 완전한 인간을 묘사하려 애를 썼다.

이 책은 그러한 것의 묘사이다.

CHAPTER ONE

디 엔드

역사상 가장 영향력 있는 선수인 그는 맨발에 몸을 제대로 가누지도 못하면서 걸어 잠근 화장실 문 뒤로 숨었다. 몇 년간 은밀한 일상의 흔적을 지워 왔다. 하지만 이번엔 그러지 못했다. 그의 부인이 결국 눈치채고 말았다. 그렇지만 그녀는 아는 것보다 모르는 것들이 훨씬 많았고, 그렇게 많은 일이 있으리라곤 아무도 상상하지 못했다. 2009년 추수감사절 다음 날인 11월 27일 새벽 2시경이었다. 그는 처방받은 약으로 약간 몽롱한 상태였다. 사생활에 집착하던 그는 다음 수가 흠잡을 데 없던 자신의 이미지를 산산조각내고 현대 스포츠의 역사에서 가장 가파른 몰락을 초래할 줄은 결코 예측하지 못했다. 타이거 우즈는 박차듯이 문을 열고 도망쳤다.

이틀 전 『내셔널 인콰이어러(National Enquirer, 이하 NE로 표기)』는 몇 달간 그의 행적을 추궁한 끝에 폭발적인 기사를 터뜨렸다. '타이거 우즈의 불륜 스캔들'이란 헤드라인과 함께 레이철 우치텔(Rachel Uchitel)이란 이름의 아름다운 여성 사진이 실렸다. 그녀는 34세로 뉴욕 나이트클럽 호스티스였다. 슈퍼마켓의 저속하고 선정적인 지라시 일간지는 호주 멜버른에서의 마스터스 일주일 전에 타이거가 레이철과의 짜릿한 만남을 조직적으로 계획한 것일 수도 있다고 의혹을 제기했다. 타이거는 그 기사가 거짓이라고 주장하면서 레이철과 부인 엘린의 전화 연결이라는 기이한 방법까지 동원했다. 하지만 30분 정도 고통스러운 시간이 지난 후에도 엘린은 여전히 타이거의 항변을 받아들이지 않았다. 그녀는 그렇게 어리석진 않았다. 추수감사절 저녁, 타이거는 올랜도 교외의 출입이 제한된 아일워스의 한 저택에서 친구들과 카드놀이를 하고 돌아왔다. 엘린은 남편이 수면제 졸피뎀을 먹을 때까지 기다렸다. 타이거가 잠든 후 엘린은 타이거의 스마트폰을 들춰보았다. 그중 한 문자가 엘린의 마음을 뒤흔들었다. '당신은 내가 사랑한 유일한 사람.' 엘린은 그 문자를 보고 있다가 타이거의 스마트폰을 이용해 상대방에게 문자를 보냈다. '보고 싶은데, 우리 언제 또 만날 수 있을까?'

얼마 지나지 않아 바로 답장이 왔다. 피곤할 텐데 아직 잠들지 않은 것이 놀랍다는 내용의 문자였다.

엘린은 바로 전화했다. 스마트폰에서는 약간 저음의 목소리가 들렸다. 바로 어제 결백을 주장했던 목소리, 레이철이었다.

"이럴 줄 알았어. 이럴 줄 알았다고!"

"아아, 이런 젠장."

레이철의 응답이었다.

잠시 후 엘린의 분노에 찬 목소리가 잠에 취한 타이거를 깨웠다. 침대에서 비틀거리며 나온 그는 스마트폰을 챙겨 화장실로 들어갔다. '엘린이 알아챘어.' 우즈가 레이철에게 문자를 보냈다.

사실 타이거는 잠긴 화장실 문 너머에 있는 아내를 두려워하지 않았다. 이미 열 명이 넘는 여자와 외도하며 성욕을 해소하는 등 헤어날 수 없는 성 중독의 나락에 빠져 있었다. 타이거가 유일하게 두려워했던 여자라면 그의 저택 반대편에서 추수감사절 휴가를 보내기 위해 방문해서 쉬고 있는 어머니였다. 쿨티다 우즈는 악담, 경멸, 간통으로 치욕적인 결혼생활을 겪었고, 미망인이 된 지는 3년이 조금 넘었다. 타이거는 물론 아버지 얼을 존경했지만, 아버지가 어머니의 마음을 다치게 한 점에 대해서는 몹시 싫어했다. 그런데도 쿨티다는 이혼하지 않고 자신의 유일한 아들을 챔피언으로 키우기 위해 가족을 지키고 헌신을 선택했다. 명성과 타이거, 이 두 단어가 쿨티다에게는 가장 중요했다. 타이거가 어릴 때 쿨티다는 강압적으로 말했다.

"너의 엄마로서 하는 말인데, 명성에 해가 되는 일은 절대 하지 마라. 아니면 혼날 줄 알아."

타이거가 어릴 땐 어머니에 대한 경외심이 그에게 일련의 규칙을 따르게 했다. 그러니 성인이 된 타이거가 아버지의 전철을 밟고 있다는 걸 어머니가 알게 되는 것만큼 섬뜩한 게 있을까? 차마 어머니의 두 눈을 똑바로 볼 수 없을 것이다.

반바지에 티셔츠 차림의 타이거는 선선한 밖으로 뛰쳐나왔다. 엘린은 골프클럽을 한 손에 쥐고 뒤를 쫓아갔다. 타이거는 그의 캐딜락 에스컬레이드에 서둘러 올라타고 빠르게 길로 나왔다. 그리고 순식간에 도로 경계석을 넘어 풀밭 중앙 분리대를 향했다. 왼쪽으로 급회전을 시도하면서 그의 집 앞 도로인 디콘 서클을 가로질러서는 다시 다른 도로 경계석을 뛰어넘어 울타리의 풀 한 무더기를 뜯으며 지나갔다. 급선회로 도로에 들어섰지만 얼마 가지 않아 소화전을 들이받은 뒤 연이어 이웃집 앞뜰의 나무를 들이받았다. 뒤따라온 엘린은 들고 있는 골프클럽으로 차의 뒷유리를 내리쳤다.

킴벌리 해리스(Kimberly Harris)는 엔진 굉음과 함께 뭔가가 부딪히는 소리에 잠을 깼다. 창밖으로 검은 SUV가 자신의 저택 출입구에 서 있는 것이 보였다. 차 앞부분 한쪽은 나무와 충돌해 함몰됐고, 다른 한쪽의 헤드라이트가 자신의 집을 비추고 있었다. 그녀는 걱정스러운 마음으로 남동생 제리어스 애덤스(Jarius Adams)를 깨웠다.

"밖에 누군가 있는데, 네가 나가서 무슨 일인지 알아볼 수 있어?"

제리어스는 조심스럽게 앞문으로 나가서는 무슨 일인지 파악하기 위해 둘러봤다. 타이거는 포장도로 바닥에 등을 대고 누워있었는데 맨발이었다. 의식도 없어 보였고 입에서 약간의 피를 흘리고 있었다. 길에는 차 유리 파편이 흩어져 있었고, 꺾인 골프클럽 하나가 보였다. 엘린은 훌쩍이며 남편 주위를 맴돌았다.

"타이거, 괜찮아요?"

엘린은 타이거의 어깨를 흔들며 속삭였다.

쭈그려 앉은 제리어스는 타이거가 코를 골며 자는 걸 목격했다. 입술에 가벼운 찰과상이 있고 벌린 입 사이로 피를 머금고 있었다.

"좀 도와주시겠어요? 저한테 전화가 없어요. 전화 좀 부탁드려도 될까요?"

엘린이 요청했다.

제리어스는 다시 집으로 들어가 누이를 향해 담요와 베개를 가져오라고 소리쳤다.

"타이거가 쓰러졌어!"

그리고 다시 밖으로 나와 911에 전화했다.

본부: *911입니다. 무슨 일이십니까?*

제리어스: *구급차가 빨리 필요해요. 우리 집 앞에 누가 쓰러져 있어요.*

본부: *차량 사고인가요?*

제리어스: *네!*

본부: *그러면 차 안에 갇혀 있습니까?*

제리어스: *아뇨. 차 밖에 누워있어요.*

본부: *구조 차량이 곧 갈 겁니다.*

제리어스: *이웃인데요, 나무에 부딪혔어요. 무슨 일이 일어난 건지 나와서 보고 전화하는 겁니다. 여기 앞에 누워있어요.*

본부: *숨은 쉬고 있나요?*

제리어스: *아뇨, 잘 모르겠어요.*

그때 쿨티다 우즈가 타이거 집에서 나와 사고현장에 나타났다.

"무슨 일이야?"

그녀가 소리쳤다.

"무슨 일인지 확인하고 있습니다. 지금 경찰하고 통화 중이에요."

제리어스가 설명했다.

눈물을 머금고 쿨티다는 엘린을 바라봤다. 얼마 지나지 않아 경광등을 켠 차가 도착했다. 윈더미어 경찰 차가 도착했고, 구급차, 보안관, 플로리다 고속도로 순찰대원도 나타났다. 구급대원들이 타이거의 상태를 확인했고, 마비 증상은 없는지 왼쪽 발을 자극해 반응을 시도했다. 신음을 내뱉은 타이거는 눈은 떴지만, 눈동자가 위로 다시 넘어가 흰자위만 보였다.

구급대원들이 타이거를 들것에 올리고 구급차에 태워 떠나는 걸 바라보며 쿨티다는 아직도 무슨 일이 일어난 건지 몰라 당혹스러워했다. '이 깜깜한 밤중에 타이거 우즈는 왜 집에서 뛰쳐나온 건가? 이 시대에 가장 유명한 운동선수가 왜 도로 옆에 맥 풀린 채로 누워있던 걸까?' 며칠 안으로 전 세계는 이보다 더 난잡한 질문들을 쏟아낼 것이다. 기사는 이 사내처럼 복잡해질 것이다. 그래서 꼬일 대로 꼬인 여정을 되짚어가려면 처음부터 시작하는 게 가장 적절할 것이다.

CHAPTER TWO

가족 이야기

1981년 9월 4일, 다섯 살의 타이거 우즈는 아이들이 편하게 지낼 수 있도록 장식된 세리토스 초등학교의 유치원 수업에 참여했다. 개원식 날, 게시판에는 동물과 자연 그림들이 겹으로 붙어 있었다. 파란 하늘에 하얀 뭉게구름의 그림, 노란 태양과 거기서 나오는 빛을 그린 그림들이었다. 칠판 윗부분에는 숫자, 알파벳이 적혀 있었다. 그러나 타이거는 교실에 있는 아이들과는 달랐다. 그에게는 장난감보다 맞춤 클럽 한 세트가 더 소중했다. 그리고 부모님 말고 가장 친한 친구는 콧수염을 기른 32살의 골프 교습가 루디였다. 타이거는 이미 전국구 방송에 몇 차례 출연해 수백만 시청자 앞에서 골프 게임을 과시했다. 밥 호프(Bob Hope), 지미 스튜어트(Jimmy Stewart), 프랜 타켄턴(Fran Tarkenton)과도 인사를 나누곤 했다. 워낙 부드러운 골프스윙을 구사하는 덕에 프로 선수의 축소판 같았다. 심지어 타이거는 사인도 했는데, 아직 필기체를 배우지 않아 TIGER라고 대문자로만 했다. 타이거는 또한 숫자에도 제법 익숙했다. 그가 두 살 때 어머니는 더하기 빼기를 가르쳤다. 세 살 때는 구구단 표를 타이거의 책상에 적어두고 매일 반복해 익히도록 했다. 어머니가 되풀이하면 할수록 타이거의 숫자에 대한 애착은 커졌다. 이미 초등 3학년 수준의 산수 능력이 있는 타이거 우즈였지만, 유치원 교실의 친구들이나 선생님은 알지 못했다.

서른 명 정도의 아이들 사이에서 타이거는 빈 의자를 찾아 앉았다. 그의 특징을 몇 가지 꼽자면 다른 친구들보다 피부색이 약간 짙었고, 극도로 부끄럼을 탔다. 그리고 이름도 엘드릭(Eldrick)으로 다소 별났다. 첫째 날, 담당 선생 모린 데커(Maureen Decker)가 반 아이들이 자기 소개하는 데 도움이 되는 노래를 연주했고, 그는 자신을 타이거라고 소개했다. 그리고 모린의 여러 차례 상냥한 시도에도 불구하고 타이거는 더는 말을 하지 않았다. 수업이 다 끝날 때쯤 타이거는 모린에게로 조심스럽게 다가가서는 그녀의 옷을 세게 잡아당겼다.

"엘드릭이라 부르지 마세요. 타이거라고 불러주세요."

나지막이 타이거가 말을 건넸다.

쿨티다 또한 같은 요청을 했다. 이름이 아닌 별명을 불러 달라고.

타이거는 학교에서 160미터 정도 떨어진 곳에 살았다. 거의 매일 어머니가 그의 유치원 등 · 하원을 책임졌는데, 하원 후에는 집으로 가지 않고 가까운 골프장으로 데려가 연습하도록 했다. 모린은 타이거가 방과 후에는 또래 친구들과의 교류 없이 생활한다는 걸 금세 알아차렸다. 수업 중에 그는 다른 친구들보다 훨씬 앞섰고, 특히 숫자와 관련된 내용에선 더 두드러졌다. 게다가 다섯 살치고는 절제력도 남달랐다. 그렇지만 말도 거의 하지 않고, 놀이터에 다른 친구들과 있을 땐 마치 겁을 먹은 듯 어찌할 바를 몰랐다.

성인이 된 타이거가 유년 시절의 기억을 돌이키며 밝힌 바에 의하면 오직 골프만 생각했다는 것이다. 2004년 발매한 그의 DVD에서 어릴 적의 그는 달리기와 야구, 농구를 좋아했지만 그렇게 애정을 갖진 않았다고 말했다. 타이거의 선택은 골프였다고 하지만 그의 선생님들 회상은 달랐다. 부모 면담에서 모린은 타이거가 방과 후 활동을 아이들과 함께해야 한다고 은근슬쩍 우려를 나타냈다. 얼은 한결같이 그 우려를 무시했고, 타이거는 수업이 끝나면 골프를 한다고 분명히 했다. 방과 후에 또래 친구들을 사귀면 좋은 점을 설명했으나 얼은 단호했다. 그는 아들에게 가장 적합한 것을 알고 있었다. 쿨티다는 아무 말 하지 않았고, 면담은 불편하게 끝났다.

모린은 일단 한 걸음 물러났다. 그러나 어느 날 타이거는 쉬는 시간에 선생님에게 다가가서 상냥하게 말했다.

"엄마한테 저 축구 해도 되는지 물어봐 주시겠어요?"

모린은 쿨티다를 따로 만났다. 그러면서 둘은 서서히 친구 관계로 발전했다. 쿨티다는 모린의 의견에 동의하여 다른 친구들과 축구 하는 것을 허락했다. 타이거의 어머니는 선생님과 합심해 타이거가 방과 후 활동에 참여하도록 얼에게 요청해 보기로 했다. 다음 부모 면담에서 이 주제를 다시 꺼냈다. 그러자 이번엔 얼이 적극적으로 반응했다. 그는 거들먹거리며 아들을 위해 뭐가 최선인지 늘어놓는 동안 쿨티다는 또 침묵했다. 최종 결론은 그랬다. 축구는 필요 없고, 골프 외에는 아무것도 안 된다는 것이었다.

"아이에게 미안한 마음뿐입니다. 타이거는 다른 친구들과의 교류를 원하고 있습니다."

모린이 토로했다.

그 당시에는 세리토스 학교의 부모 면담에 아버지들은 거의 참여하지 않던 때였다. 하지만 얼 우즈는 항상 참여했다. 어떤 때에는 쿨티다 없이 혼자 오기도 했다. 학교 관계자들은 다른 아이들의 아버지보다 그를 자주 보는 데에 익숙해져 있었다. 심지어 자신의 물건을 가져와 소개, 발표하는 프로그램 시간에도 찾아왔다. 타이거의 1학년 선생이었던 앤 버거(Ann Burger)는 본인의 30년 교사 재직 동안 그렇게 흔치 않은 발표는 처음이어서 잊지 못한다고 밝혔다. 얼이 작은 클럽의 골프백을 들고 왔고, 앤은 학생들을 모두 운동장으로 모이게 했다. 타이거는 클럽으로 운동장 곳곳에 골프 볼을 쳐서 보냈다.

"잘하더군요, 골프클럽이 특이했습니다. 작았지만 타이거의 골프클럽이었습니다."

앤이 회고했다.

타이거가 시범을 보이자 얼은 타이거가 어마어마한 노력과 연습으로 여기까지 올 수 있었다고 설명했다. 여섯 살 아이들은 경외심으로 가득 찼지만, 그 발표로 앤은 몇 가지 궁금증을 키웠다. '이 아이가 뭘 겪은 걸까? 이 아이의 집에 무슨 일이 있는 걸까? 이 가족의 원동력은 뭘까?'

타이거 우즈 가족의 뿌리를 거슬러 올라가면 부분적으로 캔자스주 맨해튼에 있다. 그곳은 얼 우즈가 1932년 3월 5일에 태어난, 당시에는 궁핍하고 유색인종이 사는 곳이었다. 그의 아버지 마일스 우즈는 당시 58세로 석공이었다. 얼이 태어날 시기에 이미 건강이 좋지 않았고, '나이 먹은 골치 아픈 놈'으로 가족들에게서 불리곤 했다. 비록 담배와 술은 멀리했던 독실한 침례교 신자였지만, 상스러운 말을 입에 달고 지내는 나쁜 습관이 있었다. 얼이 나중에 이야기했다.

"아버지는 내게 훈육할 때 불경스런 말도 많이 가르쳤습니다. 30분 정도 욕하고 나서는 또 다른 불경스러운 말을 이어갔으니까요."

얼의 어머니 모드는 아프리칸, 유러피언, 중국, 미국 원주민의 피가 섞인 사람이며, 캔자스 주립대학에서 경제학 학사를 취득했다. 그녀는 비좁은 집에서 얼에게 읽기와 쓰기를 가르쳤다. 차도 TV도 없었던 터라 얼은 밖에서 아버지와 시간을 많이 보냈다. 집과 길 사이 돌담을 같이 쌓기도 했다.

"아버지는 내게 회반죽 만드는 방법을 알려주셨습니다. 자신만의 방법이라 하시며 '침 뱉는 것도 염두에 둬야 해.'라고 하면서 반죽 통에 침을 뱉고는 '그래, 이 정도면 딱이야.'라며 알려주셨죠."

얼은 아버지와 새로 생긴 마이너리그 경기장 그리피스 파크에서도 시간을 많이 보내곤 했다. 게임이 있을 때 아버지가 득점 기록원으로 일했기 때문이었다. 마일스는 맨해튼을 거쳐 간 메이저리거들의 이름, 타율, 방어율을 다 꿰고 있었다. 그러나 1943년 8월이 득점 기록원으로는 마지막이었다. 그 경기 마지막 투구 몇 시간 뒤에 심장마비로 70세에 생을 마쳤다. 얼은 당시 열한 살이었고 어머니는 돌의자에 앉아서 흐느끼다가 복음성가 '그들은 이제 천국에서 뭘 하고 있을까?'를 계속

읊조렸다고 회상했다. 4년이 지난 뒤 모드 역시 심장마비로 숨을 거뒀다. 얼은 만 열여섯 번째 생일을 몇 개월 앞두고 고아가 됐고, 큰누나가 양육을 책임졌다. 그녀는 마치 작은 독재자처럼 가정을 꾸려 갔다.

얼의 아버지는 생애 마지막 순간에 아들이 야구선수가 되기를 바랐다. 그만큼 아버지를 자랑스럽게 하는 게 또 있을까? 얼은 그 유언을 받들어 메이저리그를 향해 열정을 키웠다. 1947년 재키 로빈슨(Jackie Robinson)이 인종의 벽을 허물고 브루클린 다저스에 입단하면서 그는 꿈을 향해 박차를 가했다. 그해 여름 얼은 그리피스 파크에서 배트보이를 하고 있었고, 흑인 리그의 내로라하는 선수들이 중서부 지역 순회 경기를 다닐 때였다. 얼은 로이 캄파넬라(Roy Campanella), 조시 깁슨(Josh Gibson), 몬티 어윈(Monte Irwin)을 만났다. 그리고 어느 날 오후에 배팅 연습을 하는 동안 얼은 당시 100마일* 볼을 던졌던 선수 세이첼 페이지(Sachel Paige)도 만났다고 밝혔다.

1949년 고등학교 졸업 후 얼은 캔자스 주립대에 입학했고 포수로 야구팀에 가입했다. 1루수나 투수 등 다른 포지션도 소화했다. 3학년에 그는 팀에선 최고였지만, 팀이 최악이었다. 얼은 후에 베스트셀러 회고록을 냈는데, 내용 중에 야구를 하면서 대학학위를 취득했고, 그가 최초로 우수 대학 경기연맹(Big 7, 이후에 Big 8, 현재 Big 12)의 인종 벽을 허문 주인공이라고 주장했다. 그러나 이 두 가지 주장은 허위였다.

전 캔자스 주립대 야구 감독 레이 워티어(Ray Wauthier)가 2003년 저널리스트 하워드 손스(Howard Sounes)에게 다음과 같이 말한 적이 있다.

"내가 있는 동안에 그 친구는 학위 받은 적 없습니다. 제 생각엔 그럴듯하게 보이려고 그런 이야기를 한 듯합니다."

그가 빅 7의 인종의 벽을 허문 것은 아니었다. 미식축구 그린베이 패커스에서

* mile, 야드 파운드법에 의한 거리의 단위. 1마일은 약 1.6km에 해당한다.

활동했던 해럴드 로빈슨(Harold Robinson), 버릴 스위처(Veryl Switzer)가 그 역사의 주인공들이었다. 다만 얼은 미국 재향군인회 캔자스주 대표를 차지한 최초의 유색인 선수였다. 레이 워티어가 캔자스주 선수 명단에 얼을 넣게 했는데, 이로 인해 빅 7의 최초 유색인의 영예를 안은 것이었다.

얼의 야구 경력은 대학 재학까지였지만 당시 선수 명단에 있던 유일한 흑인이었다는 점은 얼이 인종에 대한 관점을 갖게 된 큰 사건이었다. 한 번은 미시시피로 원정경기를 떠났는데, 홈팀 감독이 얼의 몸 푸는 모습을 보고는 레이에게 당신 팀 포수는 경기에 나오지 않고 버스 안에 남아 있어야 한다고 말했다. 이에 레이는 팀 전체에게 버스에 남아 있으라 했다. 결국 팀 전체가 경기에 출전하지 못했다. 또 오클라호마에서는 팀의 유일한 흑인 선수인 얼은 모텔에 머무를 수 없다며 모텔 매니저는 3마일 정도 떨어져 있는 다른 모텔로 갈 것을 제안했다. 이에 레이는 모텔 예약을 아예 취소해 버렸다.

얼이 인종차별에 맞선 경험은 이뿐만이 아니었다. 맨해튼 고등학교에서는 매력적인 백인 친구에게 관심이 있었다. 같이 춤을 추고 싶은 마음이었지만 막상 요청할 용기가 나지 않았다. 1940년대 후반 캔자스에서 백인 여자와의 데이트는 논란의 여지가 없는 불가능한 일이었다. 대신 피부색으로 인한 조롱, 모욕, 제한 등을 마음속에 간직한 채 혼자 지낼 수밖에 없었다.

대학교 3학년이 되던 해에 얼은 학군장교에 들어갔다. 그가 처음 군복을 입었을 때 긍지와 자부심이라는 새로운 감정을 느꼈다. 아버지가 원했던 야구선수로서의 재능을 보지 못했기 때문에 더욱 생소했던 감정이었다.

사회학 전공으로 캔자스 주립대를 졸업한 후 육군에 입대하였다. 그리고 어릴 적부터 알고 지내던 바버라 앤 하트(Barbara Ann Hart)와 약혼했다. 그녀는 샌프란시스코로 가서 학위를 받을 예정이었지만 얼의 요청으로 2학년에 학업을 포기하고 캔자스로 돌아왔다. 1954년 3월 18일, 둘은 비바람 부는 날씨에 애빌린 지역의 주정부 건물에서 결혼식을 올렸다. 그는 22세, 그녀는 20세였다.

비바람은 앞으로 그들 앞에 닥칠 징조였다.

바버라는 얼 우즈가 성공 가도를 달릴 거라 믿었다. 얼은 1936년형 셰비(Chevy)를 갖고 있었는데 그 차를 지트니(Jitney)라는 별명으로 불렀다. 재즈를 즐겨 감상했고, 대학까지 마친 상태였다. 군인으로서 첫 임무는 독일에서였고, 그는 금세 승진해 소대장이 됐다. 그들의 첫 아이 얼 우즈 주니어가 작은 도시 츠바이브뤼켄의 군 병원에서 태어났다. 모든 게 아름다워 보였다.

몇 년 동안 둘 사이에 두 명의 아이들이 더 태어났다. 1957년 6월 1일, 캔자스 애빌린에서는 케빈(Kevin) 우즈가, 로이스(Royce) 우즈는 1958년 6월 6일 뉴욕에서 태어났다. 로이스가 태어날 즈음에 얼은 브루클린의 포트 해밀턴 육군본부에 근무했고, 가족은 인근에 집을 구해 살았다.

이때부터 얼은 조금씩 가정에 소홀했다. 셋째 아이가 네 살이 되기도 전에 얼은 박사학위 취득을 위해 뉴욕대학에 등록했다. 낮에는 부대에서, 밤에는 학교에서 지냈고, 쉬는 날엔 얼을 우디(Woody)라 부르는 군대 친구들과 시간을 보냈다. 1962년 그가 베트남 파병 임무를 받았을 즈음에 이미 결혼생활은 서서히 금이 가고 있었다. 바버라는 일곱, 다섯, 네 살의 아이들을 데리고 캘리포니아 샌 호세로 가 침실 세 개의 작은 집으로 이사했다.

얼이 베트남 복무를 하는 동안 바버라에겐 남편에 대한 분노가 조금씩 자라났다. 그녀는 버림받은 느낌이었다. 얼이 1년 동안의 군 복무를 마치고 돌아왔을 때 그는 자신의 집에서조차 이방인이었다. 그가 밤늦게 돌아갔을 때 문이 잠겨 있었다고 회고했다. 그는 큰소리가 나도록 문을 두드렸다.

"누구세요?"

바버라가 응답했다.

"나야."

그가 말했다.

"나가 누구죠?"

"문 좀 열어봐, 좀!"

그가 소리쳤다.

얼마 지나지 않아 막내가 비틀거리며 방에서 나와 그 상황을 목격했다.

"엄마, 밖에 누구 왔어요?"

얼은 나중에 아이들이 그가 오랜 기간 아버지로서 자리를 채우지 못한 고통을 겪고 있었다고 회고했다.

"내게 잘못이 있다는 걸 인정합니다."

그의 군인 경력은 인상적으로 발전해 가고 있었다. 베트남의 두 번째 복무를 마치고 돌아온 후 존 F. 케네디 특수전투학교에 보직을 받았다가 노스캐롤라이나의 포트 브래그에 있는 제6 공수특전단으로 이동했다. 거기서 다시 레인저 훈련소, 공군 훈련소에서 근무했다. 32세에 그는 모든 역경을 딛고 특전사 그린베레가 됐으며, 한 단계 높은 수준의 생존 훈련이라 할 수 있는 알래스카 야생에서 근무했다. 그러던 1966년 여름 어느 날, 집으로 돌아와서 바버라에게 자신이 태국으로 가는 임무를 받았다고 통보했다. 바버라는 순간 '가족들 모두 해외로 가는구나.' 생각했다. 하지만 얼은 단독 임무라고 설명했고, 그녀와 아이들은 갈 수 없다고 했다.

1967년 봄, 중령 얼 우즈는 방콕의 육군 사무실에 왔다. 여기서 그는 그가 계획하고 있는 지역 육군 프로젝트를 함께할 민간인들을 뽑기 위해 면접을 진행했다. 비서와 함께 그는 접수창구로 다가갔다. 젊은 태국 여자가 그를 올려보며 영어로 말을 걸었다.

"어떻게 오셨습니까?"

그녀가 말을 건 사람은 얼이 아닌 그의 백인 비서였다. 그녀는 당연히 백인이 서열이 높을 거라 여겼지만 얼은 별로 개의치 않았다. 그녀는 두 사람을 접수창구 공간과 큰 유리창으로 구분 지은 사무실로 안내했다. 얼은 곧바로 자리에 앉았고, 책상 위에 다리를 올리며 비서에게 지시했다. 얼은 창문을 통해 자리로 돌아간 그녀가 자신을 쳐다보고 있는 걸 확인했다.

"그녀에게 금세 매료됐습니다. 매우 매력적인 여자였습니다."

회고에서 얼이 밝혔다.

얼은 비서에게 "뭐 작은 거 하나만 해결하고 면접을 봐야겠다."라고 말했다.

다음 일어난 일에 대해 회고록에서 이야기한 부분이다.

멋진 그녀의 눈이 나를 끌어당겼다. 그녀에게 다가가는데 얼굴이 벌겋게 되더라. 나중에 얘기한 바로는 내가 중령이 아니라 비서인 줄 알아서 당황했다고 한다.

그녀가 사과하려는 차에 나는 "괜찮아요, 괜찮아요, 사과할 필요 없습니다." 라고 답했다. 이 사건을 계기로 그녀하고 내가 사적인 이야기를 할 수 있었다. 그녀는 내 얘기에 잘 웃었다. 얼굴은 행복에 찼고 눈은 반짝였다. 그녀하고 금세 가까워진 듯했다.

내 자리로 돌아오면서 얼굴에서 미소가 떠나질 않았다. 만날 사람이 생겼다.

쿨티다 푼사와드(Kultida Punsawad)는 1944년 방콕 외곽에서 태어났다. 넉넉한 가정의 4남매 중 막내로 태어났는데 아버지는 건축가, 어머니는 교사였다. 부모님이 이혼할 때 티다(쿨티다의 별명)는 다섯 살이었다. 그 충격으로 쿨티다는 10살까지 기숙학교에서 생활했다.

"부모가 이혼한 건 내게 힘든 일이었다. 이후에 5년 동안은 다른 가족을 거의 못 만나고 학교에만 있었다. 주말에 아버지나 어머니, 아니면 언니, 오빠가 와 줄까 기대했지만 아무도 나타나지 않았고, 나는 버림받은 느낌이었다."

성인이 된 후 쿨티다는 친한 친구에게 자신의 유년 시절이 외롭고 정신적으로 힘들었다고 털어놓았다. 그녀는 고등교육을 받았고 영어도 가능했기 때문에 20대 초반에 방콕의 미 육군 사무소에서 비서 겸 창구 직원으로 근무할 수 있었다. 1967

년 얼이 처음 출근했을 때 쿨티다는 얼이 기혼이고 그에게 가족이 있을 거라고는 예상하지 못했다. 얼이 그녀에게 관심을 보이자 그녀 또한 좋아했다. 둘의 첫 데이트는 종교적 행사가 있던 교회에서였다. 역사상 위대한 스포츠 스타를 낳은 관계의 시작이라고 하기에는 소박한 날이었다. 하지만 이내 둘의 관계가 진전된다면 미군과 장거리 연애를 해야 한다는 사실이 마음 한편에 자리 잡고 있었다. 두 사람이 각각 지내는 곳의 거리가 8,000마일에 육박했다. 게다가 나이 차이는 12살인 데다 쿨티다는 태국 밖으로 나간 적도 없었다. 반면 얼에게는 가족도 있고, 세계 여기저기를 돌아다닌 경험이 있었다. 이렇듯 두 사람은 너무 달랐다. 쿨티다는 독실한 불교 신자이지만 얼은 한때 믿었던 불교를 더는 믿지 않았다. 그런데도 쿨티다가 얼을 따라 미국으로 가는 분위기가 조금씩 만들어졌다. 그래서 얼은 인종차별에 관한 이야기를 짚고 넘어갔다.

"당신은 태국 사람이야. 하지만 미국에는 두 부류의 사람이 있어. 백인과 백인이 아닌 사람이지. 당신에게 행하는 태도와 당신에 대한 반응을 경험하면 무슨 뜻인지 알게 될 거야. 그러니 미국 시민이 된다 해도 완전히 자격을 갖춘 거라곤 예단하지 말길."

태국에서의 임무가 끝나고 얼은 새로운 근무지인 뉴욕의 퀸스 베이사이드 근처의 포트 토턴으로 명을 받았다. 바버라와 삼 남매도 근처로 이사했다. 그리고 얼은 부대 인근의 시티 칼리지에서 군사과학에 대한 시간강사 자리를 얻어 학사 장교들에게 심리전 과목을 가르쳤다. 바버라에게는 마치 얼이 심리전으로 그녀를 훈련하는 듯한 느낌이었다. 그가 말로, 또 정서적으로 그녀를 어떻게 취급했는지를 다음 대화로 알 수 있었다고 한다.

바버라: *이해할 수 없어. 내가 뭘 잘못했지?*

얼: *모르겠어?*

바버라: *몰라. 무슨 이야기인지 모르겠어.*

얼: *이 여편네 대책이 없구먼. 상담 좀 받아봐야겠는데.*

여러 차례 이런 대화가 오간 후 바버라는 자신이 진짜 대책이 없는 사람인지 스스로에 대한 의구심이 들었다 한다. 자신감 넘치고, 항상 확신을 가지고 살았던 그녀가 눈물 흘리며 동생에게 전화했다.

"내가 미친 건 아니잖아?" 하지만 얼의 이러한 심리전에 대한 효과가 있었다. "얼이 맞는지도 몰라. 나 진짜 상담받아야 할까 봐."

얼마 지나지 않은 1968년 5월 29일, 얼은 그의 친구이자 뉴욕의 전도유망한 변호사인 로렌스 크루텍(Lawrence Kruteck)과 함께 집으로 왔다. 얼은 침실에서 TV를 보고 있던 바버라를 거실로 불렀다. 바버라는 로렌스가 서류 가방 들고 있는 걸 확인했다.

"이건 제가 해야 하는 일 중에 진짜 어려운 일이에요."

로렌스가 바버라에게 말했다.

로렌스는 가방을 열고 법정 관련 서류를 꺼내 첫 단락부터 읽기 시작했다.

"사실에 비추어 판단컨대 1954년 3월 18일 캔자스주 애빌린에서 결혼한 두 사람은 현재 부부이다……."

"잠깐, 이게 뭐예요?"

그녀가 가로막았다.

"우디가 법정 별거를 요구했습니다."

기습당한 표정이 된 그녀는 거실 구석에 앉아 있는 얼을 쳐다봤다.

"그래, 맞아."

얼은 서둘러 답한 뒤 말을 더 이어가지 않았다.

로렌스는 바버라에게 서류를 전달하면서 읽어 보라고 했다. 집중하기 힘들었으나 그녀는 읽기 시작했다.

“반면 부부간에 발생한 몇몇 유감스러운 차이는 두 사람이 별거해 각자 살기를 바라게 됐으며…….” 그녀는 더는 읽을 수가 없었다. 무슨 의미인지, 대체 뭐가 어떻게 돌아가는 건지 알 수 없었다.

서류에 나온 합의는 얼과 바버라가 남은 생을 따로 지낸다는 것이다. 3남매에 대한 양육권은 바버라에게, 얼은 방문할 권리를 갖기로 동의했다. 얼은 또한 매달 200달러를 바버라에 대한 지원 및 3남매에 대한 양육비 명목으로 지급하는 것도 내용에 포함했다.

바버라는 법률 전문가와 상담하지 않고 떨리는 마음으로 서류에 서명했다.

얼마 지나지 않아 얼과 바버라는 아이들을 데리고 뉴욕에서 샌 호세까지 장거리를 운전해 갔다. 이 오랜 여정은 그들에게 이전엔 거의 없었던 가족 휴가가 됐다. 그들은 중간중간에 리버티 벨, 링컨 박물관 등의 명소에 들렀다. 라스베이거스에서 하룻밤 머무는 동안 얼과 바버라는 사랑도 나눴다. 마치 다시 신혼으로 돌아간 분위기였고, 바버라가 먼저 타박하듯 물었다.

“왜 우리가 떨어져야 하는데?”

“왜냐하면 그렇게 해야 하기 때문이야.”

얼이 답했다.

캘리포니아에 도착한 후 얼은 다시 뉴욕으로 돌아갔고, 몇 달 동안 떨어져 있었다. 별거 후 처음 샌 호세에 갔을 땐 바버라의 삼촌이 마중을 나왔는데, 아시안 여자와 같이 있는 모습에 놀랐다. 얼은 이 여자를 비행기에서 만났는데 뉴욕에서 일자리 구하는 것을 도와주기로 했다고 둘러댔다.

얼과 쿨티다가 만난 지 1년 반 정도가 지났다. 쿨티다가 1968년 25살에 미국에 들어온 후 브루클린의 한 은행에 일자리를 얻었고, 얼의 말에 의하면 1969년에 뉴욕에서 결혼했다.

바버라 우즈는 쿨티다의 존재를 몰랐다. 그리고 바버라의 삼촌은 다른 여자가 무대에 등장했다고 차마 바버라에게 말하지 못했다.

1969년 바버라의 건강이 많이 나빠졌다. 심한 내출혈이 있었고, 의사는 그녀에게서 자궁 내 유섬유종 종양을 발견했다. 자궁 절제술 일정이 잡혔고, 바버라는 얼에게 샌 호세로 와 주기를 부탁했다. 그는 요청에 응했지만, 캘리포니아로 가는 도중에 멕시코엘 들렀다. 그리고 바버라의 수술 이후 나흘이 지나서야 바버라에게 갔다. 바버라가 집에서 누워 회복하는 동안 얼은 후아레스에서 이혼하기로 했다고 통보했다. 이혼 사유로는 부부간의 성격 차이를 주장했다. 바버라는 말문이 막혔다. 나중에 그녀의 회고록에 나왔던 내용에 의하면 어느 날 밤, 아이들을 깨워서 이혼을 알리자 아이들이 우는 걸 멈추게 할 수 없었다고 했다. 얼은 그렇게 바버라에게서 영원히 멀어져 갔다.

나중에 밝혀진 사실이지만 얼은 실제로 이혼하지는 않았다. 1969년 8월 25일, 멕시코에서 떠난 지 이틀 뒤 미국 영사관은 이혼서류의 유효함을 취하했다. '영사관은 첨부 문서의 내용에 대해 그 어떤 책임도 질 의무가 없으며, 미국의 어느 주에서든 해당 서류의 유효함을 인정하지 않는다.'고 이유를 덧붙였다.

이 시점에서 바버라는 영사관의 의견도, 또 그와 쿨티다 사이의 관계에 대해서도 알지 못했다. 바버라는 그냥 이 모든 게 지긋지긋했다. 1969년 8월 25일, 미국 영사관이 얼의 후아레스 이혼을 취하한 날, 그녀는 극도의 잔혹함, 지독한 심적 고통을 이유로 샌 호세에서 이혼 절차를 시작했다. 2년이 지난 1972년 2월 28일, 캘리포니아주 상급 법원은 다음과 같이 판결을 내렸다. '양측은 아직 기혼 관계이고……. 파경이 마지막으로 정식 판결 날 때까지 양측은 재혼하지 않는다.' 해당 법원은 결국 얼과 바버라 우즈의 이혼을 1972년 3월 2일에 공식적으로 인정했다. 하지만 이미 얼과 쿨티다는 결혼한 지 3년이 가까웠고, 바버라는 그녀 모르게 진행된 일에 대해 잘 알게 됐다.

바버라 우즈가 이후에 소송을 제기하며 말했다.

"두 사람의 결혼에 대한 법률적 측면에 이의를 제기한다. 캘리포니아 법에 따르자면 저 사람은 이중 결혼한 것이다. 이 모든 게 파렴치하고 고의적인 계획이었다. 처음부터 자행된 사기극이다."

바버라의 고발에 대해 얼은 진술서를 제출했다. 그 내용 중에 '우리는 1967년쯤 멕시코에서 이혼했고, 1969년에 재혼했다.'고 썼지만, 이는 사실이 아니었다. 멕시코 이혼 심판소의 공식 사본에서 얻은 1969년 8월 23일에 이혼을 신청했는데, 앞서 얼이 진술했던 시점보다 2년이 지나서였다. 게다가 나중에 캘리포니아주에서도 1972년까지 법적 결혼을 유지하라고 판결을 내렸다. 하지만 얼은 판결에 개의치 않았다.

"캘리포니아에 대해서 잘 모른다. 캘리포니아에 살지도 않았고, 나는 절대 이중 결혼하지 않았다."

수년 후 그가 한 말이다.

얼 우즈는 쿨티다와 아이를 갖는 데 대해 관심이 거의 없었다. 군 복무로 인해 아버지로서 자리를 많이 비웠고, 바버라에게서 떠나 그의 자녀들과 이제야 이어질 수 있었다. 42살에 군 제대한 후 얼은 캘리포니아 롱비치에서 방위산업체 맥더널 더글러스의 부품 조달 일을 시작했다. 전 부인과의 이혼 조건 중에 자녀들이 고등학교 졸업 후 아버지의 집에 같이 살 수 있는 선택이 있었는데, 두 아들이 그 선택을 했다. 그래서인지 얼은 새로운 자녀를 계획하지 않았다.

쿨티다는 웬만하면 얼의 의견을 존중했다. 순종적으로 그를 위해 요리를 하고, 머리를 잘라주고, 그의 옷을 세탁했다. 나라 전체 인구의 95%가 불교를 믿고, 남자가 여자보다 우위에 있는 가부장적인 사회에서 그녀는 자랐다. 태국의 일반적인 표현 중에 남편은 코끼리의 앞다리고, 부인은 뒷다리여서 가장이 선택하는 대로 따른다는 말이 있다. 동시에 결혼생활에 있어 아이를 낳고 키우는 것 역시 태국 문화에서 중요한 부분이다. 쿨티다는 결국 이러한 것을 얼에게 납득시켰다.

"우리 사이에 아이 없이 지내도 행복했을 것이다." 얼이 말했다. "그러나 태국

문화에서 결혼에 있어 아이가 없다면 진정한 결혼이 아니라고 하더라."

결혼한 지 6년 정도 지났을까. 1975년 봄에 31살의 쿨티다는 임신한 사실을 알게 됐다. 둘 사이의 또 다른 새로움이 피어나는가 싶었지만 얼마 가지 못했다. 얼은 골프와 새로운 사랑을 하게 됐다. 군 복무 중에 친하게 지냈던 친구가 골프를 그에게 소개하자 그는 순식간에 빠져들었다. 골프가 약이었다면 그의 상태는 중독이었다. 좋아하는 수준을 넘어서 사로잡히다시피 했고, 부인과의 시간보다 골프클럽을 손에 쥐고 있는 시간이 더 많았다.

"내가 지금까지 살아오면서 이 좋은 걸 하지 못했다니. 만일 내게 또 다른 아들이 있다면 꼭 어릴 때부터 골프를 가르치겠다고 마음먹었다."

얼이 토로했다.

CHAPTER THREE

스타 탄생

1975년 12월 30일 오후 10시 50분경, 쿨티다 우즈는 롱비치 메모리얼 병원에서 남자아이를 출산했다. 출산 후 의사는 그녀에게 아이를 더 낳을 수 없을 거라고 알렸다. 갓 태어난 아이가 유일한 자녀가 됐다.

처음부터 아이와 관련된 모든 것들이 평범하지 못했는데, 그의 이름부터 그랬다. 엘드릭 톤트 우즈(Eldrick Tont Woods). 이 이름은 부모와의 관계를 의미했다. 엘드릭의 E는 얼을, K는 쿨티다를 상징했다. 처음 세상에 발을 디딘 그 순간부터 엘드릭은 그야말로 상징적으로 부모에 둘러싸여 있었다. 아빠는 새로 태어난 아들에게 큰 관심을 보이는 표정으로, 또 다른 한편에는 진정한 호랑이의 엄마가 바라보고 있었다.

쿨티다에게 엄마가 됐다는 건 큰 의미가 있었다. 어릴 적엔 부모의 무관심으로 힘든 시기를 보냈기에 그녀는 항상 그녀가 원했던 엄마가 되리라 다짐해왔다. 경제적으로 아무리 힘들어도 그녀는 절대로 돌봄 기관에 보내거나 집 밖에 나가서 일하지 않겠다는 의미였다. 쿨티다는 아들에게 읽고 쓰기, 곱하기, 나누기를 직접 가르쳤다. 이는 그녀에게 어려운 일이 아니었다. 오로지 아이에게만 집중했다. 그리고 아이는 사랑받고 있다는 걸 알고 있었다.

한편 얼은 아들을 엘드릭이라 부르고 싶은 마음이 전혀 없었다. 그는 베트남 전우를 기리기 위해 곧바로 아들을 타이거라 부르기 시작했다. 부옹 당 프헝(Vuong Dang Phong)은 남베트남 육군 중령으로 그가 두 번이나 얼의 목숨을 구해 줬다고 치켜세우곤 했다. 한 번은 맹 독사에게 물릴 뻔한 상황에서 움직이지 말라고 주의를 준 것, 나머지 한 번은 그를 밀쳐내 도랑에 빠뜨려 저격수의 총알에서 구해준 것이다. 후자의 일화 말고도 얼은 프헝이 용맹스럽게 적진으로 돌격하는 모습에 호랑이라고 별명을 붙여 부르곤 했다. 쿨티다가 임신한 동안 사이공이 함락됐고, 베트남 전쟁이 끝났다. 그 여파로 얼은 그 친구의 생사를 알지 못했다. 북베트남 병력에 잡혀 억류된 게 아닐까 염려했다. 그래서 그를 기리기 위해 아들에게 프헝의 별명을 부르기로 했다.

타이거 우즈의 혈통과 관련해서는 더욱 복잡해진다. 어머니는 반은 태국, 반은 중국이다. 아버지는 미국 원주민, 아프리칸-아메리칸, 백인의 피가 섞여 있다. 얼이 1993년에 얘기했던 내용이다.

"타이거에게는 흑인의 피가 두 방울 정도만 섞여 있지만, 그래도 아들에게는 빼놓지 않고 얘기했다. 이 나라에는 백인과 백인이 아닌 사람만 존재한다고 말이다. 그리고 내 아들은 백인이 아니다."

얼과 쿨티다는 사이프러스 틱우드 스트리트 6,704번지, 1,474평방피트*의 목장주택에 타이거를 데려왔다. 사이프러스는 롱비치와 애너하임에 인접한, 3만 명 넘는 주민의 도시이다. 이 지역의 오렌지 카운티는 과거 딸기 농장과 젖소 방목지의 부유한 시골 농장으로 알려져 있었다. 그러나 70년대가 지나면서 대단히 보수적이고 백인들의 온상인 리처드 닉슨 카운티로 변했다. 큰 힘 들이지 않고 찾아도 될 정도로 우즈 가족만이 동네에서 유일한 유색인 가족이었다. 그들이 주장하는 바에 의하면 소수 인종에 대한 편견으로 인해 그들은 다른 이웃들과 왕래하지 않았다.

타이거가 태어나고 6개월 뒤 전 부인에게서 낳은 딸 로이스가 샌 호세에 있는 고등학교를 졸업하고 아버지에게로 왔다. 얼의 전처소생 아이들을 쿨티다가 어떻

* 135제곱미터로 41평 정도.

게 받아들일지는 예단할 수 없었지만, 로이스는 새엄마를 지원하는 든든한 존재로 커 갔다. 집안일은 물론 쿨티다에게 휴식이 필요할 때 큰 도움이 되었다. 말을 배우면서 타이거는 이복 누나를 라라로 불렀다. 로이스는 타이거를 아꼈고, 타이거가 부르는 애칭을 좋아했다.

한편 얼은 조금씩 가정에 소홀해졌다. 9시부터 5시까지의 근무 외 여유시간에는 오직 골프 게임에만 몰두했다. 집에 있을 땐 차고에 네트를 걸어서 골프스윙 연습을 했다. 바닥에 카펫을 덮고 카펫 위에 볼을 올려 네트를 향해 때렸다. 그의 아지트인 차고에서 담배를 피우고 맥주를 마시며 스윙을 가다듬었다. 그에겐 그곳이 은신처였다. 타이거가 6개월쯤 됐을 때 얼은 타이거를 차고에 데려와 유아용 의자에 앉혔다. 5번 아이언으로 연신 볼을 가격하면서 타이거에게 말을 걸었다. 가끔 쿨티다도 유아용 의자 옆에서 한 손엔 숟가락을, 다른 한 손엔 이유식 그릇을 들고 있었다. 그녀가 말하기를 얼이 한 번 볼을 때리면 타이거가 입을 벌렸고 그러면 쿨티다가 이유식을 먹였다. 타이거가 이유식을 다 먹을 때까지 이러한 과정이 반복되곤 했다. 그러다가 얼이 스윙하고 이야기를 하면, 타이거가 보고 듣고, 쿨티다가 먹이는 루틴이 밤마다 반복됐다.

신경과학자들은 태생부터 3년 동안의 반복 효과가 아이의 뇌에 주는 영향을 오랜 기간에 걸쳐 연구했다. 이러한 반복적인 경험과 더불어 관계의 질까지 더한다면, 태생 후 몇 해 동안에는 뇌의 발전에 지대한 영구적 영향을 준다. 예를 들어 유년 시절에 텔레비전에 대한 노출 정도가 높다 해도 TV에서 보여주는 것보다 실제로 본 것을 더 잘 흉내 낸다는 것이 많은 연구가 도출한 결론이다. 타이거의 경우 극한의 단계로 맨눈으로 보는 것에 익숙해 있었다. 얼이 나중에 공개한 이야기에 따르면, 타이거가 한 살이 됐을 때 얼의 골프스윙을 보고 있던 시간이 어림잡아도 100시간에서 200시간이었다고 한다.

정작 타이거는 이 시기에 대한 기억이 없겠지만, 타이거가 11개월쯤 됐을 때의 세세한 이야기를 얼이 소개했다. 얼의 스윙을 보고 난 후 유아용 의자에서 조심스럽게 내려와서는 타이거에 맞춘 크기의 장난감 같은 골프클럽을 스스로 잡아챘다. 카펫 위로 아장아장 걸어와서는 얼을 따라 하듯 볼을 쳤다. 그러자 볼이 네트를 때렸다. 얼이 부인에게 소리쳤다.

“여보, 이리 나와봐! 우리 손으로 천재를 키웠어.”

11개월의 아이가 제대로 된 골프스윙을 구사한다는 이야기는 아마도 자식을 지극히 아끼는 부모의 과장일 수 있다. 대부분 9개월이 지나 첫발을 딛는 경우는 거의 없으며, 12개월이 지나 걷긴 해도 넘어지지 않고 걷는 경우도 드물다는 게 연구결과이다. 그렇지만 타이거가 아버지의 골프스윙에 시각적으로 꽤 많은 시간 동안 노출됐다는 부분도 결코 간과할 수는 없을 것이다. 타이거가 자극에 예민한 시기가 됐을 때 얼은 타이거에게 더 오랫동안 골프스윙을 보여주었다.

여기에 더해서 신경과학자들과 소아과 의사들은 인생 초기에 신뢰 관계가 만들어진다고 입을 모았다. 보호자가 더 많은 사랑과 책임을 보여주면, 이를 받은 아이는 그 보호자에게 더 애착을 갖게 된다고 말한다. 얼이 타이거를 위해 만든 유아용 골프클럽은 타이거에게 장난감 그 이상으로 아버지와 아들을 엮는 상징이었다. 다른 아이들은 포근한 담요나 동물 인형을 들고 다녔지만, 타이거는 집안에서 퍼터를 끌고 다녔다. 거의 손에 붙어 있는 듯 내려놓지 않았다. 그리고 쿨티다 또한 먹여주고, 입을 닦아주고, 말을 걸고, 웃게 하는 엄마의 역할에 최선을 다했다.

얼이 나중에 밝힌 바에 의하면 타이거가 골프에 관심을 보이기 시작하면서 얼과 쿨티다와의 관계도 고통스러워지기 시작했다고 한다.

“티다와 나는 우리가 가진 에너지와 경제적인 지원을 타이거에게 최대한 해 주자고 서로 약속했습니다. 모든 걸 다 바치는 헌신! 글쎄, 뭔가 바쳐야 한다면 우리 둘의 관계였습니다. 우선순위는 타이거이고 우리 둘이 아니었죠. 돌이켜보면 그때즈음부터 우리 관계가 조금씩 틀어졌습니다.”

이러한 사실은 자식에게는 말할 수 없는 부담이다. 게다가 얼은 이미 예전부터 아내를 등한시하고 있었기 때문에 얼이 밝힌 관계의 틀어진 시점은 명확하지 않았다. 오히려 타이거와 타이거의 천부적인 골프 재능이 둘을 연결해 주는 힘이었다. 한편 그의 아들이 그렇게 드문 천성과 능력을 갖춘 점을 아버지가 일찍 알아챘다는 점은 박수받을 일이었다. 아버지로서 얼은 그런 재능을 가다듬고 발전시키기 위해서라면 뭐든지 하고자 했다.

1996년부터 해군 골프 코스 실 비치는 복무 중인 해군과 그 가족들의 사기 진작, 복지, 여가 활동만을 위해 이용하는 곳이다. 당시 18홀, 6,780야드의 디스트로이어 코스와 파 3, 파 4 홀로만 구성된 나인 홀의 크루저 코스가 있었다.

골프장은 우즈의 집에서 2마일도 안 되는, 차로는 5분 정도의 거리에 있었다. 퇴역 장교로 얼은 코스를 이용할 수 있는 특권이 있었기에 단골 이용객이었다. 시간이 지나면서 얼은 골프장에서 내로라하는 실력자가 됐다. 쿨티다는 타이거가 드나들기 전에는 얼을 따라 골프장에 간 적이 없었다. 타이거가 18개월이 됐을 때 쿨티다는 타이거를 연습장에 데려가서 볼을 쳐 보게 했다. 그런 뒤 유모차에 앉히면 잠이 들었다. 언젠가는 얼이 일하는 동안 쿨티다가 전화해서 타이거를 바꿔줬다.

“아빠, 오늘 아빠하고 같이 골프 하러 나가도 돼요?”

얼은 이 질문을 무척이나 좋아했고, 안 된다고 한 적은 한 번도 없었다. 타이거를 골프장에 데려가는 일은 쿨티다의 몫이었다. 타이거가 두 살이 지나면서 얼은 하루에 두 시간 정도 골프 연습하는 것으로 정했다. 대부분의 아이가 운동 기능이 발달하고, 또 모래 놀이 따위로 다양한 감각을 느끼는 시기에 타이거는 아버지와 골프장에 가서 연습하는 습관을 들였다.

1978년 어느 날 저녁, 얼은 아들의 인생을 바꿀 중요한 결단을 내렸다. CBS의 로스앤젤레스 지역 네트워크인 KNXT에 전화해서 32살의 스포츠 아나운서 짐 힐(Jim Hill)을 찾았다.

“우리 아들이 2살인데, 이 녀석이 앞으로 골프에서 엄청난 인물이 될 겁니다. 우리 아들은 인종 문제를 비롯하여 모든 걸 혁신할 겁니다.”

얼이 확신에 찬 목소리로 말했다.

초면인 사람에게 전화하는 것치고는 너무나 직설적이었다. 짐은 몹시 당황하여 어떻게 응대해야 할지 몰랐다.

"어떻게 그렇게 확신하시는 거죠?"

짐이 물었다.

얼 입장에선 그의 아들을 어떻게 미디어에 노출하는지 잘 알고 있었고, 마음의 준비를 항상 하고 있었다. 그리고 힐은 NFL에서 디펜시브 백*으로 7년 활약했고 골프광이었다. 더 중요한 건 그는 아프리카계 미국인이면서 유년기의 아이들을 몹시나 아낀다는 사실이었다. 그리고 로스앤젤레스 어반 리그, 로스앤젤레스시의 파크 앤 레크리에이션에도 적극적으로 참여하고 있었다. 또한 미국 전역에서 흑인의 골프장 출입이 제한적인 것도 익히 알고 있었다. 얼은 그의 아들이 언젠가는 이 나라의 유색인종 유소년들에게 골프에 대해 눈을 뜨게 해 줄 것이라고도 주장했다.

다음 날 아침, 짐과 카메라 팀은 해군 코스의 주차장에 도착했다. 모자와 골프셔츠를 차려입은 얼은 이들에게 온화한 미소와 함께 악수를 청했다.

"타이거는 어디 있습니까?"

짐은 단도직입적으로 물었다.

"따라오시죠."

얼이 이들을 연습장으로 안내했다.

연습장이 가까워지면서 짐은 경쾌한 타구음을 들었다. 그 타구음은 골프클럽의 가운데에 정확히 볼이 맞을 때 나는 소리였다. 그리고 그 소리를 내는 주인공을 보고는 충격을 받았다.

"그 작은 타이거가 볼을 똑바로 치는 걸 보면, 똑바로 가는 듯한 것이 아니라 자로 잰 듯 똑바로 갔습니다. 2피트 정도의 아이가 말입니다. 50야드 정도 보내는

* Defensive Back, 수비팀의 최후 열.

데, 매번 볼을 다 제대로 치는 거였습니다."

짐은 의심을 모두 버렸다.

"안녕, 타이거?"

짐이 먼저 말을 걸었다.

대답하지 않고 타이거는 살짝 쳐다보기만 했다.

"같이 골프 해도 괜찮겠니?"

짐이 물었고, 타이거는 고개를 끄덕였다.

짐의 첫 티샷 볼은 심하게 오른쪽으로 돌았고, 두 번째 홀 티샷 볼은 왼쪽으로 감겼다.

"그렇게 잘 치는 것 같진 않은데 어떻게 생각하니?"

짐이 물었다.

"네."

타이거는 단호한 표정으로 답했다.

짐은 타이거에게 매료됐다. 두 살의 타이거는 PGA 투어로 갈 수밖에 없는 운명의 스윙을 구사했지만, 또래의 아이들과 다를 바 없이 순진했다. 롱비치에 온 보람이 있었다. 타이거가 여러 가지 골프 게임 하는 장면을 카메라에 담은 후 얼은 방송국 사람들을 클럽하우스로 안내했다.

짐이 상냥하게 말했다.

"타이거, 인터뷰 좀 해 줬으면 좋겠구나."

얼은 아들을 무릎에 앉히고 카메라와 힐을 향해 몸을 틀었다.

짐이 물었다.

"타이거, 골프를 그렇게 좋아하는 특별한 이유가 있니?"

타이거는 한숨을 지으며 한쪽으로 고개를 돌려 버렸다. 힐이 다시 다른 질문을 했으나 이번에도 침묵했다. 짐이 답변을 끌어내려고 갖은 애를 썼지만, 타이거는 여전히 침묵했다. 오랜 침묵과 얼이 몇 차례 다독이다가 짐이 타이거 쪽으로 몸을 기울였다. 힐은 억지로 미소를 지으며 말했다.

"타이거, 내 밥줄이 너한테 달려 있단다. 골프를 그렇게 좋아하는 이유를 얘기해 줄 수 있니?"

타이거는 얼의 무릎에서 미끄러져 내려오며 말했다.

"응가 마려워요."

짐이 폭소를 터뜨렸고 카메라 팀도 소리 내며 활짝 웃었다.

짐의 타이거 우즈 관련 분량이 로스앤젤레스에 송출됐고, 짐 힐의 40년 넘는 방송 저널리즘에 몇 안 되는 대표작이 되었다. 두 살배기 아이가 무척이나 자연스러우면서 힘이 넘치게 골프클럽을 휘두르는 장면은 단번에 시청자들을 사로잡았다. 백스윙을 시작하면서 어깨가 돌아도 골반과 몸은 따라가지 않는, 흠잡을 데 없는 축소판 골프스윙은 할리우드에서 나온 허구처럼 보였다. 유년기, 청소년기의 친구들이 봐야 할 교과서적인 형태였다. 방송이 퍼지는 동안 짐은 마음속으로 대담한 예측을 했다.

'이 아이는 분명, 테니스의 지미 코너스(Jimmy Connors)나 크리스 에버트(Chris Evert)처럼 골프계에서 훌륭한 선수가 될 거야.'

얼이 대체 무슨 이유로 짐 힐에게 전화를 했는지는 알려지지 않았다. 재능 있는 아들을 자랑하고픈 아버지의 주체할 수 없는 성급함이었는지, 아니면 뭔가 더 큰 계획이 있었는지 알 수 없다. 1998년 그의 회고록에서 얼은 그의 아들이 얻은 명성이 전 세계로 뻗어 베트남 전장에서의 동료였던 타이거를 찾아서 당신 별명의 내 아들이라 전하고 싶다고 밝혔다.

"그냥 내 망상일 수도 있었겠지만, 언젠가 타이거 프헝이 내 아들에 대한 소식을 신문이나 TV에서 접해 수소문해서 나를 찾을 수도 있지 않았을까?"

이 내용은 타이거가 1996년 프로를 선언하면서 작성했다고 한다. 1978년의 얼 입장에선 이 말고도 많은 동기가 있었겠지만 하나는 명확했다. 만 두 살 반의 타이거 우즈는 의심의 여지가 없는 천재적인 재능을 보였다. 그에 대해 그의 아버지는 희한하고, 궁극적으로 약간 부담스러운 꿈을 꾸었을 것이다. 마치 소설《위대한 유산(*Great Expectations*)》에 나오는 허구의 소년이자 투쟁운동의 주인공 핍을 통해 작가인 찰스 디킨스(Charles Dickens)가 꿈꿨던 그것을 연상케 했다.

힐의 제작물이 KNXT를 통해 방영된 지 얼마 지나지 않아, ABC의 낮 토크 쇼 진행자인 마이크 더글러스(Mike Douglas)는 방송 관계자들에게 타이거의 섭외를 제안했다. 마이크 더글러스 쇼는 당시 미국에서 시청률이 높은 프로그램 중 하나였다. 1987년 10월 6일, 필라델피아에 있는 공개 스튜디오에서 제작됐다. 청중들의 환호 속에 타이거 우즈는 카키색 반바지, 흰 양말, 붉은색 목 테두리의 반소매 셔츠, 붉은색 모자를 쓰고 무대로 뛰어올랐다. 그의 등에 걸린 미니어처 골프 백의 무게 때문인지 타이거의 어깨는 앞으로 처졌다. 마이크, 코미디언 밥 호프(Bob Hope), 배우 지미 스튜어트(Jimmy Stewart)가 옆에서 지켜보는 가운데 타이거는 골프 볼을 티에 올리고는 무대에 설치된 네트를 향해 미니어처 골프클럽을 휘둘렀다.

"완벽합니다!"

청중이 환호하는 사이로 마이크가 외쳤고, 밥과 지미도 손뼉을 쳤다.

하지만 동시에 타이거는 불편해했고, 소심하게 그의 왼쪽 귀를 만졌다.

마이크가 물었다.

"타이거, 몇 살이니?"

타이거는 계속 귀를 만졌고, 얼이 대신 답했다.

타이거가 약간 불편해하는 걸 알아챈 마이크는 무릎을 꿇고 한 손을 타이거의 어깨에 올리며 부드러운 목소리로 밥 호프를 가리키며 말했다.

"이분이 누군지 알고 있니?"

타이거는 계속해서 귀를 만졌다.

얼이 다시 물었다.

"저분이 누구시지, 타이거?"

타이거는 다른 곳을 쳐다봤다.

"이쪽을 봐야지, 타이거? 이분이 누구신지 얘기해 줄 수 있니?"

분위기가 이상해지자 밥이 타이거 앞으로 몸을 숙이면서 미소 지었다.

"이분 이름 얘기해 줄 수 있겠니?"

얼이 다시 물었다.

타이거가 밥을 바라봤지만, 여전히 말이 없었다.

결국 얼은 타이거를 안아 올렸다.

"여기서 퍼팅 대결은 어떤가요, 호프 씨? 퍼팅도 할 줄 알죠?"

마이크가 분위기를 바꿨다.

"아, 그럼요!"

얼이 답했다.

무대에 설치된 인조 그린에 선 타이거는 홀에서 5피트 볼을 놓고 툭 쳤지만 성공시키지 못했다. 두 번 더 시도했지만 모두 무위였다. 얼이 다시 타이거 발 앞에 볼을 놓고 물러섰다. 타이거는 볼을 다시 집어 올려 2인치쯤 앞에 놓고 이번에는 정확하게 홀에 넣었다. 청중석에서 환호가 터졌다. 밥은 무릎을 치면서 법석을 떨었고, 마이크는 너무 심하게 웃다가 들고 있던 골프 볼이 담긴 통을 떨어뜨렸다.

이 광경을 재미있게 볼 수도 있지만, 마이크 더글러스 쇼에 등장한 타이거에게서 아동 심리학자들이 말하는 영재의 요소, 즉 조용함, 예민함, 스스로 고립시키는 점들이 드러났다. 아버지를 기쁘게 하고픈 확고한 의욕, 마지막 퍼트는 절대 놓치지 않겠다는 그의 확고한 결심 속에 보이는 성공에 대한 집착, 이 모든 것이 신경질적으로 끊임없이 귀를 만지는 것으로 나타났다. 유소년 연구가이자 심리학자인 앨리스 밀러(Alice Miller)의 유명한 책《영재의 드라마(*The drama of the Gifted Child*)》에서 영재는 또래의 다른 아이들보다 더 총명하고, 예민하며, 감정적으로 더 인지한다고 밝혔다. 오랜 기간 연구를 통해 영재는 부모의 기대에 잘 부응하며, 그 기대를 충족하기 위해서는 심지어 아이의 감정이나 필요까지 억제하면서 수단과 방법을 가리지 않는다고 앨리스는 결론지었다. 앨리스는 이를 유리 상자라고 정의했다. 부모의 이상적인 아이가 되기 위해 진정한 자신을 잠가 둔다는 가설이었다.

배우 지미 스튜어트는 유아 심리학자는 아니다. 하지만 연예계에 60년 넘게 몸담은 사람이었다. 그는 이른 시기에 부모로 인해 큰 무대에 등장했다가 조용히 사라지거나 또는 등장했을 때의 기대와는 달리 평범하게 변한 아이들을 수없이 목격했다.

타이거의 데뷔 무대가 끝나고 지미는 무대 뒤에서 얼과 이야기했다. 그러고는 마이크에게 고백했다.

"타이거처럼 아이 같지 않은 멋진 아이들, 반짝이는 눈의 부모들 많이 봐 왔어."

타이거 우즈의 전국적인 방송 출연은 앞으로 전개될 어마어마한 이야기의 불씨였다. 과장이 아니라 진정 바로 그날 스타가 탄생한 것이다. 또 스타가 조금은 일찍 탄생한 것일 수도 있다. 무하마드 알리(Muhammad Ali), 펠레(Pele), 마이클 조던(Michael Jordan), 슈테피 그라프(Steffi Graf), 우사인 볼트(Usain Bolt)를 비롯한 세계의 훌륭한 선수라 해도 2살에 전국의 시청자 앞에 선 적은 별로 없을 것이다. 하지만 얼이 아들을 미디어에 꾸준히 노출한 결과 타이거에게는 카메라 앞에 나서는 것이 일상이 됐다.

얼마 후 얼은 타이거를 당시 대단히 유명한 TV 프로그램인 〈댓츠 인크레더블(That's Incredible!)〉에 데리고 나갔다. 과거 이 프로그램에선 자연의 놀라움을 비롯해 단검으로 저글링을 하거나 헬리콥터 프로펠러 위를 모터사이클이 뛰어넘는 등의 신기에 가까운 장면이 방영되었다. 다섯 살에 타이거 우즈는 이 프로그램에 출연해 오랜 시간을 보냈고, 말은 카메라 앞에서 아버지가 다 했다. 엄마는 타이거 옆에 서 있었고, 뒤로는 타이거의 트로피가 배경이었다.

얼이 말했다.

"우리는 타이거에게 뭐가 되고 뭐가 될 수 없는지 명령하지 않는다. 우리는 타이거와 함께 골프에 매진한다. 그게 볼링이었어도 마찬가지였을 것이다."

타이거의 선택이었다고 얼이 거들먹거릴 때마다 쿨티다는 차가운 시선으로 그를 바라보곤 했다. 타이거에게는 선택의 여지가 없었다. 다섯 살 아이의 선택이라기보다 부모가 선택했다는 것이 더 정확할 것이다. 우즈의 집에서 타이거와 그의 골프에 관한 한 모두가 얼의 결정에 달려 있었다.

얼은 타이거가 네 살이 됐을 때 전문 교습가에게 체계적인 레슨을 받을 시기라 판단했다. 집에서 7마일 거리의 롱비치 근처 파 3 퍼블릭 코스인 허트웰 골프 코스로 향했다. 문제는 얼이 교습비를 감당할 형편이 못 된다는 것이었다. 결국 쿨티다가 나서야 했다.

루디 듀런(Rudy Duran)이라는 서른한 살의 어시스턴트 티칭프로가 허트웰에서 유소년 담당으로 일하고 있었다. 검은 곱슬머리에 콧수염을 기른 다부진 체격이었다. 1980년 어느 봄날, 골프장의 프로숍에서 카운터를 지키는 동안 한 여인이 4살의 아이를 데리고 들어왔다.

"우리 아들이 매우 재능이 있어요. 이 아이에게 개인 레슨을 해 주신다면 참 고맙겠어요."

쿨티다가 말을 걸어왔다.

루디가 카운터 너머로 몸을 뻗어 내려보자 타이거가 올려다보고 있었다. 루디는 네 살의 아이가 골프 하는 걸 처음 접했다. 루디의 반응은 얼이 짐 힐을 불렀을 때의 그것과 다를 바 없이 의심이 가득했다. 그래도 내색하지 않고 친절하게 응대했다.

"글쎄요, 한번 볼까요?"

루디는 쿨티다와 타이거를 연습장으로 안내했다. 루디가 네 개의 골프 볼을 올려놓자 타이거는 얼이 잘라 준 클럽을 꺼내 들었다. 베이스볼 그립으로 클럽을 잡고는 휘둘렀는데, 네 번 모두 다 50야드 남짓 완벽하게 오른쪽에서 왼쪽으로 돌며 날아갔다.

'와!' 타이거의 날아가는 볼을 바라보며 루디가 속으로 감탄했고, 타이거의 스윙 폼을 관찰했다. 루디는 타이거의 스윙 모션을 분석하기 어려웠다. 그 어떤 프로들도 저렇게 스윙을 할 수 있을까?

"아드님을 가르치겠습니다. 여기 언제든 데려와서 연습하게 하세요."

루디가 쿨티다에게 미소 지으며 말했다.

당시 허트웰에서의 주니어 골프선수의 한 시간 교습 비용은 15달러였다. 하지만 루디는 비용에 관한 이야기를 꺼내지도 않았고, 쿨티다 또한 묻지 않았다. 타이거가 신동이라 확신하며 금전적이나 나이의 제한을 두지 않고 타이거의 기량이 올라오기를 원했다. 이후 6년 동안 루디는 타이거의 개인 레슨을 맡으며 얼과 쿨티다에게 비용을 요구하지 않았고, 얼과 쿨티다 또한 보수를 지급하지 않았다.

루디는 타이거에게 맞는 골프클럽을 만들어줬고, 타이거 또한 루디를 잘 따르게 되었다. 당시 주니어가 사용하는 대부분의 골프클럽은 약간 장난감 같았다. 하지만 루디는 연습장에서 일하는 동안 골프 그립을 갈아 끼우고, 우드 계열 클럽을 손질했으므로 4살 아이에게 맞춤 클럽을 다듬어주는 일은 그리 어렵지 않았다. 가벼운 여성용 샤프트를 사용해서 무게를 줄였고, 타이거의 키에 알맞게 잘라내어 그의 작은 손에 맞게 그립도 깎아냈다.

루디의 교습 방법으로 결국 타이거가 본격적으로 라운드를 할 수 있게 됐다. 이미 율동적인 스윙에 흠잡을 데 없는 균형감각을 습득했다. 스윙의 피니시에서도 무게가 거의 온전히 왼발 쪽으로 실렸고, 몸의 방향도 목표로 향했다. 그렇게 튼튼한 본질을 갖춘 스윙의 아이는 유별났다. 그래서 이 엄청난 소년에게 레슨 대신, 타이거의 자연스러운 능력과 골프에 대한 애착이 유기적으로 성장하게 했다. 4살의 타이거가 루디와 18홀 라운드를 함께했다. 타이거는 마치 골프 코스에서의 작은 투어 선수 같았다. 하지만 코스 밖에서 타이거는 루디에게 맥도날드의 해피밀이나 영화 〈스타워즈〉에 대해 이야기하곤 했다. 집 밖에서 루디는 타이거의 가장 친한 친구가 됐다.

허트웰 코스는 당시 파 54였는데 타이거에게 자신감을 북돋우기 위해, 루디는 파 67의 타이거 파를 만들었다. 예를 들어 140야드 파 3 홀의 경우 타이거의 드라이버 거리가 80야드 갔을 때 7번~9번 아이언 거리가 남는 점을 파악했다. 만일 타이거가 그 홀에서 그린을 적중하고 퍼트를 한 번에 넣으면 코스에선 파였겠지만, 타이거 파에선 버디였다. 시작한 지 1년이 지나지 않아, 타이거는 루디의 타이거 파를 깨고 8 언더 파 59타 기록을 작성했다.

루디는 타이거에게 맞는 클럽이 필요하다고 느꼈다. 얼도 이에 동의해서 함께 컨피던스 골프라는 회사를 방문해 영업사원을 찾았다. 그때 이미 캘리포니아 남부에서 타이거의 골프에 대한 소문이 자자했고, 컨피던스 골프 또한 소문의 주인공과 인연을 맺고 싶어 했다. 영업사원은 타이거에게 무상으로 골프클럽 세트 장비를 제공했다.

유치원 등원까지 아직 몇 달이나 남았지만, 우수한 선수들이라면 물건을 구매할 필요가 없다는 점을 타이거는 이미 알기 시작했다. 개인 레슨, 골프장 이용료, 장비, 이러한 것들은 골프 컨트리클럽 가족의 자녀들이나 누릴 수 있는, 사회경제적 측면에서 우위에 있는 이들에게서나 들을 수 있는 이야기였다. 타이거는 컨트리클럽의 자녀가 아니었지만, 결코 이러한 점이 타이거를 막을 순 없었다.

얼은 항상 그의 아들에게 뭔가 강렬함을 만들어주고 싶었다. 타이거가 초등학교 다닐 때 아버지는 스스로 동기부여를 할 수 있는 메시지가 담긴 테이프를 카세트 플레이어에 담아 타이거에게 줬다. 마음을 굳게 다지는 말을 비롯한 개천의 물소리 같은 자연의 소리나 차분한 음악이 카세트 플레이어에서 흘러나왔다. 80년대 초반, 다른 아이들이 워크맨으로 마이클 잭슨의 〈스릴러(Thriller)〉를 듣고 다녔을 때 타이거는 자신을 더 위대하게 만드는 말들로 몸과 마음을 채웠다. 카세트 플레이어로 들었던 말을 종이에 옮겨 적은 뒤 침대 방의 벽에 붙여놓곤 했다.

나 자신을 믿는다.
나의 운명은 내게 달려 있다.
난관에 미소 지을 것이다.
내 문제를 처음 해결하는 사람은 나 자신이다.
내 다짐을 압도적으로 이룰 것이다.
내 힘은 위대하다.
그 힘을 쉽게 태연하게 따를 것이다.
내 의지는 산을 움직이게 한다.
나는 온 힘을 모아 내 모든 것을 쏟을 것이다.
내 결단은 강력하다.
내 마음을 다해 모두 이룰 것이다.

너무 자주 듣다 보니 테이프가 닳았다. 이러한 메시지들이 타이거에게 자신감을 불어넣었고, 여섯 살의 그는 샌디에이고의 옵티미스트 인터내셔널 주니어 골프 챔피언십 대회에 출전했다. 150명 중에서 8위로 마쳤는데, 타이거보다 잘한 일곱 명은 모두 10살이었다. 1984년 타이거가 여덟 살이던 해에, 9~10세 부문에서 우승을 차지했다. 같은 대회에서 1년 뒤에 다시 챔피언에 올랐을 때는 2위와 무려 14타 차이였다.

골프 코스에서 타이거 우즈는 자신감이 넘쳤던 나머지 건방져 보이기도 했다. 거들먹거리며 걸었고, 퍼트를 성공시키면 기쁨의 행동을 하기도 했다. 반면 학교에선 손을 잘 들지 않았다. 너무나 소심한 나머지 언어장애까지 있었다. 나중에 타이거가 밝힌 내용을 보면, '말 더듬는 게 뚜렷했고, 무척이나 신경이 쓰였다. 수업시간에 매번 맨 뒷자리에 앉아서 선생님이 나를 부르지 않길 기도했다.'

학교에서 유일하게 달변이었던 순간은 골프를 이야기할 때였다. 선생님들도 타이거가 골프를 이야기할 때엔 갑자기 자신감 넘치고, 유창하게 말했다고 회상했다. 하지만 다른 주제에 대해서는 어김없이 위축됐다.

나중에 타이거가 밝힌 또 다른 내용이다.

"분명 머릿속에는 있었는데 입 밖으로 꺼낼 수가 없었다. 내가 말을 해야 할 때면, 너무 심하게 더듬어서 그냥 포기했다."

2년 동안이나 방과 후 교실을 통해 편안하게 말하기를 배우려 했으나 여전히 문법 수업에서 말 더듬는 걸 떨칠 수 없었다. 골프는 그에게 양날의 검이었다. 한편으로는 그의 손에 골프클럽이 있으면 불안함은 사라지고 자신감이 솟구쳤다. 하지만 다른 팀 동료와 소통하고 서로 간의 영향이 갈 수 있는 팀 스포츠와 달리 어쩌면 지나치게 많은 시간을 홀로 지내야 하는 골프이기도 하다. 고학년으로 올라가도 타이거는 학교가 끝난 후 친구들과 지내는 시간이 거의 없었다.

타이거가 회고한 내용 중에 이런 것이 있다.

"어릴 때 차고에서 퍼팅 연습하면서 몇 시간이나 있곤 했다. 아버지는 상태가 가장 안 좋고 닳을 대로 닳은 카펫을 바닥에 뒀는데 거기에 퍼터의 헤드가 겨우 지나갈 넓이의 표식이 있었고 나는 그걸 통로라고 불렀다. 퍼터로 백스윙 시작할 때 헤드가 그 통로 안으로 들어가고, 볼을 때릴 땐 그 통로를 지나가고, 때리고 나서 다시 헤드가 안으로 들어오는지를 확인하기 위해서였다.

부지불식간에 나는 그 차고에서 터득했다. 그 차고 바닥의 카펫은 쥐 소굴이 될 정도로 더러웠고 노란색, 녹색, 오렌지색이 섞인 카펫이었지만 색이 다 바랬다. 완전히 썩어서 아버지는 절대 쓰지 않았지만 나는 그 카펫 위에서 몇 시간이고 퍼트 연습을 했다."

스윙코치와 보내는 시간이나 해군 골프장, 또는 차고에서 연습하는 시간 외에 대부분은 방에서 보냈다. 주로 동기부여의 메시지가 담긴 테이프를 듣거나 부모님이 그를 위해 입양한 래브라도 리트리버 한 마리와 함께 있었다. 이름을 붐붐(Boom

Boom)으로 지었는데, 붐붐에게 말할 땐 더듬지 않았다.

"내가 잠들 때까지 내가 하는 말을 다 들어주었다."

타이거가 회상했다.

CHAPTER FOUR

신동

10살의 타이거 우즈는 거실 소파에 앉아서 TV를 뚫어져라 보고 있었다. 엄마가 바로 옆에 앉았고, 얼은 옆 의자에 앉아서 함께 TV를 봤다. 1986년 4월 13일, CBS 채널에서 마스터스의 마지막 라운드가 생중계되고 있었다. 그날 이미 얼과 타이거 부자는 집 근처의 해군 골프장에서 일찍 아홉 개 홀 골프를 다녀온 뒤였다. 46살의 잭 니클라우스가 3피트 버디를 성공시키며 선두로 나서고, 오거스타는 그야말로 페이트런*의 환호로 광분의 도가니였다.

"의심의 여지 없이 곰이 동면에서 깼습니다!"

중계 아나운서가 감탄했다.

니클라우스는 그날 마스터스 통산 여섯 번째 우승을 달성하면서 그린 재킷을 품에 안은 최고령 선수 기록을 세웠다. 그의 열여덟 번째이자 마지막 메이저 타이틀을 거머쥐었다. 이 시기에 타이거는 스스로 골프 스코어를 계산한 지 7년 정도 지났다. 타이거는 마스터스에서 골프 하길 꿈꿨다. 니클라우스의 역사적인 업적은 타이거에게 마스터스의 마수걸이 기억을 심어줬다.

"1996년 마스터스 마지막 몇 홀에서 보였던 그의 일거수일투족은 내게 깊은 인상을 심어줬다. 그의 행동은 자연스러웠고, 또 한 타에 얼마나 집중하는지를 보여줬다. 잭은 46살이었고 나는 겨우 열 살이었는데, 말로 표현할 수 없었다. 하지만

* 골프의 관중을 갤러리라고 하지만 마스터스의 갤러리는 페이트런(Patron)이라고 통상적으로 칭함.

그가 있던 자리로 내가 가고 싶었고, 그가 하는 것들도 내가 하고 싶었다."

나중에 타이거가 회고했던 내용이다.

얼은 애연가였고, 뭔가 깊은 생각에 빠졌을 땐 담배를 오래 흡입했다가 천천히 내뱉곤 했다. 그의 아들이 위대한 잭 니클라우스를 집중해서 보는 데에 많은 생각이 들었다. 모두 백인인 갤러리에 황금색 머릿결의 니클라우스가 나오는 오거스타 내셔널의 풍경은 우즈네 거실과 너무 달랐다. 1934년에 미국의 PGA는 회원을 오직 '코커시언 프로골퍼'로 제한하는 규칙을 제정했다. 1961년에서야 비로소 그 규칙이 없어졌지만, 여전히 오거스타 같은 몇몇 클럽들은 오로지 백인들의 수호자였다. 얼은 이를 그냥 넘어갈 수 없었다. 그의 일생 전반에서 그는 피부색으로 인해 개인적으로, 또 사회적으로 출세할 수 없었다고 믿었다. 예쁜 백인 소녀와 춤을 출 수 없었던 점, 대학 야구선수 시절 중서부 지역의 모텔에서 묵을 수 없었던 점, 인종차별 편견의 상사로 인해 육군에서 승진할 수 없었던 점들이었다.

얼이 언젠가 회고했다.

"나는 인종차별, 따돌림, 적게 주어지는 기회와 끊임없이 싸웠다. 교육을 잘 받고, 사리 분별을 잘하는 흑인에게 그냥 기회가 완전히 차단돼 뭔가 의미 있는 일을 하거나 인생의 과정에 성공적으로 관여할 수 없었다. 여러모로 너무나 참담하고 질식할 정도였다. 특히 하고자 하는 의지가 있어도 기회조차 없었다."

얼은 그의 아들이 이 모든 것을 바꿀 것이라고 다짐했다. 흑인이라는 편견도 그를 막을 수 없을 것이고, 타이거는 분명 의미 있는 일을 이룰 것이다. 분명 기회가 타이거에게 올 것이고, 잭과 맞먹는 업적을 이룰 거라고 말하는 이들에게 엿 먹으라고 조롱할 것이다. 타이거는 잭보다 더 훌륭한 선수가 되기 위한 준비에 들어갔다.

1986년 마스터스 대회가 끝난 후, 『골프 다이제스트』는 잭 니클라우스의 역대 업적을 대서특필로 다뤘다. 그중에 그가 시대별로 이룬 업적을 나열했는데, 타이거는 이 면을 자신의 방 벽에 붙였다. 그 이후로 타이거는 아침에 일어나거나 잠들기 전까지 잭 니클라우스 기사를 보게 되었다.

타이거가 루디 듀런을 스윙코치로 둔 지 6년 정도 지나서 얼은 바꿀 시기가 됐다고 판단했다. 타이거의 키가 점점 더 자랐고, 얼은 아들의 스윙을 잡아갈 수 있는 코치가 필요하다고 판단했다. 사이프러스에서 13마일 거리의 미도라크 골프장 프로로 있는 존 앤설모(John Anselmo)가 얼의 머리에 스쳤다. 존은 캘리포니아 지역에서 많은 영재 골퍼를 가르친 유명인이었다. 얼은 1986년 마스터스 후에 존을 찾아가 그의 철학, 레슨 방법론에 관해 물었다.

존은 이미 타이거에 대해 알고 있었다. 그리고 타이거의 스윙을 보고 예사로운 스윙이 아님을 직시했다.

"이런 능력의 친구는 처음 봅니다." 존은 얼에게 타이거를 가르치기 위해서는 조금 다른 접근이 필요하다고 설명했다. "특별히 손 볼 필요가 없습니다. 그냥 느낌에 맡기면 좋겠습니다. 감각이 자연스럽게 자라나게 할 겁니다. 감각을 느끼는 건 기본으로 갖춰야 하는 거죠."

얼은 존이 캘리포니아 남부 지역에서 최고의 스윙코치라는 점을 잘 알고 있었다. 둘은 이미 우즈와 루디가 암묵적으로 합의했던 것처럼 존은 비용을 요청하지 않았고 얼도 제공하지 않았다.

존이 처음 타이거와 세션을 가진 뒤 단번에 간파한 부분이 있었다. 타이거의 스윙 궤도가 다소 완만했던 점, 즉 백스윙에서 왼팔이 어깨 위로 올라가지 않았고, 스윙을 시작하자마자 손목이 구부러지는 점이었다. 그러나 아무도 이 점을 집어내지 못했다.

타이거는 존의 이런 기술적인 방법을 받아들였다. 그리고 골프 게임을 끌어 올리기 위한 훈련에 매진했다. 존의 가르침에 따라 볼과 발의 거리, 팔이 자동으로 내려오게 하기 등을 습득했다. 그리고 동시에 클럽을 잡는 대신, 연습장의 볼 바구니를 양손으로 잡고 자연스럽게 백스윙에 들어갔다. 목표에서 멀어지면서 등과 왼쪽 팔의 근육이 뻗어 갔다. 진정 신세계였고, 타이거가 더 크고 더 많이 움직이는 방법을 터득했다.

존이 타이거에게서 관찰한 또 다른 점으로는 그가 장타에 중독되다시피 한 점이었다. 기술적으로 결함이냐 아니냐를 떠나서 태도의 문제였다. 훈련이나 연습을 통해서 보완될 수 있는 문제가 아니었다. 하지만 이렇게 강한 스윙을 하면 천부적인 골퍼를 망가뜨릴 수 있다고 존은 생각했다.

타이거와 존은 일주일에 한 번씩 만나기 시작했다.

골프 레슨과 연습장으로의 이동은 쿨티다의 책임이었다. 대회장에도 쿨티다가 함께 따라다녔다. 얼이 정상적인 시간 근무를 하면서 타이거는 나머지 시간을 어머니와 보내곤 했다. 어디든 둘이 함께했다. 타이거 가족이 존을 만나기 전, 타이거는 태국으로 가서 어머니의 나라와 종교를 체험했다. 태국에서 수도승도 만났다. 쿨티다는 타이거가 태어나서 9살 때까지의 기록을 수도승에게 보여줬다. 그녀는 나중에 어떤 기자에게 이에 관한 이야기를 전했다.

"타이거를 임신했을 적에 수도승이 이 아이가 태어나게 신이 허락했냐고 물었어요. 나는 왜 물어보냐고 했죠. 신이 내린 특별한 천사가 태어날 것이라고 내게 말했어요. 그 승려는 골프를 몰랐고, TV도 보지 않는 분이셨어요. 그냥 하늘이 내린 천사라고 말했고, 나중에 커서 세상의 리더가 될 거라고 했어요. 만일 군대로 간다면 4성 장군이 될 거라고 예언했었죠."

태국으로의 여행은 타이거와 어머니의 관계 형성 발달에 중요한 시간이었다. 굳이 불교에 대해 강압적으로 믿으라는 부담은 없었지만, 어머니를 기쁘게 해 주고 싶어 했다. 쿨티다는 매일 밤 잠들기 전에 기도하면서 다음 생에서도 타이거가 자기 아들이기를 소망했다. 타이거의 골프클럽 헤드 커버에 적힌 태국어는 '락작미아(Rak jak Mea)'로 어머니의 사랑을 뜻한다. 그녀는 타이거에게 늘 확신하듯 말했다.

"언제든 나를 의지하렴. 나는 네게 절대로 거짓말을 하지 않는다."

둘은 많은 시간을 차에서 보냈고, 캘리포니아 남부에서의 레슨, 연습, 대회에도 함께 돌아다녔다. 타이거가 대회에 나가면 쿨티다는 항상 전 라운드 경기를 따라다녔고, 스코어카드에 타이거의 경기를 모두 적었다. 그녀는 스코어 적는 것을 매우 중요시했다. 타이거의 경쟁자들에게 상냥하고 경의를 표하긴 했지만, 그들이 타이거를 제압하는 것은 절대 용납하지 않았다. 어느 날 차를 타고 가면서 자신의 철학을 아들에게 전했다.

"스포츠 세계에서는 상대의 목을 향해서 가야 해. 친근하게 대하면 그들은 오히려 너를 제압하려 들 거야. 그러니까 그냥 끝내버리고 심장을 가져가 버리라고."

타이거에게는 골프장 밖에서의 몇 가지 규칙이 있었다.

1. 골프보다 공부가 더 중요
2. 연습 전에 숙제하기
3. 험담하지 않기
4. 부모를 공경하기
5. 어른을 존중하기

그러나 골프장에선 단 하나의 규칙만 있었는데, '자비는 없다.'는 것이었다.

주니어 골프 대회에서는 냉철한 정신력의 선수는 거의 없다고 봐야 한다. 그러나 1987년 11살의 타이거 우즈는 주니어 골프 대회 서른세 개 대회에 출전해 모조리 정상에 올랐다.

"내가 모두를 제압했다는 느낌이란 아무 느낌이 없는 듯했다. 2위는 첫 번째 패배자이다."

타이거가 말했다.

저녁 시간은 아버지인 얼이 맡았다. 저녁에는 대부분 얼이 퇴근하면 해군 골프장으로 가서 해가 질 때까지 함께했다. 아버지와 골프장에 단둘이 있는 시간을 타이거는 좋아했다. 그 시간이 그에게는 평온한 시간이었다. 아주 가끔, 얼이 예약하면 누군가 함께 라운드에 나서기도 했다.

타이거가 12살이던 어느 날, 해군 구축함 부대장 에릭 우테가르드(Eric Utegaard)가 늦은 오후 라운드에 합류했다. 에릭은 해군 사관학교가 1909년 골프팀을 창단한 이래, 1969년 처음 올 아메리카 자격을 얻는데 기여한 경력의 인물이었다. 때로는 그가 시간을 마련해서 얼과 타이거를 초대해 18홀을 돌기도 했고, 또 그의 친구이자 해군 사관학교 골프팀에서 일한 적이 있는 해군 대위 제이 브룬자(Jay Brunza) 박사를 불러 팀을 꾸리기도 했다.

"무슨 일을 하시는 분인가요?"

얼이 제이에게 물었다.

제이는 자신을 메릴랜드주 아나폴리스의 해군 사관학교 학부에서 일했던 심리학자라고 소개했다. 그리고 베데스다 해군 병원 소아 종양 부서에 있었는데, 그곳에서 암을 비롯해 생명을 위협하는 질병의 유소년들을 도운 경험도 있다고 했다. 예를 들어 어떤 아이가 백혈병으로 인해 방사선 치료를 받을 때 다른 생각을 하도록 유도하는 방법, 즉 의식의 전환으로 극복하는 방법을 활용하는 것이라고 했다. 일종의 최면으로 환자들이 불편함에 대처하는 방법이었다. 진지한 이야기를 빼면 제이는 골프 실력도 괜찮았는데 해군 사관학교의 골프팀에서 스포츠 심리학자로 일하고 있었다.

에릭이 먼저 얼에게 라운드를 제안했고 타이거가 제이와 만나는 것도 제안했다. 타이거가 제이에게 먼저 다가갔고, 제이도 흔쾌히 받아주었다. 타이거는 이런 분위기가 좋았다. 그리고 제이가 골프를 할 수 있는 점이 기뻤다. 라운드가 끝나갈 즈음 얼은 두 사람의 친밀도가 금세 좋아졌음을 느꼈다. 18홀이 끝나고 얼은 제이를 따로 불렀다.

"컨트리클럽의 자녀들이 가진 우월한 그 무언가를 타이거에게도 줄 수 있게 도와주시겠습니까? 타이거하고 함께 일해 주시겠습니까?"

타이거는 이미 1년 넘게 존 앤설모와 스윙 밸런스를 보완하기 위해 작업했다. 제이는 주말에 샌디에이고에서 넘어와 타이거에게 샷을 시각화하는 방법을 가르쳤다. 처음에는 타이거에게 정신적 영향을 주는 메시지를 담은 카세트테이프를 건넸다. 오로지 타이거를 위해 맞춤 제작된 테이프였다. 둘은 호흡과 시각화 훈련을 동시에 했다. 이 훈련으로 타이거는 크게 숨을 들이마신 뒤 잠시 멈췄다가 스윙을 실행하기 전까지 천천히 내쉬는 방법을 터득했다. 타이거를 조금 편안하게 해 주는 방법이었다. 그리고 퍼트에 대한 접근도 바꿨다. 이전까지는 단순하게 홀에다 넣는다는 것에 주안점을 두었지만 홀 주변을 시각화한 후에 퍼트하는 방법을 시작했다. 제이는 수년간 항암치료에 적용했던 최면의 기술을 활용했다.

"최면술의 주요소는 완전히 몰두한다는 것이다. 최면에 걸리면 자신을 통제할 수 없다고 생각하지만, 아니다. 의식과 몰두하는 것을 더 고조시키는 것이다. 나는 타이거에게 제대로 집중할 수 있는 기교를 가르쳤다. 스스로 자연스럽게 임하면서도 의식을 조작하는 방법이다."

제이가 설명했다.

매번 레슨이 끝난 후 제이는 타이거에게 집에서 해야 할 몇 가지 목록을 적어서 건넸다. 의무적으로 연습하라고는 하지 않았다.

"타이거는 제가 가르친 아이 중 최고입니다. 아주 창의적이고 천부적인 아이입니다."

제이가 감탄했다.

다른 아이들과 마찬가지로 타이거 역시 장난감이나 게임을 좋아했다. 하지만 골프클럽의 그립, 부드럽고 반짝거리는 드라이버 샤프트, 새 골프 백의 부드러운 가죽과 냄새, 이런 것들이 타이거를 매료시켰다. 타이거는 골프 신발부터 골프볼, 클럽헤드 커버까지 자신의 물건들을 유별나게 아꼈다. 타이거의 이런 점을 알아챈 존 앤설모는 자신의 제자를 소개했다. 스물다섯 살의 스코티 캐머런(Scotty

Cameron)이었다.

스코티가 어릴 적엔 그의 아버지가 차고에서 퍼터를 연구했다. 시작할 땐 어설프게 손질하는 수준이었지만 차고는 시간이 지나면서 작업장으로 변했다. 스코티와 아버지가 골프장에 있지 않으면 대부분 차고에서 그립을 끼우거나 클럽헤드를 빚거나 부자가 말하는 실전실험을 위해서 퍼터 모양을 설계하는 일을 했다. 스코티는 일찌감치 프로에는 소질이 없다는 걸 알았고, 퍼터 수작업이 더 천성이라 여겼다. 20대 초반에 스코티는 차고에서 나와 따로 스튜디오를 열고 최첨단 장비의 최정예 클럽을 생산하고 있었다.

타이거는 캐머런의 작업을 목격하고는 경외심을 가졌다. 캐머런보다 13살이나 어렸지만 타이거는 자신이 하고 싶은 말을 했다. 스코티에게는 그의 미래가 골프의 혁신을 일으킬 선수의 손에 자신의 퍼터를 쥐게 하는 것으로 생각되었다. 타이거는 스코티의 퍼터를 사용하기 시작했다.

남부 캘리포니아 최고의 골프 코치, 주니어 대회에 캐디로 나서 주는 군사훈련을 받은 심리학 박사, 맞춤 퍼터를 제작해 주는 진정한 공예가까지 12살의 타이거에게는 성인들이 항상 주변에 있었다. 그의 골프 백에 있는 모든 장비는 그의 또래 친구들과는 비교할 수 없는 최상급의 것들이었다. 그리고 그의 부모는 종종 팀 타이거(Team Tiger)라고 쓰인 티셔츠를 입고 골프장에 나타났다. 그들의 삶은 부유한 컨트리클럽의 아이들을 상대하는 그의 아들을 위해서라면 무슨 일이든 가리지 않았다. 주니어 대회에서 그가 앞으로 나오면 다른 아이들은 주눅 들기 일쑤였다.

그렇다 해도 타이거가 거울에 비친 자신의 모습을 보면 여전히 왜소하고 깡마른 체격이었다. 그렇게 강인해 보이지 않는다는 확신에 찬 타이거는 아버지에게 도움을 요청했다.

얼은 타이거에게 자칭 우즈 피니싱 스쿨(Woods Finishing School) 과정을 체험하게 했다. 얼이 과거 군대에서 부하들에게 가르쳤던 방식의 심리전과 전쟁포로 기법을 활용했다. 아들을 더 강하게 만들기 위해 극한의 상황으로 몰았다.

타이거가 나중에 말했다.

"아버지가 했던 정신적인 훈련이었는데, 골프에서 내가 충분히 맞닥뜨릴 수 있는 것들로 단련했다. 내 주위 상황들을 인지하면서 내가 처한 다음 샷에 온전히 집중할 수 있게 가르쳐 주셨다."

얼이 나중에 골프 기자들에게 자랑처럼 얘기했던 내용이다. 예를 들면 타이거가 퍼트할 때 주머니의 동전을 딸랑거리거나 백스윙을 시작할 때 기침을 하거나 클럽 백을 넘어뜨리는 방법들이었다고 했다. 그가 회고록에 쓰길 '그건 심리전이었다. 나는 타이거가 그 누구든 정신적으로 더 강인한 선수를 마주치지 않길 바랐고, 실제로 그렇게 됐다.'

얼을 비롯한 다른 사람들이 그 이야기를 했을 땐 마치 부자간의 다정한 이야기처럼 들렸다. 아버지에게서 아들에게 전수된, 조금은 기발한 레슨이었다. 실제로 얼이 타계한 한참 뒤에 타이거가 밝힌 내용에 의하면 얼의 전략은 오히려 악습이었다고 했다.

"아버지는 내가 볼을 치려 할 때나 스윙할 때 거의 매번 의도적으로 비속한 말들을 하셨다. '꺼져, 타이거!'라든가, '망할 놈의 자식', '쓸모없는 새끼', '깜둥이 꼬마, 기분이 어떠냐?' 식의 말을 너무나 태연하게 하셨다. 끊임없이 나를 깔아뭉갰고, 내가 진짜 화가 났을 때 '클럽 던져버리고 싶은 거 알지만, 절대로 그렇게 하지 마라. 절대로!'라면서 되잡으셨다. 나를 진정으로 극한까지 몰고 가서는 물러났다가, 또다시 극한으로 몰았다가 물러나기를 반복하셨다. 난폭한 분위기였다."

타이거가 12살 무렵에 아버지로부터 그렇게 모욕을 당하면서 반복적으로 들었던 기분을 알 수는 없을 것이다. 하지만 2017년 그가 41살이 되었을 때 그때의 경험에 관해 얘기했다.

"나는 내가 화나기 전까지 아버지가 나를 극한으로 몰아주시기를 바랐다. 이 과정으로 내 마음에 퍼지는 불안한 마음을 떨쳐버릴 수 있었다. 아버지와 나는 약속된 단어를 미리 정하고, 내가 더 견디기 힘들 때 그 단어를 말하기로 했다. 하지만 나는 그 약속된 단어를 절대 입 밖에 내지 않았다. 내가 하려 했던 것을 절대 포기하지 않았다. 내가 만일 그 단어를 말했다면 나는 쉽게 포기하는 사람이 되었을 것이다. 나는 포기하지 않는다."

타이거가 말한 그 약속의 단어는 '그만해(enough)'였다.

얼의 방식은 타이거가 그전에 경험했던 그 무엇보다 강렬한 시도였다. 루디 듀런이나 존 앤설모는 타이거의 자신감을 끌어올리기 위한 훈련에 집중했다. 제이 브룬자 박사는 타이거에게 절대로 목소리를 크게 내지 않은 극히 예민하고 상냥한 선생이었다. 제이의 전반적인 접근방식은 타이거를 편안하게 하는 것이었던 반면, 얼의 방법은 타이거를 불안하게 하는 것이었다.

그땐 타이거 말고는 얼이 대체 무슨 의도로 그러한 방법을 썼는지 아무도 몰랐지만, 2017년에 타이거가 고백했다.

"아버지는 내가 골프장에 들어서면 가끔 말씀했던 '무자비한 암살자'로 만들기 위해 훈련했다. 군대에서 배우고 사용했던 이론을 나를 가르칠 때 적용하셨다. 나에겐 이 훈련방식이 필요했다. 프로골퍼로 삶을 살기 위해서, 골프계에서 흑인의 희망으로 존재하기 위해서였다. 흑인들은 내게 기대를 많이 했고, 나는 내가 출전하는 대회마다 우승하기 위해 출전했다. 나는 항상 우승하기를 바랐다."

너무나 혹독했지만 실제로는 통했다. 타이거는 캘리포니아 남부 주니어 연맹의 대회들에서 다른 선수들을 압도했다. 요바린다에서 열렸던 레이턴 인비테이셔널은 지역의 내로라하는 선수들이 출전하는 대회이지만, 타이거는 절대적으로 우위에 있었다. 오렌지 카운티에서 꽤 알려진 요바 린다 컨트리클럽의 톰 서전트(Tom Sargent)는 얼의 훈련방식을 잘 몰랐지만 타이거를 몇 년 동안 유심히 관찰했고, 쿨티다와 친분이 있었다. 대회 때 둘은 자주 마주쳤고, 쿨티다는 가끔 톰에게 전화해 대회 결과에 대한 정보를 비교하곤 했다.

"쿨티다는 강인하죠. 그녀의 앞길을 막을 수가 없겠더군요. 긍정적인 측면에서 이야기하는 것입니다. 타이거에게서 억센 기운이 느껴졌죠. 이렇게 말하고 싶은데,

그녀의 아들을 함부로 업신여기다가는 호되게 당한다는 걸 명심해야 해요."

톰이 말했다

서전트는 밥 메이(Bob May)의 개인 레슨 코치였다. 밥은 레이크우드 고등학교 근처의 부유층 자녀로 캘리포니아 남부 지역에선 이미 최고의 대우를 받으며 대학에 진학할 것이라고 정평이 나 있었다. 스탠퍼드 대학의 월리 굿윈(Wally Goodwin)과 라스베이거스 대학의 드웨인 나이트(Dwaine Knight) 코치가 밥 메이를 학교로 영입하기 위해 눈독 들이고 있었다. 그래서 톰을 자주 만나서 특별한 일이나 진전이 없는지 물어보곤 했다. 하지만 톰은 타이거가 자신보다 더 나이 많고 덩치 큰 선수들을 거의 털어버리다시피 하는 광경을 목격했고, 월리와 드웨인에게 12살의 타이거 우즈를 잘 보라고 확언했다. 톰은 타이거가 다른 주니어 선수들보다 10년은 앞서 있다고 생각했다.

1989년 봄, 타이거는 학교 끝나고 집에 와서 월리 굿윈의 편지를 발견했다. 편지 내용에는 톰 서전트 얘기가 언급되어 있고, 스탠퍼드 대학에서 타이거 우즈에게 장래의 골프팀 멤버가 됐으면 좋겠다는 메시지도 있었다. NCAA에선 대학 감독이 고등학교 2학년 이하 선수와의 연락을 원천적으로 금하고 있었다. 하지만 중학교 선수와의 연락은 물론, 중학교 선수가 대학 감독에게 연락하는 데 대해선 제재하지 않았다. 1989년 4월 23일, 타이거는 월리 굿윈에게 답장을 썼다.

월리 굿윈 감독께

스탠퍼드 대학에서 저에게 스탠퍼드의 미래 골프선수로 관심 가져 주신 데 대해 감사의 말씀을 드립니다. 처음에는 스탠퍼드처럼 명문인 대학교가 왜 7학년의 13살 소년에게 관심이 있었는지 이해할 수 없었습니다. 하지만 아버지와 이야기를 나누고 나서 이해할 수 있었고, 제게 보여주신 영예에 감사드립니다. 그리고 톰 서전트 씨께서 저를 추천한 점에 대해 또한 감사드립니다.

지난 올림픽을 보면서, 그리고 데비 토머스(Debi Thomas)를 보면서 스탠퍼드를 알게 됐습니다. 제 목표는 양질의 비즈니스 교육을 받는 것입니다. 스탠퍼드의 가이드라인으로 제가 대학 진학을 준비하기에 가장 큰 도움이 될 것입니다. 올해 제가 학교에서 받은 평점은 3.86이며, 고등학교에 갈 때까지 유지하거나 더 올릴 수 있도록 노력할 것입니다.

최근에 저는 힘을 더 끌어올리기 위해 운동 프로그램에 참여하고 있습니다. 4월에 받은 USGA(United States Golf Association) 핸디캡은 1이고, 이번 여름에 SCPGA(Southern California PGA) 대회와 AJGA(American Junior Golf Association) 대회에 몇 차례 나갈 예정입니다. 그리고 올해 7월에 있을 주니어 월드 대회에서 네 번째 우승으로 최초 학년별 전승 기록을 쓰고자 합니다. 그리고 최종적으로 PGA에서 활동하는 선수가 되고 싶습니다. 내년 2월에는 태국으로 가서 아마추어 자격으로 태국 오픈에 출전할 예정입니다.

스탠퍼드의 골프 코스에 대해서도 많이 알고 있습니다. 아버지하고 나중에 꼭 가서 코스에서 골프를 하고 싶습니다.

답장 기대하겠습니다.

타이거 우즈 올림

*5피트 5인치 / 100파운드**

윌리는 타이거가 직접 쓴 게 아니라는 걸 바로 알 수 있었다. 다른 증명 가능한 사례들을 보면 알 수 있듯이 이 편지는 얼이 타이거에게 답장에 무엇을 써야 하는지 알려주고 타이거가 받아 적었던 것으로 보인다. 13살의 소년이 썼다고 하기에는 너무 세련됐고 계획적인 편지였다. 어쨌든 윌리는 이 편지를 받은 것이 기뻤고, 다른 직원들에게 보여주며 얼마나 잘 쓴 편지인지 자랑까지 했다. 그 시기에 이미

* 키 165cm, 몸무게 45kg 정도.

윌리는 다른 대학들이 데려오려고 안간힘을 쓰기 전에 스탠퍼드가 이미 선점을 했다고 여겼다.

1989년 여름은 타이거의 가족에게 큰 전환점이었다. 13살이었지만 주위 사람들은 모두 타이거가 전국적인 주니어 골프 대회에 나갈 준비가 됐다고 확신했다. 그래서 이 시기에 즈음해 부모의 역할도 바뀌게 됐다. 얼은 맥도넬 더글러스에서 하던 일을 그만두고 타이거와 함께 다니게 됐다. 반면 쿨티다는 집에서 붐붐을 돌보고 집안일을 맡았다. 타이거의 첫 대회는 빅 아이 내셔널 챔피언십이었는데, 미국 주니어 대회 중에는 가장 큰 규모였다. 저스틴 레너드(Justin Leonard), 데이비드 듀발(David Duval), 노타 비게이 3세(Notah Begay III), 크리스 에즈먼(Chris Edgmon), 패트릭 리(Patrick Lee)를 비롯한 당대 주니어의 내로라하는 선수들과의 경쟁이었다. 155명의 출전 선수 중 타이거가 최연소였다.

그해 개최 코스는 아칸소주의 텍사카나 컨트리클럽이었고, 경기 위원들은 주니어 선수들이 하숙을 하도록 했다. 하지만 얼은 그 방법에 함께하지 않기로 못을 박았다. 모르는 사람들과 지내는 것을 원치 않았다. 대회 주최 측에 전화를 걸어 타이거는 다른 사람들에게서 거리를 두고 호텔에 머물겠다고 말했다. 얼은 아들이 계속 집중력을 유지하길 원했다.

대회 첫째 날, 타이거는 10대 소년들 사이에서 꼬마처럼 보였다. 그러나 71타를 기록하며 공동 선수에 들어 본선 라운드에 무난하게 들었다. 셋째 날 주니어들은 PGA 투어 선수들과 함께 조 편성이 되는데, 타이거의 파트너는 투어에서 장타자로 알려진 거칠고 저돌적인 23살의 신예 존 댈리였다. 3라운드에서 존은 드라이버로 나무를 가뿐히 넘겼고, 파 5홀에선 샌드웨지로 홀을 공략했다. 타이거는 반면 힘을 보여주고 싶은 욕구를 참으며 존 앤설모가 알려준 대로 오버 스윙하지 않기로 했다. 아홉 개 홀을 지난 후 타이거는 존에 두 타 앞서 있었다. 13살 소년에게 놀라지 않았음을 보여주기 위해 존 댈리는 후반 홀에서 본격적으로 경기에 임했다.

세 홀이 남은 가운데 타이거는 이기거나 비길 수 있었지만, 그 세 홀 중에 보기를 두 번이나 하며 결국 존에 두 타 차로 패했다. 전체 성적에선 준우승을 차지하며 대회 역사상 5위 내 성적을 달성한 최연소 기록을 남겼다.

타이거가 존을 제압할 수도 있었다는 이야기가 대회의 큰 화제였다. 언제 그가 프로로 전향할 것인지 다들 궁금해하기 시작했다. 타이거는 아무 말도 하지 않았던 반면 얼은 기자들에게 타이거가 원할 때 프로가 될 것이라고 말했다.

"타이거가 멤피스주 테네시의 소방관이 되고 싶다고 해도 나는 상관하지 않겠습니다. 타이거가 프로가 되길 기대한다거나 은근슬쩍 압박하는 일은 절대 없을 것입니다."

얼이 어떤 기자의 물음에 답했다.

그해 가을, 오렌지뷰 주니어 하이스쿨에서 타이거는 확실히 학교 최고의 선수였다. 하지만 여전히 축구, 농구, 미식축구 등은 하지 않았다. 적어도 남들 보기에는 그랬다. 그의 친한 친구 중 한 명이 귀띔했다.

"주니어 하이에서 남몰래 미식축구도 했습니다. 아버지한테는 말 안 했지만요."

타이거는 교내 스포츠팀에 가입하진 않았지만, 운동장에서 친구들과 함께 뛰노는 것은 참을 수 없었다. 한번은 미식축구를 하면서 패스를 받으려고 뛰어오르다가 넘어져 무릎에 상처가 났다. 작은 상처였지만 타이거는 유난을 떨었다.

"아, 진짜!"

타이거가 무릎을 살피며 소리쳤다.

"걱정하지 마, 괜찮을 거야."

한 친구가 말했다.

타이거가 퉁명스레 말했다.

"넌 몰라. 아버지께서 가만 안 계실 거야. 나 운동장에서 축구하면 안 된단 말이야!"

CHAPTER FIVE

타이거 우즈가 누군가요?

1990년 가을, 타이거는 애너하임의 웨스턴 고등학교에 입학했다. 14살에 그는 5피트 9인치에 120파운드* 정도의 체격에다가 드라이버로 300야드 가까이 보낼 수 있게 됐다. 그보다 더 멀리 보내는 프로 선수는 손에 꼽을 정도였다. 이미 타이거는 캘리포니아 남부에서 주니어 최고 선수였고, 엘리트 골프팀의 대학들이 타이거 영입에 눈독을 들이고 있었다. 그리고 골프 기자들은 타이거의 프로 데뷔에 관한 이야기를 쓰기 시작했다.

웨스턴 고교의 골프팀은 이전까지는 오합지졸이었다. 하지만 타이거 우즈가 입학하자 골프 감독 돈 크로스비(Don Crosby)는 복권이라도 당첨된 기분이었다. 이와는 달리 학교 관계자들은 새로 입학한 엘드릭 우즈가 앞으로 골프에 붐을 일으킬 인물이라고는 상상도 하지 못했다. 개학하기 몇 달 전, 그 지역은 타이거 우즈의 집을 웨스턴 고등학교 지역 바깥으로 편성하는 경계 변경을 고려하고 있었다. 돈은 학교장을 급하게 만나서는, 지도를 펼친 후 사이프러스의 티크우드 모퉁이와 체스트넛 스트리트의 한 구역에 원을 그리며 당부했다.

"이번 여름에는 무슨 일이 있어도, 저 지역을 빼진 마세요!"

"왜죠?"

영문을 모르는 교장이 물었다.

* 키 175cm, 몸무게 54kg 정도.

"타이거 우즈라는 친구가 거기 산단 말입니다."

교장은 지도를 보다가 돈을 올려보며 단호하게 물었다.

"타이거 우즈가 누군가요?"

학생들 역시 타이거 우즈를 알지 못했다. 타이거의 친한 친구들은 세 명뿐이었다. 알프레도 아구에요(Alfredo Arguello), 마이크 고트(Mike Gout), 바이런 벨(Byron Bell)이었다. 그중 알프레도와는 가장 오래 알고 지낸 사이로, 2학년 때부터 우정을 쌓았다. 둘은 같은 유소년 축구팀으로도 활동했다. 그렇게 오래 알고 지낸 사이였지만, 알프레도가 타이거의 집 안에 들어간 적은 단 한 번뿐이었다. 마이크는 타이거보다 한 살 많은, 타이거의 집에서 몇 집 건너에 살았다. 그리고 바이런은 셋 중 가장 영리했다. 타이거는 중학교 때 처음 바이런을 알았고, 바이런도 골프를 했다. 그리고 웨스턴 고교에서 두 번째로 잘하는 선수였다.

고등학교에 들어서면서 넷은 마치 사총사 같았다. 모두 다 고급반이었고 학급에서 항상 우등생들이었다. 1학년 때엔 그중 알프레도가 공부를 가장 잘했고, 타이거와 바이런이 그 뒤를 따랐다. 네 명 모두 다 최고 학점을 받기 위해 서로 경쟁했다. 사총사는 학교의 꽃이라 할 수 있는 운동부나 응원단은 아니었지만 그들은 이미 인생에 있어 어디로 갈지 알고 있는 듯했다.

"알프레도, 넌 나중에 내 변호사 해라."

타이거가 말했다.

"그래, 네 의사를 하지 뭐."

바이런이 맞장구쳤다.

학교에서 나오면 타이거에게 한 명의 친구가 더 있었다. 해군 골프장의 어시스트 프로인 24살의 조 그로먼(Joe Grohman)으로 1989년, 조가 해군 골프장에서 일을 시작하면서 만났다. 웨스턴 고교에 입학하기 전 여름, 타이거는 연습장에서 하루 10시간 넘게 보내는 게 일상이었다. 조 역시 연습장에 더 머물면서 큰형처럼 타이거를 챙겨주곤 했다. 이로 인해 타이거는 코스에 나가 라운드하는 것보다 연습에 주력하는 데 더 흥미를 느끼게 됐다.

어느 날 오후에 조는 이에 관한 이야기를 꺼냈다.

"코스에 나가서 라운드하는 건 어때?"

타이거가 답했다.

"연습이 더 좋은데요."

과장하지 않고 말하자면 고등학교 1학년 여름 동안 타이거 우즈는 주니어 대회에 출전했던 백 시간여에다가 500시간 넘게 연습에 할애했다. 연습은 타이거에게 새롭거나 문제가 되지 않았다. 얼은 "골프를 좋아하게 된 것과 더불어 타이거에게 처음 가르친 것은 연습하는 걸 좋아하게 하는 것이었다. 아들이 어릴 때 어쩌면 그렇게 골프를 잘할 수 있냐고 사람들이 물으면 내 아들은 '연습, 연습, 연습이요.' 라고 답했다."고 했다.

골프 연습은 타이거가 의무적으로 하거나 일관적으로 시간에 맞추어서 하는 것이 아니었다. 타이거는 골프 연습장에서 또는 골프장에서 클럽과 함께하는 시간이 좋았던 듯했다. 이러한 것들이 어찌 보면 천부적인 재능이라고 할 수 있다. 맬컴 글래드웰(Malcolm Gladwell)의 책《아웃라이어(*Outlier*)》에 보면 빌 게이츠(Bill Gates), 모차르트(Mozart), 보비 피셔(Bobby Fisher), 비틀스(Beatles) 등 천부적인 재능의 인물들을 파헤치면서 그들의 타고난 능력보다 준비하는 습관이 큰 성공의 원인이라고 결론지었다. 빌 게이츠와 비틀스의 사례를 들면서 그들이 유년 시절에 얼마나 많은 시간을 준비와 연습에 공들였는지를 알아본 결과 빌 게이츠 경우 중학교 2학년 때 7개월 동안 1,500시간 이상 메인 컴퓨터에 접속해 있었고, 일주일에 평균 20시간에서 30시간을 프로그램 습득에 할애했다고 한다. 그리고 비슷한 사례로 폴 매카트니와 존 레넌은 크게 알려지기 전까지 고등학생 때부터 7년 동안을 함께 연주했고, 미국에서 처음 콘서트를 열기 전까지 1,200차례 정도 라이브 연주를 했다고 한다. 맬컴은 만 시간의 법칙을 주창했는데, 평범한 사람들과 위대한 이들을 구분하는 것은 엄청난 노력이라고 설명했다. 맬컴의 책 내용은 이렇다. '최고의 위치에 있는 사람들은 그냥 열심히 하는 것이 아니고, 다른 이들보다 더 열심히 하는 것도 아니다. 그들은 진짜, 아주, 엄청 열심히 한다.'

타이거는 빌 게이츠나 폴 매카트니, 존 레넌보다 더 일찍 가다듬기 시작했다. 6개월이 지났을 때 상식적으로는 앉아 있기도 힘들 때부터 셀 수 없는 시간을 유아용 의자에 앉아 아버지의 골프스윙을 바라봤다. 얼의 말에 의하면 타이거가 두 살이 됐을 때 하루에 두 시간 정도 볼을 치는 데 보냈다고 한다. 그의 말 대로라면 타이거가 15살에는 만 시간에 도달했을 것이다. 다섯 살에는 하루 두 시간은 훌쩍 넘기는 연습시간을 소화했다. 그 시점엔 이미 TV에 출연하고, 대회에도 나갔다. 어림잡아 추정하더라도 〈댓츠 인크레더블〉에 타이거의 앳된 모습이 방송되었을 무렵, 이미 타이거는 연습과 라운드 시간이 3,000시간은 넘었을 것이다. 앞의 빌 게이츠와 비틀스의 시간으로 이야기하자면, 폴 매카트니와 존 레넌의 연습시간이 만 시간에 도달했을 때 그들은 20살 즈음이었으며, 빌 게이츠가 만 시간을 찍은 나이는 21살이었을 것이다. 타이거 우즈가 골프에 관해 공부하고 연습한 일만 시간 시점을 예상하자면 아마 12살이었을 것이다.

고등학교 1학년이 되면서, 조 그로먼은 타이거를 챔프(Champ)라는 별명으로 부르기 시작했다. 그렇게 시선을 끌지 못했지만 조는 타이거를 그렇게 불렀고, 타이거 또한 기분 좋게 받아들였다. 그리고 조가 이성을 멀리하라는 조언에 관해서도 고맙게 생각했다.

골프는 어마어마한 연습이 필요하고, 따라서 여자친구는 주의만 산만하게 할 뿐이었다.

"우즈 가문 사내들은 여자 만나는 것만 아니면 경이로운 존재들이란 말이지."

조가 우즈에게 조언했다.

타이거는 걱정이 없었다. 어쨌든 여자들도 타이거에게 특별히 관심을 가지지 않았다. 오로지 그녀들은 미식축구 선수들만 바라봤다. 미식축구 선수들이나 여자에게 관심이 있었지 타이거는 그렇지 않았다. 학교의 여자아이들도 타이거 이름도 몰랐다. 고등학교 재학 중에 『피플(People)』 지에서 기자가 찾아와 타이거에게 인터뷰를 요청했다. 그 기자는 타이거에게 유년 시절에 경험할 것들, 특히 여자친구 만나는 것도 있어야 하지 않겠냐고 질문했다. 타이거가 답했다.

"여자친구가 비집고 들어올 공간이 없습니다. 이게 유년 시절 경험보다 더 나아요."

그가 말한 '이것'은 골프였다.

타이거가 고등학교에 입학한 지 한 달 정도 지나서 얼은 『골프 다이제스트(Golf Digest)』 지의 수석기자 제이미 디아즈(Jamie Diaz)의 전화를 받았다. 제이미는 타이거를 만나고 싶어 했고, 게재를 위한 자료 수집도 고려했다. 얼은 골프 라운드를 제안했고, 제이미는 LA로 날아갔다.

기자를 대하는 건 타이거에게 그렇게 재미있을 것 같진 않은 듯했다. 타이거는 녹음기와 필기도구를 들고 다가오는 낯선 사람들과 그다지 얘기하고 싶진 않았다. 얼은 타이거가 두 살 때부터 많은 인터뷰를 경험하게 했는데, 14살이 되면서 짜증을 내기 시작했다. 하지만 1990년 가을의 어느 토요일 아침, 타이거는 예의 바른 태도로 아버지를 따라 골프장으로 나섰다. 오렌지 카운티의 프라이빗 코스인 코토 데 카자 골프 앤 라켓 클럽으로 가서 제이미를 만났다.

제이미가 자신을 소개했을 때 타이거는 그냥 자기 발끝을 바라보며 중얼거리듯 인사를 건넸다. 제이미는 타이거에게 잡담을 요구하지 않았다. 그냥 1번 홀 티로 가서 바로 골프를 시작했다. 몇 개 홀을 지나고 타이거는 슬슬 제이미에게 말을 붙이기 시작했다. 타이거가 만났던 기자들과는 달라 보였다. 대부분의 기자는 백인이었지만 제이미는 예외였다. 더욱이 골프를 할 수 있는 기자라면 타이거 리스트에서는 가산점이었다. 라운드가 끝난 후 셋은 시즐러에서 식사를 했다. 대화는 곧바로 미디어와 관련된 주제로 이어졌다.

"그래서 그 얼간이들 뭐 하는 거예요?"

타이거가 음식을 씹으며 내뱉었다.

'14살짜리 아이치고는 심사가 뒤틀렸구나.' 이 말이 제이미의 목구멍까지 나왔지만 말하지 않았다.

"내 생각엔 말이다. 어떤 이들은 대하기 어렵지만, 어떤 이들은 참 좋은 사람임을 알게 되더라."

제이미가 타이거에게 타일렀다.

이 말을 들은 타이거는 고개를 끄덕였다.

"그러니까 열린 마음을 갖고, 다른 사람들이 너를 헤치려 한다고 미리 판단하지 않았으면 싶다."

제이미가 말을 이어갔다.

얼은 이에 맞장구를 치면서 자신이 평소 타이거를 가르칠 때 질문에 답은 하되 상황을 복잡하게 받아들이지 말라고 했다.

타이거는 매체를 이해하는 데 다소 난해한 모습이었지만 희한하게도 통했다. 골프 기자들의 이름까지 모두 알고 있었고, 그들의 수가 다 읽혔다. 제이미는 우즈의 집에 초대를 받아 쿨티다를 만났다. 제이미가 우즈 가족과 헤어질 때 즈음엔 가족 모두와 금세 친해졌다. 그리고 이는 제이미와 우즈 가족이 다른 이들은 범접할 수 없었던 관계의 서막이었다. 타이거는 로스앤젤레스 서부의 초호화 벨에어 컨트리클럽에서 40마일 떨어진 곳에서 자랐다. 하지만 타이거는 그곳엘 가 보지 못했다. 1991년 잭 니클라우스가 클리닉을 한다는 소식을 듣고 처음 방문했다. 벨에어 컨트리클럽은 타이거에게 인상 깊었다. 푸르디푸른 잔디의 페어웨이와 수정처럼 깨끗한 수영장을 감탄하며 바라볼 수밖에 없었다. 클럽 회원 중에 로널드 레이건(Ronald Reagan), 리처드 닉슨(Richard Nixon), 빙 크로스비(Bing Crosby), 잭 니컬슨(Jack Nicholson), 클린트 이스트우드(Clint Eastwood)도 있었다. 최근에서야 비로소 흑인 골퍼를 회원으로 받아들이기 시작했다.

클리닉 도중에 잭은 타이거의 스윙을 보여주기 위해 앞으로 불렀다. 니클라우스를 보고 있던 클리닉 청중들의 시선이 흑인 골퍼의 큰 희망이라고 주위에서 요란하게 띄워주고 있는 15살의 타이거에게로 옮겨 갔다. 타이거는 예전에 컨트리클럽을 방문했을 때 이러한 시선을 많이 받았었다. 그 시선은 마치 감옥으로 걸어가고 있는 자신을 물끄러미 쳐다보고 있는 듯하다고 밝혔다.

클리닉에서의 시선은 어찌 보면 더 확실하다고 할 수 있었다. 몇 주 전에 아프리카 이주민인 로드니 킹(Rodney King)이 고속 추격전을 펼친 끝에 샌 퍼난도 밸리에서 백인 경찰 네 명에게 무자비하게 폭행당했던 적이 있다. 일반인이 촬영한 영상을 보면, 전기 충격 총 전선이 몸에 감겨 있었고, 바닥에 쓰러지자 경찰봉으로 휘두르고, 짓밟고, 머리와 목을 마구 찼다. 이 오싹한 영상으로 네 명의 경찰관이 구속되었다. 인종과 공권력의 잔인한 행위에 대해 전국적으로 이야깃거리가 됐다.

우즈는 침착하게 있으면서 군더더기 없는 스윙을 시연했다. 몇 차례 스윙이 끝나자 잭이 미소를 지으며 끼어들었다.

"타이거, 내가 자랄 때 타이거처럼 깔끔한 스윙을 하고 싶었습니다."

클리닉 관중들은 웃음을 터뜨렸다. 잭이 자신을 낮추는 유머까지 하면서 타이거를 치켜세웠다. 잭의 관점에서는 그처럼 위대한 골퍼가 타이거의 천부적인 재능을 공공연히 인정한 것이며, 그의 후계자에게 성수(聖水)를 끼얹은 것이다. 클리닉을 보던 유소년 골퍼의 부모들은 타이거를 경이와 질투 어린 표정으로 바라봤다.

3개월 정도 지나고 그의 고등학교 1학년이 끝나갈 무렵, 타이거는 풍문에 걸맞은 성적을 내기 시작했다. 5월의 캘리포니아 고등학교 챔피언십에서 2, 3학년들을 제치고 개인 최고의 영예를 안았다. 6월에는 로스앤젤레스 주니어 챔피언십 우승, 7월에는 샌디에이고에서 열렸던 옵티미스트 인터내셔널 주니어 골프 챔피언십의 15~17세 부문에서 어린 축에 속했음에도 정상에 올랐다. 그리고 올랜도의 베이힐 컨트리클럽에서 열렸던 US 주니어 아마추어 챔피언십에서도 우승했는데, 44년의 대회 역사에서 최연소이고 흑인으로는 최초의 우승이었다.

얼이 타이거에게 말했다.

“아들아, 너는 미국에서 그 어떤 흑인도 하지 못했던 업적을 이뤘다. 그리고 역사의 일부분으로 영원히 남을 것이야.”

타이거는 기분이 좋았다. 1991년의 여름, 줄줄이 거둔 우승으로 그는 확실히 미국의 최고 주니어 골퍼로 우뚝 섰다. 8월에 『뉴욕 타임스』가 도발적인 헤드라인을 작성했다. ‘포어, 니클라우스! 10대 골퍼를 조심해라.’ 이직한 지 얼마 되지 않은 제이미 디아즈가 쓴 글이었다.

“저는 골프의 마이클 조던이 되고 싶습니다. 역대 최고가 되고 싶습니다.”

타이거가 제이미에게 했던 이야기이다.

디나 그레이블(Dina Gravell)은 웨스턴 하이에서 몇 안 되는 매력적인 여학생이었다. 금발에 파란 눈동자, 날씬한 다리를 가진 치어리더였다. 16살의 그녀는 성실하고 테니스와 축구 대표로 뛸 만큼 운동도 곧잘 했다. 그녀의 친구들은 주로 운동선수들과 치어리더 동료들이었다. 그러나 타이거는 그 안에 없었다. 아니, 타이거 이름조차 들어본 적도 없었다. 하지만 타이거는 2학년 첫 학기 때 고급회계학 수업에서 그녀와 같이 수강하면서 그녀의 존재를 알게 됐다.

그녀보다 한 학년 아래였지만, 담당 선생님은 두 사람을 불러 수업에 따라가기 어려워하는 학생들에게 개별지도를 해 줄 수 있는지 물었다. 초반에 타이거는 거의 말을 하지 않고 디나에게 미뤘다. 타이거가 영리하다는 점을 디나는 알았지만, 그와 동시에 뭔가 다르다는 것도 느꼈다. 딱히 유별난 점을 짚어낼 순 없었지만, 그가 무엇보다도 샌님이라는 점은 알 수 있었다. 디나는 타이거에게 다른 친구들을 소개해줘야겠다고 마음먹었다.

“야, 너 언제 우리 모임에 나올래? 미식축구 보러 같이 가는 거 어때?”

디나가 개별지도 끝나고 타이거에게 물었다.

타이거는 뭐라 말할지 입이 떨어지지 않았다.

디나가 다시 물었다.

"경기 보러 간 적 있어?"

"글쎄……."

"그럼 같이 가자!"

그녀의 초대로 타이거는 교제에 대한 불안감이 커졌다. 디나의 친구들이지만 타이거는 모르는 친구들이었다. 타이거의 세계는 골프, 공부, 친한 친구들 몇 명이 전부였고, 그 세계에서 평온했다. 디나와 경기장에 가는 것은 그의 안전구역 밖, 미지의 세계였다. 그렇지만 학교에서 매력적인 여자아이가 그에게 관심을 보인다는 점이 좋았다. 타이거의 절친들은 의심할 수밖에 없었다. 금요일 저녁, 타이거는 지붕이 없는 관중석에 디나와 그녀의 친구들과 함께했다. 그의 열여섯 번째 생일 두 달을 남겨놓고 그렇게 밖으로 나선 게 기분 좋았다. 경기 시작 후 얼마 지나지 않아 디나가 타이거를 향해 말을 걸었다.

"너 뭐 하는 거 있어?"

"응, 골프."

"뭐야, 그게?"

"그러니까 골프도 스포츠 종류야."

"그걸 누가 모른대? 골프는 나이 많은 사람들이 하는 거잖아? 그걸 왜 하는 거야?"

타이거가 웃으며 답했다.

"응, 내가 좋아하는 거야."

"어?"

"내가 그리고 골프를 좀 잘해."

디나는 더 묻지 않았고 타이거도 더 이야기하지 않았다. 디나는 타이거가 얼마나 알려진 사내아이인지 잘 몰랐다. 사실 일주일 전에 『피플』 지에서 그에 관한 이야기를 크게 다뤘다. LA부터 뉴욕까지 스포츠 기자들 사이에서는 다 아는 이름이었지만 타이거는 그 얘기는 하지 않았다. 금요일 저녁에 10대들 사이에 둘러싸여 관중석에 앉아 있자니, 아무도 알아보지 않는 대스타지만 더할 나위 없이 만족스러웠다. 실제로 웨스턴 하이에선 타이거보다 디나가 더 유명했다.

몇 주 후에 디나는 타이거를 또 다른 미식축구 경기에 초대했다. 디나의 다른 친구들과 합류했는데 거기서 디나의 친구 중 한 명이 친구들에게 속삭였다.

"야, 재 골프 잘하는 애야."

타이거는 개의치 않고 지붕이 없는 관중석, 디나의 바로 뒷자리에 앉았다. 디나의 친구들을 알진 못했는데, 그렇다고 특별히 알고 싶어 하지도 않았다. 디나가 그녀의 다른 친구들과 이야기를 나누는 동안 타이거는 경기를 보고 있었다. 그러다가 디나는 그녀의 옆에 있는 다른 여자친구들과 대화를 하면서 그녀의 팔을 타이거의 다리에 기댔다. 순간 타이거는 몸에서 전기가 흐르는 것 같은 느낌을 받았고, 경기를 보는 데에 집중할 수 없었다. 시간이 조금 지나고 둘만 남았을 때 타이거가 솔직하게 털어놨다.

"아까 내 다리에 기댔을 때 미치는 줄 알았어."

그녀가 웃으며 답했다.

"난 그냥 뒤로 기댔을 뿐인데."

침묵이 이어졌지만, 그 안에 많은 것들이 있었을 것이다. 타이거는 그녀에게 깊이 빠져들었다. 그녀가 매력적인 것 이상이었다. 그녀에게는 하고 싶은 이야기를 할 수 있었고, 그녀 또한 타이거의 이야기를 잘 들어줬다. 타이거가 유명인사이고 훌륭한 골프선수인 사실은 그녀에게 문제 될 게 없었다. 그 영역은 그녀가 잘 알지도 못했다. 타이거를 만나는 사람들은 그의 재능에 관심이 있었지만, 그녀는 타이거를 평범한 사람으로 대했다.

디나 또한 무언가를 감지했다. 타이거와 함께 있으면 있을수록 그를 더 우러러보게 됐다. 다른 사내아이들과는 달라도 한참 달랐다. 운동선수인 남자아이들은 대부분 요란스럽고, 뭐든지 자랑하고 싶어 하고, 허세 부리는 데 안달이 났다. 그러나 타이거는 아무것도 말하지 않고 자신에 대해서도 말을 아꼈다.

"유명해지려고 하지 않았어요. 눈에 띄려 하지도 않았습니다. 그냥 점잖은 신사였습니다. 그의 문제는 그가 알아서 했고, 남들에게 알리거나 의존하려 하지도 않았습니다. 그 점이 매력적이었던 것 같아요."

디나가 회고했다.

휴일이 다가오면서 디나는 타이거를 집으로 초대해 부모와 저녁을 함께하는 게 어떤지 물었고, 타이거는 좋다고 했다. 다만 걱정스러운 부분은 있었다. '그녀의 부모님에게 무슨 말을 해야 하지?' 저녁 시간 내내 타이거는 고개를 숙이고 있으면서 말도 거의 하지 않았다. 그래도 디나의 엄마에게 음식 대접에 대한 경의와 함께 초대에 대해서도 감사를 표했다. 타이거의 골프 업적에 대한 것은 까마득히 모른 채, 디나의 부모는 타이거가 상당히 수줍고 예의 바른 친구라 여겼다. 디나의 부모는 타이거가 언제든 집에 놀러 오는 것을 환영한다고 말했다.

그리고 얼마 지나지 않아 타이거는 디나를 집으로 초대했다. 그녀가 집에 들어서면서 본 것은 집안 곳곳, 탁자 위나 선반은 물론 심지어 바닥에도 있는 트로피였다. 수백 개는 됐을 것이다. 게다가 타이거에 관한 이야기를 다룬 뉴스 스크랩이 액자로 만들어져 벽에 걸려 있었다.

"너 피플에 나왔어?"

무척 놀라면서 디나가 타이거에게 물었다.

얼이 거들면서 말했다.

"우리 아들이 댓츠 인크레더블에 나온 적이 있었는데 혹시 알아봤니?"

디나는 대체 무슨 이야기인지 영문을 몰랐다.

얼이 디나에게 보여주기 위해 비디오를 재생했다. 타이거는 개의치 않았지만, 디나에게는 믿을 수 없는 장면이었다. 그녀가 반한 남자가 이미 다섯 살에 전국적으로 전파를 탔다니.

얼이 다시 말했다.

"디나, 타이거가 처음 전국적으로 전파를 탔을 때는 두 살이었단다."

"네?"

디나는 믿을 수가 없었다. 타이거는 왜 이런 이야기를 그녀에게 안 한 걸까? 이런 것들 말고도 타이거가 디나에게 말하지 않은 이야기는 많았다.

쿨티다는 저녁으로 훌륭한 닭 요리를 내 왔다. 타이거는 집에 여자친구를 부른 적이 없었고, 쿨티다는 어떻게든 디나가 편하게 지낼 수 있게 배려했다. 저녁 식사 후 타이거는 자신의 강아지를 디나에게 보여주었다.

타이거는 디나와 금세 친밀해졌고 자신의 집에 있는 시간보다 디나의 집에 있는 시간이 더 늘었다. 골프 연습 후에 디나의 집으로 갔고, 그녀의 집에서 부모님과 저녁 식사를 함께하는 빈도도 늘었다. 주말에 타이거는 디나의 집에서 늦게까지 TV를 함께 보고 그녀의 부모가 잠들면 둘은 소파에서 애정행각을 벌였다.

타이거는 열여섯 번째 생일을 플로리다에서 맞았다. 거기에서 인터내셔널 매니지먼트 그룹(International Management Group, 이하 IMG로 표기)의 오렌지볼 클래식에 출전했다. 대회를 마친 후에 마크 오마라(Mark O'Meara)의 집을 방문했다. IMG의 설립자 마크 매코맥(Mark McCormack)과 에이전트인 휴스 노턴(Hughes Norton)이 주선한 만남이었다. 이 두 사람은 타이거가 유명해지기 전부터 타이거에게 러브콜을 보냈던 이들이다. 우즈는 결국 자신이 IMG를 대표하는 선수가 될 것이라고 알아차렸다. 그리고 IMG가 골프 세계에선 가장 크고 영향력 있는 곳이라는 점도 알았다. 그러나 아버지와 거래했던 IMG의 뒷이야기라던가 전반적인 협의와 관련한 부분은 알지 못했다.

마크 매코맥은 1940년대 후반부터 50년대 초까지 윌리엄 앤 메리(William & Mary) 대학교에서 호전적으로 경쟁을 즐겼던 골프선수 출신이다. 대학 졸업 후에 예일의 법 전문 대학원까지 마쳤고, 육군 복무 후 클리블랜드에서 변호사 사무실을 운영하기도 했다. 그러고는 자신의 법 관련 경험과 골프에 대한 열정을 재빠르게 조합해 냈다. 골프선수들을 위해 계약을 따내는 식으로 영리적이고 규모를 키울 수 있는 기지를 발휘했다. 1950년대 말, PGA 투어의 총상금 규모는 2천 달러 정도였고, 사실상 골프 장비 제조회사와 골프선수가 계약을 맺는 건 거의 드물었다. 골프가 부자들이 하는 스포츠였지 골프 자체가 어떤 이를 부자로 만들어줄 만큼의 스포츠는 아니었다. 그리고 마크 매코맥이 나타났다.

1959년 1월 15일, 마크는 29살의 아널드 파머에게 계약을 제안했다. 펜실베이니아의 공장 도시에서 태어나 자랐고, 겸손하면서도 잘생긴 카리스마 넘치는 그는 그린 관리인의 아들이었다. 마크가 생각하기에 골프의 매력을 중산층에게 호소할 최적의 인물이 아널드 파머였다. 얼마 후 마크는 다니던 법률 회사를 나와 지금의 IMG 전신이었던 에이전시를 차렸다. 이후에 잭 니클라우스, 게리 플레이어(Gary Player)까지 영입하는 데 성공해 IMG를 대형 스포츠 에이전트 회사로 탈바꿈하게 했다. 마크 매코맥과 IMG가 골프계의 주요 선수들과 계약, 서명 등을 처리했고, 클리블랜드가 골프 세계의 종착지, 즉 IMG의 헤드 쿼터가 됐다.

휴스 노턴은 1972년에 IMG에 입사했다. 하버드와 예일에서 학위를 취득한 석학이다. 무엇보다도 그는 호전적이고 약삭빠르며 협상하기 까다롭다는 명성을 듣고 있었다. 휴스에게선 인간적인 면이라고는 하나도 보이지 않았다. 항상 앙심을 품고 다녔고, 약자를 괴롭히는 데 망설이지 않았다. 하지만 마크와 휴스는 재능을 탐지하는 것과 그 재능을 이용해 IMG에 많은 돈을 쓸어모으는 것에 매우 특출났다. 그들은 타이거 우즈에 대한 풍문을 듣자마자 30여 년 전 아널드 파머에게서 느꼈던 것처럼 타이거 우즈가 골프를 혁신할 것이라고 믿었다.

IMG와 우즈 가족의 만남에서 마수걸이 서곡이 정확히 언제였는지는 확실치 않다. 다만 얼 우즈가 이야기하기를 타이거 우즈가 다섯 살이었을 때 휴스 노턴이 우즈 집안에 등장했다고 했다. 톰 캘러헌(Tom Callahan)의 책 《그 아버지의 아들: 얼과 타이거 우즈(*His Father's Son: Earl and Tiger Woods*)》에 보면 타이거가 걸음마를 시작한

지 얼마 되지 않았을 때 휴스가 사이프러스의 우즈네 집에 방문한 적이 있다고 밝혔다. 타이거가 마당에서 자전거를 타는 동안 그 앞에서 얼과 휴스가 이야기를 나눴다.

"골프를 진짜로 잘하는 흑인 선수가 처음으로 나타난다면 분명 어마어마하게 돈을 긁어모을 겁니다."

책 내용에 의하면 얼이 휴스에게 한 말이다.

"여부가 있겠습니까, 아버님! 그러니까 제가 여기 왔죠."

휴스는 우즈 가족과의 관계에 대한 질문에 모두 답변하기를 거부했다. 하지만 이메일을 통해 타이거와 그의 가족들과 지냈던 시간이 10년 정도라 밝혔고, 1988년 즈음이 그들의 관계 시점이라고 시사했다. 당시의 타이거는 13살이었고, 마크 매코맥은 본인이 죽기 전인 2003년, 타이거 우즈가 어릴 때 IMG가 얼 우즈와 지속적으로 가까운 관계였음을 시인했다.

'타이거가 아마추어였을 때 나는 타이거의 아버지와 여러 번 미팅하면서 이건 어떨지, 저건 어떨지 등을 상의했다. 타이거가 분명히 골프에서 중요한 인물이 될 것이라고 확신했을 것이다.' 마크 매코맥이 한 말로, 영국의 기자 하워드 손스(Howard Sounes)의 책 《위키드 게임(*The Wicked Game*)》에 나오는 말이다.

마크 매코맥과 아널드 파머의 소위 악수로만 한 거래가 골프의 경제를 송두리째 바꿨다는 이야기에 대해서는 많이 알려져 있다. 그러나 마크와 휴스가 얼 우즈에게 유혹의 손짓을 보낼 즈음, IMG는 이미 지구 곳곳의 유명한 선수들을 지원해주는 세계적인 실세의 조직으로 성장해 있었다. 이 스포츠 에이전시는 이미 계약만 따내는 회사 이상의 존재감이 생겼다. 게다가 IMG의 다른 선수들보다도 타이거 우즈의 성장 잠재력이 더 컸다고 여겼다. 타이거가 혹시나 다른 에이전시로 갔더라면 IMG는 엄청난 손실이었을 것이다.

이 시기에 타이거가 많은 아마추어 대회에 참가하면서 필요로 하는 수만 달러의 비용을 우즈 가족으로서는 감당할 수 없었다. 재판기록에 의하면, 얼의 연간 수

입은 4만 5천 달러가 조금 넘었고, 한 달 지출이 5,800달러가 넘었다. 얼은 불가피하게도 타이거의 여행과 대회 출전비용을 신용카드로 충당했고, 주택 담보 대출로 상환했다고 설명했다. 여름에 돈을 빌려서 겨울에 어떻게든 갚는 걸 매년 반복했다. 결국 타이거 가족에게는 돈이 필요했고, IMG가 거금을 대줬다.

마크 매코맥과 일했던 IMG의 한 고위 임원이 밝힌 바에 의하면, 1991년 여름 즈음해서 IMG가 얼에게 매년 5만 달러씩 '유소년 인재 양성'이라는 명목으로 지급했다. 이 금액은 얼 우즈가 ABC 방송사의 〈프라임타임 라이브(Primetime Live)〉에 출연해 밝혔던, 타이거의 아마추어 활동을 위해 매년 5만 달러씩 비용이 들었다고 한 내용과 정확히 일치했다.

IMG의 부의장 앨러스터 J. 존스턴(Alastair J. Johnson)은 90년대 초반 IMG에서 골프 쪽 담당자였다. 2017년 9월 우리는 5만 달러에 대한 답변을 요청했는데, 존스턴에게서 답이 왔다.

"자세한 내용은 확인할 수 없다. 다만 IMG가 재능에 대한 투자의 의미로 얼 우즈에게 대회 출전비용을 제공한 것으로 알고 있다. 그러나(매우 중요한 부분이었기 때문에) 타이거 우즈의 아마추어 경력과 관련된 그들의 규칙이나 제한을 어기지 않도록 우리가 USGA와 이 특정한 협의에 적극적으로 의논했던 일을 기억한다."

타이거 우즈를 앞세워 IMG가 벌어들인 금전적인 수입은 어쩌면 기록이었을 것이다. 그 점에 있어서 유소년 인재 양성으로 매년 5만 달러씩 얼에게 전달한 것은 준수한 투자였다. 인재 양성을 위해서 얼은 그의 아들, 유소년 골퍼에게 전달만 하면 되는 것이었다. 그리고 IMG는 우즈가 IMG 대회 출전을 위해 플로리다를 방문했을 때 마크 오마라에게 소개해 줬던 걸 비롯하여 그 투자자금이 잘 집행됐는지 확인하면 되는 것이었다.

마크 오마라는 플로리다 올랜도 시내에서 서쪽으로 10마일 정도 떨어진 윈더미어의 아일워스에 거주했다. 아일워스는 606 에이커의 외부 출입이 차단된 지역이다. 휴스는 마크에게 타이거와 시간을 보내줄 수 있는지, 괜찮다면 주변 구경을 시켜주고 골프도 같이 할 수 있으면 좋겠다고 물었다. 어쨌든 둘이 마음이 맞기를 기대했다.

타이거는 아일워스에 도착한 순간 매료됐다. 사이프러스와는 다른 분위기였다. 보안초소를 거쳐야 들어갈 수 있었다. 사립 경비들이 이웃을 순찰하는 장면도 목격했다. 200가구 정도가 있었는데 모두 다 티 없이 깨끗했다. 웨슬리 스나입스(Wesley Snipes), 켄 그리피 주니어(Ken Griffey Jr.), 샤킬 오닐(Shaquille O'Neal) 등이 아일워스에 거주했다. 마크의 집 위치는 아널드 파머가 설계한 골프장 바로 길 건너, 클럽하우스에서 멀지 않은 곳이었다. 장점이 많이 보였다.

타이거는 마크와 18홀을 같이 했다. 다양한 주제에 관해 이야기를 나눴고, 마크가 간단한 조언도 남겼다.

"즐겨라. 투어에 급하게 입문할 필요는 없을 거야."

타이거는 18홀 후에 마크의 집으로 갔다. 투어에서는 이미 손꼽히는 외모로 알려진 부인 엘리시아(Alicia)와 많은 대화를 나눴다. 그녀는 타이거에게 두 명의 자녀들을 소개하며 편하게 있으라고 말했다. 타이거가 보기에 마크의 삶은 완벽해 보였다. 골프를 본업으로 하고, 멋진 집에 아름다운 부인과 토끼 같은 두 명의 자녀. 집의 분위기에서 긴장이라곤 느낄 수 없었다. 타이거는 곧 그런 분위기에 익숙해졌다.

타이거가 떠난 뒤 마크가 엘리시아에게 물었다.

"인간적인 면에서 타이거에게서 어떤 인상을 받았지?"

"제 생각에는 믿기 힘들 정도로 재능이 있는 아이 같아요."

"그렇게 생각해?"

"물론이죠."

마크는 이해할 수 없었다. 엘리시아는 타이거가 골프 하는 걸 본 적도 없었다. 하지만 그녀가 말한 재능은 골프를 뜻한 것이 아니었다. 엘리시아는 지역의 교육위원회에서 일했던 경험이 있어서 10대 청소년들을 많이 봤을 것이다. 타이거는 그녀가 봤던 다른 청소년들보다 더 의젓해 보였다. 타이거는 이야기할 때 엘리시아의 눈을 보며 말했다. 재미있는 이야깃거리도 엘리시아에게 말했고, 기풍이 있었으며, 대단한 카리스마를 보였다. 그에게서 눈을 뗄 수 없게 하는 그 무언가가 있었다.

"그런데 그 아이 골프는 잘해요?"

엘리시아가 마크에게 물었다.

"그 녀석 좀 하던데?"

타이거는 사이프러스로 돌아왔고, 공식적으로 운전도 스스로 할 수 있는 나이가 됐다. 중고로 구매한 그의 도요타 수프라(Toyota Supra) 트렁크에 골프 백을 싣고 디나의 집으로 차를 몰고 갔다.

"나하고 드라이빙 레인지에 가지 않을래?"

타이거가 디나에게 말했다.

"그게 뭐 하는 데야?"

디나가 되물었다.

타이거는 웃기만 했다. 불현듯 그녀가 천진난만하고 순진하게 보였다. 따로 설명하지 않고 그냥 차에 타라고 했다.

그들은 해군 골프장에 도착해서 조 그로먼을 찾아갔다.

"안녕 챔프?"

조가 반겼다.

조는 디나를 한 번 바라보고는 타이거가 그의 조언을 듣지 않을 거라 여겼다. 그리고 타이거에게 무척 아름다운 금발의 여자친구가 생긴 데 대해 속으로 웃었다. 타이거는 늘 이런 식이라고 생각했다. '시동을 걸면 목적지까지 가는 건 영락없군.'

조는 디나를 반겼고, 타이거는 디나를 데리고 연습장으로 향했다. 티에 골프 볼을 올려놓고 때려서 멀리 보냈다.

"와아!"

그녀는 감탄했다. 클럽이 볼을 때리는 소리에 머리를 뒤로 젖히며 놀라워했다.

30분 정도 타이거가 계속 이런저런 샷들을 보여주는 동안 그녀는 연신 감탄을 멈추지 않았다. 마치 타이거가 공중전화 부스로 들어가 그의 안경을 벗어 던지고 영웅으로 나타나는 것 같았다. 그가 손에 클럽을 쥐고 있을 땐 태도가 완전히 바뀌었다. 당당하게 걸었고, 키도 커 보였으며, 자신감이 흘러넘쳤다. '와, 대체 이 남자 뭐야?' 그녀는 생각했다. '학교에선 조용하고 다른 친구들하고 말도 거의 안 하는 애가 골프장에선 자신감 넘치는 태도로 어른들하고 대화하잖아?'

타이거는 그녀에게 골프 그립, 볼 궤적, 발의 위치 같은 것들을 설명했다. 상당히 기술적인 얘기였지만, 타이거는 이해하기 쉽게 말했고, 멋있게 말했다.

"골프가 스포츠라고는 생각한 적 없었어. 나이 든 사람들이나 즐겨 하는 활동으로만 알았어."

디나가 솔직하게 털어놨다.

타이거는 웃음을 멈출 수 없었다. 골프에 있어서 그녀는 아무것도 몰랐다. 학교 밖에서 타이거가 어떤 삶을 살고 있는지 전혀 몰랐다. 두 사람 모두 역할이 갑자기 바뀐 걸 알아차렸다. 웨스턴 고등학교에 있을 때 타이거의 사교성이 부족했던 점을 보며 쾌감을 느꼈는데, 반대로 여기에선 타이거가 그녀에게 뭔가를 가르쳐줄 수 있는 위치였다. 해군 골프장은 아무것도 아니라고 타이거가 강조했다. 단지 연습만 하는 곳이었다. 그의 세계를 조금이나마 경험하려면 디나는 골프 대회장에 가봐야 한다고 말했다.

"가서 뭐 하는 건데?"

디나가 물었다.

"가 보면 알아."

첫 홀 티에 올라서면 항상 긴장됐던 타이거이다. 이번에는 조금 달랐다. 뭔가 더 강렬했다. 클럽 백에서 드라이버를 꺼내 들 때 타이거는 마치 사후 경직을 갑자기 느끼는 듯했다. 그립부터 뭔가 어긋났다. 속으로 숨 쉬자고 계속 이야기했다.

1992년 2월 27일 목요일 아침, 타이거는 웨스턴 하이에서 기하학 수업을 듣고 있어야 할 시간이었다. 대신 42마일이나 떨어진 퍼시픽 팰리세이드의 리비에라 컨트리클럽에서 페어웨이보다 70피트 오른 절벽의 1번 홀 티에 섰다. 닛산 로스앤젤레스 오픈 1라운드를 준비하고 있었다. 첫 홀은 501야드 멀리 있었는데, 정작 그를 예민하게 만든 것은 따로 있었다. 그에게 결코 거리가 문제 된 적은 없었다. 기대가 크다는 점이 항상 부담이었다. 그리고 그 어떤 때보다 더 큰 기대가 몰아쳤다. 그의 PGA 투어 데뷔전이었다.

타이거의 16번째 생일이 두 달 정도 지난 시점이었고, 투어 역사상 최연소 출전 선수의 족적을 남겼다. 다른 143명은 모두 다 프로 선수였다. 기자들 무리와 사진작가들, TV 카메라맨들이 바로 앞에서 그를 바라보고 있었고, 여섯 열, 여섯 겹의 어마어마한 갤러리가 1번 홀 티 주변에 모여 있었다.

흰색 모자, 줄무늬 반소매 상의에 주름 잘 잡힌 바지를 입은 타이거 우즈가 클럽을 휘둘렀고 볼은 절벽을 떠났다. 햇볕이 내리쬐는 6피트 1인치 140파운드의 고등학교 2학년 모습은 마치 조각상 같았다. 골반이 홀 방향으로 열리고, 척추가 꼬이고, 드라이버는 그의 뒤에 있었다. 볼이 280야드 나가서 땅에 떨어질 때까지 그는 그대로 멈춰 있었다. 마치 볼이 하늘에서 떨어진 느낌이었다. 어마어마한 갤러리의 함성이 들렸다. 보안요원들이 뒤로 따라갔고 타이거는 카메라맨들 사이를 뚫고 페어웨이로 걸어 나갔다.

경호원들의 대동은 타이거 주위를 감싸고 있는 서커스 분위기에 또 다른 요소를 더했다. 대회 의장 마크 쿠퍼스톡(Mark Kuperstock)은 그가 행사할 수 있는 권리 중 하나인 스폰서 초청으로 대회 출전자격이 안 되는 타이거 우즈를 출전시켰다. 이로 인해 마크는 그렇게 소중한 스폰서 초청을 한낱 '검둥이'에게 행사한 데 대해 익명의 전화를 받았고, 타이거 또한 테러 위협을 받았다. 하지만 페어웨이 바깥쪽에 대열한 갤러리는 타이거를 아주 좋아했다.

"너 진짜 멋있어!"

"최고야!"

응원 목소리가 곳곳에서 들렸다.

"잭 니클라우스를 이을 선수야. 어쩌면 더 나을 수도 있어!"

또 다른 갤러리가 소리쳤다.

또 어떤 갤러리는 "미국 골프의 미래가 걸어 나간다."고 응원했다.

긴장이 그를 지치게 했고, 첫째 날 72타, 1오버 파, 선두에 여덟 타 차로 1라운드를 끝냈다. 2라운드가 끝나고 타이거는 결국 본선 라운드 진출엔 실패했다. 하지만 프로 선수들은 진짜배기가 나타났음을 감지했다. 골프 기자들은 우승경쟁에는 관심을 두지 않고 타이거 우즈와 이야기하기 위해 모였다. 팬들은 그를 무척이나 좋아했다. 팬들은 어떻게든 그의 사인을 받고, 사진을 찍고, 가까이 있고 싶어 했다. 관심의 중심에 있다는 것이 기운을 나게 하는 듯했다. 그는 나쁜 행동을 할 수 없었다.

디나는 한편 이 모든 것에 대해 할 말을 잃었다. 쿨티다와 함께 골프장을 다닌 경험은 꿈 같은 경험이었다. 다섯 달 전에 회계학 수업에서 처음 만났던 영리하지만 순진한 소년인 줄만 알았는데, '대체 무슨 일이 일어난 거지?' 골프클럽을 손에 쥐고 있는 타이거는 천하무적이었고 강인해 보였다. 매력적인 미소를 내보이며 타이거는 전국 방송 채널의 카메라, 『SI』 지의 줌렌즈 앞에서 자신감을 보였다. 그곳에 있는 다른 유명한 프로 선수, 매력적인 여성 팬, 청소년, 아이들 등 남녀노소를 불문하고 누구 앞에서도 그는 위축되지 않았다. 지난주 가장 인기 있었던 영화는 〈웨인스 월드(Wayne's World)〉였는데, 디나의 시선으로는 타이거의 세계가 그 어떤 할리우드의 꿈보다 더 들떠 보였다. 그리고 그냥 골프를 하는 그저 그런 아이로만 알고 있었는데, 그의 세계는 웨스턴 하이의 복도보다 더 크게 느껴졌다. 그리고 이미 세상에선 타이거 우즈가 진짜배기였다.

2라운드 후 타이거는 디나를 만나고 싶었지만 『SI』 지와 먼저 인터뷰를 해야 했다.

“제 인생 최고의 이틀이었습니다. 진짜 그래요. 제가 실수 샷을 해도 사람들이 박수를 보냈습니다.”

인터뷰 중에 이야기한 내용이다.

사흘 뒤, 타이거는 웨스턴 고등학교 골프팀을 이끌고 세리토스의 가(Gahr) 고등학교와의 대결이자 시즌 첫 대회에서 앞서 있었다. 기자, 갤러리도 없었고 타이거의 부모나 디나도 없었다. 타이거 우즈는 예전처럼 압도했지만 PGA 투어를 경험하고 난 후라 마치 김빠진 것 같은 분위기였다. 여러모로 고등학교 수준의 골프는 그의 창의력 발휘에는 한계가 있었다. 그는 더 큰 무대를 갈망했다.

대회 후에 타이거는 디나의 집을 방문했다. 디나의 부모는 타이거를 밝게 맞았고 칭찬을 아끼지 않았다. 그들은 타이거의 LA 오픈에서의 활약을 지면과 지역 뉴스로 이미 접했다. 게다가 디나는 지난 사흘 동안 자신이 겪었던 이야기를 부모에게 모조리 이야기했다. 타이거는 디나의 가족들이 그에게 보여주는 편안한 보살핌이 좋았다. 디나의 가족은 항상 그렇게 온화한 느낌이었다. 차가운 타이거의 집안 분위기와는 대조적이었다. 얼과 쿨티다 사이는 말할 것도 없었고, 타이거를 끌어안아 주고 애정이 가득한 말, 배려하는 분위기는 거의 없었다. 이런 이유로 타이거는 디나의 집에 머무는 것을 좋아했다.

타이거와 디나가 단둘이 있을 때 디나는 골프 하는 타이거를 보고 나서 뭔가를 느꼈다고 말했다. 학교에서의 타이거와 대회에서의 타이거는 마치 다른 사람 같다고 했다. 한 명은 땅을 보고 걸어 다니고, 말도 거의 없으며, 사람들이 많은 곳에서 난처해하는 사람이고, 다른 한 명은 자신감 넘치고 강인하며, 평정심을 유지하는 사람이다. 이 두 모습이 타이거에게 있다는 것이다.

타이거는 그런 이야기를 생전 처음 들어 봤고, 뭐라고 답해야 할지 몰랐다. 디나가 타이거에게 던진 질문은 ‘내가 진짜 누구야?’를 타이거에게 불러일으킨 정곡을 찌른 것이었다. 진중한 자기 성찰이 필요한 질문이며, 타이거가 자신의 감정을 털어놓길 바랐던 것임을 알 수 있었다. 하지만 타이거에게는 불편한 분위기였다. 그리고 어떻게 하는 줄도 몰랐다. 타이거 가족의 불문율 중 하나는 속에 있는 감정을 남에게 드러내거나 이야기하지 않는 것이었다. 그의 부모 또한 서로에게나 타이거에게 그들의 감정을 이야기하지 않았으며, 마음을 드러내지 않았을 뿐만 아니라 그런 것을 서로 요구하지도 않았다. 타이거는 나중에 그러한 것을 '우즈 가족으로서의 규약 중 하나'라고 회고했다.

디나에게 설명하려 하기보다는 그러한 부분에 대한 그녀의 관심을 피했고, 오히려 그의 미래를 상상해 보는 이야기를 했다. 그의 앞에 있는 탄탄대로를 빨리 달려보고 싶었다. 그리고 처음으로 타이거는 그 여정에 누군가 함께 하는 미래도 떠올려봤다. 타이거가 유명하고 천부적인 재능의 골퍼이기 전에 디나는 타이거를 인간적으로 좋아했다. 그리고 타이거에게는 그녀가 육체적인 관계에서도 첫 경험의 존재이다. 그녀에게 이런 걸 말하지 않았지만, 어쨌든 타이거는 그녀가 옆에 있길 원했다.

CHAPTER SIX

더 높은 곳으로

존 머천트(John Merchant)는 의사결정의 상황에 익숙한 사람이었다. 예순 살의 변호사는 멀끔한 수트 차림으로 코네티컷주에서 가장 큰 은행의 이사 자리에 앉기도 했으며, 주지사의 지명으로 소비자 변호사 사무소장의 자리에 오르기도 했다. 하트퍼드에 있는 주 의회 사무실에서 그는 여러 부서의 주 변호사들을 관리 감독했다. 그러던 1993년 7월의 티 없이 맑은 어느 날, 그의 집에서 3,000마일 정도 떨어진 오리건주 포틀랜드의 한 골프장에 있었다. 카키색 바지에 반소매 골프셔츠 의상은 그의 백발 수염과 연륜을 강조하는 듯했고, 머리도 반듯하게 정돈한 아프리카 인이었다. 그는 웨이벌리 컨트리클럽의 부대 건물에서 아무도 모르게 나타났다. US 아마추어 챔피언십의 첫째 날이었고, 한산했어야 할 골프장이 엄청난 인파로 북적거렸다. 머천트는 그 손 닿지 않은 지역을 조사하기 위해 멈춰서는 '내가 왜 여기 왔지?'라고 스스로 물으며 웃지 않을 수 없었다.

3년 전에 이미 시작된 여정이었다. 앨라배마의 유명 사업가인 홀 W. 톰슨(Hall W. Thompson)은 과거 버밍햄 인근의 숄크릭 골프장을 지었는데, 이 인물의 야기로 골프의 도덕적 위기를 맞았던 시기였다. 숄크릭은 1990년 8월 PGA 챔피언십을 개최할 예정이었다. 홀 톰슨은 버밍햄 『포스트 헤럴드』의 기자와 인터뷰를 했다. 기자가 숄크릭의 회원 대우에 대해, 즉 유대인과 여자는 입장할 수 있는데 흑인은 왜 입장할 수 없는지를 물었다.

"흑인을 제외하고는 그 어느 곳이든 간에 우리는 차별하지 않습니다."

홀 톰슨이 답했다.

그의 발언은 즉각적으로 심한 반발을 일으켰다. 미국 남부 기독교 리더십 총회는 대회장에 현수막을 들고 항의했다. IBM을 비롯한 여러 파트너십 기업들이 TV 방송을 위한 상업광고에서 2백만 달러 정도를 줄였다. 신문 등 각종 미디어도 여러 골프장의 회원 정책들을 관심 있게 들여다보기 시작했다. 『샬럿 옵서버(Charlotte Observer)』는 PGA 투어 대회 개최 코스 중 17개 골프장에서 백인만 회원으로 받는다는 뉴스를 발표했다. 또 다른 미디어에서는 미국 내 프라이빗 골프장 네 군데 중의 하나는 숄크릭의 회원정책과 유사하다고 보도했다.

홀 톰슨은 인용이 잘못된 것이라 주장하며, 동시에 그의 발언에 대해 사과했다. 그러나 이 시점 이후 PGA 투어는 인종차별에 대한 논란의 태풍 안으로 빠르게 들어서고 있었다. 미국 골프협회(USGA) 회장 그랜트 스패스(Grant Spaeth)는 협회의 대회가 흑인을 회원으로 받지 않는 골프장에서 정기적으로 열렸음을 시인했다. 그랜트가 『뉴욕 타임스』에서 밝힌 내용을 보면 다음과 같다. '그래서 아무리 괴로운 일이 있어도 나는 공개적인 논의와 의사결정이 이미 이뤄졌어야 했다고 판단한다. 따라서 우리는 모든 것을 완전하고 공정하게 정리할 기회를 얻었다.'

1991년 숄크릭의 여파로 존 머천트는 뜻밖의 전화를 받았다. USGA와 오랫동안 같이 일했던 변호사 S. 가일스 페인(S. Giles Payne)이었다. 둘은 오랜 친구이자 동반 골프도 했던 사이이다. 하지만 이 시기에는 왕래가 잠시 뜸했다. 가일스는 단도직입적으로 머천트가 USGA의 운영위원회에 함께할 수 있는지 제안했다. 우쭐한 기분은 잠시였다. 존은 처음엔 웃었다가 그 위원회가 뭔지, 무슨 역할을 하는지 잘 모른다고 말했다. 가일스는 이에 관해 설명했다. USGA의 열여섯 명의 운영위원이며, 미국과 멕시코의 골프 규칙이나 장비 규제 관련 등을 결정하는 일이라 했다. 위원회의 자리는 많은 이들이 앉고 싶어 하는 곳이며, 부유하고, 영향력 있는 사람들 차지였다.

존은 무척 의아했다. 그렇게 부유하지도 않고, 그의 영향력도 코네티컷주의 법률과 금융에 한정돼 있었다. 핵심은 97년의 역사에서 USGA의 위원회에 아프리카계 사람이 있었던 적이 없었다. 숄크릭 사태로 인해 USGA의 리더십에 다양성이 절실했다. 위원회에서는 유색인을 물색했고 존이 그 적임자였다. 그는 1958년 버지니아 대학 법과 대학원을 유색인 최초로 졸업하기도 했다. 그리고 그가 코네티컷의 초호화 멤버십의 컨트리클럽 오브 페어필드에 최초의 유색인 멤버가 되기도 했다. 또한 코네티컷의 가장 큰 은행에서 이사회로 활동했던 최초의 흑인이기도 했다. 그리고 골프 핸디캡도 자랑할 만했다.

심사, 공식 지명, 승인까지의 모든 과정은 1년 넘게 걸렸다. 그러나 1993년, 존은 결국 임명됐지만 한 가지 걱정되는 부분이 있었다.

"USGA에서 그 누구든 간에 내가 결코 자리 채우러 온 것만은 아니란 걸 보여주겠어!"

코네티컷의 소비자 변호사 사무소장 자리에서 최선을 다해야 하는 것도 있겠지만, 그가 새로 맡은 역할에 대해 능률을 끌어올리기 위해, 가능한 많은 주니어 골프 대회를 관전하러 가기로 마음먹었다. 포틀랜드의 주니어 대회가 그 첫 대회였다. 코스가 낯설었기 때문에 전반적으로 돌아보아야 했다. 그가 처음 보고 느낀 점은 유색인이 아예 없다는 것이었다. 그러다가 코스에서 조금 벗어난 곳, 파라솔이 꽂힌 간이 테이블에 흑인 남성 한 명이 앉아 있는 걸 발견했다. 존이 다가가자 그 남자는 마시던 음료를 내려놓고 눈을 마주쳤다.

"존 머천트라고 합니다. USGA 운영위원회에서 일하고 있습니다."

존이 먼저 말을 건넸다.

"얼 우즈입니다. 앉으시겠습니까?"

잠시 뒤 웨이터가 다가왔다.

"이분이 드시는 걸로 주세요."

존이 말하고는 얼 우즈에게 끄덕였다.

두 사람은 한 시간 정도 서로에 관해 이야기하며 친분을 만들었다. 얼은 자기 아들이 이 대회에 참가하고 있다고는 했지만 이름을 밝히지 않았다. 존 또한 타이거와 얼의 관계에 대해 알려 하지 않았다.

대신 대화의 대부분은 골프에서의 인종차별에 대한 것이었다. 얼 우즈는 존 머천트가 학계, 법, 은행, 사업에서의 업적에 깊은 인상을 받았다. 존 머천트는 자신이 코네티컷에서 클럽 챔피언을 두 차례나 이뤘다고도 했다. 항상 타이거의 앞날에 도움이 되기를 간절히 찾고 있던 얼에게는 존 머천트만큼 영리하고 조예가 깊으며, 골프를 잘하는 흑인을 아직 만나지 못했다. 둘은 전화번호를 교환하고 앞으로도 계속 연락하고 지내기로 했다.

한편 타이거는 대회에서 우승을 차지했다. 마지막 두 개 홀 버디로 앞서가던 라이언 아머(Ryan Armour)를 누르고 역전해서 이룬 쾌거였다. US 주니어 아마추어 대회 3연속 우승이며, 매치플레이 기록도 18연속 승리를 이어갔다. US 주니어 대회 네 차례 출전하는 동안 22승 1패의 전적을 남겼다. 타이거가 우승 트로피를 받을 때 존은 짐작할 수 있었다. 코스에서 만나 이야기하고 음료를 들이켰던 사람이 타이거의 아버지였음을. 존은 코네티컷으로 돌아가서 얼에게 전화해 타이거의 눈부신 업적에 대해 축하 인사를 했다. 얼은 다음 대회에서 또 만나기를 힘주어 말했고, 존 또한 이에 호응했다. 그들에게는 나눌 이야기가 많았다.

고등학교 2학년의 타이거에게는 셀 수 없을 만큼의 대학 입학 제안이 들어왔다. 미국의 최고 교육기관에서 그를 데려가길 원했다. 타이거는 라스베이거스 대학을 보고 온 후 자신이 가야 할 학교를 라스베이거스로 결정했다. 학교 시설도 좋아 보였고 무엇보다 날씨가 괜찮았다. 학교도 집에서 그리 멀지 않은 270마일 정도 거리에 있다. 다섯 시간 정도면 갈 수 있는 거리이다. 그리고 도시 자체가 굉장히 좋은 분위기였다. 학교 다니기에 이상적인 곳이었다. 하지만 그의 부모님은 스탠퍼드 대학에 가기를 원했다. 학업성취도 면에서 예일이나 하버드와 어깨를 나란히 했고, 이는 쿨티다에게 중요했다. 게다가 그 학교의 골프팀 수준도 전국적으로 상위를 유지했다.

다들 타이거가 스탠퍼드로 진학할 거라 알고 있었고, 스탠퍼드 골프팀 감독 윌리 굿윈(Wally Goodwin) 또한 그렇게 생각했다. 타이거는 대학 진학 딜레마에 대해 마음 놓고 털어놓을 사람이 유일하게 디나뿐이었다. 둘은 어느덧 떨어질 수 없는 사이가 됐고, 디나는 타이거가 고등학교 3학년을 다니는 동안 같이 있기 위해서 집에 머물며 사이프러스 지역 커뮤니티 대학에 등록했다. 타이거는 라스베이거스로 가고 싶지만, 부모님 의견에 반하는 결정을 하고 싶지 않다고 디나에게 얘기했다.

타이거는 조금씩 디나에게 마음을 열고 있었다. 동시에 그가 그의 집에서 받는 압박감에 대해 살짝 암시하기도 했다. 디나는 이런 점이 그다지 놀랍지 않았다. 타이거의 가정교육이 디나와는 매우 다르고 더 어렵다는 걸 알고 있었다. 한 번은 친구들과 함께 화장지를 이웃집에 던지는 짓궂은 장난을 하고 있었다. 타이거의 집에서 쿨티다가 이를 보더니 엄한 목소리로 "대체 무슨 생각으로 이러는 거니?"라며 타이거의 친구들이 보는 가운데에도 꾸짖었다. 그리고 그의 아버지는 기자들 앞에서 타이거를 치켜세우는 노래를 아무렇지 않게 불렀다. 디나는 문제를 복잡하게 하고 싶지 않았다. 그래서 타이거에게 말했다.

"무슨 결정을 하든 간에 우리는 잘 극복해 낼 거야."

타이거가 직면한 또 다른 문제가 있었다. 스윙코치에 대한 것이었다. 타이거의 스윙을 봐 주던 존 앤설모가 연초에 대장암 진단을 받고 치료를 받아야 해서 레슨을 계속할 수가 없었다. 타이거는 존 앤설모와 7년을 함께했다. 그 시간 동안 US 주니어 아마추어 3년 연속 우승이라는 전무후무한 기록을 세웠으며, 캘리포니아주 최고의 고교선수 그리고 미국에서 가장 우수한 주니어 골퍼라는 명성을 얻었다. 존은 치료 후 회복이 되면 다시 타이거에게 레슨하고 싶었으나 얼의 생각은 달랐다. 타이거가 프로를 준비할 수 있도록 도움이 되는 스윙코치를 물색 중이었다.

클로드 하먼 주니어(Claude Harmon Jr.)는 PGA 투어에서 부치(Butch) 하먼으로 알려진 인물이다. 그의 피는 골프 왕족의 피나 다름없었다. 그의 아버지 유진 클로드 하먼 시니어(Eugene Claude Harmon Sr.)는 1948년 마스터스 챔피언이었다. 부치는 휴스턴의 남성 전용 골프클럽인 로킨바(Lochinvar) 골프클럽에서 총 책임자를 맡고 있었다. 그렉 노먼(Greg Norman)의 스윙코치로도 알려졌으며, 1993년 당시 그렉 노먼은 PGA 투어에서 가장 부드러운 스윙을 구사했다.

타이거는 같은 해 8월 US 아마추어 대회에 출전하기 위해 개최지인 휴스턴을 찾았다. 그리고 로킨바 골프클럽도 찾았다. 다소 작은 규모의 회원제였는데, 조지 H. W. 부시 전 대통령을 비롯해서 가스, 원유 부호들, 기업의 대표이사들, 프로 운동선수들이 회원명단에 있었다. 부치의 초대로 갔던 타이거는 부치에게 스윙을 보여주기로 했다. 타이거에게는 가벼운 오디션이었다. 개인 비행기, 원유 시추기, 로드 아일랜드만 한 농장을 소유한 백만장자들이 타이거의 골프를 보려고 모여들었다. 타이거는 나무를 피해 돌아가는 정교한 샷, 300야드 넘게 날아가는 장타를 선보였다. 부치는 처음에 타이거의 순수한 재능과 창의력에 깊은 인상을 받았지만, 결국엔 스피드와 힘이 전부라고 판단했다. 타이거의 스윙을 보고 부치의 뇌리에 스친 형용사는 과격함이었다. 타이거는 너무 심하게 휘둘러서 릴리즈 포인트에서 문지르면서 생긴 마찰로 인해 그의 팔뚝에 통증이 있었다.

“스윙이 잘 안 된다 싶을 때 특별히 좋아하는 샷이 따로 있나?”

부치가 물었다.

타이거는 그냥 어깨를 한 번 으쓱하고는 스윙하며 볼을 때렸다.

“최대한 할 수 있는 만큼 빠르게 휘두르는 거요. 그러고는 또 볼을 올려서 다시 치는 겁니다.”

타이거가 답했다.

부치는 알아챘다. 타이거에게는 특정한 곳으로 보내야 할 때 의지하는 결정적한 방이 없었다. 3/4 스윙, 녹다운 샷, 펀치 샷, 아무것도 없이 오로지 힘으로 스윙을 했다. 그런데도 US 주니어 아마추어에서 3년 연속이나 정상에 올랐다. 타이거가 타수를 줄일 줄 알고, 우승할 줄 안다는 것이다. 여기에다 타이거가 자신의 레퍼토리에 섬세한 몇 종류의 샷들을 장착한다면 생각만 해도 무시무시했다.

다음 날 밤, 얼 우즈는 자신의 집 사이프러스에서 부치에게 전화를 걸어 단도직입적으로 질문을 던졌다.

"우리 타이거가 한 단계 더 성장하는 데 도와주시겠습니까?"

부치는 얼이 물어봐 주기를 은근히 기다리고 있었다. 온종일 타이거를 가르치는 건 어떨지 생각했다. 부치는 흔쾌히 동의하며 동시에 시간당 300달러의 비용을 받지 않기로 했다.

"아버님이 경제적으로 여유가 없다는 걸 알고 있습니다. 그러니까 레슨의 대가를 요구하지 않겠습니다. 다만 타이거가 프로 선언하고 유명해지면, 분명 유명해질 겁니다. 그때엔 제가 대가를 청구하겠습니다."

부치가 얼에게 제안했다.

"좋소, 그렇게 합시다."

얼이 동의했다.

아버지가 부치와 계약하는 데 있어서 타이거도 같은 생각이었지만, 여전히 진학 문제에 관해서는 이야기를 나누지 않았다. 가족 간의 대화가 거의 없었기 때문에 부모도 타이거가 어느 쪽으로 마음이 기울어져 있는지 몰랐다. 쿨티다는 월리에게 급하게 전화를 걸어 꼭 집에 들러줬으면 좋겠다고 전했다. 월리는 그럴 필요 없다고 답했다.

"제 생각에 타이거는 이미 마음을 정한 듯합니다."

"어쨌든 집으로 좀 왔으면 좋겠는데요."

쿨티다가 물었다.

월리는 그녀의 말이 달갑지 않았다. 며칠 뒤, 저녁 시간에 월리는 타이거의 집을 찾았다. 거실에 있는 카드게임 탁자에 앉아 피자를 즐기고 있었지만, 타이거는 별말을 하지 않았다. 과장 없이 분위기는 다소 어색했다. 얼과 쿨티다가 이야기를 꺼내려 했지만, 편안한 저녁 식사라기보다는 장례식장 분위기였다. 이윽고 타이거가 약간 숙연한 표정으로 윌리에게 말을 걸었다.

"감독님, 보여드릴 게 있습니다."

타이거가 말을 던져놓고는 의자 아래에서 라스베이거스 대학의 모자를 꺼내 보여줬다. 눈을 마주치면서 아무 말도 하지 않았다.

"내가 그 모자 보려고 여기까지 이 시간에 온 건 아니잖아?"

윌리가 불평했다.

타이거가 다시 한번 의자 아래에서 다른 모자를 꺼냈다. 이번엔 남 캘리포니아 대학 모자였다.

"알았다, 타이거."

윌리는 놀랄 것도 없었고, 그냥 입을 닫고 일어났다.

"아녜요, 감독님. 잠시만요."

타이거가 윌리를 말렸다.

만감이 교차하는 가운데 윌리는 기다렸고, 타이거는 다시 의자 아래에서 모자를 꺼내 들었다. 이번에는 S자가 크게 그려진 빨간색이었다. 타이거는 말없이 그 모자를 썼다.

1993년 11월 10일, 타이거는 의향서에 서명한 후 스탠퍼드로의 진학을 공식화했다. 기자들에게 밝힌바, 솔직한 결정임을 이야기했다.

"스탠퍼드를 선택한 이유는 사람으로서 더 나아지고 싶어서입니다. 골프를 하고, 작은 흰색 볼을 치는 것보다 우리 삶에는 더 중요한 것들이 있습니다. 우리 가족들은 내가 항상 그렇게 성장하기를 원해 왔습니다. 우리 가족에게 학교는 우선순위에서 가장 앞이었습니다."

사적으로 타이거는 디나에게 그의 결정에 대해 변명했다.

"학교에 그렇게 오래 다닐 것 같진 않아. 어딜 가든 간에 내가 다 잘 받아들이는 게 있어야지."

타이거는 졸업반 학교 축제 때 예전처럼 디나와 동행했다. 하지만 예전과는 완전히 다른 분위기였다. 많은 것이 바뀌었다. 웨스턴 하이의 복도에서 타이거는 이제 존재감 없는 학생이 아니었다. 절친은 크게 바뀌지 않았지만, 다른 사람들은 그를 우러러봤고 경의를 표했다. 친구들은 그가 가장 성공할 동문이라고 확신했다. 타이거의 인생은 계획대로 맞아떨어지고 있었다. 평균학점 3.8로 졸업한 후, 곧바로 아마추어 대회 출전을 위해 떠났다. 그러고는 가을에 장학금으로 스탠퍼드에 입학했다. 그 이후에는 PGA 투어로 진출할 계획이었다. 삶의 지도는 깔끔하게 펼쳐져 있었다. 그에겐 정지 신호, 적신호도 없었고, 속도 제한도 없었다.

디나의 상황은 상대적으로 모호했다. 부모님 집에서 지냈고, 최소임금 아르바이트에 지역 전문대학을 다녔다. 그녀는 남들에 비해 크게 두드러지지 않았고, 특히 타이거와 그녀 스스로 비교할 때엔 더욱 그랬다. 하지만 두 사람은 미래에 관해 이야기하지 않았다. 타이거는 그가 가는 곳이면 디나도 함께 할 것이라 여겼다. 하지만 디나는 타이거와 동행할 때 주목을 받는 점이 그녀를 불편하게 했다. 타이거가 나가는 대회의 분위기가 그녀에게 그렇게 편하지 않아서 따라가지 않았다. 나갔다 해도 타이거 근처에 가지도 못했다. 타이거는 항상 골프장 코스 안에 있었고 그녀는 갤러리 속으로 묻히다시피 했다. 타이거가 고대했던 삶에 정말 큰 부분을 차지할 수 있는지, 그녀는 도대체 확신할 수 없었다.

타이거가 고등학교를 졸업한 후에 디나는 라스베이거스에 가기로 했다고 타이거에게 말했다. 숙모가 있어서 거기에서 따로 독립할 때까지 방을 쓰도록 허락받았다. 적어도 사이프러스에서는 한동안 떠나 있어야 했다.

타이거는 이해할 수 없었다. 디나가 남 캘리포니아에 같이 남아 있기를 기대하고 있었지만, 디나에게는 그 점이 중요하지 않았다. 타이거가 그녀 주변에 계속 있을 수 없기 때문이다. 여름이 끝나면 타이거는 팔로알토에 있는 학교를 잠시 떠나 있을 예정이었고, 그동안 아마추어 연맹 대회에 출전할 예정이었다. 어느 쪽이든 간에 둘은 떨어져 있어야 했다.

디나가 타이거에게 말했다.

"우리가 서로 사랑한다면 어쨌든 간에 다시 만날 수 있을 거야."

존 머천트는 USGA 운영 이사회의 첫 흑인 회원이라는 특별함을 누렸다. 그 자리를 활용해서 그가 좋아하는 동기를 진전시키는 지론을 세웠다. 바로 소수인들을 골프에 입문하게 하는 것이었다. 그가 성인이 된 후 골프장에 가면 그가 거의 유일한 아프리카계 미국인이었고, 어떻게 하면 이를 바꿀 수 있을지 고민했다. 결국엔 USGA에서의 지위를 이용해서 그가 사랑에 빠진 골프를 더 많은 도시의 유소년들이 접할 수 있도록 지원하는 길을 마련했다. 타이거 부자와의 개인적인 친분에 대한 소문이 있었지만, 문제 될 것은 없었다.

얼을 알게 된 후부터 존은 타이거의 대부 역할을 하고 있었다. 골프 라운드도 두 사람이 함께하는 일이 많았으며, 골프 외적인 여러 주제에 대한 존의 상식을 듣기 좋아했다. 타이거가 아마추어 대회에 출전할 때에도 함께 다니곤 했다. 얼과 타이거의 관계는 존이 겪었던 그 어느 부자 관계보다 돈독했다는 인상을 받았다. 존에게 도움받을 일이 많다는 것을 알게 된 얼은 존에게 의지하며 조언을 구하기 시작했다.

이러한 것들로 인해 존은 하트포드의 주 소비자 변호사 사무소장으로서, 또 페어필드에서 어깨에 힘주고 다니기 일쑤였으며, 특히 페어필드에선 타이거에 대해 자랑하기 여념이 없었다. 한편 타이거는 1994년 여름, 퍼시픽 노스웨스트 아마추어, 사우던 캘리포니아 아마추어, 웨스턴 아마추어를 제압하며 군림하다시피 했다. 존이 그렇게 활보하는 동안 그의 사무실이 있는 청사의 상근 변호사가 윤리적인 문제에 대해 소송을 제기했다. 그가 임기 동안에 USGA 관련 업무를 봤다는 점과 특히 업무 시간에 골프 대회에 참관했던 부분에 대해 공격했다. 주 윤리위원회와 공중회계 감사위원회에서 수사를 시작했고, 그 과정에서 존과 타이거 아버지의 관계가 심상치 않음이 밝혀졌다.

타이거는 존이 윤리적인 문제로 조사를 받고, 그의 이름이 세간에 오르내렸던 부분을 알지 못했다. 1994년 여름, 존의 문제보다 더 충격적인 사실은 아버지가 어머니 몰래 바람을 피웠다는 사실이었다. 얼은 몇 년 전부터 외도를 해왔다. 젊은 여자가 집으로 전화하여 얼과 통화하길 원했고, 개인 골프 레슨을 요구했다. 쿨티다는 뭔가 알고 있는 듯했다. 얼과 쿨티다 사이가 멀어진 지 시간이 꽤 흐른 듯했고, 쿨티다는 타이거를 위해서 함구하고 있었다.

얼의 바람기는 그의 다른 가족들이 이미 혀를 내두를 정도로 알려졌다. 얼과 오누이인 메이(Mae)는 얼에 대한 사랑이 남달랐는데 농담 삼아 이런 이야기까지 했다.

"얼이 내 남편이었으면 총으로 쏴 죽였을 거야!"

하지만 얼은 오히려 이렇게 그가 여자들에게 했던 행동과 자신을 바람둥이가 아닌 선수라 불렸던 점을 자랑스럽게 생각했다. 톰 캘러핸이 회고했던 내용이다.

"여러 가지로 얼은 전혀 부끄러워하지 않았던 듯했다. 사실 그는 그가 아는 사람이 방문한다면 실오라기 하나 걸치지 않은 채로 나타날 만큼 자신의 물건(?)에 대한 자부심이 넘쳐났다."

쿨티다는 이러한 것들이 타이거의 귀에 들어가지 않게 간신히 막았다. 그러나 쿨티다조차 알 수 없었던 얼의 비밀이 있었다. 그것은 얼이 술, 담배, 음란물 등의 악덕으로 악화 일로를 걷고 있었다.

타이거의 열일곱 번째 생일 저녁에 식사를 함께하기 위해 가족들이 모두 모였다. 쿨티다의 친척들도 그 자리에 함께했다. 타이거의 업적을 축하하고 긍정적인 미래를 기원하며 축하의 분위기가 달아올랐다. 얼은 자신의 차를 직접 운전해 식당으로 향했다. 저녁 식사가 끝나고 다들 집으로 향했다. 얼은 편의점에 들러서 콜트

45 위스키 한 병과 성인 잡지 한 권을 구입하여 갈색 종이봉투에 담아서 갔다. 자신을 위한 것이었다.

그러나 얼은 은퇴한 후 타이거가 출전하는 대회를 따라다니느라 본능을 숨기기가 차츰 어려워졌다. 타이거도 얼마 지나지 않아 아버지의 악행을 알아챘다. 그러나 이 가족의 불문율은 침묵이었다. 우즈 가문의 일원으로 가족 간의 비밀을 지키는 것이었지만, 타이거는 조금씩 감당하기 어려워졌다. 어느 날 밤, 타이거는 라스베이거스에 있는 디나에게 전화를 걸었다. 울먹이면서 그의 아버지, 그의 우상이 외도를 했다고 털어놓았다. 자세히 설명하기보다는 그냥 울었다. 몇 주 동안 이어진 전화 통화를 보면 타이거는 여전히 디나의 조언에 의지하고 있었다.

타이거는 아버지와의 관계로 인해 갈등이 이어졌다. 아버지를 사랑했고 최고의 친구로 여겼지만, 아버지가 했던 몇 가지 행동을 경멸하곤 했다. 타이거의 앞날에 대한 아버지의 노골적인 발언들과 거창하기만 한 예언은 늘 당황스러웠다. 그리고 아버지가 어머니를 대하는 태도를 유독 수치스러워했다. 타이거는 그들이 화목하게 지내길 바랐지만, 다시 예전처럼 돌아가지 못할 것이라는 걸 알고 있었다.

디나는 결국 한 가지 제의를 했다.

"이렇게 숨기거나 실망을 떠안고 살 순 없어. 아버지하고 대화를 해 보는 건 어때? 네가 진짜로 뭘 원하는지 생각해야 할 거야."

타이거는 디나에게 마음을 터놓았지만, 아버지에게 솔직하게 말하는 건 불가능한 일이었다. 골프나 일상적인 주제로 이야기를 나누긴 해도 서로의 마음속 이야기는 한 적이 없었다. 그럴 기회가 없었다.

타이거는 미디어에 자신의 목표를 비롯하여 개인적인 부분이 노출되는 것을 꺼렸다. 제법 많은 목표가 있었지만, 이와 관련해서 그 어떤 말도 아꼈다. 그래서 그가 나중에 회고한 바에 의하면 기자들이 그의 목표를 잭 니클라우스의 메이저 우승 기록을 넘어서는 것으로 오해하고 있었다고 한다. 하지만 잭의 메이저 18승은 타이거의 궁극적인 목표가 아니었다. 우승의 횟수가 아닌 잭의 나이가 궁극적인 목표였다.

"잭이 처음 9홀 40타를 쳤을 때, 처음 80타를 쳤을 때, 처음 대회에서 우승했을 때, 처음 주 아마추어 대회 우승했을 때, US 아마추어 타이틀을 언제 획득했는지, US 아마추어는 언제 우승했는지……." 타이거가 그의 40번째 생일 전날 처음 고백했다. "그거였다. 그게 내 목표 리스트였다. 모두 다 나이와 관련된 목표들이었다. 나한테는 그게 중요했다. 잭은 골프에서 역대 최고 선수이다. 그의 나이에 따른 기록 달성을 내가 깬다면 내가 최고로 올라설 수 있을 것이다."

1994년 여름 막바지, 타이거의 목표 중 하나인 US 아마추어 최연소 우승의 기로에 있었다. 잭은 1959년에 19살, 당시 오하이오 주립대 2학년 재학 중에 우승했다. 타이거는 아직 대학 진학도 하기 전인 18살에 대회 우승을 확정할 기회였다. 이미 타이거는 부치 하먼과 1년여 시간을 보내면서 스윙을 가다듬었다. 스윙에서 긴장을 약간 풀었고 볼을 거리에 맞게 보내는 방법을 터득했다.

"부치는 거리에 맞게 보내는지에 대해 이해해야 한다고 지겹도록 강조했다. 깃대까지의 거리에 맞춰 보낸다는 뜻이 아니라, 남은 거리의 정확한 숫자대로 보낸다는 것이다. 핀의 위치가 중요하지 않았다. 핀까지 164야드라고 하면 나는 160야드에 볼이 떨어져서 오르막 퍼트를 남겨놓는 것이다."

타이거가 설명했다.

부치와 타이거가 오랜 시간 같이 스윙을 다져가면서 타이거는 더 완전한 골퍼가 됐고, 상대하기 까다로운 선수로 성장했다. 그러나 1994년 8월 24일, 플로리다주 폰테 비드라 비치의 TPC 소그래스에서 열린 마지막 결승 라운드에서 나이에 관한 잭의 기록을 깨려는 그의 도전이 벽에 부딪혔다. 13홀을 남겨놓은 가운데 22살의 언스트 W. 퀴니 3세(Ernst W. Kuehne III), 많은 이들에게는 트립 퀴니(Trip Kuehne)로 알려진 선수에게 여섯 홀 뒤처져 있었다. 이 결승 라운드에서 이기기 위해서는 US 아마추어 역사상 가장 위대한 역전을 해야 했다.

타이거가 퀴니를 바라보는 것은 상대하는 선수가 아닌 적을 바라보는 것이었다. 고등학교 시절 주 챔피언을 두 차례나 차지했고, 오클라호마 주립대로 편입하기 전 애리조나 주립대에서 필 미컬슨(Phil Mickelson)과 한 팀이었다. 그리고 오클라호마 주립대에선 미국 최우수 선수로 뽑히기도 했다. 굶주림을 모르는, 많은 이들이 동경하는 선수였다.

1년 전에 타이거는 텍사스주 댈러스의 바이런 넬슨 클래식에 나갔고, 대회 기간 트립의 집에 아버지와 머물렀다. 거기에 있는 동안 사이프러스에 있는 자신의 집이 얼마나 초라한지 알게 됐다. 그리고 아버지가 항상 이야기했던, 특권 있는 백인들만 하는 게 골프라는 것을 다시 확인하게 됐다. 트립의 아버지 언스트 2세는 잘나가는 변호사에 은행을 두 곳이나 소유했고, 정유 회사의 대표이기도 했다. 게다가 그는 얼과 타이거를 데리고 트립과 다른 두 아이가 행크 헤이니(Hank Haney)라는 골프 코치에게서 개별 레슨 받는 시설을 둘러 봤다. 타이거는 행크나 레슨 시설에는 관심이 없었다. 타이거는 알고 있었다. 트립과 타이거는 골프 시작부터 근본적인 차이가 있었고, 골프를 배우는 과정도 너무나 달랐다. 타이거는 이런 생각이 자꾸 떠오르는 게 싫었고, 아버지도 마찬가지였다. 대회를 마치고 사이프러스로 돌아갈 즈음 트립의 아버지는 얼에게 물었다.

"퇴역 군인이신데, 이런 거 다 감당하실 수 있겠습니까?"

이 말은 얼을 극도로 화나게 했다. 흑인은 따라올 수 없을 거라고 들렸기 때문이다.

트립 퀴니는 골프를 전통적인 방식으로 접했다. 컨트리클럽 멤버십으로 수년간 배웠다. 트립의 아버지는 그가 투어프로 선수가 되기를 원했지만, 트립에게는 다양한 진로 선택이 있었다. 훌륭한 교육과정, 경제적인 풍요로움, 인맥을 잘 이용할 수도 있었다. 골프가 잘 안 된다면 그냥 금융이나 사업을 해도 문제없었다.

하지만 타이거는 골프를 퍼블릭 코스에서 배웠고, 그에게 가장 큰 영향을 준 사람은 아버지였다. 정통을 크게 벗어난 그의 가르침으로 타이거에게 제압하는 본능, 권투선수에게서나 찾을 수 있을 법한 야비한 면모를 심어주었다. 얼은 회사의 대표이사도 아니었고, 어머니는 지구 반대편의 나라에서 이민 온 사람이었다. 그의 가족은 재정적으로도 불안했고, 인맥도 거의 없었다. 그들이 신분 상승을 할 수 있는 유일한 가능성은 오로지 타이거의 골프 게임에 있었다.

폰테비드라 비치에서의 US 아마추어에서 타이거는 단순히 트립을 이기기 위해서만 나온 것이 아니었다. 트립의 편에 서 있는 모든 것을 무너뜨리기를 원했다. 트립의 컨트리클럽에 타이거가 그들보다 더 우월하다는 것을 입증하고 싶어 했다.

타이거의 아버지, 존 머천트, 부치 하먼이 관전하는 가운데 후반 나인에서 타이거는 트립과의 격차를 조금씩 좁혀갔다. 타이거는 경기 중 그 어느 때보다 공격적이었고, 반면 트립은 다소 자신 없는 모습을 보였다. 두 홀을 남겨놓고 결국 두 선수의 승부는 동률이 됐고, 유명한 17번 홀 티에 타이거가 다가서면서 10개 홀 전에는 불가능처럼 보였던 것이 예상 가능한 상황이 됐다. 4면이 호수로 둘러싸여 있고, 길고 좁은 잔디 병목이 있는 상징적인 아일랜드 그린이었다. 전 세계적으로 가장 위협적인 파 3 홀에서 타이거는 상상할 수 있는 가장 모험적인 샷을 했다. 홀까지 거리는 139야드, 핀을 직접 공략했다. 높게 솟아오른 그의 볼은 깃대 바로 오른쪽에 떨어진 뒤 크게 튀어서 끄트머리 러프에 안착했다. 자칫하면 물에 빠질 수도 있었다. 볼의 큰 바운스에 갤러리의 큰 탄식이 났지만, 역회전이 살짝 걸리면서 홀 쪽으로 방향을 틀자 환호하기 시작했다. 타이거가 아일랜드 그린에 들어서자 갤러리의 갈채가 잦아들었다. 타이거는 호수를 등지고 볼 뒤에 서 있었다. 멀리에서 왜가리 울음소리만 들려왔다. 타이거가 볼을 톡 건드리자 볼은 홀 방향으로 아치를 그리며 들어갔다. 타이거는 잠시 그대로 있는 듯하더니 오른손을 꽉 쥐고는 볼이 홀에 들어가기도 전에 왼쪽으로 껑충 뛰었다. 그러고는 여러 차례 격렬한 어퍼컷을 날렸다.

"아싸!"

타이거가 포효하며 성큼성큼 걸어 나갔다.

결정적인 순간이었다. 타이거는 왼손에 퍼터를, 오른팔은 L 모양으로 구부리고 주먹을 불끈 쥐었다. 흰색 골프화가 잔디 위에서 미끄러지는 듯 움직였다. 타이거가 그날 트립을 처음으로 앞섰던 시점이었다. 한 홀이 더 있었지만, 타이거는 여기서 끝이라는 걸 알았고, 트립 역시 끝났음을 예감했다. 이윽고 18번 홀에서 전국 최우수 선수 트립이 4피트 정도의 퍼트를 놓치면서 타이거는 트립을 꺾었다. 타이거가 2업(up)으로 이겼다.

타이거는 잭 니클라우스의 US 아마추어 최연소 챔피언 기록을 경신했다. 그것도 대회 역사상 가장 위대한 역전 승부를 연출하면서 말이다. 그리고 대회 역사상 첫 아프리카계 미국인 우승 기록을 세웠다.

위대함의 전조가 서서히 강력해지기 시작했다.

얼은 『피플』 지의 기자와 인터뷰를 하고 있었다.

"이제 막 시작일 뿐이다. 나는 아들이 이런 식으로 지금까지 성취하는 것을 봐왔다. 8살부터 타이거는 세계 1위 골퍼였다. 그런 타이거였고 앞으로도 그럴 것이다. 자신감이 조금이라도 붙으면 내가 장담하건대, 이전에 만났던 상대도, 지금 만나는 상대도, 앞으로 만날 상대도 다 그냥 개뿔도 아닌 거다."

타이거는 이제 막 트로피를 들어 올렸을 뿐인데 얼은 우쭐대며 자랑을 멈추지 않았다.

얼의 인터뷰를 글로 옮긴 후 『피플』 지의 기자는 편집자에게 전달했는데, 결국 얼의 이 발언은 넣지 않기로 했다. 대신 이 논란의 여지가 많았던 내용은 'TIGER WOODS'라 표시한 누런 서류봉투에 밀봉했다. 얼의 이러한 발언들이 주요 대중 기록에서 빠지면서 아들의 행복과 성공에 사심 없이 헌신적인 아버지, 타이거의 친구 같은 아버지의 이미지를 남겼다.

타이거에게는 운이 따랐는데 얼의 그런 기이한 발언들에 대해 미디어는 살펴보려는 시도조차 없었다. 다만 인상적인 US 아마추어 우승에만 열을 올리고 있었다. 그의 우승에 대한 소식이 『뉴욕 타임스』, 『USA 투데이』의 헤드라인을 장식했다. 『SI』 지는 'The Comeback Kid'*에 타이거에 대해 다뤘다. 제이 레노(Jay Leno)와 데이비드 레터맨(David Letterman) 쇼에서 그를 초대하길 원했고, 빌 클린턴조차 타이거에게 우승 축전을 보냈다.

집으로 돌아와서 타이거는 시에서 주는 명예 시민상을 받았다. 수여식은 사이프러스 골프클럽에서 열렸고, 고위 관리들 앞에서 타이거는 수상 소감을 말했다.

"오늘 명예 시민상을 받는다는 건 놀라운 일입니다. 18살밖에 안 된 제가 여기 이 자리에서 명예 시민상을 받다니, 사이프러스시에서 이렇게 해 주시는 건 제겐 큰 행운입니다. 저를 너무나 사랑하시는 훌륭한 부모님 또한 제게 더할 나위 없는 행운입니다."

그러나 모두가 타이거의 환향에 기쁘진 않았다. 갑자기 커진 그의 유명세로 인해 주변 몇몇 사람이 잘못된 길로 향했다. 특히 타이거가 유년 시절 거의 연습하면서 지냈고, 특권을 누렸던 해군 골프장에선 더욱 그랬다. 몇 년간 조 그로먼은 암암리에 타이거와 얼이 대가 없이 골프장을 이용하도록 했고, 골프 카트, 연습 볼 바스켓을 바꿔 주는 토큰을 무료로 제공했다. 많은 이들에게서 총애를 받으면서 따라오는 특권이었다.

조 그로먼에 의하면 타이거는 US 아마추어 몇 주 전 골프장 매니저로부터 편지를 여러 통 받았다. 회원들이 타이거의 특혜에 불만을 표출하여 앞으로 타이거가 코스를 이용할 때엔 영수증을 반드시 지참해야 한다고 했다. 또 누군가가 영수증을 요구할 경우 무조건 보여줘야 한다는 내용이었다. 타이거는 몇몇 회원들의 이런 불만에 당황스러웠고, 조 역시 마찬가지였다. 단순히 골프장과 코스관리 책임자가 타이거를 불편하게 하기 위한 조작이라 여겼다.

타이거가 US 아마추어 타이틀을 거머쥔 후 1주일 정도가 지나고 나서 위기가

* 해당지의 한 섹션으로 화제의 스포츠 스타에 대해 집중 조명하는 기사.

닥쳤다. 어느 오후, 타이거는 연습장의 맨 오른쪽 구석에 습관적으로 자리를 잡고 연습하고 있었다. 조가 골프 카트를 타고 타이거에게 다가갔다.

"어이, 챔프, 주택 쪽으로 볼 친 사람들 본 적 있어?"

조가 물었다.

"네, 사람들이 몇 명 있었는데, 관리동 지나가는 길로 내려가던데요."

타이거가 건성으로 대답한 사이 조는 속도를 내서 타이거가 얘기한 쪽으로 향했다. 골프 볼을 일부러 주택 쪽으로 쳐서 보내고 있다고 어떤 여성이 전화로 항의했다. 조가 떠나고 얼마 지나지 않아 카트 관리 책임자가 타이거에게 다가왔다. 해명할 기회도 없이 그 책임자는 타이거를 골프장에서 쫓아냈다. 타이거는 몹시 화가 났지만, 골프클럽을 챙기고 집으로 향했다.

범인을 찾지 못하고 골프장에 돌아온 조는 어시스트 프로가 울고 있는 걸 봤다. 그는 조에게 카트 관리 책임자가 타이거를 골프장에서 쫓아냈다고 알렸다.

노발대발하며 조는 카트 관리 담당자인 마린(Marine)을 찾아갔다.

"대체 뭘 한 겁니까?"

조가 따져 들었다.

"근처에 사는 숙녀분이 어떤 흑인 녀석이 자신의 집을 향해서 골프 볼을 쳤다고 항의했다고 해서 내가 쫓아냈습니다."

마린이 답했다.

"지금 장난하는 거야? 그 전화 내가 받은 거라고!"

조가 고함지르며 말했다.

타이거는 그의 부모와 부엌에 있었고, 조가 초인종을 눌렀다. 얼이 문을 열어주자 쿨티다가 몇 마디 싫은 소리를 했다. 조는 해군기지의 아프리카계 미국인 삼성 장군에게 전화해야 한다고 주장했다.

"아니, 그럴 필요 없어요."

얼이 말했다.

"그놈의 해군! 망하라고 해! 해군 따위 필요 없어!"

쿨티다가 소리쳤다.

얼과 쿨티다의 의견이 이만큼 잘 맞은 적이 없었다.

"타이거가 연습하면서 성장한 곳이라고 소개하려고 했는데, 그 사람들이 스스로 박탈한 거야."

얼이 조용하게 단언했다.

타이거는 아무 말 하지 않았다. 2주 후면 스탠퍼드 입학이었다. 그냥 앞으로 나아가야 했다.

CHAPTER SEVEN

엄청난 아마추어

얼의 첫 번째 결혼에서는 세 아이가 있었다. 그중 딸 로이스가 타이거와 가장 가깝게 지냈다. 1994년 가을, 36살의 로이스는 스탠퍼드 인근인 쿠퍼티노에 살고 있었다. 타이거가 팔로알토에 가기 전에 로이스에게 전화를 걸었다.

"여전히 마음에 두고 있는 집이 있나요?"

타이거가 물었다.

로이스는 크게 웃었다. 타이거가 세 살 때 나중에 부자가 되면 그녀에게 집을 사 주겠다고 약속했던 이야기가 떠올랐다. 그날 이후부터 거의 매년 로이스는 타이거에게 그 약속이 아직 유효한지 농담으로 확인했다. 그 장난을 그만둔 지 수년이 지났다.

"그래."

장난스레 로이스가 답했다.

"그러면 4년 동안 세탁 좀 대신해 주실래요?"

타이거가 다시 물었다.

로이스가 또 웃었다.

그러나 이는 농담이 아니었다. 스탠퍼드는 미국에서의 내로라하는 명문 학교였다. 타이거는 그에 걸맞은 이미지를 지키고 싶었기 때문에 옷을 세탁하고 다림질해 줄 이가 필요했다. 로이스가 이런 일들을 해 줄 의향이 있다면 타이거가 프로로 전향한 후 그녀에게 새집을 사 줄 계획이었다.

로이스에게는 거절할 수 없는 제안이었다.

타이거의 스탠퍼드 첫 수업은 1994년 9월 28일에 있었다. 경제학을 전공으로 정하고 회계학 위주로 공부하기로 했다. 하지만 교수를 만날 시간이 없었다. 개학 며칠 전에 팔로알토에 도착하여 학교에서 지낼 기숙사인 스턴 홀(Stern Hall) 8번 방에 체크인하였다. 머리를 기른 공학도 비외른 존슨(Bjorn Johnson)과 인사한 후 미적분학, 공민학, 포르투갈 문화적 관점, 고대 후기부터 1500년대까지의 역사 수업 일정을 짠 후에 프랑스행 비행기를 타야 했다. US 아마추어 챔피언은 월드 아마추어 팀 챔피언십에 출전하는 자격이 주어지는데, 대회가 프랑스 베르사유에서 열렸다. 타이거가 보통 대학생처럼 캠퍼스 생활을 하기 힘들 것이라는 조짐의 시작이었다.

미국팀이 대회장에 도착했고, 타이거가 팀 밴에서 내렸을 때 해외의 언론사 기자들이 그를 에워쌌다. 과격한 골프 팬들도 그의 뒤를 따랐다. 카메라 셔터 소리와 플래시 라이트, 기자들이 질문을 쏟아냈고, 팬들은 그의 이름을 외쳤다. 하지만 수많은 인파 속에서 타이거가 클럽하우스로 향하는 길은 마치 영화 〈십계명〉의 홍해 기적처럼 자연스럽게 열려 있었다. 대회 기간에 기록적인 갤러리가 골프장을 찾았고, 거의 매 홀 타이거를 따라다녔다. 타이거는 프랑스의 골프 인구보다 훨씬 더 많은 갤러리를 대회장으로 이끌었다.

월드 아마추어팀 챔피언십은 44개국을 대표하는 4인팀 간의 경쟁이었다. 대회 기간인 프랑스에서 9일 간의 대회 기간 동안, 타이거의 눈부신 활약으로 미국이 압도적인 경기를 선보였다. 미국팀은 2위 영국과 아일랜드를 무려 11타의 차이로 따돌리며 우승했다. 12년 동안 우승이 없다가 오랜만의 우승이었다. 그리고 타이거는 개인 성적으로도 6위를 기록했다. 무엇보다도 대서양 건너 유럽에서도 타이거는 대스타임이 입증되었다. 프랑스의 스포츠 일간지 『레퀴페(L'Equipe)』는 'Tiger la Terreur(공포의 타이거)'라 소개했고, 『르 피가로(Le Figaro)』에선 타이거를 음악 신동 모차르트에 비유하여 기사를 실었다. 영화배우이자 감독인 제리 루이스(Jerry Lewis)

이후 프랑스 미디어에서 이렇게 대서특필한 적이 없었다.

10월 10일, 타이거는 학교로 돌아온 뒤 2주 동안 수업을 들었다. 베이 에어리어는 샌프란시스코 포티나이너스(49ers) 미식축구팀의 다섯 번째 수퍼볼 트로피를 향한 여정에 후끈 달아올라 있었다. 포티나이너스의 전성시대를 완성하는 데 크게 기여한 주인공은 전설적인 감독 빌 월시(Bill Walsh)였다. 그는 1977년에 스탠퍼드 대학부터 감독을 처음 맡았고, 1979년부터 포티나이너스팀 감독 부임 후 1992년에 다시 스탠퍼드 대학 감독으로 돌아왔다.

타이거는 오래전부터 천재적인 감독이란 명성의 빌 월시를 동경했기 때문에 인사하러 사무실을 찾았다. 약속도 하지 않고, 타이거는 비서에게 인사를 건넨 후 감독이 있는 사무실로 갔다. 빌 또한 타이거를 만나길 열망했다.

타이거와 빌, 두 사람의 공통점이라면 지극히 개인주의적이라는 점 그리고 그들 각각의 종목에서 게임에 영리하게 접근한다는 점이다. 극단적으로 둘은 내성적이어서 다른 이들과 함께 있을 때보다 혼자 있을 때가 더 편하고, 친구를 만드는 데에도 어려워했다. 하지만 이날 빌의 사무실에서 그들은 순식간에 통했다. 두 사람 모두 완벽주의자이며, 성격이나 추구하는 바가 비슷했다. 빌이 타이거에게서 배우고 싶어 했고, 타이거 역시 빌에게서 배우길 원했다.

빌은 타이거에게 약속 없이 언제든지 와도 된다고 말했다. 타이거는 그렇게 빌의 사무실에 자주 찾아가서는 많은 대화를 나눴다. 얼마 지나지 않아 빌은 그의 팀 선수들에게조차 하지 않았던 호의를 타이거에게 베풀었다. 웨이트 룸 열쇠를 타이거에게 준 것이다. 스탠퍼드 대학의 그 어느 운동선수도 그 열쇠를 갖고 있지 않았다. 한 달도 채 지나지 않아 타이거는 거의 웨이트 룸에서 살다시피 했다. 골프팀의 다른 선수들은 의도적으로 웨이트 트레이닝을 멀리했지만, 타이거는 미식축구 선수들이나 감당할 무게를 들어 올리곤 했다.

팔로알토로 이사 온 이후 타이거는 디나에게 베이 에어리어로 와서 샌 호세 주립대를 다니기를 설득했다. 디나는 여전히 타이거를 사랑했고, 그의 가까이에 있고 싶어 했지만, 그의 주변에서 계속 커 가는 유명인사 소동이 달갑지 않았다. 지난 대회를 관전했을 때엔 한 기자가 그녀에게 접근하여 무척이나 불편했다. 타이거 또한 그녀를 보호하기 위해서 최선을 다했다. 같은 사이프러스 출신이라는 것과 골프를 좋아하지 않는 것 말고는 그녀에 관한 이야기를 철저하게 차단했다. 게다가 그녀의 이름조차도 타이거는 말하지 않았다. 하지만 디나는 베이거스에 계속 있고 싶어 했다. 타이거는 그녀에게 매일 전화로 이야기하자고 설득했다. 어떤 날에는 재수가 없었던 날이라고 말하고, 또 어떤 날에는 스탠퍼드에서 겪었던 스트레스를 그녀에게 늘어놓곤 했다. 하지만 대부분 타이거는 그의 부모에 관한 이야기를 많이 했다. 가정 상황은 그가 학교생활을 즐기기 힘들게 하고 있었다.

타이거가 스탠퍼드에 가 있는 동안 존 머천트는 캘리포니아 남부로의 출장이 있을 때면 타이거의 방에서 지냈다. 몇 차례 타이거의 집에 들르면서 얼과 쿨티다의 사이가 심상치 않음을 감지했다. 출장 동안 얼과 만났을 때 그의 결혼생활이 위기에 처했음을 짐작할 수 있었다. 하지만 그가 상관할 바도 아니었고, 얼의 태도에 대해 뭐라 할 수도 없었다. 그러나 얼의 집에서 존은 더 무시하고 지나갈 수 없는 상황을 목격했다. 존은 얼이 저급한 말로 쿨티다를 학대하는 걸 목격했는데 쿨티다에게 '좀 닥쳐.'라고 말하는 것도 들었다.

타이거가 1학년 재학 중일 때 존은 결국 얼과 맞섰다.

"내가 여기 없고 문이 닫혔을 때 당신이 뭘 하든 나는 상관 않겠습니다. 내가 상관할 바가 아닙니다. 하지만 내가 지금 말을 하지 않으면, 어머니가 무덤에서 벌떡 일어나서는 저한테 엄청난 벌을 줄 겁니다. 제가 있는 동안만이라도 부인을 그렇게 말로 학대하지 마십시오. 제발!"

만일 존이 있는 데에서도 얼이 부인을 이렇게 타박했다면 분명 타이거가 있을 때도 이렇게 했을 것이라고 존은 생각했다. 얼의 이러한 행동이 타이거에게도 영향이 있지 않을까 존은 우려했다. 타이거가 아버지를 무척이나 존경하고 사랑하는 걸 존도 알고 있었지만, 아들 입장에서 아버지가 어머니를 그렇게 모욕하는 것은 타이거에게 좋은 영향을 주지 않았을 것이다.

"골프 팬들과 타이거는 아버지와 아들 관계와 타이거의 업적에서 좋은 부분만 보고 있습니다. 그렇지만 타이거의 가장 위대한 팬은 그의 어머니입니다. 타이거가 나가는 대회에 모두 따라다녔습니다. 타이거가 가는 곳마다 쿨티다도 그놈의 망할 골프장 구석구석 따라갔습니다. 모자만 쓰고, 숭배하듯이 말입니다. 쿨티다는 아들을 상상 이상으로 사랑했습니다. 그런데 얼은 그녀를 하찮은 존재로 여기고……. 그게 화가 나 참을 수 없더군요. 진짜요."

가족의 분위기가 매끄럽지 못한 부분은 학교에 다니던 타이거에게는 큰 부담이었다. 부모에게는 각자의 공간이 필요했다. 서로 거리를 둘 필요가 있었지만, 경제적으로 별거를 할 수 있는 처지가 못 되었다. 저축은 아예 없었고, 얼은 은퇴를 앞당겨서 타이거의 대회 출전 뒷바라지를 하느라 바닥난 지 오래였다. 타이거가 프로로 가기 전까지 그들은 악감정 속에서 그리고 얼의 과음과 여색을 쫓는 눈빛의 비통함 속에서 함께 지내야만 했다.

스탠퍼드 골프팀에는 타이거와 가장 가까운 친구로 노타 비게이 3세가 있었다. 그는 북아메리카 토박이이며 타이거 우즈가 입학하기 전 골프팀의 대표 선수였다. 전염성 있는 미소가 매력적인 노타는 유머에 있어서도 남에게 뒤처지기 싫어했다. 그는 타이거에게 우르켈이라는 별명을 지어줬다. 시트콤 〈패밀리 매터스〉에 나오는, 크고 동그란 안경테의 괴짜 꼬마 스티브 우르켈과 닮았다는 생각에서 붙인 것이었다.

하지만 진중함에서도 남들에게 뒤지지 않았다. 스탠퍼드 골프팀이 제리 페이트 내셔널 인터컬리지 토너먼트에 초대를 받아 숄크릭 골프 앤 컨트리클럽을 방문했는데, 노타는 타이거에게 그 코스에서의 라운드 의미에 관해 이야기했다. 숄크릭은 인종차별이 회원 정책인 클럽이어서 미국 전역에서 이 골프장이 관심사였다. 클럽 설립자 홀 W. 톰슨이 흑인은 출입할 수 없는 곳이라는 입장을 밝힌 지 4년 정도가 지난 시기였다. 노타는 숄크릭에서의 우승이 소수 인종을 하위 취급하는 이들에게 엿을 먹이는 것이라고 타이거에게 말했다.

타이거는 노타와 생각이 달랐다. 하지만 굳이 다른 생각을 하고 있다고 노타에게 말하거나 그런 이슈를 언론 앞에서 말하지는 않았다. 『뉴욕 타임스』에서 몇몇 골프장의 인종차별적인 회원 정책이 우승하는 자극제가 되었는지 타이거에게 물었는데, 답은 간단했다.

"아닙니다."

그의 아버지 시각을 정면으로 부정하는 것이었다. 얼은 그래도 조금이나마 숄크릭의 회원 정책이 실제로 타이거에게 동기부여가 됐다고 고집했다.

"투지를 키워줍니다. 영감을 키워주고, 동기를 키워주고, 강인함을 키워줍니다."

얼이 『뉴욕 타임스』에 전했던 이야기이다.

얼은 한결같이 타이거의 골프 이야기에 인종적인 프레임을 주입하려 애를 썼다. 타이거가 US 아마추어 처음 우승한 직후 얼은 타이거를 전설적인 권투선수 조 루이스(Joe Louis)와 견주어 이야기했다.

'루이스는 흑인들에게 자부심을 준 기폭제였고, 그 모든 인종의 벽을 끊임없이 두드리게 해 줬다. 그리고 그에 이어 타이거가 존재한다. 타이거가 US 아마추어 대회에서 보여준 경기를 지켜보는 게 얼마나 자랑스러운지 이 나라의 흑인들이 내게 말하고 있다.' 얼의 회고였다.

그러나 사회적 활동에 관한 한 타이거는 아버지가 강조하는 그런 사람이 되고 싶지는 않았다. 18살의 대학교 초년생인 타이거는 논란의 중심에 서고 싶지 않았다. 아버지의 영웅들과 항상 비교되는 게 지치기도 했다.

조 루이스는 미국이 독일에 선전포고한 후 입대한 적이 있다. 세계적인 운동선수라는 것 말고는 타이거는 조 루이스와 닮은 점이 거의 없었다. 당시 헤비급 세계 챔피언이었는데, 백인 흑인을 불문하고 모두 그를 좋아했다. 인종적으로 격리된 상태로 임무를 받는 데 대한 생각을 물었을 때 그는 이렇게 답했다.

"미국에 현재 잘못된 것들이 많이 있긴 하지만, 히틀러가 나선다 해도 고칠 수 없을 것입니다."

조 루이스는 그렇게 자신의 명성을 이용해서 인종차별에 대한 의견을 스스럼없이 쏟아냈던 반면, 타이거는 그다지 관심이 없었다.

"내가 인종에 대해 떠올릴 때는 기자들이 내게 물어볼 때뿐이다."

그 시기에 타이거가 언론에 밝혔던 내용이었다.

타이거를 반복적으로 떠받듦으로 인해 타이거가 불필요한 기대와 쓸데없는 시선을 받게 된 데에 쿨티다는 얼을 원망했다. 얼이 타이거를 마치 평등운동의 리더나 유색의 담을 허문 운동선수인 양 기자들 앞에서 떠벌릴 때 쿨티다는 비아냥거리며 '남편의 헛소리'라고 했다. 쿨티다는 타이거가 남편의 영향을 많이 받기도 했고, 얼이 타이거의 그런 부분을 더 가중한다고 여겼다. 그러니 쿨티다로서는 숄크릭에 대한 얼의 모든 이야기는 그냥 헛소리에 불과했다.

스탠퍼드 골프팀이 숄크릭에 도착했을 때 골프장 밖에서는 이미 평등을 외치는 단체들과 시위 군중들이 몰려 있었다. 타이거는 그런 심란한 요소들을 철저하게 배제했고, 다른 팀들을 압도하며 스탠퍼드 팀 우승에 기여했다. 18번 홀 그린에서 마지막 퍼트를 마무리한 후 두 타 차 우승을 확정 짓고 홀 톰슨과 마주했다.

"타이거, 정말 훌륭한 선수입니다. 당신이 자랑스럽습니다. 최고예요."

톰슨이 타이거에게 말했다.

타이거는 딱히 더 할 말이 없었다. 이후 기자회견 때 숄크릭에서의 우승 의미에 대해 기자들이 묻자, 타이거는 질문이 내포한 의미를 무시하고 코스에 대한 답변을 냈다.

"정말 굉장합니다. 이 코스 때문에 잭 니클라우스가 코스 설계에 빠진 걸로 알고 있습니다. 전체적으로 평평하고 직선 위주이고, 18번 홀 빼고는 그린 주변이 그렇게 까다롭지 않더군요. 그런 부분들이 좋았습니다."

다른 기자가 숄크릭에서의 우승에 대해 사회적인 특별한 의미를 재차 묻자 잘라서 말했다.

"특별한 의미라고 하면 우리 팀이 이겼다는 것과 내가 개인전 챔피언이라는 것입니다."

타이거는 자신과 팀이 우승을 누리는 동안 자신의 의지와는 상관없이 주목을 받지 않을 수 없음을 직감했다. 학교로 돌아온 뒤 어느 날 밤 11시 45분 즈음, 타이거는 911에 전화를 걸어 30분쯤 전에 기숙사 맞은편 주차장에서 칼로 위협을 받으며 강도를 당했다고 신고했다. 스탠퍼드 경찰 부소장 켄 베이츠(Ken Bates)가 진술을 받으러 타이거의 방으로 갔을 때 타이거는 혼자 있었다. 타이거는 포티나이너스 풋볼팀의 축하 만찬에 제리 라이스(Jerry Rice)를 비롯한 풋볼팀 멤버들과 함께 있었다고 진술했다. 이후 자신의 차로 캠퍼스에 돌아와 주차하고 차에서 나오면서 원격으로 차 문을 잠그는 중에 어떤 사람이 그를 뒤에서 잡고는 칼끝을 목에 대며 "타이거, 가진 거 다 내놔!"라고 말했다. 타이거는 지갑이 없었고, 그 강도는 타이거의 어머니가 선물한 5,000달러 상당의 금목걸이를 채 갔다. 그리고 타이거가 차고 있던 카시오 시계를 빼앗은 뒤 칼을 들고 있던 손으로 타이거의 턱을 쳤다. 타이거는 주저앉았고 폭행범은 뛰어 달아났다. 타이거가 진술했던 폭행범의 유일한 묘사는 6피트 정도의 키에 어두운 의상과 흰색 신발을 신고 있었다는 것뿐이었다.

경찰관들은 이후에 타이거가 공격을 받았다는 위치가 보이는 창문의 방을 모두 찾아가서 심문했다. 켄 베이츠 부소장은 타이거의 턱과 목을 살폈다. 그의 보고서에 따르면 멍든 자국이나 긁힌 자국은 없었다. 타이거의 입속도 봤지만, 내상이나 타박상 흔적도 없었다고 적었다. 부소장의 요청으로 타이거는 주차장으로 향했다. 밤이었지만 비교적 밝았고 타이거의 차는 불이 두 개 달린 가로등 아래에 있었다. 주차장은 주 통행로 옆에 있었는데, 사람들과 차량, 자전거들이 많이 지나가는 곳이었다. 타이거에게 어디서 주저앉았는지 물었고 타이거가 위치를 가리켰다. 아스팔트 위의 낙엽은 자연스럽게 흩어져 있었다. 타이거의 턱을 다시 한번 살펴보았지만 타격당한 흔적을 찾을 수가 없었다. 부소장은 명함을 타이거에게 건네고는 혹시 더 기억나는 것이 있으면 전화하라고 당부했다. 켄 베이츠의 보고서에는 타이거가 지갑의 행방을 설명하려 하지 않았고, 아마도 샌프란시스코에서 학교로 돌아왔을 때 운전면허증도 그에게 없었다는 것 또한 굳이 적지 않았다.

타이거는 부소장에게 이 사건을 다른 사람에게 알리지 않았으면 한다고 요구했다. 이유를 묻자 사건이 커지지 않기를 원하기 때문이라 했다. 경찰이 떠나고 월리 감독이 들어왔다. 강도 사건 이야기를 듣고 타이거가 괜찮은지 바로 달려온 것이다. 그리고 감독이 나간 후 타이거는 라스베이거스에 있는 디나에게 전화를 걸었다. 디나가 전화를 받았을 때 타이거가 흐느꼈다.

"무슨 일인데?"

"나 강도 만났어."

"세상에, 경찰 불렀어?"

"방금 경찰하고 이야기했어."

디나는 차분하게 대응하려 했다.

"난 괜찮아. 근데 진짜 무서웠어. 이렇게 계속할 수 있을지 잘 모르겠어."

자정이 훨씬 넘은 시간이었고 타이거는 다음 날 아침에 교과 시험이 있었지만, 디나와 오랫동안 통화했다. 그날 있었던 강도 사건보다 그가 감당하고 있는 스트레스에 관해 이야기하고 싶었다. 스탠퍼드에서의 생활은 고등학교 때보다 훨씬 더 힘들었다. 그에 대한 여론의 관심은 지칠 줄을 몰랐다. 부모는 서로 등을 보이며 서 있었다. 그들을 도와주기 위해서는 프로 무대로 가야 하나 싶었다. 타이거는 반복하여 계속 갈 수 있을 것 같지 않다는 말을 되뇌었다.

"난 이제 애가 아니니까."

타이거가 말했다.

다음 날 아침 타이거가 기말고사를 치르고 있던 동안 쿨티다는『오렌지 카운티 레지스터(The Orange County Register)』일간지의 존 스트리지에게 전화를 걸었다. 다른 언론, 방송사들보다 존이 타이거에 관한 기사를 많이 작성했고, 타이거의 가족과도 좋은 관계를 유지하고 있었다. 쿨티다는 그냥 이런저런 이야기를 나누려고 존에게 전화하곤 했다. 존은 평소에 쿨티다가 조금 외로워한다고 여겼는데 이번 전화는 달랐다. 그녀의 목소리에서 긴박함이 느껴졌고, 타이거가 학교에서 강도를 당했다고 알렸다.

존은 조금 의아했다. 대학생이라 한잔했을 수도 있고, 큰돈을 가지고 있지도 않았을 텐데 강도라니 믿을 수 없었다. 그래서 쿨티다에게 묻지 않고 스탠퍼드 경찰에 전화를 걸어 서장과 이야기를 했다. 그리고 실제로 전날 밤에 칼로 위협을 받으며 강도를 당했다는 보고를 확인했다. 그런 뒤 얼과의 통화로 더 상세한 이야기를 전해 들었다. 다음 날 아침 존의 기사가『오렌지 카운티 레지스터』에 실렸고, '우즈가 폭행당했고, 칼로 위협받으며 털렸다'고 기사 제목을 달았다.

존의 기사로 스탠퍼드는 기존의 정책, 즉 범죄의 피해 학생 이름을 공개하지 않겠다는 정책에 어긋나는 보기 드문 조치를 취했다. 12월 2일, 스탠퍼드는 보도자료를 냈는데, 골프선수 타이거 우즈의 강도에 관한 입장 발표였다. 이번 사건에 대한 타이거의 유일한 언급이었다.

맞지도 않았고, 다치지도 않았습니다. 도둑맞았다는 사실을 즉시 경찰에 알렸고, 치료받은 것도 없습니다. 단지 턱이 좀 아팠고, 진통제를 먹었습니다. 사람들은 매일 강도를 마주칩니다. 제가 겪은 일은 그중의 하나였습니다. 저는 그냥 이번 일은 넘기고 싶고, 과거로 묻어버리고 싶습니다. 기말고사

를 잘 치르고 즐거운 성탄절을 지내고 나서 무사히 돌아오고 싶습니다.

입장 발표 후 타이거는 폭행당한 내용의 기사로 인한 이슈가 잠잠해지기를 바랐지만, 얼은 거기서 그치지 않았다. 『LA 타임스』에 타이거가 폭행을 당했다고 폭로했다. 하지만 그 사건으로 스탠퍼드에 대한 그의 생각이 바뀔 만한 영향은 없었다. "아들은 그냥 거기 그 시간에 있던 게 불운이었습니다." 얼이 회고했다. 다음 날 『뉴욕 타임스』의 헤드라인도 그 사건의 이야기가 장식됐다. '골프선수 타이거가 강도에게 당했다.'

이 상황을 필사적으로 벗어나고 싶었던 타이거는 연말 연휴를 학수고대했다. 겨울방학 이전에 타이거는 왼쪽 무릎 하지에 있는 물혹을 제거하는 수술을 해야 했다. 과다한 마모와 손상으로 인해 발생한, 그의 경력에 비례하는 많은 수술 중의 첫 번째였다. 수술에서 의사는 무시할 수 없는 반흔 조직을 발견했다. 타이거는 어릴 때부터 무릎이 좋지 않았다고 주장했다.

"어릴 때 했던 것들 때문입니다. 스케이트보드 타다가 넘어지고, 오프로드 자전거 타다가 부딪치고, 여기저기 뛰는 걸 많이 했어요. 꽤 강하게 부딪친 적이 여러 번 있었습니다."

그러나 친구들이나 가족들과의 인터뷰에서 타이거가 스케이트보드나 오프로드 자전거를 탔다는 이야기나 어디에 부딪혔다는 이야기는 전혀 들은 적이 없었다. 어쨌든 수술로 인해 타이거의 왼쪽 무릎 뒷부분에 긴 수술 자국이 남게 됐다. 몇 주가 지나 실밥을 제거했고, 큰 보조기를 수술 부위에 걸쳤다. 타이거는 보조기를 몸에 걸친 채로 골프를 해도 되는지 의사에게 물었고 의사는 안 된다고 했다. 의사의 조언에 대한 타이거의 반응은 미래에 맞닥뜨릴 일들을 미리 보는 것이었다.

"웃기지 말라고 해. 나는 그냥 아버지하고 해군 골프장에 나갈 거야."

타이거는 크리스마스 연휴 동안 집에 있으면서 편하게 쉬기보다 몇 달 전 쫓겨났던 해군 골프장을 다시 찾았다. 얼은 무릎 수술한 지 얼마 지나지 않았기에 너무 일찍 골프를 하는 게 아닌가 우려했다. 하지만 타이거는 얼에게 골프 카트에 그냥 타시라고 말했다. 얼이 다른 데를 보는 사이 타이거는 볼을 티에 올렸고 페어웨이 가운데로 볼을 날려 보냈다. 아버지가 다리는 괜찮은지 물었고, 타이거는 괜찮다고 답했다. 하지만 참기 어려울 정도의 고통을 느끼고 있었다. 붓기도 심해져서 보조기 사이로 붓기가 확연히 보였다. 하지만 계속 플레이하기로 마음먹고 붓기가 보이면 보조기의 줄을 더욱 조였다.

"통증은 견딜 수 없을 정도였어요. 속으로는 죽을 것 같았습니다."

타이거가 그날에 대해 말했다.

하지만 전반에 31타, 6언더 파 스코어를 그런 상황에서 만들었고, 결국 통증을 참을 수 없었다.

"아버지, 저 그만 칠게요. 좀 쉬고 싶습니다."

타이거가 말했다. 참을 수 없는 고통이 있는 가운데에도 타이거는 아버지와 나머지 후반 나인까지 함께 있으면서 카트에 앉아 다리를 올려놓고 얼음팩을 무릎에 얹었다. 하지만 타이거는 절대로 아프다는 말을 입 밖으로 내지 않았다. 정신력이란 참 강력한 것이라고 타이거는 생각했다.

1995년 4월, 미국 전체 대학 선수 중에서 타이거는 2위였고, 미국 최우수 대표팀으로도 지명됐다. 전년도 US 아마추어 우승 자격으로 타이거는 마스터스 출전 자격을 얻었고, 스탠퍼드에선 골프 시즌이 한창이었지만 타이거는 오거스타로 떠났다.

『골프월드』와 『골프위크』 잡지들은 타이거가 마스터스에서 겪은 이야기들을 담아 마스터스 일기를 게재했다. 쓸 이야기들이 너무나 많았다. 대회장에 도착하자마자 마주친, 아프리카계 미국 팬들이 갤러리로 넘쳐났다. 어디에 그가 나타나든 아이부터 청소년, 인종이나 재력을 막론하고 그의 사인을 받기 위해 줄을 섰다. 중간고사로 인해 정신적으로 지쳐 있었고 체력적으로도 피로했지만, 본선 진출한 유일한 아마추어 선수였다. 그리고 최종 성적은 공동 41위였다.

대회에서 타이거의 평균 드라이브 거리는 311.1야드로 해당 부문 1위였고, 데이비스 러브 3세가 306.5야드로 그 뒤를 이었다. 그러나 선수들과 관중들을 일어나게 하고 관심을 끌게 한 순간은 3라운드 이후에 일어났다. 타이거는 대회 연습장에서 데이비스 러브 3세 옆 타석에 있었다. 데이비스는 2라운드까지 2위에 있었다. 1994 시즌 평균 드라이브 거리 1위의 데이비스가 클럽 백에서 드라이버를 꺼내 들자 팬들이 웅성거리며 환호했다. 팬들은 데이비스가 드라이버로 볼을 쳐서 260야드 거리에 있는 50피트 높이의 차단 망을 넘기길 기대했다. 차단 망은 코스 옆 대로로 넘어가는 볼을 막기 위해 설치된 것이었다.

데이비스가 두 번 시도했지만 모두 차단 망에 걸렸다.

"저도 해 볼까요?"

타이거가 말했고, 데이비스가 끄덕였다.

타이거가 드라이버를 꺼내 들자 팬들은 더 열광했다. 그러고는 대포를 쏴 올리더니 볼은 네트를 넘어 한참을 나갔다. 팬들은 광란의 도가니였고, 연습장의 선수들도 멈추고 타이거의 볼을 경이로운 듯 바라봤다. 타이거가 그 볼을 때렸던 순간, 사람들은 골프 게임이 그때부터 달라질 것이 분명하다고 여겼다.

타이거는 1학년 마지막 기말고사 일정에 겨우 맞춰서 학교로 돌아왔다. 월리 감독이 만나자고 했다. 미국 대학운동선수 협회(NCAA)에서 문제를 제기한 데 대한 이야기를 하기 위해서였다. 『골프월드』와 『골프위크』에 게재된 타이거의 대회 일기가 화근이었다. NCAA는 타이거의 일기가 상업적인 출판을 통한 홍보로 간주했고, 이는 곧 NCAA 규정 위반이었다. 스탠퍼드 대학 또한 타이거가 마스터스 때 가져갔던 아이언 세트의 출처에 대해 추궁했다. 타이거는 그의 새로운 코치인 부치 하먼에게서 빌렸다고 답했다. 또 스탠퍼드팀 공식 골프 볼인 타이틀리스트를 쓰지 않고 맥스플리를 사용했는지에 관해서 물었는데, 그렉 노먼의 추천으로 사용했다고 답했다.

끝내 스탠퍼드에선 근신 1일 결정을 내렸고, 근신 기간에 일기를 쓰도록 했다. 타이거가 사용했던 클럽이나 볼에 대한 문책 조치조차 없었다. 타이거는 속으로 분개했다. 타이거 입장에선 잘못한 게 없었고, 심문을 받은 데 대해서도 납득할 수 없었다. 이에 대해 타이거는 말을 아꼈던 반면, 얼은 논란의 여지가 있는 위협을 발표했다. 얼은 『SI』 지에 암시하는 듯한 말을 남겼다. '짜증 나는 NCAA의 세심한 조사가 계속된다면 타이거는 학교를 일찍 떠날 수도 있다.'

타이거는 부모의 팔로알토 방문이 낯설었다. 대신 마스터스 2주 후의 아메리칸 컬리지 인비테이셔널에 동행하기로 했다. 타이거는 디나에게 전화를 걸어 간단한 요청을 했다.

"팔로알토로 올 수 있어?"

자세한 이야기는 하지 않고, 디나가 와 줬으면 하는 바람을 전했다.

디나가 주말 동안의 여행 짐을 싸던 날, 오클라호마시에서는 폭탄 테러로 168명이 죽었고, 680명 이상이 중경상을 입었다. 다음 날 비행기로 팔로알토에 간 디나는 타이거가 예약한 2인 1실 호텔 방에 체크인했다. TV의 모든 채널이 알프레드 P. 머로(Alfred P. Murrah) 연방 건물 앞에서 트럭 가득 실은 폭탄 뇌관을 터뜨린 테러범의 향방을 추궁하고 있었다. 한편 타이거는 그만의 걱정거리로 고민에 빠져 있었다. 몇 달에 걸쳐 디나에게 털어놨던, 부모의 갈등과 그가 받는 부담에 관한 이야기였다. 디나는 예전처럼 들어줬고, 밤을 같이 보냈다.

다음 날, 디나의 부모가 캘리포니아 남부에서 디나와 타이거를 만나기 위해 대회 시작이 임박하여 골프장에 왔다. 대회 첫째 날에는 특별한 일이 없었다. 타이거는 하던 대로 잘했고, 디나는 타이거의 이복 남매 로이스와 멀리서 관전했다. 친동생처럼 대해 주는 로이스를 디나는 좋아했다. 둘은 또 군중과 유명인사에 대해 질색이라는 이야기도 나눴다.

디나가 타이거의 부모를 만난 지 몇 달이 지났다. 대회장에서 디나가 타이거의 부모에게 다가갔지만, 그들은 마치 디나를 못 본 양 지나쳤다. 심지어 그들은 디나를 알아보지도 못했다. 그날 저녁 디나는 그 일을 타이거에게 말했고, 타이거는 개의치 말라고 했다. 그냥 디나를 못 봤을 거라고 위로했다.

대회 둘째 날, 타이거는 11번 홀을 마친 후 어깨 통증을 이유로 돌연 기권했다. 의료 담당자들과 몇 마디 나눈 후 병원에 가서 MRI를 찍을 예정이라고 디나에게 알렸다.

"같이 가 줄까?"

디나가 타이거에게 물었다.

"아니, 아니, 너희 부모님하고 같이 가. 우리는 나중에 보면 되잖아. 연락할게. 사랑해."

디나가 타이거에게 말했다.

"나도 사랑해."

둘은 키스하고 헤어졌다.

타이거와 헤어진 지 다섯 시간 정도 지나서였다. 디나는 부모가 묵고 있는 방에 있었는데, 호텔 프런트에서 디나의 아버지 앞으로 물건이 배달되었다는 연락이 왔다. 밤 9시 즈음이었다. 디나의 아버지가 확인하러 내려갔는데 그 물건은 디나의 여행 가방과 디나의 이름이 적힌 봉투였다. 그는 그 가방과 봉투를 가져와서 디나에게 건넸다.

뭔가 복잡한 감정이 교차하면서 디나는 아버지를 쳐다봤다. 라스베이거스에서 가져온 가방이었다. 어떻게 이 가방이 여기에 왔을까? 분명 타이거 우즈하고 지냈던 방에 둔 것이었다. 화장품, 바지, 가방, 속옷, 빠진 물건 하나 없이 다 있었다. 뭐가 어떻게 돌아가는 건지 알 수 없어 고개를 갸웃거렸다.

봉투를 열어보니 손편지가 들어 있었다. 익숙한 필체의 글을 읽어 내려가는 동안 디나는 등골이 오싹해지는 것을 느꼈다.

디나에게,

어깨는 괜찮아. 가벼운 근육 염좌에 어깨 회전근을 너무 많이 써서 그렇다 했어.

이 편지를 쓰는 이유는 디나에게 너무나 크게 실망했고 화가 나서야. 오늘 우리 부모님께서 말씀하셨는데, 네가 갤러리한테 타이거의 여자친구라고 떠들고 다녔다고 들었어. 그러고는 클럽하우스에서는 어떤 기자하고 얘기할 때엔 그냥 친구라고 했다며? 우리 부모님, 로이스, 루이자, 나까지 이제부터 너 소식은 듣고 싶지 않을 것 같아. 돌이켜보면 우리 관계에서 뭔가 너하고 너희 가족에 의해서 이용당하고 농간을 당한 기분이야. 앞으로 너의 인생이 잘 되길 바랄게. 갑작스러운 통보에 놀랄 것이란 걸 나도 알지만 내 생각엔 당연한 결말이야.

타이거가

추신: 지난번 내가 선물했던 목걸이는 나중에 집에 가면 돌려줘. 내일 대회장에도 오지 마. 환영받지 못할 거니까.

디나는 벌벌 떨면서 편지를 어머니에게 건넸다. 모두 오해였다. 디나는 골프장에서 그 누구에게도 접근하지 않았고, 사람들을 피해 다녔다. 로이스가 증명할 수 있었다. 게다가 얼하고 쿨티다를 만날 수도 없었는데 그녀가 대회장에서 뭘 했는지 어떻게 알았다는 건가? 이틀 동안 그녀를 피했으면서. 이 관계를 더 유지할 수 없다고 한 건 무슨 의미일까? 거의 4년 동안 이렇게 지냈는데? 무척 가까운 친구이기도 했고, 서로 숨기는 것 없이 다 털어놨잖아? 그녀에게 타이거는 첫사랑이었다. 두 사람 모두 다른 사람은 생각한 적이 없었다.

눈물을 머금고 그녀는 로이스에게 전화했다.

"타이거가 준 편지를 지금 봤어요. 이해할 수가 없어요."

디나가 흐느끼며 말했다.

로이스가 부드럽게 달랬다.

"디나, 타이거는 떠났어."

"타이거하고 이야기하고 싶어요."

"타이거하고 앞으로 이야기할 수 없을 거야."

"받아들일 수 없어요."

"미안해, 디나. 나 너하고 더 얘기할 수 없어."

'얘기할 수 없다고? 누가 그런 거지? 대체 어떻게 된 거냐고?'

전화를 끊고 디나는 두 손으로 얼굴을 감쌌다. 그녀의 어머니는 편지를 남편에게 주고 디나를 안아줬다. 디나가 이런 푸대접을 받아야 했나 싶었다. 타이거의 부모가 타이거의 가장 소중한 친구였던 딸을 이런 식으로 비난한 데에 디나의 어머니는 화가 났다.

"네 인생을 위해서 이럴 필요 없어."

어머니는 흐느끼는 디나를 위로했다.

다음 날, 의료팀은 타이거의 MRI에서 오른쪽 어깨 회전근에 상흔이 있다고 알렸다. 타이거는 고등학교 때 야구를 하다가 다친 적이 있다고 말했다.

"야구를 할 때 공을 던지다가 어깨 회전근이 찢어진 적이 있어서 야구를 그만뒀습니다."

의료팀은 타이거의 이야기를 받아들였지만, 기이한 대답이었다. 타이거가 고등학교 때 야구를 했다는 기록이 없기 때문이었다. 사실 타이거는 골프 외에 그 어떤 다른 스포츠에 몸담았다는 증거가 없었다. 나중에 타이거가 회고한 내용이다. '중학교 시작부터 어머니 아버지께서 스포츠 종목 하나만 선택해야 한다고 말씀하셨다.' 그래도 고등학교 재학 중에는 야구를 비롯해 육상, 크로스컨트리 등의 활동을 보였다. 하지만 웨스턴 하이의 한 감독이 밝힌 내용에 의하면 타이거가 400미터 선수로 뛰고 싶은 의향을 밝혔다고 했다. 그래서 그 감독은 타이거에게 아침 6시 30분에 나와야 하고, 일주일에 세 차례 근력운동을 해야 한다고 알렸더니 타이거가 돌아섰다고 했다. 그리고 타이거의 코치였던 돈 크로스비도 고등학교 때 타이거는 다른 스포츠를 아예 하지 않았다고 증언했다. 한편 스탠퍼드의 의료팀은 타이거의 과감한 신규 웨이트 트레이닝 요법이 어깨 부상과 관련이 있는지에 대해 아무 말도 하지 않았다.

타이거와 의료 담당자가 만난 시기에 디나는 라스베이거스로 돌아가는 비행기에 올랐다. 타이거는 그렇게 가깝게 지냈던 친구이자 진정한 첫사랑을 간단하게 걷어찼다. 회계 수업에서 친절하게 대했고, 그녀의 친구들과 가족을 그에게 소개했고, 그와 떨어져 있지 않으려고 고등학교를 졸업하고도 계속 사이프러스에 머물렀고, 그의 말 한마디로 자신감을 느끼던 사이였는데 말이다. 하지만 타이거의 부모는 그녀와의 관계를 끊어버렸다. 그 누구도 아들에게 방해가 되는 게 싫었다. 그리고 타이거 또한 그렇게 사랑했다 해도 부모에게 도전하고 싶지 않았다. 다음 날 밤에도, 그다음 날 밤에도 타이거는 디나에게 전화하지 않았다. 그가 끝낸 관계였으므로 그 뒤로 디나를 찾지 않았다.

8개월 정도가 지난 어느 날, 타이거는 디나에게 편지 한 통을 썼다.

너와 네 가족에게 그렇게 대했던 것 미안해. 내 행동에 후회하고 있어. 그렇게 끝내지 말았어야 한다는 걸 알고 있어. 진심으로 사과할게. 모든 걸 털고 극복하길 바라며, 모든 면에서 너를 행복하게 해 줄 수 있는 사람을 만나길 바랄게. 왜냐하면 너는 그래야 하니까. 디나가 하는 모든 일이 잘되길 빌고, 행운을 빌게.

타이거

그 후 디나에게서 답장이 오진 않았다. 타이거의 방법이 너무나 충격적이었는지, 디나는 마치 그녀의 절친한 친구가 갑자기 세상을 뜬 것처럼 느꼈다. 타이거의 부모가 그렇게 하도록 시켰을 거라고 디나는 확신했다.

"제 생각에 타이거의 부모는 제가 타이거의 인생에 방해로 여겼나 봅니다. 저는 절대 그렇게 하지 않습니다. 그렇게 하기엔 저는 타이거를 무척 사랑했어요."

CHAPTER EIGHT

부유한 친구들

코네티컷주 청사 윤리위원회는 보도자료를 냈다. 존 머천트가 USGA 이사직에 있다는 이유로 여기저기 주 밖의 골프 대회에 관계자 자격으로 참석했는데, 그때마다 주어진 연차 휴가 등을 사용하지 않고 다녀온 것이 문제였다. 이러한 행동이 주 법을 어겼다는 혐의에 대해 상당한 사유가 있다는 내용의 보도자료였다. 그리고 수사 진행 중에도 개인적인 업무를 비서에게 지시하고, 전화, 팩스, 의전 차량을 이용한 부분에 대해서도 존이 인정했다. 법적인 판결 전 심리는 그해 말에 예정됐다. 게다가 동시에 그의 사무실 내부 고발자에게 보복을 가했다고 주장하는 소송이 연방법원의 판결을 기다리고 있었다. 그러나 이런 일들에 대해 존은 크게 상관하지 않았다. 그는 크게 잘못한 것이 없다고 여겼기 때문이다. 그리고 그와 얼 우즈는 더 큰 일을 앞두고 있었다.

한편 얼에게도 골칫거리가 있었다. 타이거가 스탠퍼드에 입학하자 IMG가 매년 재능 투자 명목으로 보냈던 5만 달러를 보내지 않았다. NCAA에선 스포츠 에이전시가 계약을 유도하기 위해 선수 가족에게 돈을 주는 것을 엄격히 금지하고 있었다. IMG의 해외 골프 영업 담당이었던 앨러스테어 존스턴(Alastair Johnston)이 이메일을 통해 보내온 답변이다. '내 기억으로는 타이거가 스탠퍼드에 입학하면서부터 얼과의 관계가 끝난 셈이었다. 그 어떤 연관성이 있으면 NCAA 규정에 위배되기 때문이었다.'

1995년 여름, 타이거의 대회 출전 일정을 다소 무리하게 만든 것 때문에 얼은 주머니 사정이 어려워졌고 결국 존에게 도움을 요청했다. 둘은 아주 기발한 아이디어를 계획했다. 타이거의 유명세를 활용해 고급 컨트리클럽의 부유한 회원들에게 타이거와의 골프 기회를 제공하고 그 대가로 그럴듯한 대의를 만드는 것이었다. 그리고 그 행사 지역의 소외된 유소년들에게 타이거와의 골프 클리닉을 경험할 기회도 만드는 것이다. 타이거의 아마추어 자격으로는 금전적인 혜택을 받을 수 없으므로 돈은 얼의 통장으로 들어가게 하면 됐고, 타이거의 골프 클리닉 시작 전에 얼이 연설하는 것도 생각해냈다. 존은 이 행사를 추진하기 좋은 곳으로 그의 앞마당과 같은 곳을 떠올렸다. 미국에서 가장 부유한 지역인 코네티컷주 페어필드였다. 그리고 두 군데의 명망 높은 골프장이 있는데, 브루크론 컨트리클립과 컨트리클립 오브 페어필드였다. 존은 컨트리클럽 오브 페어필드보다 오거스타 내셔널에 들어가기가 더 쉽다고 얘기하곤 했다. 그러나 클럽의 최초 유색 회원인 존은 얼과 타이거를 하루 정도 입장시키는 데에 크게 문제가 없을 거라 여겼다.

"유색인들과 문제를 일으키고 싶진 않을 겁니다."

존이 미소를 띠며 말했다.

6월 중순, 타이거는 뉴욕 사우샘프턴의 시네콕 힐스 골프클럽에서의 US 오픈에 출전할 예정이었다. 페어필드는 사우샘프턴에서 롱아일랜드 협곡만 건너면 되는 곳이었다. 존은 브루크론에서 타이거 클리닉을 개최하고 해당 지역의 소외된 유소년들의 이름을 정리했다. 그리고 타이거와의 시범 라운드는 컨트리클럽 오브 페어필드에서 하기로 했다. 그리고 윤리위원회 건과 관련된 심리가 있을 거라고 통보받은 같은 주간에 제너럴 일렉트릭의 잭 웰치 회장에게 전화를 걸어 후원을 요청했다. 존과 잭은 실제로 아는 사이 이상이었다. 두 사람 모두 같은 연도에 컨트리클럽 오브 페어필드의 회원이 됐고, 존이 과감한 기획을 제안하면 잭은 즉각적으로 지원해 줄 정도로 친분이 두터웠다. 존은 잭에게 타이거와의 18홀 라운드를 제안했다. 둘이 대화한 다음 날, 존은 GE 재단 관계자로부터 전화 한 통을 받았다.

"잭 웰치 회장님이 연락 드리라 하셨습니다. 만 달러 넘지 않는 선에서 이사장님께 지원해드리겠습니다."

대회 진행에 대한 비용이 어느 정도 확보되자 존은 개인 기부자들에게 연락을 취했다. 4월 24일, 존은 대표이사, 금융회사 임원 그리고 기업 거물들 총 44명에게 서한을 보냈다. 그중에는 『뉴욕 타임스』의 이사이자 IBM의 전 대표이사였던 존 에이커스(John Akers)도 포함됐다. 그의 집인 코네티컷주 웨스트포트로 편지를 보냈다.

친애하는 이사장님,

1995년 6월 19일에 브루크론 컨트리클럽에서 소외계층의 유소년 골프 유망주를 비롯한 여러 사람을 초대해 타이거 우즈의 골프 클리닉을 진행할 계획입니다. 제너럴 일렉트릭 재단이 감사하게도 후원에 동참해 주셨고, 피플스 뱅크와 브리지포트시의 홀 네이버후드 하우스도 함께 후원할 예정입니다.

타이거의 골프 클리닉과 함께 홀 네이버후드 하우스의 초청으로 얼 우즈가 50~60명 앞에서 연설할 예정입니다. 얼 우즈의 연설 내용은 타이거의 아버지로서 타이거를 어떻게 키웠는지에 대한 내용이며, 컨트리클럽 오브 페어필드에서 정오에 오찬과 함께 진행할 계획입니다.

얼 우즈의 연설과 오찬이 끝나면, 총 11팀의 포섬 플레이가 페어필드에서 있을 예정이며, 라운드 후에는 짤막한 환영 행사도 예정되어 있습니다.

앞에서 말씀드린 세 가지 행사에 귀하를 정중히 초대하고자 합니다. 그리고 굳이 그러실 필요까진 없지만, 얼 우즈의 연설에 대한 사례비의 의향이 있으시다면 홀 네이버후드 하우스에 기부하실 수 있습니다.

저는 진심으로 이번 행사가 귀하의 일정에 문제없이 가능하시길 바라며, 부디 페어필드로 내방하셔서 얼 우즈의 연설과 골프 라운드에 함께 하시길 기대합니다.

타이거 우즈 부자 모두 이번 행사에 함께 할 예정입니다. 동봉된 엽서로 늦

어도 1995년 5월 15일 전까지 참석 여부를 회신해 주시기 바랍니다.

존 머천트 배상

존과 얼은 일을 더 크게 벌였다. 6월 말 타이거가 로드 아일랜드주에서의 노스이스트 아마추어 인비테이셔널 출전을 확정 짓자, 그곳에서도 같은 방식의 행사를 추진하기로 했다. 코네티컷의 잠재 기부자들에게 서한을 보낸 지 하루가 겨우 지났고, 이번에는 로드 아일랜드주에서 노스이스트 아마추어 인비테이셔널과 관련 있는 사업가들에게 메모를 돌렸다.

동봉된 편지는 골프를 하지 않는 12명 정도를 포함해 44명의 골퍼를 컨트리클럽 오브 페어필드로 초대해 얼 우즈의 연설을 듣는 시간을 가졌다는 내용입니다. 얼의 연설에 대해 사례비가 모금됐고 그 어떤 연유로 타이거의 아마추어 자격과는 관련 없습니다.

6월 19일 오전에 소외계층의 유소년 골프 유망주 등을 위한 타이거의 골프 클리닉을 열 예정이며, 오후에는 타이거를 초대해 저와 잭 웰치(제너럴 일렉트릭 대표이사이며 그의 재단이 이번 행사를 후원)와 골프를 할 것입니다.

이 메모와 동봉된 편지는 코네티컷과 비슷한 행사를 로드 아일랜드에서도 진행하기 위해 청사진을 제시하려는 것이었다. 팩스 문서 상단에 '송신: 코네티컷주 사무소'를 볼 수 있었다. 주 사무소 내사과에서 존 머천트 사건에 관한 준비를 하고는 있었지만, 타이거 우즈 가족을 위한 자금 모금을 위해 애쓰는 더 야심 찬 단계로 올라선 것에 대해서는 전혀 모르고 있었다. 반면 USGA는 작금의 존이 벌였던 일에 관한 이야기가 언론에 들어가지 않았기를 노심초사하고 있었다. 존의 메모를 받았던 어떤 한 사람이 수신한 메모와 편지를 USGA의 사무총장 데이비드 페이(David Fay)에게 팩스로 전송했다. 수신 일자는 5월 5일이었다.

받는 이: *데이비드 페이*

주제: *얼 우즈*

데이비드, 이렇게 메시지를 보내는 이유는 존 머천트의 행동에 대해 폭로하려는 건 아니지만, 문서상이든 아니든 USGA에서 규정한 데 대해 윤리적인 대응이 필요하다면 내게 알려 주십시오.
존 머천트가 내게 요구한 내용을 동봉된 메모와 함께 수신했습니다.
저는 언제든지, 얼마든지 아마추어 선수를 지원할 의향이 있습니다. 당신이 판단하기에 코네티컷 행사에 제가 기여하는 게 적절한 일일까요? 내가 얼 우즈라는 사람을 위해 하는 모든 일로 타이거의 주머니가 채워지는 것을 알기에 불편한 마음입니다. 이 행사에 대한 왜곡이 그렇게 되어야 하는 겁니까?
당신의 회신을 기다리는 동안 존과 통화를 해 보려 합니다. 제가 거래하는 은행 담당자와 이야기를 해서 이 젊은이에게 융자라는 방법이 있음을 알려주려 합니다. 사람들이 대학교 등록금을 위해서 돈을 빌리기도 하잖습니까? 다를 것이 없다고 봅니다.

데이비드 페이는 얼이 과연 아마추어 골프 지침을 준수하며 이런 행사들을 운영하는 데 대한 경중을 묻는 말에 웬만큼 적응해 있었다. 1991년으로 돌아가서 데이비드는 얼과 아마추어 골프의 다양한 규정에 대해 상의하곤 했다. 이후에 휴스노턴이 IMG의 재능 투자 명목으로 얼에게 돈을 지급한 건에 대해 IMG의 마크 매코맥 대표이사는 얼이 데이비드 페이를 직접 만나보라고 말했다. 그러고는 USGA는 얼이 에이전트 회사를 지정하지 않는 한 IMG에선 돈을 지급해도 된다고 판단했다. USGA는 또 얼이 나이키와 타이틀리스트 회사들과 협상하는 것도 용인했다. 본질적으로 미국 골프협회는 타이거가 USGA 대회에 꾸준히 나오기를 원했기 때문에 그렇게 묘책을 모색했다.

"얼은 항상 그의 아들의 최대 관심사만 안중에 있었고, USGA를 비롯한 여러 방면에서 좋은 조언들을 받았다."

데이비드 페이가 말했다.

얼이 들었던 최고의 충고는 존 머천트로부터였는데, 평소 존의 큰 걱정거리는 얼이 떠들기를 좋아해서 불필요하게 시선을 끌게 되는 점이었다.

"항상 얼에게 주의를 줬습니다. 사람들이 관심을 가지고 관찰하고 있으니까 웬만하면 말을 좀 아끼라고 말입니다."

존은 기본적으로 USGA의 규정집을 거의 외우고 있다시피 했다. 그리고 얼과 타이거를 규정 안에서 안간힘으로 간신히 지켜주고 있었다. 한계를 벗어나긴 했지만 절대 선을 넘지 않았다. US 오픈이 끝난 후에 롱아일랜드에서 코네티컷의 브루크론 컨트리클럽까지 이동할 때 어떤 회사가 전용 비행기를 제안했지만, 존은 단칼에 거절했다. 타이거의 아마추어 자격에 대한 부담이 있기 때문이었다. 하지만 의전 차량과 통행요금 제공에 관해서는 규정에 어긋나는 부분이 없었기 때문에 존은 타이거에게 이를 수락하도록 허가했다.

하지만 코네티컷주에서 존의 윤리적인 논쟁이 조금씩 화제가 되기 시작했던 점을 간과했다. USGA에 좋게 작용할 리 없었다.

타이거는 첫 US 오픈 출전 개최지에 도착한 뒤 곧장 기자회견장으로 가서 한 페이지가량의 성명서를 책상에 내려놓았다. 내용은 이랬다.

'이 성명서를 남긴 이유는 저의 경기를 처음 접하는 기자분들께 제 혈통에 관한 유익한 정보를 알려드리기 위해서입니다. 이 주제에 관한 저의 마지막이자 유일한 제 입장표명입니다. 저희 부모님께서는 저의 민족적 근원에 대해 항상 자부심을 가르쳐 주셨습니다. 그러니 부디 앞으로 확인 안 하셔도 될 겁니다. 과거, 지금 그리고 앞으로도 말입니다. 여러 미디어에서 저를 아프리카계 미국인, 어떤 데에서는

아시아계라고 묘사하시는데 사실 둘 다 해당됩니다.'

PGA투어를 취재하는 기자들을 상대로 자신을 소개하는 것치고는 희한한 방식이었다. 더 안 좋은 것은 기자들이 질문해도 타이거는 거의 말을 하지 않았다. 물론 내성적인 성격 탓도 있었지만, 언론에 대한 불신이 가득한 채로 자랐던 것이 더 큰 영향이었다. 얼은 스스로 미디어를 잘 다룬다고 자만하면서 항상 기자와 적절한 거리를 두라고 가르쳤고, 인터뷰하면서 절대로 자신을 노출하지 말라고도 당부했다. 그런 카리스마와 매력의 타이거가 언론 앞에서 미숙하게 구는 모습에 존은 미칠 것만 같았다. 얼에게 이에 관한 이야기를 하고 싶었지만 꾹 참았다.

1라운드에서 타이거는 4오버 파, 74타를 기록했다. 출전했던 다른 아마추어 선수들은 크리스 티들랜드(Chris Tidland)와 제리 쿠어빌(Jerry Courville)이었는데, 각각 70타와 72타였다.

타이거의 라운드 후 인터뷰였다.

"특별히 실수는 없었습니다. 볼 스트라이킹이 나쁘다고 해서 보기가 나오진 않습니다. 넣었어야 할 퍼트를 넣지 못했습니다."

2라운드 출발도 썩 좋지 않았다. 그의 스코어는 7오버 파, 3라운드 진출이 불투명했다. 5번 홀 티 구역에 올라서면서 타이거는 갤러리 사이에 있는 아버지를 발견했다. 그러고는 그의 티샷 볼은 러프 지역에 멈춰 섰다. 깊은 러프에서 다시 나타난 타이거는 그의 동반 플레이어인 닉 프라이스(Nick Price)와 어니 엘스(Ernie Els)에게 기권을 선언했다. 손목을 삐었다고 말했고, '내가 평소에 잡던 악력으로 클럽을 잡을 수가 없다.'며 호소했다.

『뉴욕 타임스』는 타이거 우즈가 US 오픈 대회 도중 손목에 붕대를 감싸며 기권했고, 치료가 필요하다고 타전했다. 브루크론 컨트리클럽과 컨트리클럽 오브 페어필드에서 행사를 기다리던 이들은 존에게 걱정 섞인 마음으로 물었다. 클리닉을 비롯한 행사가 취소될까 우려했지만, 존은 걱정할 필요 없다며 그들을 안심시켰다.

1895년에 설립된 브루크론 컨트리클럽은 USGA의 승인을 얻은 최초의 클럽 중 하나로 깊은 전통을 자랑한다. 유명한 코스 설계가인 A.W.틸링해스트(A.W.Tillinghast)의 재설계와 함께 섬세하게 다듬어진 나무가 양쪽으로 즐비한 페어웨이와 그린 주변 벙커들이 위협적인 명문 코스이다. 도시에서 100명이 넘는 유소년 골퍼들이 브리지포트에서 버스를 타고 와서는 16번 홀 그린 주변에 다리를 꼬고 앉았다. 클리닉 시작을 알리며, 목적 있는 연습의 중요함을 강조하는 얼 우즈를 초롱초롱한 눈빛으로 바라보고 있었다. 이윽고 타이거가 아이언을 든 채 예비 티 구역에 올라섰다. 진정한 쇼의 시작이었다.

얼이 타이거를 불렀다.

"타이거, 저기 보이는 나무를 피해서 페어웨이로 돌아가는 페이드 구질로 쳐 주겠니?"

타이거의 스윙으로 볼이 높게 떴고 왼쪽 나무 라인에 다가가는가 싶더니 오른쪽으로 서서히 돌고는 얼이 주문했던 위치로 떨어졌다.

"자, 타이거, 이번에는 오른쪽 나무 방향으로 쳐서 감기는 샷으로 페어웨이에 떨궈 보겠니?"

다시 타이거는 스윙했고, 얼이 말한 대로 오차 없이 볼이 날아가서 페어웨이에 안착했다. 한 타 한 타 볼이 날아갈 때마다 브리지포트에서 온 유소년들의 입이 벌어졌다.

얼이 주문을 이어갔다.

"자, 타이거, 이번엔 같은 위치에 쐐기 같은 샷으로 보낼 수 있겠니?"

타이거는 지면에서 10야드 정도로 총알처럼 낮게 날아가는 샷을 구사하더니, 나머지 두 개의 볼 가까이에 가서 멈췄다. 또다시 아이들 입이 벌어졌다. 행사를 기다리던 성인들도 감탄을 금치 못했다.

"저 볼 세 개 위에 담요로 덮을 수도 있겠어요." 오랜 회원이자 클럽의 역사를 꿰뚫고 있는 에이선 크리스트(Athan Christ)가 타이거의 시연을 목격하고 탄성을 질렀다. "그건 마치 어릴 적 마술이나 묘기를 봤을 때 말이죠. 그때와 다를 바 없었습니다."

타이거 클리닉은 45분 정도 소요됐는데, 얼이 주문하면 타이거가 샷을 하는 순서가 대부분이었다. 샌드웨지로 나무 아래쪽으로 보내기, 8번 아이언으로 같은 위치로 보내기를 반복하는 동안 타이거에게서는 실수가 하나도 나오지 않았다. 마지막 묘기로 3번 우드를 잡고는 17번 홀 그린으로 300야드 넘는 거리로 보냈다. 그러고는 클럽을 가방에 꽂아 넣고 아이들을 바라봤다.

한 아이가 손을 들었다.

"타이거, 베스트 스코어는 몇 타였어요?"

대답은 얼이 했다.

다른 아이가 또 질문했다.

"타이거, 좋아하는 클럽은 뭐예요?"

역시 얼이 답했다.

또 한 아이가 손을 들었다. 얼이 손을 든 아이를 지목했다.

그 아이는 타이거를 가리키며 말했다.

"타이거가 말은 할 줄 아나요?"

타이거는 행사와 클리닉에 참여하는 것이 썩 내키진 않았다. 이전까지 녹초가 되는 일련의 시간에서 겨우 벗어났고, 그 기간 중 팩10(미 중서부 대학연맹) 대회를 치르는 중 심한 식중독에 걸려서 체중이 15파운드나 빠졌다. 뒤이어 오하이오주 콜럼버스에서 열렸던 NCAA 대회에서 오클라호마 주립대에 패해 준우승에 머물렀다. 대회는 오하이오 주립대학의 7,109야드 스칼렛 코스에서 열렸다. 1라운드 중 자신의 경기에 화가 난 나머지 12번 홀에서 형편없는 샷을 한 후에 들고 있던 클럽을 땅에 내팽개쳤다. 그런 뒤 또 실수하자 웨지로 클럽 백을 쳐서 부러뜨렸다. 그의 분개한 행동으로 NCAA에서 보기 드물게 경고를 했다. 그런 상황에서도 남은 라운드 동안 분위기를 바꿔 스탠퍼드팀을 이끈다면 타이거의 경기력으로 우승까지 갈 수도 있었다. 하지만 최종 라운드 마지막 홀 25피트 거리의 버디퍼트가 홀을 스치면서 대회 98년의 역사상 처음 연장전을 치렀고, 결국 오클라호마에 우승컵을 내주고 말았다. 하지만 타이거는 학점 평균 3.0으로 시그마 카이(Sigma Chi)*를 기약했고, 기말고사 역시 좋은 결과로 자신의 대학 1학년을 넘겼다.

무엇보다 타이거에게는 휴식이 필요했지만 그럴 여유가 없었다. 여름에는 굵직한 아마추어 대회들이 예정되어 있었고, 존 머천트가 기획한 즐비한 행사들이 타이거의 여행 비용과 골프장 비용을 충당했다. 컨트리클럽 오브 페어필드에서 타이거는 존과 클럽 소속 프로 그리고 여덟 차례 클럽 챔피언을 지냈던 사람과 18홀 경기를 치렀다. 더할 나위 없이 믿음직스럽고 압도적인 타이거의 경기력은 관중들로부터 존경을 자아냈고, 존의 입가에 미소를 머금게 했다. 그런데 라운드 후 타이거는 뒤풀이 자리에 나타나지 않았다. 그를 위해서 잘 공개하지 않는, 18번 홀 그린이 내려다보이는 사적인 공간에 마련한 환영 만찬이었다. 그의 아버지와 존이 칵테일에 취하고 클럽 회원들에게 재미있는 이야기들을 풀어놓는 동안 타이거는 재빨리 퍼팅그린으로 빠져나갔다. 거기서 조용히 혼자서 2시간 넘게 퍼팅 연습을 했다.

렌터카 뒷좌석에 앉은 타이거는 검은색의 연철로 된 보안 철문을 통과하고 있었다. 나뭇잎이 무성한 떡갈나무와 단풍나무들을 지나고 너와 지붕의 저택 앞에 멈췄다. 로드 아일랜드 포인트 주디스 컨트리클럽의 8번 홀을 끼고 있는 집이었다. 집주인은 이 클럽의 회원이기도 한 토미 허드슨(Tommy Hudson)이었다. 타이거와 아버지, 존 머천트, 스포츠 심리학자 그리고 캐디 제이 브룬자 박사 등을 1995년 US아마추어 오픈 때 머물도록 허락했다. 당시 개최 코스였던 뉴포트 컨트리클럽

* 미국의 남자 대학생들의 별도 조직. 우리나라의 동아리나 동호회와는 성격이 다르며, 유사한 모임을 굳이 꼽자면 지역 고등학교의 서울에 거주하는 사람들을 의미하는 'OO고 재경 동문회' 정도라 할 수 있다. 시그마 카이의 경우 학기당 학점 4.0 만점에 2.50보다 좋은 성적이어야 하며, 고교 졸업도 상위 25% 또는 3.0 이상의 학점을 받아야 한다는 조항이 있어서, 타이거는 고등학교와 대학 1학년을 본서 내용대로 마쳤기에 시그마 카이에 들 수 있었다.

에서 25마일 거리에 있는 곳이었다. 집은 물론 음식, 골프장 이용료, 이동수단까지 모두 다 전 로드 아일랜드 골프협회장을 지냈던 에드 머로(Ed Mauro)가 마련해 준 것이었다. 인적 네트워크가 강한 데다가 품위 있는 에드에게 존은 몇 달 전에 미리 연락해 타이거와 일행이 지낼 곳을 요청했다.

타이거는 에드를 따라가서는 자신이 지낼 방을 골랐다. 뒷문으로 나가면 곧장 코스가 나오는 구조였다. 아마추어 대회를 다니면서 여러 곳에서 묵었지만, 그곳만큼 타이거가 간절히 찾던 곳은 없었다. 보안이 잘 되어 있고, 고립됐으며, 뒤뜰이 바로 골프장이었다.

에드는 바비큐 파티를 위해 사람들을 초대했다. 에드의 친척들도 왔는데 타이거를 만나고 싶어 했다. 항상 관심의 가운데에 있었던 타이거였기 때문에 또 슬그머니 빠져나와 서재로 갔다. 그곳에서 에드의 손자, 15살의 코리 마틴(Corey Martin)과 마주쳤다. 코리 역시 그 어머니의 반 강제 요청에 이기지 못해 바비큐 파티에 따라온 것이다. 파티가 지루했던 코리는 곧바로 할아버지의 서재에 가서 TV를 켰다. 골프에 관심이 없던 터라 코리는 타이거 우즈가 누구인지 알 턱이 없었고, 그 파티의 주인공이었다는 것도 전혀 몰랐다. 그냥 할아버지 바비큐 파티에 초대받은 소년이었다.

"안녕하세요?"

코리가 먼저 인사를 건넸다.

"TV에서 하는 게 뭐야?"

타이거가 말을 섞었다.

"심슨 가족."

코리가 답했다.

타이거가 자리에 앉자 코리는 아이스크림 컵 몇 개를 가져왔다. 바트 심슨과 호머 심슨의 익살스런 행동을 보며 웃다가 코리가 다시 말을 걸었다. 어디서 왔고, 로드 아일랜드에 뭘 하러 온 건지 물었다. 타이거는 금세 코리가 자신을 못 알아본다는 것을 간파했다. 코리의 천진난만한 태도에 타이거는 경계심을 내려놓았다. 코리가 그냥 사람들을 짜증 나게 하려고 머리를 보라색으로 염색하고 싶다고 했을 때 타이거는 웃으며 동의한다고 답했다.

30분 정도가 지나자 코리보다 더 어린 에드의 손자들이 서재에 들어왔다. 그들 역시 타이거가 누구인지 알 바 아니었다. 그냥 크고 잘생겼다고 생각하는 듯했다. TV 앞에 누운 타이거는 자신이 거대한 베개인 듯 아이들이 기대게 했다. 그들 중 한 명은 그렇게 기대어 있다가 잠깐 졸기도 했다.

뉴포트 컨트리클럽으로 들어가는 길은 마치 드라마 〈다운턴 에비(Downton Abbey)〉의 세트처럼 장엄했다. 상류층의 상속 재산으로 지어졌는데 그 웅장함에 숨이 멎을 정도였다. 1893년에 세워진 이 클럽은 아메리칸 슈거 리파이닝 컴퍼니 소유 가문의 시오도어 하베마이어(Theodore Havemeyer)가 당시 미국의 내로라 하는 부호들로 알려진 존 제이컵 애스터(John jacob Astor), 페리 벨몬트(Perry Belmont), 코넬리우스 밴더빌트(Cornelius Vanderbilt)를 섭렵해서 바다가 내려다보이는 140에이커의 부지를 매입한 후 본격적인 설립 작업이 시작됐다. 2년 뒤 1895년, 뉴포트 컨트리클럽은 US 아마추어 챔피언십과 US 오픈 챔피언십을 처음으로 개최했다. US 아마추어 100주년을 맞아 대회가 처음 열렸던 곳으로 돌아왔다.

이미 이 시기에 타이거는 미국의 여러 명문 코스들을 방문했지만, 뉴포트는 처음 접하는 코스였다. 클럽하우스 내 2층에 있는 라커룸의 발코니에서 바라보면, 1번 홀 페어웨이부터 멀리 호수까지 볼 수 있다. 클럽 회원들만 누릴 수 있는 자리이지만, 회원이 아닌 타이거도 특별한 대우를 받았다. 주 초에 부치 하먼의 동생이자 뉴포트 클럽 프로 빌 하먼이 타이거에게 코스에 익숙해지도록 도움을 제공했다. 부치와 함께 스윙 작업을 하면서 누렸던 특전이었다. 타이거가 대회 전에 둘러보고 알아 둘 필요가 있다고 빌이 주장했기 때문이다. 호수 쪽에서 불어오는 바람은 예상치 못하게 방향이 바뀐다. 타이거는 바람 속에서도 자신의 샷을 조절하는 방법을 터득해야 했다. 그리고 뉴포트에서는 페어웨이에 물을 공급하지 않고 생장을 그냥 자연에 맡긴다. 단단하고 마른 페어웨이인 데다가 여름에는 더했다. 평소 타이거는 장타를 구사하고도 원하는 위치에 볼을 떨굴 줄 알았지만, 마른 땅에서는 결과가 다르게 나올 수 있었다. 그리고 당시 뉴포트에는 비가 거의 내리지 않았다.

빌이 설명했다.

"예를 들어서 3번 홀이 340야드이고, 바람이 뒤에서 불어오니까, 2번이나 3번 아이언으로 그냥 페어웨이로 보내야 해. 파만 생각하고 이 홀은 지나가라고. 이 홀에서 절대로 무너지면 안 돼."

그러나 빌이 타이거에게 전해 준 가장 중요한 충고는 그린에 관한 점이었다. 100년 넘게 다져졌고 경사를 터득하기가 까다롭다. 빌이 강조했다.

"그린 경사가 보는 대로 볼이 가지 않아. 처음 경험하는 이들에게는 경사를 제대로 보기 어려울 거야."

골프 기량을 더 날카롭게 해 주는 것이라면 무엇이든 습득하기를 간절히 원했기에 타이거는 빌이 모든 홀에서, 또 특정 홀 위치에서 퍼트하는 것을 두세 번 지켜봤다. 그러자 타이거는 모든 그린에서 그만의 독특한 방법으로 볼이 도는 포인트를 빠르게 파악했고, 머릿속으로 그 정보를 기억하여 이에 따라 적응해갔다. 빌은 탄성을 금치 못했다.

부치 하먼이 텍사스에서 대회장으로 와 타이거, 빌과 조우했다. 타이거와 부치의 관계가 2년 정도 될 즈음이었다. 타이거는 스윙에 섬세함을 불어넣었고, 새로운 샷들을 그에게서 배웠다. 부치가 타이거에게 가르쳐 준 샷 중에 녹다운 샷이 있는데 주로 바람 부는 날, 바람에 볼이 날리지 않기 위해 낮게 날아가는 펀치 샷이다. 타이거는 대회 중에는 사용한 적이 없었지만, 뉴포트에서 이기려면 절대적으로 필요한 무기라고 강력하게 추천했다.

"그 골프장 몇 개 홀에서 분명 그 샷이 필요한 순간이 있을 거야."

부치가 확신했다.

타이거가 경찰의 호위를 받으며 매치플레이 마지막 날 경기를 위해 뉴포트에 나타났다. 관중이 수천 명으로 불어났고, 존 머천트는 타이거의 안전에 대해 걱정스러워했다. 보안 관계자들이 타이거를 보기 위해 나온 사람들 사이로 길을 내주면서 앞으로 나가는 동안 타이거는 앞을 똑바로 보면서 한마디도 하지 않았다. 제이 브룬자 박사를 옆에 두고 타이거는 클럽하우스 기준 동쪽 끝에 있는 1번 홀 티 구역에 올라섰다. 클럽하우스 2층의 발코니가 넘칠 정도로 관중들이 지켜보고 있었고, 수백 명의 갤러리가 그린을 에워쌌다. 타이거는 여기에서 대회 역사상 아홉 번째로 대회 2년 연속 우승을 이룰 기회를 맞았다.

그 길을 가로막고 있는 이는 조지 '버디' 마루치(George 'Buddy' Marucci)였다. 펜실베이니아에서 메르세데스 벤츠 딜러를 하는 43세의 사내였다. 조지는 밑져야 본전이라는 생각으로 경기에 임했다. 첫 18홀이 끝났을 때 조지가 타이거에 한 홀 차로 앞서 있었다.

오후 18홀 경기를 두 시간 앞두고 타이거는 조용히 클럽하우스로 들어갔다. 조지가 샤워하고 클럽 회원들과 점심시간을 가진 동안 타이거는 여자 라커 앞의 소파에 앉아서 머리를 완전히 뒤로 젖히고 눈을 감았다. 한 시간 넘게 그는 누구와도 말하지 않았다. 제이 브룬자가 알려 준 대로 정신 안정훈련으로 시간을 보냈다. 오후 매치에 다시 나타난 그는 빨간색 상의에 빨간 챙의 스탠퍼드 모자를 썼고, 진지한 표정에 냉혹한 시선의 모습이었다.

조지는 오후 18홀을 시작하자마자 첫 홀, 19번째 홀을 가져가며 두 홀 차로 앞섰다. 하지만 코스의 18번 홀, 대회 36번째 홀에 오면서 타이거가 조지에 한 홀 앞섰다. 2번 아이언 티샷으로 페어웨이 벙커를 넘겨 홀까지 140야드를 앞두고 있었다. 여기서 타이거는 중요한 결정을 해야 했다. 조지의 볼은 이미 그린에 올라가 있었고, 홀까지 23피트 정도의 버디퍼트가 들어가기라도 한다면 연장전을 준비해야 했다. 타이거의 두 번째 샷 위치에서 그린까지 140야드 오르막 경사였고, 평소 같았으면 피칭 웨지나 9번 아이언을 선택했을 거리였다. 하지만 타이거는 제이 브룬자에게 8번 아이언을 달라고 했다. 여름 내내 부치와 훈련했던 녹다운 샷을 써 볼 적절한 기회였다.

타이거의 볼은 핀을 조금 지나서 14피트 거리에 안착했다. 하지만 볼의 회전과 그린 능선이 맞물리면서 홀 옆 18인치에 멈춰 섰다. 갤러리는 환호했지만, 타이거만큼 신나진 않은 듯했다. 잠시 뒤에 타이거의 버디퍼트가 컨시드 되면서 경기는 끝났다. 타이거가 US 아마추어 트로피를 2년 연속 들어 올렸다. 이윽고 타이거는 아버지와 눈물의 포옹을 했고, 부치 하먼을 소리치며 찾았다.

"봤어요, 부치? 제가 했어요. 제가 해냈어요!"

타이거가 소리쳤다.

"말했잖니, 할 수 있다고! 넌 할 수 있을 거라 말했잖니?"

부치도 격앙된 목소리였다.

"부치, 제가 했어요. 부치가 가르쳐 준 걸 제가 해냈어요!"

하베마이어 트로피를 건네받은 타이거는 환한 미소를 지으며 트로피를 머리 위로 들어 올렸다. 타이거가 제이를 바라보며 말했다.

"이 우승을 브룬자 가족에게 돌립니다. 브룬자 박사님께 이 우승을 바칩니다."

제이는 울기 시작했다. 한 달 전, 제이의 아버지가 세상을 떴다. 타이거가 제이의 아버지를 이런 식으로 승리의 순간에 언급한 것은 그의 사려 깊은 표시였다. 타이거에게는 특별한 순간이었음에도 의미 있는 성취 뒤에 겸허한 태도를 보였다.

그 후에는 클럽하우스 앞에 설치된 상점에서 타이거는 대회 관계자, 원로 클럽회원들, 부치, 빌 하먼 그리고 역사적인 순간을 기록하기 위해 찾은 『SI』 기자 팀 로사포르티(Tim Rosaforte)에 둘러싸여 있었다. 얼도 클럽하우스에서 술 몇 잔을 비우고 텐트로 왔다. 부치가 하베마이어 트로피에 샴페인을 따르자 사람들은 손뼉을 쳤다. 타이거 대신 얼이 샴페인을 마셨다. 그러고는 트로피를 타이거로부터 빼앗다시피 가져왔다.

마치 자신이 승자가 된 양 트로피를 머리 위로 들어 올리며 외쳤다.

"바비 존스는 기분이 어떨까? 흑인만큼 골프를 잘하는 사람은 없다고!"

손뼉을 치던 사람들이 갑자기 멈췄다. 이 어색한 침묵 속에서 얼의 목소리가 더 크게 들렸다.

"바비 존스더러 와서 우리 아들 시커먼 엉덩이에 뽀뽀나 하라지!"

얼이 그렇게 호언장담하는 동안 아버지 옆에 태연하게 서 있던 타이거의 앳된 미소가 순간적으로 차갑게 식었다. 지켜보던 관계자들은 믿을 수 없다는 표정으로 자신들의 신발 끝을 바라보기만 했다. 19살에 타이거는 US 아마추어를 2년 연속, 그것도 극적으로 우승을 차지했다. 하지만 기뻐해야 할 순간에 형용할 수 없는 자랑스러움이 아버지에 의해 급작스럽게 노여움, 분개, 고통으로 탈바꿈한 순간이었다. 얼은 기세등등하여 자기 아들이 잭 니클라우스를 넘어서는 영향을 과시할 거라며 자랑을 늘어놓으려 하는 동안 빌 하먼은 주머니에 손을 넣고 엄지와 검지로 동그란 주화를 만지작거렸다. 빌 하먼은 그 시기에 알코올 중독에서 벗어나는 중이었다. 그날이 금주한 지 정확히 3년째 되는 날이었다. 그는 대회 최종 라운드 몇 시간 전에 한 회의에 참석하여 그 자리에서 금주 주화를 받았다. 얼을 보고 있자니 낯익은 상황이라는 생각이 들었다. '나도 예전에 취하면 저렇게 굴곤 했지. 아이고, 내가 잘하고 있는 건지는 이거 하나면 족해.' 빌은 속으로 생각했다

한편 팀 로사포르티는 딜레마에 빠졌다. 얼이 말한 그대로 기사에 싣는다면 그에 대한 악영향으로 어쩌면 타이거는 충격에 빠질 것이 분명했다. 자극적인 얼의 인종적 발언들은 불특정 여론에 쉽지 않게 다가갈 뿐만 아니라 그의 아들에게 오명을 남길 수도 있었다. 그리고 타이거가 프로로 전향하고, 그를 기업의 얼굴로 계약할지를 결정할 때 미국의 기업들이 주저할 수도 있었기 때문이다. 팀은 있는 그대로 옮기지 않는 대신 상황을 세련되게 처리했다. 타이거의 미래를 복잡하게 만들지 않기로 한 것이다. 며칠 뒤 『SI』 지에 팀의 기사가 나왔고, 제목은 '앵콜! 앵콜!'이라고 달았다. 대회장 상점에서의 일화를 이렇게 시작했다.

얼 우즈가 일요일 저녁에 샴페인으로 들떴고 혀도 약간 풀린 상태에서 호기롭게 이야기했다. "제가 예측하건대, 제 아들이 투어 프로를 끝내기 전에 14번의 메이저 대회에서 우승할 겁니다."
미국에서 가장 훌륭한 골프선수의 아버지는 하베마이어 트로피를 거머쥐었고, 거기에 술을 따라 마시기도 했다. 그리고 로드 아일랜드의 뉴포트 컨트리클럽 하우스 근처에 설치된 상점 텐트에서 주위를 둘러보았다. 친구들과 사인을 원하는 사람들 여럿이 모여 웃고 축하했다. 그의 아들, 19살의 타이거 우즈도 수줍게나마 같이 웃었다. 자신의 속에 있는 생각을 아버지가 불쑥 입 밖으로 꺼내는 것만큼 당황스러운 경우가 어디 있을까?

뉴포트 컨트리클럽에서 정중하게 감사 인사를 한 후 타이거는 차의 뒷좌석에 앉았고, 제이 브룬자가 운전석으로 들어갔다. 얼은 운전석 옆자리에 앉았다. 트로피를 품에 안고는 포인트 주디스 숙소로 가는 동안 아무 말도 하지 않았다. 얼이 기분 전환을 하고 싶다고 말하자 제이는 제임스타운 브리지를 지나자마자 편의점 주차장에 잠시 멈췄다. 제임스타운 브리지를 지난 후 제이는 편의점 주차장에 차를 세웠다. 얼이 금세 나올 기미가 없자 타이거가 가게로 들어갔다. 카운터 앞에 있는 젊은 여자에게 수작을 걸고 있는 아버지를 발견했다. 그는 멋진 장면을 만들려 했지만, 타이거는 어떻게 해야 할지 알고 있었다.

"아버지, 그만 하세요. 이렇게까지 하실 필요 없잖아요?"

타이거가 조용히 말했다.

타이거는 다시 아버지를 이끌고 차로 돌아왔고, 아버지의 행동에 대해 더는 뭐라 하지 않았다.

사실 타이거가 아버지처럼, 얼이 아들처럼 행동했던 장면은 한두 번이 아니었다.

CHAPTER NINE

돌진

길고 긴 여름방학 동안 길에서 보낸 시간이 대부분이었다. 세상을 더 경험할수록 스탠퍼드는 타이거에게 유토피아였다. 비록 현실과는 거리가 멀었지만, 타이거가 더 많은 시간을 보내고 싶은 곳이었다. 요란한 1학년을 보낸 후 학교로 돌아와 2학년을 맞게 되자 비로소 해방된 느낌이었다. 그의 골프는 PGA 투어에 진출할 준비가 된 수준이지만 정신적으로나 정서적으로 투어 프로로 살아갈 준비는 아직 안 된 듯했다. 어쨌든 아직은 아니었다.

타이거에게는 학교도 골프장처럼 뭔가 정신적으로 몰두하고 도전하는 곳이었다. 스탠퍼드의 강의실 분위기는 그의 친구들과 머리 쓰기 대결의 연속이었다. 강의실을 둘러보고 그들보다 더 우월함을 나타내기 위한 욕망이 차 오르기를 바랐다. 그리고 스탠퍼드는 그에게 필요한 것들에 대해 가장 앞서는 기술이 총망라된 학교였다. 학생들에게 이메일 주소를 부여한 1세대 학교 중의 하나였고, 강사진 중에 월 스트리트 금융가를 쥐락펴락할 만한 인터넷 기업들에 컨설팅했다. 학교를 후원하는 여러 인터넷 관련 기업들이나 벤처 금융회사들이 지척에 있었다. 타이거는 경제학 전공으로 온라인에 관한 저명한 교수들이 강의하는 수업을 많이 들었다. 이런 것들로 인해 금융과 경영에 대한 그의 관심사가 더 커졌고, 골프의 경제에 대해 더 더욱 고심하게 됐으며, 나중에 구체화하기도 했다.

타이거는 아널드 파머의 전화 통화를 겨우 끝내고 수업으로 복귀했다. 아널드는 캘리포니아 나파의 시니어 대회에 출전하고 있었다. 팔로알토에서 차로 1시간 반 정도 거리의 실버라도 리조트 앤 스파에서의 만찬에 타이거를 초대했다. 타이거는 자신의 도요타 트렁크에 클럽 백을 싣고 빠른 속도로 운전했다. 속도에 신경 쓰지 않았다. 그런 것을 걱정할 때가 아니었다. 역대 위대한 골퍼 중 한 명과 저녁을 먹게 됐다. 얼마나 멋질까 속으로 생각했다.

타이거는 예전에 잠깐 그를 만난 적이 있었다. 1991년 올랜도의 베이힐 클럽이었다. 하지만 이번엔 달랐다. 만찬으로 스테이크를 썰면서 두 시간 정도 함께 있었다. 대화의 화제는 대부분 골프 외의 이야기였다. 타이거는 팬심을 대부분 무시하고 지나쳤으면서도 팬들을 대하는 방법에 대해서 아널드의 조언을 기대했다. 프로로 전향했을 때의 장 · 단점에 대해서도 많은 대화를 나눴다. 그날 저녁은 두 사람을 친구로 만든 중요한 시간이었다. 파머는 타이거가 진정으로 존경하는 선수 중의 한 명이며, 파머 또한 타이거를 진심으로 챙겨주고 돌봤다.

2주 뒤 스탠퍼드 감독 월리가 타이거를 붙잡았다. 타이거와 아널드가 저녁을 함께했다는 소식을 들은 후였다.

"계산 누가 했어?"

말도 안 되는 질문이라고 타이거는 생각했다. 열아홉 살의 대학생인데…….

"아널드가 당연히 계산했죠. 내가 안 했어요."

더 뚱딴지같은 질문이 이어졌다.

"얼마나 나왔어?"

터무니없는 질문의 연속이었다. 타이거가 계산서를 확인했을 리가 없었다. 계산서가 어디 있는지도 몰랐을 것이다.

월리는 NCAA에 전화를 걸었다. 학생과 프로 선수의 관계에서 대학 선수의 현 신분이나 명성을 이용해 규정에 벗어나는 범위에서 이익이나 선물 거래를 확인하려는 것이었다. 타이거가 식사 비용을 아널드에게 상환하지 않는다면, 타이거는 대회에 나갈 수 없었다. 어이없는 이야기라며 타이거는 부모에게 연락했다. 몇 시간이 지나고 25달러의 수표가 아널드에게 전달되었다. 아널드는 다시 수표를 받았다는 서명을 남기고 NCAA에 팩스로 보냈다.

타이거는 NCAA에 진절머리가 났지만, 부모님이 모두 처리하도록 했다. 쿨티다는 이번에도 오렌지 카운티 레지스터 일간지의 존 스트리지에게 연락했다.

"이건 불합리하다고요. 앞으로 아이들이 졸업할 때까지 타이거를 따라 하라고 선례를 남겨두려는 건데, 학교는 타이거를 밖으로 내보내려 하는 거잖아요."

얼은 더 심하게 반응했다. 학교와 NCAA에 험담했다.

"타이거라면 분명 엿이나 먹으라고 하면서 학교를 떠났을 것이다. NCAA와 학교가 너무나 심하게 대하고 있다. 이건 많은 이들이 공감할 것이다. 아이러니하게도 타이거는 진정으로 스탠퍼드를 좋아하고 학교에 있고 싶어 한다. 계약 금액으로 2,500만 달러 이상은 족히 예상되는 선수이다. NCAA도 필요 없고, 스탠퍼드도 필요 없다. 학교 박차고 나가서 영영 돌아오지 않아도 된다. 이건 내 아들을 우롱하는 거나 다름없단 말이다. 타이거는 규칙을 지키려고 안간힘을 쓰지만 때로는 납득하기 어려울 때가 있다."

여기서 또 부모가 나서지만 않았어도 그냥 타이거 가족 안에서 끝났을 이야기였지만 미디어의 관심으로 인해 이 이야기는 많은 이들의 눈과 귀로 들어갔다. 1995년 10월 20일, 쿨티다가 타이거와 아널드의 저녁 건으로 존 스트리지에게 전화했던 다음 날, 『오렌지 카운티 레지스터』의 헤드라인이었다. '타이거의 골프 인생에서 NCAA는 웨지로 티샷하는 것인가?' 이 이야기는 다른 뉴스, 방송사에도 즉각 인용됐다. 뉴스가 되었을 때 타이거는 엘 파소에 있었고, 사베인 컬리지 올 아메리카 골프 클래식에서 연장전 끝에 우승을 차지했다. 거기에서 한 기자가 NCAA의 예민한 조사 때문에 타이거가 학교를 떠날 수도 있는지를 묻자, 타이거는 모호한 답변으로 응했다.

"학교는 안 떠날 생각입니다. 하지만 모르죠. 화가 나는 일이긴 합니다."

말했던 것보다 더 화가 났던 타이거였다. 아널드 파머와 순수한 마음으로 저녁을 먹었다고 주장할 근거가 없다고 위협하는 데 짜증이 났다. 타이거가 불쾌함을 공공연히 드러내자 스탠퍼드와 NCAA는 꼬리를 내렸다.

윌리가 『오렌지 카운티 레지스터』에 전했다.

"다 정리됐습니다. 이번 건에 대한 징계는 없을 겁니다."

타이거가 스탠퍼드에 있으면서 가장 좋아했던 점은 학교 안에 있으면서 대중과 여론으로부터 보호받았고, 홀로 골프에 집중할 수 있는 조건이기 때문이었다. 학교는 타이거에게 최신 시설의 웨이트 훈련장을 마음대로 이용할 수 있는 특권을 줬다. 그리고 연습 그린 또한 시간에 구애받지 않고 이용했다. 그래서 스탠퍼드 골프팀의 다른 선수들 연습시간을 합친 것보다 더 많이 연습할 수 있었다. 게다가 부치 하먼은 전화 한 통으로 금방 올 수 있는 거리에 있었다. 어떤 날에는 타이거가 자신의 무기 하나를 더 장착하려는 게 쉽지 않아서 부치에게 전화를 걸었다. 실망 섞인 목소리로 조언을 구했다.

부치는 웃음을 참지 못했다.

"너 스탠퍼드 학생이잖아? 왜 골프 볼이나 치고 앉아 있냐는 말이지. 좀 나가서 여자들하고도 어울리라고."

타이거는 비디오 게임, 심슨 대사 따라 하기, 수학 등 여러 가지에 능숙했다. 하지만 여자들과 관계를 만들어나가는 능력과는 거리가 멀었다. 유일하게 의미 있고 진심으로 사랑했던 한 여자와의 관계가 끝난 후에 새로 만나는 여자는 없었다. 골프 코스에서 가장 자신감 넘쳤던 사람은 춤출 줄 모르는 몸치인 데다가 말주변도 없었고, 여자들이 주변에 있으면 사교성이라곤 없어 보였다.

타이거는 부치에게 자신의 그런 상황들을 털어놓진 않았다. 그러나 2학년이 되고 나서 제이미 디아즈에게 여자 얘기를 하기 시작했다. 그 시기에 타이거는 제이미를 알고 지낸 지 7년 정도 되었다. 그리고 그 정도 시간이면 타이거가 솔직하게 얘기해도 되는 관계였다.

"난 계집애들 꾈 생각 없다고."

타이거가 제이미에게 단언했다.

조금은 오만하게 말했던 것 때문인지 여운이 오래 남았다. 제이미가 회상했다.

"그렇게 얘기했습니다. 여자들에게 매력적이지도 않았고, 여자들과 게임을 같이 하지 않은 데에 대한 보상심리였나 봅니다. 그렇게 농담으로 말했습니다."

제이미는 얼의 주변에서 오래 있었기 때문에 타이거가 자랄수록 그의 아버지가 말하는 걸 닮아가고 있음을 알아챘다.

"얼의 여자를 대하는 방식은 될 수 있는 한 집적거리고 그냥 떠나면 되는 거였죠."

제이미의 설명이었다.

타이거가 제이미와 여러 차례 나눴던 화제 중의 하나로 타이거의 유명세가 더 커지면서 더 많은 여성에게 드러났다는 점이다. 대회장, 식당, 공항 등 타이거가 가는 곳에는 여자들이 있었고, 타이거에게 적극적이진 않아도 그의 주변을 항상 얼씬거렸다. 대학생, 경쟁했던 선수의 여자친구, 유부녀 등 다양한 부류의 여자들이었다. 그녀들은 타이거와 사진을 함께 찍고 싶어 했고, 타이거의 사인을 갈구했다. 어떻게 해서든 타이거에게 손을 뻗어 타이거에게 손대 봤다고 말하고 싶어 했다. 어떤 컨트리클럽에선 빨간 매니큐어에 목과 손목엔 금으로 치장을 하고 손가락엔 보석 반지를 낀, 클럽에서 가장 아름다운 여성이 타이거에게서 시선을 떼지 못했다. 그의 나이대에서 그만큼 여자들로부터 관심을 끌어당긴 골프선수는 없었다.

"그렇게 애쓸 것까진 없잖아? 난 여자들하고 게임 안 해도 돼."

타이거가 제이미에게 말했다.

"그래도 조심하는 게 좋아."

제이미가 입안에서 혀로 볼을 부풀리며 타일렀다.

"걱정마세요. 저는 콘돔 두 겹으로 끼고 한다고요."

제이미는 고상한 척하는 스타일은 아니었다. 하지만 타이거가 점차 여성과 그의 남성성을 언급하는 태도가 빈번해지고 있는 걸 알아챘다. 그가 회상했다.

"타이거가 여자들 꾀는 이야기나 자신이 얼마나 대단한 남자인지를 자주 얘기했습니다. 그렇지만 그가 뭔가 한다는 것보다는 얘기하는 게 전부였습니다. 아마 그런 일들이 그에게 임박한 걸 알고 있었겠죠."

1996년 1월 어느 날, 생계를 이어가는 일에 애를 쓰느라 지쳐 있던 얼은 좁고 답답한 거실의 닳은 의자에 앉았다. 종이와 볼펜을 들고, 두 줄로 분류하여 써 내려갔다. 올해 타이거가 출전할 대회 목록 한 줄에, 다른 한 줄에는 그 대회 출전에 예상되는 비용을 적었다.

NCAA 결선(테네시주 차타누가)	1,710 달러
US 오픈(미시건주 디트로이트)	2,480 달러
노스이스트 아마추어(로드 아일랜드 럼포드)	1,230 달러
스코틀랜드 오픈(스코틀랜드)	5,850 달러
웨스턴 아마추어(미시건주 벤턴 하버)	2,970 달러

그렇게 작성하다 보니 열 개가 넘는 대회에 나가야 했고, 돈을 마련할 고민이 그에게는 엄청난 부담이었다. 타이거가 스탠퍼드에 1년 더 다닌다는 건 지루한 구경거리 이벤트, 아마추어 열차를 계속 달리게 하기 위해 클럽들을 꼬드겨서 돈을 모으는 일을 1년 더 해야 한다는 것이었다. 타이거가 프로 선언만 하면 이 지긋지긋한 고민을 할 필요가 없었다. 그 선언으로 그들은 현금 찍어내는 곳이 되는 셈이었다. 투어 우승, 유수 기업들과의 파트너십 체결, 용품 계약, 새 차 구입, 비행기 일등석, 담보 대출 상환, 신용카드 사용 대금에 걱정하지 않아도 된다는 것과 그런 이용요금 부담이 없다는 것 등은 모두 어떤 느낌일까? 이게 다가 아니지 않나? 쿨티다에게 집 사 줄 돈이 생기면 틱우드 스트리트에서 매일 반복되는 싸움에서 해방

될 것이다. 얼은 얼 마음대로 살고, 쿨티다는 다른 데서 쿨티다 마음대로 편하게 살 수 있을 것이다. 생활비에 대한 부담은 사라질 것이고, 아들을 위해서 일하는 억대 연봉의 근로자도 될 수 있을 것이다. 진정 무한한 가능성과 진로가 그의 앞에 놓여 있었다.

얼은 타이거의 의사결정에 있어 돈은 아무 의미 없었다고 주장했다. 1992년 『로스앤젤레스 타임스』 지와의 인터뷰에서 얼이 밝혔다.

"타이거에게 정식으로 프로 선수가 되라는 기대라던가 내재적인 부담은 전혀 없었다. 재정적인 부담 때문에, 혹은 아버지의 행복 때문에 타이거가 프로 전향을 고려하고 있는 건 절대로 아니다. 난 내가 알아서 다하고 있다."

하지만 얼은 63세이고, 그 나이가 되도록 떨쳐버리고 싶은 일이 딱 하나 있었다. 그것은 재정적인 안정이었다. 도움이 절실한 상황에서 전화기를 찾아들고 존 머천트에게 연락했다.

존 머천트도 골치 아픈 상황에 부닥쳐 있었다. 1996년 1월 24일, 코네티컷주는 그가 규정을 위반했다고 결론지었는데, 주된 혐의는 횡령이었다. 그는 주 청사에서의 지위를 남용해 USGA 대회 출장 비용을 업무로 처리한 것은 옳지 않았다고 통보했다. 벌금 1,000달러와 윤리 규범 위반에 대한 정지 명령을 받았다. 그리고 이와 관련된 내용이 코네티컷 주요 미디어의 헤드라인을 장식했다. 존은 자신의 유일한 과실은 USGA 이사회 자격으로 일한 시간은 자신의 휴가 시간을 이용했다는 서류를 제출하지 않은 것뿐이라고 주장했다. 이어서 벌금을 내고 판결을 내린 위원회에 한마디 남겼다.

"이거나 먹고 떨어지라고."

윤리위원회에서 수사가 진행되는 동안 존 머천트는 주 사무실 컴퓨터를 이용해서 골프 관련 업무를 처리한 부분을 인정했다. 일례로 그는 'US 아마추어 챔피언 타이거 우즈의 골프 클리닉 행사 주최자'로서의 역할에 대해서만 편지를 작성했다고 주장했다. 이에 대한 승인으로 인해 수사관에게 존의 컴퓨터 파일에 대한 소환

명령을 요구했다.

이런 일들이 있음에도 존은 얼을 도와서 타이거의 투어 스케줄을 소화할 수 있도록 자금 조달 요청 제안에 응했다. '타이거를 위해서라면'이라는 방침으로 존은 작업에 착수했다. 며칠 뒤 존은 얼에게 연락을 취해 돈줄에 대한 소식이 있다고 말했다. 존은 자신의 좋은 친구가 후견인이 되기로 했는데 아마추어로는 타이거의 확실한 마지막이 될 1년 동안을 재정적으로 원조하겠다고 밝혔다. 이 후견인은 NCAA의 선수와 학생 간의 금지 조항에 대해 잘 알고 있으며, 타이거의 가족이 대회 출전을 위해 필요한 여행 비용을 감당할 수 없다는 것도 익히 알고 있다고 했다. 그는 타이거를 지원하는 대신 한 가지 조건을 달았다. 돈의 출처를 밝히지 않는다는 점이다. 존 머천트만이 알 수 있고 타이거도 모르게 지원해야 한다는 말이었다.

존이 얼에게 조언했다.

"그러니까 올 한해 얼마나 필요한지 내게 알려만 주십시오."

2월 초에 존은 아래와 같은 내용의 손편지를 받았다.

1996년 1월 28일

존,

타이거가 올해 출전할 대회와 예상 비용을 정리해 봤습니다. 숙박은 일괄적으로 1박당 90달러로 정했습니다. 늦지 않게 받으시고 확인하셨으면 좋겠군요. 이사님을 만나서 드릴 말씀이 너무나 많습니다. 시간 되시면 연락 주십시오.

당신의 진실한 친구(제 생각이지만)

얼 우즈가

편지 안에 별도의 '1996 예산 계획'이라는 제목으로 문서가 더 있었고, 타이거가 출전할 11개 대회의 일정과 장소, 참가비용, 항공운임, 숙박, 식대 등을 정리했다. 총 27,170달러였다.

존은 자신의 '진실한 친구'에게서 돈을 받아 얼에게 전달했다. 몇 주 걸리지 않아 거래가 이뤄졌다. 존이 얼에게 말했다.

"제 지인이 돈을 줬다고 할 것이고, 제가 얼에게 전달한 겁니다. 그리고 타이거는 대회에 나가는 겁니다."

USGA는 존이 타이거의 가족과 금전적인 거래를 하는 부분에 대해 문제 삼으려 하지 않았다. 하지만 코네티컷주에서 그에 대한 논란이 불거지면서 묵인하기가 어려워졌다. 분위기가 너무 안 좋게 되면서 주지사 존 롤런드(John Rowland)마저 문제 삼기 시작했다. 존 머천트가 의도적으로 공공의 신념을 저버렸다고 고소했고, 형사 처벌도 마다하지 않을 거라는 공표 서한을 작성했다. 존 머천트에게 불거진 대부분의 문제는 타이거 부자와의 관계 때문이었지만, 존에게는 다른 그 어느 관계보다 큰 의미가 있었다. 법적으로나 재정적인 문제에 관해서 존은 얼이 따르는 사람이 됐다. 타이거가 아마추어 세계를 주름잡다시피 하는 가운데 존은 타이거 가족에게서 없어서는 안 되는 조언자이며, 해결사의 존재임은 틀림없었다. 이는 그의 자존심을 더 굳세게 하고 쉽게 건드릴 수 없는 사람으로 만들어 줄 수 있는 것이었다. 그래서 주지사가 존에게 퇴진을 권하는 전화를 걸었지만 항명했다.

"그 어떤 놈도 내게 뭐라 할 자격 없다고! 나하고 얘기하는 건 좋지만 나한테 이래라저래라하지 말라고."

2015년 존이 겪었던 이야기를 공개했다.

코네티컷주 청사의 돌아가는 분위기를 지켜보던 USGA는 비슷한 상황으로 존 머천트와 엮이고 싶지 않았다. USGA는 이사회에서 최초이자 유일한 흑인이었던 임원을 몰아내고, 미국 소외계층 골프 재단을 출범하는 데에 지원하도록 했으며, 해당 재단의 사무총장 자리를 제안했다.

얼은 존이 소외계층 골프의 책임자가 됐다는 점을 반겼다. 둘이 함께하면 뭔가 골프계에 심각한 타격을 입힐 수 있을 것이라 여겼다. 한편 1996년 2월, 존이 타이거를 위해서 돈을 긁어모으는 동안 얼의 우선순위는 다른 데에 있었다. 얼이 존에게 전화를 걸었다.

"그래서 말입니다. 타이거가 앞으로 뭘 어떻게 할지는 모르겠습니다만, 만일 타이거가 프로로 전향할 경우 미리 준비되어 있으면 좋겠습니다."

준비되어 있으면 좋겠다. 이 말인즉 존은 이제 더 코네티컷주 청사, USGA 그리고 다른 것들에 대해 걱정할 필요가 없어졌다는 것이었다. 타이거 우즈의 전담 변호사가 된다는 뜻이었다. 그 사이 존은 타이거가 프로 전향하는 데 초석을 다지는 것으로 얼과 합의에 이르렀다. 얼이 존을 변호인으로 고용하는 비용은 댈 수 없다는 건 모두 알고 있었다. 대신 타이거가 나중에 프로 선수가 되고 나서 PGA 투어에 진출하면 그때 가서 보상받기로 약속했다. 어쨌든 타이거가 프로를 선언하기까지 많은 일이 정리되어야 한다. 에이전트와의 계약, 재무 설계와의 계획 수립, 부동산을 관리해 줄 변호사도 필요할 것이다. 거래할 때 협상할 사람도 필요할 것이고, 계약할 때 사인도 해야 하고, 집도 사야 할 것이다. 두 채를 사야 할 것이다. 타이거에게 하나, 쿨티다에게 하나.

얼이 스스로 계획하고 관리하기에는 너무나 벅찬 일들이다. 얼은 그러한 일련의 과정에서 타이거를 위해 법적 · 재정적으로 전문가답게 안내할 능력이 없다. 그리고 스포츠 에이전트인 휴스 노턴이 타이거를 이용하지 않게 하는 것이 가장 큰 숙제였다. 휴스 노턴은 수백만 달러의 거래를 쥐락펴락하는 게 일상인 데다가 수년간 타이거와 얼에게 구애 공세를 펼쳤다. IMG와 휴스가 '재능 투자' 명목으로 수만 달러를 타이거 가족에게 쏟아부었다는 사실을 얼은 존에게 밝히지 않았다. 하지만 때가 오면 휴스 노턴은 타이거의 에이전트가 될 것이라고 존에게 말했다.

얼이 존에게 얘기했다.

"일단 휴스와 먼저 대화하시죠. 거기서부터 시작합시다."

존은 휴스에게 직접 만나서 이야기를 나누자고 연락을 취했다. 휴스는 존을 만난 적이 없지만 존은 자신이 얼의 변호사이며 타이거가 프로로 전향하는 과정을 도와주고 있다고 설명했다. 일단 둘은 만나기로 했고, 전화를 끊기 전에 존이 휴스에게 한 가지 질문을 했다.

"잘 몰라서 그러는데, 타이거 가족의 경우 수수료는 얼마 정도 챙깁니까?"

휴스는 존이 이 바닥 물정을 잘 모른다는 것을 바로 알아챘다.

"보통 25퍼센트로 책정합니다."

"휴스, 그렇다면 우리 만날 필요가 없겠군요."

"뭐죠? 왜 그러십니까?"

"한 가지만 말씀드리죠. 당신도 나를 모르고 나도 당신을 모릅니다. 하지만 링컨 대통령이 노예를 해방했다는 건 당신도 알고 있죠? 나는 당신이 그런 터무니없는 조건으로 타이거를 노예로 만들게 그냥 둘 순 없습니다."

휴스가 고민에 빠졌다.

"글쎄요, 존 생각으론 얼마 정도 염두에 두셨는지요?"

"뭐, 그렇게 진지하게 살펴보진 않았지만, 5퍼센트 정도면 적절하다고 봅니다."

그런 과정으로 주거니 받거니 한 후, IMG는 에이전트에게 돌아가는 업계 표준인 20퍼센트보다 더 낮은 조건으로 스폰서십 계약에 동의했다. 이는 곧 얼이 타이거의 에이전트로 점친 사람과 타이거의 변호사로 선택한 이들의 충돌 서막인 셈이다.

1996년 봄, 타이거 우즈는 테네시주 차타누가 외곽의 아너스 코스 클럽에 등장했다. NCAA 챔피언십이 열리는 곳이었다. 타이거는 올해 미국 내 최고의 대학 선수에게 수여하는 잭 니클라우스상의 주인공으로 확정된 사실을 이미 알고 있었다. 타이거의 아우라는 시가를 피우고 햇볕에 그을린 버르장머리 없는 이들로 짜인 애리조나주 팀을 압도했다. 대회 입장권은 15,000장의 기록적인 판매로 팔려나갔고, 취재 출입증도 225장이나 발급됐다. 타이거가 1학년이었던 작년의 80장 기록을 훨씬 뛰어넘는 것이었다. 갤러리나 취재 관계자들 모두 오직 하나만 보기 위해서 그곳에 갔다. 분명한 건 그들이 애리조나 주립대 선수들을 보러 간 것은 결코 아니었다.

타이거는 역시 타이거였다. 50년 넘는 스탠퍼드 골프 역사에서 최초의 NCAA 챔피언십 트로피 한을 풀었다. 또한 2학년 선수로 눈에 띄는 기록을 작성했다.

- Pac-10 챔피언십에서 1라운드부터 11언더 61타로 시작해 우승.
- NCAA 서부 지역 우승.
- NCAA 챔피언십 2라운드 5언더 67타로 단일 라운드 코스 기록 작성, 대회는 3언더로 우승.
- 대학 골프 전체 평균타수 최소타 기록과 더불어 롤렉스/니클라우스 개인 랭킹 1위로 시즌 종료.

앞날이 보장되지 않은 팔로알토에서의 삶을 사랑했던 타이거였기에 골프에 있어서 이제는 학교에 남아서 보여줄 게 더 없다고 판단했다. 타이거는 미국 대학 선수 중 독보적으로 우수한 골퍼였다. 경제학 전공의 학위를 받으려면 아직 2년의 세월이 더 필요했지만, 그는 실리콘 밸리의 사장들도 부러워할 정도의 재산이 머지않았음을 인지하고 있었다. 과연 그가 무슨 생각을 하고 있는지 기자들이 모르길 바랐고, 기자들에게 할 이야기는 그의 아버지에게 맡기면 되는 것이었다.

얼이 NCAA 챔피언십을 앞두고 『SI』 지와 이야기했던 내용이다.

"아마 신문부터 월간지까지 불이 나게 팔릴 겁니다. 하지만 제가 결정할 일은 아닙니다. 타이거 스스로 결정할 일입니다. 하지만 아들이 프로가 되겠다고 결정한다면 합당한 논리로 나에게도 그 결정에 대해 상의할 겁니다. 나 또한 내 아들을 위해 최선을 다할 것은 분명합니다. 여섯 달 동안 내 연설을 연습하고 연습했습니다.

모든 합당한 근거, 정당한 논리, 의혹들에 대해서는 내가 다 알아서 할 겁니다. 타이거가 여전히 프로가 되겠다고 한다면 나는 100퍼센트 그의 결정을 지지합니다."

물론 얼은 자신이 해야 할 일에 대해서도 최선을 다하고 있었다. 헛소리를 지껄이는 일이었다. 그 결정은 오래전에 이미 정해져 있었고, 얼은 타이거가 프로가 된다는 사실에 안심하고 매우 기뻐했다. 한편 타이거의 걱정거리 중 하나는 부모님께 어떤 보답을 해드리느냐였다. 답을 찾기 위해 타이거는 존 머천트에게 연락했다.

"어머니에게 그리고 아버지에게 얼마씩 드리면 좋은지 제안했습니다. 어머니께는 10만 달러와 무제한 신용카드를 드리면 좋겠습니다. 그리고 아버지께는 어머니보다는 두 배 드려야 하지 않겠습니까? 그러니까 어머니께 10만 달러를 드린다면, 아버지께는 20만 달러를 드리면 좋겠습니다."

짐 리스월드(Jim Riswold)는 어릴 때부터 스포츠 광팬이었다. 야구선수 카드를 모으면서 자랐다. 그에게 중요한 것은 카드 앞면의 사진이나 뒷면의 선수 기록이 아닌, 작은 만화가 있는 부분이었다. 그 만화는 선수의 개인적인 부분을 내포하는 경우가 많았다. 예를 들어 테드 윌리엄스(Ted Williams)는 2차 대전과 한국 전쟁 등 두 번의 전투에서 전투기 조종사였다. 짐이 나중에 알게 된 사실은 테드의 전투기 조종사 신분은 광고업계에서 다른 야구선수들과 경쟁력 있는 '독특한 판매 전략'이었다.

대학을 졸업하고 짐 리스월드는 위든 케네디라는 회사에 들어갔다. 오리건주 포틀랜드에 있는 규모가 작은 광고회사였다. 짐은 직원 여덟 명 중의 한 명이었다. 그렇지만 나이키가 광고주였다. 짐은 입사하고 곧바로 나이키 담당이 됐다. 정확하게는 광고주에서 제작하는 보 잭슨(Bo Jackson)의 크로스 트레이닝 신발에 대한 광고 제작을 맡았다. 짐에게는 대중문화와 광고 이론을 적절히 섞을 줄 아는 자신의 능력을 선보일 좋은 기회였다. 보 잭슨은 프로 미식축구인 NFL과 야구인 MLB 두 종목을 아우르는 능력의 선수였다. 짐은 '보는 알고 있다'라는 문구를 먼저 만들었다. 그리고 광고 구성을 했다. 먼저 유명 야구선수 커크 깁슨(Kirk Gibson)이 나와 "보는 야구를 알고 있다."고 말하고, 이어 유명 미식축구 선수인 짐 에버렛(Jim Everett)이 나와서는 "보는 미식축구를 알고 있다."고 말한 뒤 블루스 음악의 전설 보 디들리(Bo Diddley)가 나와서 "보, 너는 아무것도 모른다." 하면서 끝나는 것이었다. 이 광고와 함께 보 잭슨이 출연한 '보는 알고 있다' 시리즈 광고들로 인해, 보 잭슨은 TV 광고에 출연하는 운동선수 중 가장 설득력 있다는 평가를 받았다.(1990년 뉴욕 광고 연구회사가 실시한 설문조사)

나이키 설립자이자 CEO인 필 나이트는 짐 리스월드가 비범한 인물이라는 것을 곧바로 알아차렸다. 1992년 짐은 '인스턴트 카르마' 나이키 광고를 제작했는데, 같은 제목으로 음악 차트 1위에 올랐던 존 레넌(John Lennon)의 노래에서 영감을 얻었다. 그다음으로 마이클 조던 광고를 제작하는 일을 하게 됐다. 영화와 음악에 대해서는 질릴 줄 모르는 소비자였던 터라 짐은 스파이크 리(Spike Lee) 감독 주연의 〈당신보다 그것이 좋아(She's gotta have it)〉를 떠올렸다. 그 영화에 대해 짐은 문화적으로 중요한 의미가 있다고 생각했다. 그래서 짐은 마이클 조던과 스파이크 리 조합을 만들어냈다. 마이클 조던은 광고 모델로, 스파이크 리는 영화 속 인물인 마스 블랙몬 역할 그대로 정했다. 기본적으로 마스 블랙몬은 마이클 조던 신발을 너무나 사랑해서 평소에도 신발을 잘 벗지 않고, 심지어 여자와의 동침 중에도 신을 신고 있는 것으로 초안을 만들었다.

1996년 짐 리스월드는 광고업계에서 인정받는 마이다스가 됐고, 나이키가 스타 선수 광고를 제작할 때 꼭 찾는 인물이 됐다. 같은 해 7월 나이키의 고위 간부인 조 모세스(Joe Moses)가 짐에게 전화를 걸었다. 조는 인사도 생략하고 본론부터 말했다.

"그 선수 곧 프로 전향할 거야. 세상을 발칵 뒤집을 사람이라고."

짐은 조가 누구를 말하는지 정확히 알고 있었고, 뭘 해야 할지도 잘 알고 있었다. 타이거 우즈를 세상에 알릴 나이키 광고 제작이 시급했다. 이후로 몇 주 동안 짐은 필 나이트를 비롯한 나이키 관계자들을 직접 만났다. 모든 기획이 암암리에 진행됐다. 처음에는 새로 촬영하는 작업 없이 현재 나와 있는 영상만 사용해서 광고를 제작하기로 했다. 광고 구성의 총 책임자는 짐이었다. 짐은 골프의 로 핸디캐퍼이기도 하지만, 한편으로는 골프가 참 지루한 게임이라는 생각도 가득했다. 광고를 통해서 타이거가 골프의 새로운 장을 열 것이며, 근본을 바꿀 것이라는 메시지가 필요했다.

짐은 매일 아침 6시마다 동네 산책을 나가곤 했다. 포틀랜드 남부 지역, 나무가 즐비한 동네는 마치 세상과 단절된 곳 같았다. 7월 말 어느 아침, 문득 한 문장이 떠올랐다. '나는 상징하는 게 아니야! 음, 이건 아니야. 너무 상투적이잖아.' 그러고는 또 몇 마디 테마가 떠올랐다. 집에 도착하자마자 짐은 그 아이디어를 적어 뒀다. 영상들과 그에 덧붙일 말을 생각하면서 짐은 뭔가 획기적인 것을 떠올렸다.

US 아마추어 챔피언십 출전을 위해 오리건주 포틀랜드로 가기 전에 타이거는 가을 학기에 스탠퍼드로 돌아갈 거라고 감독에게 말했다. 하지만 타이거는 US 아마추어 출전 이후 프로 선언을 위한 만반의 준비가 되어 있었다. 존 머천트와 휴스 노턴은 IMG와 타이거 우즈와의 500만 달러 계약에 따른 수수료 비율을 맞췄다. IMG는 이 계약에서 큰 보험을 얻은 셈이다. 나이키는 지면 광고와 영상 광고를 미리 제작해 터뜨릴 준비를 다 해 놓았다. 신발과 스포츠의류계의 거인인 나이키는 타이거 우즈를 프로 첫 대회 장소인 밀워키로 데려가기 위해 개인 비행기까지 대기시켰다. 제이미 디아즈와 존 스트리지를 비롯해 타이거 우즈네와 돈독한 몇몇 기자들에게는 이미 준비가 끝났고, 타이거 우즈가 US 아마추어 이후에 곧바로 프로 선언을 할 것이라고 몇 주 전에 미리 전달했다. 하지만 얼을 거치지 않고 타이거 우즈의 프로 선언과 관련된 이야기 한마디라도 새나간다면 '우즈 교단'으로부터 영원히 제명될 것이라는 협박도 받았다.

존 스트리지가 나중에 밝힌 내용이다.

"얼이 그랬습니다. 그가 쓰라고 하기 전까지는 절대로 쓰지 말라고 말입니다. 그래서 우리는 이 폭발적인 이야기를 앞두고 가만히 있었습니다. 아무것도 할 수 없었어요. 진짜 당혹스러웠습니다."

8월 중순, 타이거 우즈가 포틀랜드 북서부의 펌프킨 리지 골프클럽에 으스대며 나타났을 때 이미 많은 이들이 골프라는 스포츠를 관심 있게 지켜보기 시작했고, 거기에 케빈 코스트너(Kevin Costner)가 그 열기를 더했다. 영화 〈틴 컵(Tin Cup)〉은 당시 미국 최고의 영화였다. 천재적인 골퍼에 대한 역경의 드라마가 그 내용인데, 밝은 미래가 있었지만, 반항적인 성격과 불량한 태도로 인해 고난을 겪는 내용이었다. 어릴 적부터 바른 이미지를 갈고 닦은 타이거 우즈의 그것과는 대조적이었다. US 아마추어 대회 때 타이거 주변에 있었던 이들을 보고 있노라면, 스탠퍼드에서의 타이거의 3, 4학년은 거의 없는 듯한 분위기가 만들어졌다. 타이거의 부모님 옆에는 스포츠 심리학의 제이 브룬자 박사, 개인 변호사인 존 머천트, 곧 에이전트가 될 휴스 노턴, 스윙코치 부치 하먼 등 영향력 있는 인물들이 있었다. 타이거의 미래 파트너 기업의 대표이사들, 나이키의 필 타이트, 타이틀리스트의 월리 율라인(Wally Uihlein)도 코앞에 있었다. 그래도 여전히 『뉴욕 타임스』의 머리기사는 이러했다. '타이거에게 묻는다. 프로를 선언할 시기인가?'

타이거는 한편 자신의 앞날에 대해 그다지 걱정하지 않았다. 주말이 지나면 투어프로 골프선수가 될 것이고, 돈방석에 앉을 것이다. 그런데 아직 한 가지 미완의 일이 남아 있었다. US 아마추어 3년 연속 제패한 기록이 없었다. 역사상 가장 위대한 아마추어라 불리는 바비 존스(Bobby Jones)는 US 아마추어를 2년 연속 우승한 바 있지만, 3년 연속 기록은 누구도 깨지 못했다. 타이거는 그의 아마추어 경력에서 바비 존스의 기록을 넘어서면서 누구도 범접하기 힘든 업적으로 느낌표 찍기를 원했다. 이것이 그가 판단하기에 다음 단계로 올라서기 전, 더할 나위 없이 현재의 마침표를 찍는 것이라 여겼다.

대회 초반 몇 라운드 동안 타이거는 경쟁 선수를 상대하는 것보다 그의 미래에 대한 질문을 회피하기에 급급했다. 펌프킨 리지에서의 매치플레이 셋째 날, ABC 월드 뉴스 기자인 캐럴 린(Carol Lin)과 어쩔 수 없이 맞닥뜨렸다. 타이거는 자신의 앞날에 대해 말할 기분이 아니었다.

"학교에 계속 다니는 게 좋습니다. 아쉽게도 사람들이 원하는 답은 아닌 듯합니다. 당신 같은 방송인이나 언론인들이 듣고 싶어 하는 얘기는 아닐 겁니다."

타이거가 캐럴에게 선을 그으면서 답했다.

"우리가 듣고 싶어 하는 말은 뭐라고 생각하십니까?"

캐럴이 되물었다.

"당신들은 내일 제가 프로 선언하길 듣고 싶어 하지 않나요? 그렇지만 그건 중요하지 않습니다. 중요한 건 제 행복입니다."

그날 오후, 타이거는 익숙한 상대를 만났다. 스탠퍼드팀 동료인 조엘 크라이블(Joel Kribel)이었다. 그해 대회에 출전할 때마다 같은 방을 쓰면서 조엘은 타이거를 친구처럼 대했다. 하지만 타이거는 경쟁에서 만나면 친구나 우정은 안중에도 없었다. 대결하는 동안 타이거는 조엘에게 거의 말을 걸지도 않은 채 꺾고서 결승에 올랐다.

검은 선글라스를 쓰고 흰색 모자 위에 나이키 로고가 그려진 밴드를 두른 필 나이트가 현장에서 경기를 관전하고 있었다. 캐럴 린이 그를 찾아내서는 타이거 우즈의 프로 선언에 관한 인터뷰를 했다.

"타이거가 학교를 계속 다니면 어떤 손해라도 있나요?"

캐럴이 질문했다.

필이 씨익 웃으며 답했다.

"수백만 달러요."

챔피언십 매치가 결정됐다. 타이거의 상대는 스티브 스콧(Steve Scott). 플로리다대학에서 2학년이 된 19살의 떠오르는 별이었다. 타이거는 그를 잘 알지도 못했다. 그전 해 뉴포트에서의 US 아마추어에서 그는 8강에서 탈락했고, 6월에 있었던 NCAA에서 톱10 성적을 기록했다.

그렇지만 스티브 스콧의 가장 두드러졌던 점은 19살의 캐디인 크리스티 허멜(Kristi Hommel)이었다. 금발의 긴 머리를 단정하게 묶은 그녀 또한 운동선수였다. 크리스티는 플로리다 서던의 골프팀 선수였고, 고등학교 시절 골프 연습 후 주차장에서 처음 만나 사귀게 된 스티브의 여자친구였다. 스티브가 다섯 차례의 매치플레이를 펌프킨 리지에서 치르는 동안 크리스티는 대회의 아이돌로 떠올랐다. 그녀가 골프 백을 다루고, 남자친구를 응원하고, 또 남자친구의 상대 선수에 대한 스포츠맨십을 선보이는 모습에 주관 방송사인 NBC 관계자들부터 대회장을 찾은 팬들까지 모두 그녀에게 빠져들었다.

하지만 일요일 아침, 타이거 우즈가 1번 홀 티에 나타나면서 좋기만 한 분위기는 순식간에 사라졌다. 타이거의 경기를 지켜보려고 나온 갤러리가 12겹이나 됐다. 어마어마한 인파가 페어웨이를 둘러쌌다. 위치할로 코스에 입장한 갤러리는 만 오천 명이 넘었다. 쿨티다가 놀라움에 감탄하며 말했다.

“이 사람들이 타이거를 보기 위해 왔다고?”

이 대회는 마치 골프 대회라기보다 하나의 대관식 같았고, 스티브와 크리스티는 마치 그런 세상을 상대하는 분위기였다. 그런 분위기의 오전 경기에서 그래도 버디를 여섯 개나 기록했다.

타이거가 중요한 샷들을 선보일 때마다 스티브는 굿샷이라며 치켜세웠다.

타이거는 눈도 한 번 안 마주치면서 그냥 고맙다고만 했다. 스티브가 결정적인 샷을 할 땐 타이거는 아무 말 하지 않았고 고개 한 번 까딱하지 않았다.

나중에 크리스티가 떠올리며 말했다.

“스티브한테 단 한 번도 굿샷이라고 하지 않았습니다. 어쨌든 간에 상관없었습니다. 그 사람을, 아버지가 그 사람을 뭐라고 불렀다고요? 고도로 훈련된 암살자요?”

총 36홀 중에 18홀이 끝났고, 타이거는 화가 나 있었다. 스티브에게 다섯 홀 차이로 끌려가고 있었다. 갤러리는 할 말을 잃은 듯한 표정이었으며, NBC 사람들 또한 믿지 못하는 광경이었다. 골프 기자들은 머리를 연신 긁적였다. 타이거는 이 자리에 오기까지 연속으로 서른 번이나 상대를 제패했다. 그리고 순식간에 타이거가 질 수도 있는 분위기였다.

오후 18홀이 시작되기 전, 90분의 휴식시간 동안 타이거는 자신에게 욕을 쏟아냈다. 이어서 마음을 추스르고 부치 하먼에게 조언을 요청했다. 부치는 타이거의 자세에 약간 손을 봐 줬고, 제이 브룬자는 타이거가 다시 집중할 수 있게 도왔다.

한편 스티브와 크리스티의 휴식시간은 데이트 분위기였다. 기념품 텐트에 들러 기념품과 티셔츠와 모자 같은 것을 샀고, 그 주간의 추억을 간직하는 모습이었다. 타이거와는 대조적으로 스티브는 휴식시간에 연습할 필요성을 느끼지 못했다. 그의 계획이 예상대로 진행되어 바꿀 필요가 없었다. 다만 타이거가 달려들 것도 예상했다. 언제일지 몰랐을 뿐.

타이거는 결승전 오후 경기에 옷을 바꿔 입고 나타났다. 흰색 신발, 갈색 주름바지, 빨간색 상의에 검은색 모자를 썼다. 타이거는 처음 다섯 개 홀에서 세 홀을 가져갔고, 전반이 끝나자 한 홀 차이가 됐다.

뭔가 분위기를 바꾸지 않으면 제압당할 것을 느낀 스티브는 다음 홀인 194야드 파 3 홀에서 훌륭한 한 타를 선보였다. 그린 주변 깊은 러프에 볼이 빠져 있었는데, 깃대까지 내리막 경사에서 플롭샷을 감각적으로 구사했다. 볼은 홀 바닥을 때렸고, 스티브는 껑충껑충 뛰면서 어퍼컷 세리머니를 했다. 다시 스티브가 두 홀 차로 앞섰다.

하지만 얼마 가지 않아 타이거는 다음 홀에서 보기 힘든 퍼트를 성공시켰다. 35피트 이글 퍼트 볼이 홀 안으로 사라졌다. 스티브가 버디로 응수했고, 한 홀 차로 좁혀지자 갤러리의 응원 열기가 다시 달아올랐다. 역사적인 순간이 다가오는 듯했다. 구름 갤러리, 방송국, 나이키, IMG 모두 그 순간을 기다렸다.

크리스티가 차후에 했던 말이다.

"타이거 우즈는 골프 기계예요. 골프선수가 아니었어요. 저희 둘이 기계를 상대하는 듯했습니다."

펌프킨 리지의 위치 할로 코스 16번 홀은 432야드의 파 4홀이다. 그린 주변 벙커에서 스티브의 세 번째 샷 한 볼은 홀에서 10피트 거리에서 멈췄다. 타이거로선 세 홀 남기고 두 홀 차이로 스티브가 앞서 있는 것이다. 스티브보다 50야드 정도 멀리 보내서 웨지 샷으로 스핀까지 걸리며 홀에서 6피트 정도 거리를 남겨놓았다. 그리고 타이거의 볼이 스티브의 퍼트라인 선에 있었다. 타이거는 자신의 볼 마커를 볼 뒤에 뒀고, 볼을 집어 들었다. 스티브가 타이거에게 마커를 옮겨 달라 요청하였다. 스티브는 16번 홀을 먼저 파로 마쳤고, 타이거는 남은 버디퍼트를 홀에 넣어야 하는 상황이었다.

스티브는 그린 밖으로 걸어 나가서는 타이거의 플레이를 지켜보고 있었는데, 볼을 마커 앞에 놓고 있었다. 어쩌다가 보기 드물게 집중력을 잃었던 타이거는, 그의 볼 마커를 되돌려놓는 것을 잊고 있었다. 잘못된 곳에서 퍼트를 진행할 찰나였다. 매치플레이 방식의 경기 중에 잘못된 곳에서 플레이할 경우 그 홀은 패하게 된다. 타이거가 엄청난 실수를 범하려는 순간, 스티브는 스코틀랜드의 골프 선조들이 자랑스러워할 몇 마디를 타이거에게 건넸다.

"타이거, 마크 다시 제자리로 돌려놨어요?"

타이거는 즉시 멈췄고, 스탠스를 풀면서 마크를 원래 위치로 되돌려놨다. 역사적인 순간이었다. 스티브가 아무 말 하지 않고 타이거의 잘못된 위치에서의 퍼트를 방치했다면, 96번째 US 아마추어 챔피언의 향방은 바로 그 순간 바뀔 수도 있었다. 두 홀 남겨놓고 스티브가 세 홀 앞설 수도 있었다. 하지만 스티브는 자신의 클럽으로 이기고 싶었을 뿐, 절차상의 문제로 이기는 것은 원치 않았다.

다음 홀로 가면서 스티브의 행동에 대해 타이거는 감사해하지 않았다. 고맙다는 말조차 하지 않았고 그냥 한마디도 하지 않았다.

스티브와 크리스티에게는 타이거의 그러한 행동이 냉정하고 무정해 보였다. 하지만 타이거가 친구를 만들고 친절하게 보이려고 나온 것도 절대 아니었다. 타이거는 이미 정신적으로, 스티브를 반드시 꺾을 것이라는 확신으로 결승전에 임했다. 그리고 타이거의 그 전략은 스티브의 자신감을 조금씩 흔들기 시작했다. 타이거가 17번 홀에서 회심의 버디를 성공시키면서 결국엔 무승부로 36홀이 끝났고 연장전에 들어갔다. 그리고 스티브는 결국 무너지고 말았다. 연장 두 번째 홀, 스티브의 8피트 거리 파 퍼트한 볼이 홀을 돌아 나왔고 이를 타이거가 지켜보고 있었다. 그러고는 크리스티와 스티브가 눈물을 삼키는 동안 타이거는 침착하게 챔피언십 퍼트를 홀 컵 바닥에 떨어뜨렸고, US 아마추어 챔피언십 3년 연속 우승이 이뤄졌다. 두 손을 번쩍 들고 자축하자마자 그의 어머니가 다가와서 껴안고 타이거의 볼에 입을 맞췄다. 그녀의 포옹은 3초 정도였다. 그러고는 얼이 다가와 타이거를 얼싸안고는 흐느끼기 시작했다. TV 중계 카메라가 가까이 접근했고 부자간의 포옹은 32초간 미국 전역으로 송출되는 방송국의 전파를 탔다. 전국구 방송국에서의 32초는 정말 오랜 시간이었다. 쿨티다는 그야말로 포옹한 부자의 주위를 맴돌았다. 이 장면을 NBC의 붐 마이크가 얼의 흐느끼고 훌쩍이는 소리와 함께 TV 전파에 담았다.

스티브는 타이거에게 우승을 축하하기 위해 오랫동안 기다리고 있었다. 결국 타이거는 서두르며 NBC의 로저 말트비(Roger Maltbie) 앞에서 스티브의 손을 잡아 악수했고, 로저 말트비가 인터뷰를 시작했다.

"타이거, 골프의 역사적인 순간입니다. 진정 까다로운 승부였죠?"

"아아, 그렇습니다." 타이거가 답했다. "아침에 시작이 형편없었습니다. 도무지 감을 찾을 수가 없었습니다. 그러고는 오후에 제가 뭘 해야 할지 알았습니다. 예전에도 이런 적이 있었으니까요. 그냥 나가서 예전처럼 하면 되는 거였습니다. 중요한 퍼트가 필요한 순간이었을 텐데 끝까지 안 들어가더군요. 온종일 거친 싸움뿐이었습니다."

로저는 스티브에게 인터뷰를 이어 갔고, 스티브는 타이거의 우승을 축하했다. 스티브가 말하는 동안 타이거는 스티브에게 눈길 한 번 주지 않았고, 미소조차 보이지 않았다.

시상식 중에도 타이거는 포틀랜드 사람들에게 감사 인사를 남겼지만, 스티브에 대해서는 한마디도 하지 않았다. 오로지 자신의 이야기만 이어 갔다. 아마도 정신이 다른 곳에 쏠려 있었는지 모르지만 어쨌든 타이거는 전무후무한 US 아마추어 3년 연속 우승을 달성했다.

그렇지만 우승을 만끽할 새도 없이 로저는 여러 다른 사람들처럼 미래를 내다보고 있었다.

"음, 타이거, 질문 하나 해야겠어요. 오늘의 이 업적이 타이거가 프로를 선언하거나 학교에 남아 있을지에 대한 기분에 어떤 영향을 줄 수 있나요?"

타이거가 답했다.

"지금은 정말 아무것도 모릅니다. 한 가지만 말씀드릴게요. 오늘 밤엔 그냥 내일은 없다는 마음으로 자축할 예정입니다."

타이거는 팔로알토 집에 와서 스탠퍼드팀 월리 굿윈 감독에게 전화했다. 타이거의 안부를 잘라내고 월리가 말했다.

"타이거, 왜 전화했는지 알아. 더 말할 필요 없어."

타이거는 말을 잇지 못했다. 무언의 뭔가가 있었지만 명확했다. 타이거는 스탠퍼드에 더 있을 의미가 없었다.

"잘 되길 바란다."

월리가 말했다.

"고맙습니다, 감독님. 곧 뵐 일 있겠죠?"

타이거가 인사했다.

돌연 작별하는 그의 방식은 바뀐 적이 없었다. 팀 주장인 에리 크럼(Eri Crum)

에게 따로 작별인사를 남기지 않았다.

"타이거에게서 진짜 비호감이었던 점입니다. 그냥 사라졌습니다. 여러분, 저 앞으로 이렇게 할 예정입니다. 여러분과의 시간은 진정 즐거웠습니다. 행운을 빌게요. 이런 말 한마디 없이 그냥 떠나더라고요."

에리가 말했다.

에리는 타이거를 좋아했고, 훌륭한 팀 동료라고 항상 아꼈지만, 타이거는 에리와 조금 거리를 두고 지냈다. 나중에 에리가 밝혔던 이야기이다.

"우리 모두 타이거의 골프 감각을 부러워해서 그와 가깝게 지내고 싶어 했습니다. 그렇지만 그렇게 깊은 우정까지는 도달하지 못했던 것 같습니다. 타이거는 친해지기 어려운 친구였습니다. 그렇게 골프를 잘하는 선수가 아니었다면, 그다지 친해지고 싶은 사람은 아니었을 겁니다."

타이거가 그렇게 감정에 무르고 다른 이들과의 친분에 서툴렀던 원인은 그의 어머니에게서 찾을 수 있었다.

"나는 외로웠고, 타이거도 그랬다. 싫어하는 사람한테 시간을 허비하기 싫었다. 그래서 가까운 친구가 별로 없었던 것 같다. 나는 독선적이고 의지가 강하다. 그렇게 나는 살아남았다."

쿨티다는 그러한 태도를 골프 코스에서 분출했다. 타이거가 골프에서 상대방을 대할 때 '끝내버려라.' 또는 '심장을 도려내!' 식으로 말했다. 라이언 아머(Ryan Armour), 트립 퀴니, 스티브 스콧, 이런 선수들을 상대하면서 그야말로 영혼을 털어버리는 역전으로 그 훌륭했던 선수들이 PGA 투어로 가기 위한 포부를 꺾어 버렸다고 할 수 있다. 타이거를 만났던 선수들은 그들 나름대로 최선을 다했고, 또 재능도 있었지만, 그들 모두 PGA 투어에서 두각을 나타내지 못했다.

스티브 스콧은 그 뒤로 플로리다 대학 선수로 '미국의 출중한 골프선수' 타이틀을 세 차례나 받았다. 1999년에는 미국에서 아마추어 랭킹 1위였다. 같은 해에 스티브는 프로를 선언했고 크리스티와 백년가약을 맺었다. 결혼식은 그들의 고향인 플로리다주 코럴 스프링스의 TPC 이글 트레이스에서 열렸다. 서로 맹세를 주고받을 때 눈물을 흘렸는데, 스티브는 크리스티와의 결혼이 그의 인생에서 가장 현명한 결정이었다고 회고했다.

5년 뒤 스티브는 또 하나의 중요한 결단을 내렸다. 캐나다 투어와 네이션와이드 투어(PGA투어의 2부 격)를 접고 두 아이의 양육에 전념하겠다고 선언한 것이다. 투어프로 신분을 포기하고 뉴욕시에서 멀지 않은 파라마운트 컨트리클럽의 헤드프로가 되면서 교습에 전념하기로 했다. 그리고 2017년 스티브와 크리스티는 결혼 18주년을 자축했다.

스티브와 크리스티의 관계는 US아마추어에서 타이거와의 역사적인 대결로 인해 돈독해졌다. 2016년은 그 대결이 있은 지 20년이 되는 해였다. 그들은 아이들을 펌프킨 리지에 데려가서 화제의 대결 무대를 보여주고 그 시절을 추억했다. 스티브가 기념비적인 플롭샷을 했던 10번 홀에서 가족사진도 찍었다.

스티브 가족의 방문과 연계해 『GOLF』 월간지는 타이거와 스티브의 대결을 기념하는 영상을 제작했다. 그 영상에서 타이거는 당시 볼 마커 위치를 바꾸지 않은 실수를 인정했고, 스티브의 스포츠맨십을 높이 평가하며 말했다.

"그때 그가 했던 행동은 훌륭했다."

20년이 지나서야 스티브 내외는 타이거의 행동에 사의를 표했지만, 이미 오래전에 해결됐어야 하는 문제였다.

"펌프킨 리지에서의 US아마추어부터 팀 스콧이 출범했다고 할 수 있습니다. 우리는 이미 행복한 삶을 누려 왔습니다. 우승 없이도 인생에서 승리할 수 있는 나는 살아있는 증거 아니겠습니까?"

스티브가 말했다.

라이언 아머 또한 우승이 없는 것에 익숙했다. 1993년 US 주니어 아마추어에서 타이거 우즈에 비통한 패배 이후 20년 넘게 여러 투어와 무대를 전전하다가 2017년 멤피스주 잭슨에서 PGA 투어의 샌더슨 팜스 챔피언십으로 감격의 첫 우승을 달성했다.

하지만 트립 퀴니만큼 삶을 충격으로 몰아넣었던 패배는 없을 것이다. 어릴 때부터 스타덤을 누려오다가 프로 선수가 됐을 때 우승할 자신이 없다는 것을 자기 통찰을 통해서 결단을 내렸다. 골프를 사랑했지만 골프가 그의 삶의 주가 되기를 원치 않았다. 그는 오클라호마 주립대에서 MBA 학위를 얻고, 오클라호마 작은 도시 출신의 이성을 만나서 결혼해 아들을 낳고 가족을 꾸렸다. 그리고 댈러스에서 그가 운영하는 헤지펀드를 시작했다. 타이거에게 패배한 이후 트립은 25년 만에 전국 대학 대표 선수로 선발되고도 프로골퍼가 되지 않은 첫 기록의 불명예를 안았다. 그리고 그렇게 타이거와 트립의 역사적인 대결이었음에도 그는 그 대결 영상을 한 번도 보지 않았다.

타이거의 US 아마추어 3년 연속 제패한 날의 해가 저물고 갤러리도 모두 사라졌다. 펌프킨 리지 골프클럽은 유령도시 같았다. 대회 관계자와 TV 영상전송 트럭만이 남았다. 타이거는 외부와 차단된 클럽하우스에 있는 연회장에 들어갔다. 그의 부모, 휴스 노턴, 부치 하먼이 그 뒤를 따라 들어갔다. 나이키의 대표이사 필 나이트가 그들을 맞이했다. 타이거는 폴로 셔츠와 청바지를 입고 필 옆에 서 있는 40대의 남자를 알지 못했다. 그는 VHS 카세트테이프를 들고 있었다.

"이 사람은 짐 로스윌드야. 우리 회사에서 광고를 제작하고 있지."

필이 소개했다.

타이거는 자신이 잠시 응시했던 사람이 화제의 나이키 광고를 제작한 독창적인 천재임은 생각지도 못했다. 타이거는 어릴 적부터 그런 멋진 광고들을 보고 자랐고, 광고들이 참 멋지다고 여겼다.

"이번 광고는 이 친구가 제작한 광고 중에 최고의 역작일 거야."

한마디도 하지 않고 짐은 테이프를 VCR에 넣었고 재생 버튼을 눌렀다. 타이거는 화면에 자신이 나오는 장면에 잠시 당황했다. 타이거가 펌프킨 리지에서 드라이버를 들고 걸어가는 장면이 느린 그림으로 나왔고, 갤러리가 그를 에워싸고 있었다. 합창단의 노래와 부드럽게 두드리는 드럼 소리와 함께 '헬로 월드'란 말이 화면에 나타났다. 닭살이 돋고 아드레날린이 분비되는, 감각적으로 강력한 무언가를 느꼈다. 흑백 사진의 콜라주와 타이거의 유년 시절, 주니어, 아마추어 시절의 저화질 영상들이 그 뒤로 흘렀다. 영상 안에서 육성은 하나도 나오지 않았다. 오직 짐이 작성하고 영리하게 영상 위에 덮은 글자들이 나타났다가 사라졌다.

8살에 70대 스코어
12살에 60대 스코어
15살에 나는 US 주니어 아마추어 타이틀을 거머쥐었다.
Hello World
나는 16살에 닛산 오픈에 나갔다.
Hello World
나는 18살에 US 아마추어를 제패했고
나는 19살에 마스터스에 출전했다.
나는 유일하게 US 아마추어를 3년 연속 제패한 사람이다.
Hello World
여전히 미국에는 내가 들어가지 못하는 골프장들이 있다. 내 피부색 때문에.
Hello World
여러분은 내가 아직 당신들에게 갈 준비가 안 됐다고 한다.
당신들은 나를 받아들일 준비가 됐는가?

마지막으로 화면이 까맣게 변하기 전에 'Just do it' 선전 문구와 빨간색의 나이키 로고가 순차적으로 화면에 등장했다가 사라졌다. 총 55초의 영상이었다.

잠시 침묵이 흘렀다. 타이거는 아무것도 나오지 않는 화면을 응시했고, 주위 사람들은 타이거를 바라봤다. 그 영상에 담기지 않은 이야기들이 더 있었다. 고등학교에서 사람들은 그를 샌님으로 여겼으며, 풋볼 선수들은 타이거를 운동선수라 생각하지 않았다. 여학생들은 골프를 스포츠로 바라보지 않았다. 운동선수라기보다 운동하기엔 조금은 가냘픈 사내로만 바라봤다. 그랬던 그들이 지금은 어떻게 생각할까? 20살의 타이거는 이제 마이클 조던, 찰스 바클리(Charles Barkley), 보 잭슨(Bo Jackson), 앤드리 애거시(Andre Agassi) 등 내로라하는 어마어마한 나이키 전속 모델들과 어깨를 나란히 할 참이었다. 예리함과 연출 면에서는 단연 그들의 광고를 모두 넘어섰다.

"와아, 죽이는데? 다시 봐도 되나요?"

짐은 안도의 숨을 크게 내쉬었고 되감기를 했다가 자신감에 찬 동작으로 재생 버튼을 눌렀다.

타이거가 다시 감상하는 동안 짐은 음악 편집만 하면 된다고 설명했다.

"내가 본 광고 중에 이렇게 죽여주는 광고는 처음 보는군!"

부치가 강조하며 이야기했다.

기운이 솟았다. 타이거는 앞날에 대한 준비가 됐고, 필은 타이거를 그곳으로 데려갈 개인 비행기를 준비했다.

CHAPTER TEN

헬로 월드

나이키는 '헬로 월드' 광고를 타이거 우즈가 프로로 처음 출전하는 대회인 그레이터 밀워키 오픈 주간에 내보낼 예정이었다. 밀워키의 숙소에서 타이거는 티셔츠, 모자, 신발, 바지까지 나이키 골프웨어가 들어 있는 백에 둘러싸여 있었다. 그리고 서명을 기다리고 있는 문서들도 있었는데, 하나는 존 머천트가 작성한 변호사 계약서였고, 다른 하나는 1996년 8월 26일 날짜의 이전신고서였다. 타이거의 정식 거주지가 캘리포니아(1996년 당시 소득세 9.3%)에서 플로리다주(소득세 0%)로 이전함을 명시하고 있다. 타이거는 9724 그린 아일랜드 코브, 윈더미어의 새집으로 이사했다. 타이거의 정식 에이전시가 된 IMG 소유의 침실 두 개인 골프 빌라였다. IMG의 대표이사 마크 매코맥은 미국 프로골프 협회(PGA)에 직접 전화를 걸어 타이거 우즈가 프로로 활동을 시작했음을 전했다.

순식간에 모든 게 바뀌었다. 타이거는 여행 일정이나 숙소, 주머니 사정을 이유로 아버지 눈치를 볼 필요가 없어졌다. 갑자기 법률 전문가, 에이전트, 묵직한 기업인들이 타이거 주변에 자리하면서 타이거의 문제를 해결해 줄 준비를 하고 있었다. 그들은 골프를 사랑하는 사람들이고 타이거의 본격적인 경기를 빨리 보고 싶어 했다.

"세상은 타이거가 스포츠를 위해서 보일 능력이 무엇인지 아직 보지 못했습니다. 거의 예술의 경지입니다. 클라우드 모네의 그림이 있던 시대를 살지 않았지만, 저는 타이거의 경기를 볼 수 있습니다. 무척이나 위대한 겁니다."

필 나이트가 확신했다.

타이거의 프로 선언이 얼마 남지 않았지만, 나이키와 타이틀리스트와의 계약은 아직 적절한 숫자의 합의를 이루지 못했다. 어느 날 아침, 휴스 노턴이 타이거와 얼에게 소식을 알리러 찾아왔다. 협상 건 때문에 거의 뜬눈으로 밤을 새웠고, 나이키의 최종 제안을 받아 왔다. 5년 동안 4천만 달러. 당시 골프계의 최고 계약은 그렉 노먼과 리복과의 연간 250만 달러였다. 휴스는 타이거에게 제안한 나이키의 조건에 아찔할 지경이었다.

휴스가 자신감 넘치게 소리쳤다.

"그렉 노먼의 조건보다 세 배 이상이라고요."

타이거와 얼은 그냥 휴스를 바라보기만 했다.

"여러분, 이 금액은 나이키의 그 어느 프로 선수보다 더 많은 겁니다. 마이클 조던보다 더 많아요."

"으흠."

타이거가 혼잣말하듯 호응했다.

"으흠? 무슨 반응이 그래요?"

잠시 정적이 흘렀다.

휴스 노턴이 다시 열변을 토했다.

"자, 다시 제 이야기 잘 들어보라고요."

휴스는 숫자들에 대해 다시 말을 이어갔고 타이거는 경청했다. 나이키는 5년 동안 매년 650만 달러에 계약, 보너스 750만 달러를 제안했다. 타이거는 광고 제작, 화보 촬영, 회사가 요구하는 일정에 나타나는 것 그리고 스폰서 로고가 각인된 신발과 의류를 착용해야 하는 조건이었다. 그리고 나이키는 별도로 타이거 우즈 골프웨어를 제작할 예정이었다.

"아, 뭐, 아주 대단한데요?"

타이거가 답했다.

얼은 아무 말 하지 않았지만 속으로 불만이 가득했다. 타이거가 얼마의 돈을 받든, 얼은 충분하다고 여기지 않았다.

다음 날 휴스는 타이틀리스트의 최종 제안을 알리려 다시 나타났다. 5년 동안 2천만 달러. 타이거는 타이틀리스트의 클럽과 볼, 골프 장갑을 사용하고, 클럽 백에 그의 이름을 장식할 것이다. 거기에 타이거 우즈만을 위한 특별한 장비를 제작하는 것도 제안에 포함했다. 타이틀리스트에서도 광고, 화보 촬영, 회사가 요구하는 일정 소화가 또한 조건이었다.

타이거는 자신에게 들어온 모든 계약 조건을 면밀히 조사해 달라고 존 머천트에게 요청했다. 서류상으로 타이거는 6천만 달러의 가치를 순식간에 얻었다. 타이거가 존에게 말했다.

"저 지금 부자 됐어요. 그런데 수중에는 5센트도 없습니다."

존은 코네티컷에 있는 자신의 은행 관계자에게 전화를 걸어 타이거에게 2만 5천 달러 한도의 신용카드를 다음 날 받을 수 있도록 처리했다.

타이거는 존을 자신의 문제를 해결해 주는 사람으로 바라봤고, 존은 그 역할을 자처했다. 하지만 존의 속내는 문제가 발생하기 전에 먼저 막아주는 존재가 되기를 바랐다. 그가 생각하는 이상적인 변호사는 잠재적인 문제들을 예상해서 그 문제들을 어떻게 대처하는지 조언을 제시하는 것이었다. 타이거의 경우 그를 이용하려는 사람들에 대해 우려하면서 특히 두 명의 운동선수를 가까이하지 말라고 주의했다. 마이클 조던과 그렉 노먼이었다.

"인간적으로 그렉 노먼을 그렇게 존경하진 않아. 왜냐하면 서류에 그 인간의 이름이 계속 올라 있도록 너를 활용할 게 분명해. 거긴 내리막길을 가고 있고, 너는 아직 오르막길 근처에도 안 갔다고."

존이 타이거에게 자기 생각을 털어놨다.

마이클 조던에 대해서는 더 심하게 회의적이었다.

"마이클은 진짜 전무후무할 정도로 농구에서 뛰어난 능력의 사람이야. 딱 거기까지야. 잘하는 다른 일은 없어. 아무것도 없다구. 공개석상에 너무 많이 노출돼 있었어. 그런 쪽으로 너를 이용할 수도 있어."

타이거는 듣긴 했어도 별다른 말은 하지 않았다. 존의 말이 옳고 그름을 떠나서 그렉 노먼과 거리를 두는 일은 어렵지 않았다. 마이클 조던에 관해서는 얘기가 달랐다. 어릴 적부터 우상으로 삼았던 마이클 조던이고, 나이키와 깊은 관계, 나이키의 대표적인 두 선수 아닌가? 조던의 엘리트 신분과 동급으로 인정받는 것 자체가 신나는 일인데, 필 나이트조차 타이거와 조던을 같은 급으로 보고 있었다. 누군가 필에게 조던과 타이거가 동급이냐고 물었을 때 필은 태연하게 답했다.

"그건 당연한 거 아닙니까?"

그리고 존이 마이클과 거리를 두라는 주의를 타이거에게 남긴 지 얼마 지나지 않아 세계에서 가장 유명한 운동선수가 공개적으로 말했다.

"지구에서 나의 유일한 영웅은 타이거 우즈이다."

스무 살의 소년이 느끼기에는 다소 과격한 찬사였다.

타이거는 마이클과 거리를 둬야 하는지 확신이 들지 않았고, 그렇게 하고 싶지도 않았다.

법률상으로 타이거는 술을 마실 수 없었고, 차를 대여할 수도 없었다. 하지만 서명 한 번이면, 프로로서의 첫 대회 출전을 앞두고 6천만 달러를 보장받았다. 미국 스포츠에서 그렇게 빨리, 그렇게 많은 금액을 터뜨린 선수는 아무도 없었다. 스탠퍼드에서 4년 동안 세탁을 맡기로 한 이복자매 로이스와의 약속을 지키기 위해서 타이거는 2년 앞당겨 밀워키에서 그녀에게 전화를 걸었다. 전화를 받은 로이스는 광적으로 흥분했다.

"살 집 하나 골라 두세요."

타이거가 로이스에게 말했다.

이윽고 녹색 줄무늬 폴로 티셔츠의 타이거는 대회장의 미디어 센터에 들어가서 연단에 올라섰다. 잠시 뜸을 들이고는 엄청난 미디어 관계자들을 바라보며 입꼬리를 올렸다. 얼은 타이거 뒤 등받이가 높은 푹신한 의자에 앉아 있었다.

"여러분, 안녕하세요?라고 하면 되나요?(I guess, hello, world.)*"

타이거가 미소를 지으며 인사했다.

기자들은 뭘 지칭하는 건지 알지 못했고, 타이거는 굳이 서둘러서 설명하려 하지 않았다. 나이키의 전격적인 광고가 화면에 선보이자 그들은 그제야 알아차렸다. 미리 준비한 내용을 읽어 나가며, 타이거는 부모님에게 감사의 메시지를 전했다. 타이거는 자신이 이 위치에 오기까지 그들의 헌신에 관해 감사했다. 쿨티다는 그 자리에 보이지 않았고, 타이거는 뒤를 돌아보며 아버지의 손을 한 번 잡았다. 이후 기자들의 질문에 능숙하게 답했다.

"타이거에게 이 대회가 성공적인 대회가 되려면 뭐가 필요한가요?"

"우승하는 겁니다."

"너무 큰 포부 아닌가요?"

"제 삶에 있어서 우승 각오 안 하고 출전했던 대회는 단 한 번도 없었습니다. 예전에도 그렇게 말씀드렸습니다. 그건 그냥 제 마음가짐입니다."

20분 넘는 시간 동안 타이거는 '프로 선언하면서 두려운 것은 하나도 없다. 자신의 목표를 다른 사람들하고 나누고 싶진 않다. 그리고 이러한 관심과 군중을 즐기고 있다.'고 털어놨다.

"타이거, 이렇게 기자회견을 시작하는 사람은 당신이 처음일 겁니다. 어떻게 차분하게 임할 수 있습니까?"

한 기자가 물었다.

"어떻게 하냐고요? 한 타 한 타에만 집중할 겁니다. 그리고 잊을 수 없는 좋은 시간을 보낼 겁니다."

* 타이거가 프로 선언할 때의 역사적인 순간.

타이거가 미소 지으며 답했다.

기자회견 후 ABC 방송사에서 해설하는 US 오픈 2승의 커티스 스트레인지(Curtis Strange)가 타이거에게 물었다. 프로 첫 대회의 처음 티샷할 때 특별히 기대하는 점이 있냐고 질문하자 타이거는 계속 같은 말로 답했다. 그는 대회에 우승하기 위해 출전한다고 말이다.

"알게 될 거야."

커티스가 쏘아붙였다.

타이거는 커티스의 회의적인 표정에 그냥 어깨만 으쓱했다. 타이거는 자신의 능력을 잘 알고 있었다.

1996년 8월 29일 오후 1시 36분, 브라운 디어 골프클럽, 타이거는 프로 데뷔 후 첫 스윙을 했고, 드라이버 티샷한 볼은 336야드 나가서 페어웨이 가운데에 안착했다. 그 스윙은 미국 스포츠 역사상 가장 널리 알려진 데뷔였다. 유명한 스포츠 기자 리 몬트빌(Leigh Montville)은 타이거의 프로 첫 대회를 미국 시어 스타디움에서 열렸던 비틀스의 첫 콘서트에 비유했다. 기록적인 수의 갤러리는 타이거의 마술 같고 전율을 전하는 경기를 기대했다.

타이거는 그들을 실망하게 하지 않았다. 대회 최종 라운드, 타이거는 파 3 14번 홀 티샷을 했다. 볼은 188야드를 날아가서는 몇 번 튀더니 홀로 들어갔다. 이 홀인원이 갤러리의 우레와 같은 함성을 끌어냈다. 타이거가 티에서 그린까지 걸어가는 동안 코스를 따라 몰려 있는 관중들은 코스 어디에서든 들을 수 있는 소리로 타이거를 응원했다. 타이거는 밝은 미소와 함께 모자 끝을 잡으며 화답했다. 볼을 홀에서 꺼내서는 갤러리 쪽으로 던졌다. 이 또한 팬들로부터 또 다른 크고 긴 함성의 폭발을 일으켰다. 그렇게 골프를 잘하는 것은 그의 기운을 북돋웠다.

공동 6위의 성적으로 2,544달러의 상금만 받았으나, 세간의 언론과 방송의 헤드라인은 타이거가 장식했다. 그 이유 중의 하나로 새 나이키 광고도 한몫했다. 짐

리스월드가 기대했던 대로 광고가 전하는 인종적 논란의 메시지가 아픈 곳을 찌른 셈이다. 골프선수부터 골프 전문기자들까지 타이거의 광고는 논란을 불러일으킨다고 여겼고, 그 면밀함에 의문을 던졌다. 단지 피부색 때문에 미국에서 타이거 우즈가 이용할 수 없는 골프장이 진짜 있다는 것인가? 『워싱턴 포스트』 일간지의 한 칼럼니스트가 이 질문을 나이키에게 던졌다. 나이키는 이에 대해 그런 곳들은 없다고 인정하면서 광고의 문구들이 있는 그대로 받아들여질 줄은 생각하지 못했다고도 했다. 이 답변은 오히려 논란을 더 키우기만 했다.

나이키는 이러한 소란에 그렇게 개의치 않았다. 시장조사를 통해 밝혀진바, 나이키가 주요 타깃으로 삼는 18세부터 29세에겐 타이거의 광고가 매우 효과적이라고 응답했다. '헬로 월드'라는 문구는 순식간에 미국의 유행어가 됐다. 에미상 시상식에서 광고부문 후보에 오르기도 했다.

그러나 타이거는 심한 반발을 예상하지는 못했다. 투어프로 몇몇은 겉으로는 모른 체했지만, 광고가 너무 선정적이라고 무책임하게 평가했다. 그런 비평은 의심의 여지 없이 시기심에서 나왔을 것이다. 그런데도 그들은 투어에서 새 얼굴이고, 막내 격인 타이거를 저격했다. 대회 동안 방송됐던 ABC 나이트라인 뉴스 인터뷰에서 타이거는 나이키의 광고를 지지했다.

"제 생각에는 오랫동안 기다렸던 메시지였습니다. 진실이니까요. 당신이 어떻게 말하든 간에 반기지 않았던 상황을 경험했던 사람이고, 나이키의 광고는 진실을 이야기하고 있습니다."

"그렇다면, 미국이 준비가 안 됐다는 건 어떤 이야기인가요?"

타이거가 받았던 질문이다.

"그래서 그 광고가 잘 만들어졌다는 겁니다. 생각해 보십시오. 나이키 광고는 당신을 위해 만들지 않습니다. 당신을 광고가 의도한 대로 생각하게 만드는 겁니다. 스스로 돌아보게 하는 겁니다."

타이거가 답했다.

문제는 그 광고가 전파를 타기 전에 타이거가 자기 생각을 정리할 여유가 많지 않았다는 것이다. 그렇게 날이 선 나이키 광고에 나타난 자신을 본 것에 자아도취됐고, 사람들이 그 영상을 어떻게 받아들일지 예상하지 못했다. 그냥 뭐가 어떻게 돌아갈지 예상할 틈이 없었다. 지난 한 주간은 모든 게 어떻게 지나갔는지 알 수 없을 정도였다.

또 다른 문제가 있었다. 골프 기자들은 타이거가 예전에 공공연하게 인종에 관한 생각은 미디어와 있을 때만 한다고 말했던 것을 기억하고 있었다.

그러고는 문득 전국으로 나가는 방송에서 인종에 관한 광고의 맥락에 관해 설명해야 하는 상황이었다.

"말하고자 하는 게 뭔가요?"

나이트라인의 진행자가 물었다.

"말하고 싶지 않습니다. 아주 개인적인 거라서요."

타이거가 잘랐다.

타이거는 또한 아버지의 행동으로 일어나는 비판에 대해서도 준비가 되지 않았다. 얼은 예전부터 타이거에게 기자들에게 하는 말을 줄이라고 가르쳤지만, 정작 그에 관한 연습은 등한시했다. 그레이터 밀워키 오픈 대회 전에 있었던 타이거 우즈의 기자회견이 끝난 후 그의 아버지는 기자회견장에 남아 찬송가를 내뿜었다시피 했다.

"이 녀석이 골프계뿐만 아니라 이 세계에 가져다줄 충격이 얼마나 대단한지 아직 아무도 모른다고!"

얼은 타이거의 치명적인 본능을 흑인 총잡이에 비교하곤 했다.

"타이거는 상대의 뛰는 심장을 그대로 꺼내 들 것이다. 인지상정은 기대하지도 마라."

이는 곧바로 타이거에 대한 분노를 촉발했다. 그리고 타이거는 1997년 PGA투어에서 활동할 수 있는 자격을 얻기 위해서 출전할 수 있는 대회 수가 일곱 개밖에

되지 않았다. 다른 투어 선수인 저스틴 레너드(Justin Leonard)가 나섰다.

"타이거가 15만 달러를 벌기는 아주 어려울 것이다. 스무 살의 어깨에 그 압박은 어마어마할 것이다."

저스틴은 완곡하게 표현한 것이었다. 미국의 어떤 한 기자는 직설적이었다. 밀워키 대회 후 존 파인스틴(John Feinstein)은 타이거에 관한 이야기를 깊이 있게 게재했는데, 그의 아버지는 한 푼이라도 더 끌어모으려 그 자신을 사람들 앞에 드러내는 뻔뻔한 골프대디라고 비난했다. 그는 또 ABC의 나이트라인에서도 의견을 전했는데 타이거의 아버지를 유명한 테니스 10대 선수, 제니퍼 캐프리아티(Jennifer Capriati)의 오만한 아버지인 스테파노 캐프리아티(Stefano Capriati)와 비유하기도 했다. 나이트라인에서 존이 밝힌 이야기이다.

"스테파노처럼 얼은 1998년 이후 본업이 없었고, 그의 아들 가까이에서 '희생'하는 삶을 살았다. 얼 우즈는 타이거와 모든 여정에 함께 하지 않을 것이라고 말하는데, 그에게는 보너스인 셈이다."

존 파인스틴의 의견은 타이거를 격분하게 했다. 진짜 사방에서 자신을 때리는 느낌이었다. 타이거에게 그의 부모를 비난하는 건 용서할 수 없는 일이었고, 그가 감정적으로 받아들이면서 뇌에 새겨두게 하는 일이었다. 하지만 1996년 9월 16일, PGA 투어 첫 세 개 대회 연속으로 아버지와 함께 다녔던 타이거는 아버지에게 작별인사를 남기고는 로스앤젤레스행 비행기를 배웅했다. 그러고는 휴스 노턴(Hughes Norton)과 그의 IMG 동료 클라크 존스(Clarke Jones)와 함께 전세기를 타고 이동했다. 얼마 지나지 않아 뉴욕 빙햄턴에 도착했고, 타이거는 BC 오픈 대회 장소인 엔디콧 근처의 리젠시 호텔에 대회 사흘 전에 체크인했다. 대회 출전을 위해 처음으로 부모 없이 혼자 떠난 것이었다.

외롭고 당혹스러웠던 가운데 『SI』 지의 타이거 취재를 맡은 제이미 디아즈와 함께할 시간이 반가웠다. 제이미는 이제 기자를 넘어 타이거에게는 가족이나 다름없었다. 타이거의 호텔 방에서 둘이 별다른 내용 없는 이야기를 하는 사이 휴스 노턴이 나타났다. 마크 매코맥과의 회의를 끝낸 후 바로 와서는 타이거가 생각해 볼 만한 제안을 이야기했다.

"마크가 생각해냈는데 타이거도, 잭이나 아널드가 했던 것처럼 책을 하나 써야겠어요."

타이거는 일격을 맞은 듯했다. 책이라고?

프로가 된 지 겨우 3주 지났고, 아직 우승하지도 못한 데다가 다음 시즌 투어 프로 자격도 불투명한 상황이었다. 휴스 노턴은 무슨 생각으로 이러는 걸까. 휴스가 이어갔다.

"교습에 관한 책이 될 수도 있고, 전기가 될 수도 있고."

제이미는 아무 말을 하지 않았지만, 뜬금없이 떠오른 생각은 아닌 것처럼 들렸다. 오랫동안 고려됐던 작업이었다.

"자, 어떻게 생각합니까?"

휴스가 답변을 기다리고 있었다.

타이거는 뭘 어떻게 생각해야 하는지 분간이 가지 않았다. 골프선수이지 작가가 아니었다. 게다가 자서전이라면 자신의 생리와는 반하는 것이었다. 기자에게 아침에 뭘 먹었는지 밝히기도 꺼리며, 자신의 인생에 대해 몇 백 페이지를 적어나가는 것에 대해서는 추호도 생각한 적이 없었다.

"아널드도 냈어요?"

타이거가 물었고, 휴스는 고개를 끄덕였다.

"그리고 잭도 냈다고요?"

휴스가 또 고개를 끄덕였다.

"그렇다면, 누가 쓰는 건가요?"

휴스가 제이미를 바라봤다.

"글쎄요, 제이미?"

제이미는 휴스를 쳐다보고는 타이거를 바라봤다. 책을 써 본 적 없는 제이미이지만, 타이거와 묵직한 프로젝트를 함께할 수 있다는 점에 이끌리고 있었다. 몇 차례 대화를 주거니 받거니 하고는 타이거는 자의보다는 타의적으로 아이디어를 실현하는 데에 동의했다. 일단 제이미가 이 일에 함께한다는 점은 반겼다. 휴스는 어느 정도의 예산을 잡아야 할지 제이미에게 알려달라 말했다.

돈에 관한 한 휴스의 생각은 참신했다. 타이거는 이제 막 주가가 계속 오르고 있었고, 오르락내리락하는 출판업계 시황에 발을 디디기 적절한 시기였다. 휴스 노턴은 예민하게 시장을 관찰하고 있었다. 타이거 책의 아이디어로 뉴욕의 내로라하는 출판사들의 입찰 전쟁을 유발했다. 결국 워너 북스가 출판사로 선정됐고, 220만 달러의 계약금과 두 권의 책을 출판하기로 결정됐다. 한 권은 타이거의 골프 레슨에 대한 내용이었고, 다른 한 권은 수년 후 타이거의 자서전을 내기로 한 것이다. IMG 입장에선 좋은 일이었다. 몇백만 달러가 결국엔 들어오는 것이었다.

하지만 얼에겐 불만투성이였다. 이미 하퍼 콜린스사와 자신의 책을 출판하기로 계약했고, 책을 내자는 아이디어로 IMG가 타이거를 설득한 사실을 알게 되자 화가 치밀었다. 타이거의 책으로 인해 자신의 책 판매에 영향이 있을 것은 당연지사였다. 그리고 타이거와 관련된 모든 사업은 자신을 거쳐야 한다고 여겼다. 그런데 휴스가 기본적인 규칙을 어기고 타이거에게 바로 이야기한 것이다.

1996년 9월 25일, 조지아주 파인 마운틴에서 열린 뷰익 챌린지에서 피로를 이유로 타이거는 돌연 기권했다. 대회 시작 하루 전의 결정이었다. 대회 기간 중 1995~1996년 최고의 대학 선수에게 주는 상인 프레드 해스킨스(Fred Haskins)상 만찬에 수상자로 나타날 예정이었다. 하지만 타이거는 그냥 집으로 갔다. 그 만찬을 위해 초청을 받은 200명이 있었지만 결국 만찬은 취소됐다. 존 파인스틴은 또 한 번 격분했고 타이거에게 서신을 남겼다.

'당신이 골프계에서 차세대 유망주이고, 대회에 출전함으로 인해 흥행이 된다면 좀 나타나야 하지 않을까요? 그리고 대학 선수의 중요한 상을 후원해 주는 분들이 당신 일정에 맞춰 마련한 행사에 당신이 참석할 것이라고 기대하고 행사 만찬에 자리했다면, 그렇게 저녁을 깨고 집에 가는 경우는 아니라고 봅니다.'

타이거는 파인스틴의 말에 동의할 수 없었고, 언제라도 그를 해고할 수 있었다. 하지만 투어 프로 선수들에게서도 예상하지 못했던 비난을 받았는데 가볍게 지나칠 일이 아니었다. 톰 카이트(Tom Kite)는 자신이 20살이었을 때엔 지쳤던 기억이 없다며 타이거에 안타까움을 나타냈다. 피터 제이컵슨(Peter Jacobsen)은 타이거를 잭 니클라우스나 아널드 파머에 비교할 수 없는 이유로 잭이나 아널드는 그들을 만나려고 모여든 사람들을 버린 적이 없었기 때문이라 했다. 무엇보다도 타이거에게 비수를 꽂은 이는 다름 아닌 아널드 파머였다.

"타이거는 대회에 출전했어야 했고, 만찬에도 갔어야 했다. 죽는 일이 있는 게 아니라면 지키지 않는 약속을 하지 않는 것이 현명하게 행동하는 것이다."

아널드가 기자에게 의견을 전했다.

이 사람들은 내 친구들 아닌가? 쏟아지는 비난을 받은 타이거는 생각했다. 외로웠고, 뭔가 표적이 된 느낌이었다. 갑자기 예전의 스탠퍼드에서 받았던 비호가 그리웠다. 대회에 나가지 않고 만찬을 무시한 데 대해 모든 사람이 그를 두들기고 있었지만, 그가 집에 돌아가서 해야 할 일이 무엇인지는 아무도 알지 못했다.

그의 인생 20년 동안 그와 그의 부모는 사이프러스의 한 지붕 아래에서 지냈다. 이제 타이거는 집을 나와 홀로서기를 하고 있고, 그의 부모는 갈라섰다. 존 머천트가 쿨티다의 집을 알아봐 주고 있었는데, 태국에서 외가 쪽 친척들이 방문하면 머물 수 있을 만큼 여유 있는 집이어야 했다. 존은 수소문 끝에 캘리포니아 투스틴의 보안이 잘 돼 있는 지역에 있는 침실 다섯 개와 화장실 여섯 개인 4,500평방피트의 집을 70만 달러에 매매하는 좋은 조건을 찾았다. 타이거는 매입하기로 했고, 부동산 취득 시점은 11월 초였다. 부모 사이의 관계는 그가 투어에서 겪었던 그 어떤 일들보다 더 당황스러웠지만, 그는 그 사실을 인정하려 들지 않았다. 불에 타 가라앉는 배에서 물을 퍼내려 하지 않았다.

10월 6일, 해스킨스 수상 만찬을 망친 후 일주일이 지났고, 타이거는 드디어 PGA 투어에서 첫 우승을 달성했다. 라스베이거스 인비테이셔널에서 데이비스 러브 3세를 꺾고 이룬 쾌거였다. 그의 성공 가도는 진정 상상을 뛰어넘는 것이었다. 투어 대회 다섯 번째 출전에 우승 반열에 올라선 것이다.

한 기자의 질문이 있었다.

"이렇게 빨리 올 줄 예상은 했습니까?"

"네, 예상하긴 했습니다."

타이거가 솔직한 표정으로 답했다.

휴스 노턴은 타이거가 뷰익 챌린지 기권이 결국엔 자신에게 옳은 것이었음을 강조했지만 이미 엎지른 물이었다. 후원자들과 수백 명에게 버림받은 사실, 그로 인한 상실감을 달랠 수는 없을 것이다. 타이거가 항상 힘들어했던 일 중의 하나가 잘못된 일을 시인하고 사과하는 것이었다. 하지만 뭔가는 해야 했다. 골프 전문기자인 피트 맥대니얼(Pete McDaniel)이 우즈의 사과를 대신하기로 했다. 피트는 얼이 타이거를 양육하면서 겪은 이야기를 묶어 책으로 곧 발간하는 데 몰두하고 있었다.

피트만큼 아프리카계 미국인의 골프 역사를 아는 사람은 없었다. 타이거가 물론 최초의 아프리칸 골퍼는 아니었지만, 처음으로 판도를 바꿀 것이며 한계를 넘어설 존재였다. 그러므로 피트는 험난한 파도의 바다에서 타이거가 순항하도록 도와주기로 했다. 결국 피트가 사과문을 공들여 작성했는데 라스베이거스에서의 우승 이후 『골프월드』 지에 타이거의 서명이 들어간 글로 게재됐다. 내용은 이랬다.

'만찬조차도 안중에 없었습니다. 하지만 지금은 제가 얼마나 큰 실수를 범했는지 알았습니다. 아무리 그 자리에서 떠나는 것이 옳다고 여길지라도, 만찬 자리에 있다가 집에 갔어야 했습니다. 지나고 나니까 제 과오를 절실히 알게 됐습니다.'

그 메시지는 기적을 일으켰다. 프레드 해스킨스상 수상과 관련된 인사들이 11월 초에 다시 모이기로 했고, 타이거와 아버지는 행사 참석을 위해 조지아로 다시 날아갔다. 타이거는 예의 바르고 정중한 태도로 수상 소감을 전했다. 하지만 얼의 소개 연설이 더 깊은 인상을 남겼다. 얼은 눈물을 삼키며 연설을 이어갔다.

간절히 용서를 바랍니다. 저는 제 아들에 관해 얘기할 때마다 감정이 북받쳐 오르곤 합니다. 이 젊은 친구가 많은 사람을 도와줄 수 있을 것이라는 생각만 하면 제 마음은…… 엄청난 기쁨으로 충만하게 됩니다. 그는 이 게임을 초월할 것이며, 전무후무한 박애를 이 세계에 가져다줄 것입니다. 그의 존재와 영향력으로 인해 이 세계는 더 살기 좋은 곳으로 변할 것입니다. 제가 이 녀석을 양육하고 인류에 기여할 수 있도록 신께서 직접 저를 선택한 것을 저도 잘 알고 있습니다만 받아들이기 힘들었습니다. 이 녀석은 제 보물입니다. 받으셔서 부디 지혜롭게 쓰시길 바랍니다. 고맙습니다.

청중들은 기립박수로 화답했고, 타이거는 아버지에게로 다가가 끌어안았다.

해스킨스 만찬 '사태'에서 여전히 허덕이는 중이었지만, 타이거는 월트 디즈니 월드 올즈모빌 클래식에서 페인 스튜어트(Payne Stewart)와 전면 대결을 펼친 끝에 한 타 차로 정상에 올랐다. 우승 상금 21만 6천 달러를 더해 아주 짧은 시간에 73만 4,794 달러를 벌어 1997 시즌에 활동할 수 있게 됐다. 놀랍게도 타이거는 일곱 개 대회에 나와서 두 번이나 우승했다.

하지만 대회 종료 후 예정됐던 기자회견이 끝나고, 타이거는 자연스러운 자리에서 기자들과 이야기할 기분이 아니었다. 몇몇 기자들이 라커룸에 들어가는 타이거를 따라가서 몇 마디 더 들어볼 수 있기를 기대하고 있었다. 하지만 타이거는 자신의 경호원에게 기자들을 막으라고 지시했다. 그러나 PGA 투어 규정에는 기자들이 라커에 접근해 취재할 수 있었다. PGA 투어의 대외홍보를 담당하는 웨스 실리(Wes Seeley)는 경호원들에게 경호 해제를 요청했다.

"투어에서 규칙을 정한 겁니다. 저 친구가 정하는 게 아니고요. 그 친구하고 그 친구 주변 사람들이 무슨 생각을 하든 간에 비틀스 다섯 번째 멤버는 아닙니다."

웨스가 말했다.

하지만 타이거는 이미 골프계에서 록스타나 다름없었다. 그의 명성은 골프를 변화시켰고, 대회에서 사람들이 지켰던 에티켓은 엉망진창이 됐다. 타이거가 나갔던 일곱 개 대회의 입장 갤러리 규모는 평소의 두 배에서 세 배까지 폭증했다. 팬들은 타이거를 보기 위해 출입제한 로프를 짓밟았고, 어떤 여자 팬은 타이거가 연습하는 데 접근해서 청혼하기도 했다. 과격한 팬들을 피하려고 라운드 후에 클럽하우스로 대피한 것도 여러 차례였다. 데이비드 레터맨(David Letterman), 제이 레노(Jay Leno) 등 모두 타이거를 자신들의 토크 쇼에 출연시키기 위해 아우성이었다. 빌 코스비(Bill Cosby)도 타이거를 섭외하고 싶어 했는데, 당시 최고의 TV 시트콤이었던 코스비 쇼에 타이거 주변의 이야기를 구성하곤 했다. 『GQ』 월간지에서도 타이거를 표지에 올리고 싶어 했고, 펩시도 광고 촬영 섭외를 위해 타이거에게 줄 거액의 출연료를 준비했다. 많은 사람이 타이거를 원했다. 휴스 노턴이 올 때마다 타이거는 이런저런 사람들이 언제 자신을 인터뷰하게 되는지 알 수 있었다.

"그냥 꺼지라고 하세요."

타이거가 휴스에게 소리쳤다.

"알겠는데, 그럼 뭐라고 하면서 꺼지라고 해야 하나요?"

휴스가 되물었다.

"그래도 그냥 꺼지라고 하세요."

10월 말, 타이거는 투어 챔피언십 출전을 위해 오클라호마주 털사에 도착했다. 그는 언론의 집요한 취재 공세와 난처하게 만드는 태도에 질려 있었다. 그리고 얼 또한 이를 잘 눈치채고 있었다. 1라운드가 끝난 저녁에 호텔 스위트에서 끽연을 즐기던 중 『뉴스위크』 지의 선임기자 존 매코믹(Jone McCormick)이 문을 두드렸고, 자신을 소개하며 호텔 방으로 들어섰다. 『뉴스위크』 지에서 타이거와 얼에 관한 특집 기사를 싣고, 표지에 두 사람을 장식하길 원한다고 했다. 하지만 이내 난관을 만났다. 얼이 그다지 관심을 보이지 않았고, 그 말은 타이거도 관심이 없다는 뜻이었다. 얼의 마음을 돌리기 위해 존은 지갑을 열었다.

"이것 좀 보시죠. 제가 왜 이토록 특집 기사를 원하는지 이유를 말씀드리겠습니다."

존이 호소했다.

"돈이요?"

얼이 비꼬면서 물었다.

"아니요. 이거입니다!"

존이 두 아들이 담긴 사진을 얼에게 건네 보여줬다.

얼은 원래 아이들을 좋아했다. 많이 지쳐 있었지만, 얼은 존과의 인터뷰를 무려 세 시간 동안 진행했다. 그리고 타이거에 대한 많은 분량의 일화와 타이거가 했던 이야기가 기자의 노트북에 가득 채워졌다. 자정이 거의 되어서야 존은 얼의 숙소에서 나왔다. 그로부터 두 시간 정도 지나고, 타이거는 어머니 쿨티다의 전화에 잠에서 깼다. 아버지 얼이 가슴 통증을 이유로 긴급 호송되어 병원에 갔다고 했다. 한 10년 전쯤 얼은 콜레스테롤 축적으로 인한 동맥경화로 4중 우회 수술을 받은 적이 있었다. 아버지의 이력을 알고 있었기 때문에 타이거는 곧바로 병원으로 향했다. 심전도 검사 후 안정제를 투약했다고 했다.

"괜찮을 거다. 여기 걱정은 접고 가서 경기에 집중해라."

얼이 타이거에게 타일렀다.

타이거는 비록 아무 말도 하지 않았지만 64살의 아버지 건강이 염려돼 골프에 집중할 수가 없었다. 병원에서 밤을 보낸 타이거는 다음 날 78타를 기록했다. 프로 데뷔 후 가장 안 좋은 스코어였다. 나중에 타이거가 회고한 이야기였다.

"그곳에 있고 싶지 않았습니다. 세상에는 골프 말고도 더 중요한 것들이 많이 있지 않습니까? 저는 아버지를 죽도록 사랑합니다. 아버지에게 무슨 일이 일어나는 걸 원치 않았습니다."

타이거는 결국 투어 챔피언십에서 8오버 파 공동 21위 성적을 냈다. 일주일 후, 타이거는 사이프러스로 찾아가 얼을 만났다. 타이거가 고향에 머무르는 동안 존 매코믹이 인터뷰를 위해 얼을 한 번 더 만나기로 하여 얼의 집에 찾아갔다. 혹시나 타이거를 만날 가능성도 염두에 뒀다. 존이 얼에게 말하기를 10분이면 충분하다고 했다. 사전 약속 없이 얼은 타이거에게 전화를 걸어서 존을 바꿔줬다.

"싫습니다."

타이거가 단번에 잘랐다.

"좋아요. 알아두셨으면 합니다만, 당신 아버지에 관한 이야기와 당신을 어떻게 양육했는지에 대한 기사를 쓸 겁니다. 타이거 당신에 관한 표제 기사는 결코 아닙니다."

존이 주장했다.

"싫다고요."

타이거가 다시 답했다.

존은 깜짝 놀랐다.

"불쾌하거나 그런 것도 아니었습니다. 그냥 싫다고만 하더군요."

존이 기억을 되돌려 말했다.

타이거는 자신이 미국의 대표 주간지의 헤드라인을 장식하는 데 흥미를 느끼진 못했지만, 그의 후원기업들은 귀가 솔깃했다. 결국 자신의 의지와는 무관하게 『뉴스위크』 사진기자 앞에서 얼과 같이 자세를 취했다. 몇 주 뒤 『뉴스위크』 지의 앞면에 우즈 부자의 사진이 실렸다. 타이거는 나이키 의류와 모자에 타이틀리스트 클럽을 손에 쥐고 있었고, 아버지는 타이틀리스트 모자를 썼다. '타이거 양육하기: 골프의 6천만 달러 신동 뒤 알려지지 않은 가족 이야기'라는 제목의 헤드라인이었다.

무려 아홉 페이지에 쓰인 기사에서 타이거에 대한 묘사는 전반적으로 좋게 묘사돼 있었다. '친절한 타이거는 그의 라운드가 끝나고도 30분 넘게 팬들에게 사인하곤 했다. 그리고 소외된 아이들에게 골프 클리닉을 전수하곤 했다.'고 쓰여 있었다. 그리고 뚜렷한 증거자료 없이 타이거는 여러 골프장에서 인종차별을 겪어야 했다고도 적혔다. 그러나 이 이야기를 비판적으로 바라보는 이들로서는 한 가지 의문을 가질 수밖에 없었다.

“어떻게 그렇게 키운 걸까?”

다시 말해서 얼과 쿨티다는 어떻게 했기에 저렇게 멋지고 괜찮은 사내로 자라게 한 걸까?

‘모두 다 타이거가 최고의 인격체로 거듭나기 위해 철저하게 의도된 것들이었습니다. 우선순위가 있지 않겠습니까? 이 아이의 행복이 최우선이었습니다. 이 아이가 누구이며 좋은 사람을 만들어주는 요소가 과연 무엇인지, 좋은 운동선수가 되기 이전에 좋은 사람이 더 우선이었던 겁니다.’

얼이 『뉴스위크』에 남겼던 말이다.

얼의 이야기들은 순전히 이기적이었다. 하지만 마케팅 관점에서 나이키와 타이틀리스트는 얼의 이야기를 반겼다. 그리고 『뉴스위크』 지의 사진도, 나이키 의류와 타이틀리스트 장비를 조심스럽게 노출하면서 타이거와 그의 가족들을 소박하게 보이도록 연출했다. 특히 한 장의 사진에선 얼과 쿨티다가 서로 나란히 앉아 미소를 지으며, 마치 행복한 결혼생활을 과시하며 서로의 팔짱을 끼고 있었다. 그 사진은 가족의 원래 집인 사이프러스가 아닌, 쿨티다가 새로 분가해 마련한 집에서 촬영됐다.

비록 『뉴스위크』 지에서 언급하지 않았지만, 타이거는 언제든지 그의 강력한 후원기업이 원하는 일이면 다 할 의향이 있었다.

“그렇지만 그 이상은 더 없을 것이다.” 타이거가 당시에 했던 이야기이다. “계약금으로 왕이 되고 싶은 생각은 전혀 없다.”

그러나 IMG는 그의 마음을 바꿀 의지만 가득했다.

타이거는 그의 돈을 어떻게 다뤄야 할지 조언해 줄 사람이 필요했다. 자금운영과 투자 전략은 아버지의 장점이 아닌 것도 알고 있었다. 대신 타이거는 존 머천트를 찾아가 조언을 구했다. 존 머천트가 처음 연락한 사람은 가일스 페인(Giles Payne)이라는 오랜 친구인데, 부동산 계획과 신용에 특화된 훌륭한 변호사로 정평이 나 있었다. 가일스는 존이 USGA 이사회 회원이 되는 데 중요한 역할을 했던 인물이다. 그리고 타이거를 도울 인물로 가일스 만한 사람이 없다고 여겼으며, 코네티컷 주 사우스포트에 있는 브로디 윌킨슨 법률 사무소의 가일스 동료들도 무척이나 신뢰했다. 이 법률 사무소라면 얽히고설킨 기회와 유혹들 사이에서 타이거를 잘 안내해 거대한 자산을 선물해 줄 수 있을 것이다. 타이거가 프로로 전향하자마자 가일스와 능력 있는 그의 동료들, 세스 O.L 브로디(Seth O.L Brody)와 프리츠 오베어(Fritz Ober)도 함께 일하기 시작했다. 1996년 11월 19일, 코네티컷에 본사를 둔 비영리회사를 설립했고, 회사명은 타이거 우즈 주식회사로 정했으며, 타이거가 이사회 의장, 얼이 회장직을 맡기로 했다.

일주일이 지난 뒤, 타이거의 새로운 변호사들은 플로리다에서 모였고, 타이틀리스트, 나이키와 타이거가 함께 만나 미팅을 진행하기로 했다. 의기양양한 태도로 그들은 베이힐 클럽 앤 로지에 도착했다. 두 회사의 합작 마케팅 영향력은 확실히 효과가 있어 보였다. 『뉴스위크』 지의 기획기사 외에도 짐 리스월드가 제작한 또 다른 역작의 광고가 전파를 탔다. 소수인종 아이들이 카메라를 바라보면서 "내가 타이거 우즈입니다."라고 말하는 구성이었다. 모든 것이 성공 가도를 달리는 가운데 신설 비영리법인에 금전적 지원을 할 수 있는 방법, 즉 소외된 유소년들에게 골프 기회를 제공함에 있어 추진체가 될 방법을 찾기 위해 타이거와 그의 팀은 이틀 동안 청사진을 만들 계획이었다.

본격적으로 사업을 시작하기 전에 그들은 골프 라운드를 한 차례 가졌다. 타이거는 존과 함께했다. 18홀 동안 농담을 주거니 받거니 서로 놀리면서 보냈다. 아마추어에서 프로로 전향하는 데 큰 도움을 준 존 머천트에게 타이거는 감사해했다. 존은 타이거에게 중요한 순간마다 타이거의 뒤를 봐 줬고, 타이거가 온전히 의지할 수 있는 재정적, 금전적 자문의 팀을 구성해 줬다. 타이거는 그날 저녁 전략회의를 존에게 맡아 달라고 요청했다. 원래 존이 맡은 일이었기 때문에 흔쾌히 수락했다. 존은 회의 테이블에 앉을 사람들의 절반을 직접 뽑았다.

골프를 마치고 나서 존은 얼을 만나 가볍게 한잔하려 했다. 둘은 이미 세상 꼭대기에 있는 듯 최고의 기분이었다. 한 잔이 두 잔, 두 잔이 석 잔으로 불어났다. 얼마 지나지 않아 두 사람 모두 마티니를 다섯 잔씩 비웠다. 예정된 전략회의를 위해 6시에 비틀거리며 나타난 둘은 술기운이 많이 올라 있었다.

머천트는 자신의 자리가 아쿠시네트사(타이틀리스트의 모기업)의 대표이사인 월리 율라인, 타이틀리스트의 첫 아프리카계 미국인 판매직원 크레이그 보웬(Craig Bowen) 사이에 있는 것을 확인했다. 타이거가 고등학생이었을 때 존이 타이거와 얼을 크레이그에게 소개해 줬다. 그 인연으로 타이틀리스트와의 계약에 타이거가 서명할 수 있었다. 그리고 그 관계로 타이거 우즈 주식회사의 각종 내규를 확립하는 데에 타이틀리스트가 도움이 되어 주었다. 같은 테이블의 다른 사람들은 존이 타이거의 유력인사들이라고 칭했던 필 나이트 그리고 입이 마를 정도로 타이거의 돈을 만지는 남자들이라고 존이 애정 어리게 부르는 두 사람인 프리츠 오베어, 가일스 페인 그리고 얼이 앉아 있었다.

모든 이들이 자리에 있는 것을 확인하고는 존이 먼저 입을 열었다. 내용인즉 나이키가 타이거와의 계약금 4천만 달러 중에 백만 달러를 타이거 우즈 주식회사에 투자한다는 것을 확인했다. 하지만 술로 인해 존의 혀가 풀렸고, 마음속에 품고 있던 생각을 꺼내고 말았다. 그 백만 달러가 얼의 책임하에 유소년 골프 활동에 쓰이는 데에 반대 의견을 드러내게 되었다. 존 입장에선 얼에게 백만 달러를 쥐어 준다는 위임장으로 보였다.

존은 결국 폭발하고 말았다.

"이렇게 하면 안 되죠. 얼이 얼마나 중요한 사람인지 저는 상관없습니다. 이 사람 혼자서 주니어 골프 관리가 되겠어요? 그냥 나이키가 얼에게 돈 건네준 것만으로 해결될 일이 아니라고요. 얼은 그 돈 받아서 써 버릴 사람입니다."

순식간에 침묵이 테이블에 감돌았다. 미국에서 소외계층에 골프를 전수하기 위한 그의 야심 찬 선견지명을 나타내기는커녕 존은 오히려 분위기를 거북하게 만들었다. 결국 미팅은 무기한 연기됐고, 타이거는 한마디도 하지 않고 자리를 떴다.

크레이그가 타이거를 따라나서며 불렀다.

"타이거, 괜찮아요?"

"아니요. 괜찮지 않습니다. 아버지도 알고, 존도 알아요. 괜찮을 리가 없어요."

존과 얼 모두 술을 과하게 마셨던 것은 사실이다. 일단 다들 방으로 들어가서 잠 좀 청하고 다음 날 새로운 마음으로 하는 게 더 낫겠다고 결정했다. 그렇지만 얼 우즈 중령에게 잘 알려진 두 가지가 있는데, 하나는 절대 고맙다는 말을 하지 않는 것, 또 하나는 사소한 것 하나 절대 잊지 않는다는 것이다. 얼에게는 아주 차갑고 무자비한 구석이 있었다. 타이거가 언젠가 '목을 따서 그 자리에 앉고 그 사람의 만찬을 취해라.'고 아버지가 말했다고 했다.

다음 날 아침 모든 이들이 다시 회의실에 모였고 테이블에는 아침 식사가 놓여 있었다. 과음에서 기운을 차린 존은 크레이그와 윌리 사이의 자리에 자신의 서류 가방을 내려놓고 커피를 가지러 가려는 사이 얼이 존을 잡아 세웠다. 존에게 이 일에서 손 떼라는 말로 즉시 해고했다.

존은 무척이나 놀란 표정으로 자신의 친구를 바라봤다. 모든 걸 함께 헤쳐나갔던 친구 같은 사람이 아니었던가? 타이거의 아마추어 경력을 위해서 대 준 돈줄은 과연 뭐였던가? 대가 없이 해줬던 일들이며, 코네티컷주에서 근무하는 동안 겪었던 문제들도 다 허사란 말인가? 브로디 윌킨슨 법률사무소 변호사들을 타이거하고 연결해 준 것들도 의미가 없었던 일인가? 뭐 이런 일이 다 있단 말인가?

"참으로 어려운 결정을 해야만 했습니다."

고통스러운 척하는 표정으로 얼이 말했다.

"왜죠?"

존이 물었고, 얼은 침묵했다.

"대체 뭐가 문제인 건가요?"

존이 재촉했지만 얼은 입을 다물었다.

존은 현기증이 나는 듯했다. 그의 지위는 없는 것이나 마찬가지였다. 존은 이제 타이거의 변호사가 아닌 것으로 그 자리에서 결정됐다.

두 사람은 더 대화하지 않고 회의실로 향했다. 얼은 자리에 앉아서 아침을 먹었고, 존은 자신의 서류가방을 들고 회의실에서 나갔다. 한 시간도 지나기 전에 존은 퇴실 수속을 마치고 곧장 공항으로 향했다.

존의 신뢰 깊은 친구들인 가일스 페인과 프리츠 오베어는 이 상황이 난감했지만, 어쨌든 그들은 타이거의 사업 관련 업무들을 넘겨받았다. 타이거의 새로운 개인 변호사로서 그들은 바로 업무에 착수했고, 아일워스의 자산을 IMG에서 타이거에게로 양도하는 증서를 집행했다. 서류상의 주소는 코네티컷주 사우스포트, 레널 드라이브 135(타이거의 새 법률 사무소)로 적혀 있었다. 그리고 타이거 우즈 회수 신탁도 발행했는데 피신탁인은 타이거와 얼로 정했다.

브로디 윌킨슨 사무소를 존에게서 소개받아 남겨둔 것이 타이거가 존에게서 받은 조언 중 가장 주요한 결과물이었다. 그 사무소는 수십 년간 타이거의 재산을 관리했고, 타이거의 어마어마한 부의 축적을 가능케 했다. 다른 젊은 운동선수들은 20대 초반 백만장자로 있다가도 은퇴하고 나서는 부도나기 일쑤였지만 타이거는 축적된 부를 잘 유지할 수 있었다.

2주 뒤 존은 얼로부터 편지 한 통을 받았다. 2주 동안 일한 데 대한 퇴직금이었다. 존은 간단한 문장과 함께 돌려보냈다.

'너나 처먹고 떨어져.'

존은 얼이 대체 왜 자기를 해고했는지 이유를 알 수 없었다. 하지만 몇 달 뒤, 어떤 골프 대회에서 쿨티다를 만났다. 둘은 그래도 말이 통했고, 존이 타이거의 인생에서 아무것도 아닌 사람이 됐다는 점에 그녀는 유감스러워했다. 사적인 대화 자리에서 쿨티다는 존이 해고당한 것에 대해 그녀의 생각을 솔직하게 말했다. 타이거는 얼의 말을 잘 듣는다고 했다. 타이거의 인생 자체가 아버지의 말을 잘 따르는 것이었는데 갑자기 돈과 투자에 대해서 다른 이의 말을 들어야 하는 상황이 펼쳐졌다. 얼이 아닌 다른 사람의 말을 듣는 것이 얼에게는 눈엣가시였다.

"결국엔 부모 말이 맞습니다."

쿨티다가 존에게 말했다.

존은 그 이후 타이거와 연락하지 않았다. 존이 타이거에게서 들었던 마지막 말은 베이힐 18번 홀을 마치고 나서 타이거가 존을 보고는 미소 짓더니 했던 말이었다.

"알러뷰 맨!"

CHAPTER ELEVEN

명인열전

화창한 월요일, 타이거는 캘리포니아주 터스틴에 있는 어머니의 새집에 머물고 있었다. 1997년 1월 13일이었다. 길가에 반짝이는 새 메르세데스가 한 대 주차돼 있었다. 칼스베드의 라 코스타 리조트 앤 스파에서 하루 전에 끝났던 메르세데스 벤츠 챔피언십 우승으로 21만 6천 달러의 우승 상금과 함께 얻은 부상이었다. 쿨티다의 새집과 함께 그녀가 사용할 고급 차를 수소문하다가 그 차를 그냥 선물하기로 했다. 뭐, 어떤가? 쿨티다는 자신의 삶을 타이거에게 헌신했고, 그 헌신은 타이거가 진정으로 훌륭한 선수로 성장하는 데에 중요한 역할을 했다. 타이거의 21번째 생일이던 2주 전, 타이거는 최고의 생일선물을 받았다. 『SI』 지의 연말 발행본에서 타이거를 표지에 올리며 1996년 올해 최고의 스포츠 선수로 선정했는데 최연소였다.

1996년엔 타이거 말고도 다른 종목에서 엄청난 선수들이 프로로 데뷔했다. 18살의 코비 브라이언트(Kobe Bryant)가 로스앤젤레스 레이커스에 입단했고, 22살의 데릭 지터(Derek Jeter)가 뉴욕 양키스에, 갓 14살의 세레나 윌리엄스(Serena Williams)가 프로로는 첫 대회를 1995년 말에 치렀다. 이들 모두 각자의 종목에서 슈퍼스타가 된 것은 의심의 여지가 없을 것이다. 그러나 1996년에는 타이거의 명성이 다른 스포츠 스타들보다 한참을 넘어서 있었고, 순식간에 PGA 투어의 판도를 바꾸며 미국에서 강력한 운동선수로 자리 잡을 것으로 전망됐다. 타이거는 처음 일곱 개 대회 출전에서 6위, 11위, 5위, 3위, 우승, 3위, 다시 우승으로 장식했다. 특히 마지막 다섯 개 대회 모두 5위 내의 성적은 경험 많은 프로 선수에게서조차 보기 어려운 성적이었으며 신인에게는 어림도 없는 결과였다. 그는 PGA 투어 평균 드라이브 거리(302.8 야드), 라운드 평균 버디, 이글 빈도에서 1위에 있었는데, 특히 이글은 57홀에 한 번씩은 꼭 나왔다. 단 일곱 번째 대회 만에 투어 상금 순위 24위에 자리했다.

타이거로 인해 골프 대회 분위기도 순간적으로 바뀌었다. 하루가 지나면 갤러리 입장 수가 두 배, 세 배가 됐고, 남녀노소와 피부색이 무색했다. 특히 골프를 갓 배우기 시작한 다양한 피부색의 유소년들이 대회장에 나타났다. PGA 투어의 시청률은 정점을 모르는 듯 치솟았다. 타이거의 골프 소식은 미식축구나 NBA를 제치고 스포츠 소식의 일면을 장식했다. 스포츠 기자들은 '이런 일이 진짜 일어나고 있구나.' 하고 감탄을 금치 못했다. 『타임스』, 『뉴스위크』, 『워싱턴 포스트』, 『뉴욕 타임스』 어디에서나 타이거의 이름을 볼 수 있었다. 매일 역사가 새로 쓰이는 듯했다. 투어 활동을 오래 한 선수들마저 위대한 선수가 나타났다고 공공연히 인정했다. 타이거의 등장은 골프 역사에서 가장 성공적이라 할 수 있다. 그리고 타이거는 1997년 PGA 투어 시즌의 첫 대회를 우승으로 장식하며 새해를 시작했다. 나이키가 어쩌면 맞는 말을 한 게 아닐까? 골프계는 아직 타이거를 맞이할 준비가 미처 안 된 듯했다.

타이거가 1월의 월요일 아침에 어머니의 집에 머무는 동안 그로서는 조금 버거울 수 있는 기대에 직면했다. 일단 1997년 시즌 첫 대회를 우승으로 장식하며 투어 3승을 기록했는데, 이미 예상된 것이기도 했다. 그의 삶에서의 여러 국면처럼 올해의 선수로 지명됐다는 것은 어쩌면 사람들이 더 많은 기대를 할 수도 있다는 맹점도 있을 것이다. 『SI』 지가 그 영예의 자리에 타이거를 선택하면서 선임기자 게리 스미스(Gary Smith)가 기사 작성을 맡았다. 본래 게리는 골프에 대한 취재 경험도, 흥미도 없던 상태였다. 그의 특기는 인간적 흥미를 유발하도록 개인적인 부분까지 꿰뚫어 보는 것이었다. 1996년 말 즈음에 게리는 투어 대회에 타이거를 많이 따라다니지 못했고, 그의 삶에 관한 대화를 나누는 시간도 거의 갖지 못했다. 그렇지만 타이거의 아버지와 이야기를 나누면서 타이거에 대해 어느 정도 감이 잡히는 듯했다.

"타이거는 인류를 위해 이 세상 그 어떤 사람들보다 더 중요한 일을 할 것입니다."

얼이 게리에게 말했다.

흥미롭게 여긴 게리는 얼에게 후속 질문을 이어갔다. 얼은 스포츠 역사에 대해서 언급한 것인가? 조 루이스(Joe Louis), 재키 로빈슨(Jackie Robinson), 무하마드 알리(Muhammad Ali), 아서 애시(Arthur Ashe)보다 더 위대한 선수가 될 것이라는 말인가?

"그들을 뛰어넘는 선수가 될 겁니다. 그들보다 더 압도적이고, 더 고학력이고, 더 준비됐기 때문입니다."

얼이 답했다.

"더 없나요?" 게리가 물었다. "넬슨 만델라, 간디, 부처는 어떤가요?"

"그렇습니다. 왜냐하면 그들의 시대와는 규모 자체가 다르기 때문입니다. 타이거는 세계적인 스포츠 종목의 선수입니다. 타이거는 소수 인종이어서 그 기적을 이루기에 합당합니다. 그는 동서양을 연결하는 다리입니다. 타이거 자체가 인도자이기 때문에 거칠 것이 없습니다. 앞으로 어떤 모양새가 될지 아직 알 수 없습니다. 하지만 그는 선택된 자입니다. 그는 세계에 영향을 줄 힘을 가질 것입니다. 사람이 아니라 세계 말입니다. 이 세상은 그의 능력에서 아주 작은 부분만 살짝 봤을 뿐입니다."

'선택된 자'로 제목이 붙은 게리의 기사는 스포츠 저널리즘 연보에서 현존하는 운동선수의 가장 진심 어리고 세상의 관심을 불러일으키는 메시지로 기록될 것이다. 기사에선 타이거를 다음과 같이 정의했다. '스포츠계에서 가장 빠르게 지배적인 자리에 오른 보기 드문 선수'로 말이다. 하지만 또 다른 의문점 하나가 더 떠올랐다. '과연 누가 이길 것인가? 기계? 아니면 그 기계의 목구멍으로 이제 막 들어온

신예?'

목구멍(maw)은 사전적 의미로 식탐이 강한 짐승의 턱을 뜻한다. 그리고 얼 데니슨 우즈만큼 짐승을 사육한 사람은 없었다. 아들의 역사적인 등장을 축하해야 할 『SI』의 기획기사였지만, 얼은 스포츠 업계에서 점유율이 높은 지면을 활용해 역사상 전무한 스포츠 스타의 부모로서 타이거에 대한 가늠하기 힘든 기대를 축적했다. 전도유망한 선수들의 뒤에서 자식을 채찍질했던 부모와는 달리 얼은 타이거가 한 종목에서 최고가 되는 것으로는 충분하지 않았다. 그의 아들이 인류에 있어 위대한 지도자들을 넘어서는 사람이 되기를 원했다.

타이거가 말을 하기 시작할 때부터 얼과 쿨티다는 아들에게 특별한 아이이며 신동이라는 말을 끊임없이 전했고, 또 그에 걸맞은 교육을 했다. 타이거는 사춘기에도 골프 말고는 다른 일에 손도 대지 않았다. 잔디 깎기나 신문 배달도 하지 않았고, 주유소에서 일해본 적도 없었다. 집에서 허드렛일도 거들지 않았다. 쓰레기를 내다 버리는 일이나 설거지, 요리도 전혀 하지 않았다. 부모가 애지중지 키웠기 때문에 보모를 두지도 않았다. 이러한 평범한 일을 타이거는 단 한 번도 경험하지 않았다. 타이거가 성인이 된 후 골프 코스에서 엄청난 것들을 할 것이라고 그의 부모가 항상 믿었기 때문이다. 일단 그 엄청난 일을 이루고 나면, 그제야 그의 아버지가 한결같이 타이거의 존재 이유를, 세상을 바꾸는 것을 증명할 수 있게 될 것이었다. 수년간 타이거는 어마어마한 기대치의 압박을 견뎌냈다. 그러나 얼은 『SI』 지에 당당한 성명을 내면서 판돈을 더욱 키웠다.

타이거는 아버지의 발언으로 인해 종종 난처한 상황에 부닥치곤 했다. 이럴 때 가족의 내력을 잘 아는 스포츠 기자는 그의 부친이 결국엔 너무 지나쳐 선을 벗어났다고 전했다. 어떤 이는 소리 내어 웃었고, 또 어떤 이들은 진심으로 안타까워했다. 타이거의 스윙코치인 부치 하먼은 지긋지긋하다는 듯 '얼은 진짜로 통제할 수 없게 됐다.'고 불평했다. 하지만 타이거는 얼의 편에 있었다. 타이거는 항상 그래 왔듯이 감정을 억제하고 받아들였다. '이런 것들이 전혀 두렵지 않아.' 타이거는 스스로 다독였다. '나는 이 부담을 감당할 수 있어.' 타이거는 애초부터 이렇게 생각하도록 교육받았고, 나약해지지 않도록 훈련되어 있었다. 전쟁포로로 사로잡혔을 때를 대비하여 강인하게 하는 훈련법, 즉 깎아내리고 인종에 대해 악담을 퍼부으며 타이거를 극단으로 몰던 아버지를 향해 타이거는 결코 그만하라고 한 적이 없었고 지금도 그렇게 하지 않는다. 오히려 그가 스스로 최면을 걸었던 것을 떠올린다. '나는 정신적으로 가장 강력한 골퍼이다.' 타이거가 게리에게 했던 이야기이다.

그리고 타이거는 그러한 마음가짐으로 어머니의 집을 나서 주차되어 있던 리무진 뒷자리에 몸을 실었다. 차 안에는 43살의 찰스 P. 피어스(Charles P. Pierce)가 기다리고 있었다. 인터뷰를 감독하기 위한 IMG 직원은 자리에 없었다. 찰스는 또 다른 타이거의 특집 기사를 작성하고 있었다. 다음 달에 나올 『젠틀맨 퀄리티(Gentleman Quality, 이하 GQ로 표기)』 월간지의 커버스토리에 실을 이야기였다. 게리 스미스만큼 저널리즘 계에서 유명하긴 하지만, 찰스는 기존의 형식을 타파하는 통찰력과 가끔은 부적절한 산문까지 사용하는 왕성한 활동의 작가였다. 그가 봤던 스윙 중 가장 완벽한 스윙을 구사하는 타이거, 30세 이하 골프선수 중 가장 위대하며, 메이저 대회에서 잭 니클라우스보다 더 많이 우승할 것이라고 찰스는 이미 마음의 답을 정해 놓은 상태였다. 그러나 찰스는 얼 우즈가 『SI』 지에서 말했던 것 중에 신의 의도를 아는 것처럼 이야기한 것에 대해서는 신뢰하지 않았다. '나는 얼 우즈가 사냥개 한 무리와 토마스 아퀴나스가 인도하듯이 하나님의 의도를 알아낼 수 있다고 생각하지 않는다.' 찰스가 기사에 적은 이야기이다.

찰스는 타이거를 알고 있었던 것만큼 타이거는 찰스에 대해 잘 알지 못했다. 하지만 롱비치의 스튜디오로 향하는 리무진 안에서 찰스가 『SI』 기획기사에 관한 이야기를 하자 이내 기사에 대해 솔직하게 털어놓았다.

"그 기사는 너무 깊게 갔습니다. 기자들은 참, 별것도 아닌 걸로 깊이 알아내려고들 노력한다니까요."

사진 촬영을 진행하는 동안 타이거는 멋진 의상들을 준비하는 미모의 여성 네 명과 함께했다. 패션 전문 사진작가의 카메라 셔터 돌아가는 소리와 함께 타이거의 농담이 연신 들뜬 여성들을 웃게 했다. 타이거는 〈악동 클럽(The Little Rascals)〉* 아이들에게 선생님이 특정 단어를 제시하면 학생들이 문장 만드는 수업을 진행하는 이야기를 하고 있었다.

"첫 단어는 사랑이었어요. 스팽키가 '저는 강아지를 사랑해요.'라고 답했지요. 두 번째 단어로 존경을 말했고, 알팔파가 손을 들고는 '강아지를 사랑하는 스팽키를 존경해요.'라고 답했어요. 세 번째 단어로 받아쓰기를 선생님이 제시했는데, 교실에 잠시 정적이 흘렀어요. 그런 뒤에 벅위트가 손을 들어 '이봐 달라(Darla), 내 거시기 받아쓰니까 어때?'라고 말했어요."

여자들은 웃었고, 타이거의 말장난이 더해갔다. 타이거는 재미있는 이야기를 더 늘어놓았고 찰스는 이 농담을 모두 기록했다. 사진 촬영이 끝나갈 때 즈음 타이거는 레즈비언들이 왜 게이들보다 더 빨리 가는지 물었고 타이거가 바로 답했다.

"왜냐하면 레즈비언들은 항상 69로 가기 때문이에요."

여자들은 더 크게 웃었고, 찰스도 놓치지 않고 적었다.

타이거가 찰스를 보며 말했다.

"이봐요. 이런 것까지 적는 거예요?"

"이미 다 적었는걸요?"

찰스 답에 다들 웃었다. 하지만 찰스는 진심이었다.

리무진을 타고 어머니의 집으로 가는 동안 타이거는 하품하며 찰스에게 말을 걸었다.

"자, 오늘 촬영 어떤 것 같았나요?"

찰스는 진심을 말하고 싶지 않았다. 현존하는 운동선수 중에 가장 압도적이며, 이번 『GQ』 커버 사진으로 타이거는 다음 해에 296번 여자와 잠자리를 가질 것이

* 트라비스 테드포드, 버그 홀, 브리터니 아쉬톤 홈스 주연의 1994년 영화.

라고 속으로 생각했다. 대신 타이거는 어떻게 생각하는지 듣고 싶어 했다.

"중요한 건 그들에게 시간을 주고 그걸 지키는 거예요. 제가 만일 거기 가서 한 시간 있기로 약속했으면 한 시간 있는 겁니다. 만일 그들이 더 있어 주기를 원하면 저는 '웃기지 마세요.'라고 하고 나오면 됩니다."

찰스는 이 이야기도 적었다. 찰스는 타이거와 함께 있으면서 들은 이야기는 모두 적었다. 가야 할 곳과 만날 사람도 많고, 가꿔야 할 것 많은 타이거이지만 흔들림이 없어 보였다.

자정에도 타이거는 여전히 많은 사람을 불러모았다. 2월 초 타이거가 어머니와 태국 방콕에 도착하자 공항은 팬들로 넘쳐났다. 태국 주요 방송국 다섯 곳 중에 네 곳에서 그 상황을 생방송으로 전했다. 나이키가 이번 여정을 성사시켰는데, 타이거의 방문이 아시아의 잠재 시장을 깨울 수 있다고 예측해서였다. 초청료로만 44만 8천 달러를 받았고, 10타 차 우승한 대가로 4만 8천 달러를 받았다. 어머니의 고국에 머무르는 동안 총리의 개인 접견까지 받고, 저명한 사업 대표들을 만났으며, 비공개 모임과 환영회에서 축배를 받기도 했다. 곧바로 호주 마스터스에 출전하기 위해 멜버른으로 향했는데 초청료로 30만 달러를 받았다. 1997년 PGA 투어에서 활동하던 선수들에게는 이처럼 투어 밖의 출전이 놀라운 일이었고 여정 또한 그러했다. 이 모든 것이 타이거를 세계적인 상품으로 만들기 위한 것이었다. 얼은 여정에 함께하지 않았다. 털사에서의 응급실 사건 이후 혈관 조영술을 진행한 결과 손상되거나 막힌 동맥이 여러 군데에서 발견됐다. 새로운 다이어트 프로그램과 함께 금연, 금주하면서 생활습관을 완전히 바꿔야 한다는 조언과 함께 삼중 혈관 우회 수술이 예정되어 있었다. 2월 말 UCLA 메디컬 센터에서 수술을 받을 예정이었다. 타이거도 모든 일정을 뒤로 하고 병원에 있기로 했다. 위중한 수술이었기 때문에 얼은 중환자실에 입원하여 다소 과한 약물치료를 받고 있었다. 타이거가 모니터를 지켜보던 중 심장이 뛰는 신호가 사라진 적이 있었다. 타이거가 나중에 회고한 내용이었다.

"아버지께서 나중에 말씀하셨는데, 갑자기 따뜻해지면서 한 줄기 빛을 향해서 걸어가는 느낌이었다고 하셨습니다. 하지만 아버지는 그 빛 속으로 가시지 않겠다고 하셨답니다."

처음으로 타이거는 아버지가 없는 그의 삶을 잠깐이나마 떠올렸다. 타이거는 아무 말 하지 않았지만 얼은 아들의 감정을 알 수 있었다.

"타이거는 매사에 감정적이지 않습니다. 저도 그렇습니다. 그럴 필요 없죠. 그냥 손잡고 포옹 한 번 했으면 그게 다 말한 겁니다."

얼이 퇴원 후 얼마 지나지 않아 했던 말이다.

3월에 타이거는 다시 투어로 돌아왔다. 베이힐 인비테이셔널 2라운드를 준비하는 동안 『GQ』의 앞면에 나온 자신의 사진을 봤다. 미소 띤 표정과 단정하고 선이 살아있는 정장과 타이가 잘 어울려 사진은 근사했지만 헤드라인은 섬뜩했다. '타이거 우즈의 등장, 스포츠의 차세대 구세주' 불길한 예감이 스쳐 지나갔다. 잡지를 펼쳐서 기사의 제목을 봤다. '타이거 우즈, 이 남자입니다. 아멘!' 그리고 그 아래 굵은 글씨체로 쓰여 있는 내용은 '우즈의 성자 얼의 성서에서, 이제 우리 다음 장, 1997절을 봅니다. 예정된 구세주가 우리에게 내려올 것입니다. 그는 후광과 나이키의 곡선 등을 안고 나타났습니다. 아아! 21살의 젊은이로구나!'

타이거는 찰스에게 말했던 것들이 모두 기억나진 않았다. 인터뷰한 지 두 달이 넘었고 그동안 사실상 타이거 열풍이 최고조에 달하고 있었다. 어쨌든 내용을 읽기 시작했다. 시작부터 불경스러운 농담으로 장식됐고, 촬영이 끝나고 어머니 집으로 리무진을 타고 가는 길의 대화도 실렸다. 그중에 타이거와 리무진 기사와의 대화도 빼놓지 않았다. 타이거가 기사에게 말했던 내용이다.

"진짜 제가 이해할 수 없는 건 왜 예쁜 여자들은 야구장과 농구장에만 가는 거죠? 혹시 그런 얘기 들어보셨는지 모르겠네요. 사람들이 농담처럼 말하는 거 있잖아요? 흑인들 거기가 크다고 하는 거요.”

이런 맙소사. 찰스가 그 얘기까지 책에 실을 줄은 타이거는 상상도 못 했다. 그 얘기는 리무진 기사에게 한 말이지, 기자한테 한 말이 아니라고. 음탕하고 저속한 농담들이 그 기사에 고스란히 담겨 있었다. 타이거가 흑인, 레즈비언, 게이를 비롯해서 벅 위트의 저속한 추태 등에 관해 한 이야기들은 토요일 밤 대학 캠퍼스의 남자 학생회관에서 맥주통 주위에 앉은 스물한 살의 평범한 사내들이 말하는 것과 별반 다를 바 없었다고 찰스는 평했다. 그다음 내용으로 이어졌다. ‘그가 했던 농담들은 이 잡지에 등장하면 완전히 다른 이야기가 될 것입니다. 왜냐하면 그는 보통의 스물한 살 사내가 아니기 때문입니다.”

뭔가 강하게 한 방 맞은 느낌이었다. ‘내가 왜 그렇게 멍청했지?’ 타이거는 스스로를 다그쳤다.

IMG는 곧바로 보도자료를 냈다. 우즈가 성명서에서 밝혔다. ‘제가 스물두 살이라는 것 그리고 의욕 넘치는 기자들 앞에서 천진난만해지는 건 모두가 아는 것입니다. 해당 기사가 이를 입증했고, 저 또한 그걸 굳이 숨길 필요는 없다고 생각합니다. 아버지에 대한 비하 말고는 유치하고 사소한 것들이어서 웃어넘기면 됩니다. 왜 아버지에 대한 그런 저질스런 공격들이 있는지 이해할 수 없습니다.’

찰스의 기사로 인해 얼이 아들을 위해 만든 이야기에서 오점이 드러났다. 그리고 그로 인해 타이거에게도 타격이 있었다. 가뜩이나 미디어에 대해 의심이 많은 타이거였는데, 『GQ』의 작품으로 인해 타이거는 저널리스트들을 절대 믿어서는 안 된다는 마음이 더 굳건해졌다. IMG가 타이거를 찰스와 둘이 있게 했던 상황에서 그가 취했던 행동이나 역할에 대해 다시 살펴보는 것보다 오히려 타이거 스스로 감싸는 벽을 더 두껍게 하는 계기가 됐다. 그리고 이 일로 기자들을 상대할 때 얼이 줄곧 충고하던 규칙, 질문에만 답하고 절대 한마디 더 하지 말라는 것을 상기했다. 이후로 타이거는 대본에만 충실했다. 농담도 하지 않았다. 필기구나 녹음기를 들고 나타나는 사람들 앞에서는 진심 어린 생각이나 감정을 드러내지 않기로 했다.

타이거는 또 머릿속으로 자신이 알고 있는, 자신을 취재하는 기자들에 대해 소위 거부 리스트를 두고 있었던 듯했다. 찰스 피어스는 당연히 그 명단에 있었고, 존 파인스틴이 기피 대상 1위였다. 찰스는 골프 분야를 전문적으로 맡지 않았기 때문에 크게 문제 될 것 없었다. 하지만 『GQ』 기사의 여파로 PGA 투어를 취재하는 기자들에게는 중대한 메시지가 있었다. 얼과 쿨티다의 아들에 대해 감히 비판적인 기사라도 쓰게 되면 마음속에 품은 그들의 경멸을 확인하게 된다는 것이다. 누구보다도 제이미 디아즈가 이를 가장 잘 알고 있었다.

"타이거에 대한 비판적인 기사는 그의 부모들이 가장 싫어했습니다. 즉 그들의 머릿속에는 언론이 그들의 반대편이라고 여겼던 겁니다. 얼도 항상 그런 마음이었고, 쿨티다도 같은 입장이었습니다. 쿨티다는 누가 그녀의 편에 있는지 흑백이 분명했습니다. 저한테도 누누이 말하곤 했는데, 자신을 거역하면 거기서 끝이라고 했죠. 우즈 가족에게는 항상 단두대가 존재했습니다."

플로리다주 윈더미어의 아일워스 안에 있는 타이거의 새집은 자유롭게 드나드는 피난처였다. 사생활의 보장과 함께 타이거가 집을 무척 좋아했던 이유 중 하나는 마크 오마라의 집과 가깝다는 것이었다. 마크와 부인 엘리시아, 두 자녀인 10살의 미셸, 9살의 숀은 타이거의 지척에 있었다. 얼마 지나지 않아 타이거는 가족의 다섯 번째 일원이 됐다. 그는 혼자 자신의 집에서 지내는 시간보다 마크의 가족들과 지내는 시간이 더 많았다.

가족적이면서 뛰어난 투어 프로인 마크 오마라는 타이거에게 지대한 영향을 끼쳤는데 마치 페인 스튜어트가 투어에서 신인 때의 마크를 보듬었던 것처럼 마크도 타이거에게 그렇게 대했다. 두 인연 모두 별난 것이었다. 백인이면서 40에 대머리가 된 마크는 실질적으로 타이거의 부친이라고 해도 될 연배였다. 마크가 생각하는 쾌락은 물고기가 많이 잡히는 낚시터였다. 하지만 타이거는 낚시뿐만 아니라 TV로 스포츠 시청하기, 극장에서 영화 감상하기 등 마크와 많은 것을 함께했다.

그래도 아일워스 골프 앤 컨트리클럽에서 골프 라운드를 가장 많이 했다. 그 시간 동안 타이거는 마크에게 경쟁 감각을 매일같이 전수했다. 반면 마크는 타이거에게 골프에 대해서는 큰 도움이 되지 못했다. 하지만 마크의 주변에 그렇게 오래 있으면서 타이거는 가족이 얼마나 중요한지를 알 수 있었다. 엘리시아와 마크의 아이들은 그의 성공에 없어서는 안 될 존재였다.

우즈가 생각하기에도 마크가 보통이 아닌 선수임엔 분명했다. 세계적으로 여러 투어 대회에서 정상에 올랐던 마크였지만 정작 메이저 우승과는 인연이 없었다. 어느 날 타이거가 그것에 대해 물었다. 대체 그렇게 중요한 상황에서 내로라하는 선수들을 꺾고 우승 대열에 오르지 못하는 원인이 무엇인지 알고 싶다고 했다. 마크는 잘 모르겠다고 했다. 그러나 타이거와 함께 골프를 하면서 마크에게서도 경쟁의 불꽃이 일어나기 시작했다. 그는 타이거의 승부 근성과 더불어 이기면서 끝낼 수 있는 자신감을 원했다.

반면 타이거는 마크가 이미 누리고 있는 것들, 아름다운 금발의 부인과 두 아이, 포르쉐 그리고 자신이 지내고 있는 빌라를 초라하게 만드는 호화로운 저택을 원했다. 타이거 관점에선 골프 밖에서 마크는 모든 것을 가진 사람처럼 보였다. 이미 엘리시아와 결혼한 것부터 마크에겐 탁월한 선택이었다. PGA 투어 선수들 부인 중에서 미모로는 내로라할 정도인 데다가 가장 이상적으로 편안한 분위기를 만들어내고, 타이거를 항상 환대했다. 마크가 집에 없을 때도 타이거는 현관문을 열고는 엘리시아에게 소리치곤 했다.

"오늘 저녁 뭐예요?"

그러면 그녀는 타이거 자리도 함께 마련했다. 오마라 가족의 집안 분위기는 타이거가 자랐을 때의 집안 분위기와는 아주 달랐다. 뭔가 훨씬 편안했다. 엘리시아와 아이들은 종종 수영복을 입고 집에 있는 수영장을 드나들기도 했다. 피자도 배달해 먹고, 다 같이 영화를 보러 가기도 했다. 타이거가 유년 시절 보냈던 팽팽한 긴장 속의 분위기와는 다르게 오마라의 집안 분위기는 여유로웠고 유쾌했다. 그리고 그 누구도 타이거에게 무엇을 기대하지도 않았다. 그냥 타이거 스스로 자유로웠다.

61번째 마스터스 토너먼트를 앞둔 금요일, 타이거와 마크는 아일워스에서 연습 라운드를 하며 가볍게 내기도 겸했다. 아홉 개 홀 동안에 10타를 줄인 타이거는 농담을 쏟아내면서 마크의 지갑을 탈탈 털어가는 재미까지 붙였다. 여섯 개 홀을 남기고 타이거는 티샷을 다시 한번 페어웨이로 보냈는데, 멀지 않은 곳에서 흰색의 엄청난 구름 같은 것이 뿜어 나왔다. 마크는 우주선인 콜롬비아호라는 걸 알고 있었다. 그러나 타이거는 발사장면을 본 적이 없었다. 골프 카트에 앉아서 추진기가 떨어지는 걸 지켜보는 동안 오싹했다. 타이거는 어릴 때 우주 관련 프로그램에 관심이 있었다. 미국 항공우주국과 임무에 관한 책도 읽었다. 그는 하늘을 응시하는 동안 우주선 발사를 위해 연구하는 과학자들을 떠올리며 놀라움을 금치 못했다. '진짜 위대한 업적이야!' 타이거는 속으로 생각했다. '우주비행사 일곱 명이 우주로 나가는 동안 나는 여기서 골프를 하고 있다니.' 타이거는 갑자기 그들과 비교되면서 자신이 작게 느껴졌다.

마크 또한 타이거를 보면서 놀라움을 금치 못했다. 프로로는 첫 메이저 대회 출전을 앞둔 21살의 녀석이, 이 나라의 모든 골프 기자들이 우승 후보로 꼽은 선수이다. 게다가 타이거는 분명 마스터스를 앞두고 엄청난 사회적인 부담감을 안고 있었을 것이다. 마스터스 대회의 공동 창시자 중 한 명이 했던 말이 있다. "내가 살아 숨 쉬는 동안 골프선수는 백인만 있을 것이고 캐디는 흑인일 것이다." 1975년 흑인 골퍼 최초로 리 엘더가 마스터스에 출전한 바 있다. 당시에 그는 갤러리에게서 온갖 모욕과 험담을 들어야만 했고, 어떤 이는 "당신 여기 있으면 안 되지!"라며 방해하기도 했다. 그리고 오거스타 내셔널은 1990년에서야 흑인을 멤버십으로 받기 시작했다. 그 시점에서 겨우 7년 지났을 뿐이고, 타이거가 만들어 낸 화제는 전무할 정도로 뜨거웠다. 그런데도 타이거는 하늘을 바라보면서 우주여행에 감탄하고 인공위성을 쏘아 올려 지구 주위를 맴돌게 하는 것에 대해 놀라워하고 있었다.

들뜬 채로 타이거는 다시 골프 카트에서 내려서는 나머지 여섯 개 홀을 불꽃처럼 돌았고, 59타의 스코어를 작성했다. 타이거의 최고 라운드였고, 마크는 자신이 역사의 서막을 목격했음을 감지했다.

며칠 뒤 둘은 오거스타에 함께 이동했다. 비행기에서 타이거가 마크를 바라보며 물었다.

"그랜드 슬램 달성하는 거 가능하다고 생각하나요?"

마크는 잠시 주저했다. 타이거가 이 질문을 무슨 연유로 하는지 생각하고 있었다. 그랜드 슬램, 골프의 성배이다. 한 시즌에 마스터스, US 오픈, 브리티시 오픈, PGA 챔피언십을 모두 우승하는 업적에 잭 니클라우스나 벤 호건(Ben Hogan)조차 근처에도 가지 못했다.

"굉장하겠지."

마크가 답했다.

타이거는 그랜드 슬램에 대한 대화를 더 이어가지 않았다. 실현 가능한지에 대한 문제는 아니었다. 타이거는 항상 불가능한 것에 이끌렸다. 타이거는 성배를 원했고, 그럴 가능성이 있다고 자신도 믿었다.

얼이 수술을 받은 지 6주 정도 지났지만 멀리 이동하는 것은 자제해야 한다는 의사의 강력한 주문이 있었다. 그러나 그는 타이거의 위대한 경기로 믿었던 것을 놓치지 않기로 마음먹고 오거스타로 향했다. 몸은 녹초가 됐지만 어쨌든 오거스타에 도착했다. 쿨티다와 타이거 그리고 타이거의 친구들과 머무는 동안 얼은 거의 침대에 누워있었고, 1라운드 시작 전까지도 침대에 있었다.

아버지의 건강이 더 걱정됐던 타이거는 골프 볼 세 개와 퍼터를 들고 얼의 침대 옆으로 갔다. 그러고는 퍼팅 자세를 취한 뒤 아버지에게 눈에 띄는 점이 없는지 물었다.

"손이 조금 낮은 거 같구나. 조금 더 들어 올리고 항상 그랬던 것처럼 손을 약간 둥그렇게 만든다는 느낌으로……."

얼이 말했다.

타이거는 아버지의 레슨이 필요했던 어린 시절의 그가 아니다. 21살의 그는 현재 가장 재능 있는 골프선수이다. 그가 필요로 했던 것은 과거 사이프러스의 해군 골프장에서 함께 골프를 하며 셀 수 없는 시간을 보내면서 만들어 낸 아버지와의 유대감이었다. 타이거는 그곳의 나무들이 어디에 있는지 떠올릴 수 있었고, 아버지와 골프로 연결됐던 고요한 저녁을 기억했다.

다음 날인 1997년 4월 10일, 타이거가 첫 홀 티에 나타나자 61회째 마스터스 토너먼트는 판도를 바꿀 것이라고 많은 이들이 이미 예상하였다. 옆에 있는 새로운 캐디는 마이크 '플러프' 코언(Mike 'Fluff' Cowan)으로 긴 회색 머리카락에 덥수룩한 콧수염의 외모가 마치 배우 윌포드 브림리(Wilford Brimley)를 닮았다.

많은 이들이 타이거와 플러프는 뭔가 잘 어울리지 않은 조합이라고 여겼다. 타이거는 리듬 앤 블루스나 랩 듣길 좋아하고 날카롭게 다린 옷을 입었으며 보안이 철저한 지역에서 지냈다. 플러프는 그레이트풀 데드의 로큰롤을 즐겨 들었고, 너덜너덜하고 보풀이 있는 옷을 스스럼없이 입고 다니며, 사회 초년기에는 차에서 숙식을 해결하는 방랑자 비슷한 생활을 했다고 알려졌다. 1996년 8월, 타이거가 US 아마추어를 3연패 한 후에 만나게 되었다.

그레이터 밀워키 오픈 이후 타이거는 캐디를 찾을 수가 없었고, 결국 플러프에게 도움을 요청했다. 투어에서 잘 알려지지 않았지만, 캐디로서는 확실히 성실한 사람으로 정평이 나 있었다. 아이오와주의 윌리엄 펜 대학 골프팀 대표 선수였고, 메인주 오번의 고향으로 잠시 돌아와서 1976년까지 한 골프장의 레슨 프로로 근무했다. 그 이후에 전문 캐디로 활동을 시작했다. 가장 먼저 호흡을 맞춘 선수는 피터 제이컵슨(Peter Jacobsen)이었다. 피터 제이컵슨은 20년 가까이 플러프와 투어를 누비며 여섯 번 우승한 경력에 방송과 잘 어울리는 평을 들었다. 둘은 개인적으로도 가까웠는데, 피터가 1996년 여름 초반에 등 부상으로 시즌을 접게 됐다. 타이거는 플러프에게 자신이 프로 선언을 할 예정인데 남은 시즌 일곱 개 대회에 함께 해 줄 수 있는지 물었다.

플러프는 일단 수락했지만, 피터가 다시 경기에 나올 수 있을 때까지만 하겠다는 조건이었다. 타이거는 플러프의 의리를 높이 평가하고 그에 동의했다. 하지만 밀워키에서 타이거의 클럽 백을 맡은 동안 플러프는 타이거가 매 홀 티샷하는 장면을 보면서 '이거 뭐야?'를 속으로 외쳤다. 그것은 마치 미항공우주국의 발사대 옆에 있는 듯했다. 타이거가 투어에서 두 번째 우승하면서 플러프는 타이거가 역사를 새로 쓰리라는 것을 직감했다. 그리고 그 순간 가장 가까운 자리에서 목격할 수 있는 위치에 다른 사람이 아닌 자신이 있었다. 그는 피터에게 연락해서 20년 정도 자신을 왕 대접해 준 것에 감사 인사를 한 뒤 타이거의 가방을 앞으로 계속 맡을 것이라고 알렸다. 이 결정으로 플러프는 세간의 주목을 받으며 PGA 투어에서 가장 유명한 캐디이자 역사의 한 부분으로 자리 잡았다. 젊은 흑인 선수와 나이 든 백인 캐디가 오거스타 내셔널 첫 번째 홀에 등장하는 신은 과거 풍경에서 역할이 뒤바뀐 것이었으며, 모든 것이 바뀔 것임을 생생하게 보여주는 그림이었다.

첫 번째 홀에서 타이거는 너무 흥분한 탓인지 티샷이 왼쪽으로 벗어났다. 61회 마스터스 토너먼트 첫 홀을 보기로 시작하는 순간이었고, 거기서부터 모든 것들이 무너지기 시작했다. 4번 홀과 5번 홀에서도 보기를 범했다. 자신에게 화가 나서 대체 뭐가 문제인지 자문했다. 9번 홀에서 보기를 또 하고 말았다. 처음 아홉 개 홀 동안 타이거는 4오버 파 40타를 기록했다. 모든 이들의 시선이 자신에게 꽂혀 있다는 것을 감지하며 분노와 당혹감을 안고 9번 홀 그린에서 걸어 나왔다. 머릿속엔 벌써 이번 대회는 어렵겠구나 하는 부정적인 생각이 떠올랐다. 마스터스 챔피언 중에 처음 아홉 개 홀 성적이 가장 안 좋았던 기록은 38타였다. 타이거는 곤경에 처해 있었다.

"우린 겨우 아홉 개 홀을 지났을 뿐입니다."

플러프가 타이거를 침착하게 다독였다. 상황을 돌릴 수 있는 여지는 아직 많이 있었다.

타이거가 플러프를 가장 인정했던 부분은 흐름에 모든 것을 맡기는 방법을 선호한다는 점이다. 마치 어떤 상황에서 어떻게 말해야 하고, 또 하지 말아야 할 말이 무엇인지를 파악하고 있는 듯했다. 위기의 순간에서 타이거에게 필요한 단 한 가지는 긴장감이었다.

별다른 말 없이 타이거는 10번 홀로 걸어가면서 타이거를 부추기는 팬들을 못 본 척하고 지나갔다. 무엇이 잘못됐는지 안간힘을 쓰는 동안 머릿속 아주 깊은 곳에서 과거 타이거가 열한두 살이었을 적에 아버지가 알려 준 전쟁포로의 강인한 기술을 떠올렸다. 그 당시에는 너무나 가혹했다. 하지만 얼은 골프의 흑인 영웅이 되기 위해서는 부정적이고 불안한 마음을 떨쳐야 한다고 때때로 이야기했다. 1라운드 중간에 무너질 것이라는 예측에 맞선 타이거는 일단 앞에 있는 목표에 집중했다.

10번 홀 티에서 타이거는 2번 아이언을 꺼내 들었고, 플러프는 그 선택을 마음에 들어 했다. 그러고는 페어웨이로 깔끔한 샷을 작렬시켰다. '그래, 그거야!' 일주일 전 아일워스에서 59타를 기록했던 그 느낌이었다. 갑작스럽게 상승세를 타는 기분이었다. 페어웨이에서 볼 위치로 걸어가서는 8번 아이언으로 볼을 때려 홀에서 15피트 정도 거리로 그린에 볼을 올렸다. '좋았어. 이 느낌이야.' 타이거는 스스로 다그쳤다. '이제 괜찮을 거야.'

타이거의 심리적인 접근 방식으로 분위기는 완전히 바뀌었다. 나머지 아홉 개 홀 동안에 6언더 파 30타를 기록하며 선두와는 세 타 차, 4위에 올랐다.

"골프 게임을 위해서 아버지가 알려 주신 심리적인 훈련은 9번 홀 그린부터 10번 홀 티까지 걸어가는 얼마 안 되는 시간에 통했습니다. 후반 나인의 제 경기력으로 완전히 입증됐습니다."

타이거가 나중에 회고했다.

1라운드 끝나자마자 타이거는 연습장으로 향했다. 후반 나인에서의 그 좋은 스윙 감각을 다음 날까지 이어가기 위해 그 느낌을 최대한 몸에 저장해놓고 싶었다. 플러프와 부치는 하나하나 완벽한 타이거의 스윙을 감상하고 있었다. 두 사람 모두 아무 말도 하지 않았다. 그럴 필요가 없었다. 여전히 세 라운드가 남았지만, 61회 마스터스의 우승은 목요일 9번 홀에서 10번 홀로 걸어가는 외로운 걸음이 이룬 것이라고 할 수 있다. 그 순간부터 타이거는 나머지 선수들을 완전히 따돌렸다.

둘째 날, 타이거는 13번 홀에서 이글을 성공시키며 단독 선두가 됐고, 오거스타가 떠나갈 듯한 엄청난 함성을 자아냈다. 그날 타이거는 66타를 기록했다. 셋째 날에는 65타로 장식했는데, 그린과 페어웨이 각각 한 번씩만 놓쳤고, 마스터스 역사상 최다 타수 차 선두로 최종 라운드를 시작했다. 2위와는 무려 아홉 타 차 선두였다. 마치 시니어 선수들과의 경쟁인 것처럼 보였다. 타이거가 코스를 걸어가고 있으면 젊은 팬들이 '타이거! 타이거!'를 외쳐댔다. 바비 존스(Bobby Jones), 벤 호건, 바이런 넬슨(Byron Nelson)에 대해 전혀 모르는 사람들이 말이다. 의식적으로 그 사람들과 눈을 마주치지 않으면서 모자 끝을 살포시 꼬집으며 답례했다. 마치 수천 명의 얼굴들이 모여 뿌옇게 보이는 거인인 듯했다. 그는 그것이 그렇게 마술처럼 느껴지리라곤 꿈에도 생각 못 했다.

최종 라운드 전날 밤, 타이거는 숙소에서 앞으로 뭐가 놓여 있는지 생각했다. 아홉 타 차 선두에 한 라운드 남았다고 생각했다. '이렇게 유리한 조건을 날려버린다면 악몽이 따로 없을 거야.' 딱 1년 전에, 그렉 노먼은 최종 라운드에서 완전히 무너져 내렸다. 여섯 타 차 선두를 날려버린 것이다. 아홉 타 차 선두를 날려버리면 그 후유증은 그의 평생을 따라다닐 것을 알고 있었다. 그렇게 되길 바라지 않았다.

다들 잠이 들었지만, 타이거는 아버지의 방으로 향했다. 얼은 매우 힘들어 보였지만 아직 잠자리에 들지 않고 기다리고 있었다. 아버지는 타이거가 어릴 때부터 최종 라운드를 맞기 전에 어떻게 경기에 임해야 하는지 이야기하곤 했다. 그리고 이번엔 아버지가 어떤 말을 할지 타이거가 듣고 싶어 했다. 얼은 타이거가 겪었던 가장 험난한 최종 라운드가 될 것이라고 조언했다. 그의 의도는 명확했다. 절대로 거드름 피우지 마라.

얼에게는 다음 날 경기를 보러 집을 나서기는 무리인 듯했다. 집에서 TV로 경기를 관전할 것이므로 타이거는 아버지와 어머니가 예전보다 더 자신을 자랑스러워하게 해드리고 싶었다. 하지만 이를 위해 감정적인 것과 거리를 둬야 했다. 그는 다짐했다. '냉정한 암살자가 다시 되어야겠어.'

오거스타에 도착하자 꿈꾸던 순간이 다가왔다. 마스터스 역사상 최연소 챔피언이 될 순간이었다. 이런 일이 진짜 일어나는 건지 자신에게 물었다. 떠올리기만 해도 신나는 질문이었고, 전국을 사로잡은 듯한 기운 나는 질문이었다. CBS에서 생중계되는 마스터스를 보기 위해 4,400만이 넘는 사람들이 TV 앞에 모였다. 전년과 비교해 65퍼센트나 더 증가한 수치였다.

흰색 나이키 로고의 빨간 상의를 입은 타이거는 3시가 조금 지나서 첫 홀 티에 올라서서 집중하였다. 그리고 9번 홀에서 볼을 꺼낼 때까지 그 집중 상태를 유지했다. 이번에는 사흘 전에 느꼈던 그 느낌과는 너무 달랐다. 63개 홀을 지나왔고 9개 홀이 남은 상황에서 타이거는 다른 이들이 넘볼 수 없는 정도로 선두를 질주하고 있었다. 10번 홀로 걸어가면서 그는 잠시 마음을 놓고 집에서 TV로 보고 계실 아버지를 떠올렸다. 그리고 어머니도 떠올렸다. 어릴 때부터 타이거가 나갔던 대회들 거의를 함께 걸어 다녔고, 지금도 코스 어딘가에서 걷고 있을 어머니였다. 10살에 두 분과 거실에 앉아서 잭 니클라우스의 1986년 마스터스 우승을 지켜보며 이 순간을 꿈꿔 왔던 타이거였다. 그리고 여기, 11년이 지난 시간에 잭 니클라우스조차도 엄청난 관중을 제치고 역사적인 타이거의 순간을 조금이라도 잘 보기 위해 애를 쓰고 있었다. 꿈은 현실이 됐다. 이제는 타이거가 과연 역대 최저타로 대회 기록을 새롭게 작성할 수 있을지의 여부가 큰 이슈였다.

쇠약해져 힘든 상황이었지만 얼은 역사적인 순간의 대회를 놓치고 싶지 않았다. 대회의 피날레를 목격하기 위해 얼은 안간힘을 쓰며 침대에서 나와서는 타이거의 친구에게 운전을 부탁하고 골프장으로 향했다. 얼은 18번 홀 그린에서 기다리며 작은 TV 수신기로 타이거가 18번 홀 페어웨이를 향하는 장면을 보고 있었다.

그가 20대에 들어선 지 이제 15개월 정도가 지났다. 그린으로 걸어가는 길에 타이거는 그에게 아주 가까이 있는 어마어마한 팬들 사이를 지나갔다. 역사의 가장 자리에 있다는 들뜬 감정이 벅차올랐다. 타이거의 마지막 5피트 거리 파퍼트는 관중을 광란의 도가니로 만들었다. 타이거는 오른손으로 어퍼컷 세리머니를 했다. 가장 먼저 플러프와 포옹을 했고, 병약한 그의 아버지에게로 달려가 그를 껴안았다. 쿨티다는 자랑스러운 표정으로 둘을 바라봤다.

얼이 흐느끼며 소리쳤다.

"우리가 해냈어! 우리가 해냈어! 우리가 해냈어!"

타이거는 가만히 아버지의 말을 들었다.

"사랑한다, 아들아! 너무나 자랑스럽구나!"

얼이 속삭였다.

이 말들은 타이거가 아버지에게서 듣기 힘들었고, 듣고 싶어 했던 말이었다. 결국 타이거도 눈물을 터뜨렸고, 쿨티다도 함께 부둥켜안았다. 셋은 그 순간 하나가 되었다. 타이거의 인생에서 가장 행복했던 순간이었을 것이다.

CHAPTER TWELVE

열광

캐시어스 클레이가 헤비급 권투에서 소니 리스턴을 제압하고, 멕시코시티 올림픽 육상 종목 멀리뛰기에서 밥 비먼이 29피트 4$\frac{3}{8}$ 인치를 뛰며 기존 기록에서 2피트나 넘어 금메달을 목에 걸었고, 세크리테리어트가 벨몬트 스테이크 경마에서 무려 31 마신(馬身)* 차이로 결승선을 통과해 트리플 크라운을 달성했던 것처럼 오거스타에서 타이거의 기록적인 경기는 이러한 역사적인 사건들과 어깨를 나란히 하는 놀라운 사건이었다. 단순히 타이거가 동률을 만들거나 경신한 기록들을 보면 믿기 어려운 내용이다.

- 대회 최연소 챔피언: 21년 3개월 14일(기존 기록: 1980년 세베리아노 바예스테로스-23년 4일)
- 72홀 최소타: 270타(28언더 파)(기존 기록: 271타-1965년 잭 니클라우스/1976년 레이 플로이드)
- 최다 타수 차이 우승: 12타 차(기존 기록: 9타 차-1965년 잭 니클라우스)
- 2~4 라운드 최소타: 200타(기존 기록: 201타-1975년 조니 밀러)
- 1~3 라운드 최소타: 201타(동률 기록: 201타-1976년 레이 플로이드)
- 2~3라운드 최소타: 131타(기존 기록: 132타-1986년 닉 프라이스)

* 경마나 경정 등에서 경쟁체 간의 차이를 말할 때 쓰는 표현.

- 후반 나인 홀 최저타: 16언더 파(기존 기록: 12 언더 파-1962년 아널드 파머)
- 54홀 최다 타수 차이 선두: 아홉 타(기존 기록: 8타-1976 레이 플로이드)

이런 공식 기록들보다도 더 큰 업적은 메이저 역사상 최초로 아프리카계 미국인의 우승이라는 것이다. 무엇보다도 이 업적으로 인해 앞으로 타이거는 그의 인생을 준비하고 대처하기 어렵게 될 것은 안 봐도 뻔했다. 스코어카드에 서명한 후 타이거는 리 엘더(Lee Elder)를 발견했다. 리 엘더는 이제 62살이지만 40살에 흑인으로는 최초로 마스터스에 출전했는데 타이거가 태어난 해였다. 잠시 멈춰서 리와 포옹을 하고는 그의 귀에 대고 말했다.

“이걸 가능하게 해 주셔서 고맙습니다.”

리는 눈물을 흘리면서 타이거를 보냈고, 타이거는 버틀러 캐빈(Butler Cabin)을 향해 걸어갔다. 마스터스 토너먼트의 전통 중 하나로 그린 재킷을 건네주는 장면을 생중계하는 곳이다. 타이거는 미소를 지으며 두 팔을 벌렸고, 전년도 챔피언인 닉 팔도(Nick Faldo)는 많은 이들이 갈망하는 스포츠 재킷을 타이거에게 입혀 줬다. 그리고 이 전통은 1번 홀 티 옆의 연습 그린에서 진행되는 시상식에서도 재연되었다. 타이거는 오거스타에서 일하고 있는 많은 흑인 직원들이 그들의 업무를 잠시 멈추고 멀리 클럽하우스 2층 베란다에서 지켜보고 있는 것을 알아챘다. 타이거는 이미 벽이 무너졌음을 느꼈다. 감동에 젖은 타이거는 마이크를 들고 어마어마한 규모의 관중을 바라보며 우승 소감을 이어갔다.

“저는 항상 마스터스를 제패하는 것과 오늘처럼 선두인 상황에서 18번 홀을 걸어가는 걸 꿈꿨습니다. 시상식이 이렇게 오래 걸릴 줄은 상상도 못 했습니다.”

관중들이 웃었고, 타이거의 얼굴에도 활짝 핀 미소가 보였다.

“어젯밤에 아버지가 말씀하셨습니다. ‘아들아, 내일 최종 라운드는 너의 인생에서 정말 어려운 라운드가 될 거다. 나가서 그냥 너 자신이 되어라. 그러면 네 인생에서 가장 보람이 있는 라운드 중의 하나가 될 거다.’ 그분의 말이 옳았습니다.”

경호원들에 둘러싸인 채로 타이거는 미디어 센터로 향했다. 그곳엔 이미 수많은 기자가 기다리고 있었다. 이동하는 중간에 빌 클린턴 대통령이 오거스타로 전화하여 타이거의 연락을 기다리고 있다고 전달받았다. 대통령의 전화를 받는 것, 타이거의 존재를 있는 그대로 보여주는 것이었다. 타이거는 잠시 가던 길을 멈추고 기자회견장 근처의 작은 방으로 가서 그의 우승에 대한 대통령의 축전을 경청했다. 대통령은 게다가 타이거를 셰이 스테디움에 특별 손님으로 초대했다. 재키 로빈슨(Jackie Robinson)이 메이저 리그의 피부색 벽을 무너뜨린 지 50년을 기념해서 화요일 저녁에 예정된 다저스와 메츠와의 경기에 초대된 것이다. 재키의 미망인 레이철 로빈슨(Rachel Robinson)도 함께할 예정이었다. 오거스타에서 피부색의 벽을 무너뜨린 젊은 골퍼를 통해 역사상 가장 중요한 아프리카계 미국인 운동선수로 존경받는 사람에게 경의를 표하는 것은 놀라운 사건이라고 대통령은 생각했다. 클린턴 대통령은 타이거를 위해서 공군 비행기까지 보내겠다고도 장담했다.

많은 일이 순식간에 벌어졌다. 타이거는 그린 재킷을 입고 기자회견장으로 당당하게 들어갔다. 그러고는 재빨리 다른 재킷으로 갈아입고 오거스타 내셔널 클럽하우스에서 예정된 우승 만찬에 참석하기 위해 넥타이도 맸다. 얼은 숙소로 돌아가서 휴식을 취했고, 어머니와 휴스 노턴과 함께 타이거는 연회장으로 들어갔다. 타이거가 입장하자 클럽 회원들과 역대 챔피언들과 그들의 배우자들이 자리에서 일어나 맞이했다. 연회장 뒤쪽에 있는 요리사, 웨이터, 웨이터 보조 등 흑인 직원들이 잠시 일손을 놓고 오래도록 박수로 화답했다. 다른 두 세계를 하나로 연결한 타이거는 잠시 머뭇거리더니 흑인 직원들을 확인하고는 아이젠하워 대통령의 초상화 바로 아래 상석에 앉았다.

만찬이 끝난 오거스타는 마치 유령도시 같았다. 수만 명의 관중이 떠난 자리는 몇 시간 전까지만 해도 미국의 스포츠 역사상 잊지 못할 현장이었다고 믿기 어려울 정도로 그 흔적을 찾을 수 없었다. 타이거는 어머니와 그의 친구들과 함께 의전 차량인 캐딜락에 올라탔다. 그러고는 쿼드 시티 DJ라는 힙합 그룹의 CD를 밀어

넣고 〈C'mon N' Ride It(Train)〉을 틀었다. 볼륨을 최대로 키우고 창문을 모두 내려서 마스터스 상징 중의 하나인 매그놀리아 레인을 빠져나왔다.

역대 마스터스 챔피언 중에 그렇게 오거스타를 떠난 선수는 한 명도 없었다.

다음 날 아침, 타이거는 두통과 함께 일어났고 다시 사우스캐롤라이나로 날아갔다. 머틀 비치의 올스타 카페 개업식에 참석하기 위해서였다. 카페를 운영하는 플래닛 할리우드와 최근 스폰서십을 체결했는데 계약 내용에 포함된 부분이었다. 수많은 팬에 둘러싸였다가 타이거는 휴스 노턴과 빠져나왔다. 휴스의 전화기에선 문자 폭탄으로 불이 나다시피 했다. 패스트푸드 회사, 음료 회사, 각종 소비재 제조사들, 시리얼 회사들, 신용카드사들, 자동차 제조회사들 등 타이거와 계약하려 안달이 나 있었다. 내로라하는 회사들이 타이거와 인연을 맺으려 아우성이다 보니 IMG는 타이거에게 규모를 키우는 것이 좋겠다고 제안했다. 어쩔 수 없이 타이거는 휴스에게 아메리칸 익스프레스와의 협의를 허가했고, 자신은 시계 회사, 자동차 제조회사, 비디오 게임 회사와의 계약을 원한다고 말했다. 패스트푸드, 고당도의 음료수 제조사들과는 계약을 원하지 않았다.

휴스가 타이거와 상의해야 하는 대부분의 문자는 미디어 관련이었다. 데이비드 레터맨과 제이 레노 쇼에서 타이거를 초대했지만 단칼에 거절했다. 일간지와 잡지에서도 타이거와 인터뷰를 하고 싶어 했지만, 이 역시 거절했다. 그럼 클린턴 대통령이 다음 날 뉴욕에 와 달라고 초대한 제안은 어떻게 할 것인가? 국가 수장이 공군 비행기까지 보내서 초대하는 경우는 거의 없는 일이다. 반면 타이거는 이미 무척이나 절실했던 도피 같은 휴가를 칸쿤으로 예약해 둔 상황이었다. 재키 로빈슨 행사에 참석하고 휴가는 하루만 미루면 모든 이들이 행복하고 다 잘 풀렸을 것이었다. 하지만 타이거는 대통령이 과거 다른 유명한 흑인 선수들에게 보냈던 초대장을 자신에게 보내지 않았다는 것을 적잖이 마음에 두고 있었다. 나중에 알아낸 부분인데, 타이거의 측근에 따르면 클린턴 대통령에 대한 타이거의 태도는 간결했다.

"됐다고 그래."

타이거는 대통령의 초대에도 일정을 바꾸지 않았다. 휴스는 자신이 알아서 하겠다고 말했고, 타이거는 멕시코행 비행기에 올랐다. 나흘 동안 머물면서 먹고 마시고, 고등학교, 대학교 때의 친한 친구들과 우승 뒤풀이를 하기로 했다.

타이거는 잠시 지도에서 모습을 감췄지만, 그의 유명세는 세계로 뻗어 나갔다. 타이거의 마스터스 우승이 유럽, 아시아, 호주에서도 갈채를 받았다. 그와 동시에 타이거가 재키 로빈슨 행사에 불참한 일로 미국 전역이 들끓었다. 휴스는 기자들에게서 받은 퉁명스러운 전화에 능력껏 응대하고 있었다. 일례로 존 파인스틴과의 대화 내용이었다.

"지금 장난합니까?"

존이 따지고 들었다.

"조금 지쳤다고 하더군요."

휴스가 답했다.

"지쳤다고요? 미합중국 대통령과 재키 로빈슨 미망인의 행사 아닙니까? 당신이 가세요!"

"타이거는 그렇게 생각하지 않습니다. 속이 빤히 보이는 초대라고 판단했습니다. 그리고 이미 다른 일정을 잡아놓은 상태고요."

"빤히 보인다니요? 일요일에 우승이 결정된 거 아닙니까? 그 사람들이 우승할 거라고 미리 예상했어야 하는 겁니까?"

존 파인스틴만큼 타이거를 집요하게 취재하는 기자는 없었다. 그는 칼럼에서 얼에 대한 비판적인 내용을 담았으며, 나이트라인 뉴스에선 여태껏 타이거의 골프 게임에 대해 그 누구보다도 강한 어투로 타이거의 화를 돋우었다. 이에 대해 얼은 모든 것을 접어 두고 존과 물리적으로 맞붙는 것 말고는 없다고 말하곤 했다.

휴스는 오히려 으름장을 놓으며 다른 접근방식을 택했다. 마스터스에 앞서서 휴스는 존과 『골프 매거진』 잡지의 편집 담당인 마이크 펄리(Mike Purley), 편집국장

조지 페퍼(George Paper)와 직접 만나서 미팅을 갖자고 요구했다. 그 만남은 대회 기간 중 오거스타에서 성사됐는데, 휴스는 IMG 동료인 클라크 존스(Clarke Jones)를 대동했다. 시작부터 불쾌한 분위기였다. 클라크가 존에게 알려지지 않은 취재원에 대해서 추궁했기 때문이다. 이에 존이 답했다.

"클라크, 만일 그걸 밝히고 싶었다면 지면에서 이미 그들의 이름을 언급했을 겁니다."

"그건 그렇고 지금 당장 알려주시면 좋겠습니다."

클라크가 압박했다.

"그렇게 알고 싶다고 해서 다 알 수는 없잖습니까?"

존이 반박했다.

휴스가 끼어들었다. 존이 만일 협조하지 않으면 타이거 기사는 앞으로 『골프 매거진』이 아닌 『골프 다이제스트』에서 보게 될 것이라고 했다. 타이거는 두 잡지사와 협상을 동시에 진행하고 있었던 시기였다.

절대 완곡하지 않은 휴스의 어조는 아침 식사 자리를 냉랭하고 험악하게 바꿨고, 존은 편집 담당자들에게 소리쳤다.

"여기 이 두 얼간이하고 아침 계속 먹을 거면 그렇게 해. 여기서 헛소리 듣는 것보다 일어나는 게 낫겠어."

일주일 후, 존은 타이거가 셰이 스테디움에서의 재키 로빈슨 행사를 거른 데 대해 신랄하게 비판했다. 타이거 입장에선 만일 존을 물러나게 하려면 자신이 직접 나서서 상황을 종결해야 한다고 생각했다. 타이거는 PGA 투어 홍보부서에 존을 직접 만나고 싶다는 메시지를 전했다. 하지만 최근 주변 상황의 분위기로 보아 존과의 대결은 다음으로 미뤄야 했다.

타이거는 칸쿤에서 곧장 나이키 본사의 오리건주 비버턴으로 날아갔다. 타이거의 비행기가 착륙할 때 즈음 워싱턴에선 타이거가 대통령의 초청을 거절했다는 뉴스가 스포츠면이 아닌 일간지의 1면을 장식했다. 대통령과 상원 의원들에 대해 비판적인 목소리를 내는 『뉴욕 타임스』의 정치부 기자 모린 도드(Maureen Dowd)는 '타이거의 더블보기'라는 제목의 칼럼을 썼다. 내용 중에는 타이거가 재키 로빈슨을 기리는 것보다 돈에 더 관심이 있다고 꼬집었다. '앞날이 창창한 젊은 선수가 왜 그랬는지 당혹스럽다. 그의 에이전트가 말했던 것처럼 상업성에 열광하는 것을 단 며칠만 접을 수 없었던 것인가?'

결론적으로 타이거는 실수를 범했다. 하지만 몇 년이 지나서야 레이철 로빈슨에게 사과의 편지를 써서 보냈다. 스물한 살이지만 여전히 더 성장해야 했다.

모린의 칼럼이 세상에 공개되고 하루가 지나서 투어 프로 퍼지 젤러(Fuzzy Zoeller)가 마스터스 결선 라운드에서 타이거 우즈에 대해 인종차별적인 발언을 했다는 소식이 전해졌다. CNN의 『프로골프 위클리』에서 온 한 기자가 타이거 우즈의 결선 라운드 후반 나인 경기 동안 퍼지 젤러와 인터뷰했다. 이미 타이거가 거의 우승을 확정 지은 분위기였고, 타이거에 대해 어떻게 생각하는지 퍼지에게 기자가 물었다.

"제법 잘하고 있어 보이네요. 무척 인상적입니다. 어린 친구가 티샷도 잘하고 퍼트도 잘하더군요. 우승에 필요한 것들을 다 잘해 내고 있습니다. 그 친구 여기 오면 어떻게 해 줘야 하는지 알죠? 잘했다고 등을 두드리면서 우승 축하해야죠. 단 내년 마스터스 챔피언이 만찬을 준비할 땐 프라이드 치킨*은 나오지 않게 해 달라고 해야죠. 네?" 퍼지는 말을 마치고 손가락을 튕기면서 카메라에서 돌아서서 멀어지며 덧붙였다. "아니면 케일이었나요? 뭐가 나오든 간에 말입니다."

이 내용은 타이거가 마스터스 우승한 다음 주에 CNN에서 전파를 탔다. 1987년 테드 코플(Ted Koppel)의 인터뷰가 곧바로 비교됐는데 당시 LA 다저스의 임원 알 캄파니스(Al Campanis)가 평판이 좋지 않았던 말을 남겼다. 당시 그는 흑인이 굳이 필드 코치나 단장 자리에 있을 필요가 있을 것인지 의문을 제기했었다. 재키 로

* 치킨은 흑인을 비하하는 표현.

빈슨의 팀 동료였던 알 캄파니스는 LA 다저스의 단장까지 맡았다가 이 발언 때문에 단장에서 물러났다. 퍼지의 의견도 다수의 오래된 편견들을 뉴스의 앞머리로 되돌려 놨고, 타이거에 대해 의문을 남겼다. 타이거가 과연 어떻게 대응할 것인가?

타이거는 퍼지가 항상 지나치게 농담을 한다고 알고 있었다. 진짜로 모든 것들에 대해 너무 가볍게 여기는 듯했다. '뭔가를 의도한 건 아니었을지도 몰라.' 타이거는 생각했다. 동시에 타이거에게는 역사적인 우승에 대해서 왜 퍼지는 그렇게 말을 한 것인지 의문이었다. '인종차별적인 뉘앙스가 없진 않아. 그냥 농담으로 한 것 갖고 진심이었을 거라고 해석하는 건 아닐까?' 농담이었다고 해도 웃어넘길 일이 아닌 것만은 확실했다.

혼란스럽고 화가 났지만, 타이거는 아무 말 하지 않기로 했다. 퍼지가 전화로 타이거에게 연락하려 시도했으나 타이거는 응대하지 않았다. 퍼지는 공식 석상에서 인종적으로 비하하려는 의도는 결단코 없었다며 사과의 메시지를 전했다.

"저의 익살 섞인 말이 의도하지 않게 비쳐서 참으로 유감입니다. 절대 특별한 의도는 없었습니다. 혹여 제 말에 불쾌한 느낌을 받으셨다면 사과드립니다. 그리고 타이거도 기분이 상했다면 그에 대해서도 사과하겠습니다."

퍼지의 성명이 미디어에서 소개되는 사이 타이거는 오프라 윈프리 쇼에 출연하기 위해 시카고로 날아갔다. 차주에 방송에 나갈 예정이었다. 타이거는 인종차별과 관련된 이슈를 예상했지만, 오프라는 얼이 타이거에게 쓴 편지를 읽어주는 이벤트로 타이거를 놀라게 했다.

사랑하는 나의 아들 타이거,

너는 나의 보배란다. 신께서 너를 보살피고 기르고 성장시키라고 내게 보내주셨다. 너의 관심사가 내 삶에서 가장 중요한 것이고 앞으로도 중요할 거란다. 아니, 너는 내게 인생보다 더 큰 의미가 있단다. 남자가 눈물 좀 흘려도 괜찮다고 가르쳤던 걸 기억한단다. 남자도 눈물을 흘릴 수 있어. 연약함

이 아닌 강인함을 보여주는 거란다.

너를 생각해서 내가 가진 모든 능력을 네게 나눠주려 한다. 나는 네가 무한한 능력을 보유하고 있고, 그 무한한 능력을 통해 우리가 사는 이 세상에 너의 세계관을 영원히 존치할 수 있는 걸 알았다. 나의 너에 대한 사랑과 인도로 네가 그 계획을 실현할 수 있을 거라 믿는다. 신이 너를 통해 뭘 말하려 하는지 나는 알 수 없단다. 그건 내 소관이 아니다. 네가 준비할 수 있도록 내가 도와줄 수는 있단다. 내가 그걸 위해서 최선을 다했다고 믿고 있어. 네가 가진 모든 것을 다 쏟아낼 것이며, 너는 내 영원한 아들이라는 것도 잘 알고 있단다. 사랑한다, 아빠가.

타이거는 뺨으로 흘러내리는 눈물을 훔쳤다. 감정 표출이란 것을 해 본 적이 거의 없었지만, 8일 동안에 두 번이나 전국으로 나가는 방송에서 눈물을 보였다. 분명 흔하지 않은, 주체하기 힘든 감정이었을 것이다. 집에 있을 때 얼은 사랑이나 애정의 감정을 드러낸 적이 거의 없었다. 그랬던 그가 수백만이 거실에서 보고 있는 방송 앞에서 표현한 것이다.

오프라는 타이거의 혈통에 대해서 질문을 꺼냈다. 아프리카계 미국인이라는 말이 신경 쓰이는지 물었고 타이거는 그렇다고 말하면서 답을 이어갔다.

"자라는 동안에 저는 제 소개를 하나 만들었습니다. 캐블리내시언이라고요."

캐블리내시언은 타이거가 스탠퍼드 재학 중에 팀 동료들과 함께 만들었던 별명이다.

"저는 그냥 저일 뿐입니다. 보이는 그대로입니다."

타이거가 오프라에게 답했다.

타이거는 자신의 이야기로 흑인을 비하한다던가, 특정 집단에 대해 벽을 쌓으려는 생각은 없었다. 하지만 타이거는 여전히 미국에서 가장 예민한 주제를 다루는 데 있어서 배우는 중이었다. 타이거의 골프 게임 실력은 정상급이었지만, 중요한 시사 이슈에 대해서는 서툰 점이 없지 않았다. 엄한 아버지 밑에서 영향을 받다 보니 자신의 생각을 만들어나갈 시간이 부족했고, 세간의 깊은 관심은 실수를 용납하지 않았다. 심지어 오프라와의 인터뷰가 방송에 나가기 전, 녹화한 지 이틀밖에 안 지났는데도 시카고의 AP 통신에선 해당 방송에 대한 머리기사로 '타이거는 아프리카계 미국인임을 원치 않는다'로 정했다. 같은 날 퍼지 젤러를 후원했던 K마트는 퍼지가 타이거에 대해 인종적으로 민감한 발언을 한 대가로 후원을 중단하기로 했다.

재키 로빈슨 후폭풍이 조금씩 가라앉을 때쯤 타이거는 인종과 관련된 더욱 날카로운 논란에 말려들었다. 미국 공공 방송협회(NPR)는 할렘에서 '나는 타이거 우즈'의 광고 문구를 근거로 라디오 쇼를 제작했다. 미국 의회는 연방 정부가 향후 미국의 인구 조사에 대비해 인종과 민족성을 다시 정의하고 계측하는 방법을 살펴보기 위해 청문회를 개최하고 있으며, 몇몇 정치가들은 '혼혈 인종' 부문 신설을 옹호하고 있다고 발표했다. 『타임스』 지에선 타이거가 인터뷰 때 말했던 '나는 단지 나일 뿐'을 제목으로, 다섯 페이지의 테마 기사를 실었다. 페이지 중에는 타이거와 그의 부모의 사진도 있었다. 이 모든 것들을 대하는 것은 골프 게임을 더욱 가다듬는 것보다 성가신 일이었다.

한편 타이거는 뜬금없이 퍼지 젤러의 발언에 대한 성명을 냈는데 퍼지의 농담은 '아웃 오브 바운즈'라 말했다. 정작 『GQ』 지에서 언급했던 자신의 아웃 오브 바운즈* 농담에 대한 사과는 없었다. 『뉴욕 타임스』의 데이브 앤더슨이 곧바로 일관성이 없다고 지적했다. '타이거 역시 그의 불쾌한 농담에 관한 사과를 할 필요가 있다'는 제목으로 칼럼을 게재했다. 타이거는 자신이 피냐타**인 것처럼 느껴졌다. 자신이 무슨 말을 하든 사방에서 마구 두들겨 댔다. 『USA 투데이』의 한 기자가 클린턴 대통령의 초대를 거절한 이유에 대해 또다시 묻자, 타이거는 토로하는 투로 말했다.

* Out of Bounds, 코스 이외의 플레이가 금지된 구역. 줄여서 OB라고 함.

** 사기로 만들어진 항아리. 그 안에 사탕을 넣고 긴 막대기로 때려서 깨뜨리는 스페인, 멕시코의 전통 놀이.

“글쎄요, 첫 번째로 이미 휴가계획을 잡은 상태였습니다. 그리고 두 번째, 대통령께서 마스터스 이전에는 왜 초대를 하시지 않은 건가요? 제가 그 자리에 있기를 진정으로 원했다면 사전에 저를 초대하는 게 가장 바람직한 것으로 생각합니다.”

이렇게 쏟아지는 비판에도 불구하고 타이거의 인기는 천정부지로 치솟았다. 마스터스가 끝난 다음 주에 월스트리트/NBC가 공동 조사한 결과에 따르면 타이거는 마이클 조던을 넘어 미국 최고의 스포츠 선수로 평가됐다. 응답 중 단 2퍼센트만이 부정적인 답변을 남겼으며, 결과 내용 중에는 걸프 전쟁이 끝난 후 노먼 슈워츠코프(Norman Schwarzkopf)와 콜린 파월(Colin Powell)보다 타이거의 인지도가 더 올라갔다. 심지어 남부 백인의 74퍼센트가 타이거에 대해 호감을 느끼고 있음이 드러났다.

“여태껏 조사한 결과 중에 그보다 더 높은 수치가 나온 경우는 로버트 에드워드 리*(Robert E. Lee)밖에 없습니다.”

선임 여론조사원이 밝혔다.

이 결과는 거스를 수 없는 진실을 더욱 견고하게 한 셈이다. 팬들의 시선에선 대회에서의 우승과 스포츠계에서의 위대함은 사람으로의 미완을 덮을 뿐이다. 『GQ』에서의 불쾌한 농담, 국가 수장의 초대에 콧방귀를 뀌며 재키 로빈슨의 기념식에 불참하고, 자신을 아프리카 조상과는 거리를 두는 이런 것들은 그냥 주변 소음일 뿐이다. 시사 문제에 대해서 타이거가 하는 말이나 자신을 흑인, 동양인, 캐블리내시언이라고 자칭해도 사람들은 관심 없다. 그의 스포츠에서의 압도적인 존재감은 1920년대의 베이브 루스(Babe Ruth)처럼 하나하나가 다 즐겁게 보일 뿐이다. 타이거가 클럽을 손에 쥘 때마다 팬들은 거기에 매료됐다. 팬들은 뭔가 기적 같은 일이 일어나길 기대하고, 또 대부분 현실이 됐다. 그게 가장 중요한 포인트였다.

* 미국 남북전쟁의 남군사령관. 미국인들에겐 사상 최고의 명장으로 평가받는다.

CHAPTER THIRTEEN

변화 Ⅰ

타이거의 삶은 전광석화처럼 변화하고 있었다. 그래서 자신이 빈번하게 균형을 잃고 있다는 느낌을 지울 수 없었다. 내성적인 성격인 타이거이기에 현미경 보는 것처럼 쏠리는 관심 때문에 신경이 곤두서곤 했다. 쇼핑몰, 패스트푸드 식당, 극장 등 타이거가 가는 곳이면 어디든 작은 소동이 일어났다. 팬들의 사인과 사진 요청은 끝날 줄 모르고 이어져 타이거는 공공장소에 가는 것에 지쳐 있었다. 언제나 쪽문이나 뒷문으로 출입해야 했다. 마스터스 우승 이후 한 달 정도 휴식을 가지면 뭔가 머릿속이 정리될 것이라 기대했다. 그렇지만 타이거가 유일하게 편안함을 느끼고 자신을 완전하게 제어할 수 있는 곳은 골프 코스뿐이었다. 그리고 5월 중순, 타이거는 텍사스주 댈러스에서 열리는 바이런 넬슨 대회로 공식 대회에 복귀했다. 타이거에 관한 관심이 너무나 폭발적이어서 10만 장의 일일 입장권과 5만 장의 전일 입장권까지만 판매할 수밖에 없었다.

단호하고 자신감 넘치는 타이거의 출발은 상승세였다. 그러나 대회 초반, 타이거는 스윙에 뭔가 문제가 있음을 느꼈다. 여전히 다른 선수들보다는 좋긴 했지만, 퍼팅과 쇼트게임으로 앞서고 있었다. 볼 스트라이킹이 뭔가 순조롭지 않다는 느낌이 들었고, 특히 티샷할 때 더욱 그 느낌이 강했다. 걱정 가득한 마음으로 타이거는 부치 하먼을 찾았다. 부치는 최종 라운드를 앞두고 타이거의 스윙을 맨눈으로 확인하기 위해 휴스턴에서 차로 달려왔다.

일요일 오후, 미국 프로농구 뉴욕 닉스와 마이애미 히트가 시즌 챔피언을 결정

짓는 7차전이 있었지만, 바이런 넬슨 대회는 전년 대비 시청률이 무려 158퍼센트나 뛰었다. 타이거를 보기 위해 85,000명이 넘는 갤러리가 포시즌스 리조트를 가득 채웠다. 타이거는 기대에 부응하듯 선두로 시작해서 두 타 차로 끝내 챔피언에 등극했다.

또 다른 우승 각인을 자신의 허리띠에 새기며 18번 홀 그린에서 걸어 나와 런던에서 날아온 요크 공작부인 새라 '퍼기' 퍼거슨(Sarah 'Fergie' Ferguson)과 축하 포옹을 했다. 공작부인은 타이거의 어머니와 코스를 함께 걸었다. 이 우승으로 타이거는 상금 랭킹 선두로 올라섰다. 여덟 개 대회 만에 130만 달러 가까운 상금을 받았다. 역사상 한 시즌 가장 빨리 100만 달러 고지에 오른 최연소 선수이며, 통산 상금 200만 달러를 가장 빨리 돌파한 최연소 기록도 새로이 썼다. 투어 역사상 다른 선수보다 적은 대회 출전으로 기록을 작성했다. 타이거가 프로로 데뷔한 뒤 1년이 아직 지나지 않은 가운데 다른 선수들은 마치 2위 자리를 놓고 경쟁하는 듯했다. 잭 니클라우스가 그렇게 했던 것처럼 많은 이들이 타이거의 우승을 기대했다. 위대한 잭은 황혼을 맞고 있고, 타이거는 그만의 리그에 올라서고 있었다.

하지만 타이거는 자신의 스윙에 대한 우려를 버릴 수가 없었다. 타이거는 골프 채널 본사가 있는 올랜도로 날아가서 오거스타에서의 자신의 경기를 돌아봤다. 영상을 살펴보는 동안 타이거는 열 가지가 넘는 부분에 대해서 고쳐야겠다고 마음먹었다. 스윙 톱에서 클럽의 위치는 기분상으로 더 보완할 수 있다. 짧은 아이언 샷에 대해서는 타이거도 특별히 확신할 수 없었다. 볼을 때릴 때의 그의 움직임은 훌륭했다. 그렇지만 클럽은 그가 봤던 목표보다 오른쪽으로 많이 어긋나 있었다. 게다가 클럽헤드가 볼을 향해 내려오면서 클럽페이스가 닫혀 있었다. 스윙에 대한 그의 불평은 끝나지 않았다. '아아, 이게 뭐야.' 속으로 생각했다.

부치는 그에 반해 영상을 보면서 걱정하는 눈빛은 없었다. 백스윙 톱에서 클럽이 약간 닫히고, 끌고 내려가는 구간에서 클럽을 잡은 두 손이 조금 오프닝 업 하는 현상도 있었다. 그래도 마스터스에서 우승했고, 바이런 넬슨과 수많은 대회에서 챔피언의 자리에 오른 타이거 우즈이다. 투어에서 가장 보기 좋은 스윙을 하는 선수이다. 이 성공적인 결과물에 왜 손을 대려는 걸까?

"이거 바꾸고 싶습니다. 지금 당장 바꿔야겠어요."

타이거가 단호하게 말했다.

부치는 타이거의 결연함을 목소리에서 느낄 수 있었다. 논쟁의 여지는 없었다. 그래서 부치는 신중하게 접근할 것을 제안했다.

"한 번에 조금씩 바꿔 가는 건 어떨까?"

타이거의 태도는 집요했다.

"아니요. 바로 지금 했으면 합니다."

부치는 경외감을 감추지 못했다. 오직 잭 니클라우스만이 타이거의 마스터스 우승을 PGA 투어 역사상 가장 훌륭한 경기력이라고 치켜세우지 않았던가? 그런데도 타이거는 자신의 스윙을 완전히 개조하길 원하고 있다. 그냥 작은 조정이 아니라 모조리 무너뜨리고 기초부터 다시 새로운 스윙을 만들자고? 만일 새로운 스윙이 만들어지면 무시무시한 가능성 또한 무궁무진할 것이다. 대체 타이거 우즈를 움직이는 것은 무엇일까?

그것에 대한 답변으로 쿨티다가 남편에게서 느꼈던 바를 말한 것에서 찾을 수 있다.

"얼은 잠시도 마음을 놓을 줄 모릅니다. 뭔가를 찾고, 항상 뭔가를 갈구하며 만족하지 않습니다."

쿨티다의 이야기였다. 얼은 태생부터 만족이라는 것과는 거리가 멀었다. 한 여자로, 한 잔으로, 한 다발의 돈으로 끝나지 않았다. 이러한 충동적인 태도는 그의 부인과 아들에게 모두 영향을 미쳤다. 타이거는 부친의 그러한 기질을 다소 물려받은 부분이 있다. 다만 스물한 살의 나이에 느끼는 만성적인 불만족은 그의 경기력에 대한 부분에서 전반적으로 나왔다. 다른 선수들 위로 올라서고 대회에서 우승하는 것으로는 충분하지 않았다. 세계 랭킹 1위라는 타이틀도 그에게 만족을 주지 못했다. 타이거에게 항상 골프는 그냥 게임을 넘어선 큰 의미의 무언가로 존재했다.

나중에 타이거가 회고했다.

"내가 얼마나 더 좋아질 수 있는가? 저는 이 질문의 답을 찾으려고 했습니다. 완벽을 추구하려 했다고 말하면 부정하지 않겠습니다. 다만 단기간에는 그럴 수 있지만 멀리 보면 완벽할 수 없을 겁니다. 나는 단지 내 스윙과 볼 비행을 온전하게 제어하고 싶었습니다."

온전한 제어를 위한 타이거의 고군분투는 결국 스스로 강박적인 습관의 형태를 만들게 했다. 1997년 봄 즈음해서 타이거는 연습과 운동에 사로잡히다시피 했다. 타이거는 하루 연습에 볼을 600개 정도 쳤고, 쇼트게임과 퍼팅도 소화한 후 18홀을 한 번 돌고(어떤 때에는 혼자만) 체육관에서 두세 시간 정도 운동했다. 이에 대한 타이거 우즈의 대답이었다.

"이런 게 제가 원하는 삶입니다."

과학 관련 작가로 오래 활동했던 샤론 베글리(Sharon Begley)의 책《그냥 멈출 수가 없을까?: 강박관념에 대한 조사(*Just Can't Stop:An Investigation of Compulsion*)》에 보면 충동은 걱정, 염려와 연결되어 과학적으로 나타나는 현상이라고 인용했다. '강박은 너무나 절박하고 강렬하고 괴로운 욕구에서 나오는 것이며, 공기로만 가득한 그릇처럼 느껴지고 편안함을 요구하도록 격하게 집요함으로 마음을 채워준다. 이러한 감정들은 수도 밸브 같으며, 터진 파이프에서 분출된 물이 건물의 배관을 얼리는 것처럼 무시할 수 없는 걱정에 대한 귀결이다.' 특히 어니스트 헤밍웨이(Ernest (Miller) Hemingway)처럼 주목을 받았던 창조적인 천재를 예로 들며 그가 너무나 쓰고 싶었던 행동에 대해 그가 한 이야기를 서술했다. "뭔가를 쓰지 않을 땐 기분이 진짜 더럽더군요." 어니스트 헤밍웨이의 욕구는 어둡고 괴로운 내면의 그 어디에선가 오는 것일 수도 있지만, 샤론이 지적한 대로, 그 욕구는 '불멸의 문학'을 만든 것이다.

타이거 또한 불멸의 골프로 가는 길을 위해 자신만의 습성을 만들어나갔다. 어니스트 헤밍웨이의 말을 도입해 타이거 우즈의 생각을 유추한다면 연습을 하지 않을 땐 그의 기분이 진짜 더러울 것이 확실했다. 대회에서 우승함으로 얻는 즐거움은 항상 덧없이 지나가는 것이다. 오거스타에서 기록을 모조리 갈아치운 것도 그의 마음을 채울 순 없었다. 타이거도 나중에 인정하면서 고백했다.

"제가 열두 타 차로 우승한 건 중요하지 않았습니다. 제게 뭐가 필요한지 알았고, 부치도 뭐가 필요한지 알았습니다. 그리고 무엇보다도 그것들을 해내고 싶었습니다. 저는 제 스윙에 몰두하는 데에 자신 있습니다. 연습 레인지에 몇 시간이고 있을 정도로 빠져 있곤 합니다."

실제로 모든 사람이 부러워하는 위대한 선수의 골프스윙을 바꾼다는 것은 별나고 무모한 것이다. 부치는 타이거에게 스윙 변경이 이뤄질 때까지 기량이 저하될 것이라고 조언했다. 한동안 대회에서 우승 못할 가능성도 배제할 수 없었다. 하지만 타이거의 새로운 스윙을 완성하려는 계획은 하먼을 약간 당황하게 했다. 물론 최고의 선수들이 그들의 경기 감각과 기량을 최고 단계로 유지하기 위해서 끊임없이 관리하는 경우는 일반적이긴 하지만, 더 나아지려는 일말의 희망 하나로 가장 꼭대기에 있는 곳에서 스스로 내려오는 과감한 결정을 했던 사례는 전무했다. 여러 면에서 골프에 관한 한 타이거는 성숙의 단계를 넘었다 싶을 정도로 성장해 있었다. 게다가 위험 감수에도 스스럼없었다. 스물한 살에 오거스타를 정복했던 스윙을 버린다면 가혹한 비판의 소용돌이에 빨려들 것이고, 반복적으로 패하고 지는 것, 타이거가 겪지 않았던 것들을 견뎌야 했다.

반면 이 과정을 지나면 타이거는 불후의 존재가 될 수도 있다. 당연히 오거스타에서의 우승은 예상됐다. 그의 몸과 마음의 강인함이 오거스타와 맞아떨어졌다. US 오픈, 브리티시 오픈, PGA 챔피언십에서 우승하기 위해선 티샷 기록에서 더 보완할 필요가 있었다. 오거스타는 상대적으로 앞의 세 개 대회보다 페어웨이가 볼을 잘 받아주기도 한다. 타이거는 자신의 의견을 표출했다.

"저 대회들에서 우승하려면 지금보다 스윙을 더 탄탄하게 할 필요가 있습니다.

제가 백 퍼센트 확신을 가질 수 있는 스윙을 만들고 싶었습니다."

그리고 타이거는 성배를 원했다.

웨스턴 오픈을 앞두고 타이거는 마크 오마라를 불러 저녁을 사고 영화 〈맨 인 블랙(Man In Black)〉을 함께 보러 극장에 갔다. 마크는 조금 의아했다. 왜냐하면 타이거는 일상의 다른 것에 크게 관심을 두지 않기 때문이다. 외출 시에는 마크가 항상 계산서를 챙기곤 했다. 하지만 같이 있는 타이거의 모습은 밝았다. 세계 랭킹 1위의 골프선수이고, 이제 막 무언가 근간을 흔드는 변화를 앞두고 있었다. 그렇지만 먼저 타이거를 1위로 오르게 했던 스윙으로 한 대회 더 치러야 하는 상황이었다.

시카고 외곽의 코그 힐 골프 앤 컨트리클럽에서의 대회 첫째 날, 입장 갤러리가 6만 명이 넘어서 주최측은 더 입장시키지 못하고 사람들을 돌려보내야만 했다. 마이클 조던의 도시이지만 대회 기간 내내 타이거가 주인공인 것은 명백했다. 몇 주의 휴식 후에 다소 회복된 타이거는 자신이 또 우승할 수 있다는 것에 의심하지 않았다. 3라운드가 끝나고 타이거가 공동 선두에 오르자 나머지 선수들도 같은 결론을 내렸다. 선두에 올랐을 때 타이거는 그 자리를 내주지 않는 것으로 이미 명성이 자자했다. 그리고 최종 라운드 15번 홀을 지나 그 명성은 틀리지 않았음을 또 한 번 증명했다.

어림잡아 55,000명이 넘는 갤러리가 타이거의 우승을 목격하기 위해 18번 홀 페어웨이에 모여 있었다. 타이거의 두 번째 샷 볼이 하늘로 치솟았고, 타이거는 그린을 향해 당당하게 걸어갔다. 그리고 그 뒤로 대부분 10대인 수천 명의 갤러리가 환희의 얼굴을 보이며 타이거 우즈가 지나간 페어웨이로 쏟아지다시피 나왔다. "그냥 들어가자!" 몇몇 사람들이 외쳤다. 크게 신경 쓰지 않은 타이거는 미소를 지으며 여유 있게 페어웨이를 걸어 나갔다. 뒤로 수많은 인파를 몰고 걸어오는 광경은 마치 프랭크 캐프라의 영화 한 장면을 연상케 했다. 이윽고 마지막 퍼트를 홀에 넣은 후 타이거는 골프 볼을 집어 들어 갤러리를 향해 던졌다.

웨스턴 오픈 우승으로 타이거는 1997년에만 네 번이나 우승 반열에 올랐다. 당시를 회고하며 타이거는 그때의 골프가 자신의 최고 골프 경기력이 아니었다고 털어놓았다. 하지만 그가 칭하는 자신의 위대한 무기, '창조적인 마음'이 우승의 비결이라고 말했다. 뭔가 미묘하고 난해하게 언급한 부분이지만, 어쨌든 그가 자신의 마음을 그 세계에 들여놓는 순간 우승을 가능하게 한다고 설명했다. 얼이 거들었다.

"타이거가 자신의 우수한 경기를 시작하는 순간, 다른 선수들이 어떤 경기력을 선보이든 관계없을 겁니다. 타이거가 이길 것이기 때문입니다. 간단명료하죠."

얼의 말이 옳았다. 하지만 타이거는 그의 아버지조차 여전히 받아들이기 어려운 그 무언가를 알고 있었다. 타이거는 시카고를 떠나며 그를 최고의 자리에 올려다 준 스윙에서도 떠날 것이었다. 1998년 5월까지 타이거는 우승과는 인연이 없었다. 그리고 그의 새로운 스윙을 만들어가는 데 22개월이나 걸렸다. '경쟁'이라는 단어를 좋아하는 타이거는 자신이 옳은 방향으로 가고 있다는 믿음을 증명하기 위해 또 다른 한계를 극복하기 일보 직전이었다.

CHAPTER FOURTEEN

이용당하다

프로를 선언한 후 타이거는 나이키와 타이틀리스트와의 계약 조건에서 요구하는 것들은 모두 이행하기로 했다. 하지만 더 이상의 계약은 원치 않았다. 그렇지만 주머니로 들어오는 돈의 유혹을 뿌리치기 쉽지 않았고, IMG는 특히 더 그러했다. 타이거는 스포츠 에이전트 업계에서 가장 가치 있는 상품이고, 휴스 노턴은 최대한 수익을 많이 내 더 많은 수수료를 챙기기 위해 모든 가능성을 열어뒀다. 얼은 휴스의 접근방식에 동의했고, 타이거도 같이 움직였다. 첫 번째로 플래닛 할리우드와의 계약으로 올스타 카페를 타이거의 이름으로 내는 것이었고, 마스터스 우승 이후에는 계약 요청이 쇄도했다. 1997년 5월 19일, 바이런 넬슨 대회 우승 다음 날, 타이거는 뉴욕으로 날아가서 아메리칸 익스프레스와의 계약을 발표했다.

이 금융 서비스 거물은 거의 타이거에게 전부 바치다시피 했다. 계약금 5백만 달러를 포함해 향후 5년간 총 1,300만 달러를 계약금으로 제공했다. 거기에 백만 달러를 소외계층 골프 지원을 위해 타이거 우즈 재단에 기부했다. 이와 더불어 아메리칸 익스프레스의 전문 금융상담사를 타이거 전담으로 보내 법률 재정 지원에 보탰다. 그리고 아메리칸 익스프레스 센트리온 블랙 티타늄 카드도 발급받았다. 이 카드는 연간 45만 달러를 넘게 사용하는 회원들에게나 제공하는 카드였다. 스물한 살에 그는 전 세계에서 블랙 카드를 받은 최연소 회원이 되었으며, 연회비 5천 달러도 면제받았다. 아메리칸 익스프레스 입장에선 가장 이상적이고 세계적인 인물을 광고 모델로 내세워 아시아와 남미의 성장하는 골프 시장과 신용카드 시장에 우위를 선점할 수 있다고 여겼다. 아메리칸 익스프레스의 회장 케네스 I. 셔놀트(Kenneth Irvine Chenault)가 했던 말이다.

"타이거 우즈는 많은 다른 사람들의 이상을 사로잡은 대표적인 인물입니다. 타이거 우즈를 싫어할 사람은 아마 없을 겁니다."

일주일 정도 지나고 롤렉스는 타이거와 계약을 발표했다. 5년 동안 7백만 달러를 후원하기로 한 것이다. 회사의 다른 브랜드인 튜도 제품은 젊은 소비자를 목표로 하고 있었는데, 새로 출시하는 시계에 타이거의 이름을 넣어 텔레비전과 지면 광고로 볼 수 있도록 했다.

이와 함께 얼은 타이거의 승승장구로 돈방석에 앉았다. 1997년 4월, 그가 쓴 책《타이거 훈련시키기: 골프와 인생의 승자를 양육하는 아버지의 지침서(*Training a Tiger: A Father's Guide to Raising a Winner in Both Golf and Life*)》가 하퍼 콜린스 출판사를 통해 출간됐다. 초판은 7만 부나 팔렸고, 타이거가 마스터스에서 우승한 직후에는 2만 부가 재판에 들어갔다. 그러고는 오프라 윈프리 쇼에 출연해 타이거의 성공에서 자신의 역할에 대해 강조했다. 특히 오프라 윈프리 쇼 출연 후 다른 토크 쇼에서도 섭외 요청이 들어왔다.

얼이 찰리 로즈 쇼에서 했던 이야기이다.

"타이거는 이야기를 나누고 가까이하고 의지할 사람이 필요했습니다. 오거스타 내셔널 마지막 날 18번 홀 그린에서의 광경 보셨죠? 제게 의지하고 있었습니다. 그게 마음의 안식처이고, 그게 그가 익숙한 곳입니다."

찰리가 물었다.

"그러면 어머니는 어떻습니까?"

"어머니도 영향이 있겠죠. 어머니는 어머니대로의 역할이 있습니다. 하지만 우리 가족에게는 아버지가 중요합니다."

얼의 책은 하드커버가 233,000부 넘게 팔렸고, 페이퍼북도 6만 부가 넘게 팔렸다. 이에 힘입어 한 권 더 쓰기로 계약서를 작성했다. 책 제목은《헤쳐나가기: 타이거 우즈와 함께한 노력, 장대한 꿈, 도전에 대한 직설(*Playing Through: straight talk on Hard Work, Big Dreams and Adventures with Tiger*)》로 정한 뒤 1998년 봄에 출간됐다.

IMG와 얼은 행복했지만, 타이거에게는 부담이었다. 돈이 밀물처럼 들어오는 것은 그렇게 문제 될 일이 없었다. 1996년엔 투어에서 반도 안 되는 대회에 나와서도 1,310만 달러를 벌었고, 1997년엔 2,180만 달러의 수입이 있었다. 그중 1,950만 달러는 후원 계약으로 들어온 돈이다. 하지만 여기저기에서 타이거를 찾고 갈구하고 있었다. 후원하는 기업들과의 약속 말고도 워너 북스와도 계약한 교습서 집필의 압박을 받았다. 출판사는 이미 상당한 계약금을 선지급했으며, 최근 가장 화제인 타이거 우즈 이름으로 발간돼 책장에 오를 것이라는 생각에 근질근질했다.

"저 이따위 것 할 시간 없다고요!"

타이거가 제이미 디아즈에게 불만을 표시했다. 제이미는 휴스와 책을 만들자고 먼저 제안했다.

여러 가지 다른 일들이 벌어지고 있는 상황에서 타이거는 교습서를 쓰는 아이디어에 대해 회의적으로 바라봤고, 자서전을 쓰는 것도 당연히 원하지 않았다. 게다가 타이거의 책을 내는 아이디어에 관해 얼에게 말하지 않고 진행한 데 대해 얼이 화가 나 있었다.

타이거는 출판 관련 사업들로 인해 질리기 시작했다. 많은 사람이 자신의 명성을 이용해 이윤을 챙기고 있는 것이 느껴졌다. 심지어 타이거가 마스터스 우승하기 전에 『SI』의 팀 로사포르티는 《타이거 우즈: 챔피언으로 만들어지다(*Tiger Woods: The Making of a Champion*)》라는 책을 냈다. 그러고는 마스터스가 끝나고 존 스트리지의 책 《타이거: 타이거 우즈의 전기(*Tiger: A Biography of Tiger Woods*)》까지 나오자 타이거는 화가 머리끝까지 차올랐다. 타이거가 생각하기에는 주변의 모든 사람이 자신의 명성을 이용해 이윤을 챙기는 것으로 보였다.

"사람들이 좋은 친구이기만 해도 좋았는데 저를 이용해서 뭘 얻으려고 했습니다."

당시에 타이거가 토로했다.

존 스트리지는 조금 다르게 봤다. 그는 타이거가 10대였을 때부터 존이 『오렌지 카운티 레지스터』 일간지에서 일할 때부터 타이거에 관한 기사를 써 왔다. 가족과의 친분 덕에 1996년 타이거가 프로 선언한 지 얼마 지나지 않아 얼에게 타이거 우즈에 관한 책을 쓰고 싶다고 말했다. 얼은 흔쾌히 허락했고, 심지어 쿨티다는 타이거가 태어났을 때부터 20년간 수집한 스크랩북까지 존에게 제공했다. 3개월도 지나지 않아 존은 238페이지 분량의 책을 완성했다. 그러나 정작 그 책이 세상에 나오자 냉대를 받았다. 얼과 쿨티다에게 책을 보냈으나 답이 없었다. 휴스 노턴도 은근슬쩍 전화하기를 꺼렸다. 휴스의 비서가 결국 존이 팀에서 빠지게 됐다고 통보했다. 존은 그래도 타이거에 대한 좋은 이야기를 『골프 다이제스트』 지에 기고했다. 그리고 해당 잡지사에서 관계 회복을 위해 사진작가를 타이거에게 보냈으나 역효과만 났다.

"존 스트리지가 당신에 대해 무척 좋은 칼럼을 이번에 썼던데 혹시 보셨나요?"

사진작가가 말했다.

"존 스트리지한테 엿이나 먹으라고 해!"

타이거가 화내며 답했다.

오랫동안 이어졌던 가까운 관계였고, 우즈 가족이 필요할 때 도움을 요청하면 존은 그 요청에 부응해 전략적으로 편집해서 신문에 싣기도 했다. 하지만 존은 우즈의 가족으로부터 어떤 연락도 받지 못했다. 타이거가 특히 존과 벽을 단단히 쌓았다.

"제가 느낀 점은, 그의 친구라고 하면 독단적으로 그의 기준에서 그의 친구였던 겁니다."

존이 결론지었다.

1997년 마스터스 대회 동안 타이거는 모탈 컴뱃 게임을 많이 했다. 격투 게임인데 피투성이의 폭력적인 그래픽으로 악명 높았다. 특히 격투 마지막의 페탈리티

(Fatalities)라고 알려진 시각적 효과는 비디오 게임에서 이용 등급이 만들어지는 데에 결정적인 역할을 했다. 타이거가 투어 안팎에서 중독되다시피 몰두했던 게임은 모탈 컴뱃뿐만 아니었다. 어떤 때엔 일주일 내내 그의 아일워스 집에 칩거하다시피 하면서 비디오 게임에만 열중했다. 후원 계약에 있어서 타이거가 진정으로 원했던 유일한 거래는 비디오 게임 회사와의 계약이었다. 그러나 그것은 또 다른 좌절의 원인이 됐다.

1997년 여름, EA 스포츠의 한 팀이 타이거와 휴스를 만나기 위해 아일워스를 찾았다. 대담한 광고 문구, 'If it's in the game, it's in the game; 현실의 게임에 있다면 비디오 게임에도 있다.'로 EA 스포츠는 비디오 게임 업계에서 거물이었다. 매든 NFL의 흥행과 FIFA 축구 게임의 세계적인 성공 가도로 10대 남자아이들과 '동아리 안락의자', 즉 모든 대학생 남자는 남근의 크기나 여자와의 동침 횟수에 상관없이 모두 평등하다는 의미로 이러한 시장을 대상으로 대담한 마케팅을 실행했던 사업 모델이었다. EA 스포츠는 PGA 투어 독점 사용권을 오랫동안 보유하고 있었다. 하지만 EA의 서열에서 매든 NFL, FIFA, NHL에 이어 눈에 띄는 차이로 네 번째 자리에서 허우적대고 있었다. 게임을 하는 관점에서 봤을 때 PGA 투어의 다소 신중한 자세와 골프가 중년 이용자들이 많다는 점에서 EA의 광고 타깃과 통하지 않았다.

그러나 타이거 우즈의 등장으로 얘기가 달라졌다. 젊은 세대들이 좋아할 만한, 골프를 송두리째 개조할 모습으로 무장한 백기사라도 된 듯한 등장이었다. 그러나 정작 휴스가 EA와 접촉했을 때 EA의 실무자들은 타이거가 광고 타깃에 적합한지 확신이 없었다. 매일같이 게임을 밥 먹듯이 하는 이들에게 통할 것인지 의문이었다. 그래서 타이거가 수백만 달러의 광고 모델로 적합한지 알아보기 전에 EA 관계자들은 타이거의 진정성을 확인하기 위해 타이거의 집 근처 클럽하우스에서 미팅을 잡았다.

타이거는 실망하게 하지 않았다. 어떤 종류의 게임을 해 봤는지 EA 직원이 물어보자, 망설이지 않고 답했다.

"스포츠 게임은 별로 안 합니다. 운전하는 거나 사격 게임을 좋아합니다. 니드 포 스피드, 할로, 모탈 컴뱃……."

타이거는 또한 그러한 게임들의 디자인에 대해서도 잘 알고 있었고, 만일 EA와 계약을 체결한다면 자신이 게임의 세세한 부분에 관여하겠다고도 확언했다. 자신이 등장하는 게임이 독창적이기를 원했다.

타이거의 대답은 EA가 듣고 싶어 했던 반응이었다. 그리고 휴스가 계약서에 서명하자고 요구하자 EA는 즉각 서명할 준비에 들어갔다. 그러나 IMG와 나이키와의 갈등으로 인해 협상이 잠정 중단됐다. 타이거와 관련해서 요약된 단 하나의 하부 조항 '양방향 미디어 권한'이 걸림돌이었다. 나이키는 이 양방향 미디어 권한을 소유하고 있었고, 타이거에게 지급하고 있는 수백만 달러를 보상받기 위해 EA에 팔기를 원했다.

나이키에서 타이거 상표를 관리하는 담당자인 마이크 샤피로는 자신이 이와 관련된 조항을 보여주기 전까지 휴스가 이에 대한 사안을 몰랐다고 지적했다. 짧은 시간 안에 휴스와 그의 팀이 IMG에서 타이거와 관련된 여러 가지 굵직한 계약을 성사시키는 데 훌륭한 역할을 해 왔다. 그 계약 대부분은 복잡했지만, 나이키만큼은 아니었다. 타이거의 이익을 위해서 협상했던 계약 조건 수백 페이지 중에 IMG가 이 결정적인 조항을 못 보고 넘어간 것 같았다.

휴스는 마이크에게 서면으로 미팅을 요청했고, 마이크는 IMG 본사인 클리블랜드로 날아갔다. 마이크가 IMG의 한 회의실로 들어가서 자리에 앉기도 전에 휴스가 단도직입적으로 말을 꺼냈다.

"타이거 팀과 관련해서 그 권한은 우리에게 있습니다."

"계약서를 잘 읽어 보시죠."

마이크가 말했다.

"읽어 봤습니다. 그 권한은 우리에게 있습니다."

휴스가 강조했다.

"그 조항에 대해서 객관적으로 해석을 하셔야죠. 계약서에는 우리가 비디오 게임에 대한 권한을 갖고 있다고 정리했습니다."

마이크가 딱 잘라 말했다.

회의 분위기는 긴장감이 돌았고, 결국 안 좋게 마무리됐다.

덩치는 크지 않으나 자존심이 강한 휴스는 이혼 법정에서 전 부인과 아주 사소한 세부사항을 두고 시시하게 따진다든가, 고객의 계약서에서 하부 조항을 놓고 팽팽하게 맞선다든가 하는 싸움을 즐겼다. 여러 방면으로 휴스의 명성은 그가 관리하는 스타 유명인사들에게 계약 기회를 최대한 많이 따 오기 위해 노력하는 데에서 생겼다. 타이거의 가장 큰 파트너 회사와 서로 총을 겨눌 수도 있다는 것을 깨달았다. 나이키의 변호사들은 자신들의 진영을 지켰고, 마이크 샤피로는 휴스의 계략에 전혀 미동하지 않았다. 마이크는 나이키에 입사하기 전에 터너 스포츠의 사업 부문 부회장으로 근무한 적도 있었다. 근무 당시에 NFL, NBA, PGA 투어와 메이저 리그 관련 방송 중계권 협상에 참여한 적도 있다. 또 그전에는 샌프란시스코 자이언츠 야구단에서 법무팀으로도 일했던 적이 있다. 그러니 계약이나 판권에 대해서 잘 알고 있었다. 나이키의 승인 없이는 타이거와 EA의 거래는 성사될 수 없었다.

휴스와 마이크와의 기 싸움으로 타이거는 감정적으로 변해가고 있었다.

타이거가 마이크에게 캐물었다.

"뭐야, 어떻게 돼 가는 거예요? 일 좀 제대로 해결하면 어디 덧나나요?"

"그게, 휴스하고 저하고 약간 바라보는 시선이 달라서요."

마이크가 답했다.

"거 참, 다 필요 없고, 해결하시라고요. 휴스는 당신 욕하고, 당신은 휴스 욕하고 있는 거잖아요?"

타이거가 화내며 말했다.

결국 휴스는 기 싸움에서 한발 물러섰다. 하지만 타이거의 시간에 대해서는 단호하게 선을 그었다. 타이거와 EA와의 최종 계약에서는 1년에 3~4일에는 회사의 마케팅과 게임 디자인에 참여하는 것인데, 특히 게임 디자인에서는 크로마*를 배경으로 타이거의 스윙 움직임 저장(모션 캡처)과 실제 코스에서 수십 차례 샷을 하는 것도 포함돼 있었다. 마이크의 말에 따르면, EA가 타이거의 일정을 빼내기 너무 어렵게 휴스가 작업했다고 했다. 겨우 일정을 잡으면 촬영은 타이거의 집 앞 잔디밭에서 진행하고 일출에서 일몰까지 거의 군 훈련하다시피 이뤄졌다. 만일 EA가 TV 광고 제작을 위해 타이거에게서 3시간을 허가받고 타이거의 대사가 여덟 줄이었으면, 타이거가 만족해하는 순간 촬영은 끝났을 것이다. 그리고 EA 측에서 게임 이용자가 드라이버로 500야드 칠 수 있게 하자고 제안했지만, 타이거는 이를 거절했다.

"저는 바람이 도와주면 340야드까지 칠 수 있습니다. 500야드라뇨?"

1998년 EA 스포츠에서 타이거 우즈 99 PGA 투어 골프 게임을 출시했다. 끝을 알 수 없는 성공작이었다.

나이키는 타이거를 위해 큰 계획을 품고 있었다. 회사 브랜드 가치를 유명 운동선수를 활용해서 무한 잠재적인 아시아 시장으로 확장하기 위해 일본 도쿄에 타이거 우즈 인비테이셔널을 개최했다. 일정은 1997년 11월 초로 잡았고, 닉 프라이스, 마크 오마라, 마루야마 시게키 등이 출전했다. 타이거의 첫 일본 방문이었다. 일본에서도 무지막지한 규모의 갤러리가 타이거의 경기를 보기 위해 나타났다. 반면 타이거는 일본 방문 무렵 지쳐 있었고 기운이 없었다.

일주일 전 타이거는 투어 챔피언십에서 12위 성적을 내며 시즌을 마무리했다. 그전 주의 라스베이거스 인비테이셔널에서 형편없는 3라운드 덕에 우승경쟁에서 멀어지면서 끝났다. 그해 여름 US 오픈에서 19위, 브리티시 오픈 24위, PGA 챔피언십에선 29위를 기록했다. 골프 기자들은 벌써 타이거가 슬럼프에 부딪힌 것이

* 영상 제작 기법으로 실제로는 푸른색 배경이지만 그 배경에 영상을 입힐 수 있음.

아닌가 하는 기사를 내보내기 시작했다. 골프의 위대하고 새로운 희망도 결국에는 사람이었다며 투어 프로 선수들이 서로 속삭였다. 그중 어떤 이들은 타이거의 허우적거림을 자신들의 만족으로 삼고 있었다. 그중 그렉 노먼이 1997년 말 빈정거리며 말했다.

"타이거는 결국 투어의 다른 선수들과 별반 차이 없었다. 처음에 괄목할 만한 업적을 그렇게 빨리 이룬 것은 인정한다. 그렇지만 결국엔 현실로 돌아왔고, 이 바닥에서의 또 다른 선수일 뿐이었다."

타이거가 스윙 교정에 들어갔다는 소문이 돌긴 했지만, 타이거는 습관적으로 그에 대해 말을 아꼈다. 그에게 많은 영광의 우승을 안겨 준 스윙을 버리고 완전히 새롭게 접근하는 스윙을 익히고 있는 과정을 아무도 알지 못했다. 그렉 노먼 같은 선수들은 골프 세계를 넘어 스타덤에 오르는 것에 그다지 마음을 쓰는 것 같지 않았다.

타이거는 그냥 사라지고 싶은 마음뿐이었다. 폭스 스포츠와의 30분 TV 인터뷰도 마지못해서 하기로 했다. 폭스 스포츠는 일본에서의 대회를 미국에서 중계하는 판권을 구매했다. 그냥 억지로 하기로 한 인터뷰였기에 시간과 장소를 정하는 데에만 거의 한 달 걸렸고, 결국 도쿄의 한 호텔에서 금요일 저녁에 녹화하기로 얘기가 됐다. 그날 오후, 타이거는 골프장에서 호텔로 데려가 줄 헬리콥터에 앉아서 이륙을 기다리고 있었다. 그때 어떤 여자가 동승했다. 타이거는 계속 창밖만 바라보며 그녀에게 관심조차 주지 않았다.

"안녕하세요, 타이거. 저는 뎁 겔먼(Deb Gelman)이라고 해요. 나이키와 함께 일합니다."

그녀가 먼저 말을 걸었다.

"네, 저는 호세 꾸에르보입니다."

타이거는 그녀를 향해 비꼬는 듯 말한 뒤 다시 창밖만 바라봤다. 호텔로 이동하는 동안 타이거는 단 한마디도 하지 않았다.

뎁은 나이키의 새 사업 부서인 스포츠 엔터테인먼트의 프로듀서로 근무 중이었다. 그녀가 맡은 임무는 타이거가 인터뷰 장소에 제때 나타나는지의 확인이었다. 호텔에서 타이거는 그녀와 펜트하우스 스위트로 갔고, 로이 해밀턴(Roy Hamilton)이 그들을 기다리고 있었다. 로이는 디트로이트 피스턴스 농구단의 1차 지명 선수였고, TV 업계에서 뛰어난 아프리카계 미국인 명성을 얻고 있었다.

타이거는 농담 따먹기에는 관심이 없었다. 그가 방 안으로 들어가는 순간부터 시간 재기가 시작됐고, 정확히 30분이 흐르자 타이거는 자리를 박차고 그의 셔츠를 잡고 있던 마이크를 내려놨다. 폭스에선 타이거가 앉았던 탁자에 홀 깃발, 포스터 등 수집품들을 늘어놓았다. 로이는 타이거에게 이것들에 사인을 해 줄 수 있는지 물었다. 타이거는 아무 말 없이 그 탁자를 지나 방을 나갔다.

호텔 방에 있던 사람들을 향해 타이거는 너무나 차갑게 행동했다. 하지만 타이거는 끊임없이 귀중품에 사인을 요구받았다. 대회장에선 팬들이 너무 거칠게 몰려드는 바람에 펜 끝이 그의 얼굴을 스쳐서 몇 차례 눈 밑에 상처가 난 적도 있었다. 공공장소에 나타나면 사람들이 몰려와 사인을 원하고 함께 사진 찍자며 그를 가만두지 않았다. 이러한 융단 폭격 같은 팬들 때문에 타이거는 스스로 보호하는 벽을 쌓게 됐다. 대회장에서 타이거는 그래도 아이들에게 잘 해 주려고 했다. 하지만 그곳에서도 아이들을 시켜 기념품 가게와 전시회에서 판매하는 물건에 사인하는 수집광들을 의심할 수밖에 없었다. 그의 파트너 후원사가 주최하는 행사에서 타이거는 행사를 찾은 팬들에게 다른 선수들보다 더 오래, 더 많이 사인해 주며 시간을 할애했다. 하지만 도쿄의 호텔 방 탁자에 가득한 수집품들은 이야기가 달랐다. 폭스와의 계약에 깃발과 골프 볼 등에 사인하는 내용은 없었다. 그래서 그냥 넘어간 것이었다.

다음 날 아침, 타이거는 최종 라운드에 앞서 골프 클리닉에 나타날 예정이었다. 그러나 끝내 나타나지 않아 수백 명의 어린이에게 실망감을 안겨 줬다. 티타임에도 임박해서야 나타났다. 전날 밤 술을 많이 마시고 취기가 아직 몸에 남아 있었던 것으로 보였다. 타이거는 가까운 사람들한테서 민트 캔디나 씹는 검을 찾았다.

"저에게 있어요."

뎁이 적시에 답했다.

"모든 홀과 모든 티 구역, 모든 그린에서 만나 저한테 줘요."

타이거가 그녀에게 말했다.

헬리콥터에서 만난 이후 타이거가 그녀에게 처음 말을 걸었다. 하지만 이내 18홀 도는 동안 두 사람은 갑자기 친한 친구가 된 듯했다. 하지만 라운드가 끝나자 타이거는 고맙다는 말, 잘 가라는 말없이 그냥 가 버렸다.

"타이거는 불행한 사람처럼 보였어요. 모든 사람이 타이거를 원했습니다. 그리고 그는 많이 지쳐 있었고요. 그의 내부 사람이 아니면 그는 아무도 믿지 않았던 게 분명했습니다."

2015년에 뎁 겔먼이 회고했다.

1998년 1월 5일 월요일, 타이거는 샌디에이고에 머물면서 메르세데스 챔피언십을 준비하고 있었다. 그리고 마무리하지 못한 일을 이번에 끝내려고 기회를 엿보고 있었다. 존 파인스틴도 샌디에이고에 있었다. 존은 투어 선수들을 인터뷰하면서 출간 예정인 책《메이저 대회: 골프의 성배를 쫓아서(*The Majors: In Pursuit of Golf's Holy Grail*)》를 준비 중이었다. 타이거는 존에게 저녁에 바닷가 식당에서 만나고 싶다고 전했다. 존이 도착하기 전에 타이거는 구석 자리를 요청했고 존이 식당에 들어서자 타이거는 구석 자리에 앉아 있었다.

"자기 나 보고 싶었어?"

존이 차가운 공기를 누그러뜨리려는 듯 농담을 던졌다.

"솔직히, 저 지금 배고픕니다."

타이거는 기운 없이 말했다. 농담을 농담으로 받지 않았다.

둘은 지난번 문제에 대한 앙금을 완전하게 털어내지 못한 상태였다. 하지만 식사를 하는 동안 어느 정도 해결의 실마리를 찾은 듯했고, 특히 존이 얼 우즈를 스테파노 캐프리아티와 비유한 것에 대해서도 오해를 거의 풀었다.

"저는 진짜로 당신 아버지가 뻔뻔하고 돈 밝히는 다른 아버지들과 다를 바 없다고 봅니다. 하지만 단 한 가지 다른 점은 당신이 그의 아들입니다. 그러니까 저는 그의 유전자를 가진 당신을 인정합니다. 당신 아버지가 그렇게 밀어붙였는데도 당신은 그걸 충분히 감당할 정도로 영리하고 충분히 강하기 때문입니다. 그리고 여전히 훌륭한 선수잖아요. 다른 선수들은 그렇지 않더라고요. 제 생각엔 당신은 아버지가 있음에도 불구하고 이렇게 크게 됐습니다. 당신 아버지 때문이 아니고요."

존이 먼저 포문을 열었다.

타이거는 무표정으로 아버지를 감쌌다. 얼의 책에서 얼이 타이거를 만들었다고 자랑한 것을 존이 지적한 데 대해서도 타이거는 물러서지 않았다.

"아버지가 그 책을 쓰신 이유는 너무 많은 사람이 어떻게 한 거냐고 물어봐서 수백만 번 일일이 답하는 것보다 책으로 내는 게 낫겠다고 판단하신 겁니다."

"그런가요? 그러면 왜 두 번째 책까지 나온 건가요?"

존이 말을 이어갔다.

타이거는 잠시 존을 바라보고는 한 번 웃고 답했다.

"좋은 질문이군요."

두 사람의 주거니 받거니 대화는 장기를 두는 듯한 분위기를 연출했다. 타이거는 빈틈을 찾았지만 거의 찾을 수 없었다. 타이거는 존 파인스틴이 휴스 노턴과 클라크 존스에게서 불만 가득한 채로 돌아섰던 오거스타에서의 아침 일을 화두에 올렸다.

"인정합니다. 그때 당신은 그들을 놀라게 했습니다. 제 생각엔 당신 상사한테 가는 것이 뭔가 더 시선을 끌 수 있을 거라고 여겼나 봅니다."

자신에게는 특별히 상사가 있지 않았다고 존은 설명했다. 존의 수입은 대부분 책을 쓰는 데에서 나왔지 『골프 다이제스트』의 보수는 그다지 큰 부분을 차지하지 않았다.

"그래서 괜찮으신 건가요? 진짜 다른 일은 필요 없는 겁니까?"

타이거는 몸을 뒤로 젖히면서 고쳐 앉았다.

"아니, 괜찮습니다."

존이 답했다.

"당신한테는 무서운 게 없는 거 같습니다. 그렇죠?"

타이거가 말을 이었다.

자리에서 일어나면서 존은 타이거에게 오늘 저녁에 만나줘서 고맙다는 말을 전했다.

"나한테 당신을 좋아하게 하거나 내가 당신에 대해 호의적인 글을 쓰거나 좋은 말을 하게 애쓸 필요 없습니다. 당신은 그 잘난 타이거 우즈 아닙니까? 타이거 우즈 자체로 당신이 이룬 것에 대해 말할 필요가 없다고 생각합니다. 그리고 오늘 많이 깨달았습니다. 우리가 왜 의견을 같이할 수 없었는지에 대한 것도 그렇고, 당신이 진짜 어떤 사람인지 다시 봤습니다."

"오늘 깨달은 게 뭔가요?"

타이거가 물었다.

"제가 예전에 생각했던 것보다 당신이 더 머리가 좋다는 겁니다."

헤어지기 전에 존은 자신이 쓴 책이 곧 출간될 예정인데, 타이거에 관한 이야기를 쓴 책이라고 설명했다.

"출간되면 한 권 보낼게요. 기본적으로 오늘 이야기 나눴던 당신 아버지에 대한 것하고 크게 다르지 않습니다."

"그럼 제가 굳이 읽지 않아도 되겠군요."

타이거가 답했다.

"읽지 않아도 될 겁니다. 하지만 그 책 때문에 당신이 허를 찔리는 것도 저는 원하지 않습니다. 나중에 당신 대회장의 라커에 꽂아 둘게요."

두 사람 사이의 좋지 않았던 감정이 어느 정도 사라지고 오해도 많이 풀린 듯했다. 적어도 존 입장에선 그러했다. 두 사람은 대회장에서 만나면 친근하게 인사도 하곤 했다. 그리고 존이 요청했던 '메이저' 책과 관련한 앉아서 하는 인터뷰도 타이거가 하기로 했다. 타이거는 그 인터뷰를 시즌 마지막 대회, 투어 챔피언십 기간에 애틀랜타에서 하자고 제안했다.

하지만 뒤끝에 대해서 타이거는 그의 부모와 비슷했다. 용서와 망각은 타이거 가족의 단어장에 나오지 않는 단어들이다. 얼은 절대로 사소한 것에서도 용서를 몰랐고 쿨티다 또한 마찬가지였다. 비슷하게 타이거 또한 무언가를 그냥 넘어가는 경우가 거의 없었다. 샌디에이고에서의 저녁 이후 두 달이 지나서 존은 자신의 새 책을 대회장에 있는 타이거의 라커에 놓아두었다. 존이 사전에 알렸던 대로, 그 책은 과거 존이 얼을 스테파노 캐프리아티와 비유한 것에 대한 옹호하는 내용이 들어있었다. 책에서 존이 썼던 내용이다.

'비유는 적절했다. 두 아버지 모두 자신의 자녀들이 프로가 되기 전에 그들을 생활비를 벌어오는 수단으로 이용했다. 1988년 이후 얼 우즈가 생계 수단으로 삼았던 일은 휴스 노턴과 IMG가 제공했던 것뿐이었다.'

그 단락은 얼의 존엄성에 깨끗한 한 방을 날렸다. 아버지에 대한 비평만큼 타이거를 화나게 하는 일은 없었다. 그리고 또 타이거가 참고 넘어가기 어려웠던 것은 자신을 이용해 이익을 챙기는 이들, 특히 기자들이 존재한다는 것이었다. 타이거의 시선에서 존 파인스틴은 이 두 가지를 기가 막히게 해내는 인물이었다.

CHAPTER FIFTEEN

본능

1998년 마스터스 주간에 타이거는 『SI』 지 앞면을 장식했다. 650파운드의 삼손이라는 벵갈 호랑이와 디미트리라는 비슷한 크기의 다른 한 마리도 함께였다. 쉽게 접하기 어려운 이 동물은 사진 촬영을 위해 아일워스에 있는 한 컨트리클럽의 화려한 연회장에까지 날아왔다. 『SI』에서 먼저 휴스 노턴에게 진짜 수컷 호랑이를 몇 마리 데려와서 타이거와 함께 찍는 아이디어를 제안했다. 휴스는 걱정스러웠다. 만일 조금이라도 일이 잘못된다면 결과는 끔찍할 것이다. 그리고 아니나 다를까, 타이거가 오기 하루 전날 약간의 문제가 발생했다. 삼손이 발을 잘못 디디면서 사진 촬영 배경으로 쓸 캔버스에 발자국을 남겼고 약간 예민해졌다. 그리고 방을 마구 휘젓고 다니는 바람에 『SI』에서 온 제작 감독이 문을 찾아 달아나기도 했다. 타이거가 도착했을 때까지만 해도 삼손은 뭔가 불편한 듯 으르렁대서 휴스는 애가 탔다. 하지만 타이거가 삼손 옆으로 다가서자 언제 그랬냐는 듯 온순하게 변했다. 호랑이 조련사인 데이비드 맥밀런(David McMillan)은 눈앞의 일을 보고도 믿지 못하겠다는 표정을 지었다.

"그 젊은 친구는 그 누구에게도 견줄 수 없는 자신감을 뿜어내고 있었습니다. 그런 자신감을 저는 처음 봤습니다. 그렇게 큰 호랑이 앞에서는 마음을 감출 수 없습니다. 삼손은 타이거에게서 약점이나 두려움을 전혀 감지하지 못했습니다. 카리스마와 내면의 평정만이 있었습니다."

조련사가 『SI』에 전한 이야기이다.

타이거와 호랑이의 만남은 타이거가 자신의 진짜 감정을 얼마나 잘 숨겨 왔는지를 증명했다. 그의 일생에서 친구, 경쟁상대, 대중들로부터 자신의 감정을 드러내지 않았다. 본능에 충실한 동물마저도 타이거의 위용을 알아본 듯했다. 사실 1998년 4월, 타이거의 삶은 내면의 평정을 찾을 수 없는 환경에 처해 있었다. 호랑이와 사진 촬영하는 동안 타이거도 생명의 위협을 느꼈다. 하늘 높은 줄 모르고 솟는 타이거의 명성에 어쩔 수 없이 따르는 대가였다. 그 위협에 대해 타이거는 공식적으로 언급하지 않았고, 그것에 대해서 신고도 하지 않았다. 하지만 마스터스 전날 타이거는 마크와 엘리시아에게 그 상황을 알렸다.

오마라 부부는 곧바로 타이거를 자신들이 묵고 있는 숙소로 오라고 제안했다. 거기에선 숨을 수 있었고 아무도 타이거의 행방을 알 수 없었다. 오마라 부부는 마스터스에 출전하는 20년 동안 오거스타의 학교 선생인 페기 루이스(Peggy Lewis)의 주택을 대여해 숙소로 썼다. 오거스타의 많은 주민처럼 페기도 마스터스 기간에 자신의 집을 숙소로 제공하여 부수입을 얻고 있었다. 그 집에는 침실이 하나 더 있었다.

타이거는 오마라 부부의 제안을 받아들였다.

6피트 1인치에 170파운드의 타이거 우즈가 1998년 마스터스 대회장에 나타났다. 전년보다 20파운드 정도 체중이 늘었다. 전부 근육으로 얻은 중량이다. 타이거는 과하다 싶을 정도로 중량 운동에 치중했다. 이미 투어에서 다른 선수들보다 더 강하게, 더 멀리 볼을 때리는 타이거이지만 티샷할 때 더 큰 화력을 간절하게 원했다. 그의 말을 인용하자면, 백스윙의 정점부터 진짜 볼을 뜯어버릴 힘을 원했다. 그가 스스로 연구한 결과 속근육(Fast-twitch)은 무거운 아령을 빠른 속도로 들어 올리고, 이 중량 운동에 전력 질주가 부가적으로 있어야 함을 알아냈다. 그리고 장거리 달리기와 중량 운동을 반복하면서 지근육(Slow-twitch)도 발달시켰다. 이는 곧 하루에 두 가지 운동을 했다는 것을 말한다. 벤치프레스 운동에 225파운드 무게를 들었고, 스쾃에선 300파운드까지 중량을 늘렸다. 타이거의 몸은 투어의 선수들과는 확연히 달랐다. NFL의 디펜시브 백 포지션의 선수 체격이었다.

하지만 타이거는 많이 지쳐 있었다. 마스터스를 앞두고 한 주 동안 아일워스의 집에서 쉬었다. 그리고 휴식이 득이 된 것인지 나흘 동안 71-72-72-70타로 한결같은 경기를 선보였다. 전년과는 차이가 많은 성적이었지만 새 스윙을 배우는 과정에서 나온 것치곤 괜찮았다. 주말 동안에도 상위권에 머물며 공동 8위로 대회를 끝냈다.

마크 오마라는 반면 그의 생에 최고의 골프를 선보였고 첫 메이저 타이틀을 손에 쥐었다. 타이거 우즈가 전년도 우승 자격으로 투어에서 가장 친한 선수에게 그린 재킷을 입혀주는 감동적인 순간이었다. 18개월 넘는 기간 동안 셀 수 없는 라운드를 함께했고, 타이거의 영향이 마크에게 동기부여가 되었다. 마지막 네 홀에서 세 개의 버디를 성공시키면서 그의 첫 메이저 타이틀이 확정됐을 때 마크는 자신이 약간 타이거 같았다고 말했다.

한편 페기의 숙소에서는 기쁨의 분위기가 흘렀다. 그녀의 남편이 우승할 것이라고는 꿈에도 몰랐기에 집을 떠나면서 정장을 따로 챙기지 못한 것이다. 페기 루이스가 자신의 집으로 돌아가서는 구두와 옷을 챙겼다. 엘리시아가 챔피언 만찬에 참석해야 했기 때문이다. 타이거와 마크가 준비하는 동안 엘리시아와 페기는 드레스를 다리면서 이웃들과 축배의 와인을 한 잔씩 마셨다. 몇 분 뒤 페기가 엘리시아를 찾아갔다. 그때 마침 타이거가 문을 열고 들어왔다. 세상에나! 페기가 속으로 소리쳤다. 타이거가 자신의 임대 주택에 있는 건 알았지만 실제로 만나리라고는 생각지도 못했다. 설레는 마음으로 타이거에게 손을 뻗으며 인사했다.

"안녕하세요? 페기 루이스라고 합니다. 이곳에 머물고 있다고 들었어요."

타이거는 거의 무시하다시피 한마디 대꾸도 하지 않고 엘리시아에게 언제 출발할 예정이냐고 재촉했다. 그곳에 모여 있던 사람들은 말을 멈추고 페기의 부끄러운 손으로 시선을 보냈다.

엘리시아가 타이거를 보며 말했다.

"조금만 기다리세요."

창피한 마음에 페기는 조용히 한 걸음 물러섰고 타이거는 페기가 보이지 않는다는 듯한 표정으로 집을 나섰다.

몇 달 후 마크는 브리티시 오픈까지 우승했고, 타이거는 마크의 우승을 기뻐했다. 그동안 타이거의 골프도 조금씩 정상궤도로 돌아오고 있었다. 2월에 태국에서 열렸던 조니워커 클래식에서 여덟 타 차를 극복하고 챔피언에 등극했다. 물론 마스터스에서 아쉽게 우승은 놓쳤지만, 전년보다 더 완성도 높은 선수가 됐다. 투어에서 장타 부문 2위인 것과 더불어 정확도도 좋아졌다. 평균 타수 부문에서도 조용히 2위로 올라섰다. 하지만 정작 PGA 투어에서 우승한 지 아홉 달이 지났다.

"대체 타이거에게 무슨 일이 있는 거지?"

이 말을 타이거는 지겹도록 들었다.

부치 하먼은 타이거에게 같은 질문만 반복했다.

"잘하고 있는 거지?"

부치 입장에서 답은 긍정적이었다. 타이거는 결코 '슬럼프'에 빠진 것이 아니었다. 워낙 시작부터 눈에 띄었기 때문이었다. 오히려 자신의 성공에 스스로 엮인 것이다. 타이거가 출전하면 우승할 것이라는 기대를 사람들이 많이 했기 때문에 우승하지 못하면 실패나 다름없었다. 타이거는 무조건 강하게 때리는 접근방식에서 벗어나 볼이 날아가는 탄도를 조금 낮추는 절제된 스윙으로 옮겨가는 중이었다. 볼 탄도를 낮추기 위한 방법으로 드라이버의 샤프트를 그래파이트 재질로 바꿨다. 타이거의 스윙 자세도 달라졌다. 이 모든 변화는 전체적으로 눈에 띄지 않았다. 그래도 부치는 예감하고 있었다. 타이거는 스윙을 완전히 분해했다가 조립하는 일정도 전반적으로 순탄하게 진행 중이었고, 조금씩 놀라운 성과를 보이기 시작했다. '이 친구 고작 스물한 살인데!' 부치의 머릿속에서 이 생각이 떠나지 않았다.

1998년 5월, 타이거는 벨사우스 클래식에서 10개월 만에 우승을 차지했다. 그리고 이 우승은 타이거가 스윙 교정을 제대로 하고 있음을 증명했다.

한편 골프 밖에서 타이거는 확신이 서지 않았다. 수년 동안 부모님의 밀착 양육 속에 있다가 이제는 모든 것을 스스로 경험하고 스스로 해결해야 하는 상황에 부닥쳤다. 부치를 제외하고는 자신을 잘 돌봐 주는 사람이라고는 마크 오마라뿐이었다. 정작 마크는 타이거에게 사귀기 쉬운 사람이 되라며 조언했다.

"사람들은 큰 걸 바라지 않습니다. 그냥 인사 한번 건네면 그 사람과 눈을 마주치거나 같이 인사해 주면 돼요."

하지만 타이거에게는 낯선 이들을 상대하기가 쉽지 않았다. PGA 투어에서 여러 선수와 소통하는 것도 타이거에게는 난제였다. 그렇게 그는 혼자 보내는 시간이 많았다. 1998년의 대회 기자회견에서 한 기자가 직설적으로 물었다.

"혼자라고 느끼나요?"

"아뇨. 제 주위에는 좋은 친구들이 많이 있습니다. 진짜예요."

타이거가 무뚝뚝하게 답했다.

물론 타이거에게도 사교적인 생활이 있었다. 그와 골프를 같이 했던 이들 중에 케빈 코스트너(Kevin Costner), 글렌 프레이(Glenn Frey), 켄 그리피 주니어(Ken Griffey Jr.)도 있었다. 셀 수 없는 유명인사와 TV 출연자들이 타이거와 어울리고 싶어 했다. 가수, 배우, 스포츠 선수들과의 친분으로 유명세에 있는 남자 무리 사이에서 우두머리가 되는 것이었다. 그렇지만 타이거가 직면한 문제에 대해 진심 어린 조언이 필요할 때 떠오르는 사람은 오마라 가족뿐이었다. 타이거가 듣고 싶은 말을 하는 사람보다 그에게 필요한 말을 해 주는 사람이 필요했다. 하지만 심지어 마크와 있을 때도 타이거는 확신을 갖지 못했다. 골프 사업과 관련된 이야기나 스포츠, 낚시, PGA 투어에 대한 조언은 자주 들었다. 하지만 인생에 대해서, 사람의 마음에 관해서 이야기할 때 타이거는 남자와는 그렇게 편하지 못했다. 심지어 마크와도 그런 화제에 대해서는 불편했다.

그런데 타이거는 가끔 엘리시아와 대화할 때 허심탄회하게 털어놓곤 했다. 그녀는 어떻게 살아야 하는지 말해 준 적도 없고, 골프에 대해서는 거의 말도 꺼내지 않았으며, 타이거의 유명세에 조금도 관심을 보이지 않았다. 엘리시아는 타이거가 사람들 사이로 섞여야 하는 것과 주위에 중요한 사람이 없음을 감지했다. 특히 명성 때문에 타이거가 진심으로 믿을 만한 이성을 찾기 어렵다는 점도 간파했다. 어느 날 저녁 타이거는 마크, 엘리시아와 함께 동네에 있는 테니스 선수 토드 우드브리지의 집 파티에 갔다. 거기서 칵테일 볼 앞에 우연히 단둘이 있게 됐다.

타이거는 조용히 뜬금없는 질문을 엘리시아에게 던졌다.

"믿을 만한 사람인지는 어떻게 알 수 있나요?"

"알 수 없죠."

엘리시아가 답했다.

그녀의 답변으로 타이거는 갸우뚱했다.

"본능을 믿어야 해요. 아무래도 보이지 않기 때문에 어려운 겁니다. 먼저 다가가야 해요. 타이거의 삶에서 사람들하고 관계를 쌓아야 합니다."

엘리시아가 자상하게 설명했다.

그녀의 말은 타이거에게 뭔가 울림을 남겼다. 그해 여름, 산타 바버라의 캘리포니아 대학에서 열린 파티에 갔고, 스무 살의 대학생 조애나 자고다(Joanna Jagoda)와 진지하게 만나기로 했다. 폴란드에서 태어나 샌 퍼디낸드 밸리에서 자란 조애나는 로스쿨을 희망하는 정치학 전공의 학생이었다. 고등학교 시절에 치어리더로도 활동했던 그녀는 PGA 투어에서 금세 유명인사가 됐다. 타이거에게는 익숙한 풍경인 눈부신 조명 앞에서도 그녀는 기자들 앞에서 무거운 입으로 눈에 잘 띄지 않으려 했다. 1998년 중반 이후에 조애나는 타이거와 투어 대회에 함께 다녔고, 결국에 타이거의 아일워스 집에서 함께 살게 됐다.

마크와 엘리시아는 조애나를 좋아했다. 조애나는 금세 타이거의 삶에 묵직한 영향의 존재로 떠올랐다. 그녀가 타이거의 삶에 들어온 지 얼마 지나지 않아 타이거는 그의 사업에서 의사결정권을 찾기로 마음먹었다. 가장 먼저 타이거는 아버지와 휴스 노턴과의 삼각관계에 손을 보기로 했다. 1998년 여름, 세 명은 『골프 다이제스트』의 표지에 나왔고, 제목은 '성부와 성자와 성령'이었다. 휴스의 자존심은 처음부터 너무나 완고했고, 타이거를 만난 이후에는 더욱 커졌다. 셋이 함께 있는 짧은 시간 동안 휴스는 1억 2천만 달러의 계약을 타이거에게 들고 왔다. 이전엔 없었던 성과였다. 타이거의 스폰서십 파트너로 나이키, 타이틀리스트 플래닛 할리우드, 아메리칸 익스프레스, 롤렉스, EA 스포츠, 아사히, 코브라, 『골프 다이제스트』, 유니레버, 휘티스가 아직도 대기 줄을 서고 있었다. 그런데 이것 자체가 문제였다. 월요일이 유일하게 타이거만의 시간이었는데 IMG가 그 시간을 조금씩 갉아먹고 있었다. 파트너 기업들과의 약속을 이행하는 대가로 두둑한 수수료가 IMG에 돌아갔다.

휴스 노턴이 『골프 다이제스트』의 신적인 존재로 불린 지 두 달이 안 돼 타이거는 휴스에게 자신의 에이전트이길 원하지 않는다고 했다. 1998년 10월, 프로 데뷔한 지 2년이 채 되기도 전에 타이거는 휴스를 해고했다.

『로스앤젤레스 타임스』가 처음 이 뉴스를 전했는데 '이번 주, 휴스 노턴은 성령에서 그냥 흔한 령이 됐다.'고 전했다.

타이거의 이러한 조치는 휴스의 자존심에 강타를 날린 셈이다. 휴스는 예상치 못했던 결정이었다.

"타이거의 결정에 대해 받아들이기 어려웠다. 그는 지구상 그 어떤 스포츠 스타보다도, 마이클 조던보다도 더 높은 지지도를 받고 있다."

휴스가 타이거의 해고 통보 이후 했던 말이다.

휴스는 자신이 타이거를 위해 이룬 업적에 대해 자랑스러워하고 있었다. 그러나 휴스가 그의 해고를 돈과 계약의 관점에서 바라봤지만, 타이거의 생각은 달랐다. 더욱 중요한 것은 마크 오마라가 휴스를 바라보는 관점이 바뀌었다는 점이다.

"휴스는 완강한 친구입니다. 치명적인 점을 노리는 경향이 있습니다. 제 경우에는 정면 대결을 조금 자제하고 더 능수능란한 에이전트가 좋습니다."

마크가 회고했던 내용이다. 타이거에게 마크는 투어에서 가장 따르는 동료 선수이다. 마크가 휴스에 대해 개인적인 감정을 떼는 순간 타이거가 똑같이 하는 것은 시간문제였다. 얼이 엄선해 데려온 에이전트임에도 불구하고 타이거는 휴스가 에이전트였던 동안 그렇게 통하지 않았다. 타이거가 보기에 휴스는 그의 아버지를 위해서 일했지 그를 위해서 일하지 않았다. 그리고 휴스와의 결별은 타이거가 이제 독립하기 위해 노력하는 부분 중 일부였다.

처음에 얼은 타이거가 결정을 번복하길 원했다.

"그동안 우리한테 잘하지 않았나? 한 번 더 기회를 줍시다."

얼이 쿨티다에게 말했다.

"아니요. 타이거는 휴스를 별로 좋아하지 않아요. 휴스하고 함께 일하는 거 원하지 않고, 나도 휴스 안 좋아해요. 그냥 끝내라고 해요."

쿨티다는 완강했다.

타이거와 휴스와의 결별이 세상에 알려지자 얼은 마치 그 결정에 자신의 영향력이 있었던 것처럼 보이려 애를 썼다. 언론에 휴스가 타이거에게 '지나치게 헌신'했다고 말했다. 그러나 실제로는 워너 북스와 계약한 타이거의 책 출간을 제외하면 휴스가 추진한 타이거 우즈의 모든 계약에는 얼이 관련되어 있었다.

한편 타이거는 아버지의 과오를 결코 공식적으로 인정하지 않았다. 그는 아버지를 비롯하여 누구든 자신에게 지시하는 것을 용납하지 않으면서도 여전히 아버지의 명성을 적극적으로 방어했다. 브리티시 오픈을 준비하는 스코틀랜드 사람들에 대해 거친 발언을 했을 때 타이거는 아버지가 그런 발언을 한 적이 없다고 주장했다. 한 기자가 녹취했는데도 말이다. 이에 대해 타이거가 했던 말이다.

"아버지께서 그렇게 말씀하셨다고 해도 듣는 이들에게 상처를 남기려는 의도는 없었을 것입니다. 하지만 아버지께서 그런 발언을 하셨는지조차 의심이 들 정도입니다."

마찬가지로 그 일에 대해 더 생각할수록 타이거는 존 파인스틴과 약속한 인터뷰 자리에 갈 수가 없었다. 그래서 워싱턴주에서 열린 PGA 챔피언십 개최 며칠 전에 타이거는 사할리 컨트리클럽의 연습 그린에서 IMG 직원을 시켜서 존 파인스틴을 찾아달라고 했다. 몇 분 뒤 존이 나타나서 말했다.

"저를 찾으셨다고요?"

타이거가 존을 보고 고개를 끄덕이며 말했다.

"이봐요, 미안하게 됐습니다. 제가 약속을 하긴 했지만, 당신 책 때문에 애틀랜타에서 만나기로 한 그 약속은 지키지 못하겠습니다."

"알겠습니다. 그래야 할 무슨 특별한 이유가 있습니까?"

존이 물었다.

"네, 제 아버지에 대해 당신이 책에 쓴 내용을 제가 그냥 넘어갈 수가 없군요."

존은 납득할 수 없었다. 이미 책이 출간된 지 다섯 달이 지났기 때문이다. 게다가 이 사안에 대해서는 존은 다 괜찮은 것으로 알고 있었다.

"샌디에이고에서 대화하면서 다 풀린 거 아니었나요?"

존이 말했다.

"네, 저도 다 풀었다고 생각했지만, 도저히 그냥 넘어갈 수가 없어서 말이죠."

타이거가 답했다.

휴스 노턴과의 인연을 끊고, 타이거는 IMG에서 완전히 떠날 준비를 하고 있었다. 하지만 대표이사 마크 매코맥은 타이거에게 다가와서는 능력 있고 젊은 직원들 몇 명을 만나보라고 제안했다. IMG의 여러 에이전트는 한 번씩은 타이거를 만났던 적이 있지만 한 명은 예외였다.

마크 스타인버그(Mark Steinberg)는 일리노이주 피오리아에서 자랐다. 일리노이 대학의 비장학 선수*로 농구팀에 들어가 1989년에 팀이 미국 전체에서 준결승까지 가는 데 기여했다. 법 전문 대학원인 로스쿨을 다닌 뒤 IMG에서 인턴 과정을 거쳐

* 장학금을 받지 않는 선수, 혹은 스카우트나 드래프트가 아니라 개인적으로 스포츠에 열정이 있어서 입단 신청해 선수가 되는 경우를 뜻함.

정식 직원이 됐다. 그가 주로 맡았던 일은 여자 골프선수들을 영입하는 것이었고, 그의 걸작은 1993년 미셸 맥건(Michelle McGann)과 카리 웹(Karrie Webb)과의 계약이었다. 다음 해에는 거의 홀인원과 같은 대박인 안니카 소렌스탐(Annika Sorenstam)을 IMG의 그늘로 불러들였다. 그다음 해에 안니카는 US 여자 오픈에서 우승을 차지했고, 그녀와 마크는 스포츠 마케팅의 표준으로 알려지기 시작했다.

타이거는 일단 마크를 만나보기로 했다. 미팅이 끝난 후 마크는 자신의 시간관리에 대한 철학을 타이거에게 소개했다.

"우리 선수들은 할 일이 너무 많은데, 이 선수들에게 주어진 일정 또한 너무 많습니다. 제가 극복해야 할 건 타이거에게 딱 맞는 일정을 짜는 겁니다."

타이거는 자신이 그토록 찾던 사람을 찾은 듯했다. 30대 초반이며 대학 시절 운동선수로도 뛰었고, 타이거의 친구가 되는 데 관심이 많아 보였다. 타이거 역시 그를 에이전트로 고용하는 데 관심이 갔던 터였다.

마크 스타인버그와 조애나 자고다의 갑작스런 등장은 타이거가 자신의 과거를 털어버리고 새로운 측근을 구성하려는 확실한 신호였다. 타이거의 측근 두 명이 그 시작이었다. 조애나는 타이거에 영향력을 더해갔고 타이거의 정리되지 않은 삶에 다소 안정을 가져다주었다. 타이거의 집에서 밤을 보내는 일이 빈번했고, 타이거도 그녀의 사생활을 지키기 위해 최선을 다했다. '그녀는 타이거의 비밀병기이다. 그리고 타이거는 그녀를 짐승들이 득실거리는 골프계에 떠밀 인물이 아니다.' 투어에 정통한 소식에서 나온 이야기이다.

그러나 마크는 여자 골프계에서 주로 활동했고, 그의 새 고객이 처한 광란의 환경에 적응할 준비가 아직 되지 않았다. 타이거의 에이전트를 시작한 지 얼마 지나지 않아 마크는 잉글랜드로 날아갔다. 둘은 런던의 레스토랑에서 식사를 마치고 나오는 길이었다. 그때 파파라치들이 갑자기 달려들었고 카메라의 찰칵 소리가 이어지며 질문이 쏟아졌다. 충격을 받은 마크는 타이거 앞으로 튀어나와서 두 팔을 휘저으며 타이거의 얼굴을 가리려 애썼다. 마크는 뜨거운 숯 위에서 춤을 추는 듯

방방 뛰었지만, 타이거는 유유자적하게 맹공의 현장을 지나 그의 차 뒷좌석으로 들어갔다. 마크는 서둘러 반대편으로 뛰어서 뒷자리에 탑승했다.

타이거는 팔을 뻗어 마크의 어깨를 감싸며 말했다.

"그냥 이해하자고요. 내 인생은 비정상입니다. 이게 저의 일상입니다. 그러니까 앞으로는 조금 차분해질 필요가 있어요."

CHAPTER SIXTEEN

알아냈어요

타이거 우즈는 살면서 외부에서 동기 부여를 받은 적이 없었다. 데이비드 듀발(David Duval)을 만나기 전까지는 그랬다. 타이거가 자신의 스윙을 재건하는 동안 스물여섯 살의 데이비드 듀발은 1998년 PGA 투어 대회에서 네 차례나 우승 반열에 올랐고, 평균 타수와 상금순위에서도 1위에 올라 있었다. 타이거는 각각 2위와 4위에 있었다. 세계적인 수준의 골프선수로 세계 랭킹 1위를 노렸던 데이비드는 3위에 그쳤다. 몇몇 골프 기자와 분석가들은 타이거가 저물고 데이비드가 떠오르고 있다고 평했다.

타이거는 그런 의견들에 대해서 공개적으로 납득하지 않는다고 했지만, 데이비드의 경기력은 인정할 수밖에 없었다. 어떤 기자회견에서 타이거는 데이비드의 경기를 분석하고 그의 샷들을 낱낱이 묘사하기도 했다. 골프 기자들은 라이벌 구도를 만들려고 떠들어댔다. 데이비드는 타이거의 패권에 도전할 강력한 상대로 부상했다. 특히 데이비드는 1999년 시즌 개막전인 메르세데스 벤츠 챔피언십에서 우승을 차지했고, 2주 후에는 밥 호프 크라이슬러 클래식에서 최종 라운드에 무려 59타를 몰아치며 트로피를 손에 들었다. 그 우승으로 타이거의 통산 7승을 넘어 데이비드는 9승의 고지에 올랐다. 그리고 타이거를 밀어내고 세계 랭킹 1위로 우뚝 올라섰다.

타이거가 그의 팀에서 또 다른 중요한 변화를 만드는 것에 대해 진지하게 생각하고 있는 동안 누가 뛰어난 골퍼였는지에 대한 설전은 끝을 모르고 이어졌다. 2월

초, 토리 파인스에서 열리는 뷰익 인비테이셔널을 앞두고, 타이거는 고등학교 때부터 가까운 친구인 바이런 벨에게 캐디를 요청했다. 타이거는 바이런과의 인연을 계속 유지하고 있었다. 타이거와 조애나 자고다가 만나는 데에 큰 역할을 했던 이가 바로 바이런이었다.

타이거는 2라운드까지 힘든 경기를 했고, 간신히 본선에 올랐을 때 바이런은 자신이 해야 할 말을 타이거에게 전했다.

"너는 뛰어난 골프선수잖아. 너 불붙으면 아무도 따라잡을 사람 없어. 그러니까 가서 버디 좀 잡고 성적 좀 내 보자고!"

토요일에 타이거는 까다롭기로 정평이 난 토리 파인스의 사우스 코스에서 62타를 기록했다. 프로 선수 시작한 이래 최소타 기록이다. 2라운드까지 그의 앞에 있던 마흔한 명을 제치고 한 타 차 선두로 올라섰다. 마지막 날에도 그러한 분위기를 유지하면서 선두 자리를 지켰고, 마지막 홀에서 이글까지 성공시켰다. 9개월여 만의 PGA 투어 우승이었다. 타이거의 전매특허인 어퍼컷 세리머니 대신 마치 마라토너가 먼 길을 달린 끝에 고된 경주를 마치고 결승점을 지나는 것처럼 두 팔을 들며 우승을 자축했다. 바이런과 우승의 포옹을 한 후 퍼터를 건넸고, 우승 트로피를 받고는 높이 들어 올리면서 열광적인 축하 박수를 받았다.

잠시 뒤 릭 실로스(Rick Schloss)라는 사람이 다가왔다. 대회의 미디어 총 책임자라고 소개하고는 조심스레 그의 손을 타이거의 등에 대며 말했다.

"센트리 클럽 파빌리온으로 모셔도 되겠습니까? 가셔서 VIP분들과 사진 촬영을 하신 뒤 미디어 센터로 가시면 됩니다."

"좋습니다. 그러죠."

타이거가 답했다.

"트로피는 제가 받아드릴게요."

릭이 트로피를 잡으려 하면서 말했다.

"안 돼요. 저 방금 155명을 제압했습니다. 트로피는 제가 가지고 갈 거예요."

우승 트로피를 들고 다음 대회까지 갔던 경우는 전무했다. 타이거는 트로피를 손에서 놓을 생각을 하지 않았다. 그의 이러한 불굴이 타이거를 움직이게 하는 중요한 실마리이다. 돈도, 명성도 그에게는 동기가 아니었다. 오직 우승만을 위해 플레이했다. 애당초 시작부터 그렇게 했다. 타이거가 처음 경쟁에 들어섰던 대회는 그가 세 살 때 동네에서 열렸던 열 살 미만의 아이들만 나갈 수 있는 피치, 퍼트, 드라이브 대회에서 2위에 올랐던 대회였다. 입상한 아이에게 장난감이나 골프 장비, 트로피를 선택해 가져가게 했는데, 타이거는 장난감이나 골프 장비에는 관심이 없었고 오로지 트로피에만 손이 갔다. 그의 어깨까지 올라오는 정도의 큰 것이었다. 타이거가 고등학생이 됐을 때 트로피와 장식 패가 그의 집 모든 벽을 장식했다. 집에 누군가가 찾아올 때면 그의 부모는 그것을 자랑스레 과시하곤 했다. 이와 마찬가지로 타이거 또한 PGA 투어 우승 트로피를 눈에 잘 띄게 전시해 놓고 손님이 집에 들어오면 자랑스럽게 뽐냈다. 친구를 사귀는 것보다 트로피 수집에 더 치중했다. 어쨌든 타이거는 기록에 집착했고, 트로피는 우승을 뜻했으며, 우승은 우월함을 뜻했다.

토리 파인스의 한 임시 건물에서 나와서 타이거는 의전차량의 뒷자리에 앉았는데 여전히 트로피를 들고 있었다.

대회 총 책임자 톰 윌슨(Tom Wilson)이 릭을 바라보며 물었다.

"트로피는 어디 있나요?"

"타이거가 갖고 있습니다."

톰이 눈을 크게 떴다. 우승 트로피는 선수가 가져가는 것이 아니라 대회장에 남겨둬야 했다.

"저 차에 같이 있을 겁니다."

릭이 가까이 있는 차를 바라보며 말했다.

톰은 타이거의 차에 다가가서 뒷자리 문을 열었다.

"안녕하세요, 타이거. 그 트로피 다시 돌려주셔야겠습니다."

친절한 미소로 말을 건넸다.

'뭐 이따위 경우가 있어?' 타이거가 톰을 노려보는 표정이 그렇게 말했다. 타이거가 들고 있는 그 트로피는 대회장에 영구적으로 보관하는 트로피라며 톰이 설명했다.

"저희가 모형 트로피와 신문 발췌한 것, 대회 기념 책을 몇 주 내에 보내드릴 겁니다."

톰이 기다리는 동안 타이거는 아무 말도 하지 않았다. 결국엔 마지못해 건넸다. 이 트로피는 타이거가 한동안 느끼지 못했던 우승이라는 감정의 특별한 상징이었다. 그가 누리고 싶은 한 오래 누리기를 원했던 감정이었다.

일주일 뒤 로스앤젤레스에서의 닛산 오픈에 타이거가 출전했다. 플러프는 다시 타이거의 클럽 백을 맡았다. 타이거는 플러프에게 거의 아무 말 하지 않고 야디지북을 보거나 퍼트 라인을 살피기만 했다. 공개적으로 타이거와 캐디 사이에 아무런 문제가 없음이 확인되었다. '사람들이 상황을 걷잡을 수 없이 크게 부풀리고 있습니다.' 그의 공식 홈페이지에 그러한 우려에 대해 남긴 이야기이다.

하지만 개인적으로 타이거는 플러프와의 관계가 성에 차지 않았다. 플러프는 투어 선수들보다 얼굴이 더 잘 알려지면서 오히려 타이거에게는 주의를 산만하게 하는 요소가 됐다. 그뿐만 아니라 플러프는 자신 나이 반 정도의 여성과 데이트를 했다는 것, ESPN 스포츠 채널의 '여기는 스포츠 센터' 영상에 주연으로 등장해 익살스럽게 나섰던 것도 타이거의 심기를 건드렸다. 타이거는 은근슬쩍 플러프를 '야디지북 들고 있는 지긋지긋한 인간'이라고 흉을 봤다.

그리고 플러프의 치명적인 실수가 나왔다. 그의 여성 편력 성향이나 단발적인 유명세 때문이 아니었다. 1998 시즌 동안 두 차례 『골프 다이제스트』 지의 피트 맥대니얼은 투어의 최고 캐디 네 명을 모아 투어에 대한 이런저런 이야기를 주관했다. 대화 중에 플러프는 캐디의 아주 기본적인 규칙을 깨고야 말았다. 타이거에게서 받는 금전 보수가 얼마인지를 누설했는데, 일주일에 천 달러와 우승 상금 10퍼센트라고 했다. 프로 세계에서의 규율을 어긴 데에 놀란 캐디들이 진심으로 이야기 한 것이 아니라고 피트에게 어서 정정하라고 눈치를 줬다.

"아, 뭐, 어때? 괜찮아."

플러프가 태연하게 답했다. 하지만 그렇지 않았다.

닛산 오픈이 열렸던 주간에 『골프 다이제스트』 지가 세상에 나왔고, 플러프의 캐디 보수 누설도 언급이 됐다. 타이거는 화가 치밀어 올랐다. 대회에서 타이거는 우승 가능성도 있었지만, 결국 공동 2위로 대회를 끝냈다. 대회가 끝나자마자 부치는 플러프를 대신할 캐디를 물색하여 두 명의 캐디를 타이거에게 제안했다. 토니 나바로(Tony Navarro)와 스티브 윌리엄스(Steve Williams)였다.

토니는 그렉 노먼의 클럽 백을 맡아서 영입할 수 없었다. 그리고 부치가 타이거의 캐디 자리를 제안했지만 그렉 노먼과의 관계가 원만하여 떠날 생각이 없다고 못 박았다.

스티브 윌리엄스는 여섯 살 때부터 캐디를 했고, 다부진 체격에 무뚝뚝한 서른네 살의 뉴질랜드 사람이었다. 15살에는 브리티시 오픈 5승에 빛나는 피터 톰슨(Peter Thompson)과 함께했고, 그렉 노먼의 클럽 백도 맡았다가 레이먼드 플로이드(Raymond Floyd)의 캐디를 하고 있었다. 사실상 동료의 도움 없이도 클럽 선택이 가능했고 거리 보는 것도 탁월했다. 그런데 더 중요한 것은 그가 맡은 선수의 클럽 선택이나 샷을 말릴 때가 종종 있었다.

타이거가 먼저 이에 대해 흥미를 보였고, 부치에게 타이거의 클럽 백을 맡는 데에 관심이 있는지 물어보라고 시켰다. 플로리다에서 열리는 도럴 라이더 오픈 전날, 레이먼드 플로이드는 연습 그린에서 퍼팅 연습 중이었다. 부치가 다가가서 레이먼드에게 그의 캐디가 타이거의 가방을 맡을 수 있는지 얘기를 꺼냈다. 이 무렵 레이먼드는 스티브와 함께 투어에서 26승을 합작했지만 56살의 나이로 시니어 투어에 집중할 즈음이었다.

"흠, 한번 생각해 보지요."

레이먼드가 부치에게 불확실한 투로 답했다.

그러나 타이거는 더 기다릴 수 없는 듯했다. 다음 날 아침 타이거는 스티브의 호텔 숙소에 전화를 걸었다.

"안녕하세요, 타이거 우즈입니다."

스티브는 장난 전화인가 싶어 아무 말 없이 수화기를 내려놓았다. 타이거가 다시 전화를 걸었지만 이번에도 그냥 끊었다.

타이거는 다시 전화를 걸었고, 스티브가 다시 수화기를 들었다.

"끊지 마세요. 끊지 마세요. 진짜 타이거 우즈라고요." 타이거가 말을 이어갔다. "플러프하고 갈라섰습니다. 그래서 스티브를 제 캐디로 영입하고 싶어서 연락했습니다."

또 다른 기로에 선, 타이거에게는 중요한 순간이었다. 새 여자친구는 타이거의 코스 밖 인생에서 안정을 찾아줄 존재이다. 새로 계약한 에이전트는 타이거의 스케줄을 철저히 통제하고 있었고, 타이거의 시간을 완벽하게 보호하는 이유로 '거절 박사'라는 별명을 새로 얻었다. 그리고 부치와 함께 스윙 교정의 완성 단계에 다다르고 있었다. 단 하나, 타이거는 골프 코스에서 무슨 일이 일어날지 대비하면서 클럽 선택, 특히 승부처의 순간에 자신의 의견을 표출하는 근성 있는 캐디를 필요로 했다.

흥미로운 제안이구나 싶은 스티브는 도럴 대회가 끝나자마자 아일워스로 차를 몰았다. 스티브는 타이거를 처음 만났던 장면이 생생하게 떠올랐다. 1996년 마스터스 연습 라운드에서 타이거는 US 아마추어 챔피언 자격으로 출전했고, 그렉 노먼, 프레드 커플스, 레이먼드 플로이드와 함께했다. 당시 스티브는 레이먼드의 클럽 백을 맡고 있었다. 조금 선선한 아침에 파 5 575야드 2번 홀에서 타이거의 드라이버 티샷한 볼은 페어웨이 벙커를 훌쩍 넘어갔다. 그렉, 프레드, 레이먼드는 모두 꿀 먹은 벙어리처럼 타이거의 볼이 날아가는 장면을 지켜봤다. 마치 볼이 지면으로 떨어지지 않을 것처럼 보였다. 스티브는 너무나 인상 깊었던 나머지 그의 생애 처음으로 사인을 요청했다. 타이거는 감사를 표했고, 연습 라운드 후에 스코어카드에 사인하여 전달했다. 그 후 거의 3년이 지나서 스티브는 타이거의 숙소 초인종을 누르고 있었다.

"어서 오세요. 들어오시죠. 그런데 잠시만 기다려 주시겠어요? 좀 마무리할 게 있어서."

타이거는 대형 화면이 있는 곳으로 스티브를 안내한 뒤 소파에 털썩 주저앉아 거의 신들린 경지의 수준으로 비디오 게임을 끝냈다.

그런 다음 바로 본론으로 들어갔다. 타이거가 스티브에게 캐디를 하는 접근방식에 관해 물었고, 스티브는 귀가 따가울 정도로 오랫동안 이야기를 풀었다. 세계의 모든 대륙, 100개국 가까운 나라를 다니며 캐디를 했고, 단순히 클럽 백을 들고 거리를 불러주는 것만이 다는 아니라고 주장했다. 전략적이어야 하고 심리에 대해서도 꿰뚫고 있어야 하며, 숫자에도 능통해야 한다. 대회 코스에 대한 백과사전 수준의 정보와 그 코스의 변수에 정통한 것도 물론 필수이다.

스티브는 플러프와 큰 차이가 없었을지도 모른다. 자신의 고국인 뉴질랜드에서 럭비 선수로도 유명했던 그는 PGA 투어에서 유일하게 타이거보다 더 근육질의 캐디였다. 둘은 또한 피트니스 숭배자인 것도 공통분모였다. 타이거와 함께 웨이트 트레이닝을 하면 스티브는 타이거가 감당하는 것보다 두 배는 거뜬히 해냈다. 스티브는 또 자신감이 지나칠 때가 있어 누군가 타이거에게 불편하게 접근하면 그가 나서서 막아서기를 주저하지 않을 것이다. 그리고 미디어 앞에서는 어떻게 하는지도 알았다. 조명이 닿지 않는 곳으로 간다는 것.

타이거와 스티브는 그 자리에서 선수와 캐디로서 악수했다. 다음 날 마크 스타인버그는 타이거를 대신해 보도자료를 배포했다.

'그동안 플러프가 제게 베풀어준 도움에 감사하며 프로로서 제 성공에 헌신해 준 그의 업적을 잘 알고 있습니다. 하지만 이제는 앞으로 나아갈 때입니다. 그리고 우리는 좋은 친구로 남을 거라 자신합니다.'

1999년 5월 13일, 바이런 넬슨 클래식에 나간 타이거는 1라운드에서 61타를 기록했다. 이후에 부치에게 전화를 걸었다. 부치가 '여보세요'라고 할 것도 없이 타이거가 소리쳤다.

"알아냈어요!"

부치는 타이거가 뭘 말하는지 정확하게 알고 있었다. 수화기 너머로 타이거의 열정적인 목소리가 전해졌다. 부치는 네바다주 헨더슨에 새로 설립한 골프학교에서 전화를 받았다. 그의 사무실 벽에는 타이거가 그린 재킷을 입은 사진이 벽에 걸려 있었고, 밑에 메모가 적혔다.

"부치에게, 형용할 수 없는 노고와 끈기에 대해 감사드립니다. 더 중요한 것은 제 꿈을 실현시켜 주셨습니다. 고맙습니다."

사진의 추억도 벌써 25개월이 지났다. 그동안 한때 세계 랭킹 1위였던 골프선수가 전혀 다른 선수로 탈바꿈한 것이다. 새로운 방법을 도입했는데 처음 시작했을 때에는 이질감이 컸다. 그러나 이제 그의 스윙은 아름답고 효율적이며, 우아함에 폭발력까지 장착했다.

"모든 게 다 자연스럽게 느껴집니다."

타이거가 부치에게 말했다.

부치는 너무나 기쁜 나머지 무슨 말을 해야 할지 몰랐다. 한 달 전, 타이거는 세계 랭킹 2위로 밀려났다. 41주 동안 1위에 있다가 데이비드 듀발에 왕좌를 내준 것이다. 데이비드 듀발은 1999년 들어 4개월 동안 4승이나 쓸어 담는 파죽지세였다. 반면 타이거는 자신이 마스터스 우승했던 것보다 훨씬 더 인상적인 경기력을 선보일 것이라고 확신하며 자신의 스윙 구조조정에 여전히 몰두하고 있었다.

타이거는 바이런 넬슨 대회에서 7위 성적을 달성했다. 그러고는 독일의 하이델베르크에서 열리는 도이치뱅크 SAP 오픈에 출전하기 위해 전세기에 올랐다. 미국 프로농구 올랜도 매직의 팀 전세기를 빌려 측근 열세 명과 함께 갔다. PGA 투어 대회는 아니었지만 세계 랭킹 톱10 안의 네 선수와 경쟁할 기회였다. 그리고 세계적인 소프트웨어 회사인 SAP의 공동 설립자이자 독일의 억만장자 디에트마르 호프(Dietmar Hopp)가 백만 달러의 초청료를 제안했다.

타이거는 그 시기 세계 랭킹이 데이비드 듀발, 데이비스 러브 3세 다음으로 3위까지 내려앉았다. 하지만 곧 바뀔 참이었다. 타이거는 대회에서 시종일관 경기를 지배하며 273타로 스윙 시험무대를 성공적으로 이끌었다.

2주 후 잭 니클라우스의 고향으로 가서 뮤어필드 빌리지 골프클럽을 농락하다시피 했다. 최종 라운드 69타까지 기록하며 15언더 파로 마쳤다. 메모리얼 토너먼트에서 타이거는 샷 거리뿐만 아니라 아이언 샷과 퍼팅이 달인의 경지에 이르렀다. 타이거에 대한 부정적이고 회의적인 의견들에 대한 항명이었다.

타이거는 골프 기자들에게 2년에 걸쳐 골프 게임을 대대적으로 바꿀 것이며 시간이 걸린다고 꾸준히 말했다. 사람들이 변명이라고 말한다는 것을 타이거도 알고 있었다. 그가 슬럼프에 빠져 있다고 말하던 사람들은 결국 데이비드 듀발이 타이거를 제쳤다는 이야기로 바꿔 말하고 있었다. 부치 하먼에게 말했던, 그의 깨달음은 두 개 대회 연속 우승으로 증명했다.

우승을 확정 지은 후 잭 니클라우스와 함께 우승 기자회견장에 있었다. 타이거는 그 자리에서 자신감 넘치는 표정으로 말했다.

"제 경기 감각이 돌아오고 있는 게 참 대단한 겁니다. 어떻게 골프를 대해야 하는지, 제가 예전에 했던 것보다 조금은 더 알 듯합니다."

'조금은 더 알 듯하다?' 이는 분명 PGA 투어의 다른 선수들에게 던지는 심상치 않은 경고나 마찬가지였다.

"이렇게 경기를 하는 선수는 처음 봅니다." 잭이 맞장구를 쳤다. 그러고는 타이거를 보면서 말했다. "스물세 살이라고요?"

타이거는 고개를 끄덕였다.

"스물세 살의 나이에는 대부분 저런 창의력을 갖고 있지 않습니다. 가질 수도 없을 겁니다. 이 선수가 이만큼 멀리 치는 능력이 있으면 쇼트게임 연습은 안 해도 무방할 겁니다. 하지만 쇼트게임 능력까지 있습니다. 이 선수가 계속 우승하는 이유입니다.”

잭이 기자들에게 설명했다.

“잭, 지금 이 시대에 저 선수의 나이라고 가정하고, 타이거의 신체와 운동능력을 보유했다면 타이거 스타일의 골프를 추구하실 건가요?”

한 기자가 질문을 던졌다.

“타이거의 골프를 다른 사람이 따라 할 수 있을지는 저도 모르겠습니다. 다만 이 선수에게는 다른 이들이 할 수 없는 특별한 무언가가 있습니다.”

잭이 답했다.

마크 스타인버그에게는 걱정거리가 하나 있었는데, 타이거의 이미지였다. 단둘이 있을 땐 재미있고 같이 있고 싶은 마음이 드는 사람이지만 대중 앞에서는 접근하기 까다롭고 주위로부터 스스로 격리하다시피 했다.

“그래요. 당신이 슈퍼맨 골프선수인 거 인정합니다. 하지만 사람들은 스물세 살의 당신을 보고 싶어 합니다.”

마크가 타이거에게 말했다.

1999년 봄, 나이키는 타이거 광고를 조금은 유쾌하게 제작해서 타이거 이미지 재고를 시도했다. 연습장에 일반 골퍼들이 모여서 제각각 각자의 샷을 하고 있다가 타이거가 등장하자 갑자기 300야드 샷들을 구사한다는 내용이었다. 그러다가 타이거가 연습장을 떠나자 다시 원래의 샷으로 바뀌어 엉망이 되는 구성이었다. 타이거의 광고 중에는 가장 익살스러운 광고였다.

광고 촬영 중간에 쉬면서 타이거는 샌드웨지로 볼을 드리블하며 시간을 보냈다. 나이키에서는 더그 라이먼(Doug Liman) 감독을 광고 촬영 책임자로 고용했다. 영화 〈본 아이덴티티〉와 〈에지 오브 투모로우〉가 그의 대표작이었다. 타이거가 마치 샌드웨지로 능숙하게 제기차기하는 듯한 묘기에 놀란 더그는 잽싸게 카메라를 가져와서 광고 제작 시간인 28초 동안 계속해 달라고 주문했다. 카메라에 빨간 불이 들어왔고, 타이거는 세 번 볼을 떨어뜨렸다. 더그가 타이거에게 긴장한 것 아니냐고 말하자, 타이거가 잠시 노려봤다. 그러고는 제대로 보여주기 시작했다. 클럽 페이스로 골프 볼을 튀게 하면서 샌드웨지를 오른손으로 잡았다가 왼손으로 잡기를 보여줬다. 볼을 계속 튀게 하면서 등 뒤로 클럽을 잡았다가 다리 사이로 잡기를 시연했다. 마지막으로 볼을 조금 높게 띄우더니 마치 야구 스윙처럼 볼을 멀리 날려 보냈다. 타이거만이 할 수 있는 예술적 기교의 훌륭한 과시였다. 더그는 촬영한 영상을 재생해서 확인하는 동안 놀라움을 금치 못했다. 타이거가 즉흥 시연을 마친 시간이 딱 28초였다.

너무나 확실한 현장 제작 영상이었기 때문에 나이키는 부가적으로 편집하지 않고 그 영상을 광고로 내보내기로 했다. NBA 챔피언 결정전 때 중간 광고로 전파를 탔고, 순식간에 역대 나이키가 제작한 광고 중 상징적인 영상으로 자리 잡았다.

한편 IMG는 타이거를 TV에서 황금시간대 스타로 만들고 싶어 했다. 이 프로젝트는 베리 프랭크(Barry Frank) 국장에게 할당이 됐다. 그는 기록적인 TV 방송권 계약 거래를 성사시켰고, 스포츠 TV 업계에서 영향력 있는 인물로 꼽혔다. IMG는 이런 이유로 베리 프랭크에게 주말 시청 추이를 뒤집을 만한 TV 스포츠 편성을 지향하는 새로운 장르를 제작하고 판매할 수 있도록 전권을 부여했다. 슈퍼 스타즈, 월드 스트롱기스트 맨, 서바이벌 오브 더 피티스트, 스킨스 게임 등이 그가 기획했던 프로그램들이다. 그래도 항상 차후 흥행을 끊임없이 찾던 중 그는 1999년의 타이거 우즈를 떠올렸고, 현재까지도 신선한 기획이라는 평을 받고 있는 '월요일 밤 골프'를 꿈꿨다.

내용은 얼추 이렇다. 골프에서 가장 영리하고 카리스마 넘치는 선수들을 일대일 대결로 붙이고 주중 저녁에 편성한다는 것이다. 세계 랭킹에서 타이거를 넘어 1위로 오른 데이비드 듀발도 IMG와 계약한 선수였다. 베리는 최고의 두 선수가 맞대결하는 장면 세 시간을 황금시간대에 편성하는 것은 최고의 아이디어라고 확신했다.

동부 시간으로 밤 11시에 끝나는 것을 가정하고 베리는 이 대회를 개최할 만한 골프장을 수소문했다. 캘리포니아주 사우전드 오크스의 셔우드 컨트리클럽이 백만 달러를 후원했고, 모토로라가 대회의 본 후원사로 나서면서 240만 달러를 내기로 했다. 디즈니가 소유한 ABC 방송사에서 광고수익으로 2백만 달러가 추가로 모였고, 베리 입장에선 마지막 세 홀 경기를 이어줄 만한 조명, 타이거 우즈에게 건넬 대전료 백만 달러, 대회 상금 150만 달러의 재원을 모두 확보한 셈이다. '셔우드에서의 결투'가 성사된 것이다.

타이거와 데이비드의 앙숙 관계는 TV를 통해 불이 붙었지만 실제로 두 선수는 지난여름부터 친분이 두터워졌다. 라스베이거스에서 함께 연습도 하고, 여자친구를 각각 대동해서 마우이로 전세기를 타고 이동하곤 했다. 브리티시 오픈 이전에 아일랜드에도 함께 다녀오면서 둘의 관계는 더욱 친밀해졌다. 타이거는 데이비드를 진심으로 좋아했고, 그가 위협적이라 여긴 적이 한 번도 없었다. 타이거는 세계 랭킹 1위, 데이비드는 2위이고, 그렇게 큰 욕심이 없는 데이비드를 포함해 모두 두 선수의 천부적인 차이는 현저하다고 인식하고 있었다.

타이거 입장에서 황금시간대에 출연하는 것은 거사였다. PGA 투어 대회는 거의 매주 주말 낮에 생방송으로 중계됐지만, 타이거는 과연 시트콤, 드라마, 뉴스 프로그램 등과 겨루는 주중 저녁 시간대에 스포츠 콘텐츠가 시청자들에게 통할지 시험해보고 싶었다. 타이거와 데이비드의 맞대결을 격하게 부르짖던 팬들에게도 환호할 소식이었다. 그러나 타이거에게는 친선경기라 해도 보여주기 이상의 의미가 있었다. 아니, 타이거에게 보여주기 위한 골프는 없었다. 비디오 게임, 동네에서 하는 농구는 물론이고, 당연히 골프도 마찬가지일 것이다.

1999년 8월 2일, 타이거는 황금시간대 중계되는 생방송에서 데이비드 듀발을 꺾으며 세계 랭킹 1위임을 증명했다. '셔우드에서의 결투'는 시청률 6.9까지 나오며 1999년 골프 관련 TV 프로그램 중 두 번째 높은 수치였다. 마스터스의 시청률을 잡진 못했지만, US 오픈과 브리티시 오픈보다 더 높은 수치였다. 월요일 저녁 프로그램 중에 CBS의 에브리바디 러브스 레이먼드와 48시간 다음으로 사람들이 가장 많이 시청했다. 첫 대회부터 워낙 성공적이어서 IMG와 ABC는 매년 대회를 열기로 했다.

데이비드 듀발과의 승부 여운이 가시기도 전에 타이거는 일리노이주 메다이나로 향했다. PGA 챔피언십 개최지인 메다이나 컨트리클럽은 당시 메이저 대회 개최 코스 중 최장 코스를 자랑했다. 20세기 마지막 메이저 대회답게 세계 랭킹 100위 중 94명이 대회장에 나타났다.

19살의 프로 1년 차 세르히오 가르시아(Sergio Garcia)가 1라운드 66타로 선두에 올랐다. 2라운드에선 타이거가 앞섰지만 3라운드에선 두 선수 모두 68타를 기록했다. 최종 라운드에서 두 선수의 대결이 성사됐다. 세르히오는 거침없는 어린 애송이이며, 천부적인 재능이 있지만 성급한 성격이라고 널리 알려져 있었다. 쿨티다는 그를 애송이 울보라고 부르곤 했다. 라운드가 끝나고 쿨티다는 "그 애송이 몇 타 쳤대?"라고 했다는 일화가 있다. 타이거가 다섯 타 앞섰고, 남은 홀은 일곱 개 홀에서 세르히오의 경기에 불이 붙었다. 파 3 13번 홀에서 먼 거리 버디퍼트를 성공시키며 타이거에 세 타 차로 추격했는데, 같은 홀 티에 있던 타이거를 바라봤다. 마치 이제부터 시작이라는 눈빛이었다.

스티브가 말했다.

"저 선수 표정 봤어요?"

"네."

타이거가 답했다.

세 홀이 지난 후 세르히오는 환상적인 트러블샷을 한 후 가위차기 하는 듯 페어웨이에서 펄쩍 뛰었다. 16번 홀 페어웨이를 벗어나 나무 아래에서 친 두 번째 샷 볼이 그린에 올랐다. 볼을 때리는 순간 눈을 감을 정도였다. 볼이 날아가는 것을 보기 위해 페어웨이로 뛰어 들어왔고, 볼이 그린에 올라서는 것을 보고는 눈을 감으며 고개를 젓더니 손을 가슴에 얹으며 안도했다. 갤러리는 열광했고, 타이거는 한 타 앞서게 됐다.

타이거는 지쳐 있었지만, 세르히오의 추격을 따돌리기 위해서는 앞으로 남은 두 홀 동안 그의 생을 걸고 더 강한, 최고의 플레이를 해야 한다고 스스로 다짐했다. 그리고 그는 17번 홀에서 까다로운 버디퍼트를 성공시켰고 마지막 홀 티샷도 완벽하게 실행하며 우승을 위한 버디퍼트의 초석을 다졌다. 버디퍼트 볼이 홀 바닥을 때리는 소리가 나자 갤러리는 환호했다. 타이거는 크게 숨을 쉰 후 어깨를 앞으로 축 늘어뜨렸다. 그러고는 약간 휘청거리는 듯하다가 넋을 잃고 그린을 바라봤다. 첫 메이저 챔피언십 우승 이후 854일이 지나 두 번째 메이저 우승의 순간이었다. 결국 최정상에 다시 올라섰다.

그린을 벗어나며 타이거는 세르히오와 마주쳤다.

"세르히오, 어휴, 정말 대단했습니다. 대단했어요. 잘했습니다. 대단한 경기였습니다."

타이거가 포옹하며 말했다.

새로운 타이거였다. 1997년 마스터스에서 우승할 당시 타이거의 드라이버 거리는 320야드에 육박했지만, 새로운 스윙으로는 300야드를 넘나들 정도였다. 평균 거리는 줄었지만, 정확도는 두드러지게 올라갔다. 그의 스윙은 엄청난 힘을 발휘하면서 제법이었다. 하지만 심리적인 압박에 있을 땐 종종 결과를 예측할 수 없을 정도였다. 어린 가르시아를 제압했던 스윙은 깔끔하게 완벽했고, 군더더기가 없었다.

남은 시즌 동안 타이거는 범접할 수 없는 선수였다. NEC 인비테이셔널, 내셔널 카 렌탈 골프 클래식, 투어 챔피언십, WGC 아메리칸 익스프레스 챔피언십에서 우승을 차지했다. 한창의 나이인 스물셋에 투어의 다른 선수들보다 더 많은 무기를 장착하고 있었다. 그러면서 상대 선수를 벌벌 떨게 할 필요가 있으면 언제든 타이거는 투어의 다른 이들보다 우월한 장타력을 소유하고 있음을 깨닫게 했다. 1999

년 그의 마지막 대회인 스페인에서 그 증거가 드러났다. WGC 아메리칸 익스프레스 챔피언십 연장 첫 홀에서 타이거의 3번 우드 티샷 볼은 344야드나 나갔다. 연장전에 같이 들어가 있는 미겔 앙헬 히메네스(Miguel Angel Jimemez)가 감탄하며 바라본 볼은 마치 터보 엔진을 장착한 듯 날아갔다.

타이거는 결국 8승을 달성하며 시즌을 마감했다. 한 시즌에 8승을 달성한 선수는 역대 열 명뿐이고, 1974년 조니 밀러(Jonny Miller) 이후로 처음이었다. 마지막 4개 대회로 시즌을 장식한 기록은 1953년 벤 호건이 마지막이었다. 메이저 우승 말고도 유럽대회에서도 최고의 자리에 올랐고, 21개 대회 중에 무려 16개 대회에서 톱10에 들었다. 그리고 그해 여름에 부치에게 '알아냈어요!' 하고 전화한 이후 11개 대회에서 8승을 쓸어 담았다.

타이거 우즈의 1999년은 역사상 가장 위대한 세 시즌에 거론할 만하다는 평가가 나왔다. 바이런 넬슨의 1945년 18승, 바비 존스의 1930년 그랜드 슬램, 벤 호건의 1953년 메이저 3승이 기존의 위대한 세 시즌이었다. 각기 다른 시대에 일어난 기록이었고 당시의 경쟁 규모는 현대보다는 덜했다고 골프계에선 바라봤다. 잭 니클라우스는 1999년이 이전 타이거의 시즌보다 훨씬 더 훌륭했다고 했다. 의심의 여지 없이 타이거의 1999 시즌은 그 이전 40년 안에서는 가장 위대했다고 평할 수 있다.

타이거의 급격한 골프 게임 변화와 함께 그의 사적인 삶에도 급격한 변화가 따랐다. 패스트푸드를 선호하던 그는 과일과 요거트류를 즐겨 먹기 시작했다. 리바이스 청바지 대신 아르마니 바지를 입기 시작했고, '경쟁'이란 단어를 좋아했던 데서 1999년엔 '균형'이 좋아하는 단어가 됐다. 얼굴 찡그리는 것을 줄였고 미소를 짓는 모습이 미디어에 자주 비쳤다. 재키 로빈슨의 미망인 레이철에게 사과의 편지도 써서 보냈다. '저에 대해 어떻게 생각하실지 모르겠지만, 귀하의 부군께서 행하셨던 업적에 경의를 표합니다. 운동선수 이상으로 인간적으로 훌륭하신 분이라 믿어 의심치 않습니다. 그는 언제나 제 영웅입니다.'

그의 이런 새로운 태도는 어찌 보면 오마라 가족과 시간을 많이 보낸 데서 나왔다고 볼 수 있다. 그의 새로운 측근들도 그 변화에 한몫했다. 스티브 윌리엄스가 그의 클럽 백을 책임지고 있었고, 조애나 자고다는 대학 졸업 후 시즌 중반부터 타이거의 투어 안팎을 함께했다. 특히 조애나는 아일워스로 이사를 와서 우아한 저명인사로 자리 잡았고, 타이거를 이성으로서 잘 다스리는 역할을 했다. 그리고 타이거가 '스타이니'라고 부르던 마크 스타인버그는 타이거가 골프 밖의 삶을 관리하는 데에 결정적인 역할을 자처했다.

타이거의 전 에이전트와는 달리 마크는 고객의 시간을 필사적으로 관리했다. 연말에도 타이거를 그들의 광고 모델로 계약하려는 수많은 기업의 구애 요청이 문전성시였는데 그중에 마크는 제너럴 모터스와 도장을 찍었다. 5년간 2,500만 달러를 후원하고 제너럴 모터스의 뷰익 계열 차량을 홍보하기로 했다. 생산품 후원 계약은 2년 만이었다. 그 외에 마크의 유일한 계약 건은 일본 아사히와의 계약연장이었는데 타이거를 회사의 커피 음료 광고 모델로 내세웠다. 그 외의 구애는 모두 거절했다. 타이거는 처음으로 그의 에이전트가 엄격하게 자신을 위해 일하는 것이라고 느꼈다.

"많은 사람이 그를 좋아하고 같이 있으면 즐거워한다. 그래서 적게는 다섯 군데, 많게는 열 군데와 계약할 수도 있었는데, 타이거는 그걸 원하지 않았다."

마크가 언젠가 했던 이야기이다.

동시에 얼의 영향력은 조금씩 줄어들었다. 부자 관계는 여전히 끈끈했지만, 얼이 타이거와 함께하는 시간이 거의 끝나다시피 했다. 마크가 타이거의 새로운 문지기로 떠올랐고, 골프에 관련해서 부치가 얼을 대신해 조언하는 존재로 거듭났다. 1999년에 얼이 대회장에 나타난 경우는 거의 드물었고 대회장에 나와도 거의 존재를 드러내지 않았다. 타이거의 주변이 얼마나 많이 바뀌었는지는 시카고에서 열렸던 PGA 챔피언십에서의 18번 홀 그린을 타이거가 떠날 때였다. 먼저 스티브 윌리엄스와 포옹을 했고, 그다음으로 어머니와 포옹을 했다. 감격에 젖어 가장 오랫동안 안고 있었던 사람은 18번 홀 끝에서 마주친 부치 하먼이었다. 다음으로 조애나와 키스했으며, 조애나와 마크가 축하 포옹을 하는 동안 타이거는 스코어카드를 제출하러 갔다.

얼은 이 순간에 나타나지 않았다.

1999년 12월 30일, 타이거는 자신의 스물네 번째 생일을 애리조나 스코츠데일의 한 호텔에서 가족들과 몇몇 친구들과 함께 보냈다. 그러고는 특별한 뒤풀이 없이 침대로 향했다. 어찌 보면 타이거에게 있어서 가장 중요했던 해였고, 엄청난 변화를 겪었던 해였다. 그는 생일을 성대하게 자축할 수도 있었지만, 비교적 차분하게 보냈다. 타이거는 항상 아웃사이더라고 느꼈다. 사이프러스에서 유일하게 어두운 피부색의 가족이었고, 부유한 집안의 골프선수와 경쟁했던 중산층 골퍼였다. 고등학교 땐 진짜 스포츠를 할 줄 몰랐던 녀석이었고, 이제는 PGA 투어의 최연소 선수로, 어마어마한 계약의 당사자로서 힘의 스윙을 구사하는 선수가 됐다. 인종차별은 타이거가 왜 매사에 적응하지 못했는지 크게 영향을 줬고, 그의 유별난 인격과 골프스윙은 그가 2살이었던 때까지 돌아가서 볼 수 있었던 초자연적인 듯했다. 1999년 말, 이제 타이거는 주변에서 그냥 바라보기만 하는 것이 아니라 그가 중심에 있었다. 골프의 천부적인 재능에 관해선 잭 니클라우스에게서 성화를 건네받았고, 가장 유명한 운동선수에 관해선 마이클 조던에게서 성화를 건네받았다.

이 모든 것들이 12월 초부터 맞아떨어지기 시작했다. 『SI』의 20세기 스포츠 시상식에 참석했을 때부터였다. 이 시상식은 메디슨 스퀘어 가든에서 열렸던 행사였고 내로라하는 운동선수들이 모두 정장 차림으로 모인 자리였다. 알 파치노(Al Pacino), 빌리 크리스털(Billy Crystal), 휘트니 휴스턴(Whitney Houston), 도널드 트럼프(Donald Trump)가 함께했고, 스포츠 업계가 가장 위대한 스포츠 스타를 기리는 의미가 있었다. 타이거는 그 행사에서 무하마드 알리(Muhammad Ali), 마이클 조던, 빌 러셀(Bill Russell), 짐 브라운(James Brown), 펠레(Pele), 조 몬태나(Joe Montana), 웨인 그레츠키(Wayne Gretzky), 빌리 진 킹(Billie Jean King), 잭 니클라우스, 카림 압둘 자바(Kareem Abdul-Jabbar) 등 으리으리한 선수들과 한 무대에 올랐다.

타이거에게는 최고의 순간이었으며, 스포츠 역사상 가장 위대한 순간이라고 바라봤다. 동시에 그런 특출난 이들과 섞여 있다는 것이 불편하기도 했다. 그 가운데 가장 어린 선수였고 아직 이룬 것도 많지 않은데 그 자리에 있다는 것이 그렇게 편하진 않았다. 반대로 타이거는 그의 동년배들에 비해 성숙했고 그가 어릴 적부터 우상으로 바라봤던 이들과 어깨를 나란히 하는 데 대한 믿음이 생기기 시작했다.

새해의 동이 트면서 더 위대한 여정에 대한 기대를 숨길 수 없었다. 타이거는 불후의 업적인 4대 메이저를 한 시즌에 모두 우승하는 그랜드 슬램을 목표로 삼았다. 현대 골프에선 그 누구도 범접하지 못한 업적이다. 타이거의 그랜드 슬램에 대한 열의는 두 달여 전인 1999년 10월 25일에 더욱 견고해졌는데, 같은 날 42세의 페인 스튜어트(Payne Stewart)가 불의의 사고로 명을 달리했다. 투어 챔피언십 대회 장소인 휴스턴으로 자신의 전세기인 리어제트를 타고 오는 중 기내 압력을 잃고 사우스 다코타에 추락했다.

스튜어트의 타계 소식으로 타이거는 잠을 설쳤다. 아일워스에서 이웃사촌이었고 마크 오마라와 함께 셋이 유럽을 다녀오기도 했다. 스튜어트의 사고에 PGA 투어 분위기는 순식간에 비통함에 잠겼다. 타이거에게는 더욱 힘들었다. '며칠 전에도 만났던 스튜어트였는데…….' 타이거는 그가 함께할 수 없다는 것을 믿을 수 없었다.

많은 선수가 슬픔에 젖은 동안 타이거는 다른 방식으로 고인을 위로하기로 했다. 친구의 죽음에 미련을 두는 것보다 골프 니커*로 유명했던 선수에 대한 좋은 추억에 마음을 모았다. 더 나은 곳에서 어려움도 없고 행복하고 평안하기를 망자에게 기원했다. '그래, 페인은 아마도 우리에게 수호천사 같은 것일지도 몰라.' 타이거는

* 무릎까지 올라오는 양말.

생각했다.

투어 챔피언십에서 정상에 오른 후 타이거는 트로피를 높이 들었고 달아오르는 눈시울을 억누르며 하늘을 바라보고는 친구에게 마지막 인사를 건넸다. 그러고는 자신이 잘하는 것에 몰두했다. 골프에 집중해서 더 나은 방법을 찾아가는 것이었다. 얼마나 멀리 갈지 알 수 없었지만 스스로 다짐했다. 무엇이든 가능할 것이라고 말이다.

CHAPTER SEVENTEEN

궁금한 것 더 없는지?

어느 날 타이거는 부치와 함께 캘리포니아 칼스베드의 라코스타 리조트 앤 스파에 있는 연습장에서 오랫동안 진행한 연습을 마무리하고 있었다. 해가 저물고 있는 가운데 두 팔의 테이크어웨이, 스윙의 궤적, 클럽페이스의 각도, 다운스윙, 폴로 스루, 전체적인 서열 등 타이거의 스윙 하나하나가 군더더기 없이 완벽했다. 부치로서는 타이거의 스윙에 대해 사소한 것 하나도 뭐라 할 것이 없었다. 하지만 타이거에게서 약간 느슨함을 느끼고는 익숙한 기술을 제안했다.

"뭐 하나만 해 볼까, 타이거?"

부치가 말했다.

이 말은 타이거의 관심을 이끌었다. 타이거는 지는 것을 너무나 싫어했다. 누구에게든 무엇에게든 말이다.

연습장 반대편 오른쪽 250야드 정도 거리에 문이 있었는데 평소엔 닫혀 있던 문이었지만 웬일인지 열려 있었다. 그리고 그 폭은 연습장 전용 카트 한 대가 겨우 지나갈 정도의 넓이였다.

"볼을 세 개 줄 테니 저 문으로 하나라도 보내면 백 달러 가져가."

타이거는 말없이 클럽을 하나 잡았다. 그런 뒤 단번에 축구장 두 배 반 거리를 넘어 2미터도 안 되는 넓이의 가운데로 볼을 통과시켰다. 부치를 향해 미소 지으며 손을 벌렸다.

"방금 제가 친 볼 지나간 저기를 말씀하시는 건가요?"

부치는 타이거의 손에 백 달러를 올려놨다.

타이거의 집중력과 까다로운 상황 돌파 능력은 그 위대한 벤 호건이나 잭 니클라우스의 그것을 넘어섰다고 할 수 있다. 부치 말고는 타이거의 그런 능력에 대해 아는 이가 거의 없었다. 부치는 타이거를 열일곱 살 때부터 봐 왔다. 그 이후로 타이거의 스윙 교정을 두 차례나 겪었다. 첫 번째 교정에서는 타이거의 스윙 파워를 조금 아끼면서 몇 가지 볼 탄도를 장착했다. 그 변화로 US 아마추어 트로피를 3년 연속 들어 올렸고, 97년 마스터스에선 기록적으로 압도하며 정상에 올랐다. 두 번째에선 어찌 보면 처음보다 더 큰 규모로 스윙을 개조했다고 할 수 있다. 더욱 과격하게, 타이거의 몸에 맞게 다시 처음부터 만들어가는 수준의 개조였다.

타이거는 진정 연습과 실전 모두 즐겼다. 완벽을 추구하면서도 두려움 없이 상대방보다 심리적인 우위를 유지하며 목표를 수행해내는 능력이 있었다. 2000년에 어쩌면 세상에 없었던 일을 목격하게 될지도 모른다고 부치는 직감했다.

2000년의 PGA 투어 첫 대회는 메르세데스 벤츠 챔피언십으로 하와이의 마우이섬에서 열렸다. 어니 엘스와 연장전에서 만난 타이거는 두 번째 홀에서 40피트 버디를 성공시키며 정상에 올랐다. 타이거가 출전한 다섯 개 대회 연속 우승은 42년 동안 아무도 이루지 못한 기록이었다. 다음 출전했던 AT&T 페블비치 내셔널 프로암 대회에선 아홉 개 홀을 남기고 일곱 타 차이로 뒤집으며 맷 고글과 비제이 싱(Vijay Singh)을 두 타 차로 따돌리고 트로피를 품에 안았다. 생각조차 할 수 없었던 역전이었다. 대회마다 타이거는 상상을 실현하고 있었다.

타이거 우즈의 여섯 개 대회 연속 우승은 바이런 넬슨(Byron Nelson)의 1945년 11개 대회 연속 우승 다음으로 최다 연속 우승 기록이었다. 여러 가지를 고려할 때 타이거와 바이런의 기록을 비교하는 것은 다소 무리가 있을 수 있다. 1945년에 미국은 2차 세계대전 중이었고, 미국 내에서 골프라는 스포츠는 태동기나 마찬가지였다. 상금 규모도 지금과 비교하면 푼돈 수준이었는데, 바이런이 11개 대회 연속 우승하며 모은 상금이 30,250달러였다. 갤러리가 있었나 싶을 정도로 관전하러 들어온 팬 규모는 거의 찾기 힘들 정도였다. 대조적으로 타이거는 고도의 숙련된 선수들과 경쟁함은 물론이요, 상금 규모 또한 천문학적이라 할 수 있는 무대에서 활동하고 있다. 안타깝게도 2월 중순에 열렸던 뷰익 인비테이셔널에서 필 미컬슨에 이어 준우승에 머무르며 타이거의 연속 우승 기록은 멈추고 말았다. 타이거는 화를 참지 못했다. 본인이 미컬슨보다 한 수 위임을 자부했고, 바이런 넬슨의 기록에 더는 다가가지 못하게 된 중간에 미컬슨이 있었다는 것에 더욱 분노했다. 그렇지만 2000년 마스터스 토너먼트에서 자신의 경기력에 더더욱 실망했다. 4대 메이저 타이틀을 모두 가져가겠다는 야심 찬 포부는 1라운드 75타로 물거품이 됐고, 결국 5위로 마쳤다. 최종 챔피언 비제이 싱에 여섯 타 차이였다.

"골프의 신이 있다면 이번 주에는 나를 보살펴 주지 않았던 것 같다."

타이거가 나중에 했던 말이다.

실제로 이런 실망스러운 경험을 겪고 나면 대부분 선수는 그 시즌 전반적으로 영향을 받기 마련이다. 하지만 타이거 우즈는 달랐다. 패했다는 상실감을 솟구치는 아드레날린으로 바꾸어 한없는 야망을 드러내면서 스포츠에선 유례없던 일들을 이뤄냈다. 타이거에게 골프장은 무한한 도화지이며 클럽과 볼은 예술을 창조하는 그의 도구들이다. 다른 선수들보다 타이거는 자신이 잘하는 분야에서 그의 장비들로 경기력을 끌어올리는 방법에 적극적으로 매진했다.

2000년 5월 14일, 텍사스주 어빙의 포시즌스 리조트에서 타이거는 그중의 한 예를 입증했다. 바이런 넬슨 클래식 마지막 라운드에서 화끈하게 63타를 기록하고 최종 챔피언에 한 타 차이인 10언더 파로 대회를 마쳤다. 그렇게 훌륭한 라운드로 대회를 마무리 지었지만, 타이거는 우승까지 할 수도 있었다는 아쉬운 마음에 혼자 남아서 분을 삭이고 있었다. 저녁 일곱 시쯤 오늘 경기 대단했다는 내용의 문자 메시지를 받았다. 보낸 사람은 켈 데블린(Kel Devlin)이었다.

호주의 위대한 골퍼 브루스 데블린(Bruce Devlin)의 아들 켈은 나이키의 글로벌 마케팅 부장이며 골프 실력도 스크래치로 곧잘 했다. 타이거와 켈은 지난 9개월 동안 틈틈이 같이하곤 했는데, 그 시기에 나이키는 일본에 본사를 둔 또 다른 골프 장비 전문 회사인 브리지스톤과 함께 '투어 애큐러시'라는 합성소재 골프 볼을 암암리에 연구하고 있었다. 2000년 당시 타이거를 포함한 거의 모든 골프선수들은 중남미의 고무나무에서 추출한 천연 소재인 발라타 골프 볼을 사용하고 있었다. 그 볼은 중심에 액상이 주입돼 있고 고무줄로 그 액상을 감싼 구조였다. 나이키가 판도를 바꿀 것으로 기대되는 개발 중인 볼은 고체 형태의 중심에 폴리우레탄을 비롯한 여러 합성소재를 주입했다. 이러한 디자인은 정점에서 볼 스피드를 최대한 실속하지 않게 해 주고 특히 우천이나 강풍일 때 볼 움직임을 좋게 할 수 있다.

1996년 8월, 프로 선언 후부터 타이거는 타이틀리스트 골프 볼만 사용해 왔다. 하지만 실험을 거듭하면서 타이거는 나이키 골프 볼 쪽으로 마음이 가기 시작했다. 그 당시 3월 중에 한 번 볼을 시험할 기회가 있었는데 한 번 더 보완해서 시험해보면 더 편하게 사용할 수 있겠다고 타이거가 말했다. 하지만 그 기회는 PGA 챔피언십 즈음인 여름 끝자락이 될 가능성이 높았다. 켈은 그동안 시험이 진행되지 않으리라 여기고 있었다.

바이런 넬슨에서 한 타 차이 패배 이후 타이거는 볼 사용을 앞당겨 보기로 했다. 다음 출전 예정인 도이체방크 SAP 오픈이 독일에서 시작될 날이 나흘밖에 남지 않은 시점이었다. '거기서 시제품 써 보는 것도 괜찮을 것 같은데?'

켈의 문자를 확인하고 20분 정도 지났을까. 타이거가 켈에게 전화를 걸었다. 미국 서부 시간으로 오후 5시가 지났다. 켈은 가족들과 포틀랜드 외곽에 있는 집에서 저녁을 준비하고 있었다. 그는 들고 있던 와인 잔을 내려놓고 타이거의 전화를 받았다.

"화요일 아침에 독일에 와 줄 수 있나요?"

타이거가 물었다.

"네, 가능할 듯합니다. 그런데 무슨 일인가요?"

켈이 답했다.

"시제품을 대회에 써 보고 싶습니다."

켈은 처음에 타이거가 그냥 장난하나 싶었다.

"그만 좀 놀리세요."

"아니, 진짜예요. 내 볼 가져갔으면 여섯 타 차로 우승했을 겁니다."

타이거가 말했다.

타이거가 '내 볼'이라고 한 것이 너무 듣기 좋은 나머지 켈은 귀를 의심했다.

"농담 아니죠?"

타이거는 다섯 박스를 독일에 가져다 달라고 하면서 통화를 끝냈다.

잠시 뒤에 켈의 전화기가 다시 울렸는데, 마크 스타인버그였고 단도직입적이었다.

"그게 가능해요?"

켈도 같은 생각이었다. 타이거의 부탁으로 이동 일정이 악몽이었다. 켈은 오리건주에 있었고 화요일 아침에 독일로 가려면 당장 짐부터 챙겨야 했다. 그리고 공항에 가서도 연결편이 있는지 비행기 일정 전광판을 뚫어지게 쳐다봐야 한다. 한 가지 더 문제는 시제품은 아직 일본의 브리지스톤 본사에 있었고, 시차 상으로 그곳은 월요일 오전이었다. 켈의 손에 오기까지 시간이 없었다. 24시간 내로 누군가가 역시 독일 함부르크로 가져가야 하는 상황이었다. 하지만 켈은 마크에게 이런 이야기를 하지 않았다. 타이거가 기다리고 있으니까 변명할 여지는 없었다.

켈은 나이키 골프의 밥 우드 회장에게 급하게 전화를 걸었고 타이거가 투어 애큐러시 볼을 바로 사용하기 원한다고 설명했다. 밥 우드는 스포츠계에서 잘 알려진, 영감(靈感)의 선구자이다. 펜더*로 연주하기를 좋아하고 단어 'fuck'은 영어에서 아직 그 가치를 인정받지 못했다고 설교하다시피 하는 사람이다. 켈의 소식을 들은

* 악기 중의 하나인 기타의 유명 브랜드.

밥은 기뻐 날뛰며 무아지경이었다.

"Fuck! 헛소리하는 거 아니지?"

밥이 소리쳤다.

"진짜입니다. 우리도 같이 함부르크로 오라고 했습니다. 당장요!"

밥은 켈도 함부르크에 같이 가자고 했고, 투어 애큐러시를 확보하는 방법도 알고 있었다.

"락한테 전화해."

락 이시이(Rock Ishii)는 과학공이자 브리지스톤의 엔지니어로 일했다. 마하리시 락 이시이라는 애칭의 그는 투어 애큐러시를 제작하는 데에 크게 공헌한 천재였다. 켈이 그에게 전화했을 때 그는 자고 있었다.

"투어 애큐러시 가지고 함부르크로 갈 수 있나요?"

켈이 물었다.

"무슨 소리입니까?"

락이 답했다.

"타이거가 볼을 대회 때 쓰고 싶어 합니다. 다섯 상자만 가지고 함부르크에서 만납시다."

15분 후 락은 차를 타고 공장으로 향했다. 볼을 가지고 이동하면서 켈에게 전화했다.

"나리타에서 오늘 아침에 뜨는 편이 있습니다. 그거 타고 갈게요."

한편 타이거는 댈러스에서 올랜도로 가는 비행기에서 이륙을 기다리던 중에 전화를 받았다. 켈이었다.

"볼은 일단 가져갈 수 있습니다. 어디에서 만나면 좋을까요?"

"1번 홀 티에서 만납시다. 화요일 아침 9시요. 스타이니가 다 조정해 놓았을 겁니다."

타이거가 이렇게 나이키의 골프 볼을 사용하고자 하는 의지는 지난여름에 TV 전파를 탔던 두 건의 광고에서 시작됐다. 사람들이 갑자기 타이거처럼 300야드 드라이브를 날리는 것과 즉석에서 샌드웨지로 골프 볼을 튀는 묘기가 그것들이다. 이 광고는 타이틀리스트를 격분하게 했고, 모기업인 아쿠시네트는 보스턴에 있는 미국 지방법원을 통해 나이키에 소송을 걸었다. 신발과 의류 회사의 기만 광고가 소송 이유였다. 아쿠시네트 측은 나이키가 해당 광고를 통해서 마치 타이거가 나이키 볼과 나이키 골프 장비 사용에 계약한 것처럼 부적절하게 시청자들을 유도했다고 주장했다. 골프 볼과 장비는 타이거가 아쿠시네트와 독점적으로 계약해 타이틀리스트의 것들만 사용하게 되어 있었다. 실제로 두 건의 광고 모두 타이틀리스트의 클럽과 볼을 사용했지만 모두 나이키의 로고로 끝맺음을 하므로 수천만의 사람들이 타이거가 타이틀리스트와의 계약을 종료하고 나이키로 옮긴 것처럼 오해할 수 있으므로 그 광고 방영을 중단해야 한다고 요구했다.

결국 소송은 취하됐고 중재안이 이뤄졌다. 마크 스타인버그가 나서서 타이틀리스트와 타이거와의 계약을 다시 하게 했고 타이거는 나이키 볼을 쓸 수 있게 됐다. 어쨌든 그 소송으로 인해 사실상 타이거와 타이틀리스트는 각자의 길을 가게 되는 시점이었다. 독일행 비행기에 오르기 전, 타이거는 타이틀리스트 대표이사인 월리 율라인에게 전화를 걸어 나이키의 투어 애큐러시 골프 볼을 도이체방크 SAP 오픈 때 사용할 것이라고 알렸다.

비가 내리고 바람이 제법 거센 오전 아홉 시 무렵 스티브 윌리엄스가 먼저 구트 카덴 골프 클럽의 1번 홀에 나타났다. 함부르크 외곽의 알베슬로헤에 있는 골프장이다. 스티브 생각엔 날씨 때문에 볼 실험이 어려울 것이지만 타이거는 어쨌든 연습하리라 판단했다. 아무도 그의 의지를 막을 수는 없었다. 스티브가 클럽 백의 물건들이 비에 노출되지 않게 점검하는 사이 켈과 락이 스티브에게 다가왔다. 켈이 우산을 들었고 락은 골프 볼 상자를 아이 안듯 들고 있었다.

스티브는 그들을 보자 놀란 눈치였다.

"우리는 시제품 실험을 위해서 왔습니다."

켈이 먼저 말했다.

스티브는 여전히 타이틀리스트 볼의 품질이 나이키의 그것보다 우월하다고 믿고 있었다.

"아니요. 오늘은 실험할 조건이 아닌 듯합니다."

스티브가 말했다.

잠시 뒤에 타이거 우즈가 자신의 이니셜인 TW가 쓰인 모자를 쓰고 미소를 지으며 등장했다. 비바람 날씨는 타이거가 딱 원한 날씨였다. 볼 스피드, 볼 비행, 회전 수치 등을 면밀히 조사할 수 있었기 때문이다.

빗줄기가 내리는 가운데 타이거는 먼저 타이틀리스트 볼을 티에 얹었다. 그러고는 왼쪽 페어웨이 끄트머리를 겨냥해 샷을 날렸다. 잘 날아가나 싶더니 바람을 타고 오른쪽 러프에 빠졌다. 이번엔 투어 애큐러시 볼을 티에 올리고 똑같은 방향으로 겨냥해 드라이버를 휘둘렀다. 볼이 날아가는 동안 비바람이 잠시 멈춘 것도 아닌데 3야드 정도 밀렸다가 페어웨이 왼쪽 중앙으로 떨어졌다. 스티브도 감탄했다. 이런 결과는 전반 나인 홀 동안 내내 일어났다.

마크 스타인버그가 전반 나인 끝날 즈음 나타났고, 타이거는 볼 선택에 확신이 있었으며 다음 날 프로암까지 같은 볼을 사용하기로 했다. 투어 애큐러시가 보여준 품질로 볼을 바꾸는 데에 회의적이었던 타이거의 캐디까지도 마음을 바꿨다.

"볼을 바꿀 때가 됐나 봅니다."

스티브가 말했다.

일주일 뒤 타이거는 독일에서 다시 미국으로 넘어와서는 같은 나이키 골프 볼을 가지고 뮤어필드 빌리지로 향했다. 오하이오주 더블린에 위치한 잭 니클라우스의 영혼이 담긴 곳에서 타이거는 여섯 타 차의 우승을 차지했다. 타이거의 PGA 투어 열아홉 번째 우승이었다. 까다로운 뮤어필드에서 나흘 동안 19언더 파를 쳤다는 것은 그만큼 타이거가 경기에 확신이 있었다는 것이다. 이를 본 잭 니클라우스도 거들었다.

"골프 코스를 잘근잘근 씹어 먹은 듯한 경기력이나 다름없습니다."

타이거는 US 오픈을 앞두고 마크 스타인버그를 만났다. 시즌 두 번째 메이저를 2주 앞두고 타이거는 투어 애큐러시 볼을 계속 쓰기로 마음먹었다. 공개적으로 하기 전에 나이키 회장과 판매 관계자들에게 직접 알려주고 싶어 했다. 나이키 골프가 곧 출시할 타이거 우즈 제품에 전사적으로 매달리고 있었는데, 타이거가 그들을 격려하는 방법을 고민 중이었다. 마크는 자신이 나서서 정리하겠다고 타이거에게 알렸다.

2000년 6월 1일, 나이키 골프는 매년 두 번 개최하는 골프화와 골프 장비 세미나를 오리건의 선리버 리조트에서 가졌다. 미국, 캐나다, 유럽에서 모인 직원들이 200명 정도였다. 나이키 골프 회장 밥 우드는 무대에 올라 큰 화면으로 여러 제품의 사진들을 보여주면서 하반기 회사의 전략과 판매 목표를 직원들에게 제안했다. 이들 중 그 누구도 타이거의 출현을 알지 못했다. 타이거는 켈, 마크, 나이키 대표이사 필 나이트와 무대 뒤 구석진 방에 숨어 있었다.

갑자기 타이거가 무대 뒤에서 등장했고 메모리얼에서 우승했을 때 트로피를 들고 찍은 사진과 그가 직접 사인한 장갑, 우승할 때 썼던 골프 볼을 들고 밥 우드 쪽으로 걸어 나왔다. 타이거를 발견한 직원들이 술렁이기 시작했다. 하지만 밥은 정작 자신의 발표에 대한 자부심이 평소 강했던 사람이어서 직원들의 술렁임에 의아해했다. 그러다가 타이거가 바로 옆에 온 것을 알아챘다.

"뭐야? 여기가 어디라고 올라오는 거야?"

밥이 놀라며 장난스럽게 타박했다.

직원들이 환호했다. 타이거는 환한 미소와 함께 사진을 밥에게 전달하며 관중을 향해 말했다.

"우리 본격적으로 시작하기 전에, 오늘부터 제가 사용하는 볼을 나이키의 투어 애큐러시로 바꾸기로 했습니다."

이 말을 들은 판매 담당 직원들은 열광적으로 호응했다. 모두 너무나 기쁜 나머지 펄쩍펄쩍 뛰었고 소리를 지르며 분위기를 최고조로 끌어갔다. 그리고 해가 뜰 때까지 파티를 이어갔다.

US 오픈 100회를 맞이해 NBC 방송국에선 평소 중계보다 두 배 정도인 47대의 카메라를 코스에 설치했다. 타이거를 카메라에 담기 위해 코스 안팎에, 하늘에, 바다에 자리 잡고 있었다. 공식 대회 1라운드 전날인 6월 14일, 타이거는 연습 라운드를 위해 오전 7시에 1번 홀 티 구역에 나오기로 되어 있었다. 하지만 디펜딩 챔피언인 페인 스튜어트의 타계를 기리는 행사도 18번 홀 그린에서 같은 시간에 예정되어 있었다. 21정의 장총이 고인을 기리는 불을 뿜었고, 40명 이상의 골프선수가 군의 신호에 따라 카멜 베이를 향해 샷을 날렸다. 수천 명의 팬이 지켜보는 가운데 페인의 미망인 트레이시 스튜어트(Tracey Stewart)는 눈물을 삼켰다. 타이거는 그냥 연습에 집중하기로 했다. 이미 타이거는 개인적으로 트레이시에게 위로의 메시지를 전했기 때문에 다시 갈 필요가 없었다. 골프선수들이 바다를 향해 샷을 하는 행사는 형식적인 보여주기의 의미가 다분했기에 타이거는 그 행사에 시간을 소비하고 싶지 않았다. US 오픈 준비가 중요하지 그런 행사에 출석하는 것은 방해가 될 뿐이었다.

다른 동료 골프선수들이 페인 스튜어트를 기리는 동안 타이거는 예정된 대로 연습 라운드를 마크 오마라와 함께했다. 연습 라운드가 끝나고 퍼팅할 때의 자세와 볼을 때린 후 퍼터 헤드 조절을 위해 퍼팅 그린에서 두 시간 반 정도 더 연습에 매진했다. 다른 유명 선수, 연예인, 대형 미디어 관계자가 지나가면서 인사는 했지만 짧은 대화조차 나누지 않았다.

타이거가 대회를 위해 집중하기 시작하면 그에게 거칠 것이 없었다. 특히나 페인을 기리는 행사에 왜 나타나지 않았냐는 기자의 질문도 그의 집중력을 흔들지 못했다. 그리고 실제로 타이거만 그 행사장에 불참한 것이 아니었다. 잭 니클라우스도 자리하지 못했지만 이를 두고 못 오게 된 이유를 잭에게 추궁하는 이들도 없었고 고인과 친분이 두터웠던 마크조차도 행사를 제치고 타이거와 연습 라운드를 선택했다. 타이거는 자신의 행동에 대해 정당화할 이유가 없었다.

경기 시작 11시간 전에 드디어 타이거는 연습을 모두 마쳤다. 부치는 타이거의 극단적인 연습 과정에 익숙해져 있었다. 타이거가 그렇게 대회를 하루 앞두고 연습 그린에서 떠나는 것을 바라보며 그는 속으로 확신했다. '내일 다른 선수들은 글렀겠구먼.'

타이거 역시 같은 생각이었다. 그렇게 그날 저녁, 타이거는 숙소에서 어두운 조명 옆에 앉아서는 야디지북을 펼쳤다. 눈을 감고는 첫 홀 티를 머릿속으로 떠올렸다. 거기서부터 18번 홀 마칠 때까지 모든 한 타 한 타를 심상으로 그렸다. 이것까지 마친 후에야 타이거는 잠을 청했다.

다음 날 오프닝 라운드에서 타이거는 65타를 기록했다. 이제 1라운드가 끝났지만 이미 다른 선수들은 2위 자리를 놓고 싸우는 분위기라고 인정할 수밖에 없었다. 2라운드에서는 바람도 많이 불고 순위에 대 혼동이 있었지만, 타이거는 2위와의 차이를 더 벌렸다. 그의 골프 볼은 날씨의 영향을 받지 않는 듯한 느낌이었으며 티샷은 정교했고 버디에 버디가 이어졌다. 하지만 오후에 2라운드를 시작한 데다 변화무쌍한 날씨로 인해 타이거가 12번 홀까지 마친 상황에서 경기가 중단됐다.

2라운드 잔여 경기를 위해 타이거는 토요일 아침 일찍 코스로 돌아왔다. 서부 시간으로 오전 8시 즈음이었고, 여덟 타 차 선두를 달리고 있었다. 순간 그의 티샷한 볼은 왼쪽으로 급격히 꺾이면서 카멜 베이 방향으로 날아갔다.

"아이씨, 어디다 친 거야, 이 병신아!"

타이거가 소리쳤다.

NBC의 마이크는 타이거의 돌발 행동을 고스란히 담았다.

"워, 워."

NBC의 중계 해설을 맡았던 조니 밀러가 말했다.

"무슨 말이 필요하겠습니까?"

코스 해설의 마크 롤핑(Mark Rolfing)도 거들었다.

사실 골프 세계에선 이미 타이거의 입담이 거칠고 난폭하기로 정평이 나 있었다. 그렇지만 정작 전국으로 생중계되는 방송에서 그의 허물없는 태도가 비친 것은 충격적이었다. 다른 시간대의 지역*에서는 원래 대로라면 토요일 아침에 아이들이 시청하는 만화가 방영될 예정이었다. NBC와 USGA에 분개한 시청자들의 항의 전화가 빗발쳤다.

스포츠 전문기자 지미 로버츠(Jimmy Roberts)는 NBC 방송국에선 처음 일을 하게 됐는데, US 오픈 동안 타이거의 인터뷰를 맡았다. 지미는 과거에도 ESPN의 스포츠 센터에서 타이거 우즈와 대담했던 적도 있었다. 그때에는 1996년 US 아마추어 대회 전날이었는데, 그 인연으로 타이거와 좋은 관계를 만들었다. 타이거 우즈와 첫 인터뷰를 마치고 나서 지미는 아내가 첫 아이 출산이 임박해서 떠나야 한다고 타이거에게 알렸다. 뉴욕으로 가서 출산하기 전에 몇 가지 진료를 받는다는 것도 말했다.

"그래도 대회는 다 마치고 가야 하는 거 아닌가요?"

타이거가 빈정거리며 농담을 던졌고, 지미는 웃음으로 답했다.

그 뒤로 일주일이 지나 타이거는 그레이터 밀워키 오픈으로 프로 데뷔전을 치렀다. 지미는 ESPN 출연을 위해 대회장에 나타났다. 수많은 기자와 팬들 사이에서 지미를 발견한 타이거는 그에게 다가가서 안부를 물었다.

"부인께서는 어떠신가요?"

지미는 타이거의 인사에 감동했다. 이후로 서로 친분이 쌓였다.

* 미국은 네 개의 시간대가 있는데 서부, 산악, 중부, 동부 시간대이다. 예를 들어 동부가 오전 9시라면 중부, 산악, 서부는 각각 8, 7, 6시이다.

타이거는 페블비치의 18번 홀 경기를 끝내고 나왔다. 지미는 마지막 홀 티샷이 어긋나면서 했던 말에 관해 물어보고 싶었다. 그렇지만 전국으로 나가는 생중계에서 타이거에게 정곡을 찌르고 싶진 않았다. 타이거를 기다리기보다 인터뷰를 하기에 앞서 먼저 찾아가서 18번 홀에서의 거친 발언에 대해 인터뷰하겠다고 미리 알려야겠다고 마음먹었다.

두 라운드를 앞두고 여덟 타 차의 선두에 오른 타이거는 여자친구 조애나 자고다를 옆에 두고 코스에서 나오고 있었다. 지미를 보고는 친근하게 인사를 건넸다.

"이봐요, 18번 홀에 대해서 좀 물어봐야 할 것 같습니다만."

지미가 말했다.

이 말을 들은 타이거의 얼굴에서 웃음기가 싹 가셨다. '지금 이렇게 진기한 라운드를 끝내고 US 오픈에서 기록에 남을 만한 우승 가능성이 커졌는데, 욕설 조금 한 것 가지고 얘기한다고? 장난해?' 실제로 몇몇 기자들을 포함해서 대부분 골프선수가 과격한 표현을 망설임 없이 입 밖으로 내뱉는다. 다만 그 순간에 마이크가 없을 뿐이었다. 부치가 항상 얘기하곤 했다.

"그 자식들 뒷구멍 좀 쑤셔 봐야 해."

화가 난 타이거는 지미에게 아무 대꾸도 하지 않았다. 싸늘하게 노려보고 그냥 지나갔다.

지미 입장에서는 타이거의 행동을 납득할 수 없었다. 지미 입장에선 그의 질문에 대해 타이거가 자신의 실수였다며 사과하고 너무 경쟁에 몰입하다 보면 말이 거칠어질 수도 있음을 인정하면 충분했을 것이었다.

"이분 말이 맞아요, 타이거. 가서 질문에 답하시는 게 낫겠어요."

조애나가 타이거에게 타일렀다.

화가 풀리지 않은 채 타이거는 지미를 따라갔다.

인터뷰가 시작됐고 지미가 질문을 꺼냈다.

"36홀 마무리가 그렇게 마음대로 되지 않은 듯합니다. 마지막 홀에선 단단히 화가 나 보였는데요?"

"네, 조금 화가 났습니다. 감정이 조금 앞섰습니다. 형편없는 샷이었습니다. 거의 똑바로 가는 구질로 공략하려고 했는데 완전히 왼쪽으로 잡아당기고 말았어요. 그래서 조금 화가 났습니다. 화를 좀 낸 데 대해 사과의 말씀 드립니다. 일단 그런 상황에 부닥친다면 대부분 동요하기 마련이라고 생각합니다만, 그렇게 하지 말았어야 함에도 소리를 크게 내고 말았습니다. 그래도 잘 추스르고 다 잊고 다음 샷은 제대로 쳤습니다. 티샷을 그렇게 쳤으면 얼마나 좋았겠습니까?"

답변을 이어가는 동안 타이거는 화가 나 있었지만, 그래도 감정을 겉으로 드러내지 않았다. 그의 아버지는 번번이 자기 생각을 모두 털어냈지만, 타이거는 정면 대응까지는 하지 않아 다행이었다.

"너의 골프클럽으로 보여줘라. 어머니께서 항상 하시던 말씀입니다. 제가 말을 많이 하면 할수록 상황은 더 악화일로였습니다. 어머니께선 항상 마음가짐을 단단히 하라고 하셨어요. 말을 줄이고 골프클럽으로 보여주고 증명하면 그 증명하는 것만큼 다른 경쟁상대를 꺾을 수가 있을 거라고 하셨죠. 이기는 것과 꺾는다는 건 다릅니다. 물론 이기고 싶습니다. 거기에다가 저는 압도할 수 있을 만큼 압도하고 싶은 마음도 있습니다. 어머니께선 말 그대로 제가 경쟁상대를 '짓밟는' 걸 해야 한다고 말씀하셨습니다."

아마도 타이거는 지미에 대해서도 이러한 감정이었을 것이다.

최종 라운드 당일인 일요일, 타이거는 2위와는 열 타 차인 8언더 파로 시작했다. 이미 US 오픈 역사상 최다 타수 차이로 선두였지만 타이거는 물러서지 않았다. 코스 기록을 깨겠다는 마음가짐과 함께 최종 라운드에서 보기가 없이 라운드를 끝내는 것이 그의 목표였고, 그 목표를 결국 이뤘다. 마지막 홀에 다다랐을 때 타이거는 너무나 침착했고, 평온한 표정이었다. 마지막 홀 페어웨이에 있는 사람들이 마치 대관식을 하는 듯 그를 맞이했고 타이거는 얼굴을 붉혔다. 마지막 날 67타를 기록했고 무려 열다섯 타 차 우승이라는 대기록을 이뤘다.

18번 홀 그린에서의 우승 시상식을 앞두고 NBC는 광고를 내보냈다. 당시 그의 TV 경력에서 가장 화려한 우승 시상식 진행을 목전에 두고 있었다. 수백 만의 시청자들이 채널 고정 중이었다.

생방송이 다시 이어지기를 얼마 앞두지 않은 상황에서 부치는 지미의 팔을 잡으며 따졌다.

"뭘 말하고 싶은 건데, 어? 무슨 질문들이 그따위냐고?" 부치는 전날의 인터뷰에 대해 여전히 분이 풀리지 않았다. "그딴 식으로 할 거면 꺼져! 친한 줄 알았더니, 뭐야."

지미는 놀라면서 속으로 '맙소사'를 외쳤다. '대체 왜 저러는 거지?'

지미 로버츠는 그 이후로 타이거의 '기자 블랙리스트' 중 한 명이 됐다.

지미에 대한 타이거의 감정은 페블비치에서의 US 오픈 우승 후 기자회견에서 전혀 드러나지 않았다. 중요한 파 퍼트를 성공시킨 데 대해 자화자찬하며 대수롭지 않은 듯 쾌활하게 '꽤 좋았던 주간'이라 말했고, 한 기자는 타이거에게 골프의 왕좌에 올랐음을 증명한 것 아니냐고 물었다.

"그런 기록들, 중요합니다. 하지만 그렇게 신경 쓸 것까진 없습니다. 시간이 흐르기 전까지 얼마나 대단한 일을 이뤘는지 알 수 없습니다. 저는 지금보다 아마 시간이 흐른 뒤에 오늘의 우승에 관해 더 감사해 할 겁니다. 왜냐하면 지금 제 경기력은 그 아무도 범접할 수 없는 수준이라고 감히 말씀드리겠습니다. 어쨌든 저는 이렇게 멋진 트로피 옆에 앉아 있다는 사실에 기분이 너무 좋습니다!"

CHAPTER EIGHTEEN

한 수 위

골프 기자, 오래 활동한 투어 프로, 골프 전문 역사학자들 모두 하나같이 2000년 US 오픈에서의 15타 차 우승은 골프 역사상 가장 압도적인 승부였다고 입을 모았다. 이전의 370회 메이저 대회에서 그 누구도 그렇게 엄청난 타수로 정상에 오른 적은 결코 없었다. 같은 주간에 NBA 챔피언 결정전에서 코비 브라이언트와 샤킬 오닐이 이끄는 LA 레이커스가 왕좌에 올랐지만, 타이거 우즈의 소식이 여러 지면에서 가장 눈에 띄었으며 『SI』 지에선 그의 우승 소식이 표지를 장식하는 영예를 안았다.

다음 날 타이거는 부치와 연습에 매진했다. 그날 저녁 시저 팰리스의 더 팜(The Palm)이라는 식당에서 만찬으로 조촐하게 자축했다. 워낙 사람들이 많은 곳이었지만, 식당 안쪽의 격리된 방을 미리 예약했다. 저녁을 마치고 식당을 떠날 때 몇몇 손님들이 타이거를 알아보고는 그 자리에서 일어나 손뼉을 쳤다. 작은 소란으로 시작했다가 다른 이들도 타이거를 확인하고 더 큰 박수와 휘파람으로 타이거를 반겼다. 약간 당황했지만 감동한 타이거는 걸음을 멈췄다. 평소 타이거는 자신의 골프 클럽으로 존재감을 과시하며 기립 박수는 골프 코스에서 받는 데에 익숙했다. 모자 끝을 꼬집는다든가* 퍼트를 성공한 뒤에 볼을 홀에서 꺼내 드는 행동은 항상 골프 팬들을 즐겁게 했다. 하지만 사람들이 꽉 찬 식당 가운데에서 아무도 그를 붙들지

* 골프선수의 절제된 행동으로 축구의 골 세리머니와 유사함.

않았다. 그는 살짝 미소 지으며 묵례로 화답했고, 사람들의 환호가 더욱 커졌다. 어디를 가든지 그 순간엔 그가 주인공이었다.

지난 네 번의 메이저 중 세 개의 트로피가 타이거의 벽을 장식했고, 스코틀랜드에서 그랜드 슬램이 달성되는 것 아니냐는 말이 조금씩 피어올랐다. 같은 해 7월, 골프 성지로 불리는 스코틀랜드 세인트 앤드루스 올드 코스에는 무려 23만 명의 기록적인 골프 팬이 운집했다. 역사적인 순간을 목격하기 위해서였다.

타이거의 게임 감각은 너무나 완벽했기에 마치 불공평한 게임을 하는 느낌이었다.

"높이 뛰기를 한다면 타이거만 넘어갈 높이에 올려놨다. 그 선수는 초자연적인 존재이다."

톰 왓슨(Tom Watson)이 브리티시 오픈 중에 언급했다. 그리고 타이거는 그렇게 3라운드까지 톰의 말대로 경기를 선보였다. 세인트 앤드루스에 총 112군데 벙커가 있는데 4라운드 동안 한 군데도 볼을 빠뜨리지 않은 선수는 타이거 우즈가 유일했다. 대회 마지막 날, 타이거는 친한 선수인 데이비드 듀발과 마지막 조에서 맞붙게 됐다. 그리고 타이거는 세계 랭킹 2위 선수를 열두 타 차이로 따돌리고 브리티시 오픈 기록인 19언더 파로 대회를 끝냈다.

최종 라운드가 끝나기 한참 전에 이미 골프에서 극소수만 누린 업적인 현대의 4대 메이저를 모두 우승한 다섯 번째 선수, 진 사라센(Gene Sarazen), 벤 호건, 게리 플레이어, 잭 니클라우스와 어깨를 나란히 하는 기록은 이미 정해져 있었다. 스물네 살의 나이에 타이거는 그랜드 슬램을 달성한 최연소 선수가 됐다.

환희가 가득한 순간, 팬들이 보안 라인을 뚫고 페어웨이로 몰려왔다. 보안을 담당하던 영국 왕실군이 주체할 수 없을 정도로 압도적인 규모의 군중이 타이거를 18번 홀 그린으로 몰고 오는 듯했다. 영국, 스코틀랜드 사람들 모두 이 완전한 우월함에 찬사를 보냈다. 평생을 거의 혼자서 골프클럽으로 볼을 제어하는 방법을 숙련하고 기계처럼 정교함을 갖춘 타이거 우즈의 우월함에 매료될 수밖에 없었다.

어마어마한 인파가 에워싼 가운데 타이거의 위대함에 환호했고, 쿨티다는 기쁨의 눈물을 흘렸다. 타이거의 이러한 성공 뒤에는 그녀의 역할이 컸다. 하지만 결혼생활에서는 항상 얼의 그림자에 가려져 있었다. 책을 쓰고, 여론 앞에 나서고, 카메라를 바라보며 억지의 미소를 보인 것은 모두 얼의 일이었다. 타이거 양육 과정을 컴퓨터와 비교하자면, 회로를 이어간 것은 얼의 역할이었고, 그 안에서 중요한 처리 기능에 헌신한 이는 쿨티다였다. 타이거의 제압 본능의 마음가짐은 쿨티다의 역할이 컸다. 그리고 그 어떤 것보다도 그녀의 아들이 치른 대가를 잘 알고 있었다. 타이거가 막 걷기 시작했을 때부터 쿨티다는 전 세계의 수많은 골프 코스 수백만 마일을 함께했다. 세인트 앤드루스에서 타이거를 향한 구름 같은 갤러리의 환호를 보고 있자니 감정이 북받쳐 올랐다. 그 순간 자신의 헌신이 절대 헛되지 않았음을 느꼈다.

타이거는 눈물을 흘리는 어머니를 만날 준비가 되지 않았다. 골프 대회에서 어머니가 눈물을 보인 적은 처음이었다. 트로피를 받은 뒤 골프장 이곳저곳을 둘러보고 기자회견까지 한 후에야 호텔 밖에서 어머니를 만났다. 다른 비행기 편으로 돌아갈 예정이었다.

"저 먼저 갈게요. 사랑해요."

타이거가 인사했다.

쿨티다는 타이거를 안았다.

"집에 가서 뵐게요."

타이거가 조용히 얘기했다. 그러고는 의전 차의 뒷좌석에 올라타고 국왕 공군 기지로 이동했다. 아일워스에 있는 타이거의 새집으로 데려갈 전세기가 기다리고 있었다. 디콘 서클의 새집을 247만 5천 달러에 매입했다. 8천 평방피트 규모의 저택이었다.

타이거가 프로로 전향한 후 몇 년 지나서 엘리시아는 타이거에게 올랜도에 있는 스쿠버 다이빙 강사 허브 수그덴(Herb Sugden)을 소개했다. 원칙적이고 혹독하게 가르치는 허브의 방식을 알고 나서 타이거는 자신의 새집 뒷마당 수영장에서 기본적인 수영 과외를 받기로 했다.

"진짜 그런 학생은 처음이었습니다. 목표가 생기면 절대 요령을 피우지 않았습니다. 제가 뭔가 잘못된 부분을 지적하면 타이거는 그냥 알겠다 하며 다시 돌아가서 보완했습니다. 아주 뛰어난 다이버가 됐습니다."

허브가 회고했다.

그의 생각엔 타이거가 집 수영장을 벗어나 다이브 마스터로 갈 준비가 됐다고 생각했다. 교습가 단계를 넘어선 최고의 다이버들을 두고 다이브 마스터라 칭한다. 1년 조금 넘게 훈련한 타이거는 이내 다른 다이버를 가르칠 수 있는 수준까지 성장했다. 그리고 얼마 지나지 않아 바다는 타이거의 또 다른 열정의 무대가 됐다. 바다 깊은 곳에서는 아무도 타이거를 알아보지 못했고, 아무도 타이거에게 뭔가를 바라지도 않았다. 자신이 가 봤던 그 어떤 장소보다 물고기 사이에서 혼자 있을 때가 타이거는 마음의 평화를 느낀다고 친구에게 털어놨다.

브리티시 오픈 이후 타이거는 바하마로 휴가를 가서 바다 깊은 곳으로 사라지다시피 했다. 형형색색의 산호초 사이를 돌아다니기도 했지만, 자신의 자율신경을 억제하는 훈련도 곁들였다. 거대한 물고기를 만났을 때 심박수가 올라가는 것을 막는 방법을 스스로 터득했다. 이 훈련으로 타이거는 코스에서 중요한 상황의 결정적인 퍼트를 해야 할 때 자신의 심장 박동을 다스릴 수 있었다.

타이거 우즈가 바다 깊은 곳으로 피해 있는 동안 타이거의 추종자들은 1997년 마스터스 우승 후의 광란을 넘어 폭발적인 절정에 달했다. 8월 중순에 타이거는 『타임스』 지와 『뉴요커』 지의 '선택된 자'라는 제목의 12페이지 기사가 동시에 세상에 나왔다. 아메리칸 익스프레스에서도 광고를 제작했는데, 센트럴 파크를 가로질러 브루클린 브리지, 월 스트리트를 골프 게임으로 지나가는 '맨해튼의 타이거'였다. 그리고 투어에서 선수, 캐디, 스윙코치 모두 다 타이거의 골프 게임 구석구석 모든 요소가 아무도 범접할 수 없는 경지에 있음을 인정했다. 타이거에게선 티샷, 볼 스트라이킹, 쇼트게임, 퍼팅, 스코어링 등 어디에서도 약점이라곤 드러나지 않았다. 8월 말, 켄터키주 루이빌의 발할라 컨트리클럽에서 PGA 챔피언십이 열렸다. 투어에서 영향력 있는 몇몇 캐디들은 타이거의 게임이 너무나 불공정하다고 여겼다. 그 바닥의 사람들은 타이거 우즈를 만나면 위축되기 일쑤였다. 투어에서 오래 활동했던 선수들마저 특히 일요일에 타이거를 만나게 되면 무기력하게 무너지곤 했다.

타이거는 대회 3라운드까지 13언더 파로 익숙한 듯 선두 자리를 지켰다. 밥 메이라는 베테랑과 마지막 조에서 만났는데, 이 선수는 무너지지 않을 기세였다. 밥 메이는 대부분의 골프 팬들에겐 낯선 이름이었다. 하지만 80년대 중반 캘리포니아 남부에서는 최고의 아마추어로 명성을 떨쳤다. 열 살의 타이거는 주니어 대회에서 두 차례 우승했을 때였고, 친구들이 야구 카드 뒷면의 기록들을 외우는 동안 그는 주니어 랭킹을 연구했다. 서른한 살의 밥은 메이저에서 우승한 적은 없었지만 세계 랭킹 48위의 그는 아이언샷에서 특출났다. 타이거와 한 타 차, 공동 2위로 최종 라운드를 시작했다.

라운드가 시작되기 전에 타이거는 캐디인 스티브에게 말했다.

"저 선수 쉽게 물러서지 않을 듯합니다."

밥은 토요일 밤 잠을 거의 자지 못했다. 침대에 누워서 혼잣말을 끊임없이 되뇌었다. '코스에만 집중하자고, 사람 말고. 타이거가 뭘 할지는 내가 어떻게 할 수 없잖아. 세계에서 최장타자야. 나하고는 코스를 다르게 공략할 거니까 나도 코스에만 집중하면 돼. 내가 할 수 있는 걸 하자고.'

이 각오는 최종 라운드 1번 홀 가기 전까지만 단호했다. '컷 더 코너'*라는 별칭의 1번 홀은 왼쪽으로 살짝 돌아가는 도그레그 홀이다. 타이거는 쉽사리 60피트

* Cut the Corner, 꺾이는 지점을 질러가라는 의미.

높이의 나무를 무색하게 할 정도로 로켓 포를 쏘아 보냈다. 볼이 떨어지고 굴러가는 것까지 멈춘 그 위치가 밥의 티 볼보다 50야드는 넘게 멀리 나갔다. 완판 입장한 갤러리는 오늘도 타이거의 무난한 우승을 목격하겠구나 싶었고, 밥 메이라는 무명의 선수는 역사의 희생양으로 이미 결론 내린 싸움처럼 보였다.

그러나 역사상 몇 안 되는 명승부 드라마가 성사됐다.

최종 라운드가 모두 끝났을 때 두 선수는 대회 최저타 기록인 18언더 파로 동타를 이뤘다. 후반 나인 홀 동안 두 선수 모두 신들린 샷 메이킹과 회심의 퍼트를 주고받으며 장군멍군 승부를 펼친 끝에 31타씩 기록했다. 마지막 홀에서 타이거는 8피트 정도의 까다로운 퍼트를 남겨놓고 있었다. 승부를 이어가기 위해서는 반드시 넣어야 했다. 세 개 메이저 연속 우승이 지척이었다. 타이거는 침착하게 성공시키고는 태연하게 스티브에게 가서 말을 걸었다.

"스티브, 우리 어머니도 저 정도는 넣었을 거예요. 저는 타이거 우즈잖아요? 저런 퍼트는 다 넣는다고요. 저 정도쯤은 별거 아닙니다."

밥 또한 같은 생각이었다. 식은 죽 먹기였다. 마지막 날 65타 기록하면서 자신의 역대 최고의 골프 경기력으로 우승까지 노리게 됐다. 게다가 타이거는 3홀 연장 중 두 번째 홀 티샷을 깎아 치면서 볼은 오른쪽 나무 군락 쪽으로 갔다.

PGA 투어의 선수들은 대부분 그와 같은 상황을 마주쳤을 때 낮은 탄도로 쳐내서 페어웨이로 꺼내는 방법으로 보기까지 염두에 둬야 하는 선택을 할 것이다. 하지만 타이거는 문제해결에 대한 강한 의지로 다른 시도를 했다. 8번 아이언으로 친 볼은 나무 아래로 낮게 날아가더니 카트 도로를 한 번 맞고는 러프를 뚫고 그린 뒤쪽 움푹 파인 지역에 멈췄다.

'카트 도로를 맞았잖아?' 밥은 순간 놀라며 타이거가 의도적으로 저런 샷을 한 것인지 의심했다.

타이거는 그 환상적인 샷을 의도했다. 그리고 연장 세 홀의 마지막 두 홀을 파로 지나가면서 밥을 한 타 차로 따돌렸다. 한 시즌에 메이저 대회 세 개의 타이틀을 가져간 선수는 벤 호건 다음으로 타이거가 두 번째였다. 숨 가쁜 9주 동안 타이거는 US 오픈, 브리티시 오픈과 PGA 챔피언십에서 우승하며 기자들이 평하길 스포츠 역사상 가장 위대한 여름을 장식했다.

타이거의 메이저 3연속 우승만큼이나 놀라운 사실은 타이거의 우승 순간에 그의 아버지가 함께 있지 않았다는 것이다. 아들이 메이저 대회 출전할 때 꼭 따라나섰던 얼이었지만, 타이거 주변에 얼은 없었다. 그 시기에 얼은 『SI』에 테니스 자매인 비너스 윌리엄스(Venus Williams), 세레나 윌리엄스(Serena Williams)에 대한 비난으로 주목받고 있었다. 타이거가 브리티시 오픈 우승하기 2주 전에 약관의 나이인 비너스가 윔블던 테니스 대회에서 정상에 오르며 알테아 깁슨(Althea Gibson)의 1957, '58년 이후 처음으로 아프리카계 미국인이 윔블던을 제압하며 역사의 한 축을 장식했다. 혈기왕성한 비너스는 테니스 코트에서 신나게 뛰었고 관중석으로 뛰어 들어가서 18살의 US 오픈 챔피언이자 동생인 세레나 윌리엄스와 테니스 세계로 인도한 아버지 리처드 윌리엄스(Richard Williams)를 끌어안았다.

테니스계에서 윌리엄스 자매의 등장은 타이거의 명성과 맞물렸다. 뻔한 인종과 관련된 것 외에도 아버지의 돌발적인 행동으로 인해서 논란의 중심에 들면서 당혹스럽고 어색한 순간을 만들어 낸 점도 두 가족의 유사한 부분이었다. 미국과 유럽에서 타이거와 비너스가 헤드라인을 장식하면서 어떤 기자가 얼에게 리처드를 만난 적이 있었는지 물었고, 얼이 답했다.

"만난 적도 없고 만날 필요도 없습니다. 딸들을 대하는 방법은 그렇게 좋아 보이지 않습니다. 딸들의 잠재력을 완전히 끌어내지도 못했습니다. 딸들에게 저명하고 전문적인 강습을 배울 수 있게 하지도 못했습니다. 부치 하먼을 만나지도 않은 채 타이거가 골프를 하는 것 같더군요. 비너스가 윔블던 우승하고 인터뷰에서 시계 하나 사야겠다고 했잖아요. 저는 참 슬펐습니다. 스무 살인데 시계를 사겠다고? 주위에서 잘 들어주면 되는 거 아닌가요? 여자아이들의 수다와 행동은 잘 보면 알 수 있습니다. 이 대회 저 대회 다니면서 성숙해지는 게 아니라 시간을 허비하고 있는 겁니다. 참으로 그 자매들 불쌍해요."

얼이 이렇게 얘기할 무렵 그는 타이거의 주위에서 조금씩 멀어지고 있을 때였다. 메이저 챔피언십에 세 차례 연속적으로 나타나지 않았다는 것은 그와 타이거 사이에 무슨 일이 있다고 여길 수밖에 없었다.

"타이거는 결국 다 자라면 제 곁을 떠납니다. 우리 사이에 대해 굳이 확인하고 증명할 필요는 없습니다."

2000년에 얼이 했던 말이다.

얼은 항상 답이 준비돼 있었다. 하지만 이번 답은 그렇게 수긍할 만하지 못했다. 당시 여름에 기자들을 만나서 이야기할 때마다 다른 답을 달았다.

"제 주변에 사람들이 많이 모여서 골프를 볼 수 없게 됩니다."

타이거가 그렇게 왕좌에 오르는 순간 얼이 주변에 없는 진짜 이유는 아주 복잡했다. 처음에는 타이거의 일상에 대해서 아버지의 허락이 필요했고, 타이거는 주목을 받는 순간에 아버지와 함께 있었다. 2000년 이후에 타이거는 거의 자립하는 분위기였고 아버지의 별난 행동에 싫증 나면서 아버지를 비롯한 다른 이들에게도 스포트라이트를 절대 나누지 않았다.

이와 함께 얼은 자신의 나쁜 품행을 굳이 숨기려 하지도 않았다. 심장 기능도 떨어지고 의사도 경고했지만 음주, 흡연하기를 절제하려고 애쓰지도 않았다. 얼이 니코틴 흡입을 줄이려 하지 않자 타이거는 조금씩 화가 쌓였다. 한 번은 타이거와 얼이 조용히 저녁 식사를 마친 후, 얼이 담배를 꺼내 들자 타이거는 곧바로 빼앗아 손으로 뭉갠 뒤 재떨이에 버렸다. 그리고 아버지에게 조용히 말했다.

"아버지 이거 인제 그만 하세요. 제겐 아버지가 필요합니다."

하지만 그것보다 더 큰 문제가 산재해 있었다. 쿨티다와 별거한 지 4년이 넘었고 얼은 그 빈자리를 다른 여자들로 채웠다. 그 여자들은 대부분 금발 머리와 갈색 머리였고 타이거와 비슷한 나이이기도 했다. 엘더릭 타이거 우즈 회사의 회장으로서 비서를 두고 있었고 개인 비서도 고용했다. 여행하거나 외모 관리, 요리, 트레이너, 반려견 조련사, 마사지, 가정부, 심지어 발 관리 비서까지 고용했다. 그들 중에 만났던 이에 따르면 몇몇은 타이거 회사와 계약을 맺은 고용인이었지만 몇몇은 계약되지 않은 채 현금으로 수고비를 받았다고 했다. 겉으로 말하지 않았지만 얼의 기분을 좋게 하기 위해서는 무엇이든 했다고 고백했다.

타이거 또한 그 시기에 아버지가 수년간 어머니에게 부정을 저지르고 다니는 것을 잘 알고 있었다. PGA 투어에서도 많은 관계자가 이 사실을 눈치채고 있었다. 1998년 초에는 그가 다른 여자에게도 관심이 있다는 것을 숨기려 하지 않았다. 그해 호주에서 열렸던 프레지던츠 컵에 얼은 한 젊은 여자를 데리고 나타나 주위를 놀라게 했다.

하지만 2000년 이후 얼은 대회장에 나타나는 빈도가 줄었고, 타이거의 유년 시절 집이었던 장소는 탐닉의 요새가 됐다. 여자들이 다녀갔고, TV에선 포르노 영상이 끊이지 않았다. 서랍장은 성인 장난감으로 가득 찼고, 얼의 요청에 따라 성행위가 이뤄졌다.

"모든 서랍과 모든 옷장에는요……. 진짜, 소름 끼치는 집이었습니다."

과거 얼과 고용 관계에 있었던 사람이 고백했다.

타이거는 얼의 집에 가기 전에 먼저 전화를 해서 방문 사실을 알렸다. 그래서 타이거가 오기 전에 집 안에 있는 여자들이 청소를 깨끗하게 했다. 아버지에 대한 타이거의 감정은 뭐라 말하기 힘들 정도로 복잡했지만 정작 타이거는 다른 누구에게도 자신의 감정을 드러내려 하지 않았다. 한때 자신의 최고 친구였던 아버지를 비롯해 아무에게도 알리고 싶지 않은 깊은 상처를 입은 듯했다.

2000년에 타이거는 아버지에게 너무 바빠서 전화할 수 없었다고 변명하기 시작했다. 타이거는 자신의 전화번호를 자주 바꾸곤 했는데, 그땐 아버지에게 바뀐 번호를 알리지도 않았다. 타이거의 이러한 침묵은 얼에게 고통이었다. 타이거가 신기록 행진을 이어가던 무렵 한 매체에 말했다.

"아버지하고 저는 그렇게 대화를 많이 하지 않았습니다. 아버지는 아버지 일을, 저는 제 일을 할 뿐입니다."

어머니와 여자친구와 더 많은 시간을 보내면서 타이거는 페블비치에서의 US 오픈 우승 이후에 아버지를 만나러 갔다. 타이거가 유년 시절 지냈던 방은 변한 것을 찾기 힘들 정도로 그대로였다. 스타워즈의 오비완 케노비 포스터도 옷장에 붙어 있었고, 잭 니클라우스의 업적을 적어둔 종이도 벽에 그대로 있었다. 그렇지만 집 안의 전반적인 분위기는 크게 변했다. 어머니의 흔적이라고는 일주일에 몇 차례 가져다주던 미리 잘라 둔 과일을 담은 저장 용기뿐이었다.

예순여덟의 나이에 얼은 심한 과체중으로 대부분 의자에 앉아 있었다. 타이거는 어느 날 아버지를 모시고 뉴포트 비치의 빅 캐넌 컨트리클럽에 갔다. 타이거가 명예 회원에 오른 곳이었다. 마음만 먹었으면 부자간에 많은 대화를 할 수도 있었을 것이다. 예를 들어 남편으로서 아내에게 어떻게 만족감을 줘야 하는지, 하지만 어떤 아들이 아버지에게 그런 것까지 물어볼 수 있을까?

대화는 거의 없이 침묵의 시간이 이어지다가 얼이 분위기를 헤쳐나가려 했다.

"내가 네 주변에 더 있어 주길 원하는 거니?"

"괜찮을 것 같아요, 아버지."

타이거가 답했다.

얼은 답변의 의미를 알고 있었다.

CHAPTER NINETEEN

매정한

2000년 PGA 챔피언십 우승 일주일 뒤 타이거는 오하이오주 애크런의 유명한 골프 코스인 파이어스톤 컨트리클럽 사우스 코스 18번 홀 페어웨이를 걷고 있었다. WGC-NEC 인비테이셔널 최종 라운드에서 타이거는 또 한 번 다른 경쟁자들을 일찌감치 따돌렸다. 마지막 홀을 남겨놓고 이미 결과는 나와 있었다. 남은 단 하나의 궁금증은 과연 타이거가 18번 홀 그린을 볼 수 있느냐였다. 최종 라운드 진행 중에 호우가 골프장을 강타하면서 세 시간 정도 중단됐고 대회 종료를 미뤘다. 경기가 속개됐지만, 안개가 심한 해 질 녘이었다. 깃대는 맨눈으로 거의 확인이 어려웠지만 167야드 거리에 있었다. 안개가 심해서 볼이 놓인 곳을 확인하기 위해 몸을 지면으로 구부려서 살펴봐야 했다. 타이거가 마음먹은 21언더 파에 도달하려면 거의 암흑 가까운 상황에서 스트로크를 실행해야 했다.

타이거는 어려서 아버지와 일몰 즈음해서 골프를 나간 적이 많았다. 마지막 두세 개 홀은 거의 해가 진 뒤에 깜깜한 가운데 맞이하기 일쑤였다. 그렇지만 여긴 파이어스톤이지 해군 코스가 아니었다. 이 순간은 타이거의 골프에 있어 그를 상징할 수 있는 최적의 그것이었다. 그에게 사람들은 도전 요소가 아니었고 이제 신의 영역이라 할 수 있는 자연과의 한판 대결이었다. 그리고 타이거는 그 순간을 기다려 왔다. 그가 가진 모든 기교를 순간에 쏟아부어야 했다. 귀뚜라미 우는 소리까지 들리는 시간에, 마지막 홀 그린 주위에 있는 갤러리 중에는 라이터 불을 밝히기도 했다. 그리고 타이거는 8번 아이언을 선택해서 깃대를 정공으로 공략했다. 그린 주변의 카메라 플래시가 섬광 효과를 연출하고 갤러리가 동요하고 있는 사이 깜깜한 하늘에서 하얀 골프 볼이 떨어져서는 홀 2피트 거리에 안착했다. 우레와 같은 함성이 터져 나왔고 페어웨이로 메아리쳤다.

"이거 아니겠습니까, 네?"

타이거가 말했고 활짝 웃으며 스티브 윌리엄스와 손뼉을 마주쳤다. 퍼터 쥔 손을 높이 든 채로 그린에 걸어 올랐는데, 마치 대관식을 하는 듯했다.

TV로 이 장면을 감상한 이들에게는 너무나 비현실적인 장면이어서 TV에서 만들어낸 조작이 아닌가 싶을 정도였다. CBS 방송 진행자들마저도 믿지 못했다.

"아, 진짜, 이렇게도 할 수 있는 건가요?"

CBS 아나운서 짐 낸츠(Jim Nantz)가 외쳤다.

타이거는 남은 퍼트를 한 번에 넣으며 21언더 파로 마쳤다. 대회 최저타 기록이며 2위와는 열한 타 차이였다. 2000년에만 여덟 번째 우승이었다.

14일 뒤 타이거는 토론토 외곽의 글렌 애비 골프클럽에서 일흔두 번째 홀을 진행 중이었다. 저무는 해로 어두워지는 가운데 이번엔 2위와 한 타의 박빙이었다. 티샷 실수로 타이거의 볼은 페어웨이 옆에 입을 크게 벌리고 있는 벙커 가운데에 있었다. 핀까지는 213야드, 오른쪽에는 나무가 있었고, 시각적으로 타이거의 볼과 그린 사이에는 큰 호수가 위협하고 있었다. 그린을 직접 노리는 가능성은 거의 없어 보였다. 하지만 셰익스피어와 비유하자면, 파이어스톤에서 어둠 속에서의 기적은 햄릿이었고, 이번엔 맥베스가 나온 셈이었다. 200야드가 넘는 거리에서 호기로운 6번 아이언 샷은 호수를 가볍게 넘어 홀을 지나 2피트 거리에 떨어졌다. 또 한 번의 비범한 일을 이뤄냈다.

이러한 엄청난 샷은 비범한 타이거의 정신적인 면을 종종 넘어섰던 상황을 전적으로 보여주었다. 메이저 3연속 우승을 포함해 1999년 말부터 2000년 끝자락까지 타이거가 보여준 놀라운 샷들의 내면에는 타이거의 집중력이 얼마나 날카로웠는지 말로 형용할 수 없는 것이었다. 캐나다 오픈에서 환상적인 6번 아이언 샷 이

전에 타이거의 행동이 이를 잘 증명하고 있었다. 티샷하는 상황에서 일단 백스윙까지는 주위가 무척 조용했다. 그러다가 다운스윙 중에 한 골수팬이 '타이거!'라고 외쳤다. 그 찰나의 순간에 타이거는 클럽헤드가 내려오는 시속 125마일의 스피드를 단번에 제압하고 드라이버 헤드를 골프 볼 몇 인치 앞에서 멈췄다. 그런 상황에서 드라이버 헤드를 볼 바로 앞에서 잡아 세울 수 있는 선수는 거의 없을 것이다. 신체적인 능력도 탁월하지만 이를 조절하는 타이거의 정신력은 견줄 데가 없었다.

이제는 타이거가 또 다른 승수를 추가하는 것은 중요하지 않았다. US 오픈, 브리티시 오픈, 캐나다 오픈 우승 트로피를 들어 올렸다. 일주일이 지날 때마다 타이거에게서 새로운 재능이 폭발하는 듯했다. 이미 역사상 최연소로 커리어 그랜드 슬램을 이룬 것을 넘어 그는 1999년의 타이거를 넘어섰다. PGA 투어 선수들 모두 그들이 최고의 경기를 선보이고 타이거 역시 최고의 골프를 선보이면 타이거가 이긴다는 것을 알고 있었다. 더 중요한 것은 그들이 그렇게 아는 바를 타이거도 알고 있었다.

"타이거에게 한계는 없습니다. 이 세상에서 가장 위대한 선수로 모두 인정하는, 모든 걸 초월한 선수입니다. 그리고 그런 모습이 앞으로 20년에서 40년 더 지속될 겁니다."

마크 스타인버그가 이렇게 말한 적이 있다.

타이거의 성공 가도를 최대한 활용하기 위해 마크는 진행 중인 후원기업 파트너들과의 계약을 모두 재검토했다. 2000년 한 해 동안에만 5,400만 달러의 후원 계약을 체결했다. 마이클 조던이 한 해에 농구코트 밖에서 거둬들인 수입 4,500만 달러보다 더 많은 숫자였다. 그러나 마크는 이보다 더 많은 계약을 성사시킬 수 있다고 믿었다. 특히 나이키가 관련되어 있을 땐 충분히 더 가능하다고 여겼다.

타이거는 세계적으로 미디어에서 가장 많이 노출되는 운동선수이고, 아마도 연예인보다 더 많이 노출되는 선수일 것이다. 타이거가 영상이나 사진에 나타났을 땐 나이키가 독보적으로 노출이 됐다. 다른 회사의 광고에 출연할 때에도 타이거는 항상 나이키 의상을 입고 나왔다. 머리에 쓴 모자부터 티셔츠, 신발까지 온통 나이키였다. 진정 걸어 다니는 나이키 광고판인 셈이다. 최초로 나이키와 포괄적인 계약을 제대로 하지 않았기 때문에 나이키로부터 적절한 보상을 받지 못하고 있었다고 마크는 생각했다. 그리고 나이키 내부에서 말하는 후광 효과로 인해 나이키가 많은 이익을 취하고 있다는 점도 익히 알고 있었다. 이 후광 효과로 나이키 골프뿐만 아니라 나이키의 모든 제품이 노출되고 있었다.

마크와 나이키는 새로운 계약을 위해 18개월여 동안 협의를 거듭했다. 그 결과 2000년 9월 중순에 10억 달러의 계약을 끌어냈다. 스포츠 역사상 가장 큰 금액의 계약이었다.

"많은 사람이 타이거를 마이클 조던과 비교하곤 합니다. 하지만 프로골프의 활동 기간과 프로농구의 활동 기간에 있어 프로골프가 훨씬 더 오래 지속됩니다. 코스에서 평생 프로골퍼로서 수익을 낼 수 있는 능력은 다른 종목과는 비교 불가라 할 수 있습니다. 앞으로 타이거가 활동할 수 있는 20년에서 25년 또는 그 이상으로 우리는 타이거 우즈와의 돈독한 관계를 이어 나가길 희망합니다."

나이키 골프의 밥 우드 회장이 강조했다.

나이키는 마크 스타인버그의 아이디어에 적극 동의했다. 나이키 입장에서는 모든 것을 내걸었다. 또 매우 치열하게 경쟁하고 있는 골프용품 시장에서 타이거와 함께 나이키가 점유율을 올릴 수 있으리라 희망했다. 밥 우드는 알고 있었다. 토요일 이른 아침의 첫 조로 출발하는 골프 마니아들, 로 핸디캐퍼,* 골프클럽과 관련해 영향력 있는 인사들은 첫 번째 홀 티에서 뭘 입고 있는지가 아니라 어떤 드라이버와 어떤 볼을 사용하는지에 주로 관심을 보인다. 페블비치 US 오픈을 앞두고 타이거가 투어 애큐러시 볼을 사용하면서 미국 내 5백만 명 정도 되는 고정 골프 인구 중에서 나이키 골프 볼 시장 점유율을 순식간에 끌어올렸고, 세계적으로도 수백만

* low handicapper, 일반 골퍼 중 핸디캡이 낮을수록 골프 실력이 뛰어남.

명의 마음을 움직였다. '신발 회사'라는 이미지로 사업 확장에 제한이 있었던 나이키였다. 신발이나 잘 만들라며 철저하게 무덤덤하던 수만의 프로 숍과 유통 회사들도 나이키의 볼과 골프 장비에 대해 이제는 적극적인 관심을 보였다.

1998년 가을까지만 해도 태동기였던 나이키 골프의 연간 수익은 1억 3천만 달러 정도의 매출에 3천만 달러 손실이었다. 타이거의 기록적인 2000년 US 오픈 이전에 156명 출전 규모 기준으로 많아야 15명 정도가 고체로 중심이 만들어진 골프 볼을 사용하고 있었다. 하지만 페블비치 이후 실제로 대부분의 선수가 나이키 골프 볼을 시험 삼아 사용하길 원했다. 타이거의 존재감 하나만으로 타이틀리스트의 오랜 시장지배자 존재감을 흔들다시피 했다. 이런 분위기로 나이키는 10~15퍼센트 정도의 시장 점유율을 노려볼 수 있었다.

이와 비슷하게 타이거의 다른 후원기업 중에 제너럴 모터스, 아메리칸 익스프레스, 제너럴 밀스 등도 타이거와의 계약을 이어가기 위해 안간힘을 쓰고 있었다. 특히 월드 디즈니는 평소 유명인사를 자사의 광고 모델로 고용하지 않기로 알려졌는데 5년간 2,250만 달러를 준비하고 있었다. 타이거를 자사의 광고 모델이면서 디즈니랜드에 정기적으로 방문하고 디즈니가 주주로 있는 ABC와 ESPN에 출연하는 조건이 포함돼 있었다.

타이거의 후광 효과는 PGA투어의 중계권과 상금 규모로도 확실히 나타났다. 타이거가 프로 선언했던 1996년 투어 총상금은 한 시즌 6,800만 달러였다. 2001년에는 1억 7,500만 달러, 2003년엔 2억 2,500만 달러로 뛰었다.

하지만 무엇보다도 압권은 IMG가 ABC 방송사와 기획했던 월요일 밤 골프였다. 타이거가 시청률을 얼마나 끌어올렸는지 알 수 있는 대목이었다. 2000년 막바지, 두 번째 대결 상대는 세르히오 가르시아였다. '빅혼에서의 대결'이 제목이었고 캘리포니아주 팜 데저트의 빅혼 골프클럽에서 열렸다. 두 번째 일대일 대결의 시청률은 닐슨 기준 7.6까지 치솟으며 역대 최고점을 찍었다. 놀랍게도 8월 말 황금 시간대인 월요일 밤에 무려 8백만 명 가까이 타이거와 세르히오의 대결을 보기 위해

TV를 시청한 것이다. 다만 세르히오가 타이거를 한 타 차이로 꺾고 백만 달러를 받자 타이거는 화를 냈다. 그 순간부터 이벤트의 존폐 자체가 위험에 빠졌다.

백만 달러를 내준 것은 다른 문제였다. 이미 출연료로 백만 달러를 받게 돼 있었다. 타이거는 자신의 경기력이 위기에 처하는 것을 원치 않았다. 메이저 대회에서 최종 라운드인 일요일에 세르히오가 타이거를 꺾을 수 있다는 일말의 희망을 심어준다는 것은 타이거에게 너무나 불편한 시나리오였다. 그래서 월요일 밤 골프 기획자인 IMG의 베리 프랭크에게 더는 하지 않겠다고 통보했다. '끝내자.' 더 출연하지 않겠다고 말했다.

베리는 이 제작과 관련해 전 세계 협상 테이블에서 단호한 역할을 자처했다. 통보를 들었을 때 '웃기지 말라고 해.'라고 여겼지만 웃을 일이 아니었다. 타이거가 먼저 패를 꺼냈다. 타이거가 없으면 월요일 밤 골프는 이제 역사 속으로 사라지는 것이나 마찬가지였다.

그러나 베리 또한 이에 대해 대비하지 않은 것이 아니다. 어마어마한 중계권으로 성사시킨 기획물이었기에 베리는 뒷주머니에 카드 한두 장을 준비해 놓고 있었다. 그래서 타이거와 타이거 측근들에게 숨겨뒀던 패를 던졌다. 경기 방식을 바꾸면 되지 않겠는가? 베리가 제안했다. 팀 방식으로 하고 일대일 매치플레이 대신 포볼 방식으로 하자.

"이런 방식이라면 이기지 못해도 당신 때문에 졌다고는 할 수 없을 겁니다."

베리가 타이거에게 말했다.

결국 타이거는 베리의 새로운 경기 방식에 동의했다. 황금시간대에 그의 라이벌에게 일대일로 패배를 안겨주는 일은 일어나지 않게 되었다. 다음 해에 타이거는 안니카 소렌스탐과 팀을 이뤄 데이비드 듀발과 카리 웹을 열아홉 번째 홀에서 제압했다. 2002년에는 잭 니클라우스와 호흡을 맞추며 세르히오와 리 트레비노(Lee Trevino)를 3&2*로 꺾었다. 대회가 열리면서 ABC와 IMG도 수익을 챙겼고 타이거

* 매치플레이 결과로 두 홀 남기고 세 홀 차이로 승부가 났음.

또한 이익을 가져갔다. 7년간의 월요일 밤 골프로 인해 타이거는 출연료와 상금을 포함해 천만 달러는 족히 챙겼을 것이라고 베리가 어림잡았다.

베리는 타이거에게서 애정을 바라지도 않았다. 그냥 좋아하는 정도, 아니 그래도 감사 정도는 해 줄 것이라 여겼다. 2015년 여름, 그의 집에서의 인터뷰에서 했던 이야기에서 타이거가 그에게 결코 불손하거나 불친절하지 않았고 그에게 신세를 진 것도 없음을 밝혔다. 동시에 타이거와 친근함을 느꼈을 만한 시간도 없었다고도 말했다. 예를 들어 프로그램의 성공 축하 자리라던가 점심 한 번 같이 한 적이 없었으며, 베리가 그를 위해 만든 프로그램에 대해 감사의 인사 한번 하지 않았다고도 토로했다. 코네티컷의 소소한 그의 집 뒷마당에서 했던 인터뷰 중 베리가 과연 타이거를 존경하는지를 물었다. 여든세 번째 생일을 맞은 그는 잠시 뜸을 들이다가 답했다.

"아니요. 그가 보기에 저는 그냥 돈 받고 일하는 유대인인 줄 알았나 봅니다. 그 사람이 내게 신세 진 것보다 내가 그 사람에게 더 신세를 진 것처럼 느꼈습니다."

2000년 막바지, 타이거가 받은 상들은 어마어마했는데 그중 『SI』의 올해의 스포츠 선수상 주인공에 오르며 5년 동안 두 차례나 받았다. 두 번째 수상 관련 기사 작성한 사람은 프랭크 디포드(Frank Deford)로 스포츠 저널리즘의 전설로 불렸으며 미국 인류애 훈장을 최초로 받은 스포츠 기자였다. 한 동료 기자는 그를 이렇게 비유하기도 했다.

"프랭크가 손에 펜을 들고 있으면 마이클 조던이 농구공을, 타이거 우즈가 드라이버를 들고 있는 것과 같았다."

프랭크는 타이거의 화려했던 2000년 막바지에 그가 관찰했던 점을 써 내려갔다. '타이거는 뛰어난 챔피언이며 많은 이들이 경의의 눈빛으로 바라본다. 고로 그에게 우리는 특별 사면을 부여할 것이다. 그가 이룬 업적은 여전히 그의 미숙함으로 인한 행동들과는 분리해서 바라봐야 할 것이다. 또한 머지않아 우리는 그의 끝없는 업적에 지치게 될 것이고, 그의 매력적인 미소와 강인한 눈 속을 더 깊이 들여다보기 시작할 것이다. 그렇지 않은가?'

이 시기에 타이거의 강인한 눈 속을 깊이 들여다본 측근은 조애나 자고다였다. 같은 해 초에 타이거와 조애나가 약혼했다는 소문이 돌았다. 한 기자가 타이거에게 이에 대한 질문을 던지자 타이거가 단호하게 잘랐다.

"사실이 아닙니다. 단 한 번만 말씀드리는 겁니다. 그러니까 그런 시시한 질문은 그만하시죠."

여름에 타이거가 메이저 3승을 거두는 동안 조애나는 계속 타이거 주변에 있었다. 하지만 2000년 가을이 지나서 그녀의 길을 선택했다. 페퍼다인의 법학 전문 대학원에 등록한 뒤 타이거 주변에서 조용히 사라졌다. 한 달이 지나서 두 사람이 결별했다고 결국 밝혀졌다. 법학 전문 대학원을 졸업한 후 조애나는 베어 스턴스 앤 컴퍼니에 취직했고, JP 모건 체이스로 이직한 후에 부회장 겸 사내 변호사에 올랐다.

조애나는 타이거와의 관계에 대해서 공석에서 언급한 적이 한 번도 없었고, 결별의 이유에 대해서도 밝히지 않았다. 그러나 오마라 부부와 부치 하먼, 마크 스타인버그 등 당시 타이거와 가깝게 지냈던 주변 사람들은 조애나를 무척 좋아했다. 여러 방면으로 그녀는 타이거와 유사한 성격을 가졌는데, 공석에선 항상 우아하고 품격을 유지하려 노력했다. 투어 직원들, 동료 선수들이나 타이거의 후원사 관계자들을 대할 때도 항상 상냥했다. 수수한 의상을 즐겨 입고 잘 웃으며 친근한 이미지를 갖고 있어 팬들도 있을 정도였다. 사적인 면에서 매사에 무척 신중하고 스포트라이트를 꺼렸고 인터뷰 요청도 정중하게 거절했다.

무엇보다도 조애나는 타이거에게 그녀가 옳다고 믿는 것을 거리낌 없이 말했다. 타이거의 행동이 선을 넘었거나 그가 하지 말았어야 할 행동을 했을 때, 특히 팬들과 대화하거나 기자들과 이야기를 나눌 때 그녀가 나섰다.

"타이거에게 필요한 사람인 것 같습니다. 타이거가 말한 부분에 대해 조애나의 생각이 다르면 조애나는 다르게 생각한다고 최대한 좋은 어투로 말했습니다. 타이거는 수년 동안 주변에 예스맨만 있었잖아요. 유명인사가 되면 주위에서 듣기 좋은 말만 해 주기 마련입니다만, 조애나는 그런 사람은 아니었던 것 같습니다."

엘리시아 오마라가 이를 증명했다.

한편으론 조애나는 타이거의 첫 연인이었던 디나와 비슷한 점이 있었다. 두 사람 모두 타이거를 진심으로 사랑했지만 타이거의 엄청난 유명세의 삶에 크게 상관하지 않았다는 것이다. 디나와도 그렇게 했던 것처럼 타이거도 조애나와 친밀함이 있긴 했지만 다른 여자들로부터 관심을 받기 시작하면서 조애나가 절대적으로 접근할 수 없는 타이거의 영역이 있었다. 결국 이성으로부터의 관심에 대한 자신감이 충만하게 되면서 타이거가 그의 팔을 허리에 감을 상대에 대한 기대가 더 커졌고 변했다.

타이거는 한번 끝맺은 관계를 절대로 돌아보지 않았다.

타이거의 입장에서 보면 조애나와의 결별 이유에는 크게 두 가지가 있었다. 2001년 참가했던 여섯 개 대회에서 하나도 우승하지 못했고, 예전보다 더 퉁명스러운 태도를 보였는데 특히 기자들 앞에선 더했다. 3월 초에 열렸던 베이힐 인비테이셔널을 앞두고 기자회견장에서 기분이 언짢았다. 다름 아닌 슬럼프라는 말에 진절머리가 나 있던 때였다. 대부분의 골프 미디어들은 슬럼프라는 말을 직접 언급하지 않았지만, 타이거는 사람들이 무슨 생각을 하고 있는지 익히 알고 있었다. 기자들에게도 자신의 평균 타수에 대해 강조했다. 2000년 연승보다 2001년 여섯 개 대회 동안 평균 타수 면에서 더 낫기 때문이다. 슬럼프라는 말을 꺼내는 것 자체부터가 바보 같은 일이었다.

한 기자가 말했다.

"사람들이 이렇게 말하더군요. '와, 타이거가 여섯 개 대회 나가고도 우승을 한 번도 못 했어. 뭐가 잘못된 걸까?' 이런 말들을 들으면 거슬릴 것도 같은데 어떤가요?"

"당신이 그렇게 생각하는 것 때문에 좀 짜증이 나는군요. 그 의견에 동의하신다면 당신은 골프의 본질에 대해 잘 모르시는 겁니다."

타이거가 단호하게 답했다.

그러한 그의 마음속에서 지미 로버츠는 골프에 대한 이해가 부족한 사람이었다. 한때 친한 친구였지만 타이거의 2000년 US 오픈 생중계 중의 욕설에 대한 불쾌한 질문 이후로 이제는 적이 되어 있었다. 베이힐 대회 일주일 전에 지미는 NBC에서 타이거를 애당초 옹호하는 제작물에 출연했는데, 비틀스가 수개월 동안 정상에 오르는 음반을 출시하지 못한 데에 빗대어 타이거의 슬럼프를 정교하게 동일시했다. 지미의 이러한 노력에도 타이거의 태도는 흔들리지 않았다. 어떤 맥락이었든 간에 슬럼프라 말한 것 자체를 싫어했다.

그래서 지미가 실제로 타이거에게 자신의 성공 가도가 덫이 됐는지 물었을 때 타이거는 골프를 모르면서 하는 말이라며 선을 그었다. 이 대화는 그냥 기자회견장에서 있던 사람들 앞에서의 대화가 아니었다. 수백만의 시청자가 보는 지상파 방송 중에 오갔던 대화였다.

완곡하게 표현하자면 지미 또한 불쾌하기 마찬가지였다. '내가 무슨 말을 하는지 듣기나 한 건가? 납득도 못한 거잖아?' 지미가 속으로 생각했다.

타이거는 그 와중에도 베이힐 대회에서 우승 트로피를 챙겼다. 그러나 미디어에 대한, 특히 지미 로버츠에 대한 불쾌함은 떨쳐낼 수 없었다. 다음 주 있을 플레이어스 챔피언십 본 대회에 대해서도 꽤나 치열한 설전이 두 사람 간에 오갔다. 월간지 『골프 월드』의 기자 존 호킨스(Jone Hawkins)가 지미를 응원했다.

"어이, 걱정하지 마. 당신 질문 잘하고 있는 거야."

존이 지미에게 자신감을 불어넣었다.

지미는 존을 한 번 바라보고는 존에 대한, 또 '세심하게 다뤄주세요'라고 꼬리표라도 달린 양 마치 타이거를 향해 아양 떠는 기자들에 관해 자기 생각을 전했다.

"이봐, 그래서 당신들은 언제 타이거한테 그런 잘하는 질문을 할 건데?"

지미가 쏘아붙였다.

존은 잠시 뜸을 들이고는 고개를 떨어뜨리며 답했다.

"좋은 지적이야. 우리는 몇 년 동안 그 자식 분위기 맞춰줬는데 정작 흥밋거리는 하나도 없었다고."

비로 인해 플레이어스 챔피언십의 트로피 전달은 월요일에서야 이뤄졌다. 타이거는 또다시 지미와 18번 홀 그린에서 마주했다. 축하의 인사와 함께 지미는 타이거에게 일반적인 질문을 하려 했다. 하지만 타이거가 바로 잘랐다.

"참 힘들었습니다." 완전히 지미의 말을 무시하며 말했다. 지미가 다시 물어보려 했지만, 타이거가 또 일축했다. "이 우승으로 슬럼프는 끝난 겁니다."

잠시 뒤 지미가 말을 하는 동안 타이거는 그냥 카메라 앞에서 사라졌다. 생중계 중에 타이거는 지미 혼자 남겨 뒀다.

몇 주 뒤에 지미는 개인적으로 만나서 뭔가 오해가 있으면 풀어보려고 타이거에게 연락했지만, 타이거는 단박에 거절했다. 지미를 만나야 할 이유가 없었다.

2016년에 지미 로버츠가 회고했다.

"그에 대해서 참 많이 생각했습니다. 저와 타이거 사이에 진짜로 많은 일이 있었기 때문입니다. 그 어떤 다른 운동선수보다 타이거 우즈에게서 받은 '엿 먹어' 하는 순간이 많았습니다. 일방통행에서 타이거를 만나는 것 같았습니다. 자신을 좋아하기 바라면서 베푸는 건 하나도 없었습니다. 그를 지적하거나 그의 편에 있지 않으면 엄청난 증오를 각오해야 할 겁니다."

공식 석상에서 슬럼프와 연관된 이야기가 불명예스럽게나마 재빠르게 수습되었다. 2001년의 가장 큰 화두는 조금은 평온하고 낯익은 지역에 관한 이야기, 바로 마스터스로 바뀌었다. 타이거가 과연 메이저 네 개 대회 연속으로 타이틀을 거머쥘

수 있을 것인가? 한 해에 모두 우승한 것은 아니지만 그래도 만일 성사된다면 이것도 그랜드 슬램 아닌가? 타이거는 자신이 4대 메이저 트로피를 모두 들었을 때 미디어에서 뭐라고 해도 상관하지 않는다고 밝혔다. 그랜드 슬램, 타이거 슬램, 무슨 슬램이든 개의치 않는다는 것이 그의 답변이었다.

오거스타에서 일요일 후반 나인 홀은 종종 우승의 향방이 결정되는 승부처이기도 하다. 타이거가 18번 홀 티에 올라섰을 때 필 미컬슨을 일찌감치 따돌렸다. 대신 처음 열 개 홀 동안 일곱 개의 버디로 코스를 완전히 씹어 먹은 데이비드 듀발이 한 타 차 2위였다. 두 타 만에 볼을 그린에 올린 타이거는 두 번의 퍼트만으로 골프 역사에 자신의 이름을 더 선명하게 새기기 충분했다. 12피트 정도 거리에서 타이거는 한 번에 성공시켰고 그린을 벗어나면서 두 손으로 얼굴을 감쌌다.

우승 이후에 타이거가 했던 이야기이다.

"그렇게 생각하기 시작하는 거 있잖습니까? 이제 더 칠 샷이 없고 제가 마스터스를 우승했다는 기분 말이죠. 조금은 이상한 기분이 들었습니다. 왜냐하면 경기 중에 매번 한 타 한 타 초집중한 나머지 모든 걸 다 망각하고 말기 때문입니다. 그래서 이제 더 칠 샷이 없다는 걸 알았을 때 '아, 이제 끝났구나.' 동시에 약간 감정이 벅차오르기 시작합니다."

그의 마스터스 우승으로 골프에서 가장 권위 있는 네 개의 트로피를 품에 안았다. US 오픈, 브리티시 오픈, PGA 챔피언십, 마스터스를 제패한 성과였다. 이 네 개의 트로피를 자신의 집 벽난로 선반에 자랑스럽게 전시했다. 지구상에서 이 네 개의 트로피를 연속적으로 집에 가져온 선수는 타이거 우즈가 최초였다.

마스터스 두 번째 우승을 달성한 후 타이거는 아일워스 연습장에서 마크 오마라와 시간을 보냈다. 연습하면서 타이거는 자신의 가장 큰 불평인 사생활이 없다는 점을 마크에게 털어놓았다.

"사생활을 원한다고 언제까지 그렇게 칭얼댈 건가? 이미 오래전에 다 포기한

거 아냐?"

마크가 말했다. 타이거는 이 얘기를 듣고 싶어 하지 않았다. 그러나 마크는 그의 친구를 이번에는 가만두지 않았다.

"당신은 세상에서 가장 유명한 사람이야. 사람들은 당신의 일부분을 이미 간직하고 있고, 그게 치러야 할 대가라네."

타이거는 아무 말 하지 않았다.

"자, 그런 것에 대해서는 내가 도울 수 있을 것 같은데."

마크가 목소리에 힘을 줬다.

"그게 돼요?"

타이거가 놀라며 물었다.

"떠나는 거야. 그냥 사라지면 되지. 다 내려놓고 돈 다 모아서 도망가면 되는 거 아냐."

하지만 타이거는 떠난다는 의미가 집안을 장식한 빛나는 트로피들에서 멀어지는 것, 자신의 인생을 의미 있게 만들어 준 것들에게서 멀어진다는 것을 알고 있었다. 타이거는 잭 니클라우스가 스물여섯 살에 이룬 메이저 5승을 스물네 살의 나이에 달성했다. 타이거는 유명세를 떨쳐내기 싫었다. 유명인사가 된 것도 싫었지만 유명인사여서 누릴 수 있던 것들을 좋아했다. 자신이 출연한 나이키의 혁신적인 광고, 자신의 지갑엔 사용 한도가 무제한인 아메리칸 익스프레스 블랙 신용카드가 있었고, 손목에 찬 롤렉스 시계, 플로리다의 저택, 뉴포트 비치에 마련된 미혼남을 위한 주택, 개인 전용 비행기, 리무진, 경호원 모두 자신을 위해 존재했다. 거기에 자신의 얼굴이 나온 위티스 시리얼 상자, 광고판, 잡지 겉표지 등은 전 세계에서 화제였다. 이 모든 것들이 진정으로 타이거를 흥분시키고 있었다.

하지만 아이러니하게도 외로움에서 헤어날 수 없었다.

라운드 후 타이거는 마크를 자신의 집으로 초대했다. 새롭게 바뀐 벽난로 선반을 보여주고 싶어 했다. 타이거가 사진을 찍고 반짝이는 트로피들을 정렬하는 모습을 바라보고만 있었다. 어떤 면에서 그 트로피들은 타이거의 가장 친한 친구들이며 그가 평생을 들여 얻은 상징이었다.

조애나 역시 타이거만큼 우승의 전유물을 소중히 여겼지만, 그녀는 타이거의 사진첩에서 사라졌기 때문에 성공의 순간을 함께 간직할 특별한 누군가가 그의 주변에 없었다.

그렇지만 상황은 곧 바뀌었다.

CHAPTER TWENTY

걸릴 듯 말듯

타이거의 개인 비행기가 라스베이거스의 어둠을 뚫고 천천히 하강하면서 새로 들어선 초대형 리조트들이 위용을 드러냈다. 미라지, 벨라지오, 럭소어, 만달레이 베이, 베네치안에서 아른거리는 빛은 마치 타이거에게 윙크하며 유혹하는 듯했다.

타이거에게 라스베이거스는 낯익은 장소가 됐고, 집을 떠났으나 또 다른 집이었다. 부치 하먼이 자신의 골프 아카데미를 헨더슨 근처로 옮겼는데, 타이거가 부치를 만나기 위해 자주 갔던 곳이었다. 타이거의 트레이너이자 스탠퍼드 시절부터 면식이 있던 키스 클리븐(Keith Kleven)도 그곳에서 지내고 있었다. 타이거의 지구력, 체력, 유연성, 순발력을 키워 준 주인공이었다. 2001년 여름 이후로 라스베이거스는 타이거에게 일탈의 장소가 됐다. 타이거가 선택한 리조트는 MGM 그랜드였고, 타이거는 아무도 눈치채지 못하게 그곳을 드나들 수 있었다.

그 리조트의 특별한 보안 체계 덕분에 타이거는 수행원들을 대거 이끌 필요가 없었다. 비행기가 착륙하면 비행기에서 내리자마자 리무진에 올라타서 '맨션'으로 이동한다. 철저히 독립된 이탈리아풍 29채의 빌라가 MGM 뒤에 있었다. 철저하게 독립적인 출입로를 통해 들어가서 타이거만 탑승할 수 있는 엘리베이터로 이동하면 호화로운 스위트 룸이 기다리고 있었다. 일단 들어가면 타이거는 며칠씩 지냈고 아무도 타이거가 그곳에 있다는 것을 알 수 없었다. 타이거만을 위해 일하는 개인 VIP 직원이 24시간 대기 중이었고, 고급 요리, 무제한 음료, 화끈한 콜걸 그리고 다른 것보다도 철저하게 자유로웠다. 이것 때문에 라스베이거스가 끌렸다. 그만의 놀이터였고, 그 누구의 눈치도 보지 않고 마음대로 행동했다. 라스베이거스 사람들은 이를 두고 망상에 젖었다고 표현했다.

1999년에 처음 개장한 맨션은 사치가 일상인 사람들을 위해 오로지 명단에 있는 사람만 이용할 수 있는 낙원이었다. 철저한 보안과 상상 이상의 친절함은 기본 철학이었다. 타이거가 꿈꾸던 것과 딱 들어맞았고 이용하는 데에도 거리낌이 없었다. 빌라 건물은 마치 4캐럿 다이아몬드처럼 정교하게 나뉘어 있었는데, 십만 달러 이상의 한도 계좌를 가진, 카지노 용어로는 고래를 뜻하는 큰 손들이 머무는 곳이었다.

타이거가 고래로 커 가는 시간은 그리 오래 걸리지 않았다. 숫자에 능숙했던 그는 90년대 후반 블랙잭을 시작했을 때 처음엔 한 판에 백 달러였지만 금세 2만 5천 달러까지 한도를 올렸고, 이후에도 꾸준히 판을 키웠다. 그 후에는 한 판에 2만 달러가 일상이었고, 두세 배로 늘리기도 했다. 타이거의 MGM에서의 한도 계좌는 백만 달러까지 올랐는데 미국에서 백 명 정도의 도박사들만 그 조건을 누리고 있었다.

다른 유명인사들은 카지노를 단지 놀이와 파티로 여겼지만, 타이거는 도박도 골프와 같은 방법으로 접근했다. 이기기 위해 노력했고 대부분 이겼다. 라스베이거스에 정통한 사람들은 타이거를 '꾼'이라고 칭하기도 했다. 그의 내기 접근방식이 상당히 계산적이고 영리하다고 여겼고, 이기는 경우가 지는 경우보다 많았다고 했다. 50만 달러를 가져가는 생각만 있었지 털린다는 생각은 타이거의 머릿속에 없었다.

타이거가 라스베이거스 대학으로의 진학을 적극적으로 추진했을 때에 지역의 느낌을 한 번 봤기 때문이기도 했다. 물론 도박에 대한 별종이기도 했지만, 이 도시의 타락에는 빠져들지 않았다. 몇 년이 지나고 MGM에서 21번째 생일잔치를 열었을 때 그 세계를 바라보는 그의 시야에 조금씩 잔뼈가 생겼다. 그러다가 NBA의 대표 선수들인 마이클 조던과 찰스 바클리(Charles Barkley)를 만나면서 환락의 도시가 세계적인 선수들에게 어떻게 유혹하는지 본격적으로 눈을 떴다.

타이거가 찰스 바클리를 처음 만난 시기는 1996년이었다. 둘은 골프 라운드를 함께했다. 타이거보다 찰스는 열두 살이나 많았지만 금세 친구처럼 지냈고 종종 카지노 리조트에 동행하곤 했다. 찰스는 허리띠 좀 풀고 유명인의 악과를 즐기는 방법을 가르쳤다.

"'타이거 우즈라는 유명세로 째고 좀 즐기면 되지 않겠냐? 그렇지 않으면 타이거 우즈라고 해서 좋은 거 하나도 없다.'고 그에게 말했죠. 위대한 존재로 조금 즐겨도 된다고 봅니다."

찰스가 이후에 밝혔다.

타이거를 굳이 설득할 필요는 없었지만 어떻게 해야 하는지는 타이거도 잘 몰랐다. 타이거로선 필수의 사교적인 센스가 다소 부족했다. 과하다 싶을 정도로 내성적인 타이거는 부모의 지나친 보호 속에서 대부분의 시간을 보냈다. 그의 사춘기 시절엔 골프와 학교생활 말고는 거의 없을 정도로 엄격한 관리를 받았다. 그의 부모가 정립해 놓은 규칙을 감히 어기기라도 하면 대가를 치러야 했다.

"어머니한테 혼이 빠질 정도로 맞곤 했습니다. 지금까지 손자국이 있을 정도라니까요."

타이거가 언젠가 기자에게 했던 말이다.

"그 집에서 느끼는 기대와 긴장, 압박감은 진짜 거셌습니다. 타이거가 참 불쌍하더라고요."

타이거의 가까운 친구 한 명이 당시를 떠올리며 했던 이야기이다.

자라면서 겪었던 환경으로 인한 결과로 타이거는 무언가 지키려 하면 어기지 않는다는 것이었다. 그의 부모가 혼신을 다해 만들어 낸 그의 고귀한 이미지에 금이 갈 수도 있는 행동은 절대로 하지 않았다. 특히 그의 아버지는 타이거에 대한 이미지를 너무 과장되게 만들어서 타이거는 미심쩍은 행동을 하다가 공개적으로 걸릴까 봐 항상 마음을 졸였다. 그로 인해 기업들이 타이거의 철저한 자기관리에 매료돼 계약 행렬을 이어갔다. 1996년 찰스 바클리를 만난 것은 삶의 또 다른 부분을 보여주는, 오랫동안 만나지 못했던 형제를 조우한 듯했다.

어떤 면에서 찰스 경은 타이거에게 완벽한 롤 모델이었다. 어디를 가든지 환영받았는데 라스베이거스에서는 더욱 그러했다. 손이 큰 도박을 즐기는 찰스는 벨 보이, 대리 주차원, 바텐더, 캐디까지 두둑한 팁을 주며 자신을 따르게 했다. 그들을 마치 친구처럼 대했다.

반면 마이클 조던은 완전히 다른 모양새였다. 타이거가 마이클을 몇 차례 만났을 땐 타이거가 프로가 된 후 오며 가며 지나친 정도였다. 그러다가 1997년에 친해진 계기가 있었다. 유나이티드 센터에서의 시카고 불스 농구 경기를 감상한 뒤 타이거는 자신의 포르셰에 마이클을 태우고 레이크 미시건으로 향했다. 거기에서 둘은 초호화 카지노 크루즈에서 꽤 오랜 시간을 함께했다. 이 시점이 골프와 도박에 매료됐다는 공통분모로 둘 사이가 급속도로 가까워졌다. 존 머천트 변호사의 심각한 경고에도 불구하고 일주일에도 두 번이나 만나며 이런저런 조언을 구하곤 했다. 그 시기와 즈음해 마이클이 밝혔던 이야기이다.

"저를 형님인 것처럼 바라보는 듯했습니다. 감당할 일이 엄청났을 텐데 말입니다. 스물두 살이지만 사람들은 그보다 더 나이 든 사람처럼 대했을 겁니다. 어마어마한 장타를 구사하고 마스터스에서 열두 타 차이로 우승했으니 그는 모든 걸 다 알고 있어야 하고, 흠잡을 데 없이 완벽해야 했죠. 하지만 그건 옳지 않습니다."

마이클이 두 사람 관계의 초창기에 영향력을 행사했던 부분 중의 하나는 타이거가 외로움에 대해 비교적 자연스러웠다는 것이었다.

"타이거가 주목을 받을 때 첫 반응이 스스로 벽을 쌓는 것이었습니다. 음, 잘못된 거예요. 진짜요. 제가 압니다. 그냥 골프 코스로 나갈 수도 없고, 다 끝났다고 해서 호텔 방으로 들어가 혼자 있는 게 말입니다. 저도 그렇게 해 봐서 아는데 착잡합니다. TV만 째려볼 순 없다고요. 사회성 감각이 둔해집니다. 사는 것 같지가 않을 거예요."

아마도 이런 이유로 불가피하게 타이거가 마이클에게 끌렸을 것이다. 비슷한 수준의 명성을 누린 사람은 마이클 조던 말고는 없었다. 두 사람이 만난 것만으로 둘만의 전용 클럽이 된 셈이다. 결국에는 유명세, 여자, 권력에 대한 타이거의 태도에 대해 마이클의 영향력이 상당했다고 할 수 있었다.

"형, 동생 하는 사이입니다. 마이클은 제게 큰형 같은 사람입니다. 저는 마이클에게 동생 같은 존재이고요. 많은 일을 겪었고 또 그것을 아무 일도 아닌 듯 받아들이는 그의 존재감을 보고 있으면 이 사람에게 말해야겠구나 하는 생각이 들 겁니다. 그런 거 다 무시해도 마이클은 훌륭한 사람입니다."

마이클에 대한 타이거의 생각은 라스베이거스의 서비스 종사자들이 보기에는 쉽게 동의하지 않을 것 같다. 그들이 보는 마이클 조던은 냉담하고 오만한 유명인일 뿐이었다. 나태하고 불평불만은 모조리 늘어놓으면서 권리는 다 누리곤 했다. 마이클은 팁에 인색했다. 캐디, 라커룸 관리인, 카지노 딜러, 바텐더에게 팁을 전혀 주지 않았다는 이야기는 그가 다녀간 곳이라면 파다했다. 노스캐롤라이나 대학 상징색인 파란색으로 치장한 자신의 골프 카트를 몰고 섀도 크릭 골프장 페어웨이로 들어가서 라운드 중인 앞 팀에게 "빨리 좀 치고 나가라고! 느려 터졌어, 진짜!" 하고 소리치곤 했다.

라스베이거스 소식통은 그를 이렇게 칭했다.

"진짜 재수 없는 얼간이."

그렇지만 라스베이거스의 일은 라스베이거스에서 끝난다. 마이클의 야비한 품행은 밖으로 새지 않았다.

"그때 마이클 조던 하면 최고였기 때문에 전부 그의 뒤처리를 도맡아 했습니다. 아무도 마이클 얘기를 하지 않았고, 누구도 마이클에게 말하지도 않았습니다. 모두 마이클을 두려워했고 타이거도 이걸 배웠습니다."

라스베이거스의 믿을 만한 소식통의 이야기이다.

마이클이 타이거의 주변인으로 들어오면서 돈과 사람들을 대하는 타이거의 태도도 서서히 변했다. 타이거는 대부분의 식사를 대가 없이 했다. 그러면서도 제대로 된 팁 한 번 남기고 간 적이 없었다. 문지기나 벨 보이, 대리 주차원에게도 팁을 건네는 일이 드물었다. PGA 투어 직원들이 타이거를 대신해 라커 관리인에게 100달러 팁을 남기는 일까지 있었다. 타이거의 인색함이 기자들 귀로 들어가지 않게 하기 위해서였다. 안부인사나 감사 인사 정도의 가장 기본적인 행동조차도 타이거의 단어장에서 사라졌다. 아주 간단히 고개를 끄덕이는 정도도 기대하기 어려워졌다. 실상은 타이거의 이런 행동이 마이클에게서 배운 것이 아니었다. 오히려 이렇게 누리려는 행동은 근본적으로 얼의 유전자였다. 마이클과의 친밀함으로 더 선명해졌을 뿐이었다.

"타이거는 유명해지면서 비열한 면도 많이 생겼습니다."

과거 나이트클럽 주인의 고백이었다.

여자에 관한 한 타이거의 시선을 끌기는 쉽지 않았다. 특히 골프 코스에선 절대 시선을 주지 않는다. 골프장에 드물게 나타나는 비범한 외모의 아가씨들로 인해 경기에 방해가 되지는 않는지 한 기자가 타이거에게 물었던 적이 있었다. 타이거는 그들을 알아채지 못했다며, 오로지 볼을 홀에 넣는 데에만 집중한다고 답했다. 2000년 브리티시 오픈 경기 중에 술집에서 일하는 젊은 여자가 나체로 18번 홀 그린에 나타난 적이 있었다. 나이트클럽의 스트리퍼였는데 타이거는 미동도 하지 않았다. 즉시 여자를 끌고 나갔던 스코틀랜드 경찰 한 명이 타이거의 집중력에 대해 언급했다.

"타이거는 전혀 반응하지 않았습니다. 그의 집중력은 대단하더군요."

그러나 이 모든 것은 다음 해 브리티시 오픈에서 바뀌었다. 예스페르 파르네빅, 그의 부인인 미아(Mia)와 동행했던 21살의 금발 숙녀에게 시선을 빼겼다. 그때까지만 해도 필 미컬슨의 부인, 에이미(Amy)가 PGA 투어에서 최고의 미녀로 알려졌다. 에이미는 NBA의 피닉스 선즈(Suns)에서 치어리더도 경험했고 『SI』 지의 수영복 모델로 발탁되기도 했다. 하지만 파르네빅의 유모는 모든 이들에게서 에이미 미컬슨을 지울 정도로 눈에 띄었던 것은 분명했다. 아주 잠깐 마주쳤던 순간에 타이거가 먼저 인사를 건넸고, 그녀는 자신이 엘린이라고 소개했다. 타이거는 순식간에 매료됐고, 그녀에 대해서 더 알고 싶은 마음이 간절했다.

엘린 마리아 페르닐라 노르데그렌(Elin Maria Pernilla Nordegren)은 1980년 정초에, 그녀의 쌍둥이 조제핀(Josefin)은 몇 분 뒤에 스톡홀름에서 태어났다. 엘린과 조제핀은 박스홀름이라는 지역의 해변 도시에서 자랐다. 그들의 아버지 토마스 노르데그렌(Thomas Nordegren)은 스웨덴에서 유명한 기자였다. 그들의 어머니인 바르브로 홀름베리(Barbro Holmberg)는 고등교육을 받은 사회복지사였다. 엘린이 여섯 살 때 그들은 이혼했다. 아버지는 워싱턴 DC로 이주해서 백악관 취재를 하며 스웨덴 공영 라디오 방송 일을 했다. 어머니는 스웨덴 정부의 이민 관련 부서에서 국무 급까지 올랐다.

엘린은 열아홉 살에 스칸디나비안 『플레이보이』 성인 잡지에서 일하는 빙고 리메르(Bingo Rimér)를 만났다. 빙고는 자칭 스웨덴의 휴 헤프너(Hugh Hefner)*라고 칭했다. 엘린의 자연스러운 사진을 보자마자 그녀가 머지않아 세계적인 모델이 될 잠재력을 알아봤다. 그는 엘린에 대해 철저하게 알아본 후 프로필 사진 촬영을 제안했고, 엘린이 이에 동의했다. 비키니를 입은 그녀의 사진이 『카페 스포츠』 잡지의 표지를 장식했다. 정작 엘린은 모델 일에 그다지 관심이 없었다. 그녀는 스웨덴에서 알아주는 대학 중의 하나인 룬드 대학에서 심리학을 전공하고 있었다.

1학년 여름방학 동안 스톡홀름의 한 부티크 숍에서 시간 근무를 하던 중 쇼핑하러 온 미아 파르네빅(Mia Parnevik)을 만났다. 파르네빅에게는 네 명의 자녀가 있

* 플레이보이 창시자.

었는데 아이들을 돌봐 줄 이를 찾고 있었다. 미아는 엘린의 자연스러운 친근함과 아이들과도 잘 지내는 모습이 좋았다. 부티크 숍에서의 둘의 인연으로 엘린은 시간 근무를 그만두고 파르네빅 가족의 유모를 하기 위해 플로리다로 떠났다. 파르네빅의 집에 있는 3천 평방피트의 게스트하우스에 머물며 파르네빅의 가족과 투어 출장에 동행한 것은 2001년 브리티시 오픈이 처음이었다.

엘린 노르데그렌에게 인생역전의 기회는 일상인 듯했다. 하지만 정작 엘린이 스코틀랜드에서 타이거 우즈와 맞닥뜨렸을 땐 그에 관한 관심은 조금도 없었다. 얼마 지나지 않아서 타이거는 중간에 다른 사람을 거쳐서 그녀에게 데이트 신청을 했다. 하지만 엘린 입장에선 별난 경우에다가 불쾌하기까지 했다. 게다가 엘린에게는 이미 스웨덴에 오래 사귄 남자친구가 있었고, 유명한 운동선수와의 관계는 그다지 관심이 없었다. 그녀는 전리품으로의 여자친구가 되고 싶지 않았으므로 타이거의 신청을 거절했다.

이 시기에 타이거의 주변에서 타이거를 향해 '아니오.'라고 거절하는 사람은 거의 없었다. 엘린은 일단 타이거가 그녀에 대해 알고 싶어 하는 것들을 모두 말해 주었다.

"타이거가 제게 사귀자고 했지만 저는 오랫동안 거절했어요. 저는 그렇게 쉽게 넘어가지 않았습니다."

하지만 타이거는 계속 엘린에게 연락을 취했으며, 예스페르 파르네빅이 전화를 받았을 때 옆에서 가만히 있질 못했다. 결국 타이거와 엘린이 만났을 때 타이거는 자신의 매력을 발산했다. 엘린이 웃을 수 있게 재미있는 이야기를 많이 했고, 그녀에게 즐거운 시간을 선사했다. 타이거 가까이에서 그녀는 걱정거리가 없었다. 그해 가을에 타이거는 엘린의 마음을 얻는 데 성공했으며 본격적으로 만남을 이어갔다. 초반에는 암암리에 데이트하곤 했다. 타이거는 최대한 그녀와의 연애 사실을 알리고 싶지 않았다.

"그녀가 타이거를 진지하게 만나기 시작했을 때 그녀는 아무에게도 말하지 말라는 불문의 계약을 한 셈입니다. 그레타 가르보(Greta Garbo)*가 된 듯했을 겁니다."

출판사의 래리 커시보움(Larry Kirshbaum)은 걱정거리가 쌓였다. 타이거가 프로 선언한 뒤 곧바로 워너 북스 출판사를 통해 골프 교습서와 자서전을 출판하기로 하고 2백만 달러로 계약했다. 그러나 첫 출판물이 4년이 지나도록 감감무소식이자 래리는 마크 스타인버그를 자신의 사무실로 불렀다. 그러고는 2001년 크리스마스 전까지 타이거의 책이 출판될 수 있는지 확인했다. 출판업계에서 알아주는 인물인 래리를 마크는 처음 만났다. 래리의 책상에서 미시건 대학의 훈장들이 눈에 들어왔다.

"설마, 울버린**인가요?"

마크가 물었다.

"하, 어디 대학 출신인가요? 슬리퍼리 록 대학?"

래리가 목소리를 키웠다.

"저는 패기 넘치는 일리니***입니다."

마크가 답했다.

래리는 아무 말 없이 마크에게서 등을 돌리고는 무릎을 꿇고 책장 아랫부분에 있는 오디오에 손을 가져다 댔다. 이미 마크의 뒷조사를 했던 래리는 1989년 대학농구 4강에서 일리노이팀이 미시건에 83대 81로 석패했던 사실을 알고 있었고, 역사상 가장 투지를 끌어올리는 응원가로 알려진 '빅터(The Victor)'를 틀었다. 마크가 두 손으로 양쪽 귀를 막자, 래리는 소리를 더 키웠다. 빅 텐****의 라이벌에게 이 노래는 손톱으로 칠판을 긁는 소리로 들렸을 것이다.

"아, 도저히 더는 못 듣겠습니다. 저 갈게요. 안녕히 계십시오."

* 스웨덴 출신의 할리우드 여배우로 엘린이 스웨덴 출신이면서 만인의 여인이 된 것을 비유.

** 미시건 대학의 마스코트.

*** 일리노이 대학의 애칭.

**** Big Ten, 미국 중서부 지역 대학에서 주요 스포츠 종목에 두각을 나타낸 10대 학교를 의미.

마크가 소리쳤다.

둘은 잠깐 사이에 크게 웃었다. 그리고 래리는 원하는 것을 얻었다. 마크가 래리의 주문을 타이거에게 전달하겠다고 약속한 것이다.

일단 『골프 다이제스트』에 꾸준히 게재되고 있는 타이거의 칼럼을 기본적인 내용으로 하고, 이야깃거리를 더하기 위해 편집자들이 타이거를 인터뷰하는 방법을 제안했다. 래리는 이를 긍정적으로 받아들였다.

2001년 여름에 마크는 약속을 지켰다. 《나는 어떻게 골프를 하는가?(*How I Play Golf*)》라는 제목의 책을 출간한 것이다. 마크의 요청으로 워너 북스 출판사는 나이키의 가장 최신 골프 라인 모자와 의류를 착용한 타이거의 사진을 표지에 넣었다. 가을에 출간을 계획하고 있었지만, 911 테러로 인해 래리의 입장이 난처했다. '계획대로 진행해야 할까?' 나라가 슬픔에 빠져 있을 때 사람들이 과연 골프 서적에 관심이 있을지 걱정이었다. 하지만 래리는 가을에 출판하는 계획을 밀어붙이기로 했다. 2001년 10월 9일, 타이거의 책이 서점에 진열되자 순식간에 하드 커버만 백만 부가 팔려나가 베스트셀러에 등극했다. 그의 명성은 위를 모르고 치솟고 있었으며 타이거가 손을 대는 모든 것은 금으로 변하는 듯했다.

"책 두 권을 내는 조건으로 2백만 달러에 계약했지만, 결과적으로는 너무 싼 조건이었습니다. 교습서부터 대박이 났으니까 말입니다."

래리가 털어놨다. 그리고 워너 북스 출판사는 타이거의 자서전 출판 권리도 소유하고 있었다.

2001년 12월, 엘린은 연말 휴가를 위해 고향인 스톡홀름을 찾았다. 집에 머무는 동안 빙고 리메르를 찾아가서 타이거 우즈와 좋은 만남을 이어가고 있다고 말했다. 빙고와 엘린은 가까운 친구가 된 시기였고 그는 그녀의 사진 몇 장을 미디어에 공개해야 할 것이라고 알렸다. 단 그녀는 개별적으로 엄선한 사진들만 공개하라고 요청했다.

엘린이 바다 건너에 있는 동안 타이거는 라스베이거스에 갔다. 스티브 윈의 벨라지오 호텔에 위치한 부자들을 위한 나이트클럽인 '라이트'의 개업 기념 VIP 파티에 초대받았다. 맨션에서 없어서는 안 될 타이거의 존재 때문에 벨라지오에서 타이거를 특별히 초대했고, 파티에서 모든 것을 무료로 이용할 수 있었다.

얼마 전까지 타이거는 찰스 바클리나 마이클 조던과 함께 '드링크'나 'P.F. 챙' 레스토랑에서 시간을 보내곤 했는데, 라이트는 새로운 세계였다. '타락의 도시'*에서 타락이 통하는 장소, 젊고 유행에 민감하며 현금이 차고 넘치는 이들이 고객이었다. 입장료부터 3백 달러인 최고급의 대우에 내로라하는 유명인사들과 시간을 보낼 기회의 장이었다. VIP가 눈빛만 보내면 직원들이 무대의 무희를 조심스럽게 데려와서 VIP의 자리에 앉힐 수 있었다. 라이트의 압도적인 성공 가도 덕분에 퓨어, 타오, 제트 같은 비슷한 콘셉트의 밤 놀이터들이 생겨나기 시작했다. 라이트보다 더 특별하게, 더 매력적인 클럽으로 뻗어 나갔다. 하지만 라이트의 개장은 카지노 산업이 처음 고급 나이트클럽을 이용하기 시작하며 돈 많은 유명인사의 밤의 비상구가 됐고, 타이거에게도 그리 어렵지 않게 최고의 목적지가 됐다. 타이거의 파티에 함께 있던 라스베이거스 내부자가 했던 말이다.

"완전히 미쳤고, 통제 불능이었습니다."

라이트 개장 며칠 후 타이거와 또 다른 유명 운동선수는 무대 뒤 구석의 VIP 자리를 잡았다. 가까운 자리에 매력적인 여자들이 파티를 즐기고 있었다. 잠시 후 직원이 여자들에게 다가가서 마술을 걸었다.

"타이거가 여러분을 초대했습니다."

갈색 머리 여자와 금발의 그녀 친구가 대포 소리에 놀란 것처럼 자리를 박차고 일어났다. 시간이 지나고 그들은 타이거와 다른 운동선수와 함께 벨라지오의 스위트 룸으로 올라가 온수를 채운 욕조에 넷이 옷을 벗고 들어갔다. 그리고 곧 타이거

* Sin City, 라스베이거스의 별명.

는 갈색 머리 여자의 손을 잡고 욕조에서 나왔다. 많은 침실을 두고 타이거는 여자와 함께 깜깜한 옷장 안으로 들어갔다. 갑자기 거칠게 나오는 타이거에 당황해서 여자는 그대로 뛰쳐나갔다. '그냥 침대로 데려가면 되는 거였잖아.' 그녀가 생각했다.

1998년부터 마스터스에 출전할 때에는 타이거는 오마라 부부와 함께 페기 루이스의 집을 숙소로 이용했다. 약간은 외진 곳이어서 은둔처 같았고, 오마라 내외가 항상 숙박비를 자급했다. 그리고 마크가 본선에 들지 못했을 땐 금요일 밤에 혼자 남았고 주말까지 그 집은 타이거의 공간이 됐다.

2002년에도 페기의 집에 머무르기로 했고, 특별히 엘린과 동행했다. 2주 전 올랜도에서 열렸던 베이힐 인비테이셔널에서 엘린은 처음으로 세상의 관심을 받는 곳에 올라서며 조용히 타이거를 응원했다. 하지만 타이거는 그녀와의 관계를 여전히 비공개로 하고 싶어 했다. 타이거 생각엔 페기의 집이 은신처로 적합한 곳이었다. 마크가 본선에 오르지 못하고 집으로 돌아갔고, 타이거와 엘린만 숙소에 있었다. 밖에 나가지 않는 대신 숙소에서 지내기로 했고 시선을 끌고 싶지 않았다.

타이거는 토요일 오전 4시 30분에 일어났다. 선두 비제이 싱과 여섯 타 차이라는 점에 생각을 집중했다. 그날 타이거는 66타를 기록하며 비제이 싱을 따돌리고 11언더 파 선두로 올라섰다. 그러고는 일요일에 비제이와 함께 타이거의 오랜 라이벌인 어니 엘스, 세르히오 가르시아, 필 미컬슨을 따돌렸다. 2년 연속이자 6년 동안 세 번째, 타이거는 마스터스 트로피를 들어 올렸다. 다른 선수들은 인정하고 싶지 않았지만 큰 대회에서 타이거와 만나기 껄끄러워했다. 타이거 특유의 살벌한 분위기로 경쟁자들을 쓰러뜨리는 모습에 위협을 느낄 정도였다.

스물여섯 살에 타이거는 벌써 메이저 7승을 달성하며 역사상 그 누구보다 더 빨리 이 기록을 작성했다. 더 대단한 것은 이제껏 출전한 메이저에서 우승 아니면 준우승이었다. 최종 라운드에서 우승경쟁에 있을 때 쉽게 나가떨어지지 않았다는 것이다. 이와는 대조적으로 잭 니클라우스는 스물여섯 살까지 메이저 대회에선 우승 없이 준우승 여섯 차례에 불과했다.

하지만 감정이 북받쳤던 1997년, 역사적인 2001년의 우승에 비해 이번 우승은 약간 일상 같았다. 평소처럼 그가 해 왔던 일에 대해 점점 커 가는 달성 목록에 있는 또 다른 항목을 꼼꼼히 살펴보는 듯하는 정도였다. 패기 넘치게 주먹을 불끈 쥐는 것 없이 오랫동안 묵묵히 바라보는 정도였다.

우승 시상 후 이어진 기자회견에서 한 기자가 물었다.

"오늘 저녁에 누구하고 어떻게 우승을 축하할 예정입니까?"

타이거는 그의 계획을 얘기하고 싶어 하지 않았다.

"그게 말이죠. 일단 저녁은 여기서 먹어야겠죠. 챔피언 만찬이요. 숙소로 돌아가면 짐부터 챙기고 내일 비행기 놓치지 말아야겠죠? 그래도 축하하는 시간은 가질 겁니다. 여러분께 공개하진 않겠습니다만, 네, 자축해야죠."

어지간한 자축의 흔적이었던 것일까? 다음 날 집에 돌아온 페기는 놀라지 않을 수 없었다. 그야말로 엉망이었다. 면도 크림이 침대 위에, 화장실 벽에 온통 철갑이었고 부엌은 무슨 전쟁이라도 벌어졌던 것처럼 난장판이었다. 페기는 청소부를 불러 정리를 부탁하고 자신은 호텔에 가야 할 정도였다. 몇 주 뒤, 전화 이용 영수증이 왔을 때 마스터스 주간에 스웨덴과 잉글랜드로 장거리 전화 이용 내역이 100달러 정도 나왔다. 너무 화가 난 페기는 처음이자 마지막으로 타이거의 사무실에 전화를 걸었다.

타이거가 페기의 집을 숙소로 이용하면서 비용을 냈다든지, 팁을 남기지 않았다는 것은 다른 문제였다. 그녀가 화를 냈던 이유는 기본적인 존중이라던가 감사 인사 한마디 없었기 때문이었다. 매년 마스터스가 끝나고 집으로 돌아오면 그녀의 물건들이 손상되거나 파손되곤 했다. 그런데도 타이거는 사과하거나 새로 바꿔주겠다는 말 한마디 하지 않았다. 타이거의 사무실 직원이 수화기를 들자 페기는 감정을 드러내며 말했다.

"앞으로 우리 집을 이용하지 못하게 하겠습니다."

타이거의 직원에게 말하며 작은 것부터 차근차근 고충을 늘어놓았다. 언젠가 자신이 애지중지하던 하얀 이불에 피 얼룩이 진 채로 타이거가 잤던 방바닥에 굴러다녔던 것부터 새로 들여온 지 얼마 안 된 식탁에 담뱃불 자국이 사방에 나 있어서 결국 새로 바꾼 것까지 이야기했다. 오마라 가족이 이 소식을 듣고는 식탁을 바꿔줬다. 페기가 집에 돌아왔을 때 아무 사고가 없었던 해는 2000년이었다. 타이거가 조애나 자고다와 사귀고 있을 때였다. 그리고 유일하게 페기가 감사 편지를 받았던 해였다.

'이렇게 아름다운 집을 빌려주셔서 진심으로 고맙습니다. 다음에 또다시 와서 지낼 수 있으면 좋겠습니다. 조애나.'

타이거에게서 받은 것이 아닌 조애나로부터였다.

"저희가 사과의 의미로 꽃바구니를 보내드리도록 타이거에게 말해놓겠습니다."

타이거 사무실 직원이 말했지만 다소 늦은 감이 없지 않았다.

심지어 어떤 일요일에는 타이거가 집을 비워주지 않아서 페기는 호텔로 갔어야 했다. 이 때문에 화가 났으나 타이거는 역시 따로 금전적인 대가를 지급하지 않았다.

결정적으로 국제전화를 사용한 점이 그녀를 폭발하게 했다. 타이거보다 더 돈을 많이 버는 운동선수는 세상에 없을 정도였다. 그런데 국제전화를 어디에 걸었고 대충 얼마 정도였을 것이어서 남겨놓고 간다는 메모 한 장이 그렇게 어려웠을까?

"청구서 복사하시고 여기로 보내주세요."

타이거의 사무실 직원이 상투적인 말투로 답했다.

며칠 뒤 페기는 타이거 사무실에서 온 꽃바구니를 하나 받았다. 그리고 봉투도 동봉되어 있었다. 열어보니까 전화요금 청구서 복사본과 수표가 한 장 들어 있었다. 엘린이 걸었던 통화 목록이 형광펜으로 표시돼 있었고, 수표에는 표시된 통화 목록에 대한 정확한 금액이 적혀 있었다. 1센트도 틀리지 않았다.

타이거가 배려에 대한 보상이나 사과, 감사에 인색한 이유는 그의 비뚤어진 가정교육 때문이었다. 어머니는 타이거를 왕자처럼 애지중지하며 키웠고, 아버지는 '고맙습니다', '미안합니다'라는 말을 거의 사용하지 않았다. 타이거는 이를 어릴 적부터 알게 됐고, 그가 필요한 것만 그의 눈에 들었을 뿐이었다. 미안해하지 않는 마음의 자기중심적 태도는 골프의 성공에서 매우 중요한 부분을 차지했지만, 다른 사람들에게는 그를 바라보는 데에 굉장한 충격이었다. 안타깝게도 타이거는 후자에 대해서 크게 관심이 없는 듯했다. 간단하게 인정하고 감사 표시만 했더라면 페기 루이스 같은 사람들이 평생 그를 우러러봤을 것에는 의심의 여지가 없다.

타이거는 만달레이 리조트 앤 카지노의 주사위 도박* 자리에 앉아 있었고, 엘린이 그 뒤에 서 있었다. 주사위 두 개가 타이거의 손에 들려 있었고 형형색색의 카지노 칩 더미가 그의 앞에 있었다. 경호원들이 귀에 이어폰을 끼고 두 팔을 옆으로 최대한 뻗으며 엄청난 규모의 구경꾼들을 제지하고 있었다. 마치 섬에 혼자 있는 것처럼 타이거는 떠들썩한 분위기에 개의치 않고 주사위를 던졌다. 4월 19일 금요일, 자정에 다가가는 시간이었고, 타이거 잼(Tiger Jam)이 시작하기 전에 타이거는 엘린에게 라스베이거스가 어떤 곳인지 살짝 보여주고 싶어 했다. 타이거 잼은 매년 개최하는 자선 기금 조성을 위한 콘서트로 배우, 음악가, 운동선수들이 한자리에 모여 타이거를 격려하는 자리였다.

드디어 찰스 바클리가 나타났고 고개를 끄덕이며 미소를 보이고는 큰 소리로 말했다.

"필(미컬슨)이나 다른 내로라하는 선수들하고 볼 좀 쳐 봤는데, 타이거는 그 자식들이 못 하는 것들을 하더군요. 그들은 타이거 앞에 서면 작아집니다. 쫄아도 어쩜 그렇게 쫄아요? 검은 예수가 그들을 두렵게 하는 겁니다."

* 주사위 두 개를 던져서 특정 숫자에 따라 승패가 갈리는 게임.

엘린은 그 말에 고개를 끄덕였다. 스웨덴에서 심리학을 배우던 그런 분위기하고는 전혀 다르지만, 그녀는 사랑에 빠져 있었다.

얼마 지나지 않아, 온라인 세상은 빙고 리메르와 찍었던 엘린의 선정적인 사진들로 뜨거웠다. 그중에서도 무더운 날씨에 상의를 벗고 가슴만 가린 사진은 압권이었다. 가판대의 선정적인 신문들은 음란한 제목을 붙이며 그녀를 타이거의 '요염한 스웨덴 여자'라고 일컫곤 했다. 『뉴욕 포스트』는 그녀를 두고 당시 미국의 섹시 아이콘인 파멜라 앤더슨(Pamela Anderson)과 신디 마골리스(Cindy Margolis)와의 오묘한 조합이라고 칭하기도 했다. 한편 스웨덴에선 가판대의 선정적인 일간지들이 도를 넘어서 나체의 사진을 싣고는 엘린의 사진이라고 우겼다. 타이거는 이에 맞서 공식 입장을 내고, 그녀는 카메라 앞에서 전라의 포즈를 취한 적이 없고 앞으로도 없을 것이라 못 박았다.

"그녀가 타이거와 금방 사귀기 시작하지 않은 이유는 그녀가 유명한 사람의 여자친구가 되고 싶지 않았기 때문입니다. 엘린은 영리하고, 또 지성 넘치는 가정환경에서 성장했습니다. 쉬운 여자는 절대 아닙니다. 그녀에게는 꿈이 있었고, 타이거의 팔에 붙은 장식으로 보이고 싶지 않았을 겁니다."

빙고 리메르가 솔직하게 말했다.

하지만 엘린은 타이거의 팔에 붙어 있었다.

CHAPTER TWENTY-ONE

변화 II

2002년 뉴욕주 롱아일랜드 베스페이지 스테이트 파크에서의 US 오픈의 분위기는 애당초부터 골프 대회라기보다 뉴욕 자이언츠 풋볼 경기가 열리는 미도랜즈 스타디움 같았다. 뉴욕의 골프 팬들은 소란스럽게 소리를 질렀고, 선수 이름을 외치며 응원을 펼쳤다. 이 소음의 데시벨은 타이거가 평생 접해보지 못했던 수준이었다. 그러나 정작 가장 시끄러운 기립박수는 타이거를 위한 것이 아니라 세계 랭킹 2위의 필 미컬슨을 위한 소란이었다. 타이거는 필 미컬슨을 그다지 좋아하진 않았으므로 그를 일상적으로 '허풍쟁이 필'이라며 깎아내리곤 했다. 경쟁자를 대하는 타이거만의 방식이었다. 적절하게 거리를 두면서 상대 선수에게 자신이 우위에 있음을 과시하는 것이었다. 이제 막 서른두 살이 된 필은 아직 메이저 트로피를 들어 올린 적이 없지만, 타이거 입장에서 필은 분명 강력한 라이벌이며 주시해야 할 선수임엔 분명했다.

타이거의 필에 대한 폄훼는 심지어 코스 밖에서도 드러났다. 필은 남녀노소 누구나 좋아하는 선수였다. 그의 서민적인 이미지는 많은 투어 선수들을 비롯해 타이거 역시 가식적이라고 여겼다. 필의 매력적인 부인과 두 딸은 투어 대회에서 종종 나타나곤 했다. 베스페이지에서의 최종 라운드 15번 홀 티샷을 위해 세트업에 들어갔던 필은 '미컬슨 가자!'의 응원 소리가 너무 커서 볼에서 잠시 물러날 정도였다. 필의 생일이었으므로 17번 홀에선 결국 팬들이 생일축하 노래를 불렀다.

반면 경기 감각의 날이 서 있던 타이거는 처음부터 마지막까지 선두를 지키며 필에게 역전에 대한 희망을 허용하지 않고 압도했다. 타이거를 응원하는 이들이 있었지만, 타이거는 그의 라이벌인 필처럼 응원에 눈길조차 주지 않았다. 우승 트로피를 들어 올릴 때까지 타이거의 표정은 냉혈한 같았다. 타이거의 언짢은 듯한 태도를 『SI』 지의 마이클 실버(Michael Silver) 선임기자는 이렇게 적었다. '세상에, 그 어느 프로 골프선수가, 아니 프로 선수가 경기에 임하는 동안에 저리도 섬뜩한 표정을 지을 수가 있는가?'

어찌 보면 우승은 정해져 있다는 안일함에 젖어 있을 수도 있었다. 타이거가 메이저 8승을 이룰 때까지 총 22차례 출전했다. 하지만 잭 니클라우스는 35개 대회 출전해서야 같은 승수에 도달할 수 있었다. 베스페이지에서의 업적으로 타이거는 지난 열한 번의 메이저 출전 중 7승을 가져갔다. 사실상 타이거에 대적하는 이는 없는 것이나 마찬가지였다. 타이거를 부추기는 동기는 다름 아닌 끊임없이 더 나아지고픈 집념이었다. 이 무렵 아주 깊은 곳에서부터 타이거와 부치 사이에 천천히 균열이 가기 시작했다. 겉으로는 서로 잘 지냈으나 부치의 철학에 대해 타이거는 조금씩 흥미를 잃기 시작했다. 부치의 생각에 타이거는 근본적으로 스윙을 완성했다고 여겼다. 그러므로 자신의 역할은 그냥 간간이 섬세하게 다듬어서 유지하는 역할이었다. 264주 동안 세계 랭킹 1위 자리를 지키고 있는 선수에게 큰 변화를 줄 필요가 없었다.

그렇지만 '유지'라는 단어는 타이거가 싫어하는 말이었다. 그는 알아내지 못한 것을 찾기 위해 꾸준히 노력하는 스타일이었다. 심지어 그의 친구들조차 주변에 함께하기 어렵고 멀어지게 되었다. 찰스 바클리가 언젠가 했던 말이다.

"역대 가장 위대한 골프선수가 되려는 데에 몰두했습니다. 그다지 친근한 사람은 아니었던 것 같습니다. 골프는 그냥 경기일 뿐이잖아요. 그런데 자신의 모든 삶이 골프에 치중돼 있고 얼마나 잘하고 있는지 따지기 시작하면 부정적인 태도도 나타나기 마련입니다. '난 잘하고 있어.'라고 생각할 수도 있었습니다."

부치는 찰스의 의견에 어느 정도 수긍했다. 다만 부치는 타이거와 직접 일을 하는 관계에 있었다. 그리고 부치가 느끼기에 타이거가 완벽함에 집착하는 정도가 부치와 일하는 다른 선수들보다 더 간절했다. 그래도 타이거가 했던 정도를 자신이 가르쳤던 다른 선수들도 할 수 있을 것이라 기대했다. 하지만 정작 타이거의 적수가 거의 없게 되자 맥이 빠졌고 힘들었다.

US 오픈 우승 두 달 뒤 타이거는 PGA 챔피언십의 개최 코스인 헤이즐틴에서 부치를 냉대했다. 이미 며칠 전에 타이거는 부치에게 전화를 걸어 둘의 관계가 정리될 것임을 암시했다.

"저기, 이제 저는 진짜로 저 혼자 한번 해 보고 싶습니다. 그동안 제 스윙에 대해 도와주시고 결과물을 만들어 주셔서 고마웠습니다. 이제 스스로 제 길을 찾아가려고요."

타이거가 말했다.

타이거가 그런 말을 하려고 용기내어 전화한 것에 부치는 많이 놀랐다.

"골프장 안에서 그놈은 상대하기 까다로운 건 분명합니다. 그렇지만 상대의 눈을 바라보면서 뭔가를 말하는 데에는 호구였거든요."

부치가 2017년에 했던 말이다.

PGA 챔피언십 주간에 타이거는 연습장에 있었고 부치가 그에게로 다가갔다. 타이거는 부치를 완전히 무시한 채 자신의 스윙에만 열중했다. 등에 칼을 찔린 듯 부치는 그 자리를 떠났다. 그렇게 9년 동안의 두 사람 관계는 간단하게 끝났다.

부치 하먼과의 관계 정리와 함께 타이거의 유례없는 우승 기근이 시작되었다. PGA 챔피언십에선 한 타 차이로 준우승에 머물렀다. 이후 메이저에서 우승하기까지 34개월이 걸렸다. 타이거의 부상도 무관이 길었던 이유 중 하나였다. 2002년 말, 타이거는 유타주 파크 시티로 가서 무릎의 양성 종양과 염증을 제거하는 관절경 수술을 받았다. 수술 중에 집도의였던 토마스 로센버그(Thomas Rosenberg)와 번 쿨리(Vern Cooley)는 타이거의 앞쪽 십자인대가 손상된 것을 발견했다. 수술 후 집도의는 타이거에게 인대가 20퍼센트 정도만 남았다고 알렸다. 타이거는 당연하다는 듯 질문을 했다.

"얼마나 버틸 수 있나요?"

집도의는 이에 대한 답변 대신에 완전히 손상되는 것은 시간문제이며 그때 가면 더 큰 수술을 해야 한다고 조언했다. 그래서 타이거는 자신의 스윙에 대한 접근 방식을 바꿔야 했다.

마크 오마라는 파크 시티에 임대한 콘도가 있었고, 타이거를 파크 시티에 있는 병원에 소개했다. 그리고 수술 후에 근처 콘도를 같이 임대한 마크의 스윙코치 행크 헤이니(Hank Haney)를 타이거에게 소개했다. 대화의 주제는 재빠르게 타이거의 십자인대가 됐고, 이로 인한 문제가 무엇인지 이야기했다.

"스윙을 바꿔야겠군요."

타이거가 행크에게 말했다.

2003년 시즌의 처음 다섯 개 대회를 건너뛰는 동안 타이거는 과감하게 재활에 몰두했다. 그 결과 2월 중순의 뷰익 인비테이셔널에 복귀했다. 약한 통증이 있었지만, 우승 반열에 올랐다. 닛산 오픈에서 5위에 오른 데 이어 WGC 액센추어 매치플레이와 베이힐 인비테이셔널까지 우승 트로피를 가져갔다. 2003년 마스터스를 앞두고 타이거는 최고의 영예인 그린 재킷을 3년 연속으로 걸칠 수 있는 분위기였다. 그러나 경기에 임하는 동안 타이거는 마스터스 우승 트로피를 위해 자신의 고통과 무릎을 걸었다. 이는 부상을 더욱 악화시키는 셈이었다. 거기에 중량 운동을 다시 두 배로 늘려 아침과 저녁에 반복했다. 한 번에 90분까지 소요했다. 이로 인해 어깨와 가슴 근육이 더 발달했고 그의 골프스윙에도 영향을 끼쳤다. 스윙코치였던 부치가 없는 상황에서 타이거는 스스로 문제를 해결하기 위해 노력했다. 골프 대회에선 캐디의 의견을 무시했다. 오거스타에서 선두와 세 타 차이로 최종 라운드를 시작했는데, 3번 홀에서 스티브의 의견을 뿌리치고 드라이버를 꺼내 들었다. 하지만 오른쪽으로 많이 벗어나는 샷이 나오면서 더블보기를 기록했다. 그 이후 두 시간 동안 타이거는 스티브와 한마디도 하지 않았다. 9번 홀 페어웨이에서 스티브가 폭발했다.

"고개 좀 쳐들고 어른답게 행동하라고, 좀! 내가 클럽 준 것 때문에 더블보기 나왔다고 하면 나도 납득하겠어. 그래도 제발 거지 같은 샷 치고선 잘못된 클럽 선택이었다고 지껄이진 말자고."

타이거는 아무 말 하지 않았다.

"유치하게 구는 것 좀 그만하고 잘해보자니까!"

스티브가 다시 말했다.

타이거는 공동 15위로 대회를 끝냈다.

둘의 관계는 다시 좋아지긴 했다. 하지만 부치와의 결별은 그와 오래 지냈던 사람들을 내보내는 시점이 임박했음을 뜻했다. 1997년 1월, 타이거가 프로 선언하고 두 달 정도가 지난 시점에서 나이키는 그레그 나레드(Greg Nared)를 회사 사무실과 타이거를 연결하는 연락책으로 정했다. 그레그는 공식적으로 나이키 골프의 사업부 부장이었지만 회사의 선수 홍보 프로그램에 대해 포괄적인 업무를 하고 있었다. 비공식적으로는 선수의 컨시어지를 도맡아 하는 '누구누구의 남자' 프로그램 업무를 맡고 있었다. 그 당시 그레그는 마이클 조던과 켄 그리피 주니어의 '남자'였다. 거기에 타이거의 '남자'까지 맡으면서 그레그는 타이거의 의류, 신발, 장비, 광고 섭외와 제품 부서에 대한 직통 연락책이었다. 거기에 타이거의 스케줄과 나이키 관련 행사 및 광고 출연, 스폰서 기업 선정도 그가 맡고 있었다. 타이거가 뭘 하고 어디로 가면 되는지, 인터뷰나 사진 촬영 시간이 계약보다 더 지연될 때 끊을지 말지를 결정하는 것 또한 모두 그레그의 몫이었다.

"타이거에 대한 모든 건 그레그를 거쳐야 했습니다. 제가 전화기를 들고 마크 스타인버그에게 전화한다고 해결될 일이 아니었습니다. 그레그가 그 '남자'였습니다."

나이키 골프의 마케팅 이사로 근무했던 크리스 마이크의 이야기였다.

훤칠한 키와 잘생긴 외모의 아프리카계 미국인인 그레그는 나이키에 입사하기 전에 메릴랜드 대학 농구팀에서 선발 포인트가드였다. 여러 방면으로 그레그의 일은 그와 잘 맞았다. 그로 인해 그는 타이거의 최측근이기도 했고, 타이거의 희롱 섞인 농담을 웃음으로 받아들이곤 했다. 타이거가 망치라면 그레그는 못이었다. 그레그는 그가 맡은 선수의 괴롭힘을 끊임없이 감내해야 했다. 갑작스러운 명성과 부유함에 어쩔 줄 모르는 타이거를 험난한 세상에서 적절하게 이끌어주는 중요한 역할을 맡아서 모든 것을 진지하게 받아들였다. 예를 들어 방수 상의를 고를 때 기능 면에서 최고의 품질이면서 자신의 스윙을 방해하지 않는 제품을 까다롭게 고르는 것처럼 지나친 요구를 하는 것은 조금도 놀랄 일이 아니었다. 그리고 제품에 대한 반응 또한 고스란히 그레그가 받아야 했다. 나이키에선 타이거의 의견을 거스를 수 없었다.

이 모든 과정에서 그레그는 비난을 홀로 받아내고 타이거를 형제처럼 감쌌다. 하지만 회사와의 연결고리와 타이거에 대한 인내심이 차츰 엷아지기 시작한 것을 타이거가 알아채면서 결국 이 형제애에도 금이 갔다. 그가 나이키에 요구하고 제안한 것들에 대한 나이키의 대응이 시원찮았다. 1년 안으로 타이거는 모조리 뜯어고치기로 다짐했다. 이 소식을 그레그에게 전달하는 일을 켈 데블린에게 맡겼다.

"이제 더는 타이거의 '남자'가 아니라고 타이거가 직접 말하지 않고 제가 얘기해야 하는 게 힘겨웠습니다. 절대 유쾌하지 않았습니다."

켈 데블린이 회고했다.

스탠퍼드 시절부터 타이거에게는 차가운 면이 있었고 사람들을 가까이 들이지 않았다. 부치나 그레그는 타이거와는 웬만큼 잘 알고 지냈을 것이다. 하지만 마크 오마라나 마크 스타인버그를 빼고 1996년부터 2003년까지 타이거와 일대일 시간을 오랫동안 겪었던 사람은 그의 스윙코치나 개인 비서 외엔 없을 것이다. 그들을 팀에서 솎아낸 것은 마치 고속도로의 곡선 구간에 있는 보철을 제거하는 듯했을 것이다.

2003년에 타이거는 그래도 5승을 챙기긴 했지만 3월 이후에 간신히 2승을 거뒀다. 그리고 메이저 대회들에서 타이거는 우승경쟁조차 하지 못했다. 뭔가 맞아떨어지는 것이 없다는 것을 타이거도 알고 있었다. 마크 오마라도 비슷한 상황이었다. 하지만 마크는 이에 대해 어떻게 대처할지 입 밖에 낼 적절한 순간을 찾고 있었다. 그러던 중 2004년 초 타이거의 전용기인 걸프스트림 G500을 타고 중동에 가서 두바이 데저트 클래식에 나갔다. 마크는 5년간의 공백을 뚫고 대회에서 깜짝 우승을 차지했다. 마지막 라운드 18번 홀 그린에서 걸어 나올 때 타이거가 그를 맞이하며 말했다.

"당신이 행복한 만큼 저도 기쁩니다."

'타이거에게서 그런 말을 듣다니.' 이 발언은 엄청난 파장을 낳았다. 타이거는 평소 다른 사람들 생각을 하지 않는다는 것을 마크는 너무 잘 알고 있었다. 자신감 충만한 마크는 끝내 자신의 의견을 말하기로 다짐했다. 돌아오는 비행기에서 마크가 입을 열었다.

"타이거, 당신의 골프를 도와줄 누군가를 알아봐야 하지 않을까요?"

그 말을 기다렸다는 듯한 표정을 지으며 타이거가 물었다.

"누가 좋을까요?"

마크는 부치의 동생 빌리를 추천했지만, 타이거는 망설임 없이 거절했다. 전 코치의 형제와 얽히는 것은 여러모로 복잡해질 여지가 있었다. 몇 명의 명성 자자한 코치들이 언급되었지만, 타이거는 모두 마음에 차지 않았다. 끝내 마크는 그가 지금 함께하고 있는 스윙코치를 언급했다.

"타이거, 내 친구이자 오랜 스윙코치인 행크는 어떤가요? 내 스윙코치여서가 아니라 세계 최고의 코치일 겁니다."

"네, 저도 알아요. 내일 전화 한번 해 보려고요."

타이거가 답했다.

행크 헤이니(Hank Haney)와 타이거의 첫 대면은 1993년 타이거와 아버지가 바이런 넬슨 대회에 출전하기 위해 댈러스를 방문했을 때였다. 타이거는 열일곱 살의 아마추어였고, 스폰서 초청으로 대회에 나갈 수 있었다. 같은 시기에 행크는 트립 퀴니와 그의 남매 개인 교습가로 있었다. 트립 남매의 아버지가 타이거와 얼을 데리고 행크의 연습 시설이 있는 댈러스 북쪽에 갔던 적이 있었는데, 무척이나 싸늘한 만남이었다. 타이거의 경기에 칭찬을 아끼지 않으며 행크가 악수를 청했다. 그러나 타이거는 하는 둥 마는 둥 손을 잡으면서 말 한마디 하지 않았다. 심지어 얼은 행크에게는 관심이 없어서 인사조차 건네지 않았다.

3년 뒤 타이거는 아일워스로 이사했고, 행크는 타이거와 연습장에서 종종 마주치곤 했다. 행크는 마크 오마라의 스윙을 봐 주고 있었는데 끝난 후에 저녁 자리에 함께하곤 했다. 대회장에서도 타이거와 마크, 부치와 행크가 함께 연습 라운딩을 했던 시간도 빈번했다. 하지만 정작 행크는 자신이 그토록 위대한 골프선수라 여겼던 이가 자신에게 스윙코치를 부탁하리라고는 상상도 못 했다.

타이거와 마크가 두바이에서 돌아온 뒤 얼마 지나지 않아 마크의 에이전트인 피터 말릭(Peter Malik)이 행크에게 전화를 걸어 곧 중요한 전화를 받게 될 거라고 알렸다. 그리고 다음 날인 2004년 3월 8일, 행크가 자신의 아버지와 텍사스 플래노에서 저녁 식사 중일 때 휴대전화가 울렸다.

밖으로 나가서 전화를 받자 타이거의 목소리가 들렸다.

"안녕하세요, 타이거입니다."

"어, 그래요?"

행크가 답했다.

본론에 충실한 타이거이기에 잡담 따위 없이 하고 싶은 말을 했다.

"행크, 제 골프 게임에 도움 좀 주실 수 있을까요?"

"아, 물론이죠. 좋습니다."

행크는 끓어오르는 감정을 누르며 답했다.

타이거는 월요일 아침에 아일워스에서 만나고 싶다고 요청했다. 통화는 그냥 3분 정도로 끝났고 많은 생각이 행크의 머리를 스쳤다. '복권 당첨인가? 적잖은 명성도 얻을 거야. 유명해질 거라고. 이 궁극의 학생을 위해 내 모든 노력을 쏟아야겠지? 그러면 이 선수는 성적으로 증명할 거라고.'

몇 분 뒤 행크는 식사 자리로 돌아와서 아버지에게 소식을 알렸다. 평생 잭 니클라우스의 팬이었던 그의 아버지는 허허 웃으며 말했다.

"그게 말이다. 내가 보기엔 진짜 어려운 과업이겠구나. 한 번 더 생각해도 맡겠니?"

한 달 전 타이거는 케이먼 군도에 법인을 설립했다. 그리고 이를 통해 155피트 전장의 요트를 한 대 구매했다. 케이먼 군도의 회사 이름도 프라이버시 유한회사로 정했고, 요트 이름도 프라이버시로 지었다. 법률 서류에 의하면 프라이버시는 오로지 우즈 가족의 휴가를 위해, 유명인사로의 고됨에서 벗어나고 휴식을 위한 용도라고 기술했다. 이 시기에 타이거에게 가장 가까운 가족은 엘린이었다. 아일워스에서 같이 지내고 있었고, 결혼을 전제로 약혼까지 했다. 그러나 타이거는 약혼한 사실을 국가기밀처럼 숨겼고, 타이거의 가족과 측근 몇 명만 기밀을 유지하는 조건으로 둘의 약혼을 알고 있었다.

엘린이 타이거와 함께 있는 시간이 늘어나면서 타이거의 유명세와 타이거의 사생활 지키기 강박 증세가 엘린에게 전염되기 시작했다. 자연스레 서로를 의지하기 시작하면서 더 보호를 받았고 더 베일에 싸였다. 어쨌든 엘린은 타이거의 절대적임을 믿었고 그의 직업 철학을 전적으로 존경했다. 대회에서 우승하고 그의 후원기업들과의 약속을 이행하고, 방송 출연하고, 광고 촬영하고, 행사에 참석하는 일상이 끊임없었다. 엘린과 본격적으로 만나기 시작하고 3년 동안 후원기업과의 계약금으로 2억 달러를 벌었다. 그리고 그에 따른 어마어마한 요구들을 이행해야 했다. 어느 정도 그의 형편을 공감하기에 엘린은 타이거가 요트로 피하고픈 마음을 조금은 이해할 수 있었다. 프라이버시는 그에게 필요했다.

아주 극소수의 사람들만이 요트에 초대를 받았다. 엘린, 타이거와 함께 승선했던 사람 중 다이빙 강사였던 허브 수그덴이 있었다. 엘린에게 다이빙을 가르치는 것 말고도 타이거에게 작살 낚시를 가르쳤다. 조금만 알려줬을 뿐인데 타이거의 운동 수행 능력이 남다른 것을 알아차리고는 허브는 타이거에게 작살총만 건네고 나머지는 타이거가 알아서 하게 됐다.

"특별히 가르칠 필요가 없었습니다. 제가 기본적인 몇 가지만 알려주면 타이거는 금세 습득해서 실행하고 성공시킵니다. 저보다 작살 낚시를 더 잘하더군요. 대단한 사람입니다."

허브가 말했다.

타이거는 허브를 무척 좋아했고 그를 특별하게 대우했다. 더 험난한 모험을 갈망하고픈 마음이 있어서 타이거는 허브에게 수중 동굴 다이빙을 가르쳐달라고 했다. 스쿠버 다이빙 중에서 제일 위험한, 물속의 동굴을 헤엄치며 다니는 것이다. 허브는 처음에는 우려했다.

"타이거는 그때 최정상 아니었습니까? 그는 출전하면 우승했죠. 그렇지만 수중 동굴 다이빙은 위험합니다. 지하 세계의 물속을 헤엄치는 겁니다. 숨 쉬는 공기는 등에 짊어진 산소 공급 통뿐입니다. 그 동굴을 나오는 방법은 들어갔던 곳으로 돌아오는 것뿐이고요. 방향을 잃을 수 있습니다. 목숨까지 위협할 수 있지요."

허브가 회고했다.

타이거는 망설이지 않았다. 스쿠버 다이빙에서 그랬던 것처럼 수중 동굴 다이빙도 금세 고급 단계까지 터득했다. 타이거가 일반 사람들보다 호흡을 더 오래 가져갈 수 있는 점이 큰 도움이 되었다. 그런데도 타이거가 계약한 보험사에선 수중 동굴 다이빙을 싫어했다. 보험 재계약할 때 타이거는 허브를 보험사에 대동했다. 허브는 보험사를 상대로 수중 동굴 다이빙에 대한 안전성을 설명하느라 애를 먹었다고 이후에 털어놓았다.

2004년 3월 15일, 타이거는 자신의 집 입구에서 골프클럽으로 빈 스윙을 하고 있었다. 바로 옆에는 맞춤 제작한 타이거의 골프 카트가 있고 클럽 백이 카트 뒤에 걸려 있었다. 행크와의 첫 레슨을 위해 기다리고 있었다. 행크가 렌터카를 몰고 와서 차를 세웠고, 타이거는 다가가서 먼저 인사를 건넸다.

"함께할 시간이 기대되는군요."

행크가 화답했다.

타이거는 단도직입적으로 행크에게 자신이 원하는 것과 기대하는 것을 말했다. 사실 타이거는 행크와 마크 오마라와 함께 있을 때 지척에서 많은 시간을 관찰했다. 첫 레슨 시작 전에 행크의 몇몇 접근방식에는 동의할 수 없다는 자신의 의견을 피력했다. 타이거의 이런 행동은 곧 자신에게 신뢰감을 줘야 한다는 것임을 행크는 짐작할 수 있었다.

타이거는 행크를 카트에 태우고 연습 레인지 구석진 곳으로 향했다.

"저는 모든 상황에서 한결같은 움직임을 유지하고 싶습니다. 메이저 대회에서 최종 라운드인 일요일 후반 나인 홀 경기에 기회가 있었으면 좋겠습니다. 제 경기력의 날이 서 있을 때 기회를 노린다기보다 항상 기회를 만들고 싶습니다."

카트를 운전하며 타이거가 행크에게 솔직하게 말했다.

행크는 타이거가 세계적인 수준의 골프선수 이상임을 감지했다. 타이거의 골프 게임은 물론이고 그의 골프클럽까지 모조리 숙련됐고 위협적이라고 느꼈다. 일례로 나이키 드라이버에 대한 일화가 있다. 켈 데블린에 따르면 티타늄 재질의 드라이버 시제품을 타이거에게 보내 시험할 수 있게 했던 적이 있다. 총 여섯 개의 드라이버가 배달되었다. 타이거는 일일이 시타를 해 보고는 켈에게 약간 무거운 것 하나가 자신이 쓸만하다고 의견을 보냈다. 켈은 여섯 개의 드라이버 모두 똑같은 무게로 제작된 것이라고 했지만 타이거는 여섯 개 중 하나의 무게가 더 나간다고 끝까지 의견을 고수했다. 켈은 타이거가 잘못 알고 있다는 것을 증명하기 위해 시제품 모두 나이키 연구소에 있는 포트워스의 디자인 전문가에게 보냈다. 무게를 측정하기 위해서였는데 다섯 개의 드라이버 무게는 모두 같았지만 하나만 2g이 더 나갔다. 드라이버를 분해했을 때 한 엔지니어가 따로 노는 티타늄 조각들을 붙이기 위해 살짝 덧댄 점액질이 안쪽에 있었다. 살짝 묻힌 점액질의 무게는 1달러 두 장의 무게였다. 하지만 그러한 미세한 차이도 그의 손에서 모두 다 감지됐다는 것이다.

행크는 이에 관한 이야기를 알고 있었기에 타이거를 단순히 그의 학생이라고 단정하지 않았다. 타이거가 그를 시험한다는 것을 알고 있었고, 괜히 날을 세워서 타이거와 맞서고 싶지 않았다. 타이거가 볼을 몇 개 치기 시작하면서 다운스윙에서 상체 회전의 빠르기가 일정하지 않은 점을 지적했다. 그리고 주안점을 둔 다른 하나는 스윙하는 동안 타이거의 눈높이가 일정하게 유지되도록 하는 것이었다. 타이거가 뿜었던 집중력은 행크가 평생 경험해보지 못했던 그것이었다. 이렇게 행크는 타이거와의 첫 레슨을 자연스럽게 진행했다.

그렇게 첫 레슨을 끝내고 나서 숙소로 돌아왔을 때 타이거는 부치와 같은 수준으로 행크에게 1년에 5만 달러씩 지급하기로 계약하고 타이거가 메이저에서 우승하면 2만 5천 달러의 보너스를 지급할 것을 계약서에 명시했다.

같은 주간에 타이거는 베이힐 인비테이셔널에 출전했다. 1라운드 출발은 좋았지만 이후에 74, 74, 73타로 흔들리며 공동 46위 성적으로 마쳤다. 대회 후의 기자회견에서 타이거는 주초에 있었던 세션이 무척 만족스러웠고 대회에서 자신의 성취도는 90퍼센트라고 밝혔다. 하지만 타이거가 공석에서 밝혔던 것과 타이거의 속내는 거의 항상 미묘한 차이가 있었다.

대회가 끝난 다음 날 두 번째 세션을 위해 행크는 다시 아일워스를 찾았다. 타이거는 일찌감치 연습장으로 가서 볼을 치고 있었다. 행크가 티를 주웠는데도 타이거는 눈길조차 주지 않았다. 그리고 베이힐에서 타이거의 스윙에 대한 몇 가지를 얘기한 동안에도 타이거는 무반응이었다. 좋았던 부분에 대해서 얘기를 해도 타이거는 행크의 말을 아예 못 들은 듯한 태도였다. 그렇게 침묵은 타이거의 또 다른 대화 수단이기도 했다. 또 상대의 나약함을 판단하는 그만의 방법이기도 했다.

행크가 결국 목소리에 힘을 실었다.

"지금 뭐 하는 건지 모르겠지만, 내가 있어야 할 자리를 밀어내려고 하는 것 같은데, 타이거가 더 좋은 골프를 위해 어떤 게 필요한지 내가 잘 안다고. 당신이 어떤 계획을 세워야 할지 알고 있어. 그러니까 내 자리 비울 생각은 꿈에서도 하지 말라고."

타이거는 여전히 행크를 인정하지 않았다. 하지만 행크가 몇 가지 새로운 포인트를 꺼내자 깊은 관심과 함께 그만의 정교함으로 터득했다. 결국 두 번째 레슨은 그렇게 알차게 지나갔다. 다음 날에는 더 유익했지만, 타이거는 여전히 말을 하지 않았다. 행크는 순간 자신이 부치 하먼을 이을 타이거의 스윙코치로 낙점되자 부치가 했던 말을 떠올렸다.

"행크, 행운을 빕니다. 타이거하고 그렇게 말 섞기가 쉽게 않을 겁니다. 생각했던 것보다 더 어렵더라고요."

2004년 마스터스를 앞두고 여전히 타이거는 세계 랭킹 1위를 지키고 있었다. 그리고 주변에서 그렇게 압박을 받을 만한 상황도 없었다. 데이비드 듀발은 부상으로 인해 성적이 부진했고, 애송이 세르히오 가르시아는 사람들이 예상했던 것보다 성적을 내지 못했다.(78개 대회 동안 우승은 두 번밖에 없었다.) 어니 엘스가 그나마 타이거의 강력한 적수로 점쳐지고 있었다. 비제이 싱은 성적은 잘 내고 있었지만, 여전히 우승 후보에선 열외였다. 타이거가 가장 강력한 경쟁상대로 여겼던 이는 필 미컬슨이었다. 타이거의 어머니는 필을 두고 '뚱보'라고 부르기도 했다. 21승의 업적을 올린 선수이지만 '메이저 앞에서는 작아지는 최고의 선수'라는 혹평을 꾸준히 받고 있었다. 만일 미컬슨이 메이저 우승 물꼬를 트기 시작하면 걷잡을 수 없을 것이라 여겼다.

이전에 타이거는 필에 대한 험담을 늘어놓곤 했다. 2004년에는 필도 다른 이들에 대한 혹평을 서슴지 않았다. 『골프 매거진』 월간지에 깜짝 비평이 실렸다. 타이거가 '수준 낮은 장비들'로 그나마 잘하고 있다고 언급했다. 나이키의 골프 장비와 볼에 대한 일격이었다. 타이거는 이에 대해 그냥 '웃기려고 하는 겁니다. 필다운 발언이네요.' 식으로 무시했다.

필은 오거스타 내셔널에서 타이거와 한번 붙어 보고 싶어 했다. 그만큼 자신이 위풍당당했고, 필은 마스터스 최종 라운드 마지막 일곱 개 홀 중에 18번 홀을 포함해 다섯 개의 버디를 작렬시키며 학수고대하던 자신의 첫 메이저 타이틀을 거머쥐었다. 우승 인터뷰에서 필은 이렇게 말했다.

"이번 주 동안에 마음가짐이 조금 달랐습니다. 무너지는 것에 대한 부담도 없었고, 누가 뭘 어떻게 하고 있는지, 경쟁 분위기가 어떻게 흘러가고 있는지 생각하지 않았습니다. 그냥 내 샷에만 충실했습니다."

타이거의 샷은 필의 그것과는 반대였다. 치열한 경쟁에서 밀려났던 타이거는 대회장에 남아 필에게 우승 축하 인사를 전하지 않았다. 대신 아버지가 그린베레로 근무했던 노스캐롤라이나의 포트 브래그로 아버지와 함께 떠났다. 거기에서 얼의 과거 군 복무 시절 동료들을 만났다. 왼쪽 가슴 앞주머니에 자신의 이름이 붙은 위장 군복을 입고 군화를 신은 채 4마일 구보도 하고 육탄전을 대비한 훈련에도 직접 참여하면서 고공 침투 훈련에도 적극적이었다. 무릎 상태가 무척 손상된 것을 감안하면 해서는 안 될 행위였다. 하지만 타이거는 상관하지 않았다. 1998년 타이거의 아버지는 전립선암 진단을 받았는데 방사선 치료를 통해 거의 치료가 된 듯했다. 하지만 2004년 암이 재발했고, 이번엔 온몸에 퍼진 데다가 당뇨까지 앓고 있었다. 타이거는 아버지의 생이 얼마 남지 않았음을 예감했기에 아버지하고 시간을 더 보내기로 마음먹었다. 이 체험의 정점은 육군 낙하산부대와 함께 단체 하강을 하는 것이었다. 다른 군인들과 줄로 연결돼 비행기 밖으로 몸을 내던지면서 자유낙하 하는 동안 타이거는 활짝 웃었다. 지상에서 산소마스크를 쓰고 있던 얼은 낙하지점에서 기다리고 있었다. 타이거가 안착했을 때 얼은 타이거를 얼싸안으며 소리쳤다.

"내가 살던 세상을 이제 조금 알 수 있겠니?"

군부대를 떠나기 전에 타이거는 아버지의 과거 동료들과 앉아서 아버지에 관한 이야기를 들었다. 얼이 임무 수행 동안 전장에서 어떻게 싸웠는지 처음 들었다. 이야기를 들으면 들을수록 타이거는 얼의 기대에 보답하고 싶다는 생각이 들었다.

2004년 시네콕 힐스에서의 US 오픈 챔피언십에 즈음해서 골프 기자들은 타이거의 슬럼프가 또 시작됐다고 공공연하게 떠들고 다녔다. 타이거는 지난 열여덟 개 대회에 나와서 두 차례 우승을 차지했다. 부치 하먼조차도 타이거를 공개적으로 깎아내렸다. 대회 기간에 부치는 TV에 출연해 직설적으로 말했다.

"타이거는 지금 경기가 잘 풀리지 않고 있습니다. 그의 골프스윙에서 치중하는 부분은 잘못하고 있는 겁니다. 뭐, 타이거는 제대로 하고 있다고 생각하겠지만요."

타이거는 누군가로부터 공개적으로 비난받는 것을 무척이나 싫어했다. 심지어 자신의 스윙코치였던 사람의 공개적인 비난은 뒤에서 칼을 맞은 느낌이었다. 대회 주말 동안에 타이거는 제대로 저기압이었다. 라커에는 거의 보이지 않았고 될 수 있는 한 사람들도 피했다. PGA 투어 관계자가 다가서면 타이거는 예민하게 반응하며 건드리지 말라는 표정을 지어 보였다. 스티브 윌리엄스는 인간방패 역할을 자처했다. 대회 1라운드 첫 홀에서 스티브는 집요하게 취재하는 기자의 카메라를 망가뜨리고 말았다. 최종 라운드에선 한 팬에게서 허가를 받지 않은 촬영이라며 카메라를 뺏었다. 나중에 밝혀진 일이지만 카메라의 주인은 비번 중인 경찰이었다. 두 사람 모두 극도로 예민해져 있었고, 대회에서 결국 10 오버 파, 공동 17위를 기록했다. 이번 US 오픈까지 타이거는 여덟 개의 메이저 대회 출전한 동안 한 번도 우승하지 못했다. 타이거가 메이저 우승 트로피를 들어 올리지 못한 가장 긴 기간이었다.

대회가 끝나고 타이거는 렌터카를 운전했고 스티브가 조수석에 앉아 있었다. 갑자기 타이거가 길가에 차를 세우고는 말 그대로 그의 캐디에게 9번 아이언으로 배를 때리는 듯한 충격적인 말을 내뱉었다.

"스티브, 저 골프는 충분히 한 것 같아요. 해군 특전대(Navy SEAL)에 지원하고 싶습니다."

할 말을 잃은 스티브는 자신의 선수를 진정시키기 위한 말을 떠올렸다. 그가 잠시 고민하다가 말했다.

"거기 지원하기에는 나이가 조금 들었잖아?"

하지만 타이거는 진심이었다. 수중 침투 폭파에 대한 6개월 훈련 프로그램의 DVD를 그야말로 닳듯이 봤다. 모든 훈련을 기억했고 그 훈련 영상의 구호들은 타이거가 어릴 적부터 속으로 되뇌었던 말들과 유사했다.

타이거의 이러한 행동을 스티브뿐만 아니라 행크도 염려했다. 행크는 타이거의 아일워스 집에서 보낸 시간이 많았는데 타이거가 소콤(SOCOM)이라는 미 해군 특수부대 게임에 깊이 빠져 있는 광경을 많이 목격했다. 헤드폰을 낀 채로 가상의 지휘관으로부터 명령을 듣고 수행하는 모습이었다.

"타이거는 완전히 몰두했습니다. 소파 끄트머리에 엉덩이만 걸치고는 게임에 집중하는 태도가 마치 메이저 대회에서 집중하는 표정하고 별반 차이 없었습니다."

행크의 목격담이었다.

갑작스럽지만 미 해군 특수부대 훈련에 대한 타이거의 심한 관심과 함께 타이거의 중량 운동과 유산소 운동의 단계가 더 거칠어졌다. 타이거의 운동 중독 같은 훈련의 결과로 상반신 근육의 크기가 더 커졌다. 이로 인해 타이거의 스윙에 손을 조금 많이 봐야 하는 상황이 됐다.

부치가 공석에서 타이거에 대한 비난을 이어가면서 타이거와 행크와의 유대관계도 조금씩 속도가 붙기 시작했다. 의도적이었는지는 모르겠지만 부치의 비난은 행크에게도 거슬렸다. 부치의 말이 틀렸음을 증명하기 위해 둘은 크게 자극받았고 조금씩 통하기 시작했다. 2004년 US 오픈이 끝나고 타이거는 자신의 스윙을 갈아엎기 위한 행크의 접근방식을 받아들였다.

2004년 초여름, 보이스 앤 걸스 클럽*에서 덴젤 워싱턴(Denzel Washington)의 평생공로상을 기념하기 위해 뉴욕의 월도프 어스토리아 호텔에서 만찬을 열었다. 초대 손님들은 할리우드와 프로스포츠계에서 이름만 들어도 아는 사람들이었다. 타이거도 초대 목록에 있었지만, 만찬에는 참석하지 않았다. 대신 덴젤의 저택 뒤풀이에 합류했다. 며칠 뒤 타이거가 아일워스의 클럽하우스에서 엘린과 함께 있는 동안 덴젤의 만찬에 참석했던 이웃이 다가왔다. 타이거가 초대된 사실을 알았는데 저녁에 왜 오지 않았는지 물었다. 타이거는 뒤풀이에는 갔다고 설명했다. 엘린은 타이거와 이웃 주민이 무슨 얘기를 하는 것인지 도통 알지 못했다. 타이거를 쳐다보며 물었다.

"뉴욕에 갔다 왔어요?"

타이거는 자신의 행방이나 투어 대회에 다니면서 만났던 여자에 대해 엘린에게 일일이 털어놓진 않았다. 궁금증이 생기지 않을 수 없었다. 라스베이거스에서의 그의 은밀한 삶과 그를 이끄는 유혹이 있음에도 왜 결혼을 결심했을까?

답을 굳이 알아보자면, 타이거는 동화에서나 들을 법한 인생을 동경했다. 바라만 봐도 설레게 하는 부인과 사랑스러운 아이들과 함께 침실이 여섯 개나 있는 디콘 서클의 저택에 살고 있었다. 그리고 타이거는 그 옆으로 4년 전에 이사했다. 마크와 엘리시아의 결혼 관계를 타이거가 바라본 관점이었다. 타이거에게 엘린은 금발이며 아름답고 사랑스러웠다. 타이거가 동경했던 퍼즐의 중요한 한 조각이었다. 오마라의 가족 가까이서 영원히 행복하게 지낼 수 있었다.

게다가 아주 중요한 요소가 하나 더 있었다. 바로 엘린이 얼과 쿨티다의 원대한 희망을 처음으로 충족시켜 준 여자였다는 점이다. 타이거는 이전에 이성을 만나 사랑에 빠지기도 했고 자신의 악행을 억누르게 해 주고 그가 정직하게 지낼 수 있도록 노력하는 여자들 여럿과도 가깝게 지내곤 했다. 그렇지만 실제로 타이거는 꿈에 그리던 완벽한 결혼생활과 더불어 언제든 쾌락의 세계로 가는 자유로움의 두 마리 토끼를 잡길 원했다. 이런 점은 그의 아버지를 닮았으나 아버지에게는 기회가

* 미국의 방과 후 프로그램을 제공하는 비영리 조직.

많지 않았던 반면 타이거에게는 기회가 온 천지에 널렸다고 할 수 있었다.

2004년 10월 5일, 타이거와 엘린은 바베이도스의 초특급 호화 리조트인 샌디 레인 리조트에서 서약을 주고받았다. 일단 리조트에서의 사생활을 지키기 위해 타이거는 일주일 동안 리조트 전체를 통째로 빌리는 대가로 150만 달러를 들였다는 이야기가 있다. 리조트 내에서 골프, 낚시, 쾌속정, 스노클링을 즐겼다. 결혼식 당일 저녁에 바베이도스섬의 노을은 엄청난 규모의 불꽃놀이로 반짝였다. 가족들과 최측근들만 섬에 초대받았다. 타이거는 마이클 조던, 찰스 바클리, 아버지와 함께 앉아서 시가를 피우며 한창때 얘기를 하면서 밤을 보냈다. 한편 쿨티다도 밝은 얼굴이었다. 28살의 아들이 이제 온전한 남자가 된 것이었다. 그리고 곧 손자를 만날 수 있다고 그녀는 희망했다.

2004년 크리스마스를 앞두고 타이거와 엘린은 부부로는 처음 휴양지로 떠났다. 마크 오마라 가족과 행크 헤이니와 함께 스키를 즐기기 위해 일주일간 유타주의 파크 시티로 향했다. 수년간 타이거는 스키를 배워보고 싶다고 마크에게 자주 말했던 적이 있었다. 엘린은 스키를 수준급으로 타는데 그녀가 스키는 타이거보다 더 잘 탈 수 있다고 자랑을 늘어놓았다. 그 바람에 타이거는 비교할 것도 없이 스키가 골프보다 단순한 스포츠임을 보여줘야겠다고 마음먹었다. 단 스키강사를 따로 두지 않는 조건으로 하는 것이었다.

마크는 자신이 다 준비해 놓겠다고 약속했다. 유타의 내로라하는 강사인 칼 룬트(Karl Lund)를 불렀다. 칼은 마크의 두 아이에게 스키를 가르쳤고, 호화로운 디어 밸리 리조트와도 일했다. 마크는 칼에게 부탁해 운영하지 않는 스키 슬로프 하나를 타이거를 가르치는 곳으로 특별히 잡았다. 예약도 하지 않고 비용도 지급하지 않았다. 칼은 타이거를 만나고 싶어 했고, 하루만 그를 만나 설원에서 시간을 보내기를 갈망했다.

한편 타이거가 그의 스윙코치와 스키를 타러 간다는 것은 타이거의 주변이 많이 바뀌었음을 방증하는 것이기도 했다. 부치가 타이거의 스윙코치였을 때 타이거의 손가락이 조금이라도 다칠 것을 우려해 타이거가 농구 하는 것도 막았다. 반면 마크와 행크는 타이거에게 제법 빠르게 내려가는 스키를 독려했다. 그리고 또 하나는 타이거가 행크를 측근으로 받아들이며 친구로 여긴 것이었다. 행크도 타이거의 그런 감정을 은근히 느끼고 있었다.

다음 날 아침 타이거는 불편해 보일 정도로 큰 무릎 보호대를 끼고 나타났다. 무릎 수술한 지 2년 가까이 되는 시기였다. 타이거의 해군 특수부대 훈련과 거친 중량 운동이 왼쪽 무릎에 부담을 가하고 있었다. 하지만 그렇다고 스키 배우는 것을 미룰 생각은 전혀 없었다.

그는 스키 강습을 빨리 받으려 하면서 말했다.

"괜찮습니다. 걱정 붙들어 매세요, 다들."

처음엔 입문 단계의 슬로프에서 천천히 시작했다. 엘린의 열렬한 응원을 받으면서 타이거는 초보자 슬로프에 금세 적응했다. 점심을 먹으면서 타이거는 단계를 조금 높여서 시도해 보기로 마음먹었다. 행크가 걱정스럽게 바라보는 가운데 타이거는 금세 속도를 올렸다. 칼과 마크가 내려가는 사이를 빠르게 지나갔다. 타이거의 활강 속도는 시속 40마일까지 올라갔고 통제 불능이었다.

"이런, 맙소사!"

칼이 외치며 타이거를 뒤따랐다. 내리막에서 그렇게 가속이 붙었음에도 타이거의 균형감각은 날이 서 있었다. 하지만 사시나무 방향으로 돌진하고 있었다.

"틀어! 틀어!"

모두 소리쳤다. 타이거는 가까스로 방향을 틀어 겨우 나무를 피했지만 결국 쓰러지고 말았다. 두 그루의 나무 사이에 대자로 뻗었다. 칼이 타이거가 있는 곳까지 가서는 미끄러지듯 제동을 걸었다. 타이거는 숨이 찼지만 들떠 있었고, 다가온 칼을 올려봤다.

"타이거, 제가 몇 가지 알려드려도 괜찮을까요?"

칼이 진지하게 물었다.

"듣던 중 반가운 말씀이군요."

타이거가 답했다.

칼은 타이거를 부축해 일으켰고 눈과 흙을 털어 줬다. 그 자리에서 바로 칼은 타이거에게 방향 바꾸기 같은 기초부터 알려줬다.

"스키는 기본적으로 오른쪽, 왼쪽으로 방향 틀기만 하면 됩니다."

칼이 말하면서 그가 무슨 말을 하는지 보여줬다. 그리고 타이거가 따라오게 독려했다. 오른쪽, 왼쪽으로 방향을 수시로 바꿔 가면서 타이거를 관찰했다.

"그렇게 하면 됩니다. 발끝을 올리는 느낌 말이죠. 이해가 되나요?"

칼이 차분히 말했다.

"뭐 이따위야? 왜 방향이 안 틀어지죠? 왜 안 틀어지고 지랄이야!"

타이거가 날카롭게 소리쳤다.

"자자, 진정하시고, 긍정적으로만 생각하자고요."

칼이 진정시켰다.

25분이 넘게 방향 전환에 대해 칼이 끈질기게 가르쳤다. 하지만 타이거는 연습에는 관심이 없었고 오로지 속도를 갈구했다. 하지만 칼은 끝까지 타이거를 독려하며 말했다.

"정강이를 앞으로 정렬한다는 느낌으로……."

타이거는 칼을 째려봤다. 그는 화가 났고 이를 엘린이 보고 있었다.

"자 그럼, 말이죠. 제 생각에는 큰소리로 욕 한번 하면 기분이 바뀔 것 같은데요?"

칼이 말했고 타이거는 바로 답했다.

"꺼져!"

"어때요, 기분이 좀 괜찮아졌죠?"

"네."

타이거의 얼굴에 화색이 돌기 시작했다.

"자 그럼, 다시 무릎을 정면으로 향하게 해 보세요."

10분이 지났을까. 타이거는 다시 폭발했다. 그 대단한 타이거 우즈 아닌가? 가르칠 필요가 없어. 알아서 잘하는 사람이잖아?

"꺼져!"

타이거가 다시 소리쳤다.

칼이 바라보는 동안 타이거가 어디라도 다치는 것을 원치 않았기에, 칼은 더욱 단호하게 가르쳤고 온전하게 방향 전환하는 방법을 터득할 때까지 내려가지 못하게 했다.

타이거에게서 자연스럽게 나오는 현상을 두고 스키 전문용어로 크랭크 앤 앵크(crank n yank)라고 한다. 기본적으로 방향 전환을 하려 할 때마다 스키가 자꾸 V 모양으로 된다. 다리 안쪽을 자꾸 쓰게 되면서 스키를 당기려 하는 자연적인 현상이다. 그렇지만 내리막 경사이기 때문에 타이거가 회전하려 할 때마다 스키의 뒷부분이 서로 맞닿게 되고, 타이거의 무릎에는 긴장이 가해질 수밖에 없었다. 타이거의 무릎 수술에 대한 것과 십자인대 수술을 알고 있었기에 부적절한 움직임으로 타이거의 인대에 무리가 가게 하는 것을 그냥 둘 순 없었다.

연습을 거듭할수록 타이거는 더 좌절하고 신경이 곤두섰다. 마지막으로 칼과의 연습을 마치고 타이거는 마크와 마주쳤다. 고맙다던가 감사 인사 없이 타이거는 그냥 숙소로 힘겹게 걸어 들어갔다.

"나중에 또 만납시다."

칼이 인사했다.

"꺼져!"

타이거가 날카롭게 답했다.

칼은 납득할 수 없었다. 파크 시티에서 잘 알려진 스키강사가 대가 없이 반나절을 가르쳤는데도 그에게 돌아온 반응이 그렇게 야멸찼다. 타이거의 골프 경력에 있어 2004년 그의 성적이 이와 딱 맞아떨어진다 싶을 정도로 실망스러웠다. 총 19개 대회 나가서 우승은 한 번뿐이었다. 필 미컬슨은 마스터스에서 우승했고, 이제 타이거를 만나도 위축되지 않았다. 9월에는 세계 랭킹 1위 자리도 비제이 싱에게 내주고 내려와야 했다. 2002년 6월 이후 메이저에서 우승 소식을 전하지 못했다. 그러면서 자연스레 또 '타이거의 슬럼프가 왔나, 타이거의 우승은 이제 없는 것인가.' 하고 사람들은 수군댔다. 절뚝거리며 축 처진 타이거는 그렇게 파크 시티의 숙소에서 힘없이 무릎 보호대를 풀었다. 분명히 그런 무기력한 느낌이었을 것이다.

2005년 1월 23일, 타이거는 토리 파인스에서 열렸던 뷰익 인비테이셔널에서 우승 트로피를 들어 올렸다. 열 달 전부터 행크와 스윙 작업을 시작한 이후 처음 맛본 우승이었다. 그 열 달 동안 타이거는 또 한 번 대대적인 스윙 교정을 겪었다. 부치와 있었을 때 바꿨던 그립부터 장비들 모두 다시 손보는 위험부담이 따르는 작업이었다. 이번이 타이거 스윙의 세 번째 큰 수술이었으며, 여전히 타이거와 행크에게 산적한 과제는 많았다. 부상을 방지하는 차원으로 타이거의 스윙을 안정화하고 새 장비들도 그의 스윙에 맞게 보정하는 작업도 동반했다. 그러나 2005년 시즌 출발을 우승으로 장식하니 더할 나위 없는 결실이었다.

엘린은 열광적으로 기뻐했다. 결혼 후에 처음 이룬 우승이었고, 엘린은 마지막 라운드 1번 홀부터 18번 홀까지 타이거의 경기를 걸어 다니며 지켜봤다.

숙소로 돌아와서 엘린은 타이거에게 기대며 말했다.

"축하해야 할 일이에요. 뭘 하면 좋을까요?"

자신이 파르네빅 가족의 보모로 있었을 때 예스페르가 우승할 때마다 축하 파티를 열었다고 했다.

"음, 그렇게까지 할 필요는 없어. 나는 예스페르가 아니야. 타이거라고! 어차피 내가 우승할 거였으니까."

타이거가 답했다.

엘린은 끄덕였고, 얼굴의 미소도 조금씩 옅어져 갔다. 축하는 없는 것으로 했다.

타이거가 우승하고 나서 감정적으로 태연하게 있었던 것은 그가 위대한 존재가 되기 위한 과정이었다. 심지어 흠잡을 데 없는 골프를 하고 난 후에도 그냥 괜찮았다는 듯 평소 표정을 보였다. 최고의 순간은 아직 오지 않았다.

"타이거는 자신에게 만족한다는 감정을 들이지 않았습니다. 그의 머릿속에는 그에게 만족이 들어서는 순간 성공과는 멀어진다는 관념이 자리 잡고 있었습니다. 될 수 있는 한 만족은 뒤로 미루고 어떻게든 항상 부족하다고 마음을 먹는 거예요. 상상 이상의 성취에 도달하는 사람들의 특징입니다. 축하하면 축하할수록 축하할 일이 줄어들 겁니다."

행크가 이야기했다.

타이거가 매주 동기부여를 스스로 할 수 있었던 요인이었지만 그의 인간관계에서 대가를 치러야 했다. 그런데도 엘린은 재빠르게 타이거처럼 태도를 바꿔 가면서 자신의 열정을 억누르고 감정을 드러내지 않았다. 타이거 우즈의 방식이었다.

예전과는 조금 다르게 타이거가 더 본능적으로 경계심을 들게 했던 선수로 필 미컬슨이 있다. 타이거가 직접 밝히지 않았지만, 필의 2004년 마스터스 우승은 타이거가 필을 다시 보게 된 계기였다. 타이거에 충분히 대적할 수 있는 존재임을 메이저 우승으로 증명했다. 그리고 타이거가 스윙 교정을 하는 동안 필은 타이거의 허점을 꼬집으려 애썼다. 토리 파인스에서 우승한 뒤 몇 주 지나서 타이거는 도럴에서 필 미컬슨과 일대일 대결로 만났다. 17번 홀에서 30피트 버디를 작렬시키며 결국 필을 꺾었다. 포드 챔피언십에서의 우승으로 타이거는 비제이 싱에게 뺏겼던 세계 랭킹 1위 자리를 되찾았다. 무엇보다 중요한 점은 타이거가 필에게 직접 메시지를 전한 것이었다. '내가 아직 당신보다는 한 수 위야.'

우승 후 타이거는 기쁨을 표현할 수도 있었지만, 여전히 무심하게 행동했다.

"이번 우승은 그래도 의미가 조금은 있지 않을까요, 타이거?"

행크가 말했다.

"그럼요. 언제든 저는 그 선수를 제압할 수 있습니다."

타이거가 답했다.

그리고 축하하는 자리는 여전히 없었다.

CHAPTER TWENTY-TWO

플레이할 수 없는 곳

2005년 봄, 찰스 바클리의 새로운 책 《덩치 큰 흑인 남자를 누가 두려워하겠는가?(*Who's Afraid of a Large Black Man?*)》가 출간되었다. 『워싱턴 포스트』 지의 칼럼니스트 마이클 윌본(Michel Wilbon)과 공동 출간한 이 책은 순식간에 베스트셀러에 올랐다. 이 책에는 빌 클린턴(Bill Clinton), 모건 프리먼(Morgan Freeman), 제시 잭슨(Jesse Jackson), 매리언 라이트 에델먼(Marian Wright Edelman), 아이스 큐브(Ice Cube) 등의 유명인사와 인종에 관한 진솔한 대화를 담았다. 물론 타이거와의 대화와 관련된 내용도 한 챕터 있었다. 타이거가 다섯 살이었을 때 과격한 인종차별주의자들로부터 폭행당한 내용도 포함되어 있었다. 아래의 내용은 찰스의 책에 있던 내용이다.

> *인종에 대한 자아는 학교에 처음 갔던 날, 유치원에서 알게 됐습니다. 6학년생 한 무리가 저를 나무에 묶고는 스프레이로 제 옷에 '깜둥이'라고 썼고 돌을 던졌습니다. 학교 처음 갔던 날 그런 경험을 겪었습니다. 선생님도 그 일에 대해 이렇다 할 대처를 취하지 않았습니다. 그 당시에 저는 학교에서 길만 건너면 되는 가까운 곳에 살았습니다. 그때 선생님은 '그래, 그냥 집으로 가거라.' 하고 끝이었습니다. 유치원이 끝나고 집에 갈 시간이 되면 저는 제일 먼저 나왔습니다. 저는 그렇게 집으로 돌아갔습니다.*

타이거가 어릴 때 학교에서 있었던 일은 이 책이 나오기 전에도 수없이 언급되었다. 2005년 정도쯤이면 아마 10년 넘게 이 이야기를 여러 자리에서 풀었을 것이다. 하지만 찰스의 책에 실리면서 비로소 세상에 큰 충격을 던졌다. 이 이야기가 최초로 지면에 오른 것은 1992년 타이거가 열여섯 살이 되어서였다. 얼이 『골프 매거진』과 인터뷰하면서 흘러나왔다. 당시 세리토스 초등학교에서는 타이거가 유일한 유색인이었는데 고학년생들이 타이거를 나무에 묶어서 괴롭혔다고 밝혔다. 1년 뒤에 이 이야기는 『LA 타임스』에 타이거의 특집기사가 실렸을 때 다시 떠올랐다. 『LA 타임스』에서 다룬 이야기는 조금 더 부풀려졌다. 1996년 말에 『SI』에 실린 이야기는 영향력이 제법 컸다. 타이거의 유치원 시절 폭행 이야기를 게리 스미스가 작성했다.

타이거의 유치원 등교 첫날 한 무리의 고학년 아이들이 타이거를 붙잡고는 나무에 묶은 뒤 타이거를 향해 '깜둥이, 원숭이'라고 놀리며 돌멩이를 던졌다. 다섯 살의 타이거는 며칠 동안 이 사건을 아무에게 말하지 않았다. 어린 타이거는 이 사건이 얼마나 큰일인지 알기에 침묵했다.

그다음 해, 얼과 쿨티다의 주도로 출간된 타이거의 자서전에서 그 해프닝에 대해 존 스트리지 기자는 '매우 충격적인 인종차별 사례'라며 백인의 고학년 한 무리에 의해 나무에 묶이고 그들로부터 인종적으로 헐뜯는 악담을 들으며 돌팔매질을 당했다고 썼다. 이후 1997년 바바라 월터스(Barbara Walters)와의 인터뷰에도 그 내용이 있었는데, 바바라가 처음 인종차별을 받았을 때의 이야기를 요청했다. 타이거는 이때에도 유치원 때의 경험을 반복해 설명했다. 그러나 바바라와의 인터뷰에서 처음 얘기하는 점이 있었다.

"6학년 형들이 저를 나무에 묶어서는 제 옷에 깜둥이라고 쓰고는 저한테 돌멩이를 던졌어요. 저는 온몸이 피투성이가 된 채로 집에 들어갔습니다."

타이거가 인종차별과 관련돼서 직접 이야기한 것은 그가 다섯 살에 후안무치의 증오 범죄의 희생양이었다는 기사보다 더 강력한 효과를 낳았다. 그러나 면밀한 조사 결과 이 이야기는 조작된 것으로 유추했다.

크림을 섞은 커피색의 낮은 건물로 지은 세리토스 초등학교는 1961년에 개교한 학교이다. 지역의 공원 너머 5차로 옆에 있다. 2016년에 우리는 이 학교의 유치원을 방문했는데, 두 개의 교실이 있는 유치원은 건물의 남서쪽 구석에 있으면서 다른 학년의 교실과는 완전히 분리되어 있다. 타이거 우즈가 처음 등교했던 1981년 9월 14일과 달라진 부분은 하나도 없었다. 타이거의 유치원 교사였던 모린 데커는 그날의 세세한 부분을 마치 전날 있었던 것처럼 생생하게 기억하고 있었다. 모린은 20년이 지난 뒤 스파이크 리의 다큐멘터리에서 타이거 우즈의 첫 등원 스토리 인터뷰를 언급한 것도 봤다고 말했다.

"소스라쳤습니다. 그 말하는 장면을 집에서 보고 있었는데, 앉아 있던 의자에서 용수철처럼 일어났습니다. 그가 했던 말은 사실이 아닙니다. 그런 일은 일어나지 않았습니다. 어떻게 6학년 아이가 저 아니면 다른 당직 선생을 지나갈 수가 있겠습니까? 그 일은 절대 일어나지 않았습니다. 저희가 6학년 아이들을 그렇게 유치원 놀이터로 갈 수 있게 두지 않습니다. 상식적으로 맞지 않아요."

모린이 목소리를 높였다.

두 개의 유치원 교실은 담당 교사의 업무 공간을 지나야 들어갈 수 있었다. 교실 밖으로 큰 놀이터가 있었는데 완전히 담으로 둘러싸였다. 오직 유치원생들과 교사들만 그 놀이터에 접근할 수 있었다. 세리토 초등학교를 관리하는 서배나 학교 지구에서 오랫동안 관리, 운영, 물류를 맡았던 짐 해리스(Jim Harris)는 타이거가 다녔던 유치원을 우리에게 공개했다. 모든 공간은 콘크리트 바닥으로 되어 있고 5피트 높이의 두꺼운 철사 담으로 싸여 있었다. 그리고 두 그루의 큰 나무도 있었다. 짐도 강조했듯이 특히 개학하는 첫날에는 유치원생들을 철저하게 관리했다. 그러면서 타이거의 그러한 '이야기' 발생 가능성을 부정했다.

"어떻게 그런 일이 일어났다는 건지 이해할 수 없습니다. 유치원 아이들은 진짜, 진짜로 방해받을 일 없고 철저하게 보호받고 있습니다."

짐이 말했다.

타이거의 주장에서 폭행을 당한 후에 곧바로 집으로 향했다고 주장했다. 그렇지만 그 상태에서 교사와 학부모, 행정담당 등을 그냥 지나칠 수 없고 차들이 지나가는 5차로를 보호교사 없이 건널 수도 없었을 것이다. 이 모든 의심은 많은 궁금증을 자아냈다. 어떻게 된 것인지 콘크리트 바닥에 있는 나무에 묶인 다섯 살 아이가 스스로 포박을 풀었을 것이며, 돌팔매질로 피범벅이 된 채 옷에 '깜둥이'라고 쓰인 채로 5차로의 큰길을 건널 수가 있었을까? 고학년 학생들이 쫓아오는데 주변에 이 광경을 목격한 사람이 진정 아무도 없었던 걸까?

이뿐만이 아니었다. 2004년에 출시된 타이거 우즈의 DVD에서 얼 우즈는 이 사건이 유치원 때가 아닌 1학년 때 벌어졌다고 주장했으며 타이거가 2~3일 동안 자신에게 말하지 않았다고 했다. 그리고 얼의 독촉으로 당시 교장이었던 도널드 힐(Donald Hill)은 사건을 조사한 후에 학생들을 적정한 선에서 징계 조치를 취했다고 주장했다. 그러나 도널드는 이를 딱 잘라서 아니라고 했다.

"그런 이야기는 듣지도 못했습니다. 그렇게 심각한 일이었다면 오히려 아버지가 제게 와서 호소했어야 하지 않겠습니까? 그 사건에 대한 보고는 교장실로 온 적이 없습니다."

도널드가 2003년에 자신의 입장을 밝혔다.

타이거가 유치원에서, 아니면 초등학교 1학년 때 당했던 폭행 사건에 대한 제보나 문서 정보가 있는지 서배나 학교 지구의 책임자인 수 존슨(Sue Johnson) 교수에게 문의하여 이메일로 답변을 받을 수 있었다. '해당 사건에 대한 제보나 기록은 전혀 없습니다.'

그렇다면 일어나지도 않은 일을 반복해서 언급하는 이유는 무엇일까? 아마도 평소 얼이 떠들었던 말에서 답을 찾을 수 있을 것이다. 얼은 평소 '전설적 인물로 자라게 해야 한다.'고 강조하곤 했다. 타이거의 이미지를 뜻하는 것이었다. 스스로 미디어를 잘 다룰 줄 안다고 생각했던 얼은 인종차별에 대해서 선정적인 포장을 더 하면 '선택받은 자'의 신화를 더 빛나게 하고 세간의 주목을 더 받을 수 있겠다고 여겼다. 인종차별로 인한 뿌리 깊은 증오로 사실이든 허구이든 간에 영웅전기에 강력한 요소를 불어넣었다고 할 수 있다.

2005년 마스터스 토너먼트에 출전하는 타이거 우즈, 그러나 그는 2002년 US 오픈 이후 아직 메이저 우승을 전하지 못하고 있었다. 대회를 앞두고 있었던 연습 라운드에서 타이거는 볼을 때리면서 예전보다 더 좋아졌음을 느꼈다. 하지만 기상 악화로 3라운드 중단된 시점에서 크리스 디마르코(Chris DiMarco)에 네 타 차이로 뒤처져 있었다. 그날 밤 잠들기 전에 타이거는 행크에게서 온 메시지를 확인했다. '그냥 하던 대로 하면 됩니다. 이번 주에 타이거 당신만 한 기량을 선보이는 선수는 없습니다. 승부가 조금 더 늦게 결정되더라도 이번 주에는 당신이 주인공입니다.'

타이거와 행크와의 관계는 처음보다 많이 투명해졌다. 타이거가 행크에게 고맙다는 말이나 행크의 스윙 노하우 철학에 대해 극찬하는 일은 거의 없었다. 하지만 행크와 함께하면서 타이거는 역경을 극복하며 성장하고 있었다. 그리고 중요한 것 하나, 타이거는 행크를 신뢰했다.

일요일에 최종 라운드가 시작되면서 타이거는 크리스 디마르코에 세 타 차이로 앞섰다. 3라운드 잔여 경기를 끝내면서 일곱 개 홀 연속 버디를 작렬시키며 65타를 기록했다. 그러다가 파 3 6번 홀 티 구역에 올라서면서 격차는 줄어들었다. 레드버드(Redbud)라 알려진 이 홀에서 타이거가 티샷한 볼은 그린 왼쪽 뒤로 날아갔다. 스티브 윌리엄스는 그 지역을 대회 전에 한 번도 살펴보지 않았다. 그리고 역사상 가장 위대한 한 타가 있었던 곳이기도 했다.

타이거는 투어를 다닐 때나 숙소에서 혼자 있을 때, 또는 친구들과 있을 때 침대를 넘겨 화장실의 양치용 컵에 볼을 넣는 연습을 많이 했다. 결과는 항상 컵을 쓰러뜨리거나 컵 안에 넣거나 둘 중 하나였다. 타이거 손에 들린 웨지는 마치 마술지팡이 같았다. 그리고 마치 최고의 마술사가 자신의 특기 마술을 선보이듯 볼이 있던 위치에서 볼이 몇 차례 튀어가는 피치샷을 구사했다. 타이거가 정확히 볼을 떨구려 했던, 희미해진 볼 찍힌 지점을 지나면서 잠시 멈추는가 싶더니 경사면을 타고 홀 쪽으로 가속이 붙었다. 중계 캐스터 버니 룬퀴스트(Verne Lundquist)의 명품 목소리로 "자, 홀 쪽을 향해 갑니다. 우와, 대단합니다."라는 말과 함께 페이트런의 응원 사이로 볼이 홀을 향하고 있었다. 그러고는 마치 숨을 고르려는 듯 잠시 홀 가장자리에 멈췄고, 나이키의 로고가 완벽하게 화면에 나타난 뒤 홀에 빠지며 버디로 연결됐다. 오거스타의 소나무들 사이로 관중의 환호가 폭발했다. 타이거는 캐디 스티브와 손을 마주치며 클럽 쥔 손을 번쩍 들었다. 버니 룬퀴스트도 감탄하며 소리쳤다. "오! 와우! 살면서 꿈에서나 볼 수 있는 광경을 보게 되다뇨!"

저런 광경, 저런 샷은 그야말로 초자연적이고, 상상력, 감각 그리고 타이거의 영특함을 단번에 요약해 주는 광경이었다. 인간적으로는 그렇게 정감이 가거나 애착을 두고픈 사람은 아닐 수도 있지만, 평생 연습으로 연마한 전무후무의 재능을 보유한 운동선수이다. 일요일 오후, 그는 재능으로 수백만 명에게 현실에서 벗어나 대리만족을 선사했다. 같은 시간 교회에 있었던 사람들만큼이나 활기를 불어넣어 주는 장면이었다. 타이거의 이 한 타로 골프는 많은 이들에게 큰 의미를 전했다고 할 수 있다.

다음 날 아침 타이거의 아홉 번째 메이저 우승 여운이 채 가시기도 전에 필 나이트, 켈 데블린, 미국 영업 담당의 더그 홀트와 함께 세 명의 나이키 실무자들은 필의 전용기에 몸을 실었다. 포틀랜드로 향하면서 축하 파티를 성대하게 열어서 샴페인에 찌들었을 정도였다. 화요일 아침, 짐 로스웰드와 그의 팀원들은 와이든 케네디 광고회사로 찾아가 '저스트 두 잇' 광고에 사용할 훌륭한 세 가지 소스를 찾았다. 타이거 우즈가 나온 영상, 심금을 울리는 음악 그리고 버니 룬퀴스트의 시적인 표현이 담긴 목소리였다. 그리고 컴퓨터로 영상을 멋지게 꾸며서 홀에 빠지는 볼은 하얗게, 나이키 로고는 더 파랗고 선명하게 효과를 넣었다. 짐 로스월드는 추가 작업까지 한 영상을 좋아했지만, 오거스타에서는 원본을 사용하도록 계약에 명시했다.

오거스타는 나이키가 CBS 스포츠에서 제작한 이 영상을 비용 지급 없이 사용하는 데 동의했다. 다만 최종 작업을 마친 영상에 대해 오거스타의 허락을 받는 조건이었다. 오거스타의 홍보실 담당자인 글렌 그린스펀은 나이키의 광고 제작 영상들을 보면서 특수효과를 가미한 최종본에 대해서는 사용하지 않기를 권했다고 짐이 밝혔다. 그렇지만 그 광고는 결국 전파를 탔고, 나이키 골프 매출에 날개를 달아준 역할을 했다. 타이거의 믿을 수 없는 그 한 타가 그의 가장 큰 후원기업에 엄청난 한순간을 기념하게 됐다.

결혼 후 얼마 지나지 않아, 『피플』 지의 스티브 헬링 기자와 인터뷰를 하는 시간이 있었다. 스티브 헬링 기자는 단 한 가지 주제만 노렸다.

"저는 엘린을 처음 만나자마자 특별한 사람임을 알았습니다. 그녀는 제 반려자가 틀림없다고 믿습니다. 특별한 그녀와 함께하는 제가 얼마나 행운아인지 모르겠습니다. 둘이서 앞으로 평생 함께한다는 생각을 하면 설렙니다."

타이거가 엘린을 만난 것에 대해 스티브에게 밝혔던 부분이다.

타이거와 헬링 기자와 만났던 지난 두 차례와는 달리 타이거는 스티브에게 이것저것 많이 물었다. 스티브는 이전에 브래드 피트(Brad Pitt)와 제니퍼 애니스턴(Jennifer Aniston)의 결별을 취재했는데, 타이거는 앤젤리나 졸리(Angelina Jolie)가 진짜 중간에 있었는지 알고 싶어 했다. 톰 크루즈(Tom Cruise)와 니콜 키드먼 (Nicole Kidman)의 관계도 궁금해했다. 타이거는 이들을 만났던 적이 없지만, 마치 그들과 같은 컨트리클럽에서 알고 지낸 양 그들에 대해 서슴없이 말했다.

스티브가 다시 화제를 엘린과의 관계로 돌려서 결혼한 결정적인 이유가 무엇인지 묻자, 타이거는 피상적인 답변을 했다.

"그녀와 결혼한 이유는 그녀와의 먼 미래가 보였기 때문입니다."

타이거는 진심으로 엘린과의 관계를 염두에 뒀을 수도 있으나, 과거에서도 그가 몇 차례 위험했던 것처럼 비밀에 묻혀 있었다. 『피플』 지에 스티브와의 인터뷰가 실린 뒤 한 달이 지나고 타이거는 라스베이거스로 가서 벨라지오의 나이트클럽인 라이트의 귀빈석에 앉았다. 귀빈석은 무대 바로 앞에 있었고, 고등학교 동기인 바이런 벨, 스탠퍼드 대학 친구인 제리 챙(Jerry Chang)과 열기를 즐기고 있었다. 타이거는 무대에서 춤을 추고 있는 한 여자에게 눈길이 갔다. 몸에 달라붙는 청바지에 상체가 그대로 드러나는 상의를 입고 있었다. 그녀는 친구들과 파티를 즐기는 중이었고, 클럽 내 타이거 담당 직원이 그녀에게 다가가서는 마법의 메시지를 전달했다.

"타이거가 만나고 싶어 합니다."

스물한 살의 캔자스 출신인 제이미 정거스(Jamie Jungers)는 즐거운 시간을 위해 라스베이거스를 찾았다. 5피트 9인치에 105파운드 체격인 제이미는 라스베이거스에 입성하자마자 '라스베이거스의 천사들'이라는 자선행사를 통해 밤에 주로 근무하는 모델 일을 시작했다. 건축 관련 일도 간간이 하면서 적잖은 수입을 챙겼다. 그녀의 친구들로부터 빠져나와 타이거가 있는 자리로 직원이 안내하자, 제이미는 산책하듯 걸어갔고 타이거가 그녀를 반겼다.

"예쁜데!"

타이거가 먼저 말을 꺼냈다.

몇 시간 뒤, 제이미는 약간 술기운이 오른 채로 타이거의 '맨션' 스위트에 타이거와 단둘이 있었다. 골프 코스에서 과시했던 자신감과 더불어 침대에서도 그 자신감이 드러났다.

"처음에는 약간 서로 알아가는 그런 분위기였다가 금세 거칠어졌습니다. 다양한 체위로 마치 저를 오래전부터 알고 지낸 것처럼 저와의 친밀도가 높아졌던 것 같습니다."

제이미가 당시의 첫 대면을 나중에 밝혔다.

막간에 제이미는 타이거에게 결혼했는지를 물었다. 타이거가 누구인지, 기혼인지 알지 못했던 여자를 타이거가 만났다는 것 자체가 희한한 일이었다. 반면 제이미는 골프에 관심이 없었고 타블로이드 신문에도 흥미가 없었기 때문에 타이거와 엘린의 결혼을 알 턱이 없었다. 타이거는 제이미에게 자신의 아내는 스웨덴에 있는 쌍둥이 자매를 만나러 갔다고 말했다.

제이미는 다음 날 아침에 스위트를 나섰고 그냥 하룻밤 만남이었겠지 싶었던 순간 전화벨이 울렸고 타이거의 목소리가 들렸다.

"안녕, 자기? 어젯밤에 즐거웠어. 다음에 또 만났으면 좋겠어."

제이미와의 첫 만남을 시작으로 18개월의 불륜이 시작되었다. 정욕, 귀여운 별명(타이거는 그녀를 '우리 작은 커피잔'이라 칭했다.), 타이거의 기만으로 가득 찬 기간이었다. 처음에 타이거는 제이미에게 그의 비밀 휴대전화 번호를 알려주며 다른 이름으로 저장해 둘 것을 확인했다. 그러고는 호텔에 체크인을 같이하는 이는 바이런 벨이 맡았다. 바이런은 타이거의 지시를 제이미에게 전달하는 중간 역할을 했다. 처음 그녀를 불러들인 곳은 시카고에 잡은 그의 호텔 스위트였다. 그때부터 언제든지 제이미를 원할 때는 바이런이 모든 여행 일정을 잡았고 항공편은 무조건 일반석이었다.

"바이런을 통해서만 그를 만날 수 있었습니다."

제이미가 밝혔다.

그러다가 그녀는 결국 베이거스에 있는 타이거의 빌라에 출입하게 되었다. '제이미가 왔다고 타이거에게 알려 주세요.'라는 말은 '맨션'의 문이 열리는 알라딘의 주문 같았다.

제이미는 수년이 지나고 나서야 타이거가 그의 희열을 위해 취했던 수많은 '그녀' 중의 하나였음을 알았다. 다른 그녀들처럼 세계에서 가장 유명한 운동선수와의 밀월에 휩싸였을 뿐이었다.

결혼생활 밖에서 타이거의 성에 대한 탐닉을 바라보면 아마도 '그 아버지에 그 아들', 또는 '피는 못 속인다.' 등의 평범한 속담을 떠올릴 수 있다. 그렇지만 성 중독 관련 전문가들은 일련의 부정을 조금은 복잡한 관점에서 바라본다. 특히 막강한 힘을 가진 자기도취자는 누군가를 통제하려는 경향이라고 분석했다. 그들이 말하는바, 일반적으로 자기도취자는 약한 마음과 취약한 자아를 보호하려고 마음의 벽을 쌓는다고 한다. 그리고 처방을 하고 나면 그 나약함이 결국에 중독으로 연결되는 것이다. 대신 그들이 생각하는 것은 '나는 나약하지 않다.'는 것이다. 또 다른 점으로 조건부적인 가치, 또는 기대치인데 경기력에 대한 스스로의 진가(眞價)를 뜻하는 것이다. 성공하면 성공할수록 기대치 또한 올라가고, 그에 대한 압박도 커지는 것이다. 그리고 압박이 있으면 해소하는 것도 있어야 한다. 결국엔 이 영웅은 어쩔 수 없이 아버지의 유산으로 성적인 화를 분출해서 그 화를 섹스로 해소하는 것이었다. '제가 어릴 땐 당신은 너무나 강했기에 당신에게 화를 낼 수 없었습니다. 하지만 이제는 달라졌습니다.'

타이거의 부인과는 별개로 타이거는 집에 있는 데에 만족할 수 없었다. 그의 부정은 라스베이거스에만 머무르지 않았다. 타이거는 아일워스의 근사한 집과 엘린에게서 벗어나 올랜도의 록시나 블루 마티니 같은 나이트클럽을 전전했다. 그리고 타이거와 엘린이 결혼한 지 두 달 정도가 지나서는 클럽 패리스도 동네에 새로 개장했다. 클럽을 소유한 프레드 칼릴리언(Fred Khalilian)은 패리스 힐튼(Paris Hilton)에게 수백만 달러를 지급해서 그녀의 이름을 사용하고 클럽에 자주 방문하도록 했다. 타이거는 클럽 패리스의 단골이 됐다. 한 손에는 칵테일, 한 손에는 시가를 든 채 클럽 소유주의 2층 특별석에서 사람들로 꽉 찬 무대를 바라보곤 했다. 밤 1시가 되도록 집에 갈 생각조차 하지 않았다. 여종업원들도 매력적이어서 그녀들 일이 끝나기를 기다리곤 했다. 프레드의 방대한 사무실에서 타이거는 그와 스포츠 이야기로 시간을 보냈다.

프레드는 유명인사들을 많이 알고 있었다. 그리고 마주 앉아 있는, 수줍고 조용한 친구가 고통 속에 있다는 것도 알고 있었다. 타이거에게서 느꼈던 점은 다른 유명인들에게서도 느꼈다.

"마이클 잭슨과도 오래 알고 지냈습니다. 타이거는 마이클을 연상케 했습니다. 유년 시절이라고는 거의 없었다고 봐야 하잖습니까? 그리고 스스로 매서운 구석도 갖춰야 했을 겁니다. 자신이 원하는 것이라면 다 해야 했을 테지요. 제 생각에는 말이죠, 타이거는 어릴 때 항상 이것 해라 저것 해라 지시를 받았고, 또 그것들을 모두 해냈던 사람입니다. 속으로는 하면 안 되는 일이다 싶었어도 타이거는 하고 싶어 했습니다." 프레드가 털어놓았다.

이렇게도 골프장 밖에서의 성실함과는 거리가 먼 삶을 살고 있었어도 골프장에서는 전혀 영향을 받은 적이 없었다. 오히려 2005년의 타이거 우즈는 최고의 시즌을 보냈다. 마스터스와 브리티시 오픈을 포함해 여섯 차례나 우승 트로피를 들어 올렸고, US 오픈과 PGA 챔피언십에서는 4위 내의 성적으로 마쳤다. 평균 드라이브 거리가 316.1야드로 프로 이래 최고 기록이며 투어 평균 두 번째 장타 기록이었다. 최저 타수상과 함께 올해의 선수상을 일곱 번째로 받은 시즌이었다. 서른을 목전에 두고 기록이나 상으로 증명하는 단계를 넘어선 훌륭한 한 해를 보냈다고 할 수 있다. 행크와 함께 타이거는 새로운 방법으로 한계를 극복했으며, 그의 투어프로 경력에서 세 번째로 새로운 스윙을 완성해 세계에서 가장 압도적인 골퍼의 입지를 굳혔다.

CHAPTER TWENTY-THREE

사망

서른 번째 생일을 앞두고 타이거는 아무에게도 행적을 알리지 않고 6주 동안 골프를 쉬었다. 그 시간 동안 타이거는 자신의 인생에서 가장 긴 시간이라 할 수 있는 24일 동안 골프클럽을 잡지도 않았다. 2006년 초 PGA 투어 대회에 타이거가 빠지는 동안 가족사에 격렬한 변화가 있었다. 얼 우즈는 암 말기에 처해 사이프러스 집에서 격리된 채로 매일 집중 치료를 받았다. 2005년 12월, 쿨티다는 얼의 전처소생인 로이스에게 급히 전화를 걸어 얼의 상태가 좋지 않다며 그의 곁에 항시 누군가 있어야 한다고 급박하게 말했다. 비정상적인 분개로 야기된 우즈 가족의 위기의 순간이었다.

사실은 쿨티다가 로이스에게 연락하기 훨씬 전부터 얼은 집에서 치료를 받고 있었다. 타이거가 집에 거주하는 간호사와 얼의 심장, 당뇨, 다리 순환장애, 전립선암 등에 대한 처방전 약의 비용을 대고 있었다. 무엇보다도 얼과 수년 동안 함께했던 개인 비서도 함께 머무르면서 목욕과 화장실 이용을 비롯해 의사 면담에 동행하는 것을 도왔다. 그러다가 얼을 보살피는 데에 작은 오해가 생기면서 쿨티다는 화가 났고, 얼의 비서를 가정부라 헐뜯으면서 쫓아냈다. 사실 얼의 비서는 가정부 이상이었다. 그녀는 얼의 인생에서 가장 외롭고 불편한 수개월 동안 헌신적으로 보살폈다.

쿨티다와 얼의 개인 비서와의 '충돌'을 로이스는 패닉이라고 표현했다. 그나마 걸러서 표현한 것이었다. 쿨티다가 한 번 폭발하기 시작하면 이를 바라보는 입장에서는 영원히 기억에 각인되는 순간이었다. 이러한 상황이 발생하면 뒷감당은 온전히 로이스의 몫이었다. 결국 로이스는 다니던 회사에 6개월 휴직을 신청하고 사이프러스로 이사했다. 2006년 1월 중순부터 그녀는 집에 거주하며 아버지를 간호했다.

로이스가 사이프러스에 오기 전 타이거는 골프에서 벗어나 가족의 고향에서 주로 지냈다. 특히 쉬는 날엔 틱우드 스트리트에서 많은 시간을 보냈다. 부모님과는 적당히 거리를 두고 있었다. 1996년으로 돌아가서 쿨티다가 따로 나와서 살게 됐을 때 아버지가 집으로 여자들을 고용해서 여러 방법으로 시중들게 했다는 것을 타이거는 알고 있었다. 쿨티다로서는 그 여자들이 얼의 집에 들어가는 것이 늘 불만이었지만, 더는 자신의 집이 아니었고 별거 중이었으므로 그냥 모르는 척하기로 마음먹은 듯했다.

얼의 집에서 일어난 일에 대해 타이거가 얼마나 세세하게 알고 있었는지는 알 수 없다. 그 난잡한 분위기를 직접 경험했던 어떤 이의 말에 따르면 '말 듣지 않는 소의 등에 올라타는 성행위와 다를 바 없는 로데오'라고 묘사했다. 얼의 집으로 면접을 보러 온 한 여자는 입었나 싶을 정도의 짧은 치마에 등이 훤히 보이는 상의를 입고 들어서자마자 얼의 다리 위로 올라가서는 얼을 끌어안았다. 그리고 그녀는 바로 얼의 수행비서 일을 맡았다. 하지만 2005년 말부터 상황은 완전히 달라졌다. 얼은 사실상 거의 움직일 수 없는 상태가 됐고, 유일하게 얼의 시중을 들던 얼의 개인비서는 쿨티다의 호통을 받고 쫓겨나다시피 했다.

놀랍게도 얼의 상태 악화에 따른 갖가지 요소로 인해 스트레스가 있을 수 있었지만, 정작 타이거의 경기력에는 거의 영향을 주지 않았다. 주니어 시절부터 가족 문제가 있었는데도 타이거는 골프 코스에서 최고의 경기를 선보였다. 그의 볼 타격 감각이나 운동에 대한 열정 이상의 우직한 성격으로 인해 경쟁하는 동안에는 감정적인 고통을 완전히 떨쳐버리고 무감각으로 맞섰다. 2006년 1월 말, 타이거가 투어에 돌아오면서 토리 파인스에서의 뷰익 인비테이셔널에서 우승의 자리에 올랐다. 일주일 뒤에는 중동으로 가서 두바이 데저트 클래식에서 트로피를 거머쥐었고,

도럴에서 승수를 추가했다.

타이거의 시즌 초반 연속적인 우승 소식은 그의 주위에서 돌아가는 복잡한 판국 가운데의 결과이기에 더욱 인상적이었다. 3연속 출전 대회 우승 이후에 타이거는 캘리포니아의 코로나도에 위치한 해군 특수전투의 전투차량 탑승훈련장을 찾았다. 훈련 기간 타이거는 특별대우를 받았다. 해군 특수부대 7사단 방문, 무기 시연, 앞으로 특수부대원이 될 훈련생들에게 강의하는 시간도 가졌다. 강의하면서 타이거는 어릴 땐 특수부대원이 되고 싶었다는 것을 고백했다. 이후 무기 훈련 담당 교관과 단둘이 대화하는 동안 특수부대에선 스트레스에 어떻게 대처하는지를 물었다. 교관이 답했다.

"그게 인생입니다. 그냥 하는 거죠. 계속 연습해야죠."

타이거는 교관의 말에서 자신이 해야 하는 것을 배웠다.

영감이 분출되는 근원지는 타이거 우즈 재단에서 새로이 출범 예정인 교육 기획안에 있었다. 9월 11일, 타이거는 WGC 아메리칸 익스프레스 챔피언십 출전을 위해 세인트루이스에 머물렀는데 대회가 급작스럽게 취소됐다. 모든 항공편이 지상에 묶였고 타이거는 렌터카로 올랜도까지 운전해 집에 도착했다. 고속도로에서 15시간 넘게 운전하는 동안 타이거는 자신의 삶에서 중요한 것이 무엇인지 진지하게 바라보게 됐다. 역사상 최악의 테러가 발생하며 나라 전체가 후유증으로 휘청거리는 동안 타이거는 이 세상을 위해 자신이 할 수 있는 일을 고민했다. 명확하게 내다보진 못했지만 어쨌든 유소년들을 돕기 위한 무언가를 원했고, 당시의 타이거 우즈 재단은 최선으로 보이지 않았다. 아버지와 전화한 후 대략적인 아이디어를 구상하기 시작했다. 타이거가 집에 도착하여 앞으로 타이거 우즈 재단을 골프 클리닉만 하는 곳으로 한정 짓지 않겠다고 생각했다. 골프 클리닉은 무언가 서커스 투어를 다니는 것 같았고, 후속타가 그렇게 오래 지속되지 못했다. 그래서 골프 클리닉 이상으로 구성원들에게 더 의미 있고 더 지속적인 것을 고민했다. 결론은 교육이었다. 4년 정도 캠퍼스를 건축하고 자금을 조달해 타이거 우즈 교육 센터를 지었다. 최신 시설로 구축했으며 과학, 기술, 공학, 수학(STEM)*을 소외된 아이들에게 가르치는 데에 집중했다. 3만 5천 평방피트의 중앙학사는 그가 유년 시절을 보냈던, 여전히 저소득층 자녀들과 소외계층 가정들이 많이 거주하는 애너하임과 가까운 곳에 세웠다.

개관 행사가 2006년 2월에 예정되어 있었다. 타이거는 대중의 관심을 끌어낼 무언가를 찾고 있었다. 전 영부인이었던 바버라 부시(Barbara Bush) 여사를 초대했으나 참석을 수락했다가 나중에 취소했다. 타이거 재단 관계자는 또 아널드 슈워제네거(Arnold Schwarzenegger) 캘리포니아 주지사에게 의향을 물었지만 다른 일정과 겹친다는 이유로 갈 수 없다는 답을 받았다. 대신 아널드의 부인이자 TV 방송기자인 마리아 슈라이버(Maria Shriver)에게 초대를 요청했다. 그녀는 대체 타이거 재단이 어떤 유형의 유명인사를 원하는지 모르겠다고 했다. 개관식이 임박하면서 그레그 매클로플린(Greg McLaughlin) 전무는 케이시 워서먼(Casey Wasserman)을 찾았다. 케이시는 연예계와 스포츠계에서 잘 알려진 실무자로 로스앤젤레스에 사무실을 두고 있었는데 전설적인 할리우드의 거물 루 워서먼(Lew Wasserman)의 손자이다. 케이시는 타이거 재단 관계자의 요청을 받고 변호사 더그 밴드(Doug Band)에게 연락했다. 더그는 빌 클린턴의 고문으로 오래 활동한 사람이었다. 타이거가 어떤 생각으로 빌 클린턴을 초대한 것인지 더그에게는 아이러니였다.

"이야기 들은 적이 없나요?"

더그가 케이시에게 확인했다.

이야기는 물론 1997년 재키 로빈슨 행사를 무시했던 상황이었다. 이로 인해 타이거와 클린턴 전 대통령과의 갈등이 촉발됐고 그다음에 열렸던 프레지던츠 컵** 당시에 빌 클린턴이 미국 팀의 라커에 방문하자마자 타이거가 떠났던 일도 있었다.

* STEM; Science, Technology, Engineering, Math

** 유럽을 제외한 인터내셔널과 미국과의 골프선수 대륙 간 대항전.

그 이후에 프레지던츠 컵 우승 기념으로 백악관을 방문했을 때 타이거는 사진 촬영마저 거절했다. 이런 일들로 인해 타이거는 클린턴 대통령 역시 자신을 찾지 않을 것이라 확신했다. 클린턴 대통령 역시 타이거를 싫어했다. 그렇게 타이거는 만나려는 시도조차 하지 않았고 클린턴 대통령 역시 자신과 같은 마음일 것이라 단정 지었다.

어쨌든 양쪽의 치열한 대치 중에 클린턴 쪽 사람들이 조건을 제시했다. 타이거가 직접 전 대통령에게 연락해서 초대하는 것, 18홀 골프를 함께 하면서 분위기를 좋게 만들 것이며 장소는 오렌지 카운티로 하는 것 그리고 개인 비행기를 클린턴이 있는 곳으로 보내는 조건이었다.

타이거는 이 조건에 불만을 토로하다가 못 이기는 듯 마지못해 연락을 취했다. 그리고 친절한 클린턴은 이를 편하게 대했고, 타이거 우즈 재단의 개관식과 골프 라운드가 성사됐다. 케이시는 클린턴의 방문에 개인 비행기 대절을 맡았다.

"우와, 이게 이렇게 쉬운 일이었어요?"

모든 것이 일목요연하게 이뤄지자 타이거가 감탄했다.

공식 개관식 전날에 타이거는 빌 클린턴, 더그 밴드, 스포츠 에이전트 안 텔럼(Arn Tellum), 케이시를 만나 어바인의 셰이디 캐년 컨트리클럽에서 라운드하기로 했다. 타이거가 그레그 매클로플린과 클럽하우스에서 아침 식사를 하는 동안 안과 케이시가 다가왔다. 타이거는 이 두 사람과는 초면이었다. 서로 소개하기도 전에 타이거는 클린턴 전 대통령이 도착했는지 궁금해했다. 아직 오는 중이라는 답변에 타이거는 직설적으로 답했다.

"오기만 해봐. 더러운 얘기만 들을 줄 알아."

클린턴이 도착하면서 상황은 더 꼬였다. 타이거의 성의 없는 태도로 인해 클린턴과의 거리가 전혀 좁혀지지 않았다. 명성이 자자했던 대로, 처음부터 클린턴은 분위기를 자신의 것으로 만들어서 대화의 거의 모든 부분을 자신이 독식했다. 중간에 타이거가 끼어들었다.

"와, 어떻게 그딴 것까지 다 기억하고 계셨습니까?"

이윽고 라운드가 본격적으로 시작되면서 타이거는 팀에서 완전히 다른 사람처럼 행동했다. 대부분 골프 카트에 앉아서 상당한 시간을 전화기 쳐다보는 데에 썼으며, 홀을 끝내면 다른 사람들 플레이가 남았음에도 혼자 태연하게 다른 홀로 걸어 나갔다. 이는 골프 예절을 심하게 어기는 처사였다. 클린턴 전 대통령의 티샷 방향이 완전히 어긋날 땐 타이거는 낄낄거렸다. 또 자신이 좋아하는 흑인 농담도 서슴지 않았는데 흑인 콘돔 이야기로 무릎을 치며 웃었다.

"밉상도 그런 밉상이 없을 겁니다. 그날 타이거가 진짜 어떤 사람인지 제대로 알게 된 날이었습니다. 그래도 명색이 미국의 전 대통령인데 어쩌면 그렇게 무시할 수가 있었는지 모르겠습니다."

설상가상으로 한 주가 지나 클린턴의 사무실에서 타이거와 클린턴이 함께 찍은 사진을 보내면서 사인을 해 달라고 요청했다. 사진을 다시 받아서 액자에 넣을 예정이었다. 타이거가 단순히 무시한 것인지 그냥 잊고 있었던 것인지는 알 수 없었다. 다만 수개월 뒤 클린턴 사무실 직원이 타이거 사무실에 격노하며 전화를 걸고는 '대체 뭐 하는 짓거리냐?'고 따졌다. 그제야 타이거는 사진에 사인을 남기고 클린턴 사무실로 돌려보냈다. 몇 년이 지나고 클린턴의 측근이 이에 대한 안 좋은 기억을 떠올리며 말했다.

"클린턴이 어렵사리 미국 서부로 행차했는데 사인 하나 못 해 준다는 게 말이 됩니까? '나는 타이거 우즈야. 이 세상에선 내가 제일 잘났으니까 꺼져.' 그 사건을 겪은 제 느낌이 그러했습니다."

무려 25년 동안 〈60분〉*을 훌륭하게 진행해 온 에드 브래들리(Ed Bradley)는 무하마드 알리부터 마이클 조던, 밥 딜런부터 레나 혼(Lena Horne), 마이클 잭슨까지

* 60 minutes: CBS 방송사의 시사 프로그램.

다양한 사람들의 인터뷰를 맡아 왔다. 은퇴가 가까운 나이였지만 여전히 인터뷰하고픈 상징적인 대상이 몇 있었는데 그중 한 명이 타이거 우즈였다. 그와 프로그램을 함께했던 프로듀서 루스 스트리터(Ruth Streeter)는 수년 동안 타이거에게 방송 출연을 요청했지만 안타깝게도 성사되지 않았다. 그러던 중 타이거는 자신의 교육센터를 대중에 알릴 목적으로 〈60분〉에 출연하기로 했고, 대신 2부로 나눠서 제작하는 조건을 달았다. 교육센터의 개관식 즈음에 편성하는 것도 요청했지만, 에드의 요구인 타이거의 요트에서 촬영하는 데에는 동의하지 않았다. 그리고 타이거의 부동산에 방문하려는 것도 관철되지 않았다. 무엇보다 타이거는 엘린을 출연자에 포함하지 않는다는 것을 분명히 했다.

"자신의 부인이 출연하지 않음을 명확하게 못 박았습니다. 우리가 저쪽으로 가길 원하면 타이거는 이쪽으로 가길 원했습니다. 모든 수단을 동원했지만, 타이거는 엘린의 방송 출연을 단호하게 불허했습니다."

루스가 타이거 우즈 섭외 당시 기억을 되살렸다.

그래도 여전히 에드는 타이거의 전반적인 인생에 대한 질문을 던지고 싶었다. 특히 타이거의 아버지가 어떻게 양육했는지, 어릴 때부터의 유명세를 어떻게 감내했는지, 인종차별에 대해선 어떤 생각을 하는지 궁금했다. 2006년 초에 인터뷰했고, 경험 많았던 에드는 특별한 이유 없이 긴장했다.

반면 타이거는 걱정하는 표정조차 보이지 않았다. 이미 에드와의 단독 인터뷰 전에 찰리 피어스, 존 파인스틴, 찰리 로즈, 바버라 월터스, 게리 스미스 등 경험 풍부한 진행자와 일대일 인터뷰를 경험했으며 특집 기사가 유명 일간지와 월간지에 수도 없이 실렸다. 리무진 뒷자리에서 기자와 함께 인종에 대한 농담을 던진 일화라던가, 오프라 윈프리 쇼의 소파에 앉아 눈물을 머금었던 일화는 이미 오래전 이야기인 듯했다. 타이거는 에드를 마주 보고 앉으면서 그 어떤 화제에든 이야기할 마음이 없음을 환기시켰다.

둘이 나눈 대화는 아래처럼 이어졌다.

타이거: *저는 제 개인적인 이야기하기를 좋아하지 않습니다.*

에드: *그렇다면 그런 개인사는 어떻게 관리하시는지요?*

타이거: *노력하고 제가 할 수 있는 최선을 다하는 겁니다.*

인종과 관련하여 에드는 유치원에서 있었던 사건에 관해 물었지만 돌아온 답변은 차가웠다.

"네, 고학년들이 저를 나무에 묶은 뒤 돌멩이를 던졌다니까요. 실제로 그랬습니다."

에드가 왜 그런 일이 있었는지 묻자 타이거는 모른다고 답했다. 에드는 그러면 부모님은 그 사건에 대해서 뭐라고 말했냐고 물었고, 타이거는 기억이 나지 않는다고 일축했다. 심지어 타이거가 자신 있게 이야기할 수 있는 영역인 골퍼로서의 타이거의 위대함에 대해 말하려 했지만, 그는 단문으로 답하며 더 깊은 이야기를 차단해 버렸다.

인터뷰가 끝나고 에드와 루스는 돌아가는 공항에서 마치 오랜 부부처럼 보였다. 타이거의 인터뷰를 되돌아보면서 루스가 말을 꺼냈다.

"타이거한테 권투 글러브조차 주지 못했습니다."

에드가 답했다.

"전혀 건드리지도 못했습니다."

평소 세상 물정에 밝으며 대화의 상대에 공감할 수 있는 그만의 타고난 감각으로 인해 〈60분〉 진행자 역대 가장 훌륭한 인물로 평가받았던 에드였지만 그조차도 인정할 수밖에 없었다.

"그의 가장 빛나는 능력은 자연스러움이었다. 대화 상대가 어떤 반응을 하든 에드는 미동조차 하지 않고 자연스럽게 인터뷰를 이어갈 수 있었다."

프로그램의 총 책임자인 제프 페이거(Jeff Fager)가 에드에 대한 극찬을 아끼지 않았다. 에드는 심지어 미국 역사상 최악의 폭탄 테러였던 오클라호마 테러의 범인

티모시 맥베이(Timothy McVeigh)에게서 테러의 동기가 무엇이었는지를 끌어내기도 했다. 그러나 타이거가 사형을 앞둔 죄수보다 더 흔들리지 않는 마음을 가졌음이 입증된 셈이다.

"서른 살에도 어쩌면 그렇게 냉정하고 보이지 않은 벽이 그렇게 많았는지 모르겠습니다. 타이거는 우리에게서 자신을 감추려 했던 것 같진 않습니다. 대신 스스로 준비한 것에 관해서만 이야기한 듯했습니다. 뭔가 알 수 없는 게 있었지만, 우리는 그걸 파헤치지 못했습니다."

루스의 이야기였다.

사실 타이거는 에드에게 숨긴 이야기가 많았다. 특히 결혼과 패밀리맨 이미지에 대해서는 더욱 그러했다. 타이거가 인터뷰에서 했던 이야기이다.

"제 인생의 반려자를 찾았습니다. 최고의 친구입니다. 있잖아요, 엘린은 제게 너무나 과분합니다. 제 삶에 즐거움과 균형을 찾게 해 줬습니다. 그리고 함께 이겨나가고 있습니다."

타이거의 2006년을 돌아보면 진정으로 안정을 찾았고, 결혼에도 톱니바퀴 하나 어긋나는 것 없었다. 타이거와 엘린이 함께하는 시간은 그리 많지 않았고 공석에서 두 사람이 함께 있으면 타이거는 뭔가 풀린, 영혼이 없는 느낌이었다. 한편으로 투어 대회 출전 때문에 이곳저곳을 이동하면서 엘린 모르게 다른 여자들을 만나기 시작했다. 그런데도 타이거는 에드에게 강조했다.

"가족이 언제나 우선시돼야 합니다. 제 삶에서 그래 왔고 앞으로도 그럴 겁니다."

2006년 5월 2일, 얼의 신장 기능이 완전히 멎었고 산소마스크를 쓰게 되었다. 같은 시간에 타이거는 제이미 정거스와 뉴포트 비치의 호화 콘도에 있었는데, 타이거의 어머니가 전화로 얼의 상태를 타이거에게 알렸다. 타이거는 곧바로 틱우드에 있는 집으로 달려왔다. 로이스는 북받치는 감정을 누르려 애를 쓰고 있었다. 의심의 여지 없이 끝이 임박했음을 모두가 알고 있었다. 그날 저녁에 타이거는 아버지

곁에서 몇 시간 동안 함께 보냈고, 콘도로 돌아가서 제이미와 열정적으로 사랑을 나눴다.

"그의 정신은 다른 곳에 있었고 아버지에 대한 걱정이 가득했습니다. 하지만 침대에선 평소대로 섹스에 고파 있었습니다."

제이미가 나중에 밝혔던 일화이다.

새벽 3시 즈음, 타이거는 전화를 받고 잠에서 깼다. 전화기 저쪽 편에서 어머니 목소리가 들렸고 제이미는 타이거 바로 옆에 누워있었다. 쿨티다는 얼의 영면 사실을 알렸다. 타이거는 눈물을 흘리지 않았고, 아무 말도 하지 않았다. 타이거는 아버지의 시간이 얼마 남지 않았음을 알고 있었고 이미 마음의 준비를 하고 있었다. 전화를 끊고 타이거는 잠시 멍하니 앉아 있었다.

아버지와 아들의 관계로서 많은 이야기가 담긴 타이거와 얼이었다. 그 누구보다도 타이거를 잘 이해했던 아버지였고, 또 그런 아버지를 타이거는 최고의 친구라고 셀 수 없이 소개했다. 타이거가 대회에서 우승한 뒤 얼의 팔에 안기는 장면은 다반사였기에 방송국은 생중계 말미에 감동의 포옹 장면을 담기 위해 카메라맨을 항상 준비하곤 했다. 그러나 얼이 세상을 떠났지만, 타이거는 얼이 누워있는 침대를 지키지 않고 수 마일 떨어진 곳에 있었다. 라스베이거스에서 만난 속옷 모델과 한 침대에 있었다. 얼은 마지막 4개월 동안 밤낮으로 곁을 지킨 딸의 품에서 마지막 순간을 맞이했다.

"아버지와 타이거가 얼마나 친한 사이인지는 사람들이 잘 알고 있더군요. 그렇지만 아버지와 제가 얼마나 친한지는 잘 모릅니다. 저는 항상 아버지 곁을 지키는 딸이었습니다. 그분이 돌아가실 때 저는 참 힘들었습니다. 그냥 너무 허탈했습니다. 상실감이겠죠. 아버지는 제 삶에서 정말, 정말 큰 부분을 차지했습니다."

로이스가 했던 말이다.

얼의 죽음은 타이거에게도 충격이었다. 비록 공식 석상에서 언급하지 않았지만, 최고의 친구, 자신을 가장 잘 이해했던 아버지였다. 하지만 다른 사람들 앞에서는 결코 슬픔을 보이지 않았다. 캘리포니아 남부 지역에서 외부와 철저히 단절된 채 치러진 얼의 장례식에는 타이거가 명성을 전국적으로 얻기 시작할 때부터 알고 지낸 사람들이 나타났다. 조 그로먼은 해군 골프장의 헤드 프로가 됐고, 골프 전문 기자인 제이미 디아즈도 위로를 전했다. 타이거의 친구이자 유명인사인 찰스 바클리, 마이클 조던, 측근이 된 지 얼마 되지 않은 행크 헤이니도 있었다. 타이거는 의외로 차분하게 아버지 얘기를 듣고 있었다. 게다가 타이거가 아버지 이야기를 할 땐 거의 감정이 드러나지 않는 말투였으며, 몇몇은 타이거가 어떤 말을 했는지 기억하기 어려울 정도였다고 했다.

얼의 시신은 화장 처리되었다. 장례식이 끝나자 타이거의 가족들은 개인 비행기로 캔자스의 맨해튼으로 날아갔다. 얼이 태어났던 곳에 얼의 재를 묻기 위해서였다. 얼의 첫 번째 결혼에서 태어난 자녀들은 묘비가 준비됐을 것이라 예상했다. 하지만 매장 후 한참이 지나서도 묘비가 없음을 알고 놀랐다. 그렇게 세계에서 가장 부유한 스포츠 스타의 아버지는 표식조차 없는 무덤에 묻힌 것이다. 얼의 타계 이후 10년 동안이나 몇몇 가족들에게서 억측과 실망이 쏟아져 나온 데 대해서는 설명할 수 없는 부분이었다.

로이스가 2016년에 밝혔던 내용이다.

"쿨티다는 장례식부터 무덤에 들이는 것까지 다 알아서 했습니다. 왜 그랬을까요? 알 수가 없었습니다. 이유가 뭐였는지도 모르겠습니다."

왜 이런 식으로 그녀의 남편을 매장했는지는 쿨티다만이 설명할 수 있었다. 그렇지만 결정적인 실마리는 얼의 생전에 쿨티다가 얼에 대해 했던 말이 있다.

"노인네가 참 여려요. 눈물을 보이기도 하고, 용서도 할 줄 알죠. 저는 아니에요. 저는 아무도 용서하지 않습니다."

쿨티다의 영어가 어법에 맞지 않아도 그녀의 메시지는 쉽게 이해할 수 있었다. 게다가 남편만큼 그녀에게 상실감을 안겨 준 사람은 없었다. 그녀가 겪었던 배신은 기혼이었음에도 자신을 미국에 데려온 것이 첫 번째였다. 그렇지만 끝내 얼은 쿨티다까지 배신했다. 얼은 그녀에게 말로서 숱한 모멸과 굴욕을 안겨줬다. 타이거는 신이 보낸 존재로 인류에서 가장 중요한 인물이 될 것이라며 외아들에게 불가능한 기대를 심어 줄 때마다 그리고 타이거 업적의 뒷바라지를 얼이 독차지할 때마다 쿨티다의 신경은 곤두섰다. 장례와 발인 진행이 모두 얼이 하던 대로라면 아들의 돈으로 거대한 기념관까지 지어서 '타이거 우즈의 아버지, 여기에 영원히 잠들다.'는 식의 문장도 새겼을 것이다. 그러나 쿨티다의 방식으로 그 아무도 얼 우즈의 무덤이 어디에 있는지 알 수 없게 처리했다. 그나마 공개적으로 알려진 것은 『뉴욕타임스』의 부고란이었다. '골프: 타이거 우즈 부친상(얼 우즈)'이 그 제목이었다.

타이거는 아버지를 떠나보내고 몇 주 지나서 멕시코 접경지역의 캄포라는 잘 알려지지 않은 도시 외곽으로 은신했다. 산악지형으로 이루어진 곳이었다. 구불구불한 길을 지나 황폐한 사막 지역을 지나면 '마이클 몬수어(Michael Monsoor)' 군부대가 나타났다. 산악지형 전투 훈련 시설을 갖춘 군부대였다. 전체적인 지형지물이 아프가니스탄을 연상하게 하는 곳이었다. 2016년 ESPN 〈더 매거진〉 선정의 영예를 얻은 기사를 작성한 라이트 톰슨(Wright Thompson)이 여기서 있었던 일들을 상세하게 취재했다. 위장 군복 바지에 갈색 상의의 타이거는 공격 전용 M4 소총을 들고 오른쪽 다리엔 권총을 찬 모습이었다. 해군 특수부대의 실전을 방불케 하는 훈련이 펼쳐지는 킬 하우스에 있었다. 타이거는 그곳 극한의 환경 속에서 건물의 공간 진입, 인질 구출 훈련을 체험했다. 특수부대 교관의 감독 아래 타이거는 맞으면 멍이 들 정도의 페인트 총으로 사격훈련까지 받았다. 테러리스트 복장의 군인들에게 직접 총을 쏘기도 했다.

"그러한 훈련을 통해서 타이거는 공간에 침투한다던가 상대의 공격을 피하는 방법 등을 터득했다. 페인트 총이긴 하지만 진짜 해군 특수부대 요원들과의 훈련은 민간인이라면 경험하기 힘든 일이다."

라이트가 타이거의 훈련에 관해 취재한 기사 내용이었다.

2006년 US 오픈이 2주 앞으로 다가왔지만, 타이거는 다른 세상에 있었다. 골프클럽을 잡고 휘두르며 쇼트게임에 매진하기보다 총검을 다루고 가상의 적 공격을 피하는 것들에 집중했다. 함께 훈련하던 요원들도 의아해했다. 타이거의 아버지처럼 베트남 전쟁에 참전한 아버지를 둔 교관이 사격훈련 중이던 타이거를 밖으로 불러내 조심스레 물었다.

"여기서 지금 이러고 있을 때인가요?"

"아버지 때문입니다. 제 아버지는 저에게 두 가지 직업 중에 선택하라고 했습니다."

금시초문의 이야기였다. 타이거를 양육하면서 한결같이 드러냈던 주제와는 완전히 빗나간 이야기였다. 얼이 냈던 세 권의 책에도 그렇고, 수년 동안 했던 수많은 인터뷰에서도 타이거가 골퍼와 군인 중에 선택했다는 말은 전혀 없었다. 그리고 타이거 또한 공식적인 자리에서 그러한 이야기를 꺼낸 적이 없었다. 그렇지만 아버지의 죽음에 따른 후유증이었는지, 그의 머리에는 엄청난 부담이 남아 있었다.

"확실합니다. 타이거는 뭔가를 찾고 있었습니다. 대부분의 사람은 하지 않은 것에 대해 후회를 하며 살지만, 타이거는 '만약 이걸 했으면 어땠을까?' 맛보기라도 하는 성격입니다."

타이거의 스케줄을 꿰는 몇 안 되는 측근인 행크 헤이니는 타이거가 해군 특수부대를 급작스레 방문한 일을 알고 기겁했다. 이 일을 알게 되자 곧바로 문자를 보냈다.

타이거, US 오픈이 18일 앞으로 다가왔는데, 해군 특수부대 훈련을 받는 게 제정신인가요? 당장 거기서 하던 것들 다 멈추고 특수부대 훈련은 비디오 게임으로나 하자고요. 타이거가 하는 말이나 행동으로 보면 분명 특수부대에 당장에라도 정식 입대하고픈 모양입니다. 그렇지만 제정신인가요?

특수부대 일은 위험합니다. 진짜 총알이 오간다고요.

타이거의 정신은 멀쩡했다. 다만 감정적으로 혼란스러운 상태였다. 캘리포니아 남부 사막 지역에서 해군 훈련을 마치고 타이거는 뉴욕의 나이트클럽을 찾았다. 그곳에서 여성 한 무리를 바라보고 있었다. 그중에 육감적인 몸매의 금발인 20대 후반의 코리 리스트(Cori Rist)가 타이거의 레이더에 들어왔다. 타이거는 곧바로 측근을 보내 익숙한 대사를 그녀에게 전달했다.

"타이거가 만나고 싶어 합니다."

코리가 타이거의 테이블로 다가왔다. 코리의 앉을 자리를 만들기 위해 타이거는 재빨리 옆으로 몸을 움직였다. 그러고는 능숙하게 이런저런 농담을 던졌고, 그러다가 자신의 신발 끝을 모으더니 한쪽 발끝을 다른 발에 대며 긁는 것처럼 보이게 했다.

"이게 뭔지 알아요?"

코리는 무슨 행동인지 알 수 없었다.

"흑인이 콘돔을 빼는 거예요."

타이거가 말하며 웃어댔다.

이런 농담은 1997년 『GQ』 월간지 사진 촬영을 하면서 찰리 피어스가 지켜보는 가운데 여자 모델들에게 던졌던 것들과 큰 차이가 없었다. 9년이 지났으나 타이거는 여전히 대화의 주제를 고등학교 2학년 수준의 저급한 농담으로 삼고 있었다. 재치나 성격이 어떠하다는 것과는 별도로 유명한 운동선수가 됐다는 것 자체로 이미 이성의 마음을 흔들 수 있었다.

술을 몇 잔 마신 뒤 타이거는 코리를 데리고 친구의 아파트로 가서는 침대로 불러들였다. 서로 연락처를 교환하고는 타이거가 뉴욕에 방문할 때마다 동침하곤 했다. 함께 있는 동안 타이거는 아버지에 관한 이야기를 많이 했고, 어떻게 아버지가 자신을 양육했는지 코리에게 털어놓았다. 떨어져 있을 땐 코리에게 문자 메시지를 자주 보내면서 그녀가 누구와 함께 있었는지도 추궁하곤 했다. 최고급 스트립클럽의 매혹적인 그녀는 소유욕이 강한 남자들에게 익숙했지만, 타이거는 달랐다.

"무척 질투심이 강했습니다. 고등학교 때가 생각날 정도였으니까요. 어디 있냐, 자신을 어떻게 생각하냐고 시도 때도 없이 제게 물어보면서 관심을 받고 싶어 했죠. 꼭 그렇게 확인을 해야 하는 성격인 듯합니다."

코리가 회고했다.

골프 코스에서의 타이거에게는 굳이 확인할 필요가 없었다. 아버지가 세상을 떠난 뒤 6주가 지나서 타이거는 윙드 풋 골프클럽에서 열린 US 오픈에 출전했다. 타이거는 거기에서 서른일곱 번째 메이저 출전 만에 처음 본선에 들지 못했다. 하지만 한 달 후 열렸던 브리티시 오픈에서 그는 72홀 동안 18언더 파를 기록하며 클라레 저그(Claret Jug)*를 거머쥐었다. 통산 메이저 열한 번째 우승이었다. 너무나 흠잡을 데 없이 완벽한 경기였기에 타이거 우즈에 비판적인 언론사들도 타이거의 볼스트라이킹을 두고 범접할 수 없는 완벽함이라고 평했다. 로열 리버풀 골프클럽에서 타이거 우즈가 보여준 경기를 두고 행크 헤이니는 자신의 골프 경력에서 그렇게 위대한 아이언 샷 플레이를 처음 목격했다며 치켜세웠다. 4라운드 동안 타이거는 볼을 벙커에 단 한 번도 빠뜨리지 않았으며, 드라이버를 꺼내 든 적은 단 한 차례였다.

타이거는 그렇게 자신의 위풍당당한 경기를 아버지에게 바쳤다. 그리고 마지막 퍼트를 홀에 넣는 순간 얼의 생전에는 하지 않았던 행동을 보였다. 먼저 그린에서 캐디 스티브 윌리엄스를 껴안은 채 자신의 얼굴을 스티브의 어깨에 묻고 흐느꼈다. 그러고는 엘린이 다가가서 타이거의 허리춤을 팔로 감싸자 아이처럼 울음을 터뜨리며 코스를 빠져나왔다.

"그냥 북받쳐 올랐습니다. 아버지에 대한 모든 것들은 제게 큰 의미가 있었습

* 브리티시 오픈 우승 트로피.

니다. 그리고 아버지와 함께했던 골프도 제겐 중요합니다. 그냥 아버지가 살아있어서 한 번 더 보셨다면 어땠을까요?"

타이거가 우승 후 기자회견에서 말했다.

이번 브리티시 오픈에서의 우승은 타이거의 경력 중 경이로운 시기의 서막이었다. 다음 주 뷰익 오픈, 그다음 주 PGA 챔피언십에선 다섯 타 차로 정상에 올랐는데, 현대 골프 대회에서 매 시즌 메이저에서 1승 이상은 달성한 유일한 기록이었다. 그다음 주에도 브리지스톤 인비테이셔널 우승 트로피까지 가져갔다. 2주 후에는 도이치뱅크 챔피언십에서도 정상에 오르며 여섯 개 대회 연속 우승으로 한 해를 보냈다. 절대적이고 완전하게 골프의 모든 기술 면에서 압도함을 과시했다. 특히 타이거의 아이언 샷 기록에선 타의 추종을 불허했다. 〈골프 채널〉의 해설자인 브랜들 챔블리(Brandel Chamblee)가 방송에서 타이거의 아이언샷 정확도를 분석했다.

"2006년 타이거의 아이언 샷 정확도는 투어 평균보다 8피트 4인치나 더 가까웠다. 그건 진정 수수께끼 같은 기록이다. 1피트 정도로 서른 명에서 서른다섯 명이 몰려 있는데, 타이거는 투어 평균보다 8피트나 좋았다."

골프 역사가들은 타이거의 2000년이 골프 역사에서 가장 위대한 시즌이었다고 이미 감탄하고 있었지만, 6년 뒤의 그는 더 정교해졌고, 더 한결같은 스윙을 구사하고 있었다. 2006년에 타이거는 15개 대회에 나가서 여덟 번 정상에 올랐다. 현대 골프 대회에서 승률이 반을 넘는다는 것은 상상도 할 수 없는 일이었다. 2006년엔 개인적으로 가장 힘들었던 시기였음에도 불구하고 영광의 순간들로 그의 골프 게임이 결국 완벽함에 도달했음을 보여주는 해이기도 했다.

타이거의 아버지가 세상을 떠나기 일주일 전, 타이거는 라스베이거스로 가서 나이키의 새 광고를 촬영했다. 영화 〈신들러스 리스트〉와 〈라이언 일병 구하기〉로 오스카상을 두 차례나 수상한 세계적인 촬영감독 야누쉬 카민스키(Janusz Kaminski)

가 맡았다. 온전히 스튜디오에서 촬영이 이뤄졌는데, 타이거는 머리부터 발까지 검은색으로 입고 등장했다. 타이거가 드라이버 스윙을 처음부터 끝까지 하는 동안 야누쉬는 여러 방향에서 그의 스윙을 초고속 카메라로 촬영했다. 53초 분량으로 다듬어서 첼로 음악을 덮었다. 타이거의 피니시와 함께 '스윙 초상화(Swing Portrait)'라는 단어가 가운데 쓰이면서 영상이 끝났다. 역사상 가장 위대한 골프스윙임을 칭송하는 광고였다.

달리 보면 이 광고는 타이거가 부모로부터의 축복과 모독을 동시에 받으며 성장했다는 점을 참신하게 담았다. 사실 타이거의 부모는 아들에 대한 절실한 헌신만이 있었고, 타이거의 골프 게임이 완벽에 도달한 만큼 비극적이다 싶을 정도로 절망적이고 불행한 구석도 한편에 있었다. 이런 상태의 아들을 보살펴 주는 이였지만 더는 타이거의 곁에 없었다. 또 갓난아기 때부터 창고에서 아버지의 골프스윙을 따라 하던 아이에서 최고의 선수로 성장하여 의기양양한 동안에도 아버지의 자리는 비어 있었다.

얼에게도 흠집은 있었겠지만, 어쨌든 그는 타이거에게는 밝게 빛났던 북극성이었을 것이다. 이제는 그가 있던 자리에 그는 없고, 타이거는 개인적으로 탐닉하는 정도가 더 심해져 가고 있었다. 그리고 자신의 이미지를 지키기 위해 점점 더 뒤처리에 신경 써야 하고 거짓을 위한 고단한 싸움을 해야 했다. 타이거는 많은 이들이 예상했던 것보다 더 거짓된 삶을 살고 있었다.

CHAPTER TWENTY-FOUR

째깍, 째깍, 째깍……

2006년 타이거 우즈는 뉴욕에서 있었던 US 오픈 테니스 대회에서 로저 페더러(Roger Federer)를 처음 만났다. 페더러는 관계자들만 출입이 가능한 칸막이 좌석에 자리를 잡고 로저의 경기를 관전하며 응원했다. 이날 로저는 앤디 로딕을 꺾고 US 오픈 테니스의 3년 연속 정상에 올랐다. 세계 최고의 골프선수와 세계 최고의 테니스 선수가 우승 축하 자리에서 만나 샴페인으로 우승 축하의 건배를 들었다. 축하하는 자리에서 타이거는 로저를 자신이 출전하는 대회에 초대했다. 로저는 초대에 기꺼이 응했고, 몇 달 뒤 도럴의 골프장 안으로 들어갈 수 있었다. 두 사람 모두 각자의 영역에서 유례없는 최고의 선수라는 연유로 조금씩 가까워졌다. IMG 소속이기도 하고, 나이키의 내로라하는 선발이라 가능했다.

"서로 공감하는 점이 많습니다. 많은 이들로부터 받는 기대도 알 수 있어서 서로 처한 상황이 비슷합니다. 서로 잘 알게 됐고 또 이런저런 주제에 대해서 소통할 수 있다는 건 좋은 일이죠."

로저가 당시 했던 이야기였다.

타이거는 자신의 삶에서 다른 이들을 대했던 것과 마찬가지로 로저와의 친밀함에 대해 털어놓은 적이 없었다. 실제로 로저에게 자신에 대해 많이 이야기하지도 않았다. 그렇지만 프로답게 그들이 활동하는 종목을 어떻게 바꿨는지는 의견을 나누었다. 타이거는 압도하는 경기력으로 골프에서의 기교를 혁신적으로 향상했고, 로저는 프로 선수의 단계를 뛰어넘으며 예술적인 감각과 품위로 테니스의 세계를 바뀠다.

2007년으로 해가 바뀌면서 골프 팬이나 테니스 팬이나 모두 타이거가 잭 니클라우스의 메이저 18승을 넘어설 것이고, 로저가 피트 샘프라스(Pete Sampras)의 그랜드 슬램* 14승의 업적을 경신할 것이라고 대부분 믿고 있었다. 문제는 로저나 타이거 두 선수 중에 누가 먼저 깰 것인지에 관심이 집중되었다. 많은 이들이 타이거가 먼저 이룰 것이라 믿고 있었다. 이미 메이저 12승을 달성했고, 타이거보다 여섯 살 어린 로저는 그랜드 슬램 대회에서 9승을 기록하고 있었다. 둘은 이내 누가 먼저 기록을 깰지 친선 내기를 했다. 결국 2년 뒤 로저는 피트 샘프라스의 기록을 갈아치웠다. 반면 많은 이들이 알고 있는 대로, 타이거는 잭 니클라우스의 기록에 접근하지 못하고 있다. 타이거가 그렇게 조금씩 무너지는 것을 타이거조차 알지 못할 정도였다. 그리고 골프선수로서의 절대적인 타이거의 지배는 조금씩 흔들리기 시작했다. 그 서막은 예상치 못했던 곳, 타이거의 집에서 1마일 정도 떨어진 곳, 그의 캐딜락 에스컬레이드 뒷좌석에서였다.

2007년 초반, 타이거는 늦은 밤에 올랜도의 나이트클럽을 탐험하고 있었다. 하지만 『NE』 지의 탐지망으로 인해 그의 야간비행이 서서히 털리고 있다는 사실을 전혀 알지 못했다. 『NE』는 유명인사들이 뉴욕이나 LA처럼 대도시의 밤을 어떻게 보내는지 끈질기게 추궁하는 미디어이다. 그래서 소기의 목적 달성을 위해서 먼저 소문이 자자한 유명 클럽에 출입할 만한 매력적인 여자들을 고용한다. 그러고는 호텔, 식당, 클럽의 대리 주차원, 바텐더, 경비원, 웨이트리스 등과 더불어 비밀리에 열리는 파티에 고용되는 외모 출중한 모델들도 섭외해 감시망을 만든다. 배우나 코미디언, 가수, 정치인을 목격해 알려주는 대가로 한 명당 200에서 500달러를 현금으로 지급해 판매 부수를 끌어 올리는 방식의 작업을 많이 했던 미디어이다. 2007

* 호주 오픈, 프랑스 오픈, 윔블던, US 오픈 대회가 테니스의 그랜드 슬램.

년에는 타이거 우즈의 존재감이 브래드 피트와 제니퍼 애니스턴의 그것과 대등한 정도의 폭발력이었지만 체면을 구기는 것은 한순간이었다. 그리고 이러한 이슈로 주머니를 채우는 일은 『NE』가 둘째라면 서러워할 정도로 잘했다.

『NE』 지는 1950년대 제네소로 포프 주니어(Generoso Pope Jr.)가 설립했다. 잘 알려지지 않은 인물이었으나 마피아의 그림자로 힘을 얻으며 36년 넘게 출판을 이어간 공이 있었다. '호기심 많은 사람은 궁금해한다.'를 회사의 캐치프레이즈로 정했다. 제네소로는 혈흔이 낭자했던 뉴스, 내부 이야기, 괴상한 화제 등으로 사람들의 관심을 사로잡았다. 1977년에는 엘비스 프레슬리(Elvis Presley)가 관에 누워있는 사진을 머리기사로 올리면서 회사는 최고조에 올랐다. 엘비스의 머리기사로 『NE』는 전국적으로 670만 부가 넘게 팔렸다.

제네소로가 명을 달리한 후에 회사 분위기는 눈에 띄게 변했다. 뉴욕에 본사를 둔 투자은행 기업인 에버코어 파트너스가 1999년에 『NE』를 사들였다. 미국의 가판대 잡지와 가십 출판지를 거느린 아메리칸 미디어 인코퍼레이션(AMI)를 7억 6,700만 달러에 인수하면서 자동으로 딸려갔다. 새로 부임한 편집장 데이비드 페럴(David Perel)의 리더십 아래 『NE』는 이전보다 더 복잡한 수사를 시작했다. 2003년에 러시 림버우(Rush Limbaugh)의 진통제 중독을 보도했고, 2007년 말에는 대통령 후보인 존 에드워즈(John Edwards)가 선거 운동하는 동안 혼외 자녀들을 돌봤다는 기사를 내면서 퓰리처상**을 받기도 했다.

데이비드는 사람의 행동이 예측 가능하다고 전적으로 믿는 사람이었으며 장기전을 즐겼다. 기삿거리에 다가갈 땐 인내심이 필요함을 매번 강조했다. 절대로 서두르지 말고 기삿거리가 다가오기를 기다리라고 직원들에게 설교하다시피 했다. 그리고 타이거 우즈에 관해서 이 방법이 딱 맞아떨어졌다. 2006년에 타이거가 올랜도에서 여성을 꾀러 돌아다니고 있다는 정보가 『NE』에 접수되었다. 곧바로 올

** 미국의 특종 보도에 대해 주는 상.

랜도의 야간 거처에 기자들을 심어 놨다. 클럽 패리스의 소유주인 프레드 칼릴리언은 2006년 즈음해서 타이거가 클럽 안에서 즐기는 영상을 수십만 달러에 교환하자는 제의가 몇 차례 있었음을 밝혔다.

"전부 타이거에 관련한 것들이었습니다. 저는 그들에게 꺼지라고 말했죠. 우리는 그런 제안을 받지 않고 또 영상 자체를 만들지 않습니다."

프레드가 잘라 말했다.

처음에는 올랜도의 그 어느 곳도 타이거의 밤늦은 밀회를 공개하려 하지 않았다. 게다가 타이거는 지역의 주요 클럽에 갈 때 철저하게 움직였다. VIP들만 출입하는 제한된 장소만 골라 다녀서 마주치는 것 자체가 불가능했다. 또 사람이 많이 모이는 곳을 피했고, 여성과 함께 있는 것을 감추기 위해 오랜 시간을 들이곤 했다. 그렇지만 정작 클럽에서 벗어나면 더 대담해졌다. 그의 부인이 집을 비울 땐 개인사가 보장되는 자신의 집에서 밀회를 행하기도 했다.

『NE』가 타이거의 부정한 행적을 좇다가 난관에 부닥쳤다 싶은 순간 한 여자가 자신의 딸이 타이거와 바람을 피웠다고 비밀제보 채널을 통해 주장했다. 전화했던 당사자는 일정의 대가를 받고 증거를 제공했다. 예측 가능한 행동이었다.

민디 로턴(Mindy Lawton)은 타이거와 엘린이 종종 아침 식사를 위해 찾았던 퍼킨스 레스토랑 앤 베이커리의 종업원이었다. 짙은 머리색에 균형 잡힌 몸매의 민디는 몇 달 동안 식당에서 일하며 타이거와 엘린의 주문을 자주 받곤 했다. 민디는 두 가지를 눈치챘다. 항상 엘린이 주문을 했고, 두 사람은 거의 대화를 하지 않았다.

"둘 사이에 애정이 있다고 볼 수 없었습니다. 타이거는 엘린에게 애정 없는 관계였음이 분명했습니다."

민디가 회고했다.

그러던 어느 날 아침, 민디는 타이거의 시선을 느낄 수 있었다. 타이거와 엘린이 식당을 떠난 뒤 얼마 지나지 않아 계산대의 전화가 울렸고 민디가 받았다.

"안녕하세요, 티예요."

"누구요?"

"타이거예요. 오늘 밤에 친구들하고 블루 마티니에 가서 시간을 보내려고 하는데 괜찮으시면 초대하고 싶습니다."

납득할 수 없는 일이었다. 상상 초월의 위엄에 유명세가 하늘을 찌르는 운동선수이며 세상에서 손꼽을 정도의 아름다운 부인도 있는 사람이 말이다. 게다가 부인은 임신 중이었다. 그런데 그들에게 아침을 대접한 동네 식당 종업원을 골탕 먹이려 하는 건 아닌지 의심도 했다. 이는 성욕 과잉의 행동으로 볼 수 있다. 중독에 대한 전문가들의 말로는 '이성의 사로잡힘'이라고도 하는데 성 중독과 관련돼서 통용된다. 알코올이나 약에 중독된 것과 마찬가지로 무기력하고 예상치 못한 상황에서 공허한 마음을 위로하거나 스스로 치료하려 할 때 성관계를 통해서 해결하려 한다. 쾌락이나 욕정이라기보다 장소나 상대를 가리지 않고 그냥 고통을 덜기 위한 맹목적인 추구인 것이다.

타이거는 민디와 통화한 뒤 몇 시간 후에 그녀를 블루 마티니 라운지의 VIP들만 출입이 가능한 작은 방 앞에서 기다리게 했다. 그러고는 자신은 몇 명의 친한 친구들과 함께 나타났다. 바에 있거나 클럽에 있거나 사람들이 많은 곳에서 타이거는 행동의 정당함을 위해 주위에 친구들을 대동했다. 아내 말고는 다른 여자와 단둘이 있는 경우를 절대 보이지 않았다. 그러다가도 마음에 드는 여자와 단둘이 있고 싶을 땐 하나하나 조심스럽게 접근해서는 주위의 눈들을 피해 확실하게 은폐됐는지 확인했다.

"여기서 나가면 어디 가실 건가요?"

바에서 술 판매를 끝낼 즈음 타이거가 그녀에게 물었고 그녀는 딱히 할 일이 없다고 답했다. 그래서 타이거는 어떻게 할지를 그녀에게 말했다.

새벽 3시 즈음 타이거는 퍼킨스 레스토랑에 주차한 자신의 검은색 캐딜락 에스컬레이드에 있었다. 민디가 그녀의 차에 올라타자 타이거는 먼저 앞장서 나갔고, 그녀의 차가 아일워스의 보안 출입구를 통과하도록 했다. 집으로 들어가서 타이거는 불도 켜지 않고 옷도 벗지 않은 채 소파에서 관계를 맺었다.

"우리는 바로 그 자리에서 끝냈습니다. 그 사람은 아주 욕정이 넘쳤고 거칠었습니다."

민디가 나중에 회고했다. 타이거는 그녀의 머리를 잡아당겼고 찰싹 때리기까지 했다. 그렇게 시간이 지나고 둘은 실오라기 하나 걸치지 않은 채로 불 켜진 부엌에서 뒹굴었다. 45분쯤 지나 민디는 배웅을 받았고 해가 뜨기 전에 떠났다. 엉망진창의 헝겊 인형처럼 된 그녀는 엄청난 하룻밤을 경험했다고 느꼈다.

몇 시간이 지나서 타이거는 아침을 먹으러 퍼킨스에 나타났다. 엘린은 없었고 대신 친구들이 함께 있었다. 타이거는 그녀가 일을 끝낸 뒤 다시 만나고 싶다고 메시지를 보냈다. 또다시 집으로 불러들였는데, 집 안으로는 들어가지 않았다. 차로를 지나 주차장에 멈추더니 타이거는 골프 카트 옆으로 데려가서 옷을 재빠르게 벗기고 벽 쪽으로 밀어서 들어 올렸다. 민디에게는 정해진 순서가 입력됐다. 비밀리에 만나서 관계를 갖는 것이었다.

타이거는 조금씩 위험하고 과감하게 행동했고, 민디는 타이거에게서 조금씩 사랑을 느끼기 시작했다. 그녀는 친지들에게 이야기를 털어놓고 싶어서 입이 근질근질해졌다.

타이거는 『NE』가 자신과 민디를 노리고 있다는 것을 전혀 알아채지 못했다. 어느 날 동이 트기 전 어둠 속에 타이거와 민디가 주차장에 함께 있었는데 숙련된 어떤 사진기자가 이를 지켜보고 있다가 재빠르게 현장을 떠났다. 타이거를 만나서 관계를 시작하기 전에 민디는 바닥에 뭔가를 던져버렸다. 그리고 타이거와 민디가 서로 갈 길로 떠나자 사진기자는 타이거의 SUV가 주차돼 있던 곳 바닥을 철저하게 살폈다. 거기에서 그는 피가 마르지 않은 생리대를 발견했다. 마치 현장 증거를 수집하는 과학수사요원처럼 투명 비닐백에 집어넣었다.

『NE』의 편집장인 데이비드 페럴은 이에 대한 소식을 재빨리 입수하여 AMI의 대표이사 데이비드 페커에게도 알렸다.

"어우씨, 우리 대어를 낚았어!"

데이비드 페커가 소리쳤다.

『NE』의 주간 매출 1/4 정도는 월마트에서 주로 발생한다. 그리고 나머지 매출은 체인점에서 나온다. 대부분의 독자는 골프를 즐겨 하지 않는 사람들이며 특별히 타이거 우즈에 대한 관심도 많지 않았다. 하지만 다른 사람들처럼 『NE』의 독자들 또한 유명세가 하늘을 찌르는 사람들이 추태를 부리고 실수를 범하는 것에는 흥미와 관심을 보였다.

"따지고 보면 우리 독자들은 시련 속에서 지내는 사람들입니다. 다른 사람이 성공했다가 추락하는 부정적인 이야기들을 읽고 싶어 합니다."

데이비드 페커가 2017년 뉴요커에서 밝혔던 말이다.

내부적으로 회의를 한 후에 데이비드 페럴은 IMG에 전화를 걸어 기분 나쁜 말투로 음성 메시지를 남겼다.

"타이거와 민디의 관계, 만일 관계가 있다면 무슨 관계일까요?"

이 말만 남기고 수화기를 내려놨다.

IMG에 걸려 온 전화는 이뿐만이 아니었다. 『NE』가 밀회를 알아챘다고 민디가 타이거에게 알렸고 타이거는 마크 스타인버그에게 이를 알렸다.

"이제부터는 우리가 알아서 합니다."

마크가 민디에게 말했다.

데이비드 페럴이 메시지를 남긴 지 얼마 지나지 않아 IMG는 데이비드에게 다시 전화를 걸었다. 데이비드는 자신의 패를 다 보여주지 않는다는 식으로 사진이 있다고 하면서도 자세하게 말하지는 않았다. 어둠 속에서 찍은 사진이어서 제대로 찍힌 게 없었고, 그나마 찍은 사진도 선명하지 않아 기사에 실을 수 없었다. 단지 타이거와 민디의 행각이 『NE』에 들켰다는 사실 하나만으로 타격은 충분했다. 어쨌든 이 상황은 타이거에게나 IMG에게나 대외적인 이미지에 치명상을 입을 것이 분명했다. 2007년에 타이거는 스폰서십으로만 10억 달러가 계약돼 있었다. 만일 타이거의 간통이 수면 위로 드러난다면 기업들이 계약을 취소하고 책임을 피할 조처를 할 수도 있었다.『NE』의 데이비드 페럴이 주도권을 가진 상황에서 마크 스타인버그가 IMG의 대표로 나섰다. 양측의 변호사와 이사진들이 모여 몇 차례 유선 회의를 거쳤다. 아메리칸 미디어의 편집 담당인 닐 볼턴(Neal Boulton)도 이 회의에 참석한 사람 중 한 명이었다.

"IMG는 처리해야 할 골칫거리가 있다는 걸 인식하고 있었고 그 회의는 격렬했습니다."

닐이 말했다. 닐은 AMI의 출판물 중에『맨즈 피트니스』지의 편집장도 맡고 있었는데, 그룹 내에서 영향력이 큰 자리 중 하나이다. 닐은 애초부터 IMG와『NE』간의 협상에서『맨즈 피트니스』가 중요한 역할을 할 수 있을 것으로 여겼다.

한편 타이거의 심기를 건드린 저널리즘은 대학 시절 접했던 가판대의 자극적인 골프 기자들의 그것과는 차원이 달랐다. IMG의 마크 스타인버그는『NE』가 타이거의 행각에 관한 기사를 내보내지 않을 기대는 털끝만큼도 할 수 없음을 직시했다. IMG 입장에선 뭔가를 내놓아야 했다. 주차장에서의 불륜이 들킨 지 24시간이 되기도 전에『맨즈 피트니스』의 단독 특집 기사를 기획하기로 했다. 당연히 민디 로턴과의 이야기를『NE』에 내보내지 않기로 한 것에 대한 보답이었다. 닐 입장에선 한편으로는 내키지 않은 결정이었다.

"유선 회의 때 저도 있었습니다. 그렇게 하자는 얘기에 저는 '워, 워, 워'라고 강력하게 반대했습니다. 제가 무슨 성인도 아니고요. 저, 한때 마약도 하긴 했습니다. 그래도 그렇지, 세상에서 가장 유명한 운동선수를 위협하는 거에 비해선 아무것도 아니잖습니까?"

뉴욕의 출판업계에서 닐은 트루먼 카포티(Truman Capote) 소설 속에서 튀어나온 인물로 평가되기도 했다. 영리하고 양성주의자이며 마약과 자기 권력 확장에 대해서 좋고 싫고를 확실히 하는 성격의 소유자이다. AMI 그룹 내에서 승진에 승진을 거듭하며 그룹이 발전하기 위한 편집 방향에 크게 관여하고『NE』지를 비롯해 사내 여러 매체를 뜯어고치는 거의 모든 과정에 개입했다. 이러한 닐의 성향 때문에 자신은 직업윤리에 대해서는 하나도 관심이 없음을 인정했다.

하지만 실제로 그 또한 사건에 대해 더 깊게 파고들어서 손을 더럽히고 싶어하진 않았다. IMG, 『NE』, AMI의 협상이 막바지 단계에 이른 가운데 닐은 금요일 밤에 협상 테이블을 박차고 일어나 떠났고 다시 돌아오지 않았다.(데이비드 페커가 나중에 밝혔는데, 닐은 타이거의 불륜을 퍼뜨리지 않기로 마음을 바꾸면서 협상 자체가 IMG나 타이거에게 위협이 될 만하지 않다고 판단했다고 한다.)

최종적으로 양쪽은 타이거의 『맨즈 피트니스』 단독 특집 기사를 기획하는 조건에 합의했다. 믿을 만한 소식통에 따르면 계약 조건 중에 기사 머리글부터 본문 내용까지 그 어디에서도 성 추문에 대해서 암시는 물론 단 한마디도 언급하지 않는다는 것도 들어 있었다. AMI는 기사 작성 책임자를 신중하게 엄선한 끝에 로이 S. 존슨(Roy S. Jonson)에게 맡겼다. 『SI』에서 대기자로, 또 편집부에서 일했던 경력의 로이는 타이거와 얼을 10년 넘게 알고 지냈던 인물이었다.

"타이거의 측근이었다고는 할 수 없지만, 측근만큼 타이거를 자주 만났습니다. 얼을 통해서 자주 만날 수 있었습니다."

로이가 설명했다.

로이는 어떻게 타이거를 섭외했는지 알 수 없었다고 했다. 자신은 맡은 대로 기사에만 집중하면 되는 일이었다. 그리고 로이도 그렇게 했다. 그는 타이거와 아일워스에서 온전히 하루 동안 좋은 시간을 보냈다.

타이거는 로이에게 편하게 행동했다. 그리고 그 편안함이 기사에 온전히 녹아들었다. 타이거는 로이에게 집중했고 자신의 몸매를 사진작가에 과시하기도 했다.

"민소매 옷을 입고 있었습니다. 그렇게 되니 알통이 두드러지게 보였습니다."

로이가 말했다.

로이는 예술감독 업무까지 자처하면서 사실상 두 가지 일을 진행하고 있었다. 그는 전체적인 타이거 스윙의 아름다움을 담고픈 마음에 사진작가에게 다양한 각도에서의 타이거의 스윙을 담으라고 주문하다가도 마지막 주문을 했다.

"정면에서 찍을 방법이 없을까요, 타이거? 볼을 직접 타격할 필요는 없습니다."

로이가 부탁했다.

그러나 타이거는 볼을 쳐야 좋은 스윙이 나오는 것을 알고 있었다.

"그럼 이렇게 하시겠습니까?"

타이거가 제안했다.

정면에서 찍을 자리를 사진작가와 반사판을 들고 있는 보조에게 주문했다. 정면 10피트 안 되는 위치에 자리 잡으라고 했다.

"자, 이제 절대로 움직이지 마세요."

사진작가와 보조에게 경고했다.

로이는 긴장됐다. 사진작가와 보조가 있는 방향으로 샷을 날릴 심산이었다. 볼이 지나갈 공간은 10인치 창문 정도였다.

타이거는 신경 쓰지 않고 그가 항구 너머, 호수 근처까지 원하는 방향으로 한두 번이 아닌 여섯 번이나 샷을 날렸다.

로이의 3,500단어로 구성된 기획기사는 2007년 US 오픈이 끝나고 나서 바로 가판대에 올랐다. 활짝 웃고 있는 타이거의 사진과 함께 빨강의 현란한 색으로 제목이 붙었다. '타이거! 그의 놀라운 훈련: 어떻게 근육을 키웠는가?' 12페이지에 담긴 타이거의 운동하는 사진들은 한눈에 띄었고, 로이는 기사의 전체적인 분위기를 경쾌하게 만들었다. 타이거의 중량 운동능력은 상상을 초월했고, 곧 있으면 아빠가 된다는 내용도 포함했다.

그렇게 민디 로턴의 이야기는 조용히 과거로 묻혔다.

타이거는 일찌감치 자신이 굳이 규정에 얽매일 필요가 없는 존재임을 알고 있었다. 타이거가 어릴 때부터 그의 부모가 그렇게 가르쳤다. 세계 최고의 골퍼가 된 이후로는 더욱 그 생각이 굳어졌다. 고등학교 2학년 때 타이거는 LA 오픈 대회 주

최에 영향력 있는 한 개인의 초청을 받고 PGA 투어 대회에 처음 출전하게 되었다. 면제*라는 단어는 골프 대회에서의 조건이지만, 타이거에게는 삶 그 자체였다. 민디 로턴과의 불륜에 대한 책임에 대해서도 그렇게 '나는 규칙에 구속되지 않아.'라는 주문이 더 높은 단계로 통했다.

한편 『NE』 사건의 응대를 능수능란하게 했던 마크 스타인버그는 '올해의 소방수' 강력한 후보로 부상했다. 어쨌든 『NE』와 관련해서 타이거는 그 어떤 의혹도 받지 않았다. 일단 추궁의 대상에 들었던 적은 있지만 민디의 어머니가 몰래 접근했을 뿐이었다. 그렇지만 타이거가 만약 감정적으로 절망감에 젖어 있지 않았더라면 2007년 여름에 이런 일조차 일어나지도 않았을 것이다. 에이전트가 타이거가 가졌던 문제의 심각성에 대해 잘 알지는 못했지만, 민디와 엮였다는 점은 경고의 의미가 컸다. 십억 달러가 넘는 몸값의 운동선수가 이른 새벽 주차장에서 성관계하고 조용히 사라졌다는 것은 남편이 해야 할 행동이 아닌 불륜이었다. 마치 황야에서 방황하는 이가 구조를 애타게 기다리며 보내는 절망적인 신호탄 같았다.

IMG가 『NE』의 폭로를 막으면서 거래한 계약서의 잉크가 마르기도 전에 타이거는 또 다른 젊은 여자를 찾아 나섰다. 이번에는 샌디에이고 출신의 스물한 살 칵테일 웨이트리스였다. 2007년 4월 제이미 그럽스(Jaimee Grubbs)와 그 친구들은 라스베이거스로 며칠간 휴가를 보내기로 했다. 5피트 7인치의 키에 105 파운드의 금발인 제이미는 법적으로 술을 마실 수 있는 나이가 되면서 완벽한 휴가를 즐기고자 했다. 첫째 날 밤 그들은 '라이트'라는 나이트클럽으로 향했다. 이윽고 클럽의 VIP 웨이터가 제이미와 친구들에게 환영 음료를 대접하고는 남자들이 앉아 있는 테이블로 그들을 안내했다. 그중에 타이거가 있는 것을 보고 제이미는 깜짝 놀랐다. 골프는 잘 몰라도 타이거는 확실히 알고 있었다. 그리고 타이거가 제이미에게 관심이 있어 하는 것을 알고는 환상에 빠진 듯했다. 라이트에서 나온 제이미와

* PGA 투어에서는 한 대회 출전자격을 정의할 때 '면제'의 의미를 부여한다. 자격보다 대회에 출전할 때 거쳐야 하는 '조건'에 대한 면제의 의미가 있다.

친구들, 타이거와 친구들은 리무진에 올라탔다. 친구들은 호텔로 모두 돌아갔지만, 제이미는 타이거의 초대를 받고 '맨션'으로 향했다. 타이거의 친구들은 그녀에게 함께 욕조에 들어가자고 제안했다.

"기분 나쁘게 듣지 않았으면 좋겠는데요. 남자 네 명이나 있는 욕조에 들어가는 여자 역할은 내키지 않습니다."

제이미가 말했다.

그날 밤 제이미는 타이거의 소파에서 잠들었다. 아침에 그녀는 '마사지 받으실 준비 되셨나요?'라는 말에 잠에서 깼다. 제이미는 평생 처음 마사지 치료사로부터 전문적인 마사지를 받았다. 비용은 400달러였는데, 타이거의 친구가 이야기해서 제이미가 팁으로 100달러를 줬다. 모두 타이거 앞으로 달았다. 타이거의 친구들은 또 제이미를 쇼핑센터에 데려갔다. 주말 동안 타이거가 마음대로 쓸 예정이던 롤스로이스 팬텀을 운전하며 돌아다녔다. 그날 저녁에 타이거가 사준 새 옷을 입고 함께 여행 온 그녀의 친구들과 새벽 3시 반까지 즐겼다. 그러고는 다시 리무진을 타고 타이거의 특실에서 잠이 들었다. 이틀 연속 타이거는 신사처럼 행동했고, 다음 날 아침 직접 그녀를 깨웠다.

"일어나시죠, 잠꾸러기 공주님."

둘은 타이거의 스위트 거실에서 아침을 먹었다. 타이거는 곧 비행기를 타기 위해 떠나야 했다. 타이거의 짐을 챙기는데 도와주다가 제이미는 장난스레 타이거를 침대로 밀었다. 타이거는 이내 그녀에게 작별의 입맞춤을 하고선 샌디에이고에 가면 그녀에게 연락하겠다고 약속했다.

제이미는 마치 영화 〈프리티 우먼〉을 경험한 듯했다. 그러나 영화가 아닌 현실이었고, 뭐가 어떻게 돌아가는지 어안이 벙벙했다. 제이미는 타이거가 유부남이란 것조차도 잊고 있었다.

"백만 년에 한 번 그런 남자가 나올 수 있을까요?"

제이미가 나중에 밝혔다.

이 시기에 타이거는 세상 물정에 밝은 여자들을 대하는 데에 익숙해졌다. 그중 한 명이 미셸 브라운(Michelle Braun)이었다. '니키의 여자들'이라는 플로리다 남부, 캘리포니아 남부에서 고액의 매춘 출장 서비스를 제공하는 일로 잘 알려진 마담이었다. 소식통에 따르면 미셸은 여자친구, 가정부, 포르노 스타, 이벤트 걸 등의 여자들을 섭외해 850만 달러는 넘게 수익을 냈을 것이며, 남자들 또한 그들의 쾌락을 위해 다섯 자리나 여섯 자리 돈들을 준비해 놓고 있었다. 타이거는 『NE』 일이 있기 훨씬 전부터 미셸을 만나고 다녔다. 미셸에 따르면 타이거의 친구인 바이런 벨이 대부분 예약했지만, 타이거가 가끔 나설 때도 있다고 주장했다.

"전화를 받으면 '안녕, 타이거인데요. LA에 미팅이 잡혀서 갈 예정인데 오렌지 카운티에 친구들 좀 있나요?'라고 문의했습니다."

미셸에 따르면, 타이거는 처음에 옆집 여자처럼 친근하고 단정한 스타일에 관심이 많았으며 주말 동안에 동그라미 다섯 개 단위로 지급했다고 한다. 하지만 시간이 지나고 미셸은 타이거에게 그녀가 알고 있는 가장 매력적인 여성을 소개해줬다. 졸리 페리올로(Jolie Ferriolo)라는 하와이언 트로픽* 모델 출신이며, 『플레이보이』지의 여자친구(Playmate)로도 선정된 적이 있었다. 졸리의 출장 서비스를 이용하려면 기본이 10만 달러였는데 중동의 왕자들, 국가 수장, CEO까지 세계의 부자들 세계에서 빠져나오지 못했다. 졸리의 말로는 첫 데이트 때 타이거가 만 오천 달러를 쓰며 흥청망청 쇼핑하게 해 주었고, 바하마, 두바이, 라스베이거스에서 밀회를 즐겼다고 했다.

이 혼돈의 시기 속에서 엘린은 2007년 6월 18일 플로리다에서 첫 아이를 출산했다. 몇 시간 전, 타이거는 펜실베이니아주 오크몬트의 US 오픈에서 준우승에 머물렀다. 타이거의 마지막 홀 퍼트 볼이 컵에서 1피트나 못 미쳤다. 자신에게 화가 난 타이거는 대회장을 떠나 곧바로 비행기에 올랐다. 올랜도에 착륙한 시간이 밤

* 미스코리아와 유사한 개념.

11시경이었으며, 그의 첫 아이를 받기 위해 병원으로 달려갔다. '샘 알렉시스 우즈(Sam Alexis Woods)' 첫 아이 이름이다.

타이거의 아버지 얼이 세상을 뜨고 13개월이 지나 그녀가 세상에 태어났다. 그녀의 이름은 타이거와 아버지와의 관계에서 기원했다. 타이거가 아주 어릴 때부터 얼은 타이거를 '샘'이라 부르곤 했다. 얼 말고는 그 아무도 '샘'이라는 별칭을 쓰지 않았으며 특별한 때에만 얼의 입에서 나왔다.

"아버지가 항상 당신이 거기 계시다고 확인하실 때면요. 제가 무엇을 어떻게 하든 간에 '샘!'이라고 외치면서 당신이 제 뒤에 있음을 확인시켜 주셨습니다. 골프 코스 밖에서도 별명을 부르시곤 하셨는데, 재미있었습니다."

타이거가 회고했다.

자신이 아빠가 됐다고 처음 알리기 시작한 사람 중에 행크 헤이니가 있었다. 그렇게 친근하게 대한 적은 별로 없지만, 속으로 타이거는 행크를 진정한 친구처럼 대하고 있었다. 행크와 함께 캐디인 스티브 윌리엄스가 타이거가 주체할 수 없이 거칠어져 있을 때 안정시켜주는 역할을 맡았다. 그러한 드라마 같은 소동에도 불구하고, 타이거의 2007년 골프 성적은 여전히 압도적이었다. 열여섯 차례 대회에 나와서는 일곱 번이나 우승으로 연결했고, 열세 번째 메이저 우승을 PGA 챔피언십으로 장식했다. 상금 순위와 평균 타수 등 주요 부문에서 1위로 시즌을 마감했다. 그리고 아홉 번째 올해의 선수상을 수상하며 경이로움을 금치 못했던 시즌이었다.

그러나 2007년에는 행크가 말하기를 '타이거의 위대함은 처음 봤을 때보다 약간 끝이 보이기 시작했다.'고 평가했다. 그 징조들은 대회장에서 감지하기에는 짚어 내기 어려울 만큼 미묘한 것들이었다. 그렇지만 나이키 골프 기술진들과 함께 하는 연습 볼 시타 시간이나 볼 궤적도 조사 시간에는 두드러지게 나타났다.

"겉으로 보이지 않는 세세한 변화들이 보였습니다. 타이거의 연습 성향에서도 빈틈이 생겼습니다. 타이거의 집중을 산만하게 하는 요소들이 예전보다 늘었습니다."

행크가 말했다.

가장 산만하게 하는 요소는 타이거의 휴대전화였다. 문자 메시지와 전화벨이 수시로 울렸다. 대체 타이거가 누구와 연락을 하는 것인지 행크는 알아차릴 수 없었다. 행크가 보기에 타이거가 연습에 집중하기 어려울 정도로 전화기가 가만히 있질 않았다. 대체 무슨 일인지 직접 타이거에게 추궁하기보다 행크는 타이거의 구식 플립형 휴대전화를 비꼬면서 불만을 드러냈다.

"그런 철 지난 구닥다리 전화기는 갖다 버려야 되는 거 아닌가? 저는 이렇게 비꼬면서 쏘아붙이곤 했습니다."

행크가 말했다.

타이거가 스마트폰으로 바꾸지 않는 이유가 몇 가지 있었다. 가장 큰 이유는 메시지의 내용이 화면으로 나오지 않는다는 점이었다. 받는 메시지를 다른 사람들이 엿볼 수 없기 때문이었다. 2007년에 미연방 수사국(FBI)이 미셸 브라운의 집을 공무집행 권한으로 수색하면서 타이거와 미셸의 연락이 두절됐다. 미셸은 나중에 돈세탁 그리고 오렌지 카운티에서 뉴욕으로 사람들을 보내는 일에 대한 혐의를 인정했다. 특히 법정에서 사람을 보내는 일에 대해서는 매춘 행위로 판단했다. 2009년, 미셸은 유죄를 선고받으며 3만 달러의 벌금과 자택 감금 형벌을 치렀다. 하지만 타이거는 이때 이미 수많은 여자의 이름과 전화번호를 플립 폰에 저장해 두고 있었다. 제이미 그럽스의 번호는 그중 하나였다. 라스베이거스에서 처음 만난 이후 타이거는 샌디에이고의 W 호텔에서 제이미와 재회했다. 함께 있는 시간이 늘면서 타이거의 메시지는 더 절박하게 쓰였다.

'제대로 보내 버리겠어.'

'변태 같은 사진 좀 보내 줘.'

첫 만남에서 '일어나시죠, 잠꾸러기 공주님.'이라고 했던 타이거는 간데없었다.

타이거의 휴대전화로 인한 산만함은 타이거의 사생활이 비정상적으로 돌아가고 있음을 알리는 또 다른 경고였다. 설상가상으로 행크와 스티브는 타이거의 몸이 조금씩 망가져 가는 것을 목격하면서 이에 대해 걱정하기 시작했다. 2007년에 타이거는 종종 몸의 통증을 대수롭지 않게 호소했으나 행크와 스티브 모두 그 원인을 혹독한 근력 운동과 해군 특수부대 훈련으로 여기고 있었다. 2004년 마스터스 후에 아버지의 병세가 악화하면서 아버지와의 교감을 가질 기회로 찾아갔던 포트 브래그에서의 훈련 참여는 그냥 한 번으로 그치는 듯했다. 그러나 얼이 세상을 떠난 뒤에는 군대를 향한 타이거의 태도가 집착으로 변했다. 행크는 타이거의 해군 특수부대 훈련이 선을 넘었고, 타이거의 건강까지 영향을 끼칠 것으로 우려했다. 스티브 역시 타이거의 군 훈련 집착으로 타이거의 골프 게임에 악영향이 우려된다고 생각했다.

그러나 정작 타이거는 신경 쓰지 않고 훈련의 강도를 끌어 올렸다. 군화를 신고 무거운 조끼를 입으며 장거리 행군을 서슴지 않았다. 2007년에는 더욱 강한 훈련에 참여했는데, 낙하산과 시가전이 포함된 고된 파견 훈련이었다. 어떤 훈련에서 타이거는 해군 특수부대 특수전 전담팀이 있는 코로나도를 찾았다. 타이거의 시즌 첫 대회 출전인 토리 파인스에서의 PGA 투어 대회를 이틀 앞둔 시점이었다. 훈련 중에 몇몇 대원들과 친해지기도 했고, 한 대원은 타이거의 경호원으로 고용되었다. 그 경호원은 타이거의 집으로 가서 타이거에게 호신술을 가르치기도 했다.

특히 스티브는 타이거의 새로운 경호원이 타이거에게 혹독한 훈련을 꾸준히 가르치는 것을 걱정했다. 타이거는 스티브와 행크에게 자신이 골프를 접고 군인으로 직업을 바꾸고 싶다고 말하곤 했다. 하지만 행크가 걱정하며 마크 스타인버그에게 이를 말하자 마크는 걱정할 필요가 없다고 행크를 안심시켰다.

“그렇게 할 수 없습니다. 방법이 없어요. 그렇게 빠져나갈 수 없습니다. 책임져야 할 일이 많거든요.”

마크가 말했다.

한편 마크는 타이거가 해군 특수부대 훈련에서 대체 뭘 하고 있는지 알 도리가 없었다. 사흘 동안의 훈련에서 낙하산 훈련을 하루에 열 번 넘게도 실행했다. 그 과정에서 동료와 부딪히며 어깨를 다쳤다고 인정했다. 또 다른 시가전 훈련에선 고무 총알로 허벅지를 맞았는데 야구공 크기의 멍이 들기도 했다.

"제가 망쳤어요. 진짜 전투였으면 제 팀이 다 죽었을 거라고요."

타이거가 행크에게 말했다.

'당신 팀?' 행크 입장에서 타이거는 세계 1위의 골퍼가 아닌 해군 특수부대를 갈망하는 표정이 더 많이 보였다.

어느 날 행크가 타이거의 집 거실에 있을 때 타이거가 행크의 목에 팔을 두르면서 특수부대 훈련이 어떤 것인지 과시했다.

"이렇게 잡아서 마음만 먹으면 2초 안에 보내 버릴 수 있죠."

타이거가 말했다.

어떤 때에는 또 행크에게 특수부대에 입대할 수 있는 자격을 세세한 단계로 실행하고 있다고 말했다. 타이거의 나이가 31세이기 때문에 28세의 연령 제한에 걸릴 수 있다고 행크가 설명하자 타이거는 부대에서 자신을 위해 예외를 뒀다고 주장했다.

참을 대로 참았던 행크는 타이거의 마음을 돌려놓기 위해 어쩔 수 없이 강하게 가기로 마음먹었다. 아일워스의 벙커 옆 작은 연습그린에서 세션 중에 행크가 물었다.

"잭 니클라우스의 기록은 이제 아무것도 아닌가요?"

타이거는 연습을 멈추고는 행크의 눈을 똑바로 보며 답했다.

"의미 없습니다. 지금 당장 제 골프 경력이 끝나더라도 저는 이제껏 이룬 것들에 충분히 만족스럽습니다."

"타이거, 당신은 역사상 가장 위대한 골퍼로 이미 정해져 있습니다. 해군 특수부대가 무슨 뚱딴지같은 소리인가요? 머릿속에 있는 잡생각들 다 떨쳐내고 여기서 지금 하는 것에 집중해야 합니다."

행크가 타박을 했으나 타이거의 귀에는 들어오지 않았다.

타이거의 오랜 트레이너 키스 클레이븐(Keith Kleven) 또한 타이거에 대해 걱정했다. 근육이 경직돼서 관절 부위들이 압박을 받고 있음을 감지했기 때문이었다. 특히 턱걸이 운동이나 중무장으로 달리기 식의 군사 훈련들은 어깨와 무릎에 엄청난 피로를 주기 때문에 이에 대해서도 마음을 놓지 못했다. 키스는 이러한 자신의 생각을 행크와 스티브에게 털어놓았다. 그리고 행크는 마크에게 다시 전달했다. 마크는 타이거의 특수부대 훈련에 대해 해결해야겠다고 결심했다.

"제가 타이거에게 잘 얘기해 보겠습니다."

마크가 행크에게 말했다.

2007년 7월 30일, 마크는 클리블랜드 근처에 있는 자신의 집에서 만찬을 준비했다. 타이거, 스티브, 행크 모두 만찬에 초대했다. 저녁을 마칠 즈음 마크는 타이거를 자신의 서재로 따로 불렀다. 둘만의 대화는 1시간 가까이 이어졌다. 닷새 뒤 타이거는 파이어스톤 컨트리클럽에서 열렸던 WGC 브리지스톤 인비테이셔널에서 정상의 자리에 올랐다. 2주 뒤에는 PGA 챔피언십 그리고 2주 연속으로 BMW 챔피언십과 투어 챔피언십까지 출전한 대회에서 모두 우승 트로피를 들어 올렸다. 출전했던 여덟 개 대회 중에서 일곱 차례 우승 반열에 올랐으며, 나머지 한 대회에서도 준우승에 머물렀다. 마크의 말이 타이거에게 통했던 것 같았다.

타이거가 2007년 이룬 성적은 입이 떡 벌어질 일이었다. 32세를 앞두고 『뉴욕타임스』의 골프 기자 래리 도먼(Larry Dorman)과의 기사 인터뷰가 있었는데, 그는 타이거가 잭 니클라우스의 메이저 18승 기록을 넘어설 것인지의 논쟁에서 찬성하는 입장의 사람이었다. 잭 또한 래리의 의견과 크게 다르지 않을 것이라며, '타이거가 체력적으로 잘 유지가 된다면 넘어설 것으로 생각한다.'고 말했다. 타이거 이전의 내로라하는 골프선수들의 경기력에 비해 타이거는 비로소 그의 전성기에 들어선 시기였다. 하지만 타이거는 이전의 위대한 골퍼들과는 다른 점이 많았다. 타이거는 그 누구에게도 자신에게 가까이 다가와 조사하거나 어떤 생각을 하는지 묻는 것에 대해 마음을 열지 않았다. 래리의 기사에서 타이거를 신에 비유한 웹사이트가 있다고 언급했다. 나중에 있었던 기자회견에서 타이거는 그런 웹사이트에 대해 알고 있다고는 했으나 접속해 본 적은 없다고 선을 그었다. 인간의 능력을 초월한 데 대해서 동의하지 않는 것인지 누군가가 공식석상에서 물었을 때 타이거는 미소 지으며 답했다.

"아, 글쎄요. 저는 그 단계에선 많이 떨어져 있습니다."

CHAPTER TWENTY-FIVE

그냥 좀 아플 뿐이라고

타이거는 꽤 오랫동안 전방십자인대가 많이 손상된 채로 투어를 돌고 있었다. 의사는 처음 무릎 수술을 했던 2002년부터 대퇴골(허벅지)과 경골(정강이)을 연결하는 삼각인대가 이제는 20퍼센트 정도밖에 남지 않았다고 전했다. 5년 동안 괜찮다 싶었는데 2007년 7월 즈음 자신의 무릎에 뭔가가 들어가는 듯한 느낌을 받았다. 타이거는 이를 다른 사람에게 알리지 않았다. 다른 선수들이 통증을 대하는 것처럼 타이거도 다르지 않았다. '통증과 부상은 다르고, 단순한 통증이라면 대처할 수 있다. 통증은 아무것도 아니다. 그냥 무시할 수 있다. 하지만 부상 부위가 있다면 내 몸이 내 생각에 응하지 않을 것이다.' 다시 말해 타이거는 여전히 경쟁이 가능하고 우승할 수 있다면 부상이 아니라고 마음먹었을 것이다. 마치 갈대밭 너머로 보이는 목표에 집중하는 것처럼 오로지 '여기'와 '지금'만 생각했다.

그의 몸이 조금씩 고장 나고 개인적인 삶에서도 불안함이 엄습하는 가운데에서도 경쟁 무대에 올라서면 한결같은 자세로 임했다. 최고의 골프를 여전히 구가하고 있었다. 2007년 막바지에 그랬던 것처럼 2008년 초반도 우승으로 장식했다. 출전한 네 개 대회 중에 뷰익 인비테이셔널, WGC 액센추어 매치플레이 챔피언십, 아널드 파머 인비테이셔널 등 세 번이나 정상에 올랐다. 하지만 대회가 거듭될수록 타이거의 무릎 통증은 더 심해졌다. 2008년 마스터스 즈음해서 결국 타이거는 행크에게 자신의 상태를 모두 털어놓았다. 하지만 동시에 멈출 생각은 추호도 하지 않았다.

"진통제로 해결하면 될 것 같습니다. 괜찮을 거예요."

타이거가 행크에게 말했다.

타이거가 진통제를 복용했던 첫 사례는 2002년 잦은 무릎 통증으로 인한 것이었다. 2008년에 들어 통증은 더 심해졌고 트레이너에 따르면 마스터스 때 느꼈던 왼쪽 무릎의 극한 통증을 억제하기 위해 비코딘이라는 진통제를 복용했다고 했다. 결국 오거스타에서 타이거는 최종 챔피언에 세 타 뒤진 2위에 머물렀다. 무릎 통증을 안고 경기에 임한 것치고는 놀라운 성적이었지만 퍼트가 따라주지 않아 우승에 오르지 못했다. 이 주간에는 퍼팅이 전혀 되질 않았다. 골프의 다른 부문보다 퍼팅에선 감각과 느낌이 큰 역할을 하는데 두 가지 모두 진통제로 인해 무뎌졌다고 볼 수 있었다.

오거스타를 떠난 후 타이거는 유타의 파크 시티로 가서 무릎 수술을 받았다.

"통증에 대처하는 방법으로 저는 수술을 선택했고 마스터스 후에 받을 예정입니다. 좋은 점은 제가 이 수술을 한 번 경험해 봤다는 것이고, 수술 후에 대해서도 익히 알고 있습니다. 재활을 통해서 제가 빨리 필드로 돌아갔으면 좋겠습니다."

타이거가 자신의 웹사이트에 알렸다.

그러나 이번 수술은 계획대로 진행되지 않았다. 2002년에 타이거의 왼쪽 무릎 수술을 맡았던 정형외과 의사 토마스 로센버그와 번 쿨리가 집도하여 무릎 주위의 손상된 연골조직을 제거할 계획이었다. 그렇게 복잡하지 않은 수술인 데다가 통증도 많이 줄어들 것이다. 계획대로라면 7주 뒤에 있을 US 오픈에 제대로 된 경기력으로 출전하는 데에도 큰 문제가 없었다. 그러나 수술을 진행하는 동안 당혹스러운 일이 발생했다. 전방십자인대가 완전히 손상되어 삽입 수술로 바꿔야 하는 상황이었다.

의학적인 관점에서 타이거의 무릎 상태는 타이거가 보여주는 경기력을 따라가기 어렵다고 바라봤다. 지난 12개 대회에서 아홉 차례나 정상에 올랐지만, 그의 왼쪽 무릎은 거의 쓸모 없게 됐다고 할 수 있었다. 나머지 세 개 대회에서도 준우승

두 번과 5위의 성적이었다. 덧붙이자면 이 기간에 타이거는 2000년보다 우승 빈도가 더 높았으며 타이거의 엄청난 시즌이었던 2006년보다도 더 빛나는 시기였다.

수술 부위를 살펴봤을 때 토마스 로센버그는 본능적으로 무릎을 거의 재건해야 하는 수준임을 직시했다. 그러나 타이거는 마취 상태로 의식이 없었고 손상된 부위만 제거하는 정도의 수술을 진행했다. 그보다 더 큰 규모의 수술을 감행할 경우 타이거는 2008년의 남은 메이저 세 개 대회를 모두 못 나갈 수도 있었다. 토마스는 타이거의 동의 없이 그렇게 할 수 없었다. 결국 그는 자신의 소견을 접고 최대한 손상된 부위만 제거하는 작업에 몰두했다. 타이거가 여름 동안에만 대회에 나갈 수 있도록 취한 미봉책이었다.

통증에 대해 극한의 인내를 보여 왔던 타이거였지만, 그렇게 손상된 전방십자인대로 9개월 가까이 견뎠던 가장 큰 이유는 무릎을 감싼 근육이 잘 발달하여 버텨줬기 때문이다. 타이거가 꾸준히 중량을 올려 근력 운동을 해 왔던 결과였다. 그러나 4월 수술의 후유증으로 근육들이 자연스럽게 약해지면서 무릎을 지지하던 유일한 요소도 위태로워졌다. 부어오르고 염증도 생기면서 결림까지 엄습했다. 그런데도 타이거는 5월 26일 일정의 PGA 투어 대회 메모리얼 토너먼트 출전을 준비하는 목적으로 5월 중순부터 볼을 치기 시작했다.

아일워스에서 연습을 하는 동안 타이거는 왼쪽 무릎 아래에서 '두둑' 하는 느낌을 받았다. 이틀 뒤 행크가 아일워스를 다시 찾았다. 그날 저녁 2008년 5월 18일 일요일, 타이거는 행크, 엘린과 저녁을 함께했다. 타이거가 자리에서 일어나려는 순간 눈을 뜨지 못할 정도로 얼굴을 찡그리면서 휘청거렸다. 놀란 행크와 엘린이 타이거를 바라봤다.

"괜찮아요."

타이거가 겨우 답했다.

"타이거, 지금 걷지도 못하잖아요? 대회에는 어떻게 나가려고요?"

행크가 소리쳤다.

다음 날 타이거는 심하게 절룩거리면서 결국 메모리얼 토너먼트에서 기권을 선언하고 자기공명 영상(MRI)을 찍었다. 며칠 뒤 토마스 로센버그 의료팀이 플로리다로 와서 결과를 확인했다. 분위기는 암담했다. 타이거와 행크는 거실 소파에 앉은 채 토마스의 진단을 경청했다. 토마스는 자신의 노트북 컴퓨터에 사진을 띄운 뒤 그중 한 장에서 나타난 두 군데의 어두운 부분을 짚었다. 왼쪽 무릎 바로 아래쪽의 경골 두 군데에 금이 가 있다고 설명했다.

한동안 침묵이 흘렀다. 타이거도 멍하니 모니터를 응시하고 있었다. US 오픈이 캘리포니아 라호야의 토리 파인스에서 2주 뒤에 있을 예정이었다. 태평양에 인접해 마치 조각한 듯한 절벽의 토리 파인스는 굉장한 전경을 자아내는 곳이다. 일반 골퍼들에게 이곳은 낙원으로 정평이 나 있었다. 샌디에이고시에서 운영하는 두 개의 환상적인 코스(사우스, 노스)가 있는데 투어 선수들은 이 코스에서 골프하기 까다롭다고 평가하곤 했다. 하지만 타이거는 넓은 페어웨이에 OB 지역이 없다는 점에서 토리 파인스에 애착이 깊었다. 15살에 이 코스에서 주니어 월드 대회 우승을 차지했으며, 2005년부터 2008년까지 4년 연속 포함해 여섯 차례나 PGA 투어 대회인 뷰익 인비테이셔널에서 정상에 올랐다. 그런 토리 파인스에서 US 오픈이 개최된다는 소식에 타이거는 마스터스나 다른 대회들보다 먼저 US 오픈 출전을 미리 확정해 놓은 상태였다. 그의 한 발 한 발 움직임을 응원하는 많은 팬 앞에서, 그의 앞마당이라고 여기는 곳에서 타이거는 당당하게 우승을 거머쥐고 싶었다.

그러나 찢어진 전방십자인대와 금이 간 경골의 다리로는 메이저 우승이 더는 불가능할 것처럼 보였다. 행크는 타이거의 무리한 다리에 대해 적절한 치료방법을 물었다.

6주 간 타이거는 목발 신세를 져야 하고 한 달 동안 재활운동을 해야 한다고 소견을 밝혔다. 타이거의 시즌은 끝났다고 했다. 10주 동안 골프를 하지 못할 것이며, 브리티시 오픈 PGA 챔피언십도 물 건너간 셈이었다. 그러나 타이거는 완고했다.

"US 오픈에 나갈 겁니다. 우승 트로피도 챙길 겁니다."

타이거의 목소리에서 투지가 느껴졌고 토마스는 더는 반론을 제기하지 않은 채 차분하게 말을 건넸다.

"타이거, 출전하려는 마음은 가상하다고 해 둡시다. 무릎은 손상될 대로 손상됐습니다. 엄청난 통증이 있을 겁니다."

"아픈 정도라면야 괜찮습니다. 행크, 가서 연습해야죠?"

타이거가 골프화 끈을 조이며 말했다.

얼 우즈는 언젠가 타이거가 전무후무한 '진정한 운동선수'라고 묘사했었다. 타이거의 마음속에 진정한 운동선수의 의미는 끈질기고 강하며 축구나 농구선수들처럼 통증에 대처하는 데에 익숙해지는 것이었고, 타이거는 통증은 무시하는 것이라고 했다.

"운동선수이고 경쟁 무대에 있으면 당연히 그렇게 해야 한다고 여깁니다. 받아들여야죠. 매일 아침 일어나서 운동하러 가야 하는 걸 스스로 알고 몸을 극한으로 몰아야 합니다. 물론 대가는 치러야겠죠. 그렇지만 육체적으로도 정신적으로 분산시켜야 합니다. 제 경우에는 어느 정도 즐기기도 했습니다."

타이거가 말했다.

US 오픈이 예정된 주간에 앞선 토요일, 타이거는 뉴포트 비치의 빅 캐넌 컨트리클럽에서 행크와 아홉 개 홀만 돌았다. 말 그대로 참담했다. 묵직한 보호대를 다리에 걸쳤는데, 미식축구 선수에게서나 볼 수 있는 그것이었다. 타이거는 그 상태로 하체 회전을 할 수 없었다. 그로 인해 그의 볼 구질은 그야말로 난사였다. 러프로 가는 것은 다반사였고 담을 넘어가기도 했으며 물에도 빠졌다. 전반을 돌고 나서 타이거의 골프백에 있던 볼이 다 없어졌다. 묵직한 보호대는 타이거의 스윙 역학을 옥죄고 있었다.

"이걸 이렇게 한 채로는 칠 수 없겠는데요."

실망하며 타이거가 행크에게 말했다.

토마스 로센버그는 보호대를 몇 주 동안은 착용하고 있어야 한다고 지시했다. 그러나 타이거는 나머지 후반 홀들을 보호대 없이 플레이했다. 행크는 보호대 없이 밀려드는 엄청난 통증으로 타이거가 결국 US 오픈 출전이 현실적으로 어려울 것이라고 낙관했다. 행크는 타이거의 결연함을 과소평가했다.

보호대를 벗어 던진 타이거는 더 심하게 절룩거리긴 했으나 스윙은 좋아졌다. 통증은 초반에 더 강하게 밀려왔지만, 운동 역학적으로 제한이 가혹하게 몰려온 점이 타이거에게 동기부여가 된 듯했다. 이후 며칠 동안 타이거의 골프 감각은 진전이 있었다. 하지만 골프 코스에서 시간을 보낼수록 골절 부위가 더 심하게 부어올랐다. 결림도 못지않게 타이거의 움직임을 옭아맸다. 타이거의 물리치료사가 연습 전후에 다리를 살폈다. 그러나 마스터스에서도 그랬던 것처럼 타이거는 처방 진통제를 복용하지 않고 오직 모트린과 애드빌로 견디고 있었다. 그렇게 타이거는 엄청난 통증과 사투를 벌이고 있었다.

PGA 투어의 새로운 약물 관리 규정이 2008년 7월 1일부로 발효됐다. 2008년 마스터스와 US 오픈 사이에 타이거는 피검사를 받았는데 그가 복용하는 약 중에 주의해야 하는 성분이 있는지 살펴보기 위해서였다고 행크에게 말했다. 2017년에 행크가 인터뷰에서 밝혔던 이야기는 다음과 같았다.

"타이거가 스스로 제게 말했던 겁니다. 타이거는 이미 예상하고 있었습니다. '그들이 내게도 약물 검사를 할 겁니다. 일부러 양성이라고 꾸밀 수도 있습니다. 그리고 한 번은 이렇게 말했습니다. '모트린에서 마리화나 성분이 검출될 수도 있어요. 제가 복용하는 약에서 약물 관리 규정에 어긋나는 것들은 없는지 확실히 해야겠습니다.' 그래서 타이거는 사전에 피검사를 받았는데, 모든 게 다 문제없음으로 판명됐습니다."

US 오픈 챔피언십은 토리 파인스의 사우스코스에서만 진행됐다. 7,628야드 전장은 메이저 역사상 최장의 규모였다. 거기에 불쾌한 US 오픈 러프 깊이에 성가신 벙커, 다단의 그린으로 까다로움을 더했다. USGA 최초로 조 편성에 세계 랭킹을 적용했다. 즉 세계 랭킹 1위, 2위, 3위인 타이거, 필 미컬슨, 애덤 스콧(Adam Scott)이 목요일과 금요일에 함께 하게 됐다. 필과 애덤은 타이거가 무릎 수술을 받고 대회에 나왔다는 점을 익히 알고 있었다. 그렇지만 전방십자인대가 파열됐고 경골에 두 군데 금이 갔다는 사실은 타이거의 측근 말고는 아무도 몰랐다. 타이거 또한 그 사실을 알리고 싶지 않았다. 타이거에게 필과 애덤은 그렇게 부담스러운 존재들이 아니었다. 타이거는 그들을 진정한 운동선수로 여기지 않았다. 두 사람 모두 타이거가 거의 부러지다시피 한 다리에 전방십자인대가 손상된 채로 경기에 임했다고는 상상도 못 했을 것이다. 다른 선수들도 그렇게 생각했을 것이다.

"타이거는 토리 파인스라는, 자신의 골프 경력에서 가장 험난한 산을 오르려 하는 것이라고 여겼을 겁니다. 아마도 타이거는 대단한 업적이 될 것 같은 생각에 고무된 거 같았습니다."

행크가 말했다.

그야말로 심한 기복과 더불어 환상적이었던 나흘이었다. 타이거는 완전히 천재적인 골프 게임을 선보였다. 특히 퍼팅에선 이루 말할 수 없을 정도였다. 더블 보기가 네 번이나 나왔지만 놀랍도록 훌륭한 이글을 세 번 성공시키면서 무마했고, 그중 하나는 65피트 거리의 그린을 살짝 벗어난 프린지에서 내리막이 심한 경사의 상황에서 터져 나왔다. 토요일에 매우 절실했던 이글이었다. 보기가 나오면 버디로 만회했으며 금요일 경기에서 전반의 실망스러운 38타는 후반의 30타가 분위기를 바꿨다. 그리고 대회 내내, 절실한 상황에서 격렬한 파 세이브의 순간이 이어졌다.

일요일을 앞두고 타이거는 리 웨스트우드(Lee Westwood)에 한 타, 로코 미디에이트(Rocco Mediate)에 두 타 차 선두였다. 지난 열세 번의 메이저 우승 과정을 돌아보면 최종 라운드를 선두나 공동 선두로 시작했을 때 한 번도 역전을 허용한 적이 없었다. 그러나 마지막 세 홀을 남기고 로코 미디에이트에 한 타 차 선두를 내줬다. 세계 랭킹에서 자신보다 147단계나 아래에 있는 중견의 알려지지 않은 선수였다.

리 웨스트우드도 우승경쟁을 할 수 있는 위치였지만 타이거의 압도적인 존재감에 희생양이 되는 것은 시간문제였다. 시작할 때 우승 후보였던 선수들조차 모두 같은 증상으로 쓰러져갔다. 투어에서 꾸준히 장기간 활동했던 이들에 따르면 신경을 건드리고 간을 콩알만 하게 한다고 설명했다.

"타이거를 만난 주간에는 몸이 돌처럼 굳어져 갑니다. 타이거보다 앞서가려는 생각은 엄두도 나지 않을 겁니다."

내부에서 돌았던 말이다.

로코 미디에이트는 달랐다. 아주 중요한 단 한 번의 퍼트가 남은 가운데, 먼저 경기를 끝낸 로코는 스코어카드 제출하는 컴파운드에서 숨죽이고 TV로 중계를 지켜보고 있었다. 한 타 차 선두였고, 타이거는 마지막 홀에서 15피트 거리의 예측할 수 없는 버디퍼트를 준비하고 있었다.

스티브 윌리엄스가 자신의 보직을 걸고 맞섰기에 15피트 거리에 올릴 수 있었다. 파 5 18번 홀 두 번째 샷 볼이 오른쪽 러프 지역으로 갔고 그린 입구까지는 96야드, 홀까지는 101야드 거리였다. 타이거는 56도 샌드웨지를 선택했다. 그러나 볼 놓인 상태와 타이거가 몰입한 태도를 보고 스티브는 60도 웨지를 제안했다. 타이거의 모든 말에 그가 할 수 있는 모든 토를 달았다.

"타이거, 이번 딱 한 번만 나를 절대적으로 믿어봐요. 내가 잘못된 거라면 자르라고요. 지금, 이 순간이 얼마나 중요한지 저도 공감합니다. 그러니까 내 선택이 틀렸으면 당장 해고하면 돼요."

스티브가 완고한 태도로 말했다.

스티브가 옳았다. 세 번째 샷 볼은 홀 오른쪽을 지나 안착하고는 경사를 타고 홀 쪽으로 가까워졌다. 한 번에 마무리하면 로코와 연장전에 돌입할 수 있었다. 토리 파인스 사우스코스를 손바닥 보듯 꿰찼던 타이거이지만 남은 퍼트는 무척 까다로웠다. 홀을 기준으로 높은 쪽을 너무 의식하면 그쪽으로 지나가고 너무 달래서 치면 홀에 이르지 못할 경사였다. 일단 홀 왼쪽의 능선에 볼을 태우면 되는 퍼트였다. 게다가 오후가 지나 양탄자 같던 그린은 잔디가 올라오면서 곰보처럼 울퉁불퉁하게 변했고, 볼이 멈춘 곳 그린은 경사를 가늠하기 어려운 지면이었다. 타이거는 자신에게 말했다. '홀에서 볼 두 개 반 오른쪽으로, 홀 근처에서 꺾일 거야. 제대로 치면 돼. 집중하자.' 타이거는 스트로크했고, 볼은 홀을 향해 굴러갔다.

볼은 마치 능선에 자신의 운명이 걸린 듯 간신히 굴러가더니 급격하게 왼쪽으로 방향을 바꿨다. 그러고는 홀의 오른쪽 벽에 부딪혀 돌아 나오는가 싶더니 덜그럭하며 홀의 바닥을 때렸다. 1마일 정도 떨어진 태평양 상공에서 떠다니는 행글라이더들에까지 들릴 정도의 큰 함성이 몰아쳤다. 타이거는 두 주먹을 허공에 내뻗으며 기뻐하더니 스티브와 손뼉을 마주쳤다. 그토록 괴롭게 몰아치던 무릎 통증은 흥분이 솟구치며 무마됐다. 타이거와 로코는 월요일 18홀 연장전에 돌입했다.*

"세상에나!"

타이거의 포효하는 장면을 TV로 바라보던 로코가 혼잣말을 했다.

골프장을 떠나고 나서 승부를 연장했다는 타이거의 생각은 금세 걱정으로 바뀌었다. 72홀에 대한 마음의 준비를 하고 있었지만, 90홀까지는 예상을 못 했다. 무릎과 다리는 망치로 몇천 대 맞은 듯했다. 물리치료사와 거의 밤을 지새우며 보냈고, 다음 날 18홀 끝까지 가기 위해서 더 깊이 집중하자고 스스로 다짐했다.

월요일 연장전 18홀 중간 나이키 TV 광고로 얼 우즈가 등장했다. 마치 무덤에서 아들에게 말하는 구성의 광고였다.

"타이거, 내가 장담하건대 세상에서 너보다 정신적으로 더 강인한 사람을 만날 일은 절대 일어나지 않을 거야."

얼의 대사였다. 연장전 당일에 타이거가 얼마나 강인한 사람이 돼야 하는지 아는 사람은 거의 없었다.

* US 오픈 챔피언십에서는 선두가 같은 타수로 끝냈을 경우 단판 승부가 아닌 18홀 승부로 결정짓는다.

참으로 오랫동안 연장전 승부는 전날의 경기를 다시 보는 듯했다. 14번 홀까지 두 선수는 팽팽히 맞섰다. 타이거가 스윙할 때마다 무릎을 꿇으며 무너졌다가 다시 일어나 걸어 나가는 모습은 흡사 권투선수 같았다. 최고급 가치의 스포츠 드라마를 보는 듯했다. 18번 홀 플레이를 앞두고 타이거는 로코에 한 타 뒤져 있었다. 그리고 전날 승부처럼 로코가 할 수 있는 스코어는 파였고, 타이거에게는 가까운 거리의 어렵지 않은 버디퍼트가 남았다. 1954년 이후 처음 US 오픈 챔피언은 단판 연장 승부에 들어갔다.

그리고 이번 선전으로 많은 팬이 생긴 로코는 결국 기세가 꺾였다. 파 4 17번 홀 티샷 실수로 볼은 그린을 공략하기 까다로운 위치에 있었다. 두 번째 샷마저도 감기면서 그린 왼쪽으로 벗어났다. 로코는 잘해야 보기였고 타이거에게 기회가 찾아왔다.

타이거는 157야드 남은 거리에서 9번 아이언을 선택했고 두 번째 샷 볼은 그린 가운데에 무난하게 안착했다. 그리고 퍼트 두 번 만에 US 오픈 챔피언십의 주인공이 됐다.

매우 조심스럽게 걸으며 그린을 벗어난 타이거는 엘린이 기다리고 있던 카트로 향했다. 다친 무릎에 손상된 경골에도 불구하고, 타이거의 미래는 그렇게 밝아 보이지 않았다. 이제 그는 그가 말했던 대로 완전히 다른 환경에 있게 됐다. 아빠가 된 것이다. 기회 있을 때마다 타이거는 자신과 엘린이 어떻게 그들의 딸, 샘을 키우는지에 대해 얘기하곤 했다. 2008년 초에 샘은 기어 다녔는데, 벌써 걷기 시작하여 짧게 자른 골프클럽을 끌고 다닐 만큼 자랐다. 토리 파인스에서의 우승은 더할 나위 없이 깊은 의미의 순간이 됐다.

"제가 거머쥔 트로피 중에 가장 훌륭한 트로피임엔 분명합니다."

타이거는 말했다.

잭 니클라우스가 35세가 넘어서 도달했던 메이저 14승 고지에 32세의 나이에 올랐다. 타이거는 골프의 모든 기록을 갈아치울 수 있는 곳으로 향해 가고 있었다.

타이거가 US 오픈 정상에 오른 다음 날, 『뉴욕 타임스』의 칼럼니스트 데이비드 브룩스(David Brooks)는 타이거를 두고 '내적 수양의 모범 사례'라고 적었다. 덧붙이면서 '그는 단지 인간을 넘어 불멸의 존재를 구현했다.'고 단언했다.

이때까지만 해도 토리 파인스에서의 US 오픈 챔피언십이 타이거의 마지막 메이저 타이틀이 되리라고는 생각지도 못했고, 납득할 수 없는 의견이었다.

CHAPTER TWENTY-SIX

의사 아니면 주술사

타이거의 역대 가장 특별했던 우승 이후 8일이 지나서 타이거는 파크 시티에서 수술을 받았다. 자동으로 타이거의 골프 시즌은 끝났다. 오른쪽 허벅지에서 인대를 잘라내 왼쪽 전방십자인대 재생을 위해 이식했다. 수술 후 타이거는 왼쪽 다리 사용을 완전히 중단하라고 경고받았다.

"푸시업은 해도 되나요?"

타이거가 물었고 당연히 허용되지 않았다.

"윗몸 일으키기는요? 상체 운동은요?"

모두 해서는 안 되는 운동이었다.

"그럼 뭘 할 수 있는 겁니까?"

타이거가 따져 물었다.

토마스 로센버그 박사는 타이거에게 절대적인 휴식을 권했다. 타이거의 몸이 회복될 시간을 줘야 한다고 했다.

그 이후 몇 달은 타이거에게 있어 가장 힘들었던 두 번의 시간 중 하나였다. 깊게 요동치는 통증은 가시질 않았다. 타이거는 수술 후의 시간을 가장 힘들어했다. 흥분, 긴장할 일이 없기 때문이다. 체육관에 가서 역기를 들고 싶었지만, 그러려면 엄청난 재활이 필요했다. 다행히도 타이거의 측근은 그가 어디에 가야 할지 정확히 알고 있었다.

2008년 여름, 최첨단의 체력회복 기술을 찾는 것과 신체 균형을 잡고 싶어 하는 유명 운동선수 사이에서 마크 린지(Mark Lindsay)라는 박사가 회자됐다. 토론토에 기반한 카이로프랙터*는 '마법의 손'이라는 명성을 얻었다. 린지 박사는 테니스 선수 마리아 샤라포바(Maria Sharapova), 올림픽 육상의 도너번 베일리(Donovan Bailey), 뉴욕 양키스 외야수 알렉스 로드리게스(Alex Rodriguez)를 비롯한 수백 명의 프로 선수들의 재활과 교정을 도왔다. 그의 방식은 ART로 알려져 있는데, 활성화 유도 이완기술(Active Release Technique)의 약자로 부드럽게, 또는 강하게 신경 근육을 다듬어주며, 피부 바로 안쪽의 근막을 자극하고 풀어줌으로써 회복을 극대화하고 운동능력을 끌어올렸다.

"악기를 다루는 것과 비슷합니다. 치료사가 아주 영리하고 아주 똑똑할 수 있지만 촉각으로 환자에게 손이 직접 닿아 봐야 알 수 있습니다. 제 경험으로는 치료를 받을 때 금세 알아챌 수 있습니다. 이렇게 손을 조금 대 보면서 말이죠. 그래서 저는 생각했습니다. '그래, 이거야. 내 본업으로 해야겠어.'"

린지 박사는 밥 맥켄지(Bob McKenzie)에게 이렇게 말한 적이 있다.

미식축구의 시즌 챔피언에 네 차례나 오른 빌 로마노프스키(Bill Romanowski)가 배구선수 가브리엘 리스(Gabby Reece)에게 소개했고 가브리엘이 타이거에게 린지 박사를 추천했다. 90년대 말, '로모'로 불리는 빌은 미국의 운동선수 중에 처음으로 자신의 신념과 경력을 걸고 린지 박사의 치료에 매진하여 2003년 은퇴하기 전까지 243경기 연속 출전이라는 대기록을 작성한 라인베커**였다.

"제 생각에 린지 박사를 못 만났으면 타이거의 골프는 끝났을 겁니다. 완전히 경직돼 있더라고요. 운동신경 전체가 망가졌습니다."

로모가 말했다.

수술 후 6주 정도가 지나 린지 박사는 타이거에게 빌 놀스(Bill Knowles)를 추천했다. 세계적인 선수들을 20년 넘게 관리한 경력의 체력, 컨디션 전문가로 인정받

* 척추교정 요법에 정통한 종사자.

** linebacker, 미식축구 포지션.

은 사람이다. 빌의 특화 분야는 알파인 스키로 한눈에 봐도 다리의 상태를 예측할 수 있었는데, 타이거의 상태를 보고는 좋지 않음을 직감했다.

"아주 큰 수술이었더군요. 간단한 수술은 절대 아니었습니다. 아주 고난도의 수술이었습니다."

빌이 나중에 회고했다.

타이거와 빌은 6주 동안 매주 다섯 번씩 재활에 매진했다. 체육관, 수영장을 하루에 두 차례나 갔고 한 번 재활 훈련에 두 시간가량 소요했다. 빌은 타이거의 무릎뿐만 아니라 전체적인 몸과 마음까지 전부 봐 줬다.

10월 중순에는 골프클럽으로 스윙을 시작했다. 로센버그 박사는 천천히 끌어올릴 것을 제안했지만, 타이거는 시속 35마일로 클럽을 휘둘렀다. 그리고 한 달이 지나기도 전에 스윙 스피드를 65마일까지 올리며 드라이버로 150야드까지 보내곤 했다. 수술 때문에 멈췄던 중량 훈련도 다시 시작했다. 하체 위주로 했는데 연말이 되자 올림픽 역도 수준까지 가능했을 정도였다.

타이거는 2009년 초반 즈음 투어에 복귀할 예정이었다. 서른세 번째 생일 바로 전에 운동하면서 오른쪽 아킬레스건을 다쳤다. 1년이 조금 넘는 기간에 세계 최정상의 운동선수는 세 번이나 심각한 부상이었다.

아킬레스 부상은 심리적으로 선수 생명에 큰 차질이 생길 수 있다. 타이거의 복귀를 더 늦출 수도 있었다. 린지 박사는 또 다른 토론토의 스포츠 의학 전문가인 앤서니 갈리아(Anthony Galea) 박사를 추천했다. 린지와 갈리아 박사는 과거 1994년 동계 올림픽에서 처음 만났고, 이후에 같은 공간에서 서로의 업무를 보곤 했다. 앤서니 박사는 PRP***의 개척자로 불렸다. 부상한 선수로부터 소량의 피를 뽑고 원심기를 돌려 적혈구와 혈소판을 분리해내고 단백질이 풍부한 혈소판을 힘줄, 근육,

*** Platelet Rich-Plasma, '혈소판 풍부혈장치료'의 약자.

인대 등 부상 부위에 주입하는 방식이다. 이로써 몸이 스스로 촉매작용을 하면서 회복 단계를 가속하게 된다.

"아주 효과적입니다. 정당한 과정에서 얻은 부상이라면 합법적으로 치료할 수 있습니다. 근본적으로 줄기세포의 형태이지만 당사자로부터 추출한 조직입니다. 약물 투여나 외래 요소가 전혀 관여하지 않습니다. 햄스트링 파열, 아킬레스 파열, 안쪽다리 근육 파열에 대해서는 즉효입니다. 그래서 제가 앤서니와 호흡이 잘 맞습니다. 앤서니가 세세한 부상 부위를 맡으면 저는 전체적인 몸 균형을 담당했죠."

타이거는 갈리아 박사를 만나기로 했다. 갈리아는 43회 슈퍼볼 사전 대비를 하고 있는 피츠버그 스틸러스의 리시버* 하인스 워드(Hines Ward)를 돌보기 위해 탬파에 머물고 있었다. 갈리아 박사는 곧바로 타이거의 집이 있는 아일워스로 향했다.

린지 박사와 마찬가지로 갈리아 박사 또한 기적의 손으로 통했다. 부상을 치료하거나 회복하려고 우수한 프로 선수들이 갈리아 박사를 즐겨 찾았다. 그는 깔끔하게 정돈된 흑발 머리에 부드러운 외모로 드라마의 주인공처럼 보였다. 그가 자라 온 배경도 독특했다. 미용사와 회계 사무원 사이에서 태어나 캐나다의 맥마스터 대학에서 의학을 전공했으며 토론토 외곽 지역에 자신이 직접 진료소를 세웠다. 네 명의 아이가 있는 아버지였지만 40세에 이혼했다. 그리고 20년 정도 차이 나는 테니스 선수와 결혼해 세 명의 아이를 더 낳았다. 성서 고고학이 취미인 그는 예루살렘을 종종 방문하면서 영적인 깨달음을 얻었다고 주장했다. 팀 엘프링크(Tim Elfrink)와 거스 가르시아 로버츠(Gus Garcia-Roberts)의 책《블러드 스포츠(*Blood Sport*)》에서 갈리아 박사가 어떻게 마이애미 지역의 의사 앨런 R. 던(Allan R. Dunn)의 의료 관련 특허를 슬쩍 했는지 구체적으로 폭로했다. 앨런은 공인되지 않은 성장 호르몬을 사용했는데 염증이 있는 관절에서 흉터 조직을 긁어내 그 자리에 성장 호르몬을 채우는 방식이었다. 갈리아 박사는 자신의 강의에서 앨런에 대해 자주

* 미식축구 포지션의 종류.

언급했는데 앨런은 이를 불쾌해했다.

"그 친구 좀 없어졌으면 좋겠더군요. 그 사람 얘기만 들으면 정말 진절머리가 납니다."

하지만 미국과 캐나다의 우수한 선수들이 점점 더 갈리아 박사를 찾기 시작했다.

법정 문서를 살펴보면 갈리아 박사가 남자 선수들을 더 끌어모으기 위한 비책으로 비아그라와 시알리스를 대가 없이, 적발되지 않도록 제공하는 방법을 썼다고 했다. 캐나다에서 미국으로 넘어갈 때 갈리아 박사는 자신의 보조를 시켜서 점검표를 만들게 했고, 거기에 정맥주사용 비닐, 튜브, 아데노신삼인산(독일산), 주사기, 인삼, 뉴트로핀, 성장 호르몬 주사, 액토베긴, 원심기, 발기부전 치료제, 셀레브렉스 등을 적어서 가져갈 수 있게 했다. 특히 2009년 미국 정부의 고발장에서는 갈리아 박사가 국경심사 단속을 피하고자 자신의 보조를 시켜서 비아그라와 시알리스의 원래 포장을 없애고 처방전 표시가 없는 병에 담았다고 명시했다. 그리고 환자가 요청하면 처방전과 비용 없이 발기부전 치료제를 제공했다고도 적었다.

"비아그라는 미끼였습니다. 처방전 때문에 의사한테 가야 했지만 그렇게 하기 싫은 운동선수들에게는 제격이죠."

갈리아 박사의 운영에 대해 정통한 운동선수의 제보였다.

갈리아 박사는 타이거를 치료하기 위해 직접 타이거의 집으로 찾아갔다. 타이거가 거실의 마사지 침대에 누웠고, 박사가 긴 바늘의 주사기를 아킬레스건에 찌르자 타이거는 움찔했다. 갈리아 박사는 PRP를 타이거의 아킬레스건에 주입했다. 다음 날 타이거는 발의 상태가 조금 나아졌음을 느꼈다. 그다음에 갈리아 박사가 방문했을 땐 아킬레스건에도 그리고 무릎에도 PRP를 주입했다. 박사는 기적의 손 명성으로 적잖은 수입을 올리고 있었다.

법원의 기록과 여러 정보에 따르면, 갈리아 박사의 유별난 의료 서비스에서 주로 네 가지 치료가 행해진다. 첫째가 혈소판 풍부 혈장 주입, 둘째로 송아지 피에서 추출한 미인증 의약인 액토베긴 성분의 항염 정맥주사, 셋째는 액토베긴 주사, 마지막은 무릎에 주입해 연골을 재생시키며 관절 염증을 제거하기 위한 성장 호르몬 제인 뉴트로핀을 포함해 여러 물질을 혼합한 주사였다.

2009년 말, 갈리아 박사는 『뉴욕 타임스』의 기사에서 무릎과 전방십자인대 부상에 가장 좋은 치료가 PRP라고 말했다. 기사 내용 중에 타이거의 왼쪽 무릎을 어떻게 치료했는지도 밝혔다. 자신은 오로지 지인에게서 빌린 원심기로 추출한 PRP만 사용했으며 미인증의 액토베긴이나 여타 불법의 운동력 향상 약물은 전혀 사용하지 않았다고 했다. 그리고 타이거를 치료했던 횟수가 네댓 차례 정도였다고 주장했는데 이는 사실이 아닌 걸로 드러났다.

플로리다주 보건부에서 수사한 자료에 의하면 갈리아 박사는 2009년 1월부터 8월까지 열네 차례나 타이거의 집에 출장 간 것으로 드러났다. 타이거에게 상담 비용으로 회당 3,500달러씩 받았고, 1등급 좌석 항공과 숙박 비용이 들었다. 청구서 총액은 76,000달러가 넘었다.

갈리아 박사와 타이거와의 관계가 세상에 알려졌던 결정적인 일은 2009년 9월 14일에 발생했다. 오랫동안 갈리아 박사의 보조를 맡았던 인물이 캐나다와 뉴욕의 버펄로를 연결하는 피스 브리지를 통과하려다가 미국 관세 및 국경감시대(CBP, US Customs and Border Protection)에 적발되어 추가 검색을 받았다. 이 과정에서 111개의 주사기, 원심기, 20개의 작은 약병이 담긴 가방, 뉴트로핀 10밀리그램을 포함한 각종 약물과 약품, 액토베긴 250밀리리터를 휴대하고 국경을 넘으려 했던 것이 드러났다. 갈리아 박사의 보조는 열리지도 않은 학회 참가를 위해 워싱턴 DC로 향할 예정이었다고 CBP 요원에게 주장했다. 그녀는 사실 워싱턴 DC로 가서 갈리아 박사의 '의료상자(그녀가 말한 바)'를 NFL 선수들을 치료하는 데에 사용할 예정이었다.

범죄 혐의를 받을 위기에 처하자 그녀는 국토 안보부, 출입국 관리사무소, 세관, 미 식약청에 협조하기로 마음을 바꿨다. 실제로 그녀는 자신의 블랙베리 폰을 조사관에게 넘겼다. 한 달 뒤인 2009년 10월 15일, 캐나다 경찰은 갈리아 박사의 사무실을 수색해서 NFL 파일 문서와 프로 선수 의사록을 확보했다.

갈리아 박사는 결국 미국 연방법원으로부터 다섯 가지 혐의에 대해 기소되었다. 성장 호르몬 소지 및 공급, 주제 상업위원회 관할 지역에 부정표시의약품 수입 혐의도 포함되었다. 그리고 이 사건과 관련해서 연방 정부는 갈리아 박사에게 2007년 7월부터 2009년 9월까지 100차례 넘게 넘나들면서 타이거 우즈를 비롯해 20명이 넘는 운동선수에게 위법으로 의약품과 의료 서비스를 제공한 혐의도 적용했다. 2년여 동안 갈리아 박사의 매출은 80만 달러가 넘었다. 향후 갈리아 박사는 부정 표시 약품 소지 혐의로 징역 1일 및 275,000달러 벌금형을 받았다.

FBI 수사 경위서에 따르면 갈리아 박사의 오랜 보조를 맡았던 당사자의 진술에는 박사가 주장했던 부분인 PRP와 액토베긴 시술이 오로지 무릎 치료에만 사용됐다는 것은 맞지 않았다. 그녀의 진술은 다음과 같았다.

"갈리아 박사는 종종 성장 호르몬 성분이 들어간 칵테일 주사를 선수들에게 놓곤 했다. 성장 호르몬 주입은 오로지 연골 재생 촉진을 위한 처방인데 말이다."

또 미국, 캐나다 출신의 운동선수 여덟 명에게도 성장 호르몬 성분이 포함된 물질을 주사, 처방했음을 관계자에게 고백했다고 했다.(보조 의사의 변호사가 이메일로 전한 내용에 의하면 갈리아 박사가 타이거에게 주사 처방하는 광경을 직접 목격한 적은 없다고 했다.)

갈리아 박사 건에 대해 정부의 상세한 문서를 살펴본바, 유명 운동선수에 대한 갈리아 박사의 명확한 치료의 본질과 이력을 감추려는 시도로 볼 수밖에 없었다. 갈리아의 청구서를 보면 그의 진료 내용이 '상담'이나 '상담/정맥주사/주사 처방' 등으로 모호하게 기입되어 있었다. 수표는 '갈리아 투자회사' 앞으로 명시됐지만 박사나 그가 개설한 센터로 명시된 적이 없었다.

성장 호르몬 사용에 대한 그의 변호 내용을 보면 미국에서 철저하게 통제하고 있는 성분이지만 캐나다에서는 합법적이라고 했다. 주사 처방은 40세 이상 환자들의 건강과 지구력을 개선하기 위해서만 있었다고 진술했다. 10년여를 개인적인 용도로 성장 호르몬을 빼돌린 부분에 대해서는 갈리아 박사도 인정했다.

그렇다면 과연 타이거도 회복시간을 단축하기 위해 갈리아 박사가 제조한 처방을 받았을까? 갈리아 박사에 대해 잘 알고 있는 관계자는 확실하다고 했다.

"100퍼센트입니다. 의문을 가질 게 없다고요."

이 관계자는 타이거의 다친 무릎과 뒤꿈치에 주입한 갈리아 박사의 PRP 주사에 소량의 성장 호르몬과 남성 호르몬인 테스토스테론이 포함됐다고 밝혔다.

"혈소판 풍부 혈장, 남성 호르몬, 성장 호르몬 모두 특정 손상 부위에 회복 효과가 잘 맞아떨어집니다. 다만 극소량이고 손상 부위에만 처방하다 보니 약물 테스트에 드러날 일이 없습니다. 하루 정도면 몸에서 다 없어졌을 겁니다. 앤서니가 타이거의 몸에 어떤 성분을 주입했는지 타이거도 정확히 몰랐을 겁니다."

결과적으로 타이거가 실제로 운동력 향상 의약품을 사용했는지가 가장 중요한 화두였다. 2010년 『SI』 지가 행했던 조사가 있었는데 타이거 우즈가 진짜 운동력 향상 의약품이나 성장 호르몬을 투여했는지 PGA 투어 선수 71명에게 물었다. 그중 24퍼센트가 그렇게 생각한다고 답했다. 일단 타이거 우즈가 운동력 향상 의약품 중에 테스토스테론을 포함한 운동력 향상 의약품을 사용한 가능성에 대해서는 2000년대 초반 타이거가 하루에 두 차례 했던 체력단련을 통해서 상체와 팔 근육이 두드러지게 커졌다는 점, 골프선수로는 많이 있지 않은 인대와 아킬레스건의 부상이 잦았던 점이 의심을 낳게 했다. 2003년 발코 스테로이드 구설수의 중심에 있었던 빅터 콘티(Victor Conte)는 타이거가 운동력 향상 의약품을 사용했다고 주장하는 사람 중 한 명이었다. 지금은 잘 알려진 영양보조제 회사 SNAC*의 대표이기도 한 빅터는 운동력 향상 의약품에 대해 누구보다도 잘 알고 있는 인물이다. 빅터의 주장은 타이거의 부상 이력에서 운동력 향상 의약품을 복용했다는 흔적이 무기질 결핍으로 나타났다는 것이다.

* Scientific Nutrition for Advanced Conditioning, 더 향상된 치료를 위한 과학적 영양 공급.

"그러니까 스테로이드가 몸에 들어가면서 질소로 근육을 만들고 동시에 단백질 합성이 이뤄지면 결합조직 세포나 인대, 힘줄이 약해지기 마련입니다. 그래서 제가 판단하기엔 타이거의 부상 이력을 살펴봤을 때 단백질 동화 스테로이드**를 투여했을 가능성이 농후하고 운동력 향상 의약품을 복용했다고 봅니다."

타이거는 자신이 운동력 향상 의약품을 사용한 데 대해 한결같이 단호하게 부인했다.

"갈리아 박사가 성장 호르몬이나 운동력 향상 의약품을 투여한 적은 한 번도 없습니다. 살아오면서 그런 약품을 접한 적도 없습니다. 불법 의약품을 복용한 적은 한 차례도 없습니다. 절대로요."

2010년 마스터스 기자회견 때 타이거가 밝혔다.

갈리아 박사 역시 타이거를 비롯한 다른 운동선수들과 운동력 향상과 관련해 어떤 것도 연관되지 않았다고 주장했다.

"갈리아 박사는 절대로 운동력 향상 의약품과 관련된 활동을 했던 적이 없습니다. 일련의 의심들은 절대적으로 100퍼센트 날조입니다."

갈리아 박사의 변호사였던 브라이언 H. 그린스펀의 말이었다.

그린스펀 변호사는 타이거가 갈리아 박사를 찾았던 것은 당시 PRP 치료계의 개척자였기 때문에 치유자였지 사기꾼이 아니라고 주장했다. 또 갈리아 박사가 테스토스테론과 성장 호르몬이 함유된 칵테일 주사를 타이거에게 사용했는지에 대한 구체적인 질문에 대해서는 갈리아 박사가 응답할 수 없다고 답했다. 이메일을 통해 받은 답변에는 환자의 의료기록을 비공개로 관리해야 하는 엄격한 규제 의무가 있으므로 환자가 직접 필체로 동의를 하지 않는 한 공개할 수 없는 부분이라고 했다.

타이거가 의도적이든 아니든 운동력 향상 의약품을 복용했는지에 대한 진실을

** 단백질의 흡수를 촉진시키는 스테로이드.

알고 있는 사람은 손에 꼽을 정도였는데, 그중의 한 명이 마크 린지 박사였다. 플로리다 보건부 수사 자료에 의하면 2008년 9월 15일부터 2009년 10월 30일까지 린지 박사는 타이거를 치료하는 건으로 한 차례에 2,000달러와 부대 비용을 받으며 49차례나 치료했다. 타이거에게 청구했던 총비용이 118,979달러였다. 린지 박사는 자신의 지인들에게 타이거에 대해 털어놓곤 했다. 타이거가 아침에 일어나자마자 린지 박사가 자신의 특별한 ART 마사지를 해줬고, 그 후에 타이거는 세 시간 동안 골프 연습과 무산소, 유산소 운동을 끝내고 점심을 먹은 후 한 차례 더 마사지했다. 그리고 타이거가 메이저를 준비하는 때에는 연습 레인지에 치료용 탁자를 가져다 놓고 타이거가 스윙 역학에 집중하는 연습의 앞뒤로 한 시간씩 몸을 풀어주곤 했다.

"지면 반발력의 발생하는 힘을 이용해서 복잡한 움직임 가운데 효율성과 탄력성을 만들어내는 것이 목표였습니다. 그 자리에서 타이거 우즈의 골프스윙 사이에 마사지를 해 주는 효험은 대단했습니다."

린지 박사가 이후에 밝혔다.

몇몇 사람들이 타이거의 운동력 향상 의약품 복용으로 불공평한 우위를 점했던 시기에 즈음해서 린지 박사의 섬세한 치료 과정으로 인해 전무후무한 의사와 환자와의 관계가 만들어질 수 있었다. 2008년부터 2009년 사이 타이거의 치료에 린지 박사의 손길이 수백 차례나 닿았다. 처음엔 공식적인 발언을 거절했다가 토론토의 변호사인 티모시 S. B. 댄슨(Timothy S. B. Danson)을 통해서 밝힌바 타이거로부터 제한적이지만 특혜를 받으며 타이거가 금지 약물이나 운동력 향상 의약품을 사용했는지에 대한 그의 의학적 의견을 얻을 수 있었다. 2017년 12월 17일, 린지 박사는 변호사 입회하에 4페이지의 발표문에 서명했다. 타이거의 동의를 구하고 본권의 저자에게 린지 박사의 발표문을 제공했다. 타이거가 운동력 향상 의약품을 복용했는지에 대해 가장 믿을 만하고 가장 명확하게 답했던 글이다.

아주 오랜 시간 동안 저는 타이거와 가까이 지낼 수 있었습니다. 그러나 그 시간 동안 타이거가 금지 약물이나 운동력 향상 의약품을 복용하거나 언급했던 광경을 목격한 적이 단 한 차례도 없었습니다. 물론 금지 약물에 대해 돌려서 말했던 적도 없었습니다. 이에 대해 다르게 말한 그 누군가가 있다면 잘못된 정보이고 틀렸습니다. 타이거는 오로지 자신의 재활에 적절하게 그리고 온전히 몰두했습니다.

타이거 우즈는 이례적으로 천재적이었으며 동시에 고강도의 훈련을 단행했습니다. 그리고 공간 감각이 뛰어난 운동선수입니다. 이러한 그의 소질은 그만의 열정과 역사상 가장 위대한 골퍼를 향한 흔들리지 않는 의지와 더불어 굉장한 것입니다. 그 소질은 스포츠 역사에서 최고의 운동선수 중에 극소수의 우수한 선수 집단에 들게 해 주는 요소입니다. 타이거 우즈처럼 세계적인 수준의 우수한 선수에게 평범한 잣대로 회복과 운동력을 비유한다는 것은 잘못된 생각입니다. 타이거를 그의 분야에서 최고의 우수 선수로 평가하는 요소는 그가 뛰어나고 유별난 만큼 재활과 부활 또한 뛰어나고 유별나기 때문입니다.

저는 27년 넘도록 스포츠 의학의 실전 세계에 몸담아 왔습니다. 여덟 차례의 올림픽과 다수의 프로 스포츠 협회 경기 가운데 저는 수백 명의 세계적인 선수들을 치료해 왔습니다. 근육의 크기와 조직에 대해 저는 어떤 상태여야 하는지 잘 알고 있습니다. 환자에게 알맞은 치료를 실행하기 위해서는 매우 중요한 부분입니다. 의학에 관한 문헌도 꾸준히 접하면서 끊임없이 연구하고 최신 추세에 뒤처지지 않기 위해 노력하고 있습니다. 저는 몸의 근육 크기와 조직에 대해 잘 알고 있으며, 또 어떤 약이 근육의 크기와 조직에 어떻게 효능을 발휘하는지도 익히 알고 있습니다. 타이거의 근육 크기와 조직은 운동력 향상 의약품의 영향을 전혀 받지 않은 것입니다. 여러 차례 진술했던 대로, 많은 이들이 운동력 향상 의약품으로 치료했을 것이라 예상하겠지만, 제가 타이거 우즈를 진료하면서 그의 근육으로부터 경직, 결림이나 긴장이 지나치게 과도한 부위는 한 군데도 없었습니다.
앞에서 언급했던 대로 타이거의 치료를 직접 경험했던바, 전문가로서의 소견을 최종적으로 밝힙니다. 타이거는 일체의 운동력 향상 의약품을 복용하지 않았으며, 그가 그러한 요령을 피운다는 것은 있을 수 없는 일이며 모순된 의견입니다. 타이거 우즈는 제가 돌봤던 선수 중에 진정으로 가장 인상적이고 강인하며 결단력 있는 선수입니다. 그가 이러한 소질과 속성을 소유했기 때문에 재활과 부활을 극복할 수 있었습니다.

CHAPTER TWENTY-SEVEN

추락

2009년 3월 29일 해 질 녘, 타이거 우즈를 향한 응원의 함성이 그렇게 컸던 적이 얼마나 있었을까? 16피트 거리의 버디퍼트가 홀의 바닥에 닿으면서 18번 홀 그린 주위의 갤러리가 자아낸 함성은 1마일 밖에서도 들릴 정도였다. 타이거가 우승으로 화려하게 복귀했던 몇 안 되는 위대한 순간이었다. PGA 투어 239번째 대회에 나와서 66번째 우승의 순간이었다. 더욱 의미 있는 점은 9개월 전 무릎 수술 이후 처음 맛본 우승이었다. NBC 방송사의 진행자는 타이거의 경기에 대해 기적이라고 평하기도 했다. 분명 '초월적'이라던가 '초자연적'인 경기라고 해도 과장이라 할 사람은 없을 것이다.

아킬레스건 부상 후 3개월 정도가 지났고, 경골의 균열도 회복됐으며, 전방십자인대의 상태도 거의 다 돌아왔다. 린지 박사와 갈리아 박사의 도움으로 부상이 대부분 치유된 셈이다. 최종 라운드 시작 시점에서 타이거는 선두와 다섯 타 차였지만 포효하며 따라잡았다. 자신이 스포츠 무대에서는 여전히 가장 위대한 존재임을 어느 때보다 더 절대적으로 과시했다.

그린 주위에서 '타이-거, 타이-거' 하는 응원이 들리는 사이로 타이거는 18번 홀 그린 밖으로 걸어 나오면서 아널드 파머의 환대를 받았다.

"지난번에 내가 뭐라고 했는지 기억하나? 얼이 참 자랑스러워했을 거라고, 자랑스러워했을 거야!"

아널드 파머가 외쳤다.

타이거는 환한 미소와 함께 감사의 뜻을 표했다. 다시 정상에 오른 것이 타이거를 신나게 했다.

앞뒤를 알 수 없는 교통사고와 예전처럼 바라볼 수 없게 된 타이거의 엄청난 불륜 행각 등 타이거의 인생에 있어 2009년은 골프 코스 밖에서 벌어진 일 때문에 영원히 기억될 수밖에 없었다. 그러나 그의 결정적인 몰락은 연말에 터지고 말았다. 어쨌든 2009년에도 타이거의 골프는 여전히 대단했다. 19개 대회에 나와서 일곱 차례나 우승에 올랐음은 물론 우승 포함해서 열여섯 차례 톱10 성적을 달성했다. 평균 버디 기록수, 평균 타수, 175~200야드에서의 그린 적중률 1위 기록에 올랐다. 게다가 천만 달러 넘게 벌어들이며 상금왕을 차지했으며 세계 랭킹 1위로 해를 마감했다. 역대 최초로 통산 상금 10만 달러 넘게 획득한 선수라는 기록도 남겼다. 모든 분야에서 타이거는 프로스포츠에선 유일무이 최고의 자리에 올라 있었다. 골프 역사상 최고의 천재 골퍼였으며, 그의 시대 가장 위대한 골프선수이며 가장 부유한 운동선수였다.

그러나 그 이면에 타이거는 자신의 측근과 스스로까지 속여가면서 부정한 삶을 살고 있었다. 2월에 엘린은 둘째를 출산했다. 이름은 찰리 액슬 우즈(Charlie Axel Woods)로 정했다. 이는 엄청난 기쁨의 호사이며 아내와 아이들과의 시간을 더 보낼 수 있도록 타이거에게 동기를 심어 준 사건이 될 수도 있었다. 과거 골프선수 중에 세계를 호령했던 선수들은 그들의 식솔이 늘면서 우선순위가 서서히 바뀌었고 경쟁 감각이 조금씩 무뎌지곤 했다.

"제가 좀 더 젊었을 때, 아이들이 생기기 전에 그리고 돈이 모이기 전에는 골프 생각만 가득했습니다. 어떻게 하면 더 잘할 수 있고, 어떻게 하면 집중할 수 있는지 몰두했습니다. 그러다가 아이들이 생겼고, 그들과 함께하는 시간이 중요하게 됐습니다. 네, 어쩔 수 없이 경기 감각이 무뎌질 수밖에요."

톰 왓슨이 한때 말했다. 반면 타이거는 아이들이 태어났어도 여전히 날이 선 경기력으로 압도하고 있었고 출전하는 대회마다 정상에 올랐다. 서른셋의 나이에도 가족에 연연하지 않았으며, 자아도취에 머물면서 보디빌딩, 진통제, 수면제, 섹스로 자신을 갉아먹고 있었다.

기계 같은 운동선수로 성장하는 데 매우 중요한 역할을 했던 그의 성장환경으로 인해 배우자와 친밀한 관계를 형성하지 못했다. 오히려 배우자는 자기희생, 충성심, 신뢰, 이타심에 젖어 있어야 했다. 그 또한 아버지의 능력에 대처할 준비가 되어 있지 않았다. 자식들을 사랑했지만, 그의 생활 패턴은 '아빠는 부재중'이 될 것이 불 보듯 뻔했다.

2009년 6월, 타이거는 EA 스포츠사가 주관하는 홍보 이벤트를 위해 뉴욕을 찾았다. 비디오 게임 제작사는 타이거가 주인공인 새로운 게임을 출시할 예정이었다. 같은 날 마이클 잭슨이 진통과 수면에 관련된 칵테일 주사를 과용한 끝에 타계한 소식이 전해졌는데, 타이거는 많이 지친 표정으로 『피플』 지의 스티브 헬링(Steve Helling)과 인터뷰 진행 중이었다. 그리고 화제는 쉽게 양육에 관한 이야기로 바뀌었다.

"아버지께선 샘이 태어나기 전에 돌아가셨습니다. 그래서 아쉽게 저는 아버지가 되는 것에 관해 이야기를 많이 나누지 못했습니다. 이런 점에서 후회가 밀려왔습니다. 매일 아버지 생각이 납니다. 아버지께선 제게 모든 걸 가르쳐 주셨습니다. 아직도 아버지의 목소리가 생생하게 들리는 듯합니다."

인터뷰에서 타이거가 말했다.

타이거의 이러한 이야기에는 많은 의미가 들어 있었다. 타이거는 심한 불면증에 시달리고 있었다. 아버지의 사망 후 끊었던 수면제 앰비언을 다시 복용하기 시작했다. 돌아가신 아버지에 대한 아쉬움과 타이거 자신도 부족한 아버지임을 인정하며 괴로워했고, 아버지이자 최고의 친구와 절실하게 이야기하고 싶어 했다. 하지만 타이거의 이야기에서 가장 비극이었던 것은 그가 무엇을 말하느냐가 아니라 누구에게 말했느냐였다. 자신의 아내나 오랜 친구가 아닌, 연예 잡지의 기자에게 자신의 속내를 털어놓은 것이다. 2009년, 타이거는 그 어느 때보다 외로웠고 도움의 손길을 기다리고 있었다.

헬링 기자와의 인터뷰를 진행한 뒤 타이거는 그의 친구인 데릭 지터(Derek Jeter)*를 만났다. 맨해튼의 나이트클럽으로 가서 세 명의 20대 여자들과 시간을 보냈다. 여자 중 한 명이 마크 오마라의 조카인 앰버 로리아(Amber Lauria)였다. 타이거와 앰버는 1997년부터 알고 지냈는데 마크의 집에서 처음 만났다. 앰버의 10대 시절에 아일워스, 올랜도 등지에서 타이거와 많은 시간을 함께하곤 했다. 처음부터 두 사람의 관계는 친구를 넘어선 오빠와 동생처럼 남다른 결속 관계였다. 2009년 앰버는 대학을 졸업하고 폭스 뉴스에 취업했고, 타이거가 뉴욕을 방문할 때 종종 만났다. 타이거는 앰버에게 전화나 문자로 자주 연락을 취했다.

앰버에 의하면 얼이 세상을 떠난 후에 타이거와의 대화 분위기가 가라앉았다고 밝혔으며 그 시점 이후로 타이거에게서 행복한 표정을 보기 어려웠다고 했다.

"저를 마치 가족처럼 대했습니다. 그런데 타이거가 이 혼란에 대해 울먹이며 전화하는, 진짜 안 좋은 상황에 처한 건 처음이었습니다. 그에게서 가장 큰 변화가 그때부터였을 거예요. 그냥 타이거 혼자 사라지곤 했습니다."

앰버는 엘린을 존경했다. 타이거가 이렇게 혼란스러울 때 엘린이 같이 있었으면 얼마나 좋았을까 하고 생각했다. 그러나 엘린이 그렇게 타이거와 함께 길에서 시간을 보낼 수 없다는 것도 앰버는 알고 있었다. 엘린에게는 보살펴야 할 두 아이가 있었기 때문이다.

앰버는 나이트클럽에서 타이거를 만난 이유로 여전히 타이거를 친구로 생각하고 있었기 때문이라고 했다.

"외로웠을 겁니다. 주변에 사람들이 필요했을 거예요." 앰버가 말했다. 여전히 타이거 주변에서의 상황은 보기 좋지 않았다. "타이거한테 말했어요. '제가 여기 있을게요. 그런데 엘린하고 같이 있거나 엘린한테 전화해야 하는 거 아니에요? 출장

* 메이저리그 뉴욕 양키스 선수.

중인 건 아는데, 대체 무슨 일이에요?'"

감정적으로 타이거는 이 도시 저 도시를 전전하며 이 여자 저 여자를 만나며 어찌할 바를 몰랐다. 타이거의 휴대전화에 저장된 여자들의 전화번호는 대부분 나이트클럽이나 카지노에서 만나서 받은 것들이었다. 타이거가 그녀들을 꾈 때 하나같이 했던 말이 '당신밖에 없어.'였다. 대가를 지급하고 만났든 꾀어서 만났든 타이거의 손에 있는 여자들이었다. 거의 모두 타이거보다 어렸고 그렇게 세련되지 않았으며 타이거의 존재 자체에 매료된 이들이었다. 그리고 무엇보다도 어두운 곳에서 타이거의 욕망을 채우는 수단이었다. 타이거의 은밀한 삶이 수월하게 했던 상황이었다.

하지만 2009년 6월 뉴욕을 방문했던 그 주간에 타이거가 이전까지 만났던 여자들과는 다른 분위기의 여자를 만났다. 맨해튼의 특권을 안고 자란 34살의 매력적인 레이철 우치텔이란 여자였다. 심리학 전공 학위까지 보유한 그녀는 9 · 11 테러 때 명성을 얻었다. 그녀가 세계 무역센터에서 실종된 약혼남을 안고 흐느끼는 사진이 『뉴욕 포스트』 지에 실렸다. 그 사진은 인터넷 세계에 빠르게 퍼져나갔다. 이후에 블룸버그 통신사의 텔레비전 프로듀서로 일하다가 최고급 나이트클럽의 VIP 여종업원이자 매니저 일을 시작했다. 햄프턴, 뉴욕, 라스베이거스의 굵직한 클럽에서 일하며 사람들을 상대하는 솜씨와 세심한 주의로 입소문을 탔다. 거기에 배우 데이비드 보리아나스(David Boreanaz)와의 염문설이 터지면서 세간의 관심을 받았다. 그녀는 데릭 지터와도 안면이 있었다.

타이거는 레이철에게 바로 사로잡혔다. 타이거보다 한 살 많았고, 타이거가 만났던 많은 여자와는 다르게 자신과 동일시되는 분위기를 느꼈다. 레이철은 유명인사나 대표이사들과 같은 수준의 삶을 영위하면서 전 세계에 날아다니기를 쉽게 하는 제트 세터였다. 타이거는 익숙하게 그녀의 연락처를 자신의 휴대전화에 저장했다. 그녀 또한 타이거의 연락처를 곰(Bear)으로 저장했다.

타이거는 레이철이 머물 숙소를 올랜도의 자신의 집 근처로 잡아 줬고 레이철이 올랜도로 날아왔다. 타이거가 레이철의 숙소에 들어가면 블라인드를 쳤다. 잠들지 않고 늦게까지 텔레비전에서 하는 코미디를 보곤 했다. 불면증에 시달리고 있던 타이거였지만, 레이철과 있을 땐 잠을 잘 수 있었다. 성적인 취향도 유사했고 서로 비탄에 젖어 있었다는 점에서도 공감대가 형성되며 더 깊은 관계를 맺게 됐다. 타이거는 아버지를 여읜 데에서 헤어나지 못하고 있었고, 레이철 또한 테러로 인해 약혼자를 떠나보냈고, 아버지 또한 코카인 과용으로 유명을 달리했던 시기였다. 한번은 레이철과 함께 올랜도의 숙소에 함께 있으면서 타이거가 이렇게 말했다.

"지금 나 너무 기분이 좋아."

실로 슬픈 자백이었다. 레이철과 있는 숙소에서 사실상 모퉁이만 돌면 자신의 집이 있었고 그곳엔 엘린이 새로 태어난 아들과 두 살의 딸을 돌보느라 둘의 존재를 다행히 알지 못했다.

행크 헤이니 또한 뭐가 어떻게 돌아가고 있는지 역시 모르고 있었다. 하지만 타이거의 연습시간이 예전보다 줄어든 것과 노력 또한 예전 같지 않음을 알아챘다.

"아일워스에서 그랬던 적이 있습니다. 타이거 어디 있지? 그러니까 뭐 사러 간다면서 두 시간 넘게 돌아오지 않았습니다. 엘린이 집을 비우면 타이거도 어디론가 나갈 채비를 합니다. 그래서 제가 어디 가냐고 물어보면 브라이언 벨의 집에 갈까 한다고 둘러대곤 했습니다. 뭔가 숨기는 느낌은 확실히 있었습니다."

행크가 말했다.

그래도 타이거가 다른 여자들을 만나고 있었다는 것을 행크는 알지 못했다. 행크만큼 타이거 주위에 오래 있었던 사람은 거의 없었지만 행크는 타이거가 부정을 저지르는 것은 생각지도 못했거니와 여자한테 집적대는 행동조차 본 적이 없었기 때문이다.

"타이거가 다른 사람하고 있었던 적을 저는 보지 못했습니다. 타이거가 누군가와 만날 때 제가 말을 꺼내야 하는 상황이었다면 저는 말을 건넸을 겁니다. 스티브도 그랬을 겁니다."

행크가 말했다.

그 와중에 타이거가 행크와 스티브에게서 숨길 수 없었던 행동은 골프 코스에서 조금씩 예민해졌다는 점이었다. 2009년 타이거가 복귀하자마자 그의 스윙코치와 캐디는 타이거에게서 감정적으로 약간 위험신호를 느꼈다. 그 첫 번째가 마스터스에서였다. 오거스타에서의 성적이 좋지 않게 대회를 끝냈던 타이거는 기자회견장에서 독설을 뿜었다.

"이번에 제 스윙 때문에 고생 좀 했습니다. 반창고를 붙이는 식으로 겨우 헤쳐나갔습니다. 이런 스윙으로 진짜 우승할 수도 있었어요."

직접 행크를 언급하지는 않았으나 타이거는 비꼬는 듯 그에게 모욕을 주었다. 이 발언으로 행크와 곧 결별할 수도 있다는 소문도 퍼졌다.

행크는 타이거에게 이메일로 자기 생각을 가감 없이 적어 보냈다.

"마스터스에서 당신의 플레이로 당신 편에 서는 사람이 생겼을 것 같진 않습니다. 예민한 표정에 화난 표정만 잔뜩 있었습니다."

그해 여름에 타이거의 감정 기복의 끝장을 볼 수 있었다. 미니애폴리스 외곽의 헤이즐틴 내셔널 골프클럽에서 있었던 PGA 챔피언십에서 타이거는 2라운드까지 67~70타를 치며 3라운드를 4타 차 선두로 시작했다. 잭 니클라우스의 메이저 우승기록에 3승 차이로 다가서는 데에 큰 문제가 없어 보였다. 2라운드 후 기자회견에서 어떤 대담한 기자가 용감하게 물었다. '메이저 대회에서 부담감을 느낀 적이 없었는가?'

화가 난 타이거는 답 없이 질문했던 기자를 노려봤다.

어색한 분위기 끝에 기자회견을 진행하던 켈리 엘빈(Kelly Elbin)이 침묵을 깼다.

"아니라고 이해하면 될까요?"

"무슨 질문이 그렇습니까? 그렇게들 안 했잖아요?"

타이거가 비꼬며 말했다.

그러나 그 질문은 미래를 이미 알고 있었던 듯했다.

3라운드가 끝나고 타이거는 두 타 차 선두였다. 그리고 결과는 이미 정해진 것처럼 보였다. 메이저 대회에서 타이거는 3라운드를 선두나 공동 선두로 나섰을 때 역전을 허용했던 적이 한 차례도 없었다. 대한민국의 양용은, 방송으로는 Y.E. 양으로 알려진 선수가 그 뒤를 추격하고 있었다. 37살의 양용은 선수는 19살에 처음 골프클럽을 손에 들었고, 22살에 처음 언더 파를 경험했다. 지난겨울, 양용은 선수는 PGA 투어의 퀄리파잉 토너먼트* 마지막 날 마지막 홀 7피트 퍼트를 간신히 성공시키며 PGA 투어에 입문할 수 있었다.** 같은 시즌의 1승이 유일한 우승인 그로서는 타이거를 꺾기에는 너무나 크게 차이가 나는 기량의 선수였다.

최종 라운드 내내 타이거와 스티브는 양용은 선수에게 단 한마디도 하지 않으며 경기의 모든 요소를 자신의 편으로 만들어갔다. 양용은 선수를 고립시키고 천천히 샷을 하며 구름 갤러리도 타이거 편이었다. 이런 요소들이 타이거에게 유리한 부분이었다. 그러나 양용은 선수는 동요하지 않았다. 12번 홀까지 타이거와 공동 선두를 지켰다. 13번 홀은 파 3 248야드였고, 타이거의 3번 아이언 티샷은 잘 실행됐으며 볼은 홀에서 8피트 거리에 안착했다. 반면 양용은의 티볼은 그린 주변 벙커에 빠졌고, 여기서 타이거는 버디, 양용은은 보기 스코어가 나올 것으로 모두 예상했다. 그리고 타이거의 열다섯 번째 메이저 타이틀 쟁탈로 대회가 끝날 것처럼 보였다. 그러나 양용은의 벙커 샷은 마치 그의 인생의 한 타처럼 아름다웠고, 볼은 깃대에서 12피트에 멈췄다. 잠시 뒤 양용은 선수의 까다로운 파퍼트 볼은 굽이치며 굴러서 홀 바닥을 때렸다.

그래도 여전히 타이거는 남은 버디퍼트만 넣으면 양용은과 대등한 경기를 이어갈 수 있었다. 8피트 버디퍼트는 타이거가 압박을 받았던 상황에서도 수백 번 겪어 본 퍼트였다. 그러나 생각지도 못한 일이 일어났다. 타이거가 버디퍼트를 넣지

* 6라운드 108홀 경기로 PGA 투어에 진출할 선수를 뽑는 대회.

** 원서에는 같은 해 초반이라고 썼으나 퀄리파잉 토너먼트는 12월 초에 열렸음.

못했다. 볼은 홀의 왼쪽 끝을 돌고는 그린에 그대로 남아 있었다. 타이거의 얼굴에 선 분노와 믿기지 않는다는 듯한 표정이 서렸다.

클럽하우스에 있던 선수들은 자리에서 벌떡 일어났고 양용은을 응원하기 시작했다. 그들 대부분 엄청난 중압감 속에서 타이거에게서 나가떨어졌던 선수들이었다. 제발 그 누구라도, 대한민국 농장주의 아들이라도 마침내 용의 목을 칠 수 있을까 노심초사였다.

다섯 개 홀이 남았고, 여전히 타이거가 양용은을 제압할 시간은 많았다. 그렇지만 뭔가가 잘못되어 가고 있는 듯했다. 지난 20년 동안 수도 없이 넣었던 퍼트였는데 되지 않자 타이거는 동요했다. 다음 홀에서 양용은의 칩인 이글이 터지자 타이거는 완전히 수세에 몰렸고 남은 네 개 홀에서 두 번이나 넣을 수 있었던 퍼트가 되지 않았다.

결국 양용은에게 세 타 차이로 역전을 허용했다. 메이저에서 최종 라운드 선두나 공동 선두로 시작했을 때 완벽했던 14전 전승의 기록이 끝나는 순간이었다.

스티브 윌리엄스가 나중에 친구들에게 했던 이야기인데, 타이거가 양용은에게 패했던 것이 갑옷에 처음 금이 갔을 때였다고 말했다. 스티브가 책에서 말했던 눈덩이처럼 커지는 효과의 시점이었다. 2006년에 그가 쓴 책《골프 앳 더 톱(*Golf at the Top*)》에서 눈덩이처럼 커지는 효과를 '순간 의식적으로 스스로 의심하기 시작해서 공상에 이르게 된다.'고 정의했다. 그래서 뇌의 가장 예민한 부분에 상처가 생기면 자동으로 공상의 부정적인 생각을 자꾸 떠올리게 되고, 그 공상은 다음 스트로크, 다음 라운드, 다음 대회까지 영향이 있을 수밖에 없다고 설명했다.

다시 말해 PGA 챔피언십 때 후반에 나온 8피트 버디 실책처럼 위중한 상황에서 단 한 차례의 범실로 인해 머릿속의 어두운 생각이 점점 더 크게 들리기 시작하는 것이다. 여름이 지나 가을로 가는 시기에 타이거는 그 어둠의 생각이 곳곳에서 들리는 듯했다. PGA 챔피언십에서 양용은에 패한 후 몇 주 지나서 매사추세츠주에서 열렸던 도이치뱅크 챔피언십에서 발끈 화를 내며 드라이버를 내팽개쳤다. 11

월에는 호주 마스터스에 출전했는데 여기에서도 이성을 잃었다. 끔찍한 티샷 실수로 화를 내며 드라이버를 던졌는데, 너무 강한 나머지 갤러리 쪽으로 날아갔다. 누군가가 다칠 수도 있었다.

행크는 타이거의 돌발 행동을 텔레비전으로 바라보면서 생각했다. '이 친구 머릿속이 복잡한가 보군.'

호주에서의 사태는 행크와 스티브가 상상했던 것보다 더 심각했다. 2009년 8월 29일에 타이거가 포르노 배우 조슬린 제임스(Joslyn James)를 불륜으로 만나고 있던 동안 그녀에게 보냈던 음흉하고 더러운 문자를 보면 그의 상태를 알 수 있었다.

오후 *4:08* *네 엉덩이는 내 거야. 너 위에서 내가 제대로 보내주겠어.*

오후 *4:10* *그러고 나서 너한테 닥치라고 말하면서 따귀를 때리고 네가 소리지를 때까지 머리를 잡아당기겠어.*

오후 *5:00* *나 진짜 너하고 좀 거칠게 하고 싶어. 모욕감 좀 받아봐.*

오후 *5:15* *내 기술을 애원하게 해 줄 수 있다고. 황홀하게 해 줄게. 각오하고 있어.*

오후 *5:26* *다음에 만나면 제대로 구걸해야 할 거야. 아니면 그렇게 할 때까지 내가 널 모욕하고 때리고 물고 눌러줄 테니까.*

10월에는 샌디에이고에서 만났던 또 다른 내연녀인 칵테일 바 여종업원 제이미 그럽스에게 메시지를 보냈다. '일요일 밤에 만나자. 내가 완전히 자유로운 유일한 시간이야.'

그것으로 만족하지 못했는지 전하는 바로는 27살의 라스베이거스 나이트클럽의 마케팅 매니저와도 엮였다. 그녀에게 자신의 결혼생활에 만족하지 못한다는 말과 엄청난 압박감 속에서 살고 있다는 말을 털어놨다고 했다.

10월 중순에 다시 타이거는 제이미 그럽스에게 뉴포트 비치에서 밀회를 바랐는데, 18일에 문자 메시지를 그녀에게 남겼다.

'계획이 바뀌었어. 아일랜드 호텔에서 만나자. 거기가 조금 안전해. 방도 잡았어. 905호야. 패션 아일랜드 호텔 동쪽에 있어.'

이어서 제이미에게 방으로 들어오는 방법을 자세하게 설명하기까지 했다.

'예약자 이름은 벨이야. 브라이언 벨 부부.'

동시에 타이거는 레이철 우치텔과의 밀회도 계획하고 있었다.

『NE』는 곳곳에 약을 치면서 다시 타이거의 흔적에 열을 올렸다. 2007년 IMG의 으리으리한 변호사들과의 협상 끝에 타이거와 팬케이크 종업원의 올랜도에서의 불륜을 무마한 사건은 빅히트이긴 했다. 어찌 됐든 타이거는 그렇게 위기를 모면했지만, 상어가 피 한 방울로 먹이를 감지할 수 있는 것처럼 예민한 타블로이드 신문의 감각을 얕잡아봤다. 2007년 타이거가 부상으로 고생하는 시기 동안에도 『NE』는 표적을 놓치지 않았다. 레이철이 무대에 들어서자 다시 추적을 시작했다. 취재원을 그녀의 거처에 잠복시켜 놓고 앞으로의 상황을 주시했다.

"그냥 본능적으로 그렇게 됐습니다. 그 여자에게 붙어야겠다고요. 사람을 따라다닌다는 게 텔레비전에서 비치는 건 괜찮아 보이지만 실제로 성공 확률은 뭐 2퍼센트라고 할까요? 그런데 놀랍게도 호텔 방까지 전부 들어맞았습니다."

『NE』의 관계자가 밝혔다.

호텔 방은 호주 멜버른의 크라운 타워 VIP 특실을 뜻했고, 타이거가 호주 마스터스 대회 출전을 위해 머물렀던 숙소였다. 레이철은 바이런 벨에게서 이메일을 받고 멜버른으로 향했다. 이메일 내용에 세세한 지시사항이 있었다. '비행기 편에 대한 세부 내용 확인하시길. 계획이 바뀌어서 미안합니다. 내일 만납시다.'

바이런은 타이거의 밀회에 있어 은밀하게 조율하고 관리하는 중추 역할을 맡고 있었다. 그러나 사설탐정 팀이 레이철의 행방을 멜버른 공항 입국장과 호텔에서 찾아냈다. 그러고 나서 그녀가 엘리베이터를 타고 35층에 올라가서 타이거의 스위트에 들어가려 하자 『NE』 기자가 그녀 앞으로 나타났다. 처음에 자신은 타이거와 아무 관련이 없다고 주장했지만 소용없었다. 결국 미국으로 돌아가서 역대 가장 충격적인 추문을 어떻게 감당할지를 타이거의 사단이 맡았다.

개인적인 영역에서 위태로운 저글링을 선보였지만, 호주 마스터스에서 두 타 차의 우승을 차지했고 출전료 3백만 달러까지 두둑하게 챙겼다. 대회 후에 있었던 기자회견에서 타이거는 호주 언론 관계자들에게 '샷 메이킹'의 미묘함에 대해 비교적 상세하게 설명했다.

"이 골프장은 감각적인 면에서 까다로운 코스입니다. 그렇게 전장에 있어 길지 않지만 약간이라도 확신에 흠이 있는 샷이 나오면 다음 샷은 회복하기 어렵습니다. 한 타를 실행하면서 다음 한 타에 대해 회복의 여지가 있는 쪽으로 실수할 경우를 염두에 둬야 합니다. 제가 골프장에 있고 싶어 하는 중요한 이유 중의 하나입니다. 여기처럼 코스가 단단하고 빠를 때 볼 컨트롤을 제대로 해야 합니다."

타이거의 기자회견은 그야말로 이중생활을 하는 인간의 신중한 구분 행동을 여실히 보여줬다. 한 발짝만 헛디뎌도 저세상행인 절벽 끝에서 중심을 잃은 듯 그의 이중생활이 곧 드러나고 그의 결혼에도 큰 타격이 있을 상황에서, 타이거는 차분하게 위험지역을 어떻게 다스리며 샷을 만들어나가는지를 격앙된 투로 말하고 있었다. 하루하루 막중한 책임의 연속이었던 타이거는 명백하게도 스스로 사각지대를 만들었다. 무책임하게 자신의 부인을 속이고 영원히 들키지 않으며 살 수 있을 것이란 자아도취가 그 사각지대를 만들어 준 것이었다.

한편으로 그렇게 은밀하게 접선하고 '오직 당신뿐이야.'라는 허황한 거짓말로 여러 여자를 거느렸던 그로서는 위험부담을 무릅썼던 행동이 천부적인 골퍼로서의 명줄을 유지했을 가능성도 있었다. 운동선수라는 이름으로 타이거는 수차례 에

베레스트산과 비교됐기 때문에 아드레날린을 소모할 외부활동을 꾸준히 찾아야 했다. 그래서 타이거는 심해 다이빙, 해군 특수부대 훈련, 극도의 중량 운동이 그 돌파구였다. 수많은 여자와의 외도 또한 자신의 공허함을 채우고 욕구를 충족시키기 위한 것이었다. 아이러니하게도 타이거의 주변이 난장판이었을 때 오히려 최고의 골프를 구가했던 한 시기였다. 골프장 밖에서의 혼란이 골프장 안에서 더 높은 수준의 골프를 하게 부추겼다.

한편 멜버른에서 돌아오는 비행기에 있는 동안 불안이 엄습했다. 아일워스에서 다른 프로 선수에게 은근슬쩍 고백했다.

"곧 엄청난 뉴스를 맞닥뜨려야 할 것 같습니다."

설상가상으로 호주에서 레이철이 기자를 마주쳤을 땐 신중했다 해도, 타이거 우즈를 만났던 적이 있다고 그녀의 주변 사람들에게 은근슬쩍 얘기했던 적이 있었다. 그중의 한 사람이 이 이야기를 『NE』에 제보했다.

타이거는 이 이야기가 세상에 알려지지 않기 위해 안간힘을 썼다.

"타이거의 변호사란 변호사는 다 찾아와서 이야기하더군요."

『NE』의 관계자가 밝혔다.

그러나 두 번째 적발에서 타이거를 구해 줄 거래는 없어 보였다. 번쩍이는 금으로 치장된 나이키, 디즈니, 아메리칸 익스프레스와의 오랜 스폰서십으로 만들어진 가족적이고 친근한 이미지의 타이거는 무척이나 매력적인 먹잇감이었다. 4년 동안 이래저래 『NE』의 레이더망을 피할 수 있었다. 그러나 위티스 시리얼 표지와 공항 광고판에 나오는 매력적인 미소의 영웅이었지만 곧 타블로이드의 타격 범위에 들어왔다.

"명백한 증거가 있기 전까진 내보내지 않았겠지만, 이제는 그들이 뭐라 하든 상관없습니다. 그래서 저쪽에서 고소하겠다고 나오면, 그렇게 하시라고, 우리는 무고죄로 고소한다고 대응했습니다."

『NE』의 관계자가 말했다.

몸값 높은 변호사들과 IMG의 주축을 온전히 동원했지만, 이 이야기를 묵살할 방법이 없었다. 결국 방어 전략으로 계획을 틀었다. 마크 스타인버그는 행크 헤이니에게 전화를 걸었다. 행크는 주니어 골프 아카데미 사업차 중국에 머물러 있었다.

"행크, 먼저 알려드릴 게 있어서 전화했습니다. 조만간 타이거와 어떤 여자와의 불륜에 대한 뉴스가 터질 거예요. 사실이 아닙니다. 다 문제없이 지나갈 일이니 걱정마시고요. 누군가 이에 관해 물어보면 그냥 아무 말씀도 하지 않으셨으면 합니다."

마크가 행크에게 말했다.

그다음에는 스티브에게 문자 메시지를 남겼다. '내일 어떤 뉴스가 나갈 겁니다. 당연히 사실이 아닙니다. 그냥 모른 척하고 있으면 됩니다.'

그리고 타이거는 부인에게 해명했다. 타블로이드의 이야기는 날조된 것이라고 주장했고 레이철이라는 여자와는 아무 일도 없었다고 했다. 그러나 11월 23일 월요일, 타블로이드가 나오기도 전에 인터넷에서 레이철의 폭로가 돌기 시작했다. 엘린이 들으라고 하는 듯한 발언도 있었다.

"타이거 우즈가 맞습니다. 그 사람 부인이 무슨 상관인가요? 우린 사랑에 빠졌다고요."

영문도 모른 채 엘린은 뭘 믿어야 할지 몰랐다. 추수 감사 주간이었고, 어린 찰리는 이제 막 걸음마를 시작하고 말도 배우기 시작했다. 엘린에게 이런 일들은 기쁨의 추억이 깃든 순간이었다. 그러나 그녀 머릿속의 막연한 느낌은 도저히 그 어떤 일에 집중할 수 없게 만들었다. 무슨 말이라도 해야 할 상대를 찾다가 엘린은 그녀의 쌍둥이이며 그 누구보다도 의지하는 조제핀에게 도움을 청했다. 어릴 때부터 가장 친했던 관계이고 서로가 무엇을 원하는지도 잘 알았다. 런던 경제학 전문대에서 법학과 정치학 석사 학위를 받은 후 스웨덴에서도 법 공부를 더 하고 미국계 회사인 맥과이어우즈 LLP에서 인수합병에 대한 업무를 했다. 그녀는 즉시 엘린의 호출에 달려와 그녀를 다독이며 위로했다.

악화일로가 거듭되면서 타이거는 이례적으로 엘린과 레이철과의 통화를 제안했다. 타이거와 레이철 사이에 절대적으로 성적인 거래가 없었음을 확증하기 위해서였다. 엘린은 이를 믿을 수 없어서 타이거의 휴대전화를 보자고 했다. 엘린이 타이거의 다른 여자의 존재를 알아차릴 수도 있었기 때문에 타이거는 허겁지겁 흔적을 지우려 애를 썼고, 먼저 제이미 그럽스에게 음성 메시지를 남겼다.

"네 전화 명의 해지할 수 있어? 아내가 내 전화기 살펴보고 당신한테 전화할 수도 있어서 그러니까 직접 해 주는 것 좀 부탁할게. 메시지만 수신할 수 있게 해 놓으면 나머지는 내가 사람 보내서 처리할게. 심각하니까 빨리 좀 부탁해. 알겠지? 안녕!"

다음 날 올랜도의 마트마다 타블로이드 선반에 『NE』가 들어찼다. 추수감사절 전날 '세계적인 특종, 타이거 우즈의 부정 추문!'이란 제목으로 앞면이 장식됐고, 불길한 기운이 타이거의 집 주변을 감돌았다. 이 불길한 기운이 더 우려됐던 점은 타이거의 어머니가 연휴 동안 타이거의 집을 찾기로 했다는 것이다. 자기 아들이 외도에서 아버지를 훨씬 넘어섰다는 점을 알게 되었을 때 그녀가 어떻게 나올지는 너무도 훤히 예상됐다.

그나마 다행인 것은 연휴로 인해 아직 묵직한 파장은 닥치지 않았다. 『NE』의 폭로는 많이 알려지지 않았다. 타이거의 휴대전화는 그의 부정한 불륜 기록을 전자기록으로 남긴 폭탄이나 마찬가지였다. 그러면서 그 휴대전화는 또 다른 중독의 수단이 됐다. 추수감사절 당일 타이거는 제이미를 포함해 자신과 내연관계의 여자들에게 안부 메시지를 남겼다. 즐거운 휴일을 보내라는 내용의 짧은 메시지를 보냈고, 제이미에게서 답장이 왔다.

'자기도 즐거운 연휴 보내요.'

한편 엘린은 타이거의 전화기를 계속해서 살피고 있었다. 타이거가 수면제에 취해 잠들어 있는 추수감사절 밤 동안 엘린은 타이거 전화기의 메시지 내역을 뒤져 봤다. 그중에 '내가 사랑한 사람은 당신이 유일해.'라고 쓰인 발신 메시지가 있었는데, 엘린은 타이거에게서 그런 문자를 받은 적이 없었다.

누구한테 보낸 메시지인지 알 수 없었기 때문에 엘린은 그 메시지를 받은 이에게 다시 메시지를 보내기로 마음먹었다. '보고 싶다. 우리 언제 다시 만날 수 있지?' 그리고 얼마 지나지 않아 메시지가 왔다. 남편이 잠들어 있는 동안 엘린은 메시지를 보낸 번호로 전화 연결을 시도했다. 레이철이 전화를 받았다. 엘린은 그 목소리가 누구의 목소리인지 단번에 알아챘고 곧 이성을 잃었다.

이후 격동의 순간에 타이거는 잠에서 깼고 신발도 신지 못한 채 집을 뛰쳐나와서는 자신의 SUV에 올라탔다. 집 앞의 좁고 굽이친 길에서 과속으로 달리다 보니 차는 중심을 잃었다. 울타리를 긁으며 달려서는 이웃집 마당으로 방향을 틀더니 소화전을 들이받고 지나가 나무를 들이받았다. 이웃집의 신고로 경찰이 달려왔고 타이거의 SUV 뒷좌석 창문은 엘린이 휘두른 골프클럽으로 박살 났다.

저명한 결혼 상담 치료사인 에스더 페렐(Esther Perel)은 부정으로 갈라선 수많은 부부를 상대했다.

"질환이나 사망이 아니고서 그렇게 충격적인 힘이 부부에게 작용하는 경우는 매우 드뭅니다." 에스더가 말했다. 그녀의 베스트셀러 서적인《불륜의 상태: 부정을 재고하다(*State of Affair: Rethinking Infidelity*)》에 보면 서로 간의 믿음을 어기는 것보다 배우자의 배신에 대한 고통이 더 깊다고 설명했다. 불륜은 과거와 미래에 대한 의구심이 들게 하는 충격적인 것으로 심지어 부부의 정체성마저 흔들리게 하는 사건이라고 했다. 결국 불륜 사실을 접하는 순간에는 감정적으로 대혼란이 일어나게 되며 너무나 충격이 크기 때문에 많은 심리학자도 외상성 상해로 분류할 정도였다. 왜냐하면 증상조차도 과대망상, 지나친 경계심, 무감각과 감정적 분열, 갑작스런 분노, 절제 불가능한 공황 등 외상성 상해와 매우 유사하기 때문이다.

타이거 우즈의 경우 조심스럽게 말하자면 타이거의 불륜을 엘린이 알아차리면서 감정적인 대혼란이 야기된 셈이다. 2009년 11월 27일 오전 2시 25분, 타이거는 의식이 없는 채로 누워있었고, 입술과 이에는 피가 묻어 있었다. 타이거 역시 약점이 있고, 연약하며, 다치기도 하는 평범한 사람이었다. 충격에 휩싸인 채로 엘린은 누워있는 타이거의 머리 아래에 베개를 받쳤고, 양말을 신겼으며, 담요를 덮어주며 타이거가 눈을 뜨기를 애타게 기다리고 있었다. 이성을 잃은 쿨티다도 집에서 뛰쳐나와 "무슨 일이야? 무슨 일이냐고?"를 연신 외치고 있었다. 이어 경찰과 구급대원이 현장에 도착해서는 역시 무슨 일인지 궁금해했다. 타이거는 들것에 실려 구급차로 옮겨졌다. 잠시 눈을 뜨고는 무슨 말을 하려 했는데, 입술은 움직였지만 무슨 말인지 알 수 없었다. 그러고는 마치 죽어가는 것처럼 눈동자가 뒤로 넘어갔다. 엘린은 큰 소리로 울었고, 쿨티다 역시 눈물을 흘렸다. 의료진들은 구급차의 문을 닫았다. 경광등으로 반짝이는 구급차는 플로리다의 밤을 헤치며 사라져갔다.

CHAPTER TWENTY-EIGHT

꺼질 줄 모르는 화염

'내가 어떻게 여기에 왔지?'

타이거가 자신에게 했던 이 질문은 단지 헬스 센트럴 병원에 오게 된 과정에 대한 것뿐만이 아니었다. 추수감사절 다음 날 아침, 병원에서 정신을 차렸을 때 세상은 발칵 뒤집혀 있었다. 부인으로부터 철저하게 비밀로 하려 했던 일들이 전면적인 사태로 소용돌이쳤다.

어리둥절한 타이거를 의료진들이 돌보고 있었다. 그의 활력 징후를 확인했고 찢어진 입술을 꿰맸고 혈액검사를 위해 피를 뽑았다. 혈압과 심박을 측정하여 의료기록에 적었고 간호사가 다가와서 타이거에게 기분이 어떤지 묻기도 했다. 평소에는 다른 사람들의 도움 없이도 잘 지냈다. 하지만 지금은 자신을 추스를 수 없이 온전히 다른 사람들이 보살피고 있었다.

병실 밖에서 차 사고를 조사 중인 경관 두 명이 타이거가 이야기할 수 있는 상태가 될 때를 기다리고 있었다. 그들은 타이거의 혈액검사에도 관심을 두고 있었다. 엘린이 이미 그들에게 수면제인 앰비언, 진통제인 비코딘 등 두 종류의 약을 타이거가 복용 중이라고 경관들에게 알렸다. 경관들은 그 약이 사고에 영향이 있었는지를 궁금해하고 있었다. 그동안 병원 밖에는 방송국 관계자들이 모여들고 있었다.

몇 시간이 지나서 타이거가 안정됐고 그의 부상이 경미하다는 것이 밝혀졌다. 타이거는 밤사이 응급차에 실려 나왔던 곳으로 돌아가기를 간절히 바라고 있었다. 그리고 오후 1시에 그 소망이 이뤄졌다. 응급실에 10시간 정도 머문 뒤 병원을 나올 수 있었다.

한편 타이거의 집 근처 사고현장에서 수사관들이 사고현장 사진 촬영을 하고 캐딜락 내외부를 살펴보고 있었다. 발견된 물건은 단 한 가지였는데, 영국 천문학 교수인 존 그리빈(John Gribbin)이 쓴 낡은 책《물리학 파헤치기(*Get a grip on Physics*)》였다. 타이거는 어릴 때 우주에 관심이 많았고, 미국 항공 우주국의 임무에 관한 책도 많이 읽었다. 성인이 되어서도 여전히 과학에 관한 책 읽기를 즐겼다. 깨진 유리 조각이 덮인 낡은 책은 순수함이 이제 없다는 증거였지만 그의 집 앞부터 이웃집 마당까지 150피트 정도밖에 안 되는 길을 지나는 동안 어딜 그렇게 부딪혔는지 설명해 주지 않았다. 타이거가 집에 도착했고, 플로리다 고속도로 순찰대는 보도자료를 배포했다. 사고에 대한 부분은 여전히 조사 중이며 기소될 것이라 했다.

"우리는 가정 폭력으로 판단하지 않습니다."

경찰 대변인이 밝혔다. 소문과는 반대의 의견이었다.

그날 오후에 타이거의 대변인도 간략한 성명서를 냈는데 타이거는 지금 좋은 컨디션이라는 내용이었다. '좋은' 컨디션이라는 말은 완전히 말뿐이었다. 타이거가 그렇게 위태로운 상황에 부닥친 적은 없었다. 먼저 그의 개인적인 생활을 현미경처럼 들여다볼 경찰 조사가 예정되어 있었고, 엘린은 타이거 주변 사람들로부터 배신감을 받은 데다가 타이거조차 믿지 않았다. 결국 엘린은 가족에게 의지했는데 특히 조제핀에게 더 기댔다. 엘린의 상황이 심각했기 때문에 조제핀은 자신의 법률 사무소 동료인 리처드 컬린(Richard Cullen)을 불렀다.

"우리 엘린 좀 도와줄 수 있을까요?"

리처드는 워터게이트와 이란-콘트라 수사에 참여한 적이 있었고, 조지 W. 부시의 2000년 재선 때 법무 팀으로도 근무했다. 버지니아주 동부 지역에서 국선 변호사와 주 법무관으로 근무한 후 미국 저명한 다국적 기업의 변호를 맡으며 증권거래 위원회와 미 법무부의 조사를 방어했다. 그의 법률 사무소는 미국과 유럽에 있으며, 대기업들과 정부 기관과의 마찰을 유발하는 난해한 사업문제를 해결하는 달인이자 책략가로 활약했다. 다방면으로 리처드는 자신이 맞닥뜨린 상황을 군더더기 없이 다루는 독특한 능력이 있었다. 그래도 엘린의 상황은 미개척 분야였다. 그녀가 사랑했던 남자가 배신했다는 데에서 헤어 나오지 못하고 있었고, 그런데도 세상에서 가장 부유한 운동선수와의 결혼을 끝낸다는 것은 결단코 보통의 사례들처럼 진척되지 않을 것이라 직감했다. 수익성이 매우 높았던 사업을 끝내는 것으로도 생각할 수 있었다. 또 두 사람 사이에는 두 명의 아이가 있었다. 엘린은 무슨 수를 써서라도 두 아이만을 위한 미래를 꾸며나가기를 원했다.

변호인단으로 적합하다는 판단을 한 엘린은 맥과이어우즈와 함께하기로 했다. 리처드와 함께 리치먼드에 사무실을 둔 동료 데니스 벨처(Dennis Belcher)와 법률팀을 꾸렸고, 세 명의 변호사를 더 영입해 엘린을 돕기로 했다. 런던, 버지니아 그리고 조제핀의 연합을 이룬 것이다. 결혼 후 처음 타이거의 변호인단에 대등한 능력을 보유한 변호사들과 조력자들이 나타났다.

타이거가 병원을 떠나고 몇 시간 뒤 두 명의 수사관이 타이거의 집을 찾았다. 엘린이 문을 열어줬고 그들을 집으로 안내했다. 수사관들은 엘린의 남편을 만나기를 요청했지만 잠들어서 지금은 곤란하다고 엘린이 답했다. 충돌 사고에 대해 엘린과 이야기하고 싶다고 했으나 남편 없이 이야기할 수 없다고 잘라 말했다. 다음 날 오후 3시에 다시 찾아오라고 제안했다. 이래저래 엘린은 많이 지쳐 있었다.

사고가 난 다음 날의 타이거의 행방은 여전히 알려지지 않았다. 어떤 매체가 밝힌 바로는 병원에서 나온 후 타이거는 전용기를 타고 애리조나로 날아가서 치아 치료를 받았다고 했다. 엘린이 레이철의 존재를 확인한 시점과 그의 SUV가 인도로 침범해 응급 의료진이 도착하기 전 시점 사이에 위의 앞니가 빠졌기 때문이다. 업계에 따르면 피닉스의 내로라하는 미용 치과 전문 병원에서 수술을 진행했던 것으로 알려졌는데 해당 병원은 이에 대한 질문을 무응답으로 일축했다. 타이거에게는 이 하나 빠진 것보다 더 큰 문제가 기다리고 있었다.

이에 대해서는 마크 스타인버그가 가장 잘 알고 있었고 문제를 해결하기 위해 올랜도로 급하게 날아왔다. 애당초 마크는 타이거와 레이철이 놀아났던 이야기가 『NE』의 몇 페이지에서 그냥 끝났기를 바랐다. 단지 타블로이드로 시작된 이야기였기 때문에 여론이 대수롭지 않게 받아들일 것이며 타이거는 이 또한 넘어서리라고 굳게 믿고 있었다. 타이거의 집 근처에 수리하면 될 것 말고 나머지는 다 그냥 평소와 다를 바 없어 보였다. 타이거의 골프, 후원기업과의 계약, 타이거의 재단 모두 다 잘되고 있었다. 그러나 정작 타이거의 집에 들어서자 변수가 나타났다. 타이거의 결혼은 파탄 직전이었고, 집 앞 사고 소식은 온 세상이 이미 알고 있었다. 조용히 끝내려던 전략은 보잘것없게 되었다. 집 앞의 충돌 사고 후 24시간 동안 플로리다 고속도로 순찰대의 공보실에는 사고의 경위를 알아내기 위해 여러 미디어로부터 1,600여 통에 가까운 이메일이 수신함에 떴다. 멕시코, 캐나다, 일본과 호주에서도 질문의 이메일이 들어왔다. 새 소식이 없는지 사진과 문서를 요청하는 전화가 AP 통신사에서만 68건이었다. 마크가 타이거와 아일워스의 집에서 다시 만났을 때는 이미 타이거의 집 근처에서 방송사의 헬리콥터가 날아다니고 있었다. 단지 출입구 앞에는 생방송 중계차들이 줄지어 주차해 있었다.

경찰에게 물어본 모든 미디어의 공통적인 질문이었다. '왜 새벽 2시 30분에 타이거는 집에서 운전해 나온 것일까? 어디로 가려고 했던 것일까? 무엇 때문에 그가 차를 제대로 몰지 못하고 풀밭, 울타리, 소화전, 나무를 들이받았을까? 타이거의 부인이 과연 사고에 영향이 있었던 것일까? 타이거는 얼마나 다친 것일까?'

타이거는 궁지에 몰렸다. 물론 공무집행 기관에 진술할 법률상 의무는 없었다. 하지만 근본적인 질문에 적절한 답을 하지 않는다면 타이거가 숨기려 했던 일들에 대한 추측성 소문들로 여론의 뭇매를 맞을 것이 뻔했다. 평소에 여론의 마음을 잘 다룰 줄 아는 타이거였지만 이번에는 달랐다. 자신이 언제든 피할 수 있었던 상황을 모면하기 어렵게 됐고, 스스로에 대한 진실을 마주해야 했다. 하지만 여전히 완강하게 부정하고 있었고 엘린에게, 자신의 어머니에게 그리고 자신에게까지 거짓으로 행동했다. 충돌 사고 이면에 많은 것들이 수면 아래에 있었지만, 그는 본능적으로 자신을 감췄다. 경찰, 기자, 여론, 심지어 가족까지 모든 이들에게서부터 스스로 고립시키는 벽을 쌓았다.

마크에게는 불가능한 임무나 마찬가지였다. 일단 타이거의 스케줄을 모두 삭제했다. 타이거 재단 수익을 위한 대회* 시작 사흘 전에 예정된 기자회견과 더불어 타이거의 대회 출전도 전격 취소했다. 타이거의 부상을 이유로 2009년 남은 대회 출전 예정은 없음을 못 박았다. 이어서 마크는 경찰을 상대해야 했다. 엘린이 약속했던 시간에 조사관들이 집을 찾아오자, 마크가 중간에 나서서는 차량 출입구에서 그들을 세워놓고 자신이 타이거의 에이전트임을 밝혔다. 의뢰인의 몸이 다소 편치 않은 관계로 직접 조사하는 시간을 다시 잡아야 한다고 주장했다. 다음 날 오후 3시에 타이거와 부인을 만날 수 있다고 조사관들에게 알렸다.

그러나 타이거는 수사관들과 절대로 대화를 하지 않을 것처럼 보였다. 마크는 경찰을 상대할 방편으로 올랜도 지역에서 형사소송으로 잘 알려진 마크 네제임(Mark NeJame)을 영입했다. 마크 스타인버그가 하루 시간을 번 동안 마크 네제임은 자신의 의뢰인과 의뢰인의 부인을 절대로 조사할 수 없다고 플로리다 고속도로 순찰대에 통보하였다. 대신 타이거의 운전면허증과 자동차 등록증, 보험가입 증명서의 사본을 전달하기로 했다.

11월 29일, 수사관들은 타이거의 집에 세 번째로 방문했다. 거기에서 마크 네제임을 만났고, 관련 서류를 넘겨받았다. 수사관들이 폐쇄회로 카메라 위치를 알게 되면서 사고 당시의 영상을 확인할 수 있는지 마크 네제임에게 요청했다. 얼마 지나지 않아 마크 네제임의 사무실에서 답변이 왔는데 타이거가 폐쇄회로 영상 확인은 불가하다고 했다. 다시 말해 꿈도 꾸지 말란 말이었다.

같은 날 오후, 아일워스 출입구에는 방송국 중계차들이 마치 주차장을 방불케

* 12월 첫째 주에 열리는 히어로 월드 챌린지.

하는 듯 밀집해 있었다. 타이거는 자신의 인터넷 홈페이지에 글을 남겼다.

물론 호기심이라고 여기겠지만, 거짓으로 저와 제 가족에 관해 확인조차 안 된 정보나 악의적인 소문을 유포하는 무책임한 행동입니다.
제가 다쳐서 난처했을 때 제 아내 엘린은 담대하게 행동했고, 저를 가장 먼저 도운 의인입니다. 그 외에 다른 주장들은 모두 거짓입니다.
이번 사건으로 제 아내와 가족, 저 모두 마음의 상처가 큽니다. 이에 대해 걱정해 주시고 행운을 빌어 주신 분들에게는 사의를 표합니다.
그러나 제아무리 궁금하고 오지랖이 넓어도 저와 제 가족에게도 사생활 영역이 있다는 부분에 양해를 구합니다.

충돌 사고가 난 뒤 36시간 동안 많은 일이 일어났다. 타이거 입장에서는 몇 주 같았을 것이고, 그의 부인은 아직 반도 파악하지 못했다. 그리고 타이거의 내연녀들이 곧 세상에 밝혀질 것이란 예감에 노심초사였다. 며칠 동안 타블로이드의 몇 페이지에 그리고 흥밋거리 위주의 인터넷 뉴스에서 타이거의 부정함에 대해 다뤘다. 마치 보이지도 않는 작은 불씨 같았다. 그러나 타이거 측근의 법무 관계자들이 계속해서 무언가를 숨기려는 태도가 논란을 부채질하고 있었다. 화재 저지선을 지나 주류 언론까지 도달하는 것은 시간문제였다. 결국 토요일, 『뉴욕 타임스』가 먼저 '타이거는 대체 무엇을 숨기고 있는가?'를 머리기사로 냈고, 로이터와 AP 통신사도 취재를 진행하고 있었다. 지상파 방송국 기자들도 타이거의 불륜에 대해 달려들었다. 불씨가 튀어 불이 붙기 시작했다.

차분하던 마크 스타인버그조차 당황한 표정이 역력했다. 기사의 분위기가 타이거의 인지도에 더 부정적으로 바뀌었다. 이는 곧 후원기업들의 타이거에 대한 가치에도 영향이 있을 것이었다. 후원기업들 모두 그들의 생산품에 대한 매출을 올리기 위해 총 10억 달러 넘게 타이거에게 지급하고 있었다. 『뉴욕 타임스』에서 머리

기사로 다뤘다는 사실로 타이거의 근간을 흔들 것이 분명했다. 후원기업의 CEO들은 흥밋거리의 종이 쪼가리에는 관심이 없겠지만, 그들 모두 『타임스』는 관심을 두고 읽는다. 만일 이야기가 더 깊이 가면 타이거의 후원사들 모두 초조할 것이 분명했다.

타이거의 성명이 그의 홈페이지에 올라온 지 하루가 지나서 경찰이 조사에 대한 소환장을 요청했으나 주 법무부가 이를 기각했다. 소환장은 애당초 타이거가 병원에 실려 갔을 때 혈액검사에 관한 결과를 열람하기 위한 목적이었다. 하지만 소환에 대한 정보 불충분으로 이어진 결과였다. 그리고 타이거가 퇴원 후 나흘 뒤인 12월 1일, 운전 중 전방 주시 태만 명목으로 164달러 과태료에 대한 고지서가 발행됐다. 올랜도 경찰서 앞에 수백 명의 기자와 카메라맨들이 기자회견을 기다리며 모여 있었는데 별다른 추가 내용 없이 수사를 마친다고만 발표했다. 이후에 타이거의 변호사인 마크 네제임도 성명을 냈다. '결론에 대해 타이거 측도 반기며 모든 게 끝났습니다.'

하지만 문제는 이제 시작이었다. 자동차 사고 이후에 행했던 타이거 측의 그 모든 술책은 산불에 담요 덮기 식일 뿐이었다. 그리고 『NE』에 실렸던 레이철 우치텔과 타이거와의 밀회가 불붙이기 위한 성냥이었다면, 자동차 사고는 이 성냥에 휘발유 10갤런*을 부은 것이나 마찬가지였다. 마크 네제임은 타이거를 경찰 수사에서 떼어 냈으나 여론의 폭발은 피할 수 없었다. 플로리다 고속도로 순찰대의 수사 종료 발표가 난 지 24시간도 되지 않아 가판대에 자리한 『US 위클리』의 새 간행물이 세상을 놀라게 했다. 겉표지에는 타이거와 엘린의 아주 멋진 사진이 붙어 있었고 그 위에 머리기사 제목으로 '네, 그가 바람을 피웠습니다'라고 인쇄되었다. 기사에서는 칵테일 여종업원인 제이미 그럽스와의 오랜 내연관계를 자세하게 실었고, 그녀가 폭로 대가로 15만 달러를 받았다는 내용도 포함되었다. 제이미는 인터뷰에

* 미국의 1갤런(gallon)은 약 3.8리터.

서 타이거와 스무 차례 성관계를 가졌다고 고백했다. 그리고 타이거로부터 300건이 넘는 선정적인 문자 메시지를 받았다는 점, 타이거의 집 앞 충돌 사고 직전에 보냈던 음성 메시지도 공개했다. 『US 위클리』의 홈페이지에 올라온 음성 메시지는 삽시간에 퍼졌고 마크 네제임의 전화는 끊임없이 울렸다.

두 번째 불륜녀가 밝혀지자 타이거는 즉시 자신의 홈페이지에 사과문을 올렸다.

'가족에게 실망감을 안겼고 진심으로 지난날의 과오를 후회합니다. 저의 가치와 제 가족이 받아야 할 당연한 행동에 대해 제가 진실하지 못했습니다. 하지만 저에게도 간직하고픈 개인적인 영역이 있고, 또 한 가정의 일원으로서 보호받아야 할 것입니다.'

사과문이 발표되자마자 나이키는 타이거의 편에 함께 하겠다고 밝히며 타이거와 타이거의 가족을 온전히 지지한다고 강한 어조의 성명을 냈다. 하지만 다른 기업들은 다소 조심스러운 분위기였다. 게토레이는 '우리의 관계는 계속됩니다.'라고 밝혔으며 더 명확한 표현인 '현재로서는'을 뺀 미온적인 발표를 냈다. 질레트의 대변인은 더 신중했다. '현재로서는 진행 중인 마케팅 프로그램에 대해 변경할 계획이 없습니다.' 0이 아홉 개나 들어가는 연간 계약의 돈이 '현재로서는'이란 말에 순식간에 사라질 수도 있는 상황에서 마크 스타인버그와 타이거의 변호사들은 민감한 질문에 마주쳤다. '대체 여자가 몇 명인 거야? 그리고 타블로이드가 기삿거리에 돈을 쓸 심산이라면 내연녀들 입 막는 데에 돈이 얼마나 더 필요한 것인가?'

타이거 진영이 가장 우려한 것은 레이철 우치텔이었다. 타이거의 차 사고 영향으로 레이철은 유명한 글로리아 알레드(Gloria Allred) 변호사를 고용했다. 글로리아는 즉각 로스앤젤레스에서 기자회견을 계획했다. 수많은 기자 앞에서 레이철이 눈물을 흘리는 장면은 타이거가 가장 꺼렸던 시나리오였다. 결국 타이거의 변호사들이 글로리아에 접촉하면서 기자회견은 취소됐다. 그러나 레이철은 『뉴욕 포스트』지에 등장했고 굵은 글씨의 머리기사가 더해졌다. '타이거의 그린피: 레이철 우치텔의 입을 막기 위해, 가정을 지키기 위해 거금 들여.' 정확한 금액은 알려지지 않았지만, 진짜로 타이거 측에서 레이철이 타이거에 대한 그 어떤 이야기도 하지 않는다는 완전한 비밀 보장을 조건으로 천만 달러를 제시했다고 전해졌다.

타이거가 한 수를 움직일 때마다 사건을 완전히 묻으려는 시도마저도 세상이 다 알아차리는 듯했다. 레이철의 뉴스가 세상에 나왔던 다음 날, 민디 로턴도 타이거와 성적인 만남을 가졌음을 주장하며, 타이거에게 피임기구를 요구했지만 받아들여지지 않았다고 털어놓았다. 타이거 때문에 엘린의 건강을 걱정하는 전문가들은 이 새로운 국면을 노골적으로 비난했다.

차 사고가 나기 전에 엘린은 타이거가 다른 여자를 만나고 있다는 것을 알게 되면서 실신하다시피 했다. 그리고 이어지는 새로운 폭로들로 인해 엘린은 충격과 불신에 휩싸였다.

"하나씩 터질 때마다 바보가 되는 느낌이었습니다. 어쩌면 그렇게 제가 하나도 모를 수 있었을까요?"

엘린이 말했다.

충격적인 감정은 주체할 수 없었다. 단 한 번도 아니고 두세 번도 아닌, 타이거는 바람둥이였다. 어쩌면 이렇게 속아 넘어간 것일까?

엘린의 친정어머니와 쌍둥이 자매는 유럽에서 엘린이 있는 곳으로 와서 그녀를 위로했고 아이들을 돌봤다. 엘린은 타이거가 불륜 행각을 저질렀던 지난 3년 동안 두 번의 임신을 했고 심리학 과정을 마치기 위해 야간에는 공부했다. 현실은 아이들 양육과 학력을 높이는 것으로 인해 타이거와 투어 대회에 함께 다닐 수 없었다. 그리고 엘린 입장에서 타이거와의 결혼에 문제가 있을 줄은 예상 못 했다. 그녀는 타이거와 아이들에게 한결같이 성의를 다했다. 타이거도 자신과 마찬가지로 아이들과 자신에게 헌신적이라고 믿고 있었다. 그녀의 어머니가 스웨덴에서 그녀의 집으로 왔다. 사람들의 마음에는 항상 선함이 있을 것이라고 자신은 믿었다며 어머니에게 고백했다.

"배신이란 단어로는 표현할 수 없어요. 그냥 이 세상이 다 부서진 것 같은 기분이에요."

엘린이 말했다.

12월 11일, 타이거의 불륜녀라고 주장하는 여자들이 벌써 14명이나 나왔다. 그날 오후, 타이거는 성명서를 내고 자신은 프로골프에서 잠시 떠나 있겠다고 밝혔다.

'제가 벌인 행동으로 특히 제 아내와 제 가족을 비롯해 많은 사람이 상처받고 실망했다는 것을 익히 알고 있습니다.' 그리고 그의 홈페이지에도 성명서를 냈다. '제 팬들, 타이거 우즈 재단의 모든 좋은 분들, 후원사 관계자 여러분, PGA 투어, 동료 선수들에게 양해를 구합니다. 저는 오랜 고민 끝에 기한 없이 프로골프를 떠나 있기로 했습니다. 제겐 인간으로, 또 남편으로, 아버지로 더 나은 존재가 되기 위한 시간이 필요합니다.'

미국 기업에 대한 타이거의 가치 대부분은 활기 넘치는 명성의 엘리트 운동선수로서의 이미지에 달려 있었다. 그러나 그 명성은 이제 곤두박질쳤다. 『뉴욕 포스트』 지에서 21일 연속으로 타이거에 대한 소식이 신문의 앞면에 실렸다. 9 · 11 뉴욕 테러 소식 때의 20일보다 더 오래 게재된 기록이었다. 타이거의 불륜은 심야 코미디언들의 주요 화젯거리였다. 그리고 타이거가 무기한 골프 중단을 선언했던 다음 날 '새터데이 나이트 라이브(Saturday Night Live)'에선 15번째 여자가 나타났다고 타이거를 비꼬았다. 타이거의 후원기업들은 이 농담에 웃을 수가 없었다. 가장 먼저 타이거와 결별했던 기업은 2003년부터 타이거를 얼굴로 내세웠던 액센추어 회사였다. 최초 계약 당시에는 매년 7백만 달러를 후원하는 기업으로 초반부터 타이거에게 통 크게 걸었다. 광고 카피였던 '그렇습니다. 타이거처럼요(Go on. Be a Tiger).'는 어디에서나 볼 수 있었고 그들 후임자들의 노고로 구 앤더슨 컨설팅은 52개국에 뻗은 177,000명을 거느린 거대 기업으로 성장할 수 있었다. 타이거가 따라갈 수 없는 압도적인 존재감을 과시했던 시기에 액센추어는 2008년 한 해에만 5천만 달러를 광고에 투자했다.

"타이거는 우리의 광고에 강렬한 효과를 보였습니다. 의심할 사람 아무도 없을 겁니다."

회사의 대변인 프레드 호리시가 『뉴욕 타임스』에서 밝혔다.

지난 이야기였다. 이제는 과거가 됐다.

"심사숙고와 오랜 논의 끝에 당사는 이제부터 그를 광고모델로 노출하지 않기로 결정했습니다."

액센추어의 입장이었다. 발표가 난 뒤 몇 시간이 지나서 회사의 공식 홈페이지에 있던 타이거의 얼굴은 사라졌고 알려지지 않은 스키 선수의 사진이 그 자리를 메웠다. 그다음 날에는 회사의 뉴욕 사무소에 타이거와 연관된 모든 광고물이 철거됐다. 이윽고 전 세계 지사의 마케팅과 홍보부서에 재빠르게 퍼졌다.

액센추어의 타이거 우즈 결별 선언 후 이틀이 지나서 『뉴욕 타임스』는 전면 기사에 연방 수사 관계자가 앤서니 갈리아 박사에 대한 조사가 있었다고 실었다. 갈리아 박사가 운동력 향상 약물을 선수들에게 투여했는지 그리고 타이거의 집에 직접 방문해 치료했던 2009년 경위도 살펴보고 있었다. 갈리아 박사의 기사에 이어 월스트리트에서는 2007년 아메리칸 미디어, 타이거 측근, 『맨즈 피트니스』 지의 밀실 거래로 민디 로턴의 묻혔던 이야기가 실렸다.

마치 산불이 번지는 것처럼 타이거의 추문 이야기들은 삽시간으로 퍼져나갔고 많은 이들의 시신경을 집중시켰다. 이어서 타이거를 후원하던 기업들이 하나씩 물러나기 시작했다. AT&T가 타이거와의 관계를 끊었고, 프록터 앤 갬블도 타이거에게서 멀어졌다. 스위스의 명품 시계 제조사인 태그 호이어도 타이거에 붙어 있던 로고를 뗐다. 끝내 나이키와 EA 스포츠만이 타이거와의 관계를 유지했다. EA 스포츠의 결정은 래리 프롭스트 회장과 이사회의 것이었다. EA와 타이거와의 오랜 계약기간만큼 회사의 매출 타격도 있었다. 마크 스타인버그와 계약하면서 이 비디오 게임 제조회사는 풍파를 겪었는데, 타이거가 표지 모델에 다른 선수와 함께 있는 것을 거절했던 점이 컸다. 한 번은 마케팅 부서에서 게임에 라이벌 요소를 추가하는 방편으로 패기 있는 신예 선수들을 함께 내세우자며 마크에게 제안했다.

"당연히 안 되죠. 타이거는 단독으로 제단 위에 올라 있어야 합니다."

마케팅 관계자가 그렇게 들었다고 밝혔다. EA 스포츠는 사업의 기회를 포착했다.

"대화 분위기를 이끌 수 있는 주체는 우리 쪽으로 넘어왔다고 판단했습니다. 그리고 우리에게 양보하기 원했던 것을 잘 알고 있었죠."

당시 마케팅 총 책임자였던 칩 랭(Chip Lange)의 말이었다. 가장 먼저 EA 스포츠의 골프 비디오 게임 매출에서 타이거에 견줄 만한 선수로 로리 맥길로이(Rory Mcilroy)를 내세웠다.

병원에 다녀온 지 3주가 지나도록 타이거는 집에서 한 발짝도 나오지 않았다. 마크 스타인버그를 빼고 타이거는 친구, 측근들과의 연락을 끊었다. 마크 오마라가 타이거에게 문자 메시지와 이메일을 보냈지만 답이 없었다. 행크 헤이니도 문자 메시지를 보냈고, 스티브도 연락을 취해 봤다. 찰스 바클리도 타이거에게서 연락을 기다렸다. 괴로움 속에 있던 타이거는 친구들을 만나기가 두려웠기에 그들을 온전히 무시했다.

타이거의 침묵과 미디어의 끊이지 않는 보도는 타이거의 친구들을 당황하게 했다. 12월에 행크는 찰스 바클리를 찾아가서는 단둘이 있을 때 물었다.

"찰스, 타이거가 그렇게 많은 여자를 만났다는 사실을 알고 있었나요? 백 퍼센트 솔직히 얘기해 주겠습니까?"

"행크, 한 가지만 물어볼게요. 저는 기껏해야 일 년에 10일에서 15일 정도 타이거를 만나곤 했습니다. 당신은 타이거하고 200일 넘게 지내잖아요? 당신이 알지 못했으면 대관절 제가 어떻게 알 수 있겠냐고요?"

찰스가 짜증 나는 듯 답했다.

행크는 그다음에 엘린을 만났다. 그리고 자신이 타이거의 불륜에 대해 전혀 몰랐음을 확인시켰다. 그리고 자신은 엘린의 편에 서 있음을 고백했다. 행크나 마크, 스티브 모두 엘린을 좋아했다. 타이거의 행동으로 인해 엘린에게 큰 상처가 됐고, 여론으로부터 모욕당했음에 세 사람 모두 화가 나 있었다.

하지만 엘린은 그녀대로 침묵했다. 그녀 또한 수줍음이 많고 남들 앞에 나서길 꺼리는 성격이기에 마음속 이야기를 다른 이들과 나누려 하지 않았고 가까운 몇 명에게만 겨우 이야기했다. 이번 일로 인한 고통과 침통은 그녀가 겪지 못했던 느낌으로 그녀에게 타격을 줬다. 그들의 가정이 혼란에 빠졌다는 사실을 아이들이 눈치채지 못하게 낮에 아이들과 있는 동안에는 감정을 애써 숨겼다. 하지만 스스로 안고 가려는 것만으로 그녀가 받는 엄청난 스트레스로 인해 심신이 많이 상했다. 체중이 계속 줄었고 불면증은 불안 심리를 증폭시켰다. 해결할 일이 많았다. 온전한 가족 안에서 아이들을 양육할 수 있을 것이라 그녀는 한결같이 믿어 왔지만, 이것마저 가능성이 없게 느껴졌다.

단 한 가지, 그녀는 남편과 떨어져서 마음을 추스를 시간이 필요다고 생각했다. 12월 중순, 엘린은 아이들과 함께 짐을 꾸려서 아일워스에서 1마일 거리의 임대 주택으로 들어갔다. 성탄절이 얼마 남지 않은 시기에 그녀는 겨우 성탄 장식을 꾸몄다. 그러나 풀지 않은 상자들과 빌린 가구의 낯선 곳에서의 성탄절이 찰리에게 첫 성탄절이 되리라고는 꿈조차도 꾸지 못했던 현실로 다가오고 있었다. 아무 생각 없이 멍하니 탁자에 앉아 있던 사이, 세 살의 샘이 다가와서는 그 작은 손을 엄마의 뺨에 댔다.

"엄마, 엄마 예쁜 얼굴 어디 있어요?"

샘이 스웨덴 말로 물었다.

"엄마 예쁜 얼굴은 지금 안에 들어가 있어요. 그렇지만 괜찮아질 거예요."

엘린이 답했다.

"샘이 뽀뽀해주면 괜찮아져요? 아니면 팝콘은 어때요? 엄마가 팝콘 줄 때 저는 기분이 좋거든요."

엘린과 아이들이 타이거와 별거하게 되면서 타이거는 이제껏 항상 피해 왔던 것을 마주쳐야 했다. 자신에 대한 진실을 직면하게 되었다. 심각한 문제에 처해 있었고 전문적인 도움이 필요했다. 후원하던 기업이 떠난 것은 예상한 일이었지만, 가족이 멀어졌다는 것은 완전히 다른 느낌이었다. 몇 주의 시간에, 13년의 시간과 수억 달러로 공들여 조각된 그의 이미지는 성 중독으로 순식간에 무너지고 말았다. 중독에 관한 치료를 하지 않는다면 타이거는 결혼을 더는 이어갈 수 없었다. 엘린과의 관계 유지가 절실했기에 타이거는 성탄절이 지나서 재활 기관을 알아보기로 했다.

엘린은 타이거의 결정을 지지했다. 그리고 아이들 때문에라도 성탄절 시간은 함께 보내기로 했다. 그런 뒤 아이들과 함께 유럽에 돌아가서 이 모든 광기와 혼란에서 벗어나 가족들과 함께 있었다.

한편 가족들이 떠난 사이 타이거에게는 심한 외로움이 엄습했다. 얼마 전 행크로부터 문자 메시지를 받았다. '이봐요, 제가 말하고 싶은 건 저는 항상 타이거의 친구라는 겁니다. 근래 일어났던 일들이 당신의 기분을 나쁘게 만들겠지만, 사람은 실수하기 마련 아닙니까? 이미 일어난 일에 대해서는 되돌릴 수 없어요……. 어떤 식이든 내 도움이 필요하다면 바로 달려갑니다. 극복해 내야 합니다. 제가 항상 기도할 겁니다.'

성탄절이 지나서 타이거는 행크에게 연락했다. 마지막으로 행크와 말을 섞은 지 6주나 지났다.

"와, 여기저기에서 저를 엄청 두들겨 댔어요. 뭐 그렇게 물어뜯으려고 하는지 말이에요."

타이거가 말했다.

오랜만이었지만 대화는 오래 이어지지 않았다. 그리고 타이거는 자신이 처한 상황이나 감정에 대해 하나도 티 내지 않았다. 목소리는 단호했고 차분했다. 더 이야기하지 않고 그렇게 통화를 마쳤다.

"저 어디에 한동안 다녀와야겠어요."

무슨 뜻인지 행크는 알 수 없었지만 물어보려 하지 않았다.

CHAPTER TWENTY-NINE

인과응보

파인 그로브 행동 의학 및 중독 치료센터는 미시시피주 해티스버그 시내의 상업 밀집 지역인 브로드웨이 도로 사이에 있다. 성탄 휴일이 끝나고 타이거는 직접 센터의 접수창구로 찾아가서 그래티튜드(Gratitude)로 알려진 성 중독 치료 과정에 등록했다. 휴대전화를 사용하지 않기로 약속했고, 앞으로 45일 동안 자신이 지낼 장소를 둘러봤다. 좁고 간소한 가구가 구비된 작은 별장이었고 침대와 서랍장이 있었다. TV도 없고 인터넷을 할 수 있는 컴퓨터도 없었다. 화장실은 공용이었다. 통금 시간은 밤 10시, 새벽 3시마다 침대에서 자고 있는지도 확인했다. 수면제, 진통제 사용은 엄격하게 제한했다. 같은 구역에 12명의 환자가 같이 있었지만, 타이거만큼 급격한 환경의 변화를 맞닥뜨린 이는 없었다. 억만장자에 스스로가 법이라 여기고 살았던 데에서 이렇게 철저하게 제한적인 환경으로 떨어졌다.

그래티튜드 과정은 패트릭 칸스(Patrick Carnes) 박사의 걸작이었다. 그는 고통 속에서 괴로워하는 남자들 행동 유형을 관찰하면서 성 중독증이란 용어를 1983년 의학 사전에 최초로 올린 인물이었다. 그의 책《어둠에서 벗어나라: 성 중독의 이해(*Out of the Shadows: Understanding Sexual Addiction*)》는 해당 분야의 선구적인 업적으로 평가되고 있다.

"유년 시절부터 성 중독은 전형적인 '거실의 코끼리 증후군' 속에서 자라납니다. 아무렇지도 않게 지내고 있지만, 정작 가족의 삶에서 감당하기 힘들 수도 있는 거대한 문제가 있었다는 말입니다. 그런 가정환경에서 성장한 아이들은 다른 사람들이 문제없는 것처럼 여기고 있다는 부분을 금세 배우게 됩니다."

칸스 박사의 말이었다.

타이거의 치료는 칸스 박사가 고안한 기본이 확립된 연구 결과를 위주로 행해졌다. 대부분의 성 중독 증세는 이미 중독 증세를 보인 상태에, 소통이나 친밀도는 거의 없이 서로 간에 관계 고리가 약한 가족 구성원의 가정에서 나타나곤 했다. 이런 가정의 아이들에게서 나타나는 현상으로 실수를 용납하지 않으며 다른 사람들을 쉽게 믿지 않는 경향이다. 칸스 박사에 따르면 현실보다 비밀을 더 중요하게 여긴다는 것이다. 그래서 칸스 박사는 성 중독은 알코올, 도박, 담배, 마약 중독과 마찬가지로 감정이 상했거나 배신당하거나 외로움을 극복하기 위한 돌파구의 증세라고 믿었다.

타이거의 아버지는 담배와 술 중독이었고 치맛자락을 집요하게 쫓아다녔다. 타이거는 거기에 불가능에 가까운 기대를 짊어지고 있었으며 다른 사람들에게 쉽게 마음을 열지 않았다. 반강제적으로 침묵하게 됐으며, 초등학교 때부터 대학까지 그리고 PGA 투어에서 활동할 때까지 외로움이 타이거에게 각인됐다.

성 중독 치료사들은 부모에게서 전수된 중독 요소를 살펴본다. 음주, 약물일 수도 있고, 제약 없이 하고 싶은 대로 지내는 것일 수도 있었다.

"가정의 기능을 제대로 하지 않는 집에서 나타나는 자연스러운 현상입니다. 행동은 습득하는 겁니다. 하드 드라이브로 다운로드 하는 무언가가 있어야 하지 않습니까?"

칸스 박사로부터 처음 사사하고 인정받은 뉴욕의 바트 맨델(Bart Mandell)이 말했다. 바트는 공인 성 중독 치료사(CSAT-S: Certified Sex Addiction Therapist)이다.

1주 차 치료의 일환으로 타이거는 전반적인 진단 조사를 받았다. 간략하게 의학적인 신체 이력과 정신과 분석, 심리학적 실험이 포함되었다. 그중에 가장 의미 있는 진료는 성 의존 목록(SDI: Sexual Dependency Inventory)이었는데, 성과 관련된 태도, 환상, 흥미에 대한 정보를 수집하는 것이었다. 어릴 때부터 가족이 성에 대해,

성에 대한 성장에 대해 타이거에게 어떻게 가르쳤는지 그리고 유년 시절부터 연대기 순으로 타이거가 경험했던 여러 상황과 기억에 남는 순간들을 상세하게 기록으로 남겼다. 자위의 빈도나 성욕, 자신만이 간직하는 비밀 등 400가지가 넘는 질문이 예리하고 정확했다.

이렇게 심도 있는 조사의 목적은 매우 계획적인 것으로 오랜 기간 광범위한 연구를 통해 성 중독에 대한 공통분모의 실마리를 끌어냈다. 유년 시절의 정신적 충격이 가장 일반적이었다.

"가족 역학이 중요한 역할을 하는 요소 중의 하나입니다. 평균적으로 대부분의 성 중독증은 가족 간에 경직되고 단절된 관계 속에서 발생합니다. 다시 말해 가족 내에 엄격한 규칙이 있지만 친밀함이나 온정이 결여됐다는 겁니다. 사랑과 보살핌으로 만들어진 가족 속에서 자란 아이들은 그러한 요소들이 가족을 지탱하는 힘이라는 것을 깨닫게 됩니다. 따뜻함과 친밀함이 없다면, 그냥 차갑고 군대 같다고 봐야겠죠."

심리학자이자 애리조나주 미도우 중독 치료센터의 '젠틀 패스' 과정을 담당했던 모니카 메이어(Monica Meyer) 박사가 설명했다. 메이어 박사는 현재 칸스 박사와 함께 일하고 있다.

타이거의 중독에 대한 검사와 결과가 검토된 후 타이거만을 위한 구체적인 맞춤형 치료와 회복 과정에 들어갔다. 이 과정은 원래 대부분 소규모 인원으로 진행되지만, 자신의 상처를 감추고픈 타이거에게는 적합하지 않은 방법이었기에 있을 수가 없는 일이었다.

"유년 시절의 트라우마를 알게 되면 치료 중에 정확하게 깨닫게 됩니다. 어떤 때엔 부모님을 부양할 책임을 유발할 수도 있습니다. 가족을 이끄는 사람으로서 가족의 비밀이 드러나지 않고 훌륭한 가족이라는 걸 밖으로 보여 줘야 하는 애를 썼을 겁니다. 가장인 입장에서 가족에 대한 치부를 드러내고 부모의 행동에 감정을 드러내는 것은 힘든 일입니다."

메이어 박사가 말했다.

다른 강력한 남자들처럼, 타이거는 자신이 주도권을 쥐고 있는 것에 익숙해 있었다. 자신에게 패가 없고 성 중독인 자신에 솔직해야 함은 단단한 벽이 허물어졌다는 뜻이었다. 그러나 6~8명의 사람과 한 방에서 부끄러운 중독에 관해 이야기하는 것에 대해 타이거는 참을 수 없었다. 자아도취의 자신에 대해 변명하고 합리화할 수 없었다.

의도했던 대로 28일의 치료 동안 알코올 중독 치료 협의회 과정의 12단계 중 많은 원칙이 도입됐다. 다만 알코올 중독 치료 협의회에서 잘 알려진 빅북(big book)*은 파란색 표지이지만, 이번만큼은 녹색 표지였다. 어쨌든 전하고자 하는 의중은 명백했다. '당신이 굳이 책임질 필요가 없음을 인정해야 한다. 성적인 열망과 행동 앞에서 당신은 무기력하다. 당신의 삶은 이미 풍비박산 났다. 당신보다 더 효과적인 도움의 손길을 찾아야 할 것이다.'

"첫 번째 단계는 당신의 약점에 대해 인지하고 전문가의 도움을 요청하는 겁니다. 세상에서 최고의 자리에 있고 원하는 대로 다 할 수 있어서 사람들의 눈을 속일 수 있었겠지만, 성욕과 행위에 대해 나약함과 주체할 수 없음을 인정한다면 중독 치료에 큰 도움이 될 수 있습니다."

메이어 박사가 밝혔다.

타이거의 치료 기간 중 2주 정도가 남은 시기에 '가족 주간'이라는 따뜻한 제목이었지만, 타이거에게는 엘린을 진심으로 마주하기 위해서는 마음의 각오가 필요했다. 자신이 숨겨 왔던 부분에 대해 투명하게 밝히는 것도 치료 과정 중의 하나였다. 그러나 엘린에게 의무적으로 공개해야 할 내용 중에 자신은 성 중독자였고 몰래 했던 통화, 문자, 선물 등 그가 범했던 모든 불륜에 대해 남김없이 털어놓아야

* 알코올 중독 치료 협의회에서 거의 교본으로 알려진 책이며, 녹색 표지와 파란색 표지의 내용은 약간 차이가 있지만 알코올 중독 치료 의미에선 결을 같이 한다.

하는 것도 있었다. 위력적인 남자에게 100건이 넘는 불륜을 드러내야 하는 것은 좀처럼 드문 일이었다. 스스로에 대한 책임이라는 일환으로 이 중독으로 인해 그와 그의 아내에게 가져다준 충격에 대해서도 고백을 해야 했다. 치료사와 몇 명의 환자들 앞에서 연습하면서 그렇게 일주일을 보냈다. 과연 타이거는 정직했을까? 눈을 마주쳤을까? 진짜 후회하고 있었던 것일까?

엘린은 글 쓰는 것을 즐겼다. 스웨덴에서는 어릴 때 아버지처럼 기자가 되는 것을 꿈꿨다. 그렇지만 미국 역사상 가장 세상을 들끓게 했던 불륜 스캔들에 자신이 관련돼 있다는 것, 또 이에 대해 적어야 한다는 것은 상상조차 하지 못했을 것이다. 그러나 타이거가 치료센터에 머물렀던 사이 엘린은 엄청난 양의 일기를 적었다. 충격과 배신, 우울한 감정을 넘어섰다. 거의 지옥을 경험했던 그녀였지만 그동안의 생각을 노트북 화면에 채우는 방법으로 그녀의 안 좋은 감정을 떨쳐버렸다. 그녀가 겪었던 고통은 말로 다 형용할 수 없었다. 하지만 역경이 그녀를 더 단단하게 만들었다. 파인그로브에서 타이거의 치료 과정 중 하나였던 '가족 주간'에 그녀는 용기를 내어 해티스버그를 찾았다.

치료센터에서 엘린은 성 중독을 포함해 여러 중독 증세와 관련된 강연을 들었다. 그리고 가장 힘들었던 순간의 화요일이 다가왔다. 한 달 정도 만나지 못했던 타이거를 만나서 그가 숨겼던 비밀 이야기들을 털어놓는 순수한 시간을 보냈다. 치료사들도 함께 옆에 있었는데, 엘린이 격분할 때마다 크게 숨을 쉬라고 하면서 진정시켰다. 타이거와의 맹세에 대한 배신감이 끊임없이 드러났기 때문이다. 엘린이 타이거와 서약했던 이유는 함께 즐거운 시간을 많이 보냈기 때문이다. 결혼했던 날이 그녀의 삶에 몇 안 되는 행복했던 순간이었다. 그리고 그 행복했던 순간은 오래전 이야기처럼 느껴졌다. 단순히 타이거와 불륜을 벌였던 여자들이 몇 명이었는지 그리고 그녀의 집을 포함해 주차장, 고급 호텔 스위트 등 여러 불륜의 현장들은 받아들이기 너무 힘들었다. 혹독했던 시간이 지나고 엘린은 다른 곳으로 가서 그녀와 비슷하게 남편의 불륜을 겪었던 다른 여자들을 만났다. 그녀들 모두 그들이 들었던 이야기의 충격에 휩싸여 있었다.

모든 위선이 드러나면서 중독은 깊은 감정을 나타나게 한다. 하지만 부인들이나 측근들에게는 뒤에서 칼에 찔려 심장까지 파고드는 것과 다를 바 없었다. 치료사들은 이에 대해 외상 후 스트레스라고 정의했다. (2011년 메이어 박사가 말했던바, 그래티튜드 과정을 통해 적응하게 된다고 주장했다. 박사의 새 연구에 따르면 외도로 충격을 받은 배우자가 한 번 더 위안과 마음의 준비가 필요하게 되는데, 이 시점에 불륜의 완전 공개 과정을 진행하는 것이다.) 그리고 치료센터에서 엘린에게 영향이 큰 말을 준비시켰는데, 타이거의 부정으로 그녀가 받은 모욕과 충격이 어땠는지, 결혼생활이 어떻게 됐는지를 준비하게 했다.

이 말을 타이거가 들었을 땐 극도로 괴로운 순간이었다.

"제가 그녀를 실망시켰습니다. 저의 부정함과 이기적인 행동으로 그녀에게 견디기 힘든 고통을 줬습니다. 이번 일에 대한 후회는 평생 갈 겁니다."

타이거가 말했다.

아들 찰리의 첫 번째 생일을 맞았을 때 타이거는 너무나 견디기 힘든 치료 시간 중의 하나였다. 치료센터의 자신의 방에 혼자 있는 동안 후회하면서도 앞으로 평생 아들과 함께 있을 것이라고 다짐했다.

"제 아들의 첫 돌에 함께 하지 못했습니다. 돌이킬 수 없는 일이었습니다. 앞으로 제 아들과 딸의 삶에 한 부분으로 자리 잡고 싶었습니다."

타이거의 고백이었다. 그리고 자녀들의 생일에 반드시 함께 있겠다고 스스로 맹세했다.

그래티튜드 과정으로 인해 타이거는 거울에 비친 자신을 현실적으로 바라볼 수 있었고, 사랑했던 이들과 자신을 속여가면서 부정하는 삶을 살아온 데 대해 마주하게 됐다. 그로 인해 아내와 가족에게 준 상처와 고통을 인정하는 긍정적인 단계를 거쳐 가고 있었던 반면, 타블로이드는 여전히 타이거의 어두운 곳을 캐고 있었다. 타이거의 행방이라던가 치료와 관련된 정보는 모두 비공개였지만 파인 그로브에서 그의 치료 기간 6주 중에 절반이 지난 시점에서 『NE』 지의 자매 미디어 격인 레이다 온라인 홈페이지에 타이거가 미시시피 지역의 한 시설에서 치료 중이라고 기사를 실었다. 이는 시작에 불과했다. 『NE』 지는 해티스버그 지역에 전면적인 활동을 시작했다. 구글 어스 프로그램을 활용해 파인 그로브 센터의 상공 도면을 살펴보면서 사진기자들이 어디에서 촬영하면 법망을 피할 수 있는지를 칠판에 그려놓고 출입구를 표시하는 등 치밀했다.

"고민을 거듭한 끝에 한 군데를 찾았습니다."

관계자가 밝혔다. 정문의 길 건너 있는 지점이었다. 지칠 줄 모르는 사진기자를 그 위치에 가게 해서 초 망원 렌즈의 카메라를 들고 24시간, 일주일 내내 진을 치고 기다리게 했다. 결국 야구 모자에 검은색 후드 상의의 타이거가 음료수를 들고 외출하는 모습을 담아내는 데에 성공했다. 『NE』 지는 재빨리 그 사진을 기사화했고 그래티튜드 과정 중에 타이거는 120명 정도의 여자와 놀아났다고 고백했다는 내용을 포함했다.

한낱 타블로이드 저널리즘의 무자비한 추궁은 너무나 굴욕적이었다. 치료시설에서도 타이거는 빠져나갈 도리가 없었다. 타이거를 공개적으로 깎아내리는 것이 마치 피를 봐야 성이 풀리는 것처럼 보였다.

2010년 2월 15일, 타이거는 입소 치료를 모두 마치고 아일워스로 돌아왔다. 사흘 밤이 지나서 집을 나서서는 바로 길 건너 있는 연습장으로 향했다. 타이거는 3개월 가까이 골프클럽을 놓고 있었다. 샌드웨지로 볼을 치고는 어둠 속으로 사라지는 골프 볼을 바라봤다. 의심의 여지 없이 어둠 속으로 사라지는 볼처럼 타이거도 사라지고 싶었음이 분명했다.

치료를 받는 동안이 타이거에게는 최악의 시간이었으며 견뎌내기 어려운 과정이었다. 참담했다. 여하튼 타이거로서는 치료센터까지 다녀오는 결정까지 했음에도 타이거에 대한 엘린의 마음이 어떠한지 확신할 수 없었다. 너무나 큰 상처였기에 무슨 생각을 했는지 알 수가 없었다. 2년 동안은 골프를 하지 말아 달라고 분명히 당부했다.

그러나 골프는 타이거의 인생에 있어 목적을 부여해 준 것이었다. 오직 골프 코스 안에서 그가 최고임을 과시할 수 있었다. 그 어느 때보다 더 타이거는 간절하게 골프 코스로 돌아가고 싶었다. 그렇지만 엘린의 반대와 더불어 PGA 투어로 돌아가기 위해서, 어찌 보면 엘린의 반대보다 더 큰 장애물에 맞서야 했다. 공식적인 사과였다. 마크 스타인버그는 위기 대응팀을 나름대로 꾸려서 구설수로 인한 타격에서 벗어날 수 있도록 도왔다. 특히나 타이거의 재단에 자선 모금을 다시 살리기 위해서도 꼭 필요한 과정이었다. 위기 대응팀은 타이거가 골프 코스로 돌아가기 위해 공식적으로 자신의 과오를 인정해야 하고 사과하며 용서를 구해야 할 것이라고 조언했다.

타이거의 위기 대응팀 총 책임자는 아리 플라이셔(Ari Fleischer)였다. 아리는 백악관에서 조지 W. 부시 대통령 임기 때 공보관을 맡았던 경력이 있었다. 백악관 집무실에서 나온 뒤 홍보, 미디어 회사를 차려서 유명인들을 보좌하는 업무도 했다. 그의 고객 중에는 메이저리그 거포인 마크 맥과이어(Mark McGwire)도 있었다. 한때 스테로이드 파문에 엮였던 선수였는데, 그의 프랜차이즈 팀이었던 세인트루이스 카디널스에 타격 코치로 복귀하면서 선수 시절 경기력 향상 약물을 복용했음을 인정했다. 1998년 당시 한 시즌 최다 기록이었던 70홈런의 주인공이었는데, 건강상의 이유로 사용했다고 주장했다. 솔직하게 인정하면서 마크는 진심으로 고백했다.

아리는 타이거에게 받아들이기 힘든 조언을 했다.

"당신이 말하고 믿는 데 진솔함이 담겼다면, 이 나라는 아주 관대한 곳입니다. 망쳤다고 해도 사람들은 기꺼이 용서할 겁니다. 하지만 진실이 담겨야 해요."

아리는 마크 스타인버그로부터 엄청난 저항을 받았다. 백악관 집무실의 오랜 경력으로 분위기 파악이 남달랐다. 자신의 인생에서 마크를 최고로 물리치기 어려운 사람으로 꼽았다. 타이거와 관계된 일은 특정한 방법으로 승인이 났고 미화되었다.

"타이거의 사과를 성사시키기 위해서 진짜 고군분투했습니다. 결국엔 타이거도 그렇게 했죠. 제 경험을 믿었지만, 쉽지 않은 과정이었습니다."

대중을 향해 공식적인 사과를 하기 하루 앞둔 날 밤, 타이거는 어둠 속으로 볼을 때려 보내고 있었다. 그의 아내에게 그것도 여러 차례 부정했다는 사과의 내용을 세계가 지켜보는 데에서 말해야 하는 기획에 대해 여전히 불편했다. 6주 동안 성 중독 치료센터에 머물렀던 것만으로 충분히 모욕적이었다. 게다가 그의 과오가 지면, 텔레비전, 라디오, 특히 인터넷 등 다양한 미디어를 통해 낱낱이 드러나기도 했다.

그런데도 다음 날 아침, 타이거는 플로리다주 폰테비드라 비치에 있는 PGA 투어 본사를 찾았다. 분위기는 침울했다. 성명을 발표할 장소로 들어가자 아크 모양의 나무 의자들이 세 겹으로 놓여 있었다. 어쏘시에이티드 프레스, 로이터, 블룸버그 뉴스의 기자들을 비롯해 타이거 재단, 타이거의 친구, 후원사, 노타 비게이 3세, 나이키 임원이 함께 있었다. 쿨티다는 앞줄에 앉았고 엘린은 그 자리에 없었다.

스포티한 외투에 넥타이 없이 단추 하나만 푼 셔츠를 입고, 그동안 볼 수 없었던 곤혹스러운 표정의 타이거가 단상 앞으로 나와 자신의 행동에 관한 결과를 정면으로 받아들였다.

"안녕하십니까? 함께 해 주셔서 고맙습니다."

이렇게 시작했다.

2010년 2월 19일 오전 11시, 마술 같은 13분여 동안, 미국 사람들은 자신이 하던 일을 멈췄다. 공항, 카페, 호텔 로비에 있는 사람들은 TV 화면을 보고 있었다. 타임스퀘어의 거대한 화면에 타이거의 모습이 실시간으로 나타났다. 22개 방송국들은 그들의 정규 편성을 끊고 타이거의 성명을 특집으로 다뤘다. 약 3천만 명이 TV 앞에 있었으며 1천2백만 명은 라디오에 귀를 기울였다. 인터넷 사이트들은 느려지거나 먹통이 됐다. PGA 투어 본사 근처의 호텔 대연회장 두 군데에 폐쇄회로 TV가 연결돼 있었는데, 일본, 호주 등지에서 온 300명 넘는 기자들이 대연회장을 가득 채웠다.

"여기 계신 분 중 대부분은 제 친구입니다. 대부분 저를 잘 알고 저를 응원해줬고, 함께 일했고 또 지원을 아끼지 않은 분들입니다. 이제 여기 계신 모든 분은 저를 비난할 충분한 이유가 있을 겁니다. 여러분 모두에게, 단도직입적으로 제가 행했던 무책임하고 이기적인 행동에 대해 깊이 사과드립니다. 저는 불륜을 저질렀고, 부정했습니다. 외도했습니다."

준비된 원고를 읽는 타이거는 기계처럼 보였고 기계처럼 말했다. 그렇지만 그가 이전까지 이뤘던 훌륭한 골프 샷들보다 더 큰 용기가 필요한 행동을 감행했다.

"저의 행동이 잘못된 것을 잘 알고 있습니다. 그러나 평범한 규칙은 저에게 저촉되지 않는다고 믿어 왔으며, 누가 상처를 받을지는 생각하지 않았습니다. 저 자신만 생각했습니다. 제가 원하는 대로 무엇이든 다 될 것이라 여겼습니다. 제 평생 열심히 살아서 제 주변의 유혹들에 대해 당연하다고 믿었습니다. 제 권리를 누리고 싶었습니다. 그러나 그건 잘못됐습니다. 어리석었습니다. 다른 규칙은 없는 것이었습니다. 이번 실패로 인해 저는 평생 원하지 않았던 일인 자신을 돌아보는 일을 겪었습니다. 제게 도움이 필요하다는 점을 인정하기 어려웠지만, 도움이 필요합니다."

쿨티다는 연신 눈 주위를 가볍게 두드렸다. 타이거가 갓난아기였을 때부터 그녀는 항상 타이거를 응원해왔다. 그녀의 아들이 위대한 족적을 남기기까지 수천 마일을 걸었고, 세계의 유명한 골프 코스를 가로질렀다. 그러면서도 아들 평생에 큰 짐을 짊어지는 데에 어머니의 역할을 톡톡히 했다. 타이거의 머리에 각인됐고 그의 머릿속에 있는 소프트웨어의 모든 것들이 모두 다 부모로부터 내려받은 것들이었다.

일반적인 부모였다면 원만하고 좋은 이유로 유명세를 펼치며, 존경받으면서 매사에 감사해하는 사람으로 양육하기를 원한다. 타이거에게 이런 부분은 거의 없는 반면, 얼과 쿨티다는 타이거에게 타이거만의 우주를 만들어나갔다. 세계가 모두 우즈 가족의 의도대로 향할 것이며 어린 황제가 한 방면에서는 최고가 될 것이라는 우주였던 것이다. 그 과정에서 타이거의 부모는 타이거의 인간적인 면을 억제했던 대신 재능을 채워 넣었다. 얼과 쿨티다의 결혼에 문제가 많았음에도 양육 부분에서는 통했던 부분이다. 타이거가 프로로 전향하고 두 사람이 별거 중이었지만 타이거의 인생에서 여전히 영향력은 컸다. 타이거가 출전하는 대회에 얼과 쿨티다가 나타나면 마치 원격조종하는 것과 마찬가지였다. 그 결과 타이거는 역대 가장 위대한 골퍼로 거듭났고, 굴하지 않는 기계와 같은 존재였다. 동시에 사람으로 사랑받지 못했고 사랑하는 방법을 몰랐다. 단 타이거가 겪었던 사람들의 사랑은 언제나 골프와 경기에서만 있었을 뿐이었다.

하지만 쿨티다는 타이거가 도움이 필요하다고 말하는 대목에서 눈물을 흘렸다. 그녀는 타이거를 사랑했고 그의 성격에 애착을 보였다. 골프장에서 이룬 그의 업적이며, 골프장 밖 개인적인 역경을 극복한 것도 무척이나 자랑스럽게 여겼던 그의 어머니였다. 사람들 모두 실수도 할 수 있고 약점도 있을 것이다. 그렇지만 타이거 정도의 명성에서 그의 경솔로 인해 온갖 비난과 모욕을 홀로 받아들여야 하는 것은 그다지 보기 힘든 일이었다. 그렇게 약점을 인정하려고 하는 것과 도움을 요청하는 것에는 엄청난 용기가 필요했다. 빌 클린턴, 엘리엇 스피처*, 코비 브라이언트 모두 부정한 스캔들에 휩싸였지만, 타이거처럼 정면으로 나서지 않았다.

"타이거의 엄마인 점이 너무나 자랑스럽습니다. 법에 저촉되는 행동을 한 적도 없고 누구를 죽이지도 않았습니다. 더는 할 말이 없습니다."

타이거의 사과 발언 후 쿨티다가 했던 말이다.

타이거의 성명에서 그는 치료에 대한 정해진 시간을 언급하지 않았고 골프로 복귀하는 구체적인 시기를 밝히지 않았다. 어머니가 항상 가르쳤던 불교에서의 '상

* 미국 전 민주당 의원.

실'을 언급하며 그가 먼저 해야 할 일은 결혼생활을 돌려놓는 것임을 명확히 했다. 타이거의 행동으로 인한 상처에 대해 엘린과 이야기를 나누기 시작했으며 앞으로 특별한 계획을 세우지 않았다고 말했다.

"그녀가 제게 짚어 줬습니다. 그녀에 대한 진심 어린 사과는 말로 하는 것이 아니라 앞으로 제가 하는 행동에 달려 있다고요."

타이거가 말했다.

11월 27일 아침에 엘린이 타이거에게 무력을 행사했다는 기사에 대해서는 정면으로 반박했다.

"사람들이 그렇게 이야기를 꾸며내는 데에 저는 진절머리가 납니다. 그녀는 그날 밤에도, 그 어느 날 밤에도 저를 때린 적이 없습니다. 우리의 결혼에서 가정 폭력은 절대 일어나지도 않았고 일어나지도 않을 겁니다."

성명을 마무리해가면서 타이거는 엘린을 향한 발언을 시작했다. 그의 어머니가 그에게 보여준 무조건적인 사랑을 기대하지 않는다며 다만 그로 인해 겪은 고통을 그나마 보상해 줄 기회를 바란다고 했다.

"지금 여기 계신 분들과 또 시청하고 계시는 많은 분께서 저를 믿어 주셨습니다. 오늘, 저를 도와달라고 말하고 싶습니다. 혹여 여러분의 마음 한편에 저를 다시 믿어 줄 수 있는지 간절하게 묻고 싶습니다."

"잘했습니다."

타이거는 자신의 전화기에 뜬 문자 메시지를 보고 고마운 마음이었다. 행크 헤이니가 보낸 문자였다. 기자회견 후에 혼자 있는 시간에서 타이거는 행크에게 전화해 고맙다고 했다.

"한 가지는 명확합니다. 제가 만일 다시 골프로 돌아간다면 그땐 저 자신을 위해서만 할 겁니다. 아버지 어머니를 위해서도 아닌, 마크 스타인버그나 스티브 윌리엄스나 나이키, 나의 재단, 행크, 팬을 위한 골프가 아닌 저만을 위한 골프를 할 겁니다."

이때까지만 해도 타이거는 자신이 부모나 다른 누구를 위해 골프를 한다고 언급한 적은 없었다. 타이거가 유년 시절부터 대학 시절까지 자라면서 이와 비슷한 맥락이 있긴 했다. 결코 부모의 압력으로 골프를 하지 않았으나 얼과 쿨티다의 사랑을 차지하기 위해 연습에 과할 정도로 몰두하곤 했다. 골프는 그의 자동차였다. 그의 우승만이 아버지로부터 눈물의 포옹을 받을 수 있었던 유일한 수단이었으며, 골프만이 그의 부모의 마음을 하나로 모을 수 있었던 매개였다. 그러나 타이거의 과오로 인해 그의 가족이 풍비박산이나 마찬가지였으며, 그의 믿음직한 명성은 갈기갈기 찢어지고 말았다. 타이거는 그가 스스로 동기부여를 하고 그의 자녀 양육에 대한 어려운 질문들을 자신에게 던졌다.

"어쨌든 저는 해야 할 일이 많습니다."

타이거가 행크에게 말했다.

타이거는 자신에게 불편한 소재의 이야기를 돌려 익숙한 골프 이야기를 꺼냈다. 공식 발표 전날 밤에 연습장에 가서 볼을 쳐 봤다고 털어놓았다.

"초반에는 괜찮았는데 얼마 가지 않아서 좀 엿 같았어요."

타이거가 말했다.

"그래서 어떻게 쳤는데요?"

"아, 그냥 괜찮았습니다."

그의 골프스윙은 그에게 남은 몇 안 되는 소중한 것 중 하나였다. 엘린은 아이들을 데리고 별거를 시작했고, 그의 후원기업 대부분은 지원을 중단했다. 주위 친구들과의 연락도 거의 끊다시피 했다. 원래 했던 일 말고는 딱히 할 일이 없었다.

공식 사과 발표 후 일주일이 지나서 타이거는 행크에게 연락해 아일워스에 와 달라고 요청했다. 타이거는 자신의 골프 게임을 다시 세우려 준비하고 있었다.

"우리 집에 얼마든지 오래 있어도 됩니다. 저 혼자밖에 없거든요."

타이거가 털어놓았다.

CHAPTER THIRTY

그칠 줄 모르는 수치심

집 분위기가 말이 아니었다. 엘린과 아이들은 다른 곳에서 지내고 있었다. 창문에는 종이를 붙여 타블로이드 사진기자들을 포함해 누군가 안을 들여다볼 수 없게 했다. 자가 치료에 관한 책들은 식탁에 널려 있었다. 치료센터에 머무르면서 성 중독 치료를 끝낸 지 한 달 정도가 지난 시점이었다. 타이거의 일상은 은신 그 자체였다. 근력 운동을 혼자 했고, 골프 연습도 혼자 했다. 식사는 대부분 클럽하우스에서 해결했고 일찍 잠자리에 들었다. 결혼에 대한 심리 상담도 받고 있었고, 성 중독도 통원 치료를 이어갔다. 또 불교를 통해 그가 찾고자 하는 본질에 다시 접근하고 엘린과 해결해야 하는 매우 어려운 화해에 다가서기 위해 제대로 된 마음가짐으로 매일 명상을 빠뜨리지 않고 했다. '나한테 모두 필요한 것들이야.' 스스로 다짐했다.

수년 동안 문제가 생기면 IMG, 마크 스타인버그, 나이키가 항상 그의 곁을 지켰다. 타이거가 어디에 가야 하는지 그리고 가야 할 곳에 잘 갔는지 확인까지 철저했다. 그러나 알려지지 않은 그의 시간표에서 타이거는 마음대로 은밀하게 여자들과 애정행각을 계획했고 탐닉할 수 있었다. 각본은 중독의 상상과 뜻밖의 재앙에 대한 영수증 둘 다 해당하였다. 수년간 주변 사람들과 자신을 속이면서까지 살다가 치료 후에 다른 사람이 됐다. 자신과 자신의 측근에게 더 진솔하게 다가가게 된 것이다. 그런 가운데 그가 겪었던 중 가장 낯선 시간의 연속이었다. 태어나 처음으로 갖는 자신만의 시간이었다. 대회에 나갈 일도 없고, 광고 촬영, 행사장에 참석할 일도 없었다. 골프를 하지 않으면서 중독에 대해 마음을 가다듬고 개인적인 삶에 대해 스스로 알아서 하며, 위기에 처한 그의 결혼을 돌려놓기 위해 노력했다.

타이거는 그렇게 안간힘을 썼지만, 그칠 줄 모르는 수치심 속의 삶이나 다름없었다. 딱히 종교에 빠져 있지 않았음에도, 그가 숨겼던 부정과 거짓말을 죄악으로 받아들였다. 이에 대한 속죄를 위해 가장 사랑하는 그의 아내와 아이들에게 자신의 과오를 털어놓았다. 지극히 개인적인 대화를 통해서는 어느 정도 감정적으로 해소되는 측면도 있었다. 반대로 대중을 상대로 자신의 죄악을 고백하는 것은 당혹스러운 일이었다. PGA 투어 본사에서 굴욕적인 공개 사과를 했음에도 타이거의 과거로부터 흠집 하나라도 잡으려는 기자들이 여전히 그의 뒤를 캐고 있었다. 그중에 마크 실(Mark Seal)이 유난히 심했다. 『베니티 페어』 지에서 2부작으로 실렸던 '타이거 우즈의 유혹'은 그의 취재 결과물이었다. 기사에서 마크는 타이거의 불륜에 연루된 이들의 이름을 언급했고, 추잡한 내용까지 담았다. 그리고 타이거가 만났던 불륜녀들의 외설적인 사진들도 함께 실었다.

최악은 타이거가 과거를 떨쳐버릴 수 없다는 것이다. 치료센터에서 나오자마자 이웃 중에 스물두 살의 대학생과 마주쳤다. 봄방학 기간에 집을 방문했던 때였다. 그녀는 몹시 괴로워했고 걱정했다. 거의 1년 전인 2009년, 그녀가 봄방학을 이용해 집을 찾았을 때, 타이거는 자신의 집에서 1마일 정도 떨어진 자신의 사무실로 그녀를 데려가서 관계를 맺었다. 그녀는 타이거를 마주치고 싶지 않았다.

타이거는 그녀가 14살 때부터 알고 지냈다. 가족들도 아일워스에서 지냈는데 그녀의 아버지는 성공한 사업가였으며 타이거를 우러러보곤 했다. 단 한 차례의 성적인 만남으로 인해 그녀의 가족에 큰 상처를 남겼으며 타이거에 대해 격분과 모멸감만 커졌다. 처음에는 그녀가 좋아했던 세계에서 가장 유명한 운동선수였지만 스물한 살이었던 그녀는 관계 직후 죄책감에 사로잡혔다. 타이거의 사무실에서 경험했던 싸구려 매춘 같은 느낌과 함께 엘린의 출산이 떠오르면서 고통스러웠다. 결국 전해진 바로는 타이거가 그의 어린 이웃과 다시 만나길 바라며 선정적인 문자를 보냈지만, 그녀는 그냥 무시했다. 그 이후 타이거의 불륜 소식이 터져 나오자 그녀는 이용당한 느낌을 받았다.

"저는 그냥 깊은 구멍을 파고 거기에 기어들어 가서 죽고 싶은 마음뿐입니다."

그녀의 친구가 전했던 이야기였다.

그녀는 타이거에게 직설적으로 말했다.

"당신이 저에게 했던 일 때문에 양심의 가책을 느꼈습니다."

타이거는 미안하다고 답했다.

그러나 상황은 더 심각해졌다. 오히려 이 사건에 대해 엘린에게 어떻게 말해야 할까? 치료 기간 타이거는 투어를 다니며 엄청난 수의 여자와 불륜을 저질렀음을 인정했지만, 이웃집 여대생과의 외도는 말하지 않았다. 포르노 배우, 속옷 모델, 파티 접대부, 비싸게 고용하는 사교모임 수행원, 팬케이크 식당 종업원 등 이들만으로도 충분히 그와 그의 아내에게 고통스러웠다. 그리고 이들에 대해 인정하는 것 자체가 화해를 위한 오랜 고문의 시간에 있어 불가결한 단계였다.

타이거는 엘린과 결혼을 유지하는 것 자체의 가능성이 희박하다는 것을 깨달았다. 그나마 엘린이 원하는 온전한 가족에서의 아이들 양육만이 유일한 결속 요소였다. 아이들은 여전히 엘린에게 최우선이었으며 아이들을 위해 최선을 다하는 그녀의 마음이 타이거와의 화해를 위해 노력하는 요인이었다. 만일 이웃집 대학생을 희롱했다는 말 한마디라도 그녀에게 들어간다면 분명 엘린은 건너올 수 없는 강을 건너게 될 것이다.

타이거가 자신이 저질렀던 다른 불륜들을 모두 엘린에게 털어놓았다 해도, 이웃집 학생과의 관계까지 고백하는 것은 찢긴 상처에 소금을 뿌리는 격이었다. 엘린의 마음은 이미 다칠 대로 다쳤고, 또 다른 고통을 얹어 봤자 좋을 것 없지 않나?

이기적이든 고귀하든 둘 다 어떤 이유이든 간에 타이거는 그의 이웃에 대해 털어놓지 않기로 결심했다. 위험과 불안이 야기될 것이 뻔했기 때문이다.

타이거는 자신의 선수 경력 동안 PGA 투어와는 거리를 두고 지내며 수수께끼 같은 존재를 유지했다. 다른 선수들, 팬들, 골프 기자들과도 적당히 떨어져 있었다. 골프에서 잠시 떨어져 있던 시간 동안 그가 당연하다고 여겼던 것들이 얼마나 소중했는지 깨닫게 되었고 그의 관점을 바꿔 놓았다. 그리고 대회에도 출전하지 않았다. 2010년 2월 중순에 다시 볼을 치기 시작했다. 그리고 3월 초부터 행크 헤이니와 스윙 가다듬기에 돌입했다. 행크와 함께 골프 연습장에 있으니 예전의 삶처럼 느껴졌다. 결론은 쉽게 냈다. 골프 중단했다는 것은 잊자. PGA 투어에 돌아갈 준비를 했다.

2010년 3월 16일, 타이거는 성명을 내고 다음 달에 있을 마스터스에 복귀를 결정했다고 밝혔다.

"마스터스는 제가 첫 메이저 타이틀을 거머쥐었던 대회입니다. 그리고 이 대회에 저는 무한한 경의를 표합니다. 오랫동안이었지만 제게 필요했던 공백기였습니다. 이제 저는 마스터스로 시즌을 시작할 준비가 됐습니다."

행크는 타이거의 성명에 놀랐고 너무 빨리 복귀하는 것은 아닌지 걱정했다. 타이거와 행크는 타이거가 마스터스를 출전하겠다고 발표하기 일주일 전부터 연습을 막 시작했기 때문이다. 여전히 타이거는 볼을 제대로 치지 못하고 난사하고 있었다. 대회에 출전할 준비가 됐다고 하기에는 너무 부족했다. 녹이 덜 빠진 것도 있었지만, 골프 코스에서의 타이거는 뭔가 잃은 듯했고 무기력했다. 세상의 고민은 모두 짊어진 듯했다.

행크 생각에 타이거는 시작하기도 전에 실패라고 여겼다. 오거스타는 궁극의 무대이며 그에 대한 시선 집중이 더 많을 것이기 때문이다. CBS 뉴스와 CBS 스포츠 방송사의 회장 숀 맥매너스(Sean McManus)는 스캔들 이후 타이거의 복귀가 이전 10년에서 15년 안에 오바마 대통령의 취임식 다음으로 중요한 이벤트일 것으로 예측한 바 있었다.

그러나 타이거의 마음은 확고했다. 아무도 타이거의 입장에서 그를 이해할 수 없었다. 이미 털릴 대로 털린 그의 삶이었고, 그의 과거는 꼬일 대로 꼬였으며 앞날도 그렇게 갈 것처럼 보였다. 타이거가 편하게 있을 수 있고, 정상적으로 다시 근본을 찾아갈 수 있는 확실한 곳은 골프장뿐이었다. 엘린은 복귀를 더 늦췄으면 하는 마음이었지만 소용없었다. 나흘 동안의 72홀 골프 대회에서는 타이거가 그곳을 지배할 수 있었다. 과거는 지나간 홀이요, 현재는 지금 임박한 한 타이며, 미래는 그 다음의 일이었다. 그가 편안함을 느낄 수 있는 곳으로 돌아가기를 바라며 스티브 윌리엄스를 아일워스로 불렀다. 오거스타에 갈 시간이 됐다.

4월 3일에 타이거의 집으로 오면서, 스티브는 마음에 담았던 것들을 타이거에게 쏟아냈다. 불륜이 터지고 나서 스티브는 타이거의 불륜과 자신은 상관이 없었음을 타이거의 측근에게 반복적으로 해명했다. 그러나 타이거 관계자로부터의 반응은 아무것도 없었다. 그러는 사이 한 접대부가 오래 가지 않는 유명세를 위해 라스베이거스에서 타이거와 스티브를 만났다고 주장했다. 자연스럽게, 스티브가 타이거의 간통을 이미 알고 있었고, 이를 덮으려 시도했다는 오해도 생겼다. 검증되지 않은 이 소문은 스티브의 고향인 뉴질랜드 뉴스에 실렸고 이윽고 전 세계에 퍼졌다. 치료센터에 있는 동안 타이거는 스티브에게 이메일로 연락을 취했고, 자신의 행동에 대해서 사과했다. 이후에 스티브의 부인인 커스티(Kirsty)에게도 연락해서 상황을 좋게 만들려 애를 썼으나 너무 늦었다. 커스티는 엘린을 오랜 친구처럼 여겼고, 그녀의 입장에서 타이거의 말에서 믿음을 느끼지 못했다. 게다가 도대체 스티브는 어디까지 관련된 것인지 커스티의 의심도 커졌다. 근본적으로 타이거의 불륜으로 인해 스티브 윌리엄스는 뉴질랜드에서의 명성에 금이 갔고 결혼생활에도 위기가 있었다.

타이거는 자신이 스티브에게 실망을 안겼던 데 대해서도 잘 알고 있었다. 그의 클럽 백을 오래 멨던 캐디와 오해를 풀어야 하는 사람은 자신이라는 것도 타이거는 잘 알고 있었다. 하지만 정작 스티브가 자신의 집에 오자 타이거는 다른 데에 몰두하고 있었다. 반가운 척하면서 인사는 하는 둥 마는 둥 하더니 나중에 얘기하자고 타이거가 말했다. 나갈 일이 생겼다고 했다.

스티브에게는 불쾌하기만 했던 상황이었다. 타이거에게 반드시 말하고픈 불평들이 쌓일 대로 쌓여 있었고, 타이거의 집에 가면 이야기할 수 있을 것으로 마크 스타인버그가 약속했기 때문이었다. 실망할 대로 실망한 스티브는 한 시간 뒤 아일워스에서 타이거의 연습 라운드 때 행크와 함께 있으면서 불쾌한 기분을 감추지 못했다.

"우리가 왜 오거스타에 가야 하는지 이유를 모르겠습니다. 이따위로 볼을 치는데 주말에 진출이나 하겠냐고요? 눈 뜨고 못 봐주겠군요."

스티브가 행크에게 성을 냈다.

행크는 스티브의 의견에 토를 달지 않았다. 그렇지만 타이거의 마음은 이미 확고하다는 것도 알고 있었다. 18번 홀 페어웨이에서 행크는 타이거에게 거리는 조금 양보하자고 강하게 제안했다. 조금 멀리 치지 않는 대신에 방향이 크게 어긋나는 것을 어느 정도 방지할 수 있었기 때문이다.

"타이거, 지금 당신의 스윙으로는 기회조차 힘들 겁니다."

행크가 말했다.

타이거는 다음 날이 되어서야 공항으로 향하면서 스티브와 화해를 시도했다. 공항으로 가는 길에 스티브는 화가 머리끝까지 올라 있었고, 선글라스를 쓴 채 타이거는 운전한답시고 앞만 바라봤다. 타이거의 행동으로 인해 스티브와 그의 가족이 난처하게 됐음을 알리며 명예를 찾는 방법을 이야기했다. 골프 코스에서 그렇게 타이거의 옆을 굳건히 지켰고 충실했던 스티브였지만, 타이거에게 고마운 마음이 들지 않았다. 그런 연유로 세 가지를 타이거에게 제안했다. 타이거가 직접 고맙다고 말하는 것, 금전적인 보수를 올리는 것 그리고 직접 사과하는 것이었다.

그중에 보수를 올리는 것은 타이거에게 달갑지 않게 들렸다. 그러나 타이거는 스티브를 친구로 여겼고 온갖 역경 속에서도 그의 옆을 든든히 지켰던 그였다. 또 여전히 자신의 클럽 백을 스티브가 맡길 원했고, 둘 사이에 더는 불협화음이 나길 바라지 않았다. 그렇게 그와 스티브 사이의 얼어버린 분위기를 녹이려 애쓰는 사이 또 다른 걱정거리가 터지고 말았다. 『NE』 지가 아일워스의 이웃 여대생과 타이거와의 불륜을 알아내고 말았다. 여대생의 친구 중 한 명이 『NE』 지에 알렸고, 『NE』는 마스터스 주간에 그 이야기를 폭로할 예정이었다. 그동안 타이거는 차 사고 이후 처음 기자회견을 위해 만반의 준비를 해야 했다. 오거스타에서 기자들의 질문을 받아야 하는 상황이었다. 전 세계 기자들이 한자리에 모일 예정이었고 타이거에게 골프에 대한 질문은 추호도 할 생각이 없어 보였다.

코비 브라이언트는 강간 혐의를 받았지만, 그가 레이커스 농구단을 NBA 챔피언십 자리에 올리는 데 기여하면서 농구 팬들은 그를 용서했다. 불법 투견에 연루돼 연방 교도소에서 21개월 복역했던 미식축구 쿼터백 선수 마이클 빅(Michael Vick)이 복귀한 뒤 최고의 시즌을 보내자 풋볼 팬들도 환영했다. 마크 스타인버그는 골프 팬들도 타이거의 불륜에 대해 용서해줄 것이라 기대하고 있었다. 중요한 것은 마크도 타이거에게 타일렀던바 성적을 잘 내야 했다.

코비 브라이언트와 마이클 빅에 대해 의견을 나누고 기자회견 준비를 위해 타이거와 마크는 오거스타의 타이거 숙소에 모여 앉았다. 타이거는 나올 수 있는 질문들에 대해 어떻게 답해야 하는지도 연습했다. 마스터스 주간의 월요일 오후 2시, 타이거는 기자들과 관계자들로 꽉 찬 오거스타의 미디어 센터에 들어섰다. 마스터스의 미디어 책임자인 크레이그 히틀리(Craig Heatley)의 옆에 자리 잡았다.

"신사 숙녀 여러분, 안녕하십니까? 이 자리에 함께 해 주신 여러분을 진심으로 환영합니다. 또한 마스터스 4승의 타이거 우즈를 반갑게 맞이하고자 합니다. 타이거, 이렇게 와 주셔서 무척이나 반갑습니다."

미디어 센터에 들어가기 전까지 타이거는 어떤 일이 일어날지 예측할 수 없었다. 그렇지만 주위를 한 번 둘러보더니 갑자기 편안해진 느낌이었다. 미디어 센터가 마치 자신의 손등처럼 보였고 마주하고 있던 사람 중에는 친숙한 이들도 보였다. 타이거가 치료센터에 있으면서 새로운 말을 배웠다. '마음의 준비가 됐는가?'

기자들 앞에서 타이거는 예전보다 더 마음의 준비를 단단히 하고 있었다.

"지난 몇 년 동안 제가 했던 것들로 인해 제 가족들이 너무나 힘들어했습니다. 골프 대회에서 우승한 것은 제 생각에는 무의미했습니다. 저로 인해 제 가족, 아내, 어머니에게 생긴 고통과 상처였습니다. 제 아이들에게 언젠가는 이 모든 일을 말해줘야 할 것입니다."

타이거가 밝혔다.

월요일 대낮에 TV에서 나오는 골프나 다른 프로그램이 이보다 더 흥미로웠을까? 지상파 방송사들도 정규 편성을 끊고 기자회견을 생방송으로 내보냈다. 폭스 뉴스, CNN, ESPN을 비롯해 해외의 여러 방송사도 타이거의 등장을 실시간으로 전했다. 사전에 준비한 내용 없이 타이거는 진심 어린 마음으로 원하는 말을 했으며, 스캔들 이전에는 상상할 수 없었던 민감한 질문들을 받기 시작했다. 운동력 향상 의약품, 법정 구속됐던 갈리아 박사와의 관계, 비코딘, 앰비언, 결혼에 대한 것, 차 사고에 대한 경찰의 발표, 외도, 입원 치료 등에 대해 질문 세례를 받았다.

타이거는 '섹스 중독'이란 표현 쓰기를 원치 않았다. 그리고 입원 치료의 목적이 어떤 것이었는지에 대해서도 답변을 정중히 거절했다.

"개인적인 일 때문이었습니다. 다음 질문이요?"

그렇지만 다른 부분에 대해서는 회피하지 않았다. 아래는 타이거가 답했던 내용이다.

- *운동력 향상 의약품은 절대 복용하지 않았으며, 갈리아 박사로부터 받은 치료는 오직 혈소판 풍부 혈장 치료뿐이었다.*
- *갈리아 박사에 대해 수사 중이었던 연방 수사 관계자와 연락이 있었으나 수사에 온전히 협조했다.*
- *비코딘과 앰비언을 사용한 적은 있었으나 이들 약품에 대한 중독과 관련해 치료를 받은 적은 없었다.*

- *재활 치료는 혹독하게 받았으며 치료는 진행 중이다. 엘린은 마스터스에 함께 오지 못했다. 가족을 돌보기 위해 모든 힘을 쏟고 있다.*

"마주하기 가장 어려웠던 일은 어떤 일이었습니까?"

한 기자가 회견 끝날 즈음에 물었다.

"절대 보고 싶지 않았던 제 내면을 적나라하게 봐야 했던 게 가장 힘들었습니다." 타이거는 이렇게 말하며 대회에서 자신이 원하는 대로 풀리지 않을 때 예전처럼 폭발하는 일은 없을 것이라고, 또 팬들에게 더 고마운 마음을 가질 것이라고 약속했다. "더 나은 사람이 될 필요를 느꼈습니다."

타이거의 새로운 모습이었다. 특징 없이 적극적이었고, 자신의 과오를 뉘우쳤으며 후회하고 있었다. 세계에서 가장 위대한 선수에게서 이전까지 볼 수 없었던 나약함과 인간적인 면을 볼 수 있었다. 마크 스타인버그, 행크 헤이니, 스티브 윌리엄스 모두 타이거의 변화가 경기에 어떻게 영향을 줄지 궁금해했다. 냉철한 시선, 차가운 행동, 기계처럼 추격했던 위협적인 모습은 타이거의 주 무기였다. 새로운 타이거 우즈가 과연 경기 중에 날이 선 모습을 보일 수 있을까?

타이거는 팬들에게서 어떤 대접을 받을지 걱정했다. 자신을 비열한 사람으로 바라볼까? 야유를 받을까? 멍청이 보듯 바라볼까? 연습 라운드 때 타이거를 보기 위해 많은 갤러리가 모여들었다. 거의 모든 홀을 따라다녔고 응원하며 힘을 실어주는 말들을 남겼다. 따뜻한 환영이 그의 경기에 영향을 주는 느낌이었다. 행크는 타이거의 스윙, 타이거의 집중하는 모습에서 눈에 띄는 상승 기운을 눈치챘다. 스티브도 긍정적인 에너지를 느낄 수 있었다. 팬들은 타이거의 뒤에서 응원하고 있었다. 한 번도 볼 수 없었던 타이거의 온화한 미소를 볼 수 있었다. 오거스타는 타이거의 위안이었다.

적어도 그렇게 보였다.

빌리 페인(Billy Payne)은 1996년 애틀랜타 하계 올림픽의 총 책임자 자리를 역임한 뒤 2006년부터 오거스타 내셔널의 회장직을 맡았다. 대회 전통 중의 하나로 빌리는 1년에 한 차례, 마스터스 전날 밤에 인사말을 하는 일이 있었다. 이는 오랫동안 내려온 전통으로 골프계에서 가장 위엄 있는 협회의 수장으로서 골프계에 힘을 실어주기도 했다. 오프닝 라운드의 시작 전에 빌리는 많은 골프 기자들을 만나 그간의 타이거 행적에 대해 질책을 이어갔다.

"명성과 부를 누리는 데에는 투명인간처럼 사라지는 것이 아니라, 책임감이 따라야 한다는 것을 그는 잊은 듯합니다. 그의 납득할 수 없는 행동에 대한 부분이 아닙니다. 우리를 실망하게 했고 그보다도 우리 아이들과 자손들을 실망하게 했습니다. 우리의 영웅이었지만 우리 아이들이 보기에는 기대에 못 미치는 삶을 살았습니다."

빌리가 목소리를 높였다.

전문가, 신문 칼럼니스트, 토크 쇼 진행자들이 타이거의 비행에 대해 거들먹거리며 언급할 화제임엔 충분했다. 실제로 빈번하게 여러 매체를 통해 오르내렸지만 정작 타이거는 그에 대해 무덤덤했다. 그러나 정작 오거스타 내셔널의 최고위직 인사가 마스터스 전날에 세계 최고의 선수를, 그것도 공개적으로 질책했다는 사실이 귀를 의심하게 했다. 오거스타의 모든 회원을 향해 빌리 페인이 말했고, 타이거의 미래에 대한 훈계도 서슴지 않았다.

"회복할 여지는 있을까요? 그러기를 바랍니다. 그럴 수 있다고 생각합니다. 그렇지만 그의 미래가 파(Par)를 깨는 경기만으로는 평가받을 수는 없을 겁니다. 그가 스스로 변화하려는 진심 어린 노력만이 필요할 겁니다. 그가 코스에서 지나치는 아이들이 그의 스윙을 보기도 하지만 그의 진정한 미소로도 그 아이들에게 위안을 줄 수 있다는 것을 이제 알았으면 좋겠습니다."

빌리는 골프장 밖에서 있었던 골프선수의 행동에 대해 평가하며 목소리를 냈던 적이 한 번도 없었으며 그의 앞선 회장들도 그렇게 말한 적이 없었다. 절대 있을 수 없는 일이었다.

평소 같았으면 골프 기자들은 회장의 연설에 귀를 기울이지 않았을 것이다. 그러나 타이거를 향한 빌리의 비난은 순식간에 전국의 화제가 되었다. 미국 밖의 기자들도 이에 대한 소식을 다뤘다.

한편 타이거는 골프장에 있는 동안 회장의 발언에 대해 알게 됐다. 그가 사람들을 실망하게 했다는 빌리의 발언에 대해 어떻게 생각하는지를 기자들이 물었다.

"저 자신도 실망했습니다."

타이거가 간단하게 답했고 덧붙이는 말은 없었다.

그가 아이들에게 실망감을 안겼고 기대에 부응하지 못했다는 말은 타이거에게도 듣기 편하지 않았다. 굳이 상기시킬 필요도 없었다. 그렇지만 사적인 자리에서조차도 타이거는 이 이야기를 하고 싶지 않았다.

"와, 빌리 페인, 대체 뭐라고 한 거야?"

행크가 숙소로 돌아가면서 운을 뗐다.

"네, 그러게요."

타이거가 답했다.

그날 저녁 『NE』의 웹사이트에 기사 제목이 올라왔다.

'이웃집 어린 딸과 놀아난 타이거 우즈'

웹사이트에는 이 뉴스를 전했다.

'충격적인 타이거의 외도는 헌신적인 그의 부인 엘린이 지척에 있었는데도 그의 차에서부터 시작해 개인 사무실 소파에서 두 시간이나 이어졌다. 타이거의 젊은 그녀가 궁금하다면 가판대에서 사라지기 전에 빨리 가서 『NE』에서 확인하시라. 단독으로 입수한 타이거의 야한 문자 메시지, 등급을 정할 수 없을 정도로 선정적!'

이 이야기는 산불처럼 급속도로 퍼져나갔다. 『데드스핀』과 『허핑턴포스트』에는 타이거의 이웃에 대한 사진이 올라왔고 『데일리 뉴스』와 『뉴욕 포스트』 또한 스캔들에 대해 앞다퉈 머리기사를 실었다. '타이거가 이웃집 스물한 살 딸과 동침하다.'

엘린으로선 이 사건이 그야말로 끝장을 뜻했다. 타이거와 이웃집 딸과의 불장

난이 세간에 알려졌던 즈음, 그녀는 결론을 내렸다. 신뢰와 사랑이 없는 이 결혼을 유지하는 것보다 아이들을 위해서라도 끝내야 한다고 마음을 굳혔다. 그녀는 타이거에게 불분명한 표현 대신 직접 결별을 알렸다. 그녀는 이혼을 원했다.

얼 우즈는 자신보다 정신적으로 강인한 사람을 만난 적이 없었다고 그의 아들에게 말하곤 했었다. 어린아이에게는 절대 유익하지 않은 방법으로 확인시켰다. '이 새끼야!'라면서 모욕했고, '형편없는 녀석 같으니.'라고 흔들었으며, '좀스러운 깜둥이!'라며 어린 타이거를 극한으로 몰았다. 그는 아들을 강인하게 키우기 위해 신병 훈련소에 갓 입소한 신출내기처럼 아들을 대했다. 그리고 결과적으로 그의 방식은 통했다. PGA 투어 역사상 타이거 우즈의 완전한 의지에 대적한 선수는 아무도 없었다. 적어도 4월 8일, 마스터스의 개막 라운드 시작 때엔 확실했다.

엄청난 규모의 사람들이 첫 홀 티 구역 주위를 빽빽하게 채웠다. 클럽하우스에서부터 패이트런이 가득했다. 타이거는 클럽하우스 안에서 자신의 경기 시간을 기다리고 있었다. 연습 라운드 동안에 사람들은 좋게 대했지만 본 경기에서는 어떻게 될까? 문이 열렸고 타이거가 나타났다. 불안한 듯 결연한 표정으로 타이거는 정면을 바라보며 걸어 나갔다. 그의 주변을 빼곡히 둘러싼 사람들은 손을 조금만 더 뻗으면 타이거에게 닿을 정도로 가깝게 있었다. 박수와 힘을 불어넣는 말들이 클럽하우스에서 페어웨이까지 퍼져나갔다. "타이거!" "잘 돌아왔습니다!" "응원합니다!"

이전까지는 관중들을 막으며 차단했었다. 하지만 이번에는 미소를 띠며 응원에 목례로 화답했다. 그러면서 자신의 감정도 조절하고 있었다. 수개월간 정신이 혼미할 정도로 두들겨 맞았고, 또 스스로에게도 가혹한 시간을 보냈다. 그리고 그를 가장 잘 받아줬던 곳으로 돌아왔다. 그중에는 그의 천부적인 재능을 좋아했던 사람들도 있었다. 사람들은 쥐 죽은 듯 조용해졌으며 그렇게 타이거는 볼 앞에 서서 144일 만의 공식 대회 첫 스윙을 휘둘렀다. 기자들, 다른 선수들, CBS 관계자들을 비롯한 여러 TV 방송국 사람들, 나이키의 필 나이트와 직원들, 집에서 시청하는 수백만 명, 타이거를 맨눈으로 보고 있는 수천 명의 팬 머릿속에 똑같은 질문이 있었다. 그렇게 밑도 끝도 없이 추락했던 타이거였지만, 그래도 마법을 보여줄 수 있지 않을까?

타이거의 드라이버 휘두르는 소리, 헤드가 볼을 타격하며 났던 충격음과 함께 침묵이 깨졌다. 그의 볼은 진정 똑바로 뻗어 가더니 페어웨이 가운데를 갈랐다. 사람들의 갈채를 불러일으킨 완벽한 한 타였다. 그렇게 타이거가 복귀했다.

만족스러운 표정으로 타이거는 들고 있던 클럽을 스티브에게 건넸고, 페이트런으로부터 박수를 받으며 둘은 페어웨이를 향해 걸어 나갔다. 하늘에서는 비행기 한 대가 현수막을 달고 저공 비행했다. 현수막에는 다음과 같이 쓰여 있었다. '타이거, 엉덩이교를 믿는다고 했던가요?(TIGER: DID YOU MEAN BOOTYISM)' 불교도 조롱거리 대상이 될 수 있음은 분명했다. 그렇지만 타이거는 항상 그랬던 것처럼 경쟁하는 동안에는 도발을 모두 받아들였다. 타이거가 티샷을 멀리 보내고 퍼트를 성공시켰던 1라운드 동안 나이키는 화제의 새 광고를 전파에 태웠다. 타이거가 카메라를 약간 슬픈 듯한 표정으로 바라보는 모습은 그의 아버지를 바라보는 듯했다. 마치 무덤 깊은 곳에서 나오는 것처럼 얼이 타이거를 향해 내레이션을 이어갔다. '타이거, 나는 궁금하구나. 무슨 생각을 하고 있는지, 어떻게 느끼고 있는지 궁금하단다. 그래서 어떤 것들을 깨달았느냐?' 카메라가 타이거의 눈으로 확대해 들어가면서 화면이 점점 까맣게 변하고 나이키의 로고가 나타나는 영상이었다.

항상 자신을 은밀하게 감췄으나 타이거의 과오는 결국 만천하에 드러났다. 부활을 향한 그의 발걸음은 대중의 관심이 주는 무게에 더욱 무거웠을 것이다. 자신의 과오에 대한 후회는 평생 갈 것이라고 나중에 그가 고백했다.

그런 가운데에도 타이거는 첫째 날 흠 잡을 데 없을 정도의 경기로 68타를 기록했다. 마스터스 출전 이래 가장 좋은 1라운드 스코어였다. 2라운드에서도 70타를 더하며 선두와는 두 타 차이밖에 나지 않았다. 무엇보다도 그렇게 2라운드 동안 지난 열여섯 번의 마스터스 때보다 타이거는 팬들을 향해 더 많이 웃었으며 동료 선수들과도 포옹을 망설이지 않았고 캐디 스티브와도 손뼉을 더 빈번하게 마주쳤다.

스티브는 타이거의 밝은 분위기를 반겼지만, 2라운드 종료 후 마크 스타인버그와 함께 미디어 센터로 향하는 동안 마크가 타이거에게 했던 말을 경청했다. 마치 타이거에게 우승이 필요하다고 닦달했고 '좋은 사람 코스프레는 그만하시지?' 식의 예전의 타이거로 돌아가라는 투의 말을 했다고 전했다.

"뭘 잘못 들었나 싶었습니다. 타이거가 힘든 시간을 겪고 난 후 팬들을 향해 조금 더 호의적으로 임하겠다고 마음먹었는데, 타이거의 가장 중요한 조언자가 반대로 말을 하지 않습니까?"

스티브가 나중에 회고했다.

스티브는 전환점에 놓여 있었다. 타이거에게 마스터스는 조금 더 인내하고 더 감사하고 강직한 마음은 접으면서 뭔가 시험무대로 스티브는 바라봤다. 그러다가 갑자기 타이거가 이러한 것들을 다 지워버릴 수도 있겠구나 싶었다.

"그렇다면 좋다고요, 저도 마음이 바뀌었습니다. 타이거와 진짜 튼튼하고 돈독했던 관계가 모래성처럼 무너질 수도 있을 분위기였습니다."

시간이 지나 스티브가 전했던 이야기이다.

하루가 지나자 행크 헤이니는 불쾌한 징후를 느꼈다. '이번이 타이거와 일하는 마지막일 거야.' 행크에게 이 느낌은 타이거가 3라운드에서 2라운드에 이어 또 70타를 기록했을 때 들었다. 필 미컬슨에는 단 세 타 차, 선두 리 웨스트우드와는 네 타 차이였다. 놀랍게도 그런 안 좋은 일들이 타이거 주변에 있었음에도, 한 라운드를 남겨놓고 역전의 기회를 노릴 수 있었다. 선두권에 포진해 있었고 다섯 번째 마스터스 타이틀을 가져올 수 있었던 매우 중요한 때였다. 최종 라운드에 앞서 연습장에서 타이거는 몹시 화가 나 있었다.

"무슨, 볼 날아가는 게 이따위야?"

타이거는 불평을 늘어놓았다.

그렇지만 타이거는 3라운드에서의 그린 적중이 18개 그린 중 15개였다. 훌륭하게 잘 해내고 있었다. 행크가 분위기를 좋게 바꾸려 했으나 타이거는 여전히 기분이 저기압이었다. 리 웨스트우드나 필 미컬슨을 따라잡을 가능성에 대해 회의적으로 바라보며 그 원인을 제대로 된 스윙을 할 수 없는 탓으로 돌렸다. 즉 행크에게 불만이 있었음을 우회적으로 피력했다.

다음 날 골프장에 나타난 타이거는 불편한 마음으로 가득했다. 그의 결혼은 이미 풍비박산이었고 타블로이드와 심야 방송의 코미디언들은 그를 웃음거리로 만들었으며, 하찮았던 망할 놈의 필 미컬슨은 세상모르고 자신만의 경기로 압도하고 있었다.

라운드에 들어가기 전에 타이거가 몸을 풀면서 계속 낮은 탄도의 샷들을 치는 장면을 말없이 바라보고 있었다. 행크는 타이거에게 완전히 투명인간처럼 취급당하는 느낌이 들었다. 결국 행크가 입을 어렵게 뗐다.

"볼 탄도를 조금 더 높게 치면 될 겁니다."

둘 사이 오랫동안 자주 튀어나왔던 문장이었다. 클럽 면을 조금 열어서 임팩트 순간에 탄도를 높일 수 있도록 타이거에게 주문할 때 했던 말이었고, 타이거는 행크의 설명에 항상 적극적으로 대했다. 이번엔 달랐다.

"그게 무슨 말이에요?"

타이거가 행크를 물끄러미 바라보며 답했다. 그러고는 마치 시도할 생각조차 없는 듯 계속 낮은 탄도로 볼을 날렸다.

순간 행크는 속으로 뭔가 덜미를 잡힌 느낌이 들었다. 굳이 이렇게 계속해야 할 필요가 있을까? 마크 스타인버그는 타이거가 행크를 친한 친구로 여기고 있다며 여러 차례 전했지만 행크의 느낌은 그렇지 못했다. 치료센터에 다녀오는 동안에도 행크가 타이거의 연락을 기다려 준 호의에 대한 보답조차도 타이거는 보이지 않았다. 라운드 전에 퍼트 연습을 몇 차례 한 뒤 타이거는 1번 홀 티로 이동했는데 행크가 말을 꺼냈다.

"아까 우리 얘기했던 부분 알죠? 그것만 하시면 괜찮을 겁니다."

타이거는 끄덕였다.

"잘 되길 바랍니다."

행크가 말했다.

골프 코치로서의 행크가 타이거에게 했던 마지막 말이었다.

타이거는 최종 라운드에서 이글을 두 차례나 성공시켰지만, 필 미컬슨은 처음 일곱 개 홀에서는 타수를 줄이지 못했다가 이후에 추격자들을 따돌리며 마스터스 세 번째 우승을 달성했다. 타이거는 필과는 다섯 타 차인 공동 4위로 마쳤다. "잘했습니다!" 18번 홀 그린을 벗어나면서 갤러리의 환호 사이로 스티브가 타이거에게 소리쳤다. "잘했어요!"

잘한 것 이상이었다. 세계에서 딱 세 명만 타이거보다 골프를 잘했다. 그 세 명은 타이거가 받았던 이 세상의 압박과 비판을 받지도 않고 경기에 임했다. 스티브는 타이거의 이런 능력에 깊은 감명을 받았다. 그렇지만 타이거에게는 해결해야 할 일이 현실로 다가왔다. 누구와 이야기하고 싶지도 않았고, 필에게 축전도 남기고 싶지 않았다. 사람들에게도 고맙다는 말도 전할 생각이 없었다. 행크에게도 딱히 할 말이 없었다. 그리고 엘린이 그곳에 없었다.

마크 스타인버그의 전화기가 울렸다. 행크였다.

"마크, 난 이제 할 만큼 했습니다. 여기서 끝내야겠어요."

행크가 말했다.

"행크, 어떻게 이럴 수 있습니까? 타이거한테 이렇게 하실 겁니까? 타이거는 지금 가장 힘든 시기에 있단 말입니다." 마크가 답했다. 행크는 더는 말을 잇지 못했다. "행크가 이해해 주셨으면 합니다. 당신이 필요하다고요. 다 좋지만 타이거를 포기하진 말아 주세요."

마크의 간청이었다.

CHAPTER THIRTY-ONE

결별

타이거와 행크가 함께했던 시간은 6년 정도였다. 2004년 3월부터 2010년 4월까지 PGA 투어 출전 대회 수가 93차례였고 그중 31승을 수확했다. 그 가운데 메이저에서도 여섯 번이나 정상에 올랐다. 훌륭한 기록임엔 분명하다. 승률은 33퍼센트 정도였다. 굳이 비교하자면 7년 조금 넘는 시간이었던 부치 하먼과는 127차례 대회에 나와서 34승, 메이저는 8승을 가져갔다. 부치와의 시간이 1년 더 있었고, 메이저 우승도 더 있었다. 하지만 골프의 역사에선 견줄 수 없는 성공률을 행크와 이뤘다고 봐야 할 것이다. 무엇보다도 행크와 함께한 시간 동안 타이거는 그의 가족 그리고 마크 다음으로 그를 신뢰했다. 그렇지만 타이거의 결혼이 끝장난 점, 타이거의 명성이 와해됐다는 점으로 인해 타격이 컸고, 행크도 그 희생양이었다.

2010년의 마스터스가 끝난 뒤 행크는 마크와의 대화 이후에 내키지 않았지만, 타이거와 계속 함께하기로 했다. 마크의 진심 어린 요청을 거절하지 못한 채 솔직하게 있는 감정 그대로 다섯 페이지에 달하는 이메일을 타이거에게 보냈다. 향후 계획을 담은 내용이었다. 마크도 해당 내용을 볼 수 있도록 공유했다. 행크 입장에서는 중도 하차를 적극적으로 고려 중이었던 상황을 감안했을 때 타이거의 사려 깊은 답변을 들을 수 있었을 것이라 기대했다. 하지만 아니었다. 타이거는 답장하지 않았다.

마스터스가 끝난 후 타이거에게는 행크의 감정을 달래는 일보다 우선하는 큰 일들이 산재해 있었다. 이혼 변호사, 자금 담당 고문, 양육권 등의 일을 처리해야 했다. 그런 와중에 어떤 여성이 타이거와 자신의 아이가 있다고 주장했다. 그러니 타이거의 업무 목록에서 행크의 다섯 페이지가 넘는 이메일이 눈에 들어올 리가 없었다. 퀘일 할로 챔피언십이 열리기 전날, 대회 장소인 샬럿에서 타이거가 행크에게 연락했다. 그러나 행크가 보냈던 이메일에 대한 언급은 전혀 없이 타이거의 아이라고 주장하는 여자에 관해서만 이야기했다. 시간으로 미루어봤을 때 그녀의 주장은 진실이 아닐 것이라고 말했다.

오랜만의 대화였지만 여전히 타이거는 자신의 이야기만 했고, 행크의 마음은 조금도 살피지 않았다. 두 사람의 관계에서 항상 그랬지만 타이거의 이번 태도는 행크를 더욱 화나게 했다. 행크가 타이거와의 관계에 대해 진중하게 고려하고 있음을 상기시키려 했으나 타이거는 개의치 않았다.

행크 없는 샬럿에서의 경기는 형편없었다. 2라운드 당일인 금요일에는 79타로 무너졌다. 2002년 이후 처음 나왔던 최악의 스코어였고, 본선 라운드에 가지 못했다. 일주일 뒤 타이거는 목 통증을 이유로 플레이어스 챔피언십 마지막 라운드에서 기권했다. 그곳에서도 행크는 타이거 옆에 있지 않았고 타이거도 자리를 떴다. "타이거, 세계 랭킹 1위 자리하고는 작별하시죠. 잘 가라고요." 클럽하우스로 향하는 타이거에게 한 어린아이가 소리쳤다.

마스터스에서는 어떤 기적이 타이거에게 일어났는지 모르겠지만 이제 그런 건 간데없었다. 복귀 후 한 달 정도 지나서 스윙도 영 말이 아니었고, 집중도 하지 못했다. 게다가 불안해했고 무엇보다 타이거의 전매특허로 여겼던 회심의 샷, 중요한 퍼트는 구경할 수 없었다. 순식간에 타이거는 골프장 무적 영웅의 모습을 잃었다. 선수들도, 팬들도 타이거는 만만한 선수가 됐음을 감지했다.

한편 타이거는 여전히 스윙코치에게 무심했다. 말도 없고 전화도 없었으며 아무 일도 하지 않았다.

인내심이 바닥난 행크는 몇 년 전 부치 하먼이 당했던 것처럼 자신도 당하고 있진 않을 것이라 마음먹었다. '웃기지 말라고 해. 꺼져버려.' 행크는 속으로 생각했다.

타이거가 플레이어스 챔피언십에서 기권한 다음 날 아침, 행크는 타이거의 스윙코치를 그만두겠다는 성명서를 작성했다. 골프 채널 방송사의 짐 그레이(Jim Gray)에게 보내고는 몇 시간 정도 기다려 달라고 요청했다. 그러고는 타이거에게 얘기 좀 해도 되는지 문자 메시지를 보냈다. 타이거가 답했다. '지금은 곤란합니다. 아이들하고 같이 있거든요.'

타이거와 엘린과의 이혼 소송이 진행 중이긴 했어도 타이거는 할 수 있는 만큼 아이들과 시간을 함께 보내려고 했다. 한편으로는 아이들에게 같이 있어 주지 못한 데 대한 보상이라는 부분도 있었다. 마음속 깊은 곳에서는 치료 센터에 머무르면서 찰리의 생일을 챙겨주지 못한 데 대한 죄책감도 있었다. 앞으로 자신의 일을 포함하여 아이들보다 우선시하는 것은 절대로 없을 것이라고 지속적으로 자신에게 각인시켰다.

행크의 결별 결정은 명백해졌다. 타이거는 행크의 문자를 보고 무척 놀랐다. '세상에서 진정한 친구의 가치를 이해해야 하는 사람이 있다면 타이거 당신입니다. 당신에게 나는 좋은 친구였던 것 같은데, 당신은 그에 대해 진중하게 생각해 본 것 같지 않군요.' 행크가 타이거에게 보낸 메시지였다.

행크는 타이거의 스윙에 대한 비평에 극히 예민했다. 하지만 이런 상황에서 타이거는 행크가 지나간 대회에서 타이거의 게임을 평가했던 방송 발언에 대해 과민반응을 보이는 것이라 여겼다. 행크가 그것보다 더 실망했던 점을 타이거는 눈치채지 못했다.

'그냥 조금 시간을 가지면 어떨까요?' 타이거가 문자로 답했다.

행크는 자신의 아내나 에이전트와 상의 없이 완전하게 선을 잘랐다. '타이거 당신이 이제껏 내게 해 준 것 모두 고맙게 생각합니다. 당신과의 작업은 믿을 수 없을 정도로 좋았던 기회였습니다. 그 기회에 대해 나는 너무나 고맙게 생각하지만, 이제는 다른 코치를 알아보도록 하시죠.'

그러나 여전히 타이거는 행크의 말을 제대로 듣고 있지 않았다. '그렇게 말해주니 고맙습니다. 어쨌든 우리 계속 같이 일해야죠.' 타이거가 답문을 보냈다.

'아니, 아니에요. 끝났습니다. 그만할 겁니다. 이상입니다. 나는 이제 타이거의 코치가 아닙니다.' 행크가 답했다.

얼마 지나지 않아 타이거가 문자를 보냈다. '내일 아침에 이야기 나누시죠.'

그날 오후 타이거는 전화로 기자회견을 열고 행크는 여전히 자신의 스윙코치이며 해야 할 일이 많다고 반복적으로 강조했다. 가족들이 떠나게 생겼고, 친구들로부터 소외되기 일보 직전에 행크도 결별하려 하는 데 대해 타이거는 아무것도 할 수 없는 듯했다. 그날 저녁, 골프 채널에서 행크의 성명서를 내보내면서 타이거는 현실에 직면했다. '오늘 저녁에 타이거에게 그의 스윙코치 자리를 내려놓겠다고 알렸습니다. 단지 혼란이 없도록 하기 위해 강조합니다. 이 결정은 온전히 제가 내린 결정입니다."

그 뒤에 벌어진 것은 한 번 맺은 관계는 끊기 어렵다는 속담이 떠오를 만한 일이었다. 먼저 마크 스타인버그에게서 연락이 왔다. 타이거가 행크와의 결별이 상호 합의에 이뤄졌음을 발표하겠다고 말했다. 행크는 격분하며 허튼소리 하지 말라고 하고는 만일 그 발표를 할 경우 자신도 타이거의 발표가 거짓임을 알릴 것이라고 목소리를 높였다. 행크의 태도로 인해 마크는 발표문을 수정해서 배포했다. '행크 헤이니와 저는 행크가 제 스윙코치 자리에서 물러나는 데에 합의했습니다.' 성명이 나온 뒤 곧바로 타이거는 행크에게 전화해 훌륭하게 코치 자리를 맡아 준 데 대한 감사를 표하며 훌륭한 친구라고 말했다.

"그래도 같이 일하실 거잖아요."

타이거가 말했다.

행크는 어리둥절한 반응을 보였다.

"타이거, 당신에게 도움이 필요하거나 스윙에 대한 의견을 구한다면 친구로서 얼마든지 할 수 있어요. 그렇지만 일을 함께하는 건 안 할 겁니다. 당신 스윙코치는 앞으로 절대로 안 할 거라고요."

"우리 그래도 같이 일할 수 있잖아요."

타이거가 말했다.

"아니, 안 할 겁니다."

행크가 소리 내며 웃었다.

며칠 뒤 행크는 골프 채널 방송사에서 짐 그레이와 인터뷰를 진행했다. 짐은 행크에게 타이거가 혹시 운동력 향상 의약품을 복용했는지 물었다. 행크는 타이거가 운동능력을 높이기 위해 약물을 사용하지 않은 것으로 믿는다고 답했다.

"다만 제가 알기로는 타이거는 성 중독입니다."

행크가 말했다.

타이거는 불쾌했다. 인터뷰가 방송에 나간 지 얼마 지나지 않아 타이거가 행크에게 문자를 보냈다. '제가 성 중독 치료받았다는 걸 온 세상에 까발려 줘서 고맙더군요.'

마크 스타인버그는 더 강한 어조로 말했다.

"어떻게 그럴 수가 있습니까? 어떻게 그렇게 말할 수가 있습니까? 앞으로 어떻게 타이거가 기금을 모을 수 있겠냐고요? 당신 발언으로 타이거 재단은 끝장났습니다."

"누구에게 해를 가하거나 문제를 일으키려 했던 의도는 없었습니다. 그렇게 됐다면 사과할게요."

행크가 말했다.

"이제부터 인터뷰는 안 하시는 게 좋겠습니다, 행크."

마크가 강한 어조로 나무랐다.

"마크, 당신은 나한테 이래라저래라할 자격 없습니다. 제가 원하는 거라면 어디서든 누구하고든 상관하지 않겠습니다."

15년 가까운 시간 동안 타이거는 자신의 복잡한 부동산 계획과 개인적인 일에 대해, 또 사업 영역에 관한 법률 자문에 피터 모트(Peter Mott)와 그의 법률 사무소에 의지하고 있었다. 투자 여부나 자산 취득을 비롯해 금전적으로 중요한 계약 거래는 피터와 그의 동료들 승인 없이 이뤄지는 일은 거의 없었다. 1996년으로 돌아가서 타이거가 존 머천트의 조언을 적극적으로 반영하며 실행했던 최고의 의사결정 중 하나가 바로 피터 회사와의 계약이었다. 그리고 타이거와 엘린의 이혼이라는 엄청난 과제를 풀어야 하는 업무가 피터 앞으로 주어졌다.

타이거는 2010년까지 골프와 계약금 수익으로만 10억 달러를 넘게 벌었다. 타이거가 보유한 순자산만 해도 어림잡아 7억 5천만 달러는 넘을 것으로 전문가들이 말했다. 주택을 비롯해 전 세계 곳곳에 부동산을 보유하고 있는데 그중에는 엘린과 공동명의인 곳도 있었다. 개인적인 소유물도 타이거와 엘린 공동명의가 적지 않았다. 플로리다주 법으로는 부동산이나 자산을 공평하게 나누기 때문에 엄청난 재산에 대해 법에 따른 분할 작업을 해야 했다.

그러나 타이거는 이혼 소송에 관심이 없었다. 두 사람 모두 아이들에게 가장 좋은 것이 무엇인지에 대해서는 공감대가 있었고 그로 인해 평화적인 결별을 할 수 있었다. 그래서 어느 더운 여름날, 타이거와 변호인단, 엘린과 변호인단이 만나 자녀 보호에 대한 협상을 진행했다. 상황이 상황인 만큼 협상 분위기는 진지했다. 엘린과 아이들에게 필요한 것들은 다 들어 줄 것을 명시했다.

협상이 끝난 뒤, 독립 기념일 주간에 타이거와 엘린은 사실혼 조정 합의에 서명했다. 자녀의 보호 양육은 공동 분담하기로 했으며, 엘린에게 1억 달러가 넘는 유 · 무형 자산을 지급하기로 약정하는 내용이 담겼다. 2006년에 엘린과 함께 플로리다 주피터에 있는 9천 평방피트의 저택을 4천만 달러에 구매했는데, 구매할 당시에는 아일워스에서 온 가족이 이사할 예정이었지만 상황이 달라졌기 때문에 엘린과 자녀들은 노스 팜 비치에 집을 구하기로 했다.

타이거에게 이혼은 충격이었다. 그가 인생을 낭비했던 데 대한 대가는 어마어마했다. 타이거가 처음 엘린을 만났을 땐 아름다움을 거스를 수가 없었고 지나칠 때 눈길이 안 갈 수가 없었다. 2개 국어에 능통하고 특출하게 영리했던 엘린은 커리어 우먼이 되고 싶어 했다. 그러나 스물한 살이었던 그녀는 자신의 포부를 접고 미국으로 건너와서 무슨 일이 있더라도 그녀의 남은 인생을 타이거와 함께하기로 마음먹었다. 그녀의 재능과 에너지를 아이들 양육에 쏟았고, 그러는 동안에도 오로지 타이거만을 바라봤던 그녀였다. 그런데 타이거는 그녀의 마음을 갈기갈기 찢어놓았다. 타이거가 눈을 뗄 수 없을 정도로 아름다웠던 엘린은 이제 더는 그의 아내가 아니었다. 2010년 8월 23일, 플로리다주 베이 카운티 지방법원은 결혼의 종결을 최종 선고했고, 엘린은 자신의 결혼 전 이름을 다시 돌려받았다. 엘린 마리아 페르닐라 노르데그렌(Elin Maria Pernilla Nordegren).

엘린에게 이혼은 해방이나 마찬가지였다. 마지막으로 서명하기까지 스트레스가 너무 심한 나머지 머리도 많이 빠졌지만 그래도 그녀가 겪었던 최악의 시련에서 벗어날 수 있었다. 그렇게 간절하게 원했던 가족과 아이들은 이제 과거가 됐다. 하지만 그녀는 미안하다는 생각은 결코 하지 않았다. 그녀에게 너무나 부담스러웠던 PGA 투어의 이런저런 요구사항을 더는 이행할 이유가 없게 되었다. 수년 동안 남편과 그녀를 하나로 여겼던 대기업들의 강압적인 조직에 대해서도 상관없이 지낼 수 있게 됐다. 타이거의 부인이라는 사실에서 나오는 부담도 이제는 떨쳐버릴 수 있었다. 나이 서른, 그녀는 꿈을 찾을 수 있는 자유로운 독신이 됐다. 새로이 찾은 자유와 함께 그녀가 겪었던 일들을 기록에 남기는 것을 먼저 하기로 마음먹었다.

여자친구로 3년, 결혼 후 6년여의 여정에서, 엘린이 타이거와 함께하는 동안 그녀는 단 한 번도 인터뷰에 응하지 않았다. 이혼 뒤에 가장 먼저 해야 할 일이라는 발상은 선임 변호사였던 리처드 컬런으로부터였다. 리처드와 아메리칸 온라인 타임 워너 사의 법률 자문단의 중개로 마련한 기회에서 엘린은 『피플』 지의 대표 기자인 샌드라 소비에르지 웨스트폴(Sandra Sobieraj Westfall)과 며칠에 걸쳐 19시간 가까이 인터뷰를 진행했다. 단독 인터뷰는 엘린의 집에서 모두 이뤄졌으며《나 자신만의 이야기(*My Own Story*)》라는 책을 출판하게 됐다. 이 책에서 엘린은 전 남편의 부정적인 이야기를 하나도 언급하지 않았지만, 고통과 절망에 대해서는 솔직하게 털어놓았다.

"용서에는 시간이 필요합니다. 괴로워하는 과정의 마지막 단계입니다. 저는 완전히 솔직하게 이야기하려 하고 또 용서하려 노력하고 있습니다. 일련의 사건들에 대해 언젠가는 용서하게 될 것이고, 받아들이게 될 것으로 생각합니다. 그리고 더 지나서는 다시 행복하게 될 겁니다. 결국에는 그렇게 될 겁니다."

엘린의 말이었다.

세계 골프 랭킹은 매주 바뀌고 있었지만, 2005년 6월 12일부터 2010년 10월 30일까지 1위 자리는 바뀌지 않았다. 유례없이 타이거가 무려 281주간이나 그 자리를 지키고 있었다. 2010년 10월 31일, 타이거는 2위로 내려앉았고, 리 웨스트우드가 1위에 올랐다. 그 시점에서 타이거는 1년 넘도록 PGA 투어에서 우승 트로피를 들어 올렸던 적이 없었다. 6개월 전 오거스타에서 타이거가 팬들과 동료 선수로부터 받았던 환대는 케케묵은 이야기인 듯했다. 팬들은 타이거에게 야유를 보냈고, 경쟁하던 선수들은 이제 그를 두려워하지 않았다. 부인도 떠났고 스윙코치도 곁에 없었다. 날이 섰던 스윙도 간데없고 오랜 캐디조차 떠나기 일보 직전이었다.

행크와의 결별 후에 타이거는 캐나다 출신의 스윙코치인 숀 폴리(Sean Foley)에게 코치 자리를 요청했다. 자타공인 골프 괴짜로 알려진 숀은 트랙맨(Trackman)이라는 새로 등장한 기술을 기반으로 새로운 교습의 선봉에 있었다. 트랙맨은 정밀 위치 추정 기기로 측정하는 기계인데, 볼을 타격하면서 발생하는 수치, 클럽이 지나가는 길, 발사각도, 볼 회전 등을 수치로 알려준다. 언젠가 숀이 '근막 사슬'이라던가 '운동 감각의 하부 반응양상' 등의 생체역학 용어들을 말하며 자신의 철학을 설명했을 때 스티브는 별 이상한 이야기를 한다는 느낌을 받았다. 숀의 등장으로 스티브는 예감이 좋지 않았다. 타이거가 예전 같지 않았고, 스티브가 느꼈던 타이거와의 우정이나 신뢰는 이제 사라졌음을 깨닫게 됐다. 타이거와 스티브가 함께 하면서 일궈던 우승이 메이저 13승을 포함해서 72승이었다. 그러나 타이거가 골프 대회에 복귀하면서 스티브가 예전에 느꼈던 타이거와의 찰떡 호흡은 간데없었다. 타이거의 새로운 스윙코치가 매우 과격한 접근방식을 취하면서 상황은 악화일로였다.

2011년, 타이거의 스윙과 몸 상태가 점점 저하되고 있었다. 마스터스 대회 중에 타이거는 불편한 자리에서 스윙하다가 왼쪽 아킬레스건을 다치고 말았다. 이때의 부상으로 한 달 뒤 웰스 파고 챔피언십에선 기권할 수밖에 없었다. 그러고는 5월 중순 플레이어스 챔피언십에서 아홉 개 홀 동안에 42타라는 참담한 타수로 무너지고 난 후 중도 포기했다. 아킬레스건 손상과 함께 왼쪽 무릎의 안쪽 곁인대가 찢어졌다는 진단을 받았다.

콩그레셔널 컨트리클럽에서의 US 오픈을 9일 앞두고 타이거는 부상으로 인해 대회 출전 의사를 거뒀다. 기권을 알리기 몇 시간 전, 스티브의 전화를 받았다. 애덤 스콧으로부터 캐디를 해 줄 수 있는지 물어와서 어떻게 할지를 타이거에게 물었고, 스티브는 애덤 스콧과 일하기를 원하고 있었다.

"네, 그렇게 하시죠."

타이거가 답했다.

그렇지만 전화 통화가 끝난 후에 타이거는 잠시 생각한 뒤 마음을 바꿨다. 애덤은 경쟁상대였고, 자신의 캐디가 적수를 돕는다는 것이 썩 내키지 않았다. 타이거는 그 요청에 대해 다시 생각해 보라고 마크 스타인버그에게 부탁해서 스티브에게 메시지를 보내게 했다.

스티브는 화가 났고 타이거에게 다시 전화했다. 이미 애덤에게 연락해서 캐디를 맡기로 결정했고 대회 한 번만 하기로 계약했다고 말했다. 스티브는 자신의 말을 번복하고 싶어 하지 않았다.

타이거는 마음을 접긴 했으나 여전히 분이 풀리지 않았다.

타이거와 스티브와의 분열과 함께 IMG 또한 타이거와 갈라설 구실을 찾고 있었다. 타이거와 오랜 시간 함께했던 IMG가 마크 스타인버그와 재계약을 하지 않을 것을 밝혔다. 재계약은 6월 말에 예정돼 있었다. 이에 대한 여러 가지 낭설의 기사가 쏟아졌다. 어떤 곳에서는 업무 결과가 저조했기 때문이라는 이유로, 또 어떤 곳에서는 타이거에 대한 독단적인 헌신 때문이라는 이유로 마크를 해고했다고 주장했다. 다른 매체에서는 재계약 조건이 서로 맞지 않아서라고 추측했다. 그렇지만 타이거 관점에서 봤을 때 마크가 타이거의 에이전트를 시작했던 1999년부터 타이거를 대신해서 이룬 업적들은 훌륭했다. 그렇지만 더 들여다보면 타이거의 부정 스캔들이 터졌을 때, 또 그 후유증으로 타이거가 괴로워하는 동안에도 마크만큼 타이거에게 충직했던 사람은 없었다. 결국 마크는 IMG와 결별한 후에 엑셀 스포츠 매니지먼트와 계약했다. 2011년* 6월 6일, 타이거 또한 IMG를 떠나 엑셀과 함께할 것을 발표했다. 스티브가 US 오픈 대회 동안 캐디를 애덤 스콧으로 결정했다고 타이거에게 말했던 시기가 이때쯤이었다.

애덤의 경기는 날카롭지 못했고 본선에 들지 못했다. 그런데 2주 뒤, 타이거가 AT&T 내셔널에 출전하지 않을 예정이라는 사실을 애덤이 알게 되자 스티브에게 다시 한번 캐디 의사를 물었다. 이 대회는 타이거가 주최하는 대회였다. 대회 운영으로 발생하는 수익 중 일부는 타이거의 재단으로 들어가기로 했다. 개인적인 이유로, 또 프로의 명분으로, 타이거는 단호한 태도를 보이며 스티브에게 만일 애덤의 캐디를 맡는다면 끝이라고 경고했다.

"그럼 끝내죠."

스티브가 타이거에게 말했다.

타이거의 측근 중 드물게 스티브는 마음속 이야기를 내뱉는 스타일이었다. 그

* 원서에는 2010년으로 표기되었으나 주요 매체에서는 2011년으로 되어 있어 이를 따랐음을 밝힌다.

는 타이거에게 휘말린 적이 없었다. 그리고 타이거의 스캔들이 터지면서 타이거에 대한 인내심이 수그러들기 시작했다. 결국 망설임 없이 스티브는 애덤에게 그의 가방을 들어줄 것이라고 말했다. 필라델피아 외곽의 어로니밍크 골프클럽에서 최종 라운드가 끝나고 스티브는 타이거와 클럽하우스 내 연회장에서 만나기로 했다.

타이거는 의자에 앉아서 등받이에 기댄 채 다리를 탁자 위에 올려놓고 있었다. 타이거의 아버지가 자신의 힘을 과시하기 좋아했던 자세였다. 스티브가 들어와서 타이거를 보고는 화를 분출해 봤자 소용없다고 판단했다. 굳이 그럴 것까진 없다고 여겼다. 대신 스티브는 타이거에게 행운을 빌겠다고 말했고, 타이거도 똑같이 말했다. 타이거 인생에서 의미 있던 사람들과의 관계가 거의 매번 그랬던 것처럼 이번에도 그렇게 싸늘하게 끝나고 말았다. 힘찬 악수가 있긴 했지만, 실망을 애써 감춘 듯한 감정도 오갔다. 타이거가 없는 자리에서 스티브는 캐디로서 절대 해서는 안 될 행동인 타이거를 헐뜯었으며, 스티브는 자신이 타이거의 측근이었지만 정작 주변에서 바보 취급을 받았음을 느꼈다.(스티브는 비공개 협약을 이유로 타이거와의 고용 관계에 대한 언급을 피했다.)

7월 말, 브리티시 오픈이 끝난 뒤, 타이거는 자신의 웹사이트에 '변화의 시기'를 말하며 스티브가 더는 자신의 캐디가 아니라고 발표했다. 다음 날 스티브는 성명을 냈다. '무려 13년 동안의 헌신이 있었지만, 두말할 필요 없이 내게 이렇게 했다는 것은 충격입니다. 타이거의 스캔들, 새로운 코치, 스윙 교정, 또 부상에서 회복하려는 타이거의 18개월 동안에도 저는 그의 편에 있었지만, 실로 성공적인 동반자의 끝이 이렇게 된 데에 매우 실망했습니다.'

타이거는 스티브의 경제력에 많은 도움을 줬다. 소식에 의하면 스티브는 11년 넘도록 타이거의 캐디로 있으면서 1,200만 달러가 넘는 수입이 있었다고 한다. 그렇지만 이후에 그의 회고록에서 자신은 가끔 타이거의 '노예'나 다름없었다고 주장했다. 그들의 분열이 주변에서 말했던 것보다 얼마나 더 거칠게 전개됐는지 보여줬던 신호였다. 2011년 8월 브리지스톤 인비테이셔널에서 타이거와 스티브는 경쟁

상대로 만났다. 부상에서 회복한 타이거는 37위의 성적을 냈지만 애덤 스콧은 네타 차의 우승을 차지했다. 스티브가 애덤의 골프 백을 맡은 이후 첫 우승이었다. 우승 후에 스티브는 소셜 미디어에 자신의 기분을 표현했다. '이번 우승은 제 이력에서 역대 최고의 우승입니다!'

타이거가 들으라고 하는 얘기나 다름 없었다. '엿이나 먹고 떨어져.'

두 달 뒤, 타이거는 47살의 노련한 캐디 조 라카바(Joe LaCava)에게 자신의 골프 백을 넘겼다. 주변에 있는 것만으로 안정감을 주는 조이(타이거가 부르는 호칭)는 전형적인 뉴잉글랜드 사람으로 거칠지만 진정한 충직함이 돋보이는 사람이다. 타이거는 주변을 둘러본 뒤 자신의 측근 중 이제 겨우 한 사람만이 남았음을 알게 되었다. 마크 스타인버그였다. 어쨌든 타이거가 오랫동안 표출했던 무적의 아우라, 날카로운 감각은 사라졌다. 2011년 재발하는 부상 때문에 타이거의 대회 출전 횟수는 9개 대회가 전부였다. 프라이스 닷컴 오픈 30위 성적 이후 그의 세계 랭킹은 52위까지 내려갔다. 세계에서 타이거보다 골프를 잘하는 선수가 51명이 아님을 타이거는 알고 있었다. 타이거보다 골프를 잘했던 선수는 한 명도 없었다. 스타이니(타이거가 마크 스타인버그를 부르는 애칭)도 그렇게 여겼다. 타이거는 건강회복이 절실했다.

CHAPTER THIRTY-TWO

사람이었다

2012년을 앞둔 상황에서 타이거는 2년 넘게 PGA 투어에서 우승의 맛을 보지 못했다. 2010년 4월 복귀 이후에 27개 대회 동안 정상에 오른 적은 한 차례도 없었다. 타이거의 골프 경력 중 네 번째로 스윙을 전체적으로 뜯어고치는 중이었고, 이와 더불어 그의 새 스윙코치인 숀 폴리는 많은 이들이 비판했던 구조적인 변화를 타이거에게 제안하며 타이거의 천부적인 경기 감각을 천천히 무너뜨리는 동시에 빈번한 부상을 유발하게 했다. 목과 등, 무릎, 아킬레스의 통증으로 대회에서 수차례 중도 포기할 수밖에 없었다. 그러나 다른 어느 것보다도 가장 중요했던 문제는 타이거의 머릿속에 있었다. 타이거의 저격 본능이 사라졌다.

타이거 특유의 근성은 다른 선수들에게서 절대 볼 수 없는 요소였다. 선수들은 예전부터 그를 두려워했다. 타이거에게는 큰 근육이 있었고, 가장 빠른 스윙 속도, 경기의 모든 기록이 최고였다. 게다가 그의 주변에는 경호원에 거친 캐디, 굵직한 기업의 후원, 똑똑한 에이전트, 엄청난 돈, 아름다운 부인 등 이 모든 것이 합쳐져 강력한 이미지가 되면서 상대 선수들을 위협하는 수단이었다. 그렇지만 그의 부정과 외도 스캔들, 동네 개들도 아는 이혼으로 그의 무적 아우라는 씻겨 없어졌다. 마치 적들을 상대할 때 타이거가 갖고 있었던 마법의 주문이 이제는 통하지 않게 된 것이다. 갑자기 선수들이 그를 다른 시선으로 바라봤다. 모두 그랬다. 타이거는 여전히 가장 천부적인 골프선수로 평가받았다. 하지만 그에게도 잘못을 범하기 쉬운 면이 있었고, 약점과 허물이 있는 한 인간이었다.

치료를 통해서 타이거는 자신을 조금씩 현실적으로 바라보게 됐다. 그의 부모는 타이거를 양육하면서 그가 '선택된 자'였음을 믿었고, 무자비한 승부사로 훈련했다. 그렇지만 이른 시기부터 유명세에 사로잡혀 있었기에 생각이 바로 잡힐 수 없었고, 또 그 자체로 그에게 해가 됐다. 잠재해 있던 그의 자의식이 수년이 지난 뒤 가까스로 수면 위로 드러났다. 다시 말해서 자기 파괴적이고 중독적인 그의 행태는 이미 엘린과 결혼하기 한참 전부터 배어 있었다. 치료하는 시간을 통해서 그의 삶이 대부분 거짓말로 얼룩져 있음을 깨달았다.

치료를 통해서 균형을 찾은 것도 있었지만, 상처를 남기기도 했다. 타이거는 자신이 치료받았던 시간을 '끔찍했던' 시간이라고 돌아봤으며, 그의 삶에서 '최악의 경험'을 겪었다고 정리했다. 그렇게 고통스러운 시간 속에서 정신적인 측면에 영향을 끼쳤을 것이다. 그의 자신감에도 혼란을 불러일으켰고, 과거 십수 년 동안 타이거에게 손도 못 쓰던 이들은 타이거를 같잖게 바라보게 됐다.

치료를 통해 배운 또 다른 것 하나는 타이거가 여자를 만남에 있어서 방법을 완전히 바꿨다는 점이다. 진정으로 마음이 가는 사람이 아니라면 절대로 잠자리를 함께하지 않았다. 그렇게 하지 않는다면 심각한 위험에 처할 것이 뻔했기 때문이다. 생각만으로는 쉽게 이해한다 해도 실전에서 겪는다면 보통의 난관이 아니었을 것이다. 세상에서 가장 유명한 운동선수라는 점에서 수많은 여성과 성관계를 갖는 데에 익숙해 있었다.

"결혼한 사람들에게는 일상의 경계이지만 저는 그걸 바로 지나갈 수 있었습니다. 제가 원하면 언제든 결혼이라는 테두리에서 벗어났습니다. 제 평생 그렇게 열심히 살아왔으니까 제 주변의 모든 유혹을 다 즐길 수 있다고 생각했습니다. 자격이 있다고 여겼습니다. 돈과 명성 덕분에 멀리 갈 필요 없었습니다."

타이거가 시간이 지나서 밝혔다.

그 이후로 타이거에게는 예전엔 쉽지 않았던 두 가지를 해야 할 상황이었다. 여자들 앞에서는 조신하게 행동하고, 의미 있는 건전한 만남을 갖는 것이었다. 만

만치 않은 도전이었다. 타이거가 예전에 그래티튜드 과정을 마친 뒤 행크에게 털어놓은 이야기였다.

"지금 당장에라도 제게 올 여자들은 있을 겁니다. 특히나 거친 애들은 더할 거라고요."

타이거의 상황은 고독하고, 위태로우며, 어쩌면 접근하기 어려울 수도 있었다. 타이거가 엘린을 만났던 때 많은 이들은 엘린이 골프에서 가장 능력 있고 부자인 선수를 차지했다고 보면서 동화와 같은 이야기의 삶을 살게 됐다고 말했다. 그렇지만 그 이야기는 처음부터 틀렸다.

"사람들은 엘린을 신데렐라로 기억할 겁니다. 하지만 타이거가 땡잡은 겁니다. 그렇게 범상치 않은 생활을 누리는 사람은 괜찮은 여자 만날 수 없었을 거라고요. 그 사람이 엘린을 만난 건 그 사람한테는 행운입니다. 그러니까 엘린이 없었다면 그 사람 삶이 얼마나 공허했을지 상상이 가지 않습니까? 온종일 골프 볼만 쳤을 거 아닙니까?"

미아 파르네빅이 2004년에 『SI』 지와의 인터뷰에서 했던 말이다.

지나고 나니 미아의 발언이 미래를 먼저 본 듯했다. 엘린을 만난 지 10년이 지나, 타이거는 원래대로 온종일 골프 볼을 치는 자리로 돌아갔으며, 괜찮은 여자와 새로운 만남을 만들어가는 것 자체는 그냥 꿈 같을 뿐이었다. 여자를 완전하게 피하는 것만이 가장 안전한 것처럼 보였다. 반면 골프는 매일 침대에서 일어나게 해주는 목적으로서의 의미가 있었다. 여전히 경쟁을 낙으로 삼고 있었고 그렇게 통증을 무릅쓰고서라도 경기에 임하고 스윙 가다듬기를 악착같이 했다. 2011년 말, 그래도 우승으로 해를 마감하면서 반등의 기미를 비췄다. 셔우드 컨트리클럽에서 열렸던 셰브런 월드 챌린지에서 정상에 오르며 상금을 자신의 재단에 기부하게 됐다. PGA 투어의 공식 대회는 아니어도 타이거에게 절실했던 우승이 이뤄졌던 데다가 2012 시즌을 앞두고 자신감을 끌어 올릴 수 있는 결실이었다. 또 아픈 곳 없이 몸도 가뿐했다. 오랜 시간 끝에 모든 것들이 오름세를 보였다. 그러던 중에 예상치 못했던 일을 맞닥뜨리고 말았다.

1월에 행크 헤이니가 책을 출간할 준비를 하고 있다고 들었다. 《빅 미스, 타이거 우즈와 함께했던 나의 시간(*Big Miss: My years of Coaching Tiger Woods*)》이 2012년 마스터스를 앞두고 서점에 나올 예정이었다. '행크가 책을?' 황당하기 짝이 없었다. '행크가 대체 무슨 연유로 그런 책을 냈던 걸까? 행크는 이에 대해서 왜 말을 안 했지?'

타이거만 화났던 것이 아니었다. 마크 스타인버그도 격노했다. 선수와 스윙코치 간의 은밀한 순간들과 대화들을 공개하면 골프 세계에서 기본적인 불문율을 깨는 것이나 다름없었다. 선례가 없는 일이다. 게다가 행크가 타이거에게 미리 알려주지 않았다는 점도 불쾌했다. 언질 없이 허점을 찔렀다는 것은 그만큼 행크와 타이거, 마크 사이에 원한이 분명히 있다는 것이다.

"그 친구들한테 알려주지 않았습니다. (책을 쓰면) 안 된다고 계약에 명시한 것도 없었습니다."

행크가 나중에 설명했다.

타이거가 사생활 보호에 집착하다시피 하고 그와 함께 일했던 사람들에게 비밀을 유지하도록 계약하는 것 또한 꼭 빼놓지 않았던 그였지만, 행크가 타이거와 일대일의 시간을 그렇게 오래 가졌으면서 보고 들었던 것을 어떻게 자유롭게 써 내려갈 수 있었는지 어리둥절할 뿐이었다. 심지어 출판사에서도 법적인 제한이 없었는지 의아해했을 정도였다. 크라운 출판사의 편집 담당이 행크에게 비공개 계약에 서명하지 않았는지 반복적으로 물어봤을 정도였다. 그럴 때마다 행크는 서명을 강요받았던 적은 없다며 그들을 안심시켰다.

"마크가 실수를 제대로 했습니다."

타이거와 마크는 행크의 책을 일종의 배신으로 바라봤다. 물론 혼외정사와 이를 궤변으로 덮으려 했던 것과 비교하면 별것 아닐 수도 있었다. 그렇지만 행크의 책은 타이거에게 흠집을 내기 위한 의도였다. 타이거가 말로만이라도 고마움을 표했다면 충분히 피할 수도 있었던 둘 사이의 균열을 드러냈다. 간단한 움직임으로 감사와 공감을 보였더라면 행크가 이렇게까지 하지 않았을 것이다. 하지만 타이거는 자신의 감정을 겉으로 드러내지 않았다. 그는 사람과의 관계를 정리할 때 그냥 잊어버리고 말았다. 행크의 입장에선 둘의 결별이 2년을 넘겼는데 그 시간 동안 단 한 번도 타이거가 와서 안부를 묻거나 전화 한 통화 없었다. 타이거가 행크에게 했던 마지막 말은 "우리 앞으로 친구로 계속 남는 겁니다."였다. 그 말은 행크의 편에서 "아무 말 하지 마라."로 들렸고 행크는 이를 깨기로 마음먹었다.

무례함에 상처까지 더했던 것은 책을 발간하면서 작업 파트너로 제이미 디아즈를 선택했다. 제이미만큼 타이거와 그의 가족과 오래 알고 지냈던 골프 기자는 없었을 것이다. 그는 엄청난 시간을 타이거의 집에서 보냈다. 쿨티다와 함께 대회장을 누볐으며 타이거의 골프 교습 책 제작에도 제이미의 역할이 컸다. 타이거의 입장에서 행크의 책에 제이미가 관여했다는 점은 또 다른 배신이었다.

2월 말, 『골프 다이제스트』 지에서 행크의 책 일부를 발췌한 기사를 실었다. 2007년 타이거가 해군 특수부대에 심취했다는 내용이었는데 군인의 훈련으로 타이거에게 부상을 안길 수도 있었다는 주장이었다. 이 내용은 화제가 됐고 논쟁의 불꽃을 키웠다. 해군 특수부대도 융단 폭격을 맞다시피 했는데, 즉 어떻게 민간인을 특수부대 훈련에 함께하게 했는지 논란이었다.

"2006년에 타이거가 당 부대 시설의 사격장을 한 차례 찾아서 총기를 다뤘던 부분은 확인했습니다."

특수부대 대변인이 CNN에 말했다. 여기서 중요한 점은 사람들이 타이거 우즈의 군에 대한 병적인 집착을 몰랐다는 것이다. 행크는 근본적으로 타이거에 대해 폭로를 이어갔다.

논란이 불거지자 마크는 행크의 책에 대해 탁상공론의 심리라고 평했다. '그의 아버지 때문에, 타이거가 군에 대한 남다른 존경심을 가졌다는 것은 모두 아는 사실이다. 따라서 그 존경심을 부정적인 그 무엇으로 왜곡한 행크의 결단은 무례하기 그지없다.' 마크가 성명을 내면서 덧붙였다.

행크의 책이 서점에 풀리기도 전부터 맹비난을 받자 사람들의 관심이 더해갔다. 2월 말 혼다 클래식을 앞두고 있었던 기자회견에서 타이거는 특수부대에 대한 질문 공세를 받았다. 타이거는 들어오는 질문 하나하나 무시하고 넘어갔지만, 골프 채널의 기고가인 알렉스 미셀리(Alex Miceli)가 나서서 타이거가 미 해군 특수부대에 입대할 생각이 진짜로 있었는지를 물었다.

"저는 이미 책에서 모두 다 다뤘습니다. 전부 다 얘기했다고요."

타이거가 퉁명스레 답했다.

"그렇다면 당신이 그 질문에 답했던 것을 제가 놓쳤다 싶군요."

알렉스가 다시 말했다.

"자, 저는 이미 책에서 다 다뤘습니다. 그 책에 있어요? 그 책에 있어요?"

타이거가 날카롭게 반응했다. 알렉스는 책은 아직 못 봤고 발췌 부분만 읽었다고 했다.

"멋지시군요, 네?"

타이거가 말했다. 타이거가 좋아하는 말로 '멍청이'를 뜻했다.

타이거가 상대방을 무안하게 하려는 행동이었다. 그러나 전례 없이 충돌 직전까지 몰고 가려 했던 것인지 알렉스는 물러서지 않았다.

마크 스타인버그의 성명에 보면 발췌 내용이 틀렸다고 했지만, 알렉스는 행크가 책에서 하려 했던 말들이 진실이었는지 추궁했다.

화가 난 타이거는 알렉스를 5초 동안이나 노려보고는 어색한 침묵 끝에 말을 이어갔다.

"잘 모르겠습니다. 수고들 하십시오."

행크의 책은 순식간에 베스트셀러로 등극했고 『뉴욕 타임스』 판매 순위에서도 1위를 찍었다. 최측근의 누군가가 타이거의 집에서 무슨 일이 있었는지 보고 들었던 이야기는 금세 화제가 됐다. 투어를 따라다니며 취재했던 기자들도 적극적인 관심을 가졌다. 선수들도 책에 관해서 대화를 멈추지 않았고, 캐디들과 스윙코치들도 수근거렸다. 타이거와 그의 부인과의 관계에서부터 타이거가 면대 면으로 사람들을 대하는 방식 등을 담았다. 마크 스타인버그에 대해서도 크게 한 방 날렸다. 그렇지만 타이거는 이 소란 속에서도 경기를 이어갔다. 2012년 3월 25일, 베이힐에서 열렸던 아널드 파머 인비테이셔널 우승으로 2009년 9월 BMW 챔피언십 이후 처음 들어 본 우승 트로피였다. 이후 마스터스에선 중하위권 성적을 낸 후에 부상으로 인해 몇 경기 건너뛰었다. 그렇지만 6월과 7월, US 오픈에서 아쉬운 성적을 냈지만 그 앞뒤로 메모리얼 토너먼트와 AT&T 내셔널에서 정상에 올랐다. 2012년 7월에 타이거는 세계 랭킹 2위까지 올랐고, 루크 도널드(Luke Donald)만 타이거 앞에 있었다.

타이거의 골프 게임이 부활을 알리는 동안 그는 올림픽 스키 선수인 스물일곱 살의 린지 본(Lindsey Vonn)을 만났다. 타이거의 재단에서 일하던 타이거의 친구가 둘을 소개해줬다. 타이거는 성 중독 치료 이후 여자들에게 조심스러웠다 해도 린지 앞에서는 달랐다. 수많은 여자를 만났던 타이거였지만, 린지 만큼 통하는 사람은 없었다. 그녀는 2살 때에 아버지로 인해 처음 스키를 탔고, 7살까지 거의 1년을 스키장에서 보냈다. 10대 땐 그녀의 어머니와 함께 콜로라도의 배일로 이사해 스키 앤드 스노보드 클럽 배일에서 조금 더 단계 높은 수준으로 배웠다. 그녀의 고교 시절은 남달랐다. 꽉 찬 스키 일정을 이유로 온라인으로 수업을 들었다. 파티에서 춤을 추는 것, 늦잠, 스키 밖의 다른 친구들 만나기는 그녀에겐 절대로 없었다. 16살부터는 프로 선수로 월드컵 대회에 출전해 활강 경기에서 8연속 시즌 챔피언에 오르기도 했으며, 미국 여성으로는 최초 올림픽 금메달의 영예를 안았다.

타이거는 린지의 재능을 무척 높이 평가했고 그녀의 노력에 대해서도 칭찬했다. 린지의 평소 일과 중에 여섯 시간에서 여덟 시간 정도는 훈련이 차지했다. 그녀는 오로지 스키를 위해 살았다. 그렇지만 자신이 몸담은 종목에선 압도했던 반면 자신이 어떻게 비칠지는 잘 몰랐다. 자라면서 그녀가 다른 친구들에 비해 키가 크고 근육이 많은 점이 신경 쓰였다. 논란의 여지 없이 세계 최고의 여자 스키 선수임에는 분명했어도 유명세는 가시방석처럼 느꼈다. 그녀가 가장 자신 있어 했던 유일한 장소는 산이었고 그녀는 그곳에서 거침없었다.

여러 방면으로 타이거와 린지는 비슷한 유전자를 가졌다. 처음으로 타이거는 자신이 겪은 초집중 단계의 이성을 만났다. 다른 여자들은 이해할 수 없었던 타이거의 정신세계를 린지는 이해할 수 있었다.

"그 사람은 단지 이기길 원하는 겁니다. 또 위대한 선수가 되기를 원하는 겁니다."

언젠가 린지가 자신이 바라봤던 타이거에 대해 간단하게 설명했다. 린지는 타이거가 몸과 경기 향상을 위해 온전히 몰두하는 것을 가까이에서 지켜보았다. 다른 이들에게 타이거는 이기적으로 보였지만 린지에겐 낯익은 분위기였다. 특히 개인 경기 종목에서 최고의 선수들을 보면 모두 자기중심적이다.

두 사람에게는 공통점이 하나 더 있었다. 파혼 이후 재기했다는 것이다. 타이거를 만나기 몇 달 전, 린지가 처음으로 진지하게 만났던 첫 남자와 결혼까지 갔지만, 이혼 절차를 시작했다. 너무나 엉망이었던 상황이어서 이혼 도장까지 찍는 데 1년이 넘게 걸렸다. 그렇지만 타이거와 함께 있을 땐 듬직하고 솔직한 얘기를 나눌 수 있으며 기댈 수 있었다. 2012년 하반기에 타이거와 린지는 건전한 만남을 시작했다. 타이거는 린지를 친구 이상으로 여겼다. 린지는 타이거의 아이들과도 금방 친해질 수 있었다. 아이들이 린지와 함께 있는 것을 좋아했기에 엘린조차도 린지를 좋아했다.

집 앞 충돌사고 이후 처음으로 타이거를 아끼는 이성이 그의 삶에 들어왔다.

2013년 2월 5일, 타이거는 집에 있으면서 오스트리아에서 열렸던 FIS 알파인 월드 스키 챔피언십을 TV로 보고 있었다. 린지가 슈퍼 G로도 불리는 슈퍼 대회전

부문에 출전했다. 슈퍼 G는 기문을 더 넓게 배치하면서도 대회전보다 더 빠른 속도를 내는 시간 경쟁 종목이다. 여자부 경기에서 린지는 이미 세계 랭킹 1위 선수였고 대부분 그녀의 우승을 낙관했다. 개인 조리사, 가정부, 다섯 살 된 딸 샘과 함께 타이거는 린지가 쉴라드밍의 슬로프를 엄청난 속도로 내려오는 장면을 화면으로 보고 있었다. 그런데 순간 린지의 무릎이 중심을 잃으면서 그녀의 스키 한쪽이 빠지지 않고 눈을 쓸어내며 거의 자유 하강 상태로 내려오는 끔찍한 사고를 당했다. 고통으로 몸부림치며 울부짖는 그녀의 비명이 너무나 커서 현장 방송 오디오로 고스란히 들렸다. 타이거는 딸이 충격을 받을까 봐 가정부에게 샘을 다른 곳으로 데려가라고 했다.

극강의 무릎 통증을 잘 알고 있었던 타이거는 느린 영상으로 다시 나오는 린지의 사고 장면을 굳이 보지 않아도 얼마나 나쁜 상태인지 알 수 있었다. 그녀가 구급 헬리콥터에 들려 올라가는 장면을 타이거는 속수무책인 심정으로 바라봤다. 인근 병원에서 진단한 의사들은 암울한 경과를 예상했다고 했다. 전방과 중간 십자인대가 찢어졌고 정강이뼈의 위쪽에도 금이 갔다고 했다. 린지가 다시 스키 위로 올라설 수 있는 것조차가 불투명했다.

타이거는 자신이 할 수 있는 일을 찾기로 하고 자신의 개인 비행기를 띄워 그녀를 콜로라도로 이송시켜서 수술을 진행할 수 있게 조치했다. 수술 전에 그녀를 만나서 다 잘 될 것이라고 안심시켰다. 타이거는 알고 있었다. 수술 이후가 걱정이었다.

"많이 고통스러울 거예요. 진짜 고통뿐일 겁니다. 수술하고 나면 자신을 다시 바라봐야 하고 마음가짐도 달라야 해요."

타이거가 말했다.

린지의 사고는 두 사람 관계에서 무척 중요한 사건이었다. 수술 후 얼마 지나지 않아 두 사람은 페이스북을 통해 함께 있는 사진을 올리고 관계를 공식화했다. 타이거는 자신의 웹사이트에서 공식적으로 발표했다. '린지와 저는 꽤 오랜 시간 동안 친하게 지냈습니다. 그리고 지난 몇 달 동안 많이 가까워졌고 진지하게 만나고 있습니다. 저희 사생활에 대해서 존중해 주셨으면 감사하겠습니다.' 2013년 3월에 남긴 말이었다.

2013 마스터스를 앞두고 타이거는 우승 후보 0순위로 낙점됐다. 이미 시즌 초반 파머스 인슈어런스 오픈, WGC 캐딜락 챔피언십, 아널드 파머 인비테이셔널에서 정상에 올랐고, 세계 랭킹도 1위 자리를 탈환했다. 오래 걸렸고 험난했으나 다시 정상에 올랐다. 골프와 PGA 투어를 중계하는 방송사에 반가운 소식이었다.

타이거의 다섯 번째 그린 재킷 분위기가 슬슬 올라오는 가운데 린지는 오거스타에 타이거와 함께 나타나며 공식 석상에 처음 등장했다. 그녀와 마크 스타인버그가 지켜보면서 타이거는 초반부터 달리기 시작했다. 1라운드에서 2언더 파 70타였다. 2라운드에서는 버디를 연신 성공시키며 팬들을 열광시켰다. 바람이 불었으나 타이거는 유일하게 보기가 없었다. 그렇지만 파 5 15번 홀 세 번째 샷에서 골프 역사상 오래도록 기록에 남을 사건이 일어났다.

타이거의 티샷 실수로 볼이 오른쪽 나무 사이로 가서 두 번째 샷으로 페어웨이로 나왔고 핀까지 85야드가 남아 있었다. 홀 공략을 위해 타이거는 웨지를 꺼내 들었다. 그러고는 완벽하기 그지없는 샷을 만들었고 볼은 깃대 아랫부분을 타격했다. 그런데 너무 강하게 맞은 나머지 볼이 돌아오면서 내리막 경사를 타고 그린 앞 호수에 빠지고 말았다. 불운이었다. 메이저 15승을 향해서 공동 선두에 있었던 상황에서 역대 최악의 몰락으로 기억될 만했다.

화가 난 듯 앞을 바라보고는 무표정하게 있었다. 이제 어떻게 할까?

골프 규칙을 꿰뚫고 있는 타이거는 세 가지 선택이 있음을 알고 있었다. 첫 번째는 그린에서 40야드 못 미친 지점 왼쪽 페어웨이에 흰색 원으로 표시된 드롭 존에서, 두 번째는 볼이 해저드 경계 선상을 지나간 지점과 홀을 가상의 직선으로 이은 후방 아무 곳에서, 세 번째는 마지막으로 원구를 쳤던 위치에 가능한 한 가장 가까운 위치에서 (1벌 타를 받고) 플레이를 이어가는 것이었다.

과거 스티브 윌리엄스는 조언하기를 망설이지 않았다. 그러나 타이거의 새 캐디인 조 라카바는 그린으로 걸어가는 동안 가만히 있었다. 타이거는 드롭 존을 살펴보고는 선택에서 제외했다. 역결인 잔디에서의 샷은 까다로웠다. 두 번째 선택도 그렇게 괜찮아 보이진 않았다. 깃대 앞 공간이 많지 않았기 때문이었다. 세 번째 선택을 결정해야 할 분위기였다.

다음 플레이를 위해 다시 페어웨이로 걸어오면서 세 번째 샷으로 잔디 파인 지점에 돌아왔다. 운이 안 좋았던 상황에 대한 화가 아직 가시지 않았던 상황에서 같은 자리에서 한 번 더 치고 싶지 않았다. '여기에서 거리를 좀 둬야겠어.' 속으로 생각했다.

조이에게, 또는 경기 위원에게 규칙에 대해 상의하는 것조차 행하지 않고 잔디 파인 지점에서 2야드 정도 뒤에 볼을 떨궜다. '최대한 가까운 위치'에 볼을 떨궈야 하는 규칙을 엄연히 위반했다. 파인 자국에서 2인치라면 모를까. 2야드는 완전히 다른 이야기였다. 그렇지만 같은 조의 두 선수를 비롯해 그들의 캐디들도 그린에서 그들을 기다리고 있었는데, 상황을 파악하기에는 너무 멀리 있었다. 87야드 지점에서 친 볼은 그린에 떨어져서는 몇 차례 튀더니 회전이 걸리면서 홀부터 4피트 거리에서 멈췄다. 이보다 더 잘할 수는 없었을 것이다. 그러고는 남은 퍼트를 마무리하며 보기로 막았는데, 주어진 상황에선 최선의 결과였다. 그날 성적은 71타, 선두와는 세 타 차였다. 주말로 가면서 타이거의 전형적인 경기 운영을 감상할 수 있는 절호의 기회였다.

ESPN과의 라운드 후 인터뷰에서 15번 홀 상황에 대한 질문을 받았다. 항상 자신의 경기를 말하기 주저하지 않는 타이거는 상세하게 답했다.

"제가 샷 했던 곳으로 돌아갔습니다만, 2야드 더 뒤로 가서 바로 전에 쳤던 느낌보다 2야드 정도 빼려고 했습니다. 그렇게 해야 깃대를 때리거나 홀 뒤로 조금 더 넘어가는 걸 피해서 핀 앞에 올려놓을 수 있었습니다. 4야드 덜 칠 수 있게 잘 결정했던 겁니다. 그렇게 했고 완벽하게 옮겼습니다."

타이거의 인터뷰 이후 그 내용이 트위터를 비롯한 인터넷에서 곧바로 엄청난 화제가 됐다. 그날 저녁 CBS 아나운서 짐 낸츠가 대회 경기 위원회 회장인 프레드 리들리(Fred Ridley)에게 전화를 걸어 타이거의 인터뷰에 대해 말했다. 프레드는 이미 엉망진창 일보 직전인 상황을 처리해야 했고, 짐은 그 반도 알고 있지 못했다. 나중에 밝혀진바 프레드는 타이거의 규칙 위반 상황을 타이거가 어긴 그 시점에서 얼마 지나지 않아 알게 됐다. 골프 규칙에 대해 출중한 사람 중 한 명인 데이비드 이거(David Eger)가 노스캐롤라이나 자신의 집에서 생방송으로 시청하는 도중에 타이거의 규칙 위반을 잡아냈다. 곧바로 데이비드는 경기 위원에게 연락해 자신의 의견을 전달했다.

"제가 금세 확인한 것은 그가 다섯 번째 샷을 할 때 볼 주위에 잔디 파인 자국이 하나도 없었다는 겁니다. 잘못된 곳에서 샷을 한 것임을 알고 있었고, 벌타가 반드시 있어야 하는 상황이었습니다."

데이비드가 마이클 뱀버거(Michael Bamberger)에게 말했다. 앨런 시프넉(Alan Shipnuck)과 함께 마이클은 작금의 자초지종에 대해 상세하게 다뤘던 당사자들이었다. 데이비드의 연락을 받고 프레드는 즉시 경기 본부로 달려갔다. 타이거는 경기 진행 중이었고 타이거가 볼을 떨구는 영상을 다시 보고 확인했다. 타이거의 떨군 볼이 잔디 파인 자국에서 '최대한 가깝게' 있지 않았던 것이 화면에 잡혔다. 하지만 프레드는 이에 대한 규칙을 적용하지 않기로 했다. 타이거는 아무 문제 없이 그의 라운드를 끝내고 스코어카드에 서명을 남겼다. 그렇지만 타이거는 공공연하게 자신이 2야드 뒤에서 볼을 떨궜다는 것을 인정했고, 스코어를 잘못 적은 뒤 서명을 남겼다. 잘못 적은 스코어카드에 서명했다는 것은 실격의 원인이며 데이비드 이거도 타이거의 실격을 막기 위해 다급하게 메시지를 보냈다.

강한 폭풍이 빠르게 접근하고 있음을 감지한 프레드는 짐 낸츠와 이야기를 나눈 뒤 오거스타로 돌아왔다. 경기 위원들과 다시 모여 의견을 나눴고 타이거의 문제 영상을 다시 살펴봤다. 짐 낸츠는 그 사이 방송을 통해 타이거의 볼 떨궜던 상황에 대해 '논란의 중심'이 되고 있음을 알렸다. 트위터에서는 이미 불이 크게 번지고 있었다. 경기 위원들과 CBS 담당자들은 갈피를 잡지 못했다. 마크 스타인버그가 자정이 지나서 타이거에게 급하게 문자 메시지를 보내 잠을 깨웠다. 프레드가 다음 날 아침 자신을 제일 먼저 만나길 원한다는 내용이었다.

타이거도 자신의 행동으로 문제에 봉착했으며 프레드 역시 마찬가지였다. 주최 측 입장에서 이 상황이 더 난처할 수밖에 없었던 이유가 또 있었다. 경기 진행이 더뎠다며 중국의 14살 신예 관텐랑(Guan Tianlang)에 대해 17번 홀에서 벌타를 알렸다. 아시아 태평양 아마추어 챔피언십 우승으로 대회 출전 자격을 얻었던 관텐랑에게 너무 터무니없이 징계를 내렸다며 주최 측에 대한 기자들의 비평이 날 섰던 분위기였다. 관텐랑은 훌륭한 경기를 펼치며 1라운드에서 타이거에 세 타 차이밖에 나지 않았다. 둘째 날 그는 본선에 들기 위해 안간힘을 썼고, 기자들 비평은 관텐랑의 경기 진행이 그렇게 더디지 않았다는 것이었다. 결국 관텐랑은 마스터스 대회 역사상 최초로 더딘 경기 진행에 대해 벌타를 받은 사례가 됐다. 관텐랑과 동반 선수였던 벤 크렌쇼(Ben Crenshaw)조차 관텐랑의 편에 섰을 정도였다. 그렇지만 관텐랑에게 주어진 벌타가 너무 과하지 않았는지를 물었을 때 타이거는 간단하게 답했다.

"글쎄요, 규칙은 그냥 규칙이지 않습니까?"

타이거는 오거스타에 아침 여덟 시에 나타났고, 프레드와 함께 오거스타 협회장 빌리 페인과 마주쳤다. 그들이 이야기를 나눴던 동안, 골프 해설가 브랜들 챔블리는 골프 채널 프로그램의 오전 방송에 출연해 바비 존스가 1925년 US 오픈에서 스스로 벌타 한 타를 부과했던 일화를 상기시켰다.

"타이거 우즈는 규정 위반을 적용해서 스코어카드에 잘못 기입한 사유로 스스로 실격해야 합니다."

브랜들이 카메라 앞에서 검지를 옆으로 흔들며 목소리에 힘을 줬다. 그의 발언은 골프 기자들 다수의 정서를 담고 있었다.

한편 타이거는 자신이 의도적으로 규칙을 어긴 것이 아니라는 입장을 고수했다. '15번 홀에서 볼을 떨궜던 과정은 모두 적절했고 규칙에 부합하는 방식으로 이뤄졌습니다. 당시에 제가 규칙을 지키지 않았다고는 생각조차 하지 못했습니다. 적절하지 않은 위치에서 볼을 떨구고 규칙을 무너뜨리면서 스코어카드에 서명하지 않았습니다.' 타이거가 트위터에서 자신의 입장을 밝혔다.

프레드 또한 규정집에 있는 대로 순응하려 하지 않았다. 대신 비밀리에 1952년의 골프 규정을 들고 와서 호소했다. '단 주최 측에서 정당화할 수 있는 경우, 훌륭한 선수에 대한 실격을 보류, 정정, 또는 제한할 수 있다.' 그 훌륭한 선수의 사례를 보면, 타이거의 규칙 위반이 발생했을 때 가장 먼저 인지할 수 있도록 빠르게 나섰어야 했지만 그러지 못했다. 그렇다고 규칙 위반에 대해 그 변명이 통하지 않았을 것이겠지만 행동에 나서지 못했던 것으로 인해 타수가 잘못 기입된 채로 타이거가 스코어카드를 제출하게 된 부분도 있었다. 소동이 진정되기를 바라며 프레드는 타이거가 볼을 잘못 떨구면서 규칙을 어긴 데 대해 2벌타를 더하기로 했다. 타이거의 2라운드 스코어는 71타에서 73타로 바뀌었다. 그리고 타이거는 대회에 계속 남아 있었다.

"2벌타를 받게 됐다고 합니다. 다시 선두권으로 가려면 그만큼 더 힘을 내야 할 것 같습니다."

프레드와 미팅을 마치고 타이거는 조이에게 가서 사무적인 어투로 말했다.

그렇지만 그렇게 간단하게 끝날 문제가 아니었다. 프레드의 전격적인 결정은 또 한 번 골프 팬들의 봉기를 불러일으켰다. 타이거가 스스로 실격 처리를 하지 않은 데 대해서도 사람들이 분노했다.

"타이거는 이번 소란을 과소평가할 수 없을 겁니다."

브랜들이 골프 채널 방송에서 말했다. 명예의 전당 회원 두 명도 브랜들의 독설에 힘을 보탰다. 닉 팔도는 이번 상황을 '불쾌하다'며 타이거에게 '진정한 남자다움'을 보여서 자신의 과오를 인정하고 기권하라고 목소리를 냈다. 그렉 노먼도 트위터에 글을 남겼다. '선수가 게임을 얼마나 진실하게 바라보고 있느냐의 문제입니다. 1위 랭킹의 선수로서 규칙을 어긴 데 대한 부담은 막대할 겁니다. 그냥 기권하세요.'

타이거는 또 한 번 스캔들에 휩싸였다. 이번은 골프장에서였고 선수로서 그의 정직함에 대한 의심을 받기 시작했다. 수개월 동안 부인 모르게 자신의 행각을 속였다는 사실로 행간의 시선을 모질게 견뎠던 타이거였다. 하지만 골프에서 속임수의 장본인으로 치부됐던 적은 없었다. 자신은 속였다고 생각하지 않았지만 다른 사람들이 그렇게 받아들이지 않는 점은 생각만 해도 스트레스였다. 타이거는 물러서지 않고 자신의 생각을 트위터에 남겼다. '저는 상황을 이해했고 협회의 결정을 존중하며 벌타 결정을 수용하겠습니다.' 그리고 토요일 오후 2시 10분에 예정대로 1번 홀 티에 들어섰다. 타이거의 눈빛은 마치 사나운 폭풍 같았지만, 비슷한 시선의 엄청난 인파가 그를 바라보고 있었다.

한편 린지 본은 타이거의 여자친구가 어떤 느낌인지 실감하고 있었다. 세계 최고의 여자 스키 선수라는 이유로 받는 시선은 타이거가 받는 세간의 관심에 비하면 손전등이나 다름없었다. 타이거에 대한 존경심은 갈수록 커졌다.

논란이 증폭됐던 가운데 타이거는 나머지 이틀 동안 그렇게 좋은 경기를 선보이지 못했다. 그린 재킷의 주인공은 되지 못했지만, 공동 4위로 대회를 마쳤다. 작금의 상황으로 경기에 영향이 있었는지 없었는지는 알 수 없었겠지만, 애덤 스콧의 첫 마스터스 우승으로 스티브 윌리엄스와 손을 마주 잡았던 광경은 타이거에게는 무시할 수 없었다.

골프 역사상 가장 난해했던 규칙 판례의 후유증은 오거스타에서 끝나지 않고 마치 타이거에게 각인된 주홍글씨 같았다. 5월의 플레이어스 챔피언십에서 타이거의 볼이 물에 빠진 뒤, NBC 방송 중계진이었던 조니 밀러는 볼 떨구는 것을 엄격하게 지켜봐야 한다고 했다. 다섯 달 뒤 BMW 챔피언십이 일리노이주 레이크 포리스트에서 열렸을 때 벌타 상황이 또 발생했다. 2라운드 1번 홀 그린 주변의 나무 아래에서 나뭇가지를 치우던 중에 볼이 살짝 움직였으나 타이거는 이에 대해서 아무 말도 하지 않았다. 그러던 중에 PGA 투어 엔터테인먼트에서 일하던 영상 제작자의 카메라에 위반하는 장면이 고스란히 담겼다. 타이거는 스코어카드에 서명을 하러 가던 중에 PGA 투어 경기 위원장인 슬러거 화이트(Slugger White)를 만났다. 슬러거는 타이거에게 볼이 움직였던 영상을 보여줬다. 슬러거의 관점에서 타이거는 볼의 위치를 위에서 내려다봤기 때문에 볼의 미세한 움직임을 감지할 수 없었을 것이라고 예상했을 수도 있었다. 그렇지만 눈앞에서 맞닥뜨린 증거가 있었음에도 타이거는 여전히 자신의 볼이 아주 미세하게 움직였다는 사실을 받아들이려 하지 않았다.

"뭐가 문제죠?"

타이거는 슬러거에게 말했다. 볼은 원래의 자리에서 미동도 없었음을 주장했다.

슬러거와 다른 경기 위원들이 지켜보는 가운데 영상을 돌려봤지만, 타이거는 더욱 요지부동이었다. 열띤 논쟁 끝에 타이거에게 2벌타가 주어졌고 원래 스코어였던 더블보기에서 쿼드루플 보기로 바뀌었으며 해당 라운드의 스코어도 70타에서 72타로 변경됐다. 이후에 기자들 앞에서 타이거는 물러서지 않았다.

"영상을 봤는데, 볼이 살짝 흔들렸습니다. 제가 봤을 땐 그게 전부입니다. 거기에서 그냥 끝나면 되는 거라고 여겼지만 저 사람들이 봤을 땐 아니었나 봅니다. 좋은 방향으로 대화하는 시간이 있었지만, 그렇게 결론을 내렸습니다. 제가 보기에는 별거 아니었던 거 같아서 격해졌습니다. 다시 보고 다시 봐도 제 생각은 같았습니다. 엉덩이에 불 좀 붙여야 하겠습니다. 다섯 타에서 일곱 타 차이로 바뀐 건 좀 받아들이기 힘듭니다."

타이거가 애초 볼이 움직였을 때 왜 먼저 말하지 않았는지에 대해 문제 제기한 사람은 별로 없었지만 몇몇은 영상에서 명백하게 보였던 것을 부인한 데 대해서 거세게 검증하고 있었다. 물리학에서 지진의 정도나 규칙적으로 위치가 변하는 의미로의 '흔들린다(oscillate)'라는 단어를 사용한 데 대해 브랜들 챔벌리는 타이거가 사기꾼이라고 빗대어 말했다.

"2009년에 불륜 때문에 선수들 부인에 대한 투어의 신뢰를 저버렸고 BMW 챔피언십에서는 선수들에 대한 팬들의 신뢰를 저버렸습니다. 스스로 벌타를 내릴 것이라 여겼지만 타이거는 그렇게 하지 않았습니다. 사람들은 이제 그를 사기꾼으로 취급할 겁니다."

2017년에 브랜들이 말했다.

이후에 브랜들은 골프닷컴에 자유 기고문을 올렸는데 타이거가 규칙에 대해 제멋대로 무시하는 난봉꾼 따위에게 가운뎃손가락을 준다고 했다는 데 대해 마크 스타인버그가 ESPN에 법적인 대응을 고려하고 있음을 알렸다. 며칠 뒤 브랜들은 자신이 선을 넘었음을 인정했고, 트위터를 통해 타이거에게 사과의 뜻을 전했다.

"제가 이렇게까지 하게 된 이유는 사안에 대해서 지지하는 쪽과 비판하는 쪽을 모두 자극했기 때문입니다. 골프는 신사의 스포츠입니다. 이런 논쟁을 하는 것은 바람직하지 않습니다. 이 논쟁이 일어난 데 대해 타이거에게 사과하고 싶습니다."

타이거는 그의 사과에는 관심이 없었다.

"앞으로가 중요하다는 걸 말씀드리고 싶습니다. 사안 자체가 너무 실망스럽습니다. 진심으로 사과를 했는지 의문이고 오히려 상황을 다시 키운 셈입니다."

타이거가 기자들에게 말했다.

타이거의 불륜 스캔들이 정점에 있을 때만 하더라도 타이거의 명성은 그를 비난하는 목소리를 압도했다. 그렇지만 2013년 마스터스와 BMW 챔피언십에서의 행동은 그의 명성에 먹칠을 하고 말았다. 동시에 그의 몸에서도 이상 신호가 감지되기 시작했다. 2013년 8월 PGA 챔피언십 최종라운드 도중 그의 등이 경직되기 시작했다. 2주 동안 등 결림이 이어지다가 목까지 뻣뻣해져서 바클레이스 대회 프로암 후반엔 칩샷과 퍼팅만 할 수 있을 정도였다. 타이거는 숙소의 침대가 너무 물렀던 것을 탓했다. 며칠 뒤 대회 최종 라운드 도중 샷을 하자마자 도진 등 경련으로 그 자리에서 무릎을 꿇고 말았다.

타이거의 경기력을 위협할 정도로 등에 심각한 문제가 있었던 것이 분명했다. 어쨌든 부실한 스윙, 고장 난 등, '사기꾼' 꼬리표가 달려 있었음에도 타이거는 2013 시즌에 다섯 차례나 우승을 차지했으며 가장 많은 상금을 수령했다. 타수 부문에서도 2위 그리고 올해의 선수상을 받았다. 세계 랭킹 1위 자리도 지켜 냈다. 그러나 2013년은 타이거에게 영광으로 돌아가는 서막이었다기보다 그의 화려한 경력 가운데 뒷북 앙코르 공연이었다고 할 수 있다.

린지 본이 타이거를 우러러본 이유 중의 하나는 정신적인 강인함이었다. 타이거가 보여준 사례는 그녀가 재활을 견뎌내도록 도왔다. 타이거의 경험이 그녀에게 확신을 준 것은 일상에서 정신수양을 통해 좌절하지 않고 진전을 이루게 하는 것이었다. 타이거는 치료를 싫어했다. 병상에 누워있는 채로 다른 사람이 자신을 살펴보거나 수술하는 것은 아드레날린 촉진하고는 아무 상관 없기 때문이다. 반면 재활은 훈련 같았다. 형용할 수 없을 정도의 고통이 따랐다. 하지만 타이거의 태도는 고통을 감내하는 것이었다.

2014년에는 다시 스키 위로 올라서겠다는 각오로 린지는 타이거의 방법을 도입했다. 스스로 밀어붙였고 오른쪽 무릎 인대 두 군데 손상과 뼈에 금이 갔음에도 10개월 만에 다시 스키를 시작했다. 그러고는 2013년 11월, 훈련 도중에 사고를 겪었는데 시속 60마일 속도로 곤두박질치며 수술로 회복됐던 무릎이 다시 망가졌다.

큰 충격을 받은 린지는 공황 상태였다. '뭘 어떻게 해야 하지?' 스스로 애원했다. 꿈에 그렸던 소치 동계 올림픽 출전은 끝장이었다.

타이거는 그녀가 힘들어했던 시간을 극복할 수 있도록 힘을 보탰다. 그러나 2014년 1월, 린지가 올림픽 출전을 포기하는 발표 후 타이거의 몸 상태 또한 나빠지게 되면서 그 또한 혼다 클래식 불참을 발표했다. 등허리 쪽 경련과 통증이 나아질 기미를 보이지 않았다. 일주일 후 타이거는 도럴에서 열렸던 캐딜락 챔피언십에 나섰지만 너무나 고통스러웠던 나머지 마지막 날에 78타로 무너졌다. 역대 타이거의 최종 라운드 성적 중에 가장 안 좋은 성적이었다. 그칠 줄 모르는 등 통증 때문에 열흘 뒤 타이거는 아널드 파머 인비테이셔널 출전을 포기했다. 그러나 주피터의 자기 집에서 벌어진 일로 인해 타이거는 진정 난처한 지경에 이르렀다.

자신의 뒷마당에 차려 놓은 미니 골프 코스에서 연습 중 벙커를 넘기는 플롭샷을 쳤는데 순간 신경이 꼬집힌 듯한 느낌을 받았다. 마치 급소를 맞은 듯 그 자리에서 쓰러지고 말았다. 통증이 이어졌으나 이는 나중의 문제였다. 움직일 수 없이 바닥에 속수무책으로 쓰러졌고 처음으로 자신의 골프 경력은 여기서 끝이겠구나 싶은 공포감이 엄습했다. 휴대전화도 없었기에 누군가가 자신을 발견하는 것만이 유일한 희망이었다.

결국 딸 샘이 타이거를 찾으러 밖으로 나왔다.

"아빠, 바닥에 누워서 뭐 하세요?"

샘이 물었다.

"샘, 다행히 나와줬구나. 어서 안에 있는 사람들한테 가서 나 좀 도와달라고 얘기해 주겠니?"

"왜요? 왜 그러세요?"

"등이 괜찮지 않은 듯하구나."

"또 그러세요?"

"그래, 그러니까 샘. 어서 안에 있는 사람들한테 가서 얘기해 주겠니?"

CHAPTER THIRTY-THREE

돌아올 수 없어

유타주 파크 시티의 수술대에 움직일 수 없이 엎드려 누운 타이거는 눈을 감았다. 한 외과의사가 타이거의 등허리 쪽 절개를 하기 위해 서 있었다. 2014년 3월 31일, 타이거는 통증이 가시기를 간절히 바라고 있었다. 자신의 몸에 칼이 들어와도 될 정도로 간절했다. 손상된 척추 원반이 척추 하부의 신경을 압박하고 있었다. 유년 시절부터 타이거는 그의 과격한 스윙으로 아주 격렬한 회전력을 뿜어냈다. 타이거가 세상에 자신 같은 사람은 없다고 과시했던 그만의 표현방식에 있어서 힘의 원천이었다. 20년 동안의 중량 운동, 장거리 달리기, 격한 해군 특수부대 훈련과 함께 과도한 회전, 모든 것들이 결국 그의 발목을 잡았다. 타이거의 척추가 골프에 있어서 가장 위풍당당한 스윙을 끌어냈던 운영체제라고 했다면 미세 척추원반절제 수술*은 하드 드라이브를 복구해서 운영체제가 다시 원활하게 돌아가기를 바라는 것과 마찬가지였다. 효과가 있을지가 의문이었다. 수술을 마친 뒤 의사는 회복되는 시간이 필요하다고 조언했다.

그렇지만 아물도록 둔다는 것은 타이거의 성격과는 거리가 멀었다. 과거에도 무릎 수술 이후에는 매번 회복 시간을 단축했다. 재활에 만전을 기하며 일반 환자들에게 적용되는 의학계의 시간을 거슬러서는 대회에 돌아오곤 했다. 이번 수술 이후에도 타이거는 그렇게 할 것으로 생각하고 있었다. 2014년 6월 26일, 허리뼈 원

* 신경을 압박하는 척추의 원반을 제거하는 수술.

반 제거 수술을 겪은 지 3개월도 되지 않은 상황에서 타이거는 대회에 나갈 준비가 됐다며 메릴랜드에서 열렸던 퀴큰 론스 내셔널에 출전했다. 2라운드까지 7오버 파 성적으로 본선에 들지 못했다. 한 달 뒤 브리티시 오픈에서 분투했으나 최하위에서 네 번째, 최종 챔피언과는 스물세 타 차이로 대회를 마쳤다. 그러고는 PGA 챔피언십에서도 본선 진출에 실패했다. 2라운드 동안에는 너무 심하게 절뚝거리며 겨우 경기를 끝냈다. 너무나 연약해 보였던 타이거는 결국 자신의 허리가 부실함을 인정하고 회복의 시간을 갖기로 했다. PGA 챔피언십이 끝나고 일주일 뒤, 타이거는 남은 시즌 일정을 모두 접기로 발표했다. 일곱 개 대회에 나와서 기권 두 차례, 예선 탈락 두 차례 그리고 5 오버 파보다 안 좋은 성적으로 마친 대회 다섯 차례였다.*

타이거에게 2014 시즌은 탈탈 털린 것이나 다름없었다. 또 앞으로 어떤 일들이 일어날 수 있는지 암시하는 것이었다. 서른여덟의 타이거는 신체적으로 가장 두드러졌으며 PGA 투어 내에서도 관리를 잘한 선수처럼 보였다. 평소에는 그렇게 보였지만 스윙할 땐 아파 보였다. 몸 회전에 한계가 있었음은 물론이고 목 부위의 수그러들지 않는 통증은 스윙에 힘을 빠지게 했다. 2015 시즌을 시작하기 전에 주변 정리하는 차원으로 그의 스윙코치인 숀 폴리와의 결별을 선언했다. '프로로서의 관계를 이제는 정리할 때입니다.' 타이거는 2014년 8월 25일에 자신의 홈페이지를 통해 발표했다.

그다지 놀라운 소식은 아니었다. 2010년 여름 숀 폴리와 계약하고 자신의 스윙을 재건하면서 숀의 고난도 기술 개념을 도입했다. 그러나 함께했던 4년 동안 메이저 우승은 분위기조차도 내지 못했고 승률도 가장 저조했다.(14퍼센트) 56개 대회 동안 8승뿐이었다. 행크 헤이니와 함께했던 동안에는 33퍼센트의 승률을 자랑했던 타이거였다. 타이거에게 부상이 빈번했고 정상적으로 소화했던 시즌도 2012년과 2013년뿐이었던 것을 고려할 때 숀과 했던 시간을 행크의 그것과 비교한다

* 원서의 오류로 보임. 공식 대회에 일곱 차례 출전하여 기권과 예선 탈락을 각각 두 차례 겪었으며 한 대회에선 최종 라운드까지 가지 못했고, 두 개 대회에서도 하위권으로 마쳤다.

는 것은 어폐가 있었다. 물론 숀의 방법을 통해 세계 랭킹 1위 자리에 오르기도 했다. 하지만 그런데도 많은 전문가는 숀의 방식으로 인해 타이거가 부상에 더 노출되었다고 평가했다. 겉으로 보기에 타이거는 전문가들의 예측을 눌렀다. 그리고 숀과 결별을 결정했을 때 타이거는 숀에 대해 근거 없이 비난하지 않은 대신 감사와 경의를 표했다. '숀은 현대 골프에서 뛰어난 교습가 중 한 명입니다. 그와 함께하는 선수들은 계속해서 선전할 것이라 생각합니다.' 타이거의 말이었다.

숀이 무대에서 내려온 뒤 타이거는 새로운 스윙코치를 찾는 데에 서두르지 않을 것이라고 했지만 속으로는 신선한 방법을 찾고자 안달이 나 있었다. 스탠퍼드 대학 시절 팀 동료였던 노타 비게이 3세는 타이거에게 크리스 코모(Chris Como)를 소개했다. 당시 서른일곱 살로 대학원 졸업에 이어 텍사스 여자 대학교에서 생체역학으로 박사 학위를 끝내 가는 단계에 있었다. 크리스와 함께하게 된 것은 타이거가 확실히 새로운 방법을 추구했음이 분명했다. 그의 이력에는 제이미 러브마크(Jamie Lovemark), 애런 배들리(Aaron Baddeley), 트레버 이멜먼(Trevor Immelman), 이렇게 세 명만 있었다. 그런데도 역사상 가장 천부적인 골프선수가 배울 것이 과연 있었을까 하는 의문이 들었다. 그러나 타이거는 스윙코치를 찾았던 것이 아니었다. 크리스의 특기는 신체의 움직임을 운동 역학 법칙으로 분석해 운동 능력을 향상하고 부상을 방지하기 위함이었다. 타이거는 크리스를 스윙 '자문' 역할로 고용했다.

타이거는 기본으로 돌아갈 필요성을 절실히 느꼈다. 첫 단계로 타이거는 부치 하먼 때의 스윙을 담았던 비디오테이프들을 꺼내 들었다. 두 사람은 타이거의 예전 스윙에 대해 평가를 하면서 몇 시간을 보냈다. 그러고는 타이거의 골프 역대 다섯 번째로 스윙 재건을 준비했다. 크리스의 기술은 숀의 교습 방식과는 크게 달랐다. 연말이 되자 타이거는 2000년 이후 도달하지 못했던 스윙 스피드와 드라이버 거리의 수치가 나왔다.

"크리스는 타이거의 스윙을 주니어 때의 그것과 가깝게 하려 노력했습니다. 조금 가파른 스윙에 수평 움직임과 적절한 체중 이동이 화두였습니다. 가장 큰 변화로 크리스는 숀처럼 거만하지 않았고 직설적이지도 않았습니다. 숀이 그에게 주어진 기회를 잘 살리지 못한 것 같습니다. 현재 숀은 자신의 교습 방법을 바꿨습니다. 훌륭한 교습가로 자리매김했지요. 그렇지만 타이거를 만났을 땐 준비가 덜 된 것이라고 봅니다. 그렇게 해서 타이거도 몰락했고요."

골프 채널 방송사의 브랜들 챔벌리의 분석이었다.

타이거의 계획은 이러했다. 2015년 1월 말 피닉스 오픈으로 복귀전을 치를 셈이었다. 같은 주간 49회 슈퍼볼이 뉴잉글랜드 패트리어츠와 시애틀 시호크스의 대결로 애리조나주 글렌데일에서 개최됐다. 피닉스 오픈 개최 장소의 근처였다. 주말의 끝을 장식할 최고의 방법이라 여기며 타이거는 개최 코스인 TPC 스코츠데일에서 곧장 피닉스 대학교 경기장으로 가는 것까지 계획을 짰다. 5개월의 공백을 깨고 기대할 거리가 많았다.

하지만 타이거는 이탈리아로 급하게 여행을 떠났다. 거기에서 린지 본이 월드컵 스키 대회에 출전하고 있었다. 오랜 시간을 들여 부상에서 회복한 뒤 린지는 다시 우승 반열에 오를 준비가 됐으며 월드컵 스키 역사상 최다승 기록을 노릴 수 있었다. 타이거는 그녀의 중요한 순간에 나타나서 놀라게 해 줄 심산이었다. 개인 비행기와 헬리콥터로 돌로미테 산맥의 코르티나 담페초 리조트에 가서 자신의 존재를 감췄다. 모자 달린 외투에 검은 선글라스를 쓰고 해골 하관이 그려 있는 마스크를 쓰고 있었기에 관중에게 들키지 않고 들어갈 수 있었다. 린지가 2위 선수 기록보다 0.85초 앞서 도착했을 때 타이거가 나타나 그녀를 반겼다.

"왜 왔어요? 어떻게 올 생각을 했어요?"

린지가 소리쳤다.

"말했잖아요."

타이거가 답했다.

린지는 타이거에게 격하게 안기며 마스크 사이로 나온 타이거의 입에 입맞춤을 했다. 그녀가 산 정상에서 마지막으로 내려왔던 모습을 타이거가 보러 왔다는 것은 그녀에게 세상의 전부를 가진 것과 마찬가지였다. 그렇지만 그녀의 기록적인 우승 분위기가 오르기도 전에 타이거의 등장이 더 큰 화제가 됐다. 린지와의 짧은 조우를 마치고 타이거는 미디어의 접근을 피하기 위해 재빨리 현장을 떴다. 하지만 AP 뉴스의 사진기자가 결국 타이거를 사진에 담았다. 타이거의 위 앞니 하나가 빠져 있는 사진이었다. 영국의 가판대 신문사들은 과거 2009년 타이거의 외도를 눈치챘던 엘린이 예전에 타이거에게 휴대전화를 집어 던져서 이가 깨졌다는 타이거의 과거 소문을 다시 꺼내 들며 마음껏 떠들고 즐겼다. 실제로 타이거는 앞니 쪽 신경 치료를 받은 적이 있었고 부분 틀니를 끼고 있었지만, 엘린으로부터 다친 것이라는 소문에 대해서는 강하게 부정했다.

타이거의 앞니 없는 사진에 세계의 이목이 쏠리자 마크 스타인버그는 성명을 내고 타이거의 치아는 린지의 우승을 축하하는 과정에서 사진기자에 의해 다친 것이라고 주장했다. '이탈리아에서 열렸던 월드컵 스키 시상 단상으로 몰려들었던 기자들 중 어깨에 카메라를 들고 있던 기자가 무대 쪽으로 밀려 나왔고 돌아서는 과정에서 카메라와 타이거의 입 쪽 충돌로 인해 벌어진 사고였다.' 마크가 밝혔다. 그렇지만 이탈리아의 스키 대회 추최 측에서는 마크의 성명에 반박했다. 피니시 지점에서 타이거는 기자들 근처에 가지도 않았으며 높은 수준의 보안을 요구하고는 스노모빌을 타고 재빨리 사라졌다고 그들의 입장을 밝혔다.

"타이거가 임시 거처에서 스노모빌로 이동하는 동안 제가 동행했는데 그런 사고는 결코 일어나지 않았습니다. 그가 현장에 도착했을 때 보안 수준을 높여달라고 요구했고, 저희는 그 사람과 린지를 위해 경찰 인원을 더 배치했습니다."

주최 측의 보안 책임자였던 니콜라 콜리(Nicola Colli)가 말했다.

타이거가 피닉스에 도착했을 때, 『워싱턴 포스트』부터 『뉴욕 데일리 뉴스』까지 과연 피닉스 오픈이 타이거가 출전할 만한 대회였는지 의문을 제기했다. 그렇지만 타이거는 자신의 복귀에만 집중했다. 피닉스 오픈은 매년 소란스럽고 내장 갤러리가 50만 명 내외로 투어 대회 중 갤러리 규모가 큰 편에 속한다. 공식 대회 시작 이틀 전에 타이거는 아홉 개 홀만 돌면서 연습 라운드에 임했고, 대규모의 갤러리가 그를 따라다니며 응원 열기를 더했다. 생각보다 굉장한 성원에 들뜬 타이거는 팬들과의 시간에 더 충실하며 사인 해 주기, 사진 찍기로 응원에 보답했다. 대회 전 기자 회견에서 타이거는 편안하게 기자들과 농담도 주고받으며 자신이 초창기에 이 대회 출전했을 때를 추억하곤 했다. 그러고는 대화의 주제가 타이거의 앞니로 빠르게 바뀌었다.

"타이거, 지난주에 당신 이에 무슨 일이 있었는지 우리들한테 설명해 주실 수 있나요?"

한 기자가 물었다.

타이거는 기자회견장에서 당당하게 그때의 상황을 세세하게 소개했다. 린지의 경기가 끝난 뒤 자신이 기자들 사이에서 마스크를 쓴 채로 서 있었다고 운을 뗐다.

"어깨에 영상 카메라를 메고 있던 친구가 처음에는 제 앞에 무릎을 꿇고 있었다가 일어나서는 획 돌더니 카메라에 제 입이 정통으로 부딪혔습니다." 그때의 상황을 설명하는 동안 자신의 이를 가리켰다. "이건 깨졌고요, 여기 이건 갈라졌습니다. 그래도 그냥 뒀습니다. 피범벅으로 엉망이 될 수도 있었습니다."

그러면서 깨진 앞니 때문에 미국으로 돌아와서 치과에 가기 전까지 전혀 먹거나 마실 수조차 없었다고 했다.

"세상에나, 돌아오는 비행기에서는 장난 아니었습니다. 먹지도 마시지도 못했고, 건드리지도 못했습니다. 숨 쉬는 것조차도 벅찼습니다."

타이거가 이야기를 늘어놓을수록 사람들의 표정은 의아하게 변해갔다. 기자들이 수두룩하게 있었던 상황에서 피범벅 '엉망'을 얘기했을 정도로 심각했는데, 정작 그런 타이거의 사진을 찍은 기자는 단 한 명도 없었단 말인가? 심지어 린지를 비롯하여 사고 후에 피 흘리는 타이거를 목격한 이는 아무도 없었다.

"많은 사람이 당신의 이야기를 믿지 않는 듯한데요, 어떻게 생각하십니까?"

또 다른 기자가 질문을 던졌다.

어깨를 한 번 으쓱하고는 미소를 지으며 답했다.

"여러분, 그냥 미디어가 그렇지 않았습니까? 항상 그러하지 않았습니까?"

"그냥 미디어는 그렇지 않습니다."

기자가 덧붙였다.

"항상 그랬습니다."

타이거가 으쓱하며 말했다.

대회 시작 전까지는 타이거에게서 미소가 떠나지 않았지만 본 대회가 시작되면서 분위기는 완전히 바뀌었다. 처음 두 개 홀에서 모두 보기가 나오더니 네 홀 끝나고 4오버가 됐다. 파란색 바지에 흰색 허리띠, 몸에 딱 맞는 분홍색 나이키 상의는 타이거의 다부진 체격을 그대로 드러냈다. 출전 선수 중에 가장 기민한 체격의 타이거였지만 그린 주변에서 그의 경기 감각은 형편없었다. 골프 용어에서 심리적인 불안감으로 인해 가까운 거리에서의 샷들을 연속적으로 망쳐 버리는 '쇼트게임 입스'의 적절한 사례였다. 2라운드에서는 골프 기자들이 아예 "타이거 우즈 맞아?"라고 되물을 정도였다. 그들은 크리스 코모에 대해서 언급하지 않았다. 4번 홀 그린에서 35피트 거리를 남겨놓고 볼을 띄우는 샷을 하려 했지만, 애석하게도 홀을 지나 47피트나 멀어졌다. 14번 홀에선 31야드의 칩샷이 고작 9야드밖에 가지 못했다. 15번 홀에선 핀까지 48피트를 앞두고 있었는데 두 번이나 쳤음에도 23피트밖에 가지 못했다. 납득할 수 없는 클럽의 날에 맞은 샷이 연신 나오면서 갤러리는 그야말로 패닉 상태였다. 두 개의 더블 보기, 한 개의 트리플 보기, 여섯 개의 보기, 입이 떡 하니 벌어지는 11 오버 파 82타의 스코어가 나왔다. 골프 역사에서 몇 안 되는 충격적인 경기였다.

라운드 후 타이거의 태도는 더 충격적이었다. 입가에 미소를 머금으면서 기자들과 농담을 주고받았다. 그가 예전에는 보여주지 않았던 성격이었기에 오늘 라운드를 생각했을 때 웃을 수 있는지를 물었다.

"그게 골프 아닙니까? 우리 다 이렇게 할 때가 있습니다."

타이거가 간단하게 답했다.

타이거에게서 그런 경기는 여태껏 한 번도 없었다. 타이거의 2015년 피닉스 오픈 2라운드 성적은 PGA 투어에서 지난 1,109라운드 중 최악의 라운드였다. 컨디션이 좋지 않았던 것이 아니었다. 완전한 몰락이었다.

한 기자는 도저히 현실을 받아들이기 힘들었는지, 다른 이들이 마음에 뒀던 질문을 했다.

"타이거, 허리가 불편했던 건 아니었나요? 오늘 괜찮았던 건가요?"

"네, 괜찮습니다. 그에 대해서는 더 말씀드릴 게 없습니다."

타이거가 기자의 눈을 바라보며 답했다.

타이거는 곧장 비행기로 집으로 돌아갔다. 슈퍼볼 관전은 잊고 피닉스에 머무르지 않기로 했다. 해야 할 일이 있었다.

2015 시즌에 들어서면서 타이거는 기자들과 야바위 게임*을 하고 있었다. 기자들에게는 자신의 허리에는 문제가 없었으며 형편없는 경기가 나온 원인으로 스윙 교정에 적응 중이라는 말을 내세웠다. 타이거는 여전히 타이거다웠고, 골프 기자들은 그래도 긍정적인 맥락으로 받아들였다. 그러나 이는 얼마 가지 못했다.

피닉스 대회 다음 주, 타이거는 파머스 인슈어런스 오픈 출전을 위해 토리 파인스로 향했다. 타이거를 오래 지켜봤던 이들에게 그의 불안정한 걸음걸이와 급격히 지친 분위기가 경종을 울렸다. 연습 라운드 중에 그린 주변 깊은 러프에 볼이 있었는데도 오히려 그 자리에서 퍼트를 시도했다. 1라운드 준비를 위해 몸을 풀었지만 짙은 안개가 걷히지 않아서 두 시간 가까이 대기하고 있었다. 그리고 출발하자마자 차마 눈뜨고 바라보기 힘든 장면들이 연신 터져 나왔다. 티샷을 난사하며 옆의 홀 페어웨이로 보냈다. 게다가 홀에서 볼을 꺼낼 때도 몸을 숙이면서 힘겨워했

* Shell game; 조개껍질 놀이. 컵 안에 자갈 등을 넣고 어디에 들었는지 추측하는 게임이 우리의 야바위와 유사하기에 '야바위'로 의역함.

다. 1라운드 처음 열한 개 홀을 마치 핸디캡 20의 골퍼처럼 힘들게 이어간 끝에 타이거는 동반 선수에게 계속할 수 없음을 알렸다. 샌디에이고 경찰서에서 타이거의 경호 임무를 오랫동안 맡았던 경찰관 데버러 갠리(Deborah Ganley)가 타이거를 데려가기 위해 카트를 끌고 나타났다. 타이거는 앞자리에 구부정한 자세로 올라탔고 데버러 갠리는 타이거의 고장 난 허리를 최대한 보호하기 위해 천천히 가겠다고 말했다.

"괜찮습니다. 괜찮아요." 타이거가 답했다.

아무도 믿을 수 없는 일이었다. 세계 최고의 골퍼가 두 개 대회 연속으로 골프를 어떻게 하는지 잊은 것처럼 경기에 임했다. 정신적으로 흔들렸던 점은 그럴듯한 이유가 있다 해도 허리가 불편했던 점은 도통 이해할 수 없는 일이었다. 타이거의 골프 카트가 주차장에 다다르자 수많은 기자와 카메라맨이 궁금증을 해소하기 위해 모여들었다. 모두가 목격했던 참사에 대해서는 대수롭지 않게 여겼고 안개 때문에 지연됐던 동안 등 쪽이 경직됐는데 풀어지지 않았다고 말했다.

"둔근 쪽이 잠겼습니다. 전혀 풀리지 않아서, 그러니까 허리 아래쪽까지 영향을 줬습니다. 샷을 하고 나서 이동하는 동안 어떻게든 풀어보려고 했는데 전혀 작동하지 않았습니다."

타이거의 해명은 순식간에 많은 사람의 조롱거리가 됐다. 골프 매체들은 서둘러 머리기사를 '타이거의 최근 부상이 작동하지 않는 엉덩이 때문'이라고 작성했다. 트위터에선 실시간 유행어로 '#둔근이 잠겼다(glutesshuttingoff)'가 올라 있었으며, 골프 기자인 로버트 루세티치(Robert Lusetich)도 '타이거는 웃기지도 않은 농담의 대가로 드러났다.'고 비꼬면서 트위터에 글을 남겼다.

타이거는 이전에도 조롱의 대상이 됐던 적이 많았다. 그렇지만 타이거의 골프만큼은 그렇지 않았다. 타이거로 인해 수년간 빛을 거의 못 봤던 상대 선수들조차 스윙하면서 얼굴을 찡그리고 천천히 걷는 타이거에게 안타까운 마음이 들게 했다.

"우리는 매번 경쟁적으로 살고 있지만 그렇게 힘들어하는 모습은 우리도 보기 안타까웠습니다."

토리 파인스에서 타이거의 조기 기권 후 어니 엘스가 남겼던 말이다.

타이거보다 속상한 사람은 없었을 것이다. 그의 등이 아팠던 만큼 자존심도 많이 다쳤다. '아무래도 안 되겠어.' 타이거는 결단을 내렸다. 대회에서 기권 뒤 며칠이 지나 자신의 홈페이지에 글을 남겼다. '제 경기, 제 타수는 골프 대회로는 만족할 수 없다고 생각합니다. 대회에 제가 참가하는 이유는 최고의 수준으로 경쟁하려 하기 때문입니다. 그래서 제 생각에 준비가 됐다 싶을 때 돌아오겠습니다.'

실망감을 안고 타이거는 두 달여 간 투어 대회에 나오지 않았다. 2015년 마스터스 때 복귀전을 치렀다. 타이거는 린지와 함께 두 아이를 대동했다. 그가 온갖 고초를 겪었던 가운데에도 한 줄기 희망이 있었던 것은, 타이거의 시련을 너무나도 잘 이해했던 이가 옆에 있었기 때문이다. 린지 또한 수술 후 밀려왔던 좌절을 극복하려 애썼고 이를 타이거가 옆에서 지켜봤다. 그녀 또한 평범한 이들에게서는 찾아볼 수 없는 자신의 종목에 대해 가차 없이 지배자가 되고픈 열망을 보였으며, 그 성격으로 인해 타이거가 린지를 사랑하게 된 중요한 이유였다. 체육관에서 단둘이 많은 시간을 보냈고 서로에게 체력적인 동기부여를 불어 넣기도 했다. 오거스타에서 매년 열리는 파 3 컨테스트*에 함께했던 린지는 거의 타이거의 가족이나 다름없었다. 찰리와 샘이 골프 백을 들고 가는 동안 타이거와 린지가 나란히 걸어갔다. 타이거의 여자친구라는 점으로 집중 조명을 받았지만, 이전의 여자친구들과 달리 린지는 자신에게 쏠린 관심을 잘 견뎌냈으며 타이거와 그의 아이들에게 집중할 수 있었다.

"타이거의 아이들이 참 멋져요. 너무 사랑스럽습니다."

린지가 기자에게 말했다.

오거스타에서의 1라운드부터 엄청난 규모의 관중이 타이거의 경기를 지켜봤

* 마스터스 토너먼트의 사전 행사로 공식 대회 1라운드 전날인 수요일에 개최.

다. 초반부터 타이거의 경기는 2월과는 완전히 달랐다. 겉모습 자체부터가 달라졌다. 시즌 초반부터 체중 감량이 많이 이뤄졌고 몸의 움직임이 많이 유연해졌다. 환한 미소도 여전했다. 자신의 오랜 친구인 마크 오마라와 재미있는 이야기도 주고받았다.

"타이거, 이번 여름에 저도 들어갈 예정입니다. 그러니까 당신도 빠지면 안 됩니다."

마크가 타이거에게 말했다. 마크가 명예의 전당 회원이 될 예정이라는 말을 타이거도 알아챘다. 공식 행사가 세인트 앤드루스에서 같은 해 여름에 예정돼 있었다. 타이거를 초대했다는 것은 마크가 조심스레 화해의 손을 내밀었다고 할 수 있다. 사실 타이거의 2009년 사고 이후에 타이거가 마크에게 연락을 취했던 적이 없었다. 과거는 지나간 일이었다.

타이거의 처음 3라운드는 예전의 타이거 같았다. 73, 69, 68타를 기록했다. 경기에 완전히 몰입했음을 증명했다. 어떻게 해서 분위기를 바꾸고 마스터스에서 날카로운 경기력을 선보였느냐는 질문에 타이거는 익살스럽게 답했다.

"아, 진짜 땀에 쩔어서 연습했습니다."

타이거의 동기부여는 과거에 그랬던 것처럼 다시 우승이었다. 거기에 하나의 요소가 더 있었다. 2005년 마스터스에서 우승 반열에 올랐을 땐 아이들이 태어나기 전이었다. 그렇지만 여섯 살, 일곱 살의 아이들 앞에서 아버지로서 그린 재킷을 간절하게 원했다.

그러나 일요일, 타이거의 경기는 흔들렸다. 최종 라운드 도중에 스윙하면서 손목을 약간 다쳤던 것이 아쉬웠다. 최종 성적은 7위였지만 13개월 전 허리 수술 이후 최고 성적이었고, 전체 시즌 중에 그나마 소소한 전유물이었다. 한편 패기 넘치는 한 선수가 자신보다 무려 열세 타 차이로 우승했다는 것에 놀랐다. 스물한 살의 조던 스피스(Jordan Spieth)였다. 자신의 마지막 마스터스 우승이 10년 전이었고, 서른아홉인 자신의 나이 절반에 가까운 선수가 그린 재킷의 주인공이었다. 시간은 타이거의 편이 아니었다.

마스터스가 끝나고 타이거는 다시 사라졌다. 개인적으로 처리해야 할 일이 있었다. 린지와의 관계가 돌연 끝났다. 3년 동안의 소중했던 시간을 뒤로 하고 2015년 5월 3일, 자신의 홈페이지에 글을 남겼다. '린지에 대한 제 마음은 항상 존경하고, 애착이 있고 경의를 표하고 있습니다. 그리고 우리가 함께했던 지난 시간도 항상 소중하게 여기고 있습니다. 샘과 찰리를 비롯한 우리 가족들에게 보여준 린지의 헌신은 진정 놀라웠습니다. 다만 그녀와 제가 모두 각자의 활동영역에서 너무나도 바쁜 일정 속에 지내면서 함께하는 시간을 갖기 어렵게 됐습니다.'

같은 날 린지 또한 같은 내용의 발표를 페이스북에 남겼다. '안타깝게도, 몹시 빠듯한 일정 때문에 떨어져 있는 시간이 많을 수밖에 없었습니다.'

여론의 관심이 컸던 가운데 타이거와 린지는 성공적으로 둘의 관계를 정리할 수 있었다. 그렇게 끝났지만 둘은 결별의 이유를 언급하지 않았다. 어쨌든 너무나 바쁜 일정 때문만은 아니었을 것이다. 뛰어난 선수들은 어쩔 수 없이 바쁘게 살아야 한다. 린지는 타이거의 얽히고설킨 인생에 함께할 수 있었던 최적의 파트너였음이 증명됐다. 그녀는 타이거와 그의 아이들을 사랑했고, 엘린과도 잘 지냈다. 결별 직전, 타이거의 아이가 티볼* 경기를 하는 동안에도 린지와 엘린은 한자리에 함께 있었다. 결별 이유에 대해 추궁이 이어지자 린지는 확실하게 못을 박았다.

"이혼한 지 얼마 지나지 않아서 다시 새로운 사람과 관계를 만들었던 게 그렇게 바람직한 결정은 아니었습니다. 후회 없습니다. 타이거를 사랑했고, 그와의 3년여 시간은 대단했습니다. 하지만 제게 배움의 시간이기도 했습니다. 모든 관계에서 상대방으로부터 필요한 게 뭔지, 내가 상대방에게서 원하는 게 뭔지 깨닫게 되잖습니까?"

* tee-ball, 만 4세~6세 아이들이 야구를 조금 쉽게 이해할 수 있도록 고안한 경기.

타이거가 골프선수여서 좋았던 이유 중 하나로 그의 성격과 적절하게 어울렸기 때문이었다. 연습장에서, 연습 그린에서 셀 수 없는 시간을 오로지 혼자 감당해야 하는 것이 골프이다.

"우리들 대부분 개인주의적인 성향이 강합니다. 아무도 만나지 않을 수도 있습니다."

2015년에 타이거가 말했다. 그러나 홀로 되면서 린지도 슬픔에 빠졌고, 타이거에게도 영향이 없지는 않았다. 린지가 떠난 이후 사흘 동안 타이거는 밤잠을 설쳤다.

한 달이 지나고도 여전히 침울한 상태로 타이거는 메모리얼 토너먼트에 나갔다. 3라운드 성적이 13 오버 파 85타, 피닉스 오픈 2라운드의 기록을 깨는 최악의 타수가 나왔다. 그러고는 4라운드 합계 302타, 타이거의 개인 통산 최악의 성적으로 마쳤다. 마치 타이거가 출전했던 매 대회에서 연신 참담한 스코어 깨기를 도전하는 듯했다. US 오픈에서도 타이거의 추락이 이어졌다. 타이거의 역대 최악 36홀 타수인 156타가 나왔는데, 생크 샷이 나왔고, 자신에게 욕하며 골프 클럽을 내팽개치기도 했다. 한번은 스윙하고 나서 클럽을 놔 버렸는데, 뒤로 20피트 넘게 나갔다. 중계하던 아나운서들은 당혹스러움을 감추지 못했다.

"무슨 말을 해야 하나요? 대체 어떤 이야기를 해야 하나요?"

한 아나운서가 방송 중에 했던 말이다.

타이거는 이제 겉으로 드러난 데 대해서 부정할 수 없게 됐다. 무릎 수술 이후와 허리 수술 이후의 복귀가 결코 같은 상황이 아니었다. 신경 손상이 관절 손상보다 더 심각했다. 낙천적이었는지 마술을 부리는 것이었는지 알 수 없었지만, 타이거는 계속해서 진전이 있었음을 강조했다. 하지만 현실적으로는 다친 몸을 인지하지 못한 채 대회에 나감으로써 상황을 더 안 좋게 만들었다. US 오픈 2라운드에서 타이거가 보였던 한순간이 이를 대표했다. 1번 홀 티샷한 볼이 가파른 경사의 러프에 안착했고, 타이거는 그곳에서 스탠스를 취했던 도중에 미끄러지면서 엉덩방아를 찧고 말았다. 웃지도 울지도 못할 전형적인 상황이었다. 타이거는 너무나 화가 난 나머지 웃지도 울지도 못했다.

2015년 7월 13일, 마크 오마라는 세인트 앤드루스에서 브리티시 오픈이 시작되기 전에 열렸던 명예의 전당 입회식을 통해 공식적으로 명예의 전당 회원이 됐다. 한때 PGA 투어에서 가까운 친구이기도 했던 마크에게 이 순간은 영원히 간직될 순간이었으며 그의 골프 경력에서 절정이나 다름없었다. 58세의 마크가 영거 홀(Younger Hall)의 무대로 올라선 순간 박수가 쏟아졌으며 트로피를 받은 뒤 수상 소감을 시작했다. 마크는 가족을 제외하고 자신에게 가장 큰 영감을 줬으며 골프 연습을 가장 오래 함께했고 그의 메이저 2승 달성에 주요한 동기를 부여했던 자신의 친구 타이거 우즈가 시상식장에 있기를 간절히 바랐다. 마크는 타이거가 나타나기를 기대하며 끝까지 타이거에게 연락을 시도했다. 명예의 전당 회원 스물한 명이 시상식장에 자리했지만 브리티시 오픈 출전을 확정했던 타이거는 결국 나타나지 않았다.

17분 동안 이어진 수상 소감에서 마크는 행크 헤이니에 대해 자신의 인생을 바꿔준 데 대한 감사를 표했고, 톰 왓슨을 향해서도 자신에게 굉장한 영감을 불어넣었음을 말하며 감사해했다. 아널드 파머와 잭 니클라우스에 대해서도 위대한 존재라며 언급했다. 그러나 타이거에 관해 이야기하지는 않았다. 특별했던 밤의 조명이 꺼진 뒤 한참 지나서 마크가 타이거에 대해 실망 섞인 목소리로 마음을 털어놓았다.

"언젠가는 그 친구도 어쩔 수 없는 사람임을 깨우쳐야 할 겁니다. 잘 모르겠습니다. 예전 같지 않더군요. 예전처럼 됐으면 얼마나 좋겠습니까?" 2016년에 마크가 말끝을 흐리며 했던 의견이었다. "그냥 좀 실망스러웠습니다. 제가 실망했던 것보다는 그 자리에 함께했다면 타이거에게 좋았을 수 있었거든요."

일 년 뒤에 시상식 때를 회상하며 덧붙였다.

그렇게 많은 이들로부터 저명인사 대접을 받는 타이거였지만, 정작 대인관계에선 항상 부족해 보였다. 천재에게는 피할 수 없는 저주였다. 그의 정신은 오로지 자신을 돌아보는 데에 팔렸었다. 2015년에 타이거는 오로지 대회 최종 라운드이자 일요일까지 가는 데에 안간힘을 썼다. 그가 대회에 나가서 할 수 있었던 일이었다. 브리티시 오픈을 앞두고 짜증 나는 질문이 하나 따라다녔다. '나이 든 타이거가 과연 돌아올 수 있을까?'

"여러분 중에는 제가 이제 다 끝났고 눈에 띄지 않을 것으로 생각하는 거 잘 알고 있습니다. 하지만 저는 지금 여기 당신들 앞에 있습니다. 골프를 좋아하고 경쟁을 좋아하고 대회에 나오는 걸 저는 여전히 즐기고 있습니다."

타이거가 대회에 앞서 기자들에게 했던 이야기였다.

주어진 상황을 봤을 때 타이거가 공언했던 말 중 가장 의미심장한 말이었다. 그의 몸은 경쟁을 그만 접으라고 소리치고 있었다. 하지만 타이거는 그 방법을 몰랐다. 어렸을 때 역경 앞에서 더는 견딜 수 없다고 생각될 때 그의 아버지로부터 받은 암호 '그만'이 있었다. 포기를 두려워했기에 타이거는 그 단어를 어릴 때도 절대 입 밖에 내지 않았다. 서른아홉의 나이에도 여전히 그는 포기를 몰랐다. 대회를 그만 나온다면, 뭐가 있었을까? 함께 시간을 보낼 수 있는 어여쁜 두 아이가 가까이 있었다. 어려운 환경에 처해 있던 수만 명의 아이에게 인생을 바꾸게 해 줄 성공적인 재단을 보유하고 있었다. 그리고 확장에 확장을 이어가고 있는 골프 코스 설계 사업인 TGR 디자인으로 텍사스의 골프장은 이미 많은 이들로부터 인정받았으며 플로리다, 미주리, 카보 산 루카스, 바하마, 두바이, 중국 등지에서 골프 설계 사업이 진행 중이었다. 그렇지만 이런 것조차도 타이거가 대회에 출전하지 않아 생기는 공허함을 채워줄 수 없었다. 타이거가 그렇게 지배할 수 있었던 원동력은 그가 PGA 투어에서 가장 1차원적인 사람이었기 때문이다. 골프는 그의 삶이었고, 골프가 없는 삶을 타이거는 생각해 본 적이 없었다.

첫째 날부터 참담한 플레이로 무너진 끝에 타이거는 또 본선에 들지 못했다.

자신이 두 번이나 정상에 올랐던 세인트 앤드루스 올드 코스에서 타이거 우즈를 주말에 볼 수 없게 됐다. 그의 무딘 경기와 조기 탈락으로 대회 분위기는 시시하게 바뀌었다. 타이거는 그 이후에도 회복의 조짐을 보이지 않았다. 세계 랭킹이 254위까지 곤두박질쳤다. 랭킹이 가장 낮았을 때는 타이거가 1996년 프로 데뷔를 했던 쿼드 시티 오픈이었다.

“시대를 풍미했던 위대한 골퍼 중 한 선수는 이제 여기까지인 듯하다.”

브리티시 오픈에서의 타이거의 경기를 지켜봤던 스포츠 칼럼니스트 조 포스넌스키(Joe Posnanski)가 선언했다.

남은 시즌 동안 타이거는 세 개 대회에 더 나갔고, 마지막 대회는 8월 말에 열렸던 윈덤 챔피언십이었다. 그리고 9월 18일에 두 번째 미세 척추원반절제 수술을 받았다. 2014년 3월에 같은 수술을 집도했던 신경외과의 찰스 리치 박사가 다시 맡아 신경을 누르고 있던 조직을 제거했다. 리치 박사는 이번 수술이 성공적인 수술이라고 여겼다. 그렇지만 그 이후 몇 주 동안 통증이 더 심해져 불편함을 경감하기 위한 수술을 한 번 더 받았다. 18개월 동안 세 번이나 허리 수술을 받았다. 수술 후 타이거는 한동안 새로운 환경에 있어야 했다. 신체적인 유연성도 저하됐으며 통증을 덜기 위한 강한 성분의 처방 약도 복용해야 했다. 침대에서 겨우 기어 나오다시피 했고, 플로리다 주피터 아일랜드의 바닷가 요새에 수감자처럼 갇혀 있었다고 할 수 있다. 뭔가를 행동할 수 없이 생각만 할 수 있었다. 그중 한 가지 생각이 머리에서 떠나지 않았다.

‘다시 골프를 할 수는 있는 걸까?’

CHAPTER THIRTY-FOUR

방향을 잃었어

타이거가 조금씩 걷기 시작했을 시기는 수술한 지 두 달 정도가 지난 때였고 해변에서 잘해야 10분 정도 산책할 수 있었다. 그러고는 다시 집 안으로 들어와서 침대에 누워 TV를 보며 시간을 보냈다. 다른 것은 몰라도 골프는 피했다. 평생을 세간의 중심에 있다 보니 관찰자 DNA는 간데없었다. 게다가 고통에 고통이 이어지고 이를 견뎌내려 안간힘을 썼던 데다가 다른 이들이 경쟁하는 장면을 바라보는 것조차 참담할 정도였다.

한 분야에서 세계 최고라는 데에는 어두운 면이 꼭 있다. 범접할 수 없는 경기에서 나오는 짜릿함과 욕구 충족은 다른 이들이 경험할 수 없겠지만 불가피하게도 경기 능력은 쇠퇴하기 마련이다. 유명한 콘서트의 주인공인 피아니스트도 손가락 움직이는 감각이 떨어지게 된다. 오페라의 솔리스트 가수라 해도 시간이 지나면 흔들리는 목소리가 나올 수밖에 없다. 금메달의 육상 선수도 스텝이 엉킬 수도 있다. 타이거의 경우에는 '그만'을 모르는 그의 강한 의지로 인해 그의 몸이 버티지 못했다고 할 수 있다. 열 번이 넘는 부상에 일곱 차례의 수술 뒤에도 타이거는 너무 일찍 복귀했고 통증을 감내하며 대회에 임했다.

"우승할 수 있다는 신념 없이 대회에 나갔던 경우는 한 번도 없었습니다. 제가 항상 마음에 각인하고 있었던 생각이었고 앞으로도 그럴 겁니다."

복귀를 목전에 두고 한 대회 때 타이거가 했던 말이다.

그렇지만 2015년 말에 타이거는 40대를 바라보고 있었고 중년에 처한 많은 다른 이들이 그러하듯 타이거 또한 그의 신체조건에 따라 마음가짐 또한 바뀌었어야 했다. 아침에 침대에서 일어나기가 힘들었고 걷는 것조차 힘겨워했다. 신발 끈을 묶기 위해 몸을 앞으로 숙이기라도 하면 괴로움에 몸부림쳤다. '조금 많이 걸어서 그랬을 거야.' 타이거는 생각했다. '여기저기 아픈 것 때문에 내가 전부 다 끝내는 건 바라는 바가 아니야. 그리고 그렇게 하고 싶지도 않아. 하지만 정 방법이 없다면, 그렇게 될 수도 있어.'

자신의 마흔 번째 생일을 앞두고 자신의 이름을 걸고 개업한 식당인 '더 우즈 주피터'의 한자리에 앉아서 타이거는 그렇게 마음을 추스르고 있었다. 허리춤에 얼음주머니를 받쳐 놓고 타이거는 캐나다 출신의 경험 많은 기자 론 루벤스타인(Lorne Rubenstein)과 만났다. 타이거가 거의 하지 않았던 일대일 인터뷰를 승낙했다.

"회복에 대한 목표가 따로 있습니까?"

론이 물었다.

"아직 정해진 건 하나도 없습니다. 저는 항상 목표와 목적을 두고 살아왔기 때문에 이렇게 기약 없이 지내는 건 정신적으로 힘듭니다. 이제는 모든 일을 한번 더 생각해봐야 합니다. '그래, 오늘 내 목표는 아무것도 하지 않는 거야.' 일하기 좋아하고 제 일을 하고 싶어 하지만 납득하기 어려운 생각입니다."

타이거가 답했다.

"하지만 이 시간을 통해서 얻은 것도 있습니다. 하나는 앞으로 수술은 하고 싶지 않은 거고요, 두 번째는 제가 만약 복귀하지 못하고 골프를 영원히 못한다 하더라도 제 아이들과 소중한 시간을 보내는 것도 절실합니다. 그렇지만 수술 때문에 그것마저 잃을 수는 없겠죠."

론의 질의는 다양한 주제를 넘나들었으나 타이거는 전부 자신의 아이들과 연결 지었다. 타이거가 전과는 달라졌음을 증명했던 전환점이었다. 몸의 움직임이 무딘 것으로 인해 타이거는 골프계를 떠날 가능성도 시사했으며 동시에 뭔가 더 지속되는 것을 생각하기 시작했다. 특히 자신의 집에서 반복적으로 벌어졌던 일에 좌절하곤 했다. "아빠, 같이 나가서 놀고 싶어요."라고 아이들이 얘기했을 때, "아빠는 움직일 수가 없어요."라고 답하곤 했다.

두 아이의 아버지로 그리고 아이들과의 시간을 부여잡고 싶은 바람은 타이거에게 예전 같지 않은 부담으로 작용했을 것이다. 타이거의 유년 시절 최고의 추억은 골프장에서 아버지와 함께했던 시간이었다. 이처럼 타이거도 자신의 아이들에게 운동을 가르치며 함께 있는 시간을 좋아했다. 그러나 마당에서 아이들과 있을 때 축구공조차도 찰 수 없다는 현실이 마음을 무겁게 했다.

"가장 중요한 건 제가 아이들과 삶을 함께하게 될 거라는 겁니다. 골프보다 더 중요한 점이에요. 이제야 알았습니다."

타이거가 론에게 말했다.

그런데도 세계적으로 독보적인 존재감의 운동선수였다가 아버지 역할이라는 숭고한 행위로 평범한 인생을 보내는 것조차 불안했고 애틋했다.

"평온함을 유지하고 있다고 생각합니까?"

론이 물었다.

"그렇다고 할 수 있죠, 아마도. 제게 평온함을 줬던 유일한 장소는 잔디밭이고 볼을 칠 수 있는 곳입니다."

타이거가 시인했다.

론과의 인터뷰에서 타이거는 예전에는 보여주지 않았던 자기 성찰의 면모를 드러냈다. 『타임스』 지는 이를 '타이거가 개인적으로 애쓰고 있다'는 제목으로 인터뷰의 거의 모든 내용을 담았다. 그리고 타이거는 자신의 역사적인 마스터스 우승 20주년을 기념하는 책 발간에 론의 조력을 많이 받았다. 《1997년 마스터스: 나의 이야기》 발간을 2017년 마스터스에 맞추기 위해 타이거는 당시의 이야기와 기억들을 전하느라 론과 시간을 많이 보냈다. 또 출판사의 판매 부수에 도움이 되기 위해 유년 시절에 말을 더듬었던 이야기도 책에 넣었다. 언어치료사와 2년 동안 노력한 끝에 겨우 편하게 말할 수 있었다고 고백했다. 그리고 골프계 흑인의 희망으로 불렀던 것에 대한 부담도 털어놓았다. 아버지가 자신을 가르칠 때 강하게 키우기 위해 자아를 떨어뜨리는 모독적인 말을 일삼았던 데 대해서도 솔직해졌다. 그 시절을 돌이키면서도 아버지의 방식을 옹호했고 타이거가 챔피언이 될 수 있었던 데에는 얼의 헌신이 컸다고 강조했다. 그의 책에서 타이거는 자신의 아버지를 칭송하고 얼마나 자신의 부모를 사랑했는지 세상에 알리기 위해 애썼다.

타이거가 론에게 많은 이야기를 전한 것 말고는 2016년의 타이거는 사라지다시피 했다. 통증이 너무나 심해 대회에 나갈 수도 없었고, 공개석상에 나타날 수도 없었다. 타이거와 가깝게 지냈던 사람들이 고통을 겪었던 순간에도 그들에게 다가가지 않았다. 그의 오랜 친구이자 음악그룹 이글스의 리더인 글렌 프레이(Glenn Frey)가 2016년 초에 돌연 세상을 떴는데 타이거는 글렌의 가족에게 연락도 하지 않았고, 위로의 메시지도 남기지 않았다. 글렌의 가까운 친구에 의하면 타이거의 침묵으로 글렌의 유족은 서운해했다고 전했다. 타이거의 재단 설립 때부터 도왔던 이글스였으며 1998년 로스앤젤레스에서 처음 열렸던 타이거 잼 행사의 기금 조성 때 헤드라인을 장식했다. 이후로 수년 동안 라스베이거스에서의 타이거 잼에서 연주와 노래를 들려줬고 수백만 달러의 타이거 재단 기금 조성에 기여한 글렌이었다.

비슷한 일이 린지 본과도 있었다. 2016년 11월 콜로라도에서 훈련 중에 끔찍할 정도로 심한 부상을 당했는데 오른쪽 팔의 상완골 뼛조각이 꺾이면서 긴급 수술을 할 정도였지만 타이거는 연락을 취하지 않았다. 전 여자친구였던 린지는 신경 손상까지 있어서 스키에 올라설 수 있을지 불투명했던 상황이었다. 글렌의 가족과 린지를 향한 타이거의 침묵이 무정하게 보였겠지만, 만성적인 통증과 불면증으로 타이거 또한 자신을 추스르는 데 안간힘을 쓰고 있었다. 고통을 줄이기 위해 더더욱 강한 성분의 약물에 의존할 수밖에 없었다.

의학 연구원에 따르면 미국 안에서만 1억 명이 넘는 사람들이 만성 통증으로 힘겨워하는데 정신건강에 대한 연구결과가 충격적이어서 종종 잘못 해석되고 있다고 한다.

"통증에서 헤어나지 못하는 사람들은 보통 진단을 잘못 받는 경우가 많습니다. 결국 잘못 받아들이고 비참해집니다. 그들이 즐기다시피 했던 활동을 할 수 없다는 것 때문에 그들의 정체성에 혼란이 오게 됩니다. 거대 기업의 리더들, 운동선수들, 교수 중 한때 풍부하고 부유했던 생활을 누리다가 만성 통증으로 힘들어하는 사람들을 만나 봤습니다. 그들은 모두 외로워했고 과다 복약에 우울증까지 겪었습니다. 삶의 의미가 결여됐다고 좌절하고 있었습니다."

존스 홉킨스 대학의 보건 상담사이자 연구원인 레이첼 노블 베너(Rachel Noble Benner)가 설명했다.

대회 순위표에서 그의 위치가 타이거의 정체성을 말해줬다. 타이거의 부모가 항상 강조했던 것 중 하나로 이기면 다 된다는 것이었지만 그의 경력 중에 가장 오랫동안 휴식을 취하고 있었다. 4년 전 마지막으로 우승한 이후 지금까지 우승 근처도 가지 못했다. 당혹스러움 속에서 타이거는 재단 운영과 사업 활동으로 목적을 찾으려 했으나 밀려드는 공허함을 채우지 못했다. 거기에 사적인 부분을 철저하게 감춰 왔던 그였지만 투어의 동지애를 그리워했다. 그러던 중 2016년 헤이즐틴에서의 라이더컵 때 미국 팀 부단장을 맡으며 기회를 얻었다.

과거 기록으로 타이거는 유독 라이더 컵에서 성적이 좋지 않았다. 13승 3무 17패라는 타이거의 역대 전적이 나왔던 이유로 많은 이들은 타이거가 대회의 팀 경기에 대한 열의가 부족하다고 지적했으며 실제로 다른 팀 동료들과는 거리를 두고 지냈다. 그러나 부단장 역할을 맡으면서 타이거는 대회를 앞두고 브랜트 스네데커(Brandt Snedeker) 같은 선수들과 전략에 관해 몇 시간 동안 전화로 이야기하곤 했다. 타이거하고는 말 한마디 섞어보지 못했던 선수들도 전화 세례를 받고 어안이 벙벙했다. 너무나도 낯설었는지 대회 출전하는 선수들 사이에 타이거가 얼마나 대회에 집중하고 있었는지를 얘기하며 웃었다.

"라이더컵 처음으로 타이거가 이제 좀 라커에서 섞이려고 하더라고요."

투어에 정통한 이가 전했다.

촬영이 있는 날, 다섯 개의 의자가 준비돼 있었고 단장인 데이비스 러브 3세가 가운데 의자에 그리고 나머지 열두 명의 선수들이 데이비스의 양쪽에 앉고 뒤에 둘러서서 촬영할 계획이었다. 타이거는 그 상황에 너무나 심취했던 나머지 사진작가가 배경에서 물러서 주기를 기다리고 있다는 사실을 알아채지 못했다. 타이거는 마치 자신이 팀의 구성원이라고 믿고 있었던 듯했다. 미국 선수단 중에는 역대 최고의 골프선수에게 팀에 들지 않는다고 당당하게 말할 수 있는 선수가 없었다. 결국 총대를 사진작가가 멨다.

"저어, 타이거. 오른쪽으로 조금 비켜 주실 수 있습니까?"

타이거는 그런가 보다 하면서 오른쪽으로 움직였으나 여전히 배경에 걸려 있었다. 듣고 있던 미국 팀 선수들은 초등학생처럼 속삭이고 팔꿈치로 찌르면서 서로 말하기를 미루고 있었다.

"타이거, 당신은 팀에 들지 않았잖아요. 저쪽 가서 다른 코치들 옆에 있으라고요."

여기저기서 낄낄거렸고 타이거의 얼굴에도 활짝 미소가 피었다. 신출내기나 다름없는 선수들은 타이거를 우러러봤겠지만, 그 순간 타이거는 그들 중의 한 명이었다. 그들은 타이거가 그렇게 인간적인 모습을 본 적이 없었다.

"그 친구를 좋아하지 않을 수가 없었던 순간이었습니다."

촬영 현장에 있었던 한 사람의 말이었다.

과거 어느 때보다도 타이거는 결투라 불렀던 곳을 더욱 그리워했다. 몸이 예전 같지 않다는 실망감에서 헤어나지 못했고, 허리 수술 세 차례와 오랜 휴식이 있었음에도 여전히 견디기 힘든 통증에서 헤어나지 못하고 있었다. 심할 땐 누워있는 것조차도 고통이었다. 상상을 초월할 정도로 미친 듯이 아팠다. 충분히 더 나은 결정을 할 수 있었지만, 타이거는 2017년 1월 말 파머스 인슈어런스 오픈으로 복귀를 노렸다. 그렇지만 클럽을 휘두르면서 생기는 충격으로 격한 신경 통증을 유발했으며, 1라운드 76타로 흔들렸고 본선에도 들지 못했다. 17개월 정도 휴식 끝에 PGA 투어에 돌아왔으나 타이거의 경기를 이제는 볼 수 없게 된 것처럼 보였다.

그래도 타이거는 고군분투하며 중동으로 날아가서는 두바이 데저트 클래식에 출전을 강행했다. 이번에는 오랜 비행으로 인해 허리 통증이 심해졌고 1라운드가 끝난 뒤 기권하고 말았다. 2월 중순에 자신이 주최하는 제네시스 오픈을 위해 남 캘리포니아로 돌아온 타이거는 걷기 힘들 정도까지 심각해졌다. 대회 시작 전에 베벌리 힐스의 힐크레스트 컨트리클럽에서 있었던 비공개 오찬에 모습을 드러냈다. 함께 자리했던 사람들은 충격에 휩싸였다.

"얼핏 봤으면 무슨 90세 노인인 줄 알았을 겁니다. 발을 끌면서 걷는 게 딱 그랬거든요."

오찬에 함께 있었던 힐크레스트 회원의 목격담이었다.

오찬이 끝난 뒤 타이거는 조심스럽게 다른 방으로 갔다. 그곳에는 힐크레스트 회원들 몇 명이 기다리고 있었으며 골프장 설계 담당자들이 최종 시안을 발표할 준비를 하고 있었다. 타이거는 방으로 들어가 몇 걸음조차 내딛기 힘겨워했다. 워낙 엉망이었기에 심지어 뒤로 걸어가야 했다. 사람들이 더 놀랐던 이유는 타이거의 눈빛 때문이었다. 초점 없이 충혈돼 있었다.

"완전히 과다복용한 사람처럼 보였습니다."

현장에 있던 사람의 증언이었다.

다음 날 타이거는 제네시스 대회의 공식 기자회견을 취소했다. 의사로부터 '모든 활동을 제한'하라는 지시를 받았다는 이유였다. 두 차례 대회에서 3라운드는 가보지도 못했고, 타이거는 대회 출전을 보류했다. 3월에 자신의 책 발간 홍보 행사를 뉴욕에서 했던 것 말고는 마스터스 시기인 4월까지 사람들의 눈에서 벗어나 있었다. 허리를 두 달 넘게 쉬게 했고 다시 골프를 할 수 있게 모든 힘을 동원했음에도 여전히 스윙할 때의 통증은 견딜 수 없었다. 그래도 타이거는 오거스타로 날아가서 챔피언 만찬에 참석했는데, 마크 오마라의 옆자리에 앉았다. 지난해 명예의 전당 행사 때 타이거가 나오지 않은 이후 연락이 두절되다시피 했고, 타이거도 마스터스를 앞두고 마크의 안부 문자에도 답하지 않았다. 그래도 오랜 친구와 오거스타에서 조우했다는 사실로 타이거는 기분이 좋았다. 마크는 여전히 타이거를 '이 친구야'로 불렀고 타이거도 '알러뷰(I love you)'로 답했다.

타이거는 진심이었지만 마크는 확신할 수 없었다. 투어에서 다른 선수들보다 타이거에 대해 잘 알고 있을 것이라 여겼지만 여전히 자신이 타이거와 진짜 친한지에 대해서는 자신이 없었다. 행크 헤이니가 그랬던 것처럼 문자를 보냈으면 답장을 한다던가 안부 전화라도 하는 등의 호의를 왜 보이지 않았는지 마크는 궁금했다. 타이거는 밑도 끝도 없이 연락도 하지 않으면서 잠수하다시피 했다가도 대회장이나 어디에서 마크를 만나기라도 하면 잃었던 형을 만난 듯한 진중한 반응을 보이기도 했다.

마크가 타이거에게 어떻게 지내는지 물었다.

"좋은 날도 있고 안 좋은 날도 있죠."

타이거가 답하면서 자신이 허리 통증 때문에 고생 중이고 자신이 보기에 숀 폴리의 스윙 코칭이 허리 통증을 키웠다며 솔직하게 털어놓았다. 둘의 진솔한 대화는 마치 아일워스에서 옆집에 있었을 때 함께 골프장을 돌던 때를 떠오르게 했다.

다음 날 마지막 연습을 앞두고 마크가 골프 채널의 리치 러너(Rich Lerner)와 인터뷰하는 시간을 가졌다. 리치가 타이거에 관한 이야기를 들려줄 수 있는지를 물었고, 마크는 타이거와의 대화 내용을 언급하지 않기로 했다. 대신 챔피언 만찬에서 타이거의 옆자리에 앉아 있었으며 좋은 날도 있고 안 좋을 날도 있다고 얼버무렸다. 사실 그날 새벽 2시경에 마크가 화장실을 가고자 잠에서 깼다. 마크가 자신의 전화기에 메시지가 와 있는 것을 확인했는데 타이거의 메시지였다. 마크가 자신의 형제나 다름없는 존재이지만 자신의 건강과 관련해서 미디어에 이야기하지 않았으면 좋겠다는 내용이었다.

타이거의 허약함이 만천하에 드러남으로써 안타깝지만 타이거가 생각했던 것과는 다른 전개가 펼쳐졌다. 그리고 타이거는 개인적으로 막다른 길에 몰려 있었다. 재활 복약, 주사, 휴식 등으로 어떻게든 수술하지 않고 통증을 줄이려고 애를 썼지만 허사였다. 더는 고통 속에서 지낼 수 없었기에 타이거는 전문가를 찾아 조언을 구하며 자신이 선택할 수 있는 방안을 살펴봤다. 그의 L5/S1 디스크가 심각하게 줄었으며 이로 인해 좌골 신경통을 비롯해 등과 다리까지 통증이 퍼져 있었다. 그에게 남은 가장 큰 희망은 수술 칼을 될 수 있는 한 사용하지 않는, 척추 유합술이라고도 알려진 전방 추체간 유합술을 받는 것이었다. 손상된 추간판을 제거하고 함몰된 부분이 다시 돌아오게 해야 하는데 척추뼈가 서로 융합이 되게(붙게) 하는 수술이었다. 신경 압박을 경감시키고 원상 복귀할 수 있는 최적의 기회였다.

"단일 허리뼈 유합 수술을 생각하고 있다면 가장 아래쪽 척추뼈가 가장 이상적일 겁니다."

텍사스 허리 연구소 내에 있는 디스크 대체 센터의 리처드 가이어(Richard Guyer) 박사가 설명했다.

2017년 4월 20일, 타이거는 이 수술을 받았으며 가이어 박사는 수술이 성공적이었다고 밝혔다. 일단 모든 것이 순조롭게만 진행됐으면 치료가 다 될 때까지 재활을 단계적으로 끌어올리고, 최종적으로 다시 운동을 시작하면서 골프 대회에 나가서 다시 경쟁할 수 있는 몸으로 돌려놓을 계획이었다.

네 번째 허리 수술을 한 지 한 달 정도가 지나서, 타이거는 장황한 글의 메시지를 자신의 홈페이지에 남겼다. 라스베이거스의 MGM 그랜드에서 있었던 타이거 잼 행사에 함께하지 못해 유감이었음을 밝혔다. 그리고 행사를 성공리에 마칠 수 있게 도와준 여러 유명인사에게 전하는 감사의 메시지가 담겨 있었다. '허리 수술 한 지 한 달이 조금 넘었습니다. 지금은 얼마나 가뿐한지 말로 표현할 수가 없습니다. 수술하고 바로 통증이 줄었습니다. 이렇게 느낌이 좋은 건 몇 년 만인지 모르겠습니다.' 유합 수술 선택에 대해 상세하게 이유를 댔고 의사의 노고로 회복이 빨리 될 것이며 골프로 복귀하는 데 긍정적이라고 글을 남겼다. '아직 갈 길이 멀지만, 앞서도 언급했다시피 통증에서 벗어난 게 너무 좋아서 말로 표현하지 못할 정도입니다.'

이 글을 2017년 5월 14일에 남겼다. 닷새 뒤, 타이거는 처방 약을 혼합해서 복용했는데 치명적일 가능성이 있었다. 딜라우디드(심한 통증에 대한 진통제로 엄격하게 관리되며 처방전으로만 유통), 비코딘(아편 성분이 함유된 강력한 진통제), 제낙스(항우울제이며 수면 결핍에도 사용), THC(마리화나에서 추출한 성분), 엠비언(불면증 치료제) 등을 복용하고는 메르세데스 벤츠 스포츠카를 운전하던 중에 의식을 잃었다. 주피터의 한 경찰관이 새벽 2시경에 타이거의 자동차 뒤에 멈췄다. 인디언 크릭 파크웨이 남쪽의 밀리터리 트레일 2900 도로 오른쪽에 멈춰 서 있었다. 오른쪽 타이어 모두 터져 있었고 휠도 제법 손상돼 있었다. 오른쪽 방향지시등이 계속 깜빡이고 있었으며 정지등이 켜있었는데 시동은 켜져 있었다.

경광등과 전방 카메라를 작동시키고 경찰관은 보조석 쪽으로 다가가서는 플래시로 차 안을 들여다봤다. 운전석에 눈 감은 채로 앉아 있던 타이거를 확인했다. 경찰관은 차 유리를 두드리며 타이거에게 정신을 차리게 하고 차의 기어를 주차 모드로 한 뒤 시동을 끄라고 지시했다. 멍한 표정의 타이거는 눈 뜨기도 힘겨워했다. 중얼거리면서 창문 내리는 버튼을 찾는 동안 경찰관은 계속 기어를 주차 모드로 하라고 지시했다. 가까스로 지시에 응한 타이거는 면허증을 전달했고 경찰관이 이를 살폈다. 타이거는 집에서 15마일 정도 떨어진 위치에 있었는데 집으로 가는 반대 방향으로 정차해 있었다.

"어디서 오시는 길입니까?"

경찰관이 물었다.

"주피터요."

타이거가 답했다.

"어디로 가시는 길이었나요?"

경찰관이 다시 물었다.

"주피터요."

답한 뒤 타이거는 머리를 가누지 못했다.

경찰관이 면허증을 확인하러 순찰차로 돌아간 사이에 타이거는 고개를 등받이에 기대고는 눈을 감았다. 잠시 뒤 다른 경찰관이 타이거의 차에 접근해서 어디서 오는 길인지를 물었다.

"엘에이요."

타이거가 답하면서 오렌지 카운티로 가고 있다고 답했다.

경찰관은 서 있는 곳이 플로리다이지 남 캘리포니아가 아니라고 알렸다.

경찰관은 타이거에게 차에서 나오라고 지시했고 차에 나온 타이거는 문에 기대면서 가까스로 서 있었다. 타이거의 신발끈이 풀린 것을 확인한 경찰관이 타이거에게 신발 끈을 묶을 수 있냐고 했고 타이거는 그렇게 많이 숙일 수 없다고 답했다. 그러던 중 경찰관은 타이거의 말투가 분명하지 않고 눈이 풀린 채로 뜨기조차 힘겨워한다는 것을 알았다. 이 모든 상황이 순찰차의 전방 카메라로 모두 잡히고 있었다. 휘청거리면서 양팔로 균형을 유지하려 했으나 갓길에서 행했던 기본 음주 검사를 통과하지 못했다. 한때 세계적으로 위대한 운동선수가 똑바로 걷지 못하고 있었다.

"자, 이렇게 하시죠. 양손을 뒤로 젖혀 주십시오."

경찰관 한 명이 지시했고 다른 한 명은 수갑을 채웠다.

정신이 온전하지 못한 상태에서의 운전으로 타이거는 구류됐고 미국의 현충일 전날 발생했다. 휴일이어서 뉴스가 많이 알려지지 않았다. 메모리얼 당일 오후에 초점 잃은 눈빛, 정리되지 않은 수염에 헝클어진 머리의 타이거의 머그샷*이 인

* 미국에서 구류 전 찍는 상반신이나 가슴 위까지 나오는 사진.

터넷 세계를 달궜다. 『뉴욕 포스트』와 『데일리 뉴스』 인터넷 홈페이지의 기사 제목은 굵은 서체로 똑같이 나왔다. '약물에 취한 채 운전한 타이거(DUI of the Tiger)' 다른 언론사의 제목도 가차 없었다. '호리호리한 다리만 쳐다보느라 초점 잃은 눈빛의 타이거 우즈는 저런 머그샷 상태론 대회에 나갈 수 없을 것', '스스로 폐위시킨 주군', '혼수상태'.

팜 비치 카운티 교도소에서 밤을 보냈던 타이거는 다음 날 오후에 풀려났다. 그리고 같은 날 그의 변호사가 성명을 냈다. '제가 벌인 일에 대한 심각함을 알고 있습니다. 이에 대한 모든 것은 제 책임입니다. 여러분이 알아야 할 점은 알코올로 인한 것이 절대로 아니라는 점입니다. 처방 조제약으로 인해 의도하지 않게 일어난 일입니다. 약을 한꺼번에 복용하면 그렇게 큰 영향이 있을 줄은 정말 상상도 못 했습니다."

혈중 알코올 수치가 0으로 나온 것은 중요치 않았다. 구류됐던 동안 소변검사가 있었는데 전문가들 의견으로 타이거가 '새로운 종류의 진정제 시대' 속에 살고 있다고 주장했다. 비코딘, 딜라우이드와 더불어 강력한 진정제인 제낙스와 앰비언, 거기에 THC까지 한 번에 복용했던 것만으로 그가 운전대를 잡았을 때 자신은 물론 다른 운전자들의 목숨까지도 위험에 빠뜨릴 수 있었다. 비코딘의 경우 과다 복용했을 때에 호흡 곤란과 함께 사망까지 이를 수 있으며, 다른 약물과 함께 복용했을 땐 두말할 필요도 없었다. 제낙스는 기억 손상, 판단력 저하, 신체 감각 조화 운동의 퇴보를 유발할 수 있다. 이런 약물을 한꺼번에 복용했다면 호흡 곤란을 유발할 수 있었으며 중독, 과용, 장애까지도 초래할 수 있었다.

타이거의 사례가 처음은 아니었다. 미국 내 50세 이하 사망 원인 중에 의약품 남용으로 인한 부분이 주도하고 있었다. 2016년에만 52,404명이 사망하면서 미국 역사상 최다 사망을 기록했다. 하지만 그렇게 처방 약 중독에 시달리고 있던 다른 이들보다 타이거만큼 세간의 관심을 받고 대중적으로 망신을 당한 사람은 없을 것이다.

뉴스 관계자들이 타이거의 구류와 관련해서 자세한 경위를 알아보고 있는 가운데 플로리다주 관계자는 순찰차의 전방 카메라 영상을 공개했다. 많은 분량의 영상에는 경관의 감찰 하에 도로 옆에서 음주 여부 검사 중에 비틀거리며 걷는 장면과 횡설수설하는 장면이 고스란히 담겼다. 이 영상은 곧장 CBS, ABC, NBC, 폭스, CNN 등의 뉴스로 전파를 탔다. 인터넷 매체의 홈페이지에서도 메인을 장식했다. 유튜브에서도 영상 조회 수가 수백만 회를 넘었다.

타이거에게는 조롱과 힐난이 아닌 도움이 필요했다. 구류 사건 이후 얼마 지나지 않아 마이클 펠프스 (Michael Phelps)로부터 전화가 왔다. 마이클은 올림픽에 나가서 무려 28개의 메달을 목에 걸었지만 두 번이나 음주 운전으로 법적 조치에 취해졌고, 전문 치료에 들어가서 8주 동안 우울과 불안 증세에 대한 치료를 받았던 적이 있다. 애리조나주의 더 메도우(The Meadows)에서 치료를 받고 나온 마이클은 중독이나 정신 질환으로 고통받고 있는 사람들을 위해 헌신하기로 마음먹었다. 세상으로 나가서 '네, 제가 수영장에서 위대한 업적을 이뤘지만, 저도 한 사람입니다. 많은 사람처럼 저도 힘든 시간을 겪었습니다.'라며 고통받는 이들을 돕고 있었다. 마이클의 도움을 받은 사람 중에 타이거의 친한 친구인 노타 비게이 3세도 있었다. 노타는 알코올 중독에서 벗어나기 위해 마이클에게 도움을 요청했던 적이 있었다. 노타가 보기에 타이거가 그렇게 힘든 시기를 보내고 있을 때 타이거를 도울 수 있는 사람으로 마이클이 가장 믿음이 가고 비슷한 경험을 한 바 있으므로 적격이라고 판단했다.

마이클은 타이거의 법정 처분에 대해 다른 시각으로 바라봤다.

"마치 도와달라고 울부짖는 것 같았습니다."

마이클이 말했다.

타이거와 마이클이 처음 통화로 두 시간 넘는 시간을 보냈다. 새롭지만 중요한 우정의 시작이었으며 타이거를 걱정하는 친구들도 거들었다. 노타와 마이클 모두 치료와 회복의 험로를 겪어 봤고 둘이 함께 고통과 절망 속에서 가라앉고 있었던 한 사나이에게 생명줄을 건넸다.

"우리가 원했던 건 그의 골프를 구하려는 게 아니었습니다. 우리는 한 사람의 삶과 미래를 구하고 싶었습니다."

노타가 말했다.

CHAPTER THIRTY-FIVE

차근차근 하나씩

열 살의 딸 샘과 여덟 살의 아들 찰리가 세계적으로 위대한 축구 선수인 리오넬 메시(Lionel Messi)와 함께 사진 찍는 모습을 보며 살며시 웃었다. 대부분의 부모는 꿈에서나 가능했던 매우 사적인 순간으로 부모의 자랑거리일 것이다. 두 아이가 모두 축구를 좋아했는데, 2017년 7월에 메시의 소속팀인 FC 바르셀로나 축구팀이 시범경기를 위해 플로리다에 방문했을 때 타이거가 암암리에 마련했던 자리였다.

"살아있는 전설을 만나는 거 굉장하지?"

타이거가 아이들에게 말했다.

"네, 같은 시대에 살고 있어요!"

딸의 답변에 타이거가 웃었다. 동시에 타이거의 경기가 절정기였을 때 정작 자신의 아이들은 목격하지 못했다는 사실이 현실로 다가왔다. 그녀의 아버지가 열네 번째 메이저 타이틀을 거머쥐었을 때 골프장에 따라나섰으나 너무 어려서 기억하지 못했다. 타이거가 2013년 WGC 브리지스톤 인비테이셔널에서 정상에 올랐을 땐 겨우 기어 다니고 있었다. '와, 둘 중 한 명이 내가 대회에 나갔을 때 골프 백을 맡으면 어떤 기분일까? 내가 다시 우승하는 광경을 그들이 보게 된다면 어떤 기분일까?' 타이거는 상상했다.

상상은 항상 다른 선수들로부터 타이거의 우월함을 과시하게 했던 원동력이었다. 타이거는 불가능해 보였던 상황과 전무의 경기를 그냥 생각한 것이 아니었다. 그의 강한 의지로 현실 세계에 증명해 냈다. 만성 통증으로 인해 수년간 타이거를 파괴했던 것 중의 하나는 그의 독보적인 천재성이 사라졌다는 것이다. 그렇지만 척추 유합 수술 후 3개월이 지나면서 타이거는 통증으로부터 해방되어 자신의 삶에서 가장 기분 좋은 시간을 보내고 있었다. 오랜 시간이 지난 뒤 타이거는 몸의 유연성을 되찾았다.

처방 약의 오용에 대한 것도 치료를 통해 어느 정도 해결했다. 경찰서에 구류되면서 받았던 굴욕적인 순간의 여파로 6월에 조용히 진료소를 찾아갔다. 입원 치료를 받으면서 진통제 의존도를 조금씩 줄여나갔다. 집으로부터 겨우 15마일 거리의 갓길에서 길을 잃었던 것은 그에게 도움이 필요했다는 뜻이었다.

"그는 대단합니다. 이번 일로 인해서 이제 건강한 삶을 영위할 수 있을 겁니다."

타이거가 진료소에 입원했다는 소식에 마크 스타인버그가 확신에 찬 목소리로 말했다.

타이거를 아꼈던 다른 사람들이 그랬던 것처럼 마크 또한 타이거를 사람으로 바라봤지 골프선수로 바라본 것이 아니었다. 타이거의 친구들과 다른 훌륭한 선수들의 조용한 응원이 타이거를 다시 일어서게 했다. 진료소에서 나서는 순간 그의 인생 두 번째 장을 늦게나마 시작할 수 있도록 도왔다. 아마도 그런 분위기에 있어서 전환점이었던 순간은 2017년 8월 말부터 9월 초까지 있었던 US 오픈 테니스 대회였을 것이다. 타이거는 평소 친분이 있던 라파엘 나달(Rafael Nadal)의 경기를 보기 위해 경기장을 찾았다. 라파엘의 8강 경기가 있었을 때 우마 서먼(Uma Thurman), 빌 게이츠(Bill Gates), 리어나도 디캐프리오(Leonardo DiCaprio), 제리 사인펠드(Jerry Seinfeld), 줄리아나 마귤리스(Julianna Margulies) 등의 유명인사, 연예인도 경기를 관전했다. 그중에 타이거가 빛났던 이유는 내로라하는 유명인 중에 유일하게 그가 아이들을 데려왔기 때문이다. 허리디스크 손상으로 인해 행동에 있어서 제한이 없게 된 타이거는 그의 아버지와 그랬듯 자신의 아이들과 좋은 시간을 보냈다. 그렇게 라파엘의 응원석에서 아이들과 있으면서 타이거는 열네 번의 메이저 타이틀보다, 일흔아홉의 PGA 투어 승수보다 더 위대하고 더 인상적인 그 무언가를 눈앞에 두고 있었다. 부활이었다.

2017년 5월, 타이거는 추락할 만큼 추락했다. 경찰의 영상에서 비틀거리며 걷고 횡설수설했던 타이거 우즈의 모습은 과거 일류의 골프 코스에서 주먹을 불끈 쥐었던 그리고 나이키와 아메리칸 익스프레스의 TV 광고에서 카리스마 넘치는 미소를 보였던 그것과는 극명한 대조를 보였다. 2009년 타이거의 SUV 사고 후 8년의 세월이 흐르는 동안 타이거는 결혼, 명성, 존재감, 건강을 모두 잃었다. 그 추락한 높이를 측정했다면 일반 사람들로서는 살아남기 어려웠을 것이다. 그러나 타이거는 다른 사람들의 경향을 따르지 않았다. 얼이 주입하다시피 했던 극단적으로 정신력을 강화하는 방법이 오랜 기간 옳고 그름 사이에 있었던 동안, 타이거는 불굴의 존재 그 자체가 됐다. 자신이 남다르다는 것을 잊지 않았다. 더 오래 연습했고, 더 힘들게 훈련했으며, 지칠 줄 모르게 더 준비했던 타이거였다. 타이거만큼 골프의 모든 측면에서 압도적인 존재감을 과시했던 선수는 없었다. 그러나 경찰서에 다녀온 이후 타이거는 스스로 많이 변했다. 그의 유별난 성격은 운동 기량이나 천성과는 상관없었다. 대신 그의 부모로부터 배우고 물려받은 모든 것에 집중하며 묵은 먼지는 털어내고 다시 일어나서 새롭게 시작하는 데에 온 힘을 다했다.

새로운 현실을 직면하고자 하는 의지가 시작이었다. 2017년 8월, 타이거는 약물에 취한 상태로 운전을 처음 범했던 사람들이 받는 과정에 들어갔다. 그러고는 10월 27일, 플로리다주 팜 비치 가든의 법정에 여덟 명의 제복을 입은 경찰에 둘러싸인 채 입장했다. 타이거는 자신의 행동에 대해 모든 책임을 지고 무분별한 운전에 대한 잘못을 인정했다. 행정 처분으로 12개월 집행 유예와 더불어 정기적인 약물 검사 결과를 제출하는 것, 취한 상태로 운전한 데 대한 교정 과정을 마치는 것 그리고 50시간의 사회봉사까지 모두 받아들였다.

그리고 여론에 대한 시험무대로 히어로 월드 챌린지 대회에 나섰다. 자신의 재단 수익금을 조성하기 위해 바하마 제도에서 매년 열리는 타이거의 대회이다. 대회

창설 때였던 2000년에는 비공식 대회이긴 했지만 두둑한 상금이 보장됐기 때문에 세계적인 선수들이 출전했다. 2017년 11월 30일, 예년보다도 더 쟁쟁한 선수들이 대회에 나섰다. 하지만 세계의 골프 시청자들은 한 가지 이유로, 단 하나의 이유로 TV 앞에 모였다. 허리 수술 이후에 오랜만에 대회에 나선 타이거의 골프를 보기 위해서였다. 1번 홀 티에 타이거가 나타났을 때 갤러리 규모만큼이나 카메라맨들이 타이거를 기다리고 있었다. 마지막으로 대회에 나왔던 301일 전에 타이거는 스윙하기도 힘겨워했다. 많은 사람의 생각은 같았다. '과연 척추 유합술로 재탄생한 타이거의 허리가 괜찮을 것인가?'

타이거는 경기를 시작하기 전에 라파엘 나달이 있는 것을 확인했다. 세계 랭킹 1위의 테니스 선수가 자신의 가족들과 바하마에 휴가차 방문했는데, 사전 예고 없이 타이거를 응원하기 위해 나타났다. 타이거의 얼굴이 환해졌다. 그러고는 타이거의 티샷 볼이 동반 선수인 저스틴 토머스(Justin Thomas)의 볼보다 30야드나 더 나갔다. 얼마 지나지 않아 첫 버디가 나왔고, 더 지나서 위기의 순간을 모면하는 먼 거리의 파 퍼트 볼이 홀에 들어가자 타이거는 그의 전매특허인 주먹을 꽉 쥐는 모습을 보였다. 타이거에 연대감을 느꼈던 세계의 유명 선수들이 트위터에서 하나같이 응원했다.

보 잭슨 - '타이거가 다시 골프장에 나오는 걸 보다니 멋진 날입니다.'

스티븐 커리(Stephen Curry) - '기다림은 끝났습니다! 기다림은 끝났습니다!'

마이클 펠프스 - '타이거가 저렇게 나가서 볼 치는 걸 볼 수 있다니!'

타이거는 세 라운드에서 60대 타수를 기록했고 엄청난 선수들 18명이 출전한 대회에서 9위로 마쳤다. 그렇지만 더 중요한 것은 타이거가 골프보다 더 중요한 데에서 이기고 있었다는 것이다. 그의 의사는 라운드를 앞두고 항염제를 먹으라고 권유했지만 타이거는 먹지 않았다. 스윙하거나 앞으로 숙였을 때의 고통 때문에 얼굴을 찡그리는 일도 없었다. 일요일에 대회를 끝내고 얼굴에서 미소가 가시지 않았다. 타이거가 20대였을 때의 경기를 다시 찾았다며 결코 가식을 보이지 않았다. 40

대의 선수이면서 20대의 느낌을 찾았다는 사람은 세상에 없을 것이라며 정직하게 말했다. 현실을 인정하는 태도로 갈수록 그가 가깝게 느껴지는 분위기였다.

타이거는 고통의 시간을 통해서 부드러워진 부분도 있었다. 과거 타이거가 오로지 골프의 세계 최정상에 오르는 것만을 바라봤을 땐 상상도 못 했다. 마틴 루터 킹 주니어(Martin Luther King Jr.), 간디(Gandhi), 넬슨 만델라(Nelson Mandela)처럼 이 세상에 위대한 영향을 기대케 하는 흔하지 않은 삶에는 관심이 없었다. 그렇다고 무하마드 알리, 아서 애시처럼 인종차별이나 사회적 정의를 위한 존재를 추구하려 하지도 않았다. 이미 세상에 드러났지만 타이거 우즈로 인해 PGA 투어에서 피부색 편견이 없어졌다고는 볼 수 없다. 타이거의 범접할 수 없는 성공이 있었음에도 2018년 초를 기준으로 PGA 투어에서는 해럴드 바너 3세(Harold Varner III) 단 한 명만이 아프리카계 미국 골프선수였다. 주니어 골퍼 중에 흑인 선수는 그냥 손에 꼽을 정도였다. 그래도 나약함과 중독에서 벗어나려 안간힘을 썼던 타이거의 매력에 빠져들 수밖에 없었다. 바하마에서 타이거의 좋았던 경기 덕에 2018년 1월 말의 파머스 인슈어런스 오픈에 타이거가 출전을 확정 짓자 갤러리 입장권은 날개 단 듯 팔렸다.

앞으로의 일을 확신할 수 없는 가운데, 타이거는 본 대회에 앞서 연습 라운드를 위해 코스에 나왔다. 타이거를 너무나 좋아하는 갤러리가 그를 반겼다. 이어졌던 기자회견에서는 자신의 삶을 이야기하면서 '신난다.'는 말을 그는 열 번 넘게 언급했다.

"너무 오랫동안 골프를 하지 못했기 때문에 저에 대한 기대가 조금은 누그러졌습니다. 2015년 이후에는 온전히 투어에 집중했던 적이 없었습니다. 너무 오랜만입니다. 솔직히 말씀드리자면 그냥 바로 시작해서 투어 스케줄의 흐름을 타는 것만으로도 만족할 듯합니다."

타이거가 말했다.

타이거 우즈의 새로운 시작이었다. 마흔두 살인 타이거의 얼굴도 많이 변했고 이마의 모발 선도 흐릿해졌다. 몸도 무거워졌고 목에 주름도 보였다. 2018년 1월 25일 목요일 오전 10시 40분, 토리 파인스 골프클럽. 타이거는 대회 1라운드 경기를 위해 연습 그린에서 1번 홀 티로 이동했다. 그 사이에도 "타이거, 파이팅! 할 수 있어요, 타이거!"를 연신 외치는 팬들이 길 양쪽을 가득 메웠다. 페어웨이 양쪽에도 수천 명의 갤러리가 운집해 있었다. 그 순간 타이거는 익숙한 상황임을 느꼈다. '모두 나를 바라보고 있어.' 다른 선수들, 코스 여기저기를 가득 메운 갤러리, 생중계를 시청하는 이들까지. 그에게는 여전히 존재감이 뿜어 나왔다. '설레는 기분이야.'

토리 파인스에서의 그냥 어느 목요일이었을 수도 있다. 그러나 4월에 오거스타에서의 일요일 같기도 했다. 10년 전에 타이거는 같은 곳에서 온전히 회복되지 않은 다리로 US 오픈 정상에 올랐다. 그 이후 골프는 많이 바뀌었다. 로리, 더스틴, 조던, 리키, 저스틴, 존 등 신성의 젊은 선수들이 무대의 중심에 섰다. 그렇지만 그들은 타이거의 수준에는 도달하지 못했다. 비교하자면 이렇다.

리키 파울러(Rickie Fowler)는 스물일곱 살에 투어에서 3승을 달성했다. 같은 나이에 타이거는 34승.
조던 스피스(Jordan Spieth)는 10승까지 112경기에 출전했다. 타이거는 10승까지 63경기.
더스틴 존슨(Dustin Johnson)의 첫 메이저는 서른한 살에 나왔다. 타이거는 서른한 살까지 메이저 12승.

젊은 선수들은 타이거가 투어에 돌아온 사실을 반겼다. 하지만 정작 타이거의 전성기와의 경쟁은 가늠조차 못 했다. 반면 투어에서 경험이 많은 선수들은 큰 변화를 감지했다. 쌀쌀맞고 냉정한 얼굴은 간데없고 미소와 주변 사람들을 재미있게 하는 모습이 타이거에게서 보였다. 대표적인 예는 파 5 13번 홀에서 확인할 수 있었다. 어쩌다가 2.5피트의 파 퍼트를 마무리하지 못했을 때 예전 같았으면 불같이 화냈겠지만 그런 모습을 보이지 않았다. 타이거는 14번 홀에 가려다가 13번 홀 그린 뒤에 있는 군 관계자들을 확인했다. 군복을 입은 해병대 군인 한 명이 선수들이 그린 플레이를 하는 동안 홀 깃대를 들고 있었다. 토리 파인스가 군사 도시임을 상징하는 것이었다. 타이거는 가던 길을 멈추고 군인들에게 다가가서 예의를 갖추고 악수를 청했다.

이 장면을 본 투어의 베테랑 관계자는 감탄을 금치 못했다.

"예전의 타이거라면 그런 행동은 절대, 절대로 상상할 수 없습니다. 그냥 고개를 숙이고는 아무것도 안 봤을 겁니다. 그렇지만 이제는 주변을 관찰하고 등한시할 수 있었던 것들을 쉬이 지나치지 않았습니다."

이제는 불혹을 넘긴 타이거에게 그렇게 수년 동안 이 선수 저 선수를 제압했던 투지가 아직 남아 있었을까? 처음 이틀 동안 타이거는 대부분 말을 듣지 않았던 드라이버 때문에 거의 모든 홀에서 힘들어했다. 선두 경쟁은 뒷전이었으며 3라운드 진출이 그나마 현실적으로 도전할 만한 목표였다. 금요일에 타이거는 절체절명의 상황에 마주쳤다. 예전 같았으면 아무 탈 없이 극복했던 타이거였을 것이다. 토리 파인스 노스 코스는 당시 재설계 과정을 거치면서 페어웨이도 좁아졌고 전체적으로 까다로운 코스로 바뀌었다. 타이거의 마지막 홀은 파 5홀, 두 타 만에 홀까지 80피트 정도를 남겨 뒀다. 필사적으로 두 타 만에 끝내서 버디를 해야 주말에 갈 수 있었던 상황, 과거의 타이거처럼 버디가 사냥감인 양 무서운 눈빛으로 그린을 살폈다. 그러고는 퍼터를 볼 뒤로 뺐다가 홀을 향해 내려쳤다. 그의 볼은 잘 굴러가다가 홀에서 8인치 못 미치면서 멈춰 섰다. 환호하는 소리 사이에 타이거는 남은 퍼트를 무난하게 마무리하면서 본선 라운드에 올랐다. 모자를 벗고는 갤러리에게 손을 흔들었고, 그의 동반 선수인 패트릭 리드 (Patrick Reed)와 악수를 했다.

같은 주간에 서른여섯 살의 로저 페더러는 호주 오픈 테니스에서 정상에 오르며 자신의 스무 번째 그랜드 슬램 달성으로 한계를 극복했다. 그리고 타이거는 거의 900일 만에 PGA 투어 대회에서 4라운드까지 마쳤다는 소식으로 뉴스의 머리 기사를 장식했다. 타이거가 최종 라운드를 마쳤을 땐 스포츠 세계가 데자뷰를 겪고 있는 듯했다. 주관 방송사의 CBS 방송사의 대회 시청률이 전년 대비 38퍼센트나 올랐으며 최근 5년 내 최고 시청률이었다.(5년 전에 타이거가 이 대회에서 마지막으로 우승을 차지했다.) 타이거가 계속 대회에 나가는 한 사람들은 아직도 타이거를 진정한 골프선수로 여기고 있다는 점이 다시 한번 입증됐다.

많은 기자와 평론가들은 타이거가 투어 대회로 돌아온 것 자체가 기적이라고 평하기도 했다. 틀린 말은 아니었다. 타이거가 겪었던 깜깜하고 어두운 곳으로의 추락은 어찌 보면 다른 유망주나 배우, 음악가, 운동선수들을 집어삼켰던 깊이였을 것이다. 비록 감격적인 우승은 나오지 않았지만 타이거는 양지로 발걸음을 내디뎠고 십 년 넘도록 헤맨 끝에 세상으로 나왔다. 이렇게 새롭게 태어난 그는 자신의 자녀들과 새로운 세대의 골프선수들 그리고 팬들에게 살아있는 전설이 어떠한지를 보여줄 준비가 됐다.

도움 주신 분들

훌륭한 우리 팀의 헤아릴 수 없을 만큼 소중한 조력 없이는 이 책은 볼 수 없었을 것이다. 가장 먼저 티모시 벨라(Timothy Bella), 《더 시스템》에 이어 이번 여정에도 어김없이 비중 있는 헌신을 해 주신 탁월한 기자이다. 팀은 행정적인 난관을 돌파하며 지역의 정부, 주 · 연방기관 및 법원, 경찰서에서 끈질긴 취재로 공공 기록을 확보했다. 그는 또 수차례 의미 있는 인터뷰까지 도맡았다. 우리는 그에게 '인간 탐색기'라는 별명을 붙여줬다. 소셜 미디어와 다른 데이터베이스를 동원해 사람을 찾아내는 예리한 능력을 보유하고 있기 때문이다. 별명에 익숙해져서 그의 이름을 종종 깜박하기도 한다. 그는 또 300건이 넘는 타이거 우즈의 기자회견 녹취록을 꼼꼼히 읽고 주석을 달았다.

플로리다의 브루스 페이(Bruce Fay)와 버몬트의 마이클 매캔(Michael McCann) 변호사는 부동산 거래 기록과 재산 기록, 경찰 보고서들을 찾아서 제공했다. 워싱턴 DC의 법 연구원 론 풀러(Ron Fuller)는 타이거 우즈와 그의 사업, 나이키, 타이틀리스트 등의 소송인 명부와 법정 사례들에 대한 정보를 제공해 줬다. 그리고 엘리자 로스슈타인(Eliza Rothstein)은 타이거 우즈와 얼 우즈의 책 판매 수치를 찾아 줬다. 플로리다주 플렌테이션에 있는 레벨레이션 회사의 댄 라이머(Dan Riemer)는 의미 있는 배후 작업을 도왔다.

『스탠퍼드 데일리』는 타이거 우즈가 언급된 기사는 모두 발췌해 우리에게 전달했다. 그리고 『SI』는 타이거와 관련된 기사가 실린 각종 정기 간행물을 천 권 넘게 찾아서 우리에게 넘겼다. 제프 베네딕트(Jeff Benedict)의 보조 조사원인 브리트니 와이슬러(Brittany Weisler)와 멧 로렌스(Mette Laurnce)는 이 모든 기사를 시간순으로 정리했으며, 우리가 타이거의 삶에 대해 시간의 흐름을 세세하게 만드는 데 도움을 주었다. 장장 6개월이 넘게 이 부분에 치중했다.

『하트퍼드 커런트』의 편집자 캐럴린 럼스덴(Carolyn Lumsden)은 존 머천트에 관한 코네티컷의 여러 사건 기사를 모아서 우리에게 제공했다.

미 육군 공보관 벤 개릿(Ben Garrett) 중령은 얼 우즈의 군 기록을 우리에게 공개했으며, CBS 뉴스의 펜타곤 출입기자였던 데이비드 마틴(David Martin)이 그 기록을 분석하고 이해할 수 있게 큰 도움을 보탰다.

『캔자스 스테이트 컬리지언』의 편집장 존 파턴(Jon Parton)은 선셋 공동묘지의 묘지 관리인 마이크 몰러와의 첫 인터뷰를 맡았으며, 얼 우즈가 캔자스주에 살던 시절의 정보와 자료들을 찾아냈다.

제이미 디아즈, 앨런 시프넉, 존 스트리지, 존 파인스틴, 지미 로버츠, 라이트 톰슨 등도 그들의 귀중한 식견을 우리에게 들려줬음에 감사함을 표한다. CBS 스포츠와 NBC 스포츠의 관계자들도 동영상과 배후 정보 제공에 매우 협조적이었다.

전 ABC 뉴스 선임 프로듀서인 폴 메이슨(Paul Mason)은 1993년 7월 15일 황금시간대에 타이거와 그의 가족 이야기를 담았던 〈타이거 이야기〉 제작 책임자였으며 우리에게 큰 도움이 됐다. CBS 스포츠에서 PGA 투어 중계를 오랜 기간 맡았던 랜스 배로(Lance Barrow) 프로듀서도 우리에게 엄청난 환대를 제공했으며 우리가 지정했던 투어 대회 입장에 도움을 제공했다. 뷰익 인비테이셔널부터 파머스 인슈어런스 오픈까지 토리 파인스에서 대회 개최했던 30년 동안 미디어 담당의 릭 실로스(Rick Schloss)에게도 감사하며, 세계 명예의 전당과 박물관의 커뮤니케이션 담당인 데이브 코르데로(Dave Cordero)는 마크 오마라의 2015년 입회 연설문을 제공했다. 톰 클리어워터(Tom Clearwater)는 라스베이거스의 몇몇 소식통을 연결해 줬으며, 라스베이거스 토박이이자 그의 라스베이거스 일기 『놈(NORM!)』의 책임자 놈

클라크(Norm Clarke)에게도 고마움을 전한다. 브룩런 컨트리클럽의 회장 릭 라이언(Rick Ryan), 뉴포트 컨트리클럽의 바클레이 더글러스 주니어(Barclay Douglas)와 회원들, 컨트리클럽 오브 페어필드의 에드 마우로(Ed Mauro), 톰 그레이햄(Tom Graham)도 우리에게 소중한 일화를 제공했다. PT*, FAFS**, 그레이 연구소의 대표이사이자 응용 기능 과학의 창시자인 게리 그레이(Gary Gray) 박사에게도 큰 감사를 표한다.

스포츠, 골프 전문기자와 해설가들에게도 감사를 표하며 본의 아니게 언급하지 못한 관계자에게 먼저 사과의 말을 남기겠다. 업계의 내로라하는 분들의 노고로 타이거의 활동이 연대순으로 기록됐음은 여러 번 강조해도 지나치지 않다. 취재 당시의 소속과 함께 알파벳 순서로 이들에게도 감사의 인사를 전한다.

『USA 투데이』의 캐런 앨런(Karen Allen), 낸시 아머(Nancy Armour), 『SI』의 마이클 뱀버거(Michael Bamberger), 『LA 타임스』의 토머스 봉크(Thomas Bonk), 『샌디에이고 유니언 트리뷴』의 닉 카네파(Nick Canepa), 『뉴욕 포스트』의 마크 카니자로(Mark Cannizzaro), 골프 채널의 브랜들 챔벌리(Brandel Chamblee), 『SI』의 킴 크로더스(Tim Crothers), 『뉴욕 타임스』의 캐런 크라우스(Karen Crouse), 『피플』의 톰 커네프(Tom Cunneff), 『USA 투데이』의 스티브 디메글리오(Steve DiMeglio), 『뉴욕 타임스』의 래리 도먼, 『마이애미 뉴 타임스』의 팀 엘프링크(Tim Elfrink), 어소시에이티드 프레스의 더그 퍼거슨(Doug Ferguson), 『뉴스데이』의 거스 가르시아 로버츠(Gus Garcia-Roberts), 『LA 타임스』의 섀브 글릭(Shav Glick), 『뉴욕 데일리 뉴스』의 행크 골라(Hank Gola), ESPN 닷컴의 밥 해리그(Bob Harig), 『휴스턴 크로니클』의 미키 허스코비츠(Mickey Herskowitz), 『샌디에고 유니언 트리뷴』의 토드 레너드(Tod Leonard), 폭스 스포츠 닷컴의 로버트 루스티치(Robert Lusetich), 『뉴욕 타임스』의 조너선 말러

* Physical Therapy.

** Fellow of Applied Functional Science.

(Jonathan Mahler), 『SI』의 캐머런 모핏(Cameron Morfit), ESPN 닷컴의 이언 오코너(Ian O'Connor), 『뉴욕 타임스』의 빌 페닝턴(Bill Pennington), 『LA 타임스』의 빌 플래스키(Bill Plaschke), 『SI』의 릭 라일리(Rick Reilly), 『캔자스시티 스타』의 하워드 리치먼(Howard Richman), 『배니티 페어』의 마크 실(Mark Seal), 『시카고 트리뷴』의 에드 셔먼(Ed Sherman), 『SI』의 앨런 시프넉(Alan Shipnuck), 어소시에이티드 프레스와 론 시랙 닷컴의 론 시랙(Ron Sirak), 『SI』의 게리 스미스, 작가 하워드 선스(Howard Sounes), 『SI』의 게리 밴 시클(Gary Van Sickle), 야후 스포츠의 댄 웨츨(Dan Wetzel), 『워싱턴 포스트』의 마이클 윌본(Michael Willbon).

마지막으로 출판 팀의 노고에 감사한다. 먼저 에이전트인 리처드 파인(Richard Pine)은 훌륭하게, 영리하게, 창의적으로 우리를 대변했으며 좋은 친구이기도 하다. 이 책의 기획부터 출판까지 모든 과정을 우리와 함께했다. 도로시 할리데이(Dorothea Halliday)는 진정 헤아릴 수 없는 헌신으로 이 책의 이야기 방향을 제시했다. 켈빈 바이어스(Kelvin Bias)는 흠잡을 데 없는 사실 확인 전문가이다. 편집 업무의 조피 페라리 애들러(Jofie Ferrari-Adler)는 영특하고 통찰력 있는 방법으로 책의 이야기를 완성시켰다. 발행인 존 카프(Jon Karp)는 함께 일하고 싶은 보배이며, 원고 정리 편집 담당인 조너선 에반스(Jonathan Evans)를 비롯해 편집부 줄리아나 허브너(Julianna Haubner), 출판부 리처드 로러(Richard Rhorer), 홍보 담당 부책임자 래리 휴스(Larry Hughes), 홍보 총괄 부담당 대너 트로커(Dana Trocker), 편집 운영의 크리스틴 레마이어(Kristen Lemire), 프로덕션 총괄의 리사 어윈(Lisa Erwin), 프로덕션 편집의 서맨사 호백(Samantha Hoback), 원고 송고 정리의 벤 홈스(Ben Holmes), 색인 작성의 로라 오거(Laura Ogar), 표지 디자이너 재키 서우(Jackie Seow) 그리고 책 내부를 깔끔하고 견고한 종이로 만들어 준 칼리 로먼 등 사이먼 앤 슈스터의 전체 팀에 있는 모두에게 감사를 표한다.

NOTES

타이거의 발언을 정리하는 부분에 있어서 우리는 그가 기자회견, 인터뷰 그리고 영상에 담겼던 대회 중계나 이벤트에서 그가 했던 말을 참고했다. 그가 기록했던 부분에 대해서는《1997년 마스터스: 나의 이야기》에서 주로 퍼왔다. 그리고 타이거와 직접 대화를 나눴던 수많은 사람의 인터뷰도 이 책에 담았다. 그리고 이와 비슷하게, 타이거의 생각을 정리함에 있어서도 책에 적혀 있는 그의 생각에 주로 의존했다. 또 타이거의 생각을 전해 들을 수 있었던 사람들과도 인터뷰를 거치면서 참고했다.

특정 장면을 묘사했던 부분에 대해서 우리는 해당 사건의 발생을 직접적으로 알고 있거나 사건의 당사자 등에 대해 한 차례 이상 인터뷰를 거쳤다. 우리가 대화를 재구성함에 있어서 대화에 참여했던 사람을 만나봤거나, 가능하다면 해당 대화의 목격자와 만나서 검증 과정을 거쳤다. 부가적으로 우리는 기자회견 녹취, 법원 기록, 선서가 있었던 진술서, 경찰 기록, 영상 클립, 기존 발간 책들도 활용해서 인용, 발췌했다.

그럼에도 명시되지 않은 부분에 대해서는 작가와의 인터뷰를 통해서 직접 발췌했다. 절반 정도는 인터뷰 당사자를 밝힐 수 없었다. 최대한 정보의 공개를 추구했지만, 가치 있는 익명의 정보라 해도 이 책에 담았다. 그리고 특별하게 우리 책에 공식적으로 답변해 준 이들에게 감사를 전한다. 알 에이브러햄스, 찰스 바클리, 섀런 베글리, 매리언 버거슨, 닐 볼턴, 크레이그 보언, 제이 브룬자 박사, 앤 버거, 브랜들 챔블리, 놈 클라크, 크리스 코언, 빅터 콘테, 제리 쿠어빌, 에이선 크리스트, 돈 크로스비, 에리 크럽 박사, 톰 커네프, 브래드 L. 돌턴, 조 디벅, 모린 데커, 켈 데블린, 제이미 디아즈, 피터 디바리, 라이언 도노번, 바클리 더글러스 주니어, 윌드 더글러스, 루비 듀런, 다이앤 율러, 존 파인스틴, 아리 플래셔, 배리 프랭크, 폴 프레지아, 드보라 갠리, 뎁 겔먼, 윌리 굿윈, 톰 그레이햄, 디나 그레이블, 게리 그레이 박사, 브라이언 H. 그린스펀, 조 그로먼, 행크 헤이니, 빌 하먼, 부치 하먼, 돈 해리스, 짐 해리스, 브루스 헤플러, 짐 힐, 로리 힌텔먼, 마이크 홀더, 토미 허드슨, 로이 S. 존슨, 프레드 칼릴리언, 로렌스 커시보움, 빌 노울스, 막달레나 코차넥, 칩 랜지, 앰버 로리아, 데이비드 리, 섀리 레서-웽크, 페기 루이스, 칼 룬드, 로버트 루스티치, 메이건 마호니, 바트 맨델, 코리 마틴, 폴 메이슨, 에드 머로, 밥 메이, 존 매코믹, 피트 맥대니얼, 존 머천트, 모니카 메이어 박사, 크리스 마이크, 줄리 밀턴, 마이크 몰러, 킴 몬테스, 캔더스 노턴, 제프리 올진, 앨리시아 오마라, 마크 오마라, 바락 오즈구르 박사, 로드 퍼소니우스, 찰스 피어스, 커트 프링글, 키스 파인 박사, T.R. 라인먼, 짐 리스월드, 지미 로버츠, 빌 로마노프스키, 릭 라이언, 팀 사전트, 릭 슐로스, 맷 슈나이더, 크리스티 스콧, 스티브 스콧, 마크 실, 스콧 시무어, 마이클 섀피로, 에드 셔먼, 앨런 시프넉, 닥 심스, 게리 스미스, 루벤 스미스, 하워드 손스, 그랜트 스패스, 로리 스패스, 레슬리 스팔딩스, 루스 스트리터, 존 스트리지, 허브 수그덴, 다이앤 설리번, 게리 사이크스, 톰 테이트, 리처드 테이트 박사, 라이트 톰슨, 돈 트랜시스, 브라이언 터커, 데이비드 베일 박사, 톰 윌슨, 로이 위닝거, 릭 울프, 로이스 우즈, 윌리엄 울리거, 데니스 영.

프롤로그

주요 자료로 캔자스주 맨해튼 작가들의 노고 그리고 선라이즈 묘지에 대해서는 특별한 조사로 얻었으며, 마이크 몰러, 로이스 우즈, 라이트 톰슨을 비롯해 맨해튼 기념관의 몇 사람에게 인터뷰를 진행했다. 얼 우즈의 군 기록에 대해서는 미주리주의 세인트루이스에 있는 국립 인사 기록 센터(공식 군 기록 저장소)에서 자료를 참고했으며 캔자스 주립대와 PGA 투어에서도 자료를 확보했다.

12 '심장마비로 사망'-2006년 5월 4일, 『뉴욕 타임스』의 기사, '골프: 타이거의 아버지 얼 우즈 사망'

12 '그는 선택된 자'-1996년 12월, 『스포츠 일러스트레이티드(Sports Illustrated, 이하 SI로 표기)』의 게리 스미스 기사, '선택된 자'

13 '절친이라고 언급'-1999년 6월 1일, 메모리얼 토너먼트 기자회견장에서 언급

13 '영웅'-하퍼 콜린스 출판, 얼 우즈 저, 《헤쳐나가기: 타이거 우즈와 함께한 노력, 장대한 꿈, 도전에 대한 직설》, 1쪽

13 '사랑한다, 아들아'-1997년 4월 13일, CBS 스포츠의 마스터스 생중계 중

13 '얼의 묏자리'-cityofmhk.maps.arcgis.com의 선셋 묘지 장소 지도

13 '캘리포니아 남부에서 가져온 ……'-2016년 4월 21일, 『ESPN 더 매거진』 라이트 톰슨 기자의 '타이거 우즈의 알려지지 않은 이야기'

13 '10인치의 정사각형 나무상자'-작가가 직접 마이크 몰러와의 인터뷰에서 얻은 정보

13 '가로세로 12인치 정도를'-작가가 직접 마이크 몰러와의 인터뷰에서 얻은 정보

16 '내성적인 사람'-2017년, 뉴욕 그랜드 센트럴 퍼블리싱, 타이거 우즈 저, 《1997년 마스터스: 나의 이야기》, 179쪽

18 '공개할 수 없다고'-작가가 웨스턴 하이스쿨 부사서와의 인터뷰에서 얻은 정보

1장

주요 자료로 플로리다주 윈더미어의 아일워스 지역 작가들의 조사를 참고했으며, 올랜도의 플로리다 고속도로 순찰대에서도 자료를 얻었다. 킴 몬테스, 로버트 루스티치, 스티브 헬링과 인터뷰했으며, 『내셔널 인콰이어리(National Enquirer, 이하 NE로 표기)』 지 그리고 아일워스의 주민들과도 이야기를 나누며 자료를 수집했다. 플로리다 고속도로 순찰대, 윈더미어 시청의 경찰 보고서도 열람했으며, 관계 당국으로부터 사진과 영상도 확보할 수 있었다.

21 '맨발에 몸을 제대로 가누지도 못하면서'-2009년 11월 27일, 플로리다 고속도로 순찰대 보고서

21 '잠근 화장실 문'-2013년 11월 24일, 『뉴욕 포스트』 모린 캘러핸의 기사, '타이거 우즈가 상습적인 난봉꾼으로 발각됐던 그날 밤'

21 '새벽 2시경'- 2009년 11월 27일, 플로리다 고속도로 순찰대 보고서

21 '처방받은 약으로 약간 몽롱한 상태'-2009년 11월 27일, 플로리다 고속도로 순찰대 보고서

21 『내셔널 인콰이어러』는 몇 달간 그의 행적을 추궁'-『NE』 지에서 근무했던 직원과 작가와의 인터뷰, 작가 첨언. 레이첼 우치텔은 이에 대해 함구했음.

21 '슈퍼마켓의 저속하고 …… 의혹을 제기했다.'-2009년 11월 28일, 『NE』 지

21 '30분 정도 고통스러운 시간이 지난 후에도'-2010년, 뉴욕 아트리아 북스 출판, 로버트 루스티치 저, 《언플레이어블: 타이거의 가장 혼란스러웠던 시즌의 속 이야기》 킨들 버전

22 '들춰보았다.'-2013년 11월 24일, 『뉴욕 포스트』 모린 캘러핸의 기사, '타이거 우즈가 상습적인 난봉꾼으로 발각됐던 그날 밤'

22 '보고 싶은데'-2013년 11월 24일, 『뉴욕 포스트』 모린 캘러핸의 기사, '타이

거 우즈가 상습적인 난봉꾼으로 발각됐던 그날 밤'

22 '아아, 이런 젠장.'-2013년 11월 24일, 『뉴욕 포스트』 모린 캘러핸의 기사, '타이거 우즈가 상습적인 난봉꾼으로 발각됐던 그날 밤'

22 '엘린이 알아챘어.'-2013년 11월 24일, 『뉴욕 포스트』 모린 캘러핸의 기사, '타이거 우즈가 상습적인 난봉꾼으로 발각됐던 그날 밤'

22 '타이거가 유일하게 두려워했던 여자라면'-2002년 8월 2일, 뷰익 오픈 기자회견에서 언급("저는 어머니가 항상 무서웠습니다. 어머니 옆에서 정중하게 말하지 않는다 싶으면 한 대씩 맞았습니다.")

23 '혼날 줄 알아.'-2000년 4월 3일, 『SI』 중 S.L. 프라이스의 기사, '타이거가 지배한다.'

23 '골프클럽을 한 손에 쥐고'-2010년 1월 24일, 『데일리 비스트』 지 제럴드 포스너의 기사, '이제야 풀린 타이거 우즈의 추수감사절 미스터리'

23 '빠르게 길로 나왔다. …… 나무를 들이받았다.'-2009년 11월 27일, 플로리다 교통사고 보고서의 서술, 묘사도

23 '들고 있는 골프클럽으로 차의 뒷유리를 내리쳤다.'-2009년 11월 27일, 플로리다 고속도로 순찰대와 윈더미어 경찰서의 진술서

23 '킴벌리 해리스는 …… 잠을 깼다.'-플로리다 고속도로 순찰대 보고서

23 '무슨 일인지 알아볼 수 있어?'-2009년 11월 27일, 플로리다 고속도로 순찰대가 재리어스 애덤스와 킴벌리 해리스에게 심문했던 내용

23 '타이거, 괜찮아요?'-플로리다 고속도로 순찰대 보고서

24 '피를 머금고 있었다.'-윈더미어 경찰서의 사고 진술서

24 '좀 도와주시겠어요?'-플로리다 고속도로 순찰대 보고서

24 '911입니다. 무슨 일이십니까?'-2010년, 케임브리지 MA; 다 카포 프레스, 스티브 헬링 저, 《타이거: 실제 이야기》

25 '지금 경찰하고 통화 중이에요.'-2009년 11월 27일, 플로리다 고속도로 순찰

대의 재리어스 애덤스 심문 내용

25 '흰자위만 보였다.'-2010년, 케임브리지 MA; 다 카포 프레스, 스티브 헬링 저,《타이거: 실제 이야기》

2장

세리토 초등학교에 작가를 보내 주요 자료를 얻었으며, 캘리포니아 사이프레스의 유년 시절 타이거의 집과 이웃집들을 여러 차례 방문했다. 서배나 교육청과 캔자스 주립대, 미 육군에서 자료 요청에 협조했으며, 뉴욕과 캘리포니아주 법정, 멕시코 법원에서 법정 기록, 얼 우즈, 바버라 우즈, 하워드 손스의 책들, 모린 데커, 앤 버거, 로이스 우즈와의 인터뷰도 참고했다.

26 '1981년 9월 4일'-2016년 1월 8일, 서배나 교육부 책임자 수 존슨 박사로부터 받은 이메일 내용 중

26 '구구단 표를'-하퍼 콜린스 출판, 얼 우즈 저,《헤쳐나가기: 타이거 우즈와 함께한 노력, 장대한 꿈, 도전에 대한 직설》, 75쪽

27 '타이거의 선택은 골프였다고 ……'-2004년, 부에나 비스타 홈 엔터테인먼트, 〈기회를 노리는 타이거: 그의 삶〉 공식 DVD 컬렉션 디스크 1

29 '나이 먹은 골치 아픈 놈'-2004년, 뉴욕 윌리엄 모로 출판, 하워드 손스 저,《까다로운 게임: 아널드 파머, 잭 니클라우스, 타이거 우즈 그리고 현대 골프 이야기》

29 '30분 정도 욕하고 ……'-미키 허쇼비츠 저,《얼 우즈에겐 사랑스러운 아들의 존재는 매일이 아버지의 날》(2001년 6월 17일, 맨해튼 머큐리 재출판)

29 '그래, 이 정도면 딱이야.'-미키 허쇼비츠 저,《얼 우즈에겐 사랑스러운 아들

의 존재는 매일이 아버지의 날》(2001년 6월 17일, 맨해튼 머큐리 재출판)

30 '작은 독재자처럼 ……'-하워드 손스 저, 《까다로운 게임》

30 '1루수나 투수 등 ……'-캔자스 주립대학 기록 열람

31 '해럴드 로빈슨, 버릴 스위처가'-1997년 12월, 팀 배스컴, '경기장에 맨 처음 나타나는 사람들' 『K-스테이터』(캔자스 주립대학 홍보용 일간지, 옮긴이)

31 '캔자스주 대표를 차지한 최초의 유색인 선수였다.'-하워드 손스 저, 《까다로운 게임》

31 '결국 팀 전체가 경기에 출전하지 못했다.'-2007년 8월 3일, 『툴사 월드』 일간지, 지미 트러멜의 기사, '타이거는 들고양이가 키웠다'

31 '팀의 유일한 흑인 선수인…… 머무를 수 없다'-2007년 8월 3일, 지미 트러멜의 기사, '타이거는 들고양이가 키웠다'

31 '매력적인 백인 친구에게 ……'-2013년 2월 1일, 『더 머큐리닷컴』 래리 위글의 기사, '레이 워티어와 타이거와의 연결고리'

31 '사회학 전공으로…… 졸업한 후'-캔자스 주립대학 농축산학/응용과학 19회 졸업. 1953년 5월 24일

31 '어릴 적부터 알고 지내던 바버라 앤 하트'-바버라 우즈 게리 저, 《반드시: 타이거의 뒤에 있던 남자와 있었던 나의 이야기》(2000년 본인 출간)

31 '비바람 부는 날씨에 …… 결혼식을 올렸다.'-바버라 우즈 게리 저, 《반드시: 타이거의 뒤에 있던 남자와 있었던 나의 이야기》(2000년 본인 출간)

32 '…… 얼은 조금씩 가정에 소홀했다.'-바버라 우즈 게리 저, 《반드시: 타이거의 뒤에 있던 남자와 있었던 나의 이야기》(2000년 본인 출간)

32 '그녀는 버림받은 느낌이었다.'-바버라 우즈 게리 저, 《반드시: 타이거의 뒤에 있던 남자와 있었던 나의 이야기》(2000년 본인 출간)

33 '…… 밖에 누가 왔어요?'-하퍼 콜린스 출판, 얼 우즈 저, 《헤쳐나가기: 타이거 우즈와 함께한 노력, 장대한 꿈, 도전에 대한 직설》, 48쪽

33 '내게 잘못이 있다는 걸 인정합니다.'-하퍼 콜린스 출판, 얼 우즈 저,《헤쳐나가기: 타이거 우즈와 함께한 노력, 장대한 꿈, 도전에 대한 직설》, 48쪽

33 '단독 임무'-바버라 우즈 게리 저,《반드시: 타이거의 뒤에 있던 남자와 있었던 나의 이야기》(2000년 본인 출간), 64쪽

34 '매우 매력적인 여자'-하퍼 콜린스 출판, 얼 우즈 저,《헤쳐나가기: 타이거 우즈와 함께한 노력, 장대한 꿈, 도전에 대한 직설》, 55쪽

34 '뭐 작은 거 하나만'-2011년, 뉴욕 고담 북스, 톰 캘러핸 저,《아버지의 아들: 얼과 타이거 우즈》, 31쪽

34 '만날 사람이 생겼다.'-2011년, 뉴욕 고담 북스, 톰 캘러핸 저,《아버지의 아들: 얼과 타이거 우즈》

34 '버림받은 느낌이었다.'-2013년 7월 1일,『골프 다이제스트』의 제이미 디아즈 기사, '태국의 티다'

35 '둘의 첫 데이트는 …… 교회에서였다.'-하퍼 콜린스 출판, 얼 우즈 저,《헤쳐나가기: 타이거 우즈와 함께한 노력, 장대한 꿈, 도전에 대한 직설》, 55쪽

35 '두 부류의 사람이 있어.'-하퍼 콜린스 출판, 얼 우즈 저,《헤쳐나가기: 타이거 우즈와 함께한 노력, 장대한 꿈, 도전에 대한 직설》, 60쪽

35 '군사과학에 대한 시간강사 자리'-미주리주 세인트루이스의 국립 인사 기록 센터

35 '심리전 과목을'-미주리주 세인트 루이스의 국립 인사 기록 센터

35-36 '이해할 수 없어…… 상담 좀 받아봐야겠는데.'-바버라 우즈 게리 저,《반드시: 타이거의 뒤에 있던 남자와 있었던 나의 이야기》, 2011년, 뉴욕 고담 북스, 톰 캘러핸 저,《아버지의 아들: 얼과 타이거 우즈》 두 권에서의 대화에 미묘한 차이가 있었으며 두 권 모두 참고하며 이 대화를 구성

36 '나 진짜 상담받아야 할까 봐.'-바버라 우즈 게리 저,《반드시: 타이거의 뒤에 있던 남자와 있었던 나의 이야기》(2000년 본인 출간), 75쪽

36 '뉴욕의 전도유망한 변호사'-바버라 우즈 게리 저《반드시: 타이거의 뒤에 있던 남자와 있었던 나의 이야기》(2000년 본인 출간), 75쪽

36 '해야 하는 일 중에 진짜 어려운 일'-바버라 우즈 게리 저,《반드시: 타이거의 뒤에 있던 남자와 있었던 나의 이야기》(2000년 본인 출간), 76쪽

36 '사실에 비추어 판단컨대 ……'-1968년 5월 29일, 바버라 앤 우즈와 얼 데니슨 우즈의 합의

36 '우디가 법정 별거를 요구 ……'-1968년 5월 29일, 바버라 앤 우즈와 얼 데니슨 우즈의 합의

37 '별거해 각자 살기를 ……'-1968년 5월 29일, 바버라 앤 우즈와 얼 데니슨 우즈의 합의

37 '따로 지낸다는 것이다.'-1968년 5월 29일, 바버라 앤 우즈와 얼 데니슨 우즈의 합의

37 '200달러를 바버라에 대한 지원 ……'-1968년 5월 29일, 바버라 앤 우즈와 얼 데니슨 우즈의 합의

37 '왜 우리가 떨어져야 하는데?'-바버라 우즈 게리 저,《반드시: 타이거의 뒤에 있던 남자와 있었던 나의 이야기》(2000년 본인 출간), 85쪽

37 '아시안 여자와 같이 있는 모습에 놀랐다.'-바버라 우즈 게리 저,《반드시: 타이거의 뒤에 있던 남자와 있었던 나의 이야기》(2000년 본인 출간), 92쪽

37 '1968년 25살에 ……'-2013년 7월 1일,『골프 다이제스트』의 제이미 디아즈 기사 '태국의 티다'

37 '1969년에 뉴욕에서 결혼했다.'-산타클라라 카운티 캘리포니아 고등 법원에서 1995년 10월 2일, 얼 데니슨 우즈의 진술

38 '부부간의 성격 차이'-1969년 8월 23일, 치와와주 사법부의 이혼 판결 공인사본. 사건번호 5420, 969

38 '영사관은 …… 책임도 질 의무가 없으며 ……'-고리 P 브루노, 1969년 8월

25일, 미합중국 영사관의 얼 우즈에게 보낸 서신 내용 중

38 '극도의 잔혹함, 지독한 심적 고통'-1969년 8월 25일, 바바라 A. 우즈의 이혼 소송 사건번호 226251 내용 중

38 '양측은 아직 기혼 관계이고 ……'-1972년 2월 28일, 이혼 중간 판결문, 사건번호 226251 내용 중

38 '공식적으로 인정했다.'-1972년 3월 2일, 산타클라라 카운티의 캘리포니아 상급 법원의 최종 판결문

38 '두 사람의 결혼에 대한 법률적 측면에 이의를 제기'-1995년 4월 5일, 캘리포니아 상급 법원, 바바라 우즈의 서한

39 '1969년에 재혼했다.'-산타클라라 카운티 캘리포니아 고등 법원에서 1995년 10월 2일, 얼 데니슨 우즈의 진술

39 '나는 절대 이중 결혼하지 않았다.'-하워드 손스 저, 《까다로운 게임: 아널드 파머, 잭 니클라우스, 타이거 우즈 그리고 현대 골프 이야기》

3장

짐 힐, 로디 듀런, 로이스 우즈, 제이미 디아즈와의 인터뷰 위주로 엮었으며, 타이거 우즈와 얼 우즈의 책, 제이미 디아즈, 게리 스미스, 톰 캘러핸, 존 스트리지의 기사를 참고.

41 '아이를 더 낳을 수 없을 ……'-2009년 4월 8일, 『골프월드』의 제이미 디아즈 기사, '아빠의 외도에서 겨우 타이거를 키울 수 있었다.' 중

41 '엘드릭의 E는 얼을 ……'-2011년, 뉴욕 고담 북스, 톰 캘러핸 저, 《아버지의 아들: 얼과 타이거 우즈》, 41쪽

41 '부모의 무관심으로……'-2013년 7월 1일, 『골프 다이제스트』의 제이미 디아즈 기사, '태국의 티다' 중

41 타이거라 부르기 시작했다.'-하퍼 콜린스 출판, 얼 우즈 저, 《헤쳐나가기: 타이거 우즈와 함께한 노력, 장대한 꿈, 도전에 대한 직설》, 32쪽

42 '어머니는 반은 태국, 반은 중국이다.'-1996년 12월 9일, 『뉴스위크』 지, 존 매코믹과 섀런 베글리의 기사, '타이거를 어떻게 키웠는가?'

42 '그리고 내 아들은 백인이 아니다.'-1993년 2월 22일, 『LA 타임스』의 빌 플라시크의 기사, '골프의 천부적인 신동의 새 시대'

42 '1,474 평방피트의 목장주택'-오렌지 카운티 세무서

43 '차고에 네트를 걸어서'-하퍼 콜린스 출판, 얼 우즈 저, 《헤쳐나가기: 타이거 우즈와 함께한 노력, 장대한 꿈, 도전에 대한 직설》, 69쪽

43 '쿨티다가 먹이는 ……'-2011년, 뉴욕 고담 북스, 톰 캘러핸 저, 《아버지의 아들: 얼과 타이거 우즈》, 41쪽

44 '우리 손으로 천재를 키웠어.'-1992년 7월 24일, 『USA 투데이』 주말판, 수년간 얼 우즈는 이 이야기를 끊임없이 언급

44 '유아용 골프클럽'-1996년 12월, 『SI』의 게리 스미스 기사, '선택된 자'

44 티다와 나는 …… 최대한 해 주자고 서로 약속했습니다.'-하퍼 콜린스 출판, 얼 우즈 저, 《헤쳐나가기: 타이거 우즈와 함께한 노력, 장대한 꿈, 도전에 대한 직설》, 62쪽

45 '아빠, 오늘 아빠하고 같이 골프 하러 나가도 돼요?'-1996년 12월 9일, 『뉴스위크』 지 존 매코믹과 섀런 베글리의 기사, '타이거를 어떻게 키웠는가?' 내용 중

48 '내 망상일 수도 있었겠지만'-하퍼 콜린스 출판, 얼 우즈 저, 《헤쳐나가기: 타이거 우즈와 함께한 노력, 장대한 꿈, 도전에 대한 직설》, 39쪽

49 '마이크 더글러스는 …… 타이거의 섭외를 제안했다.'-2011년, 뉴욕 고담 북스, 톰 캘러핸 저, 《아버지의 아들: 얼과 타이거 우즈》, 42쪽

49 '타이거, 몇 살이니?'-마이크 더글러스 쇼의 유튜브 영상 중

51 '유리 상자라고 ……'-1997년 뉴욕 베이직 북스 출간, 앨리스 밀러 저,《영재의 드라마: 진정한 자아를 찾아》

51 '반짝이는 눈의 부모들 많이 봐 왔어.'-2011년, 뉴욕 고담 북스, 톰 캘러핸 저,《아버지의 아들: 얼과 타이거 우즈》, 43쪽

51 '우리는 타이거에게 …… 명령하지 않는다.'-〈댓츠 인크레더블〉 유튜브 영상 중

52 '차가운 시선으로 그를 바라보곤 했다.'-〈댓츠 인크레더블〉 유튜브 영상 중

52 '우리 아들이 매우 재능이 있어요.'-2002년, 뉴욕 해첫 북스, 루디 듀런 저,《모든 아이들 안에 타이거가 산다: 당신의 아이에게 필요한 골프의 기본 5단계》

54 '무상으로 골프클럽 세트 장비를 제공했다.'-2002년, 뉴욕 해첫 북스, 루디 듀런 저,《모든 아이들 안에 타이거가 산다: 당신의 아이에게 필요한 골프의 기본 5단계》

54 '스스로 동기부여를 할 수 있는 메시지가 담긴 테이프를 ……'-1997년, 뉴욕 브로드웨이 북스, 존 스트리지 저,《타이거: 타이거 우즈 전기》, 21쪽

55 '온 힘을 모아 내 모든 것을 쏟을 것이다.'-1997년, 뉴욕 브로드웨이 북스, 존 스트리지 저,《타이거: 타이거 우즈 전기》, 21쪽

55 '선생님이 나를 부르지 않길 기도했다.'-2017년, 뉴욕 그랜드 센트럴 퍼블리싱, 타이거 우즈 저,《1997년 마스터스: 나의 이야기》, 74쪽

56 '너무 심하게 더듬어서 그냥 포기했다.'-2017년, 뉴욕 그랜드 센트럴 퍼블리싱, 타이거 우즈 저,《1997년 마스터스: 나의 이야기》, 74쪽

56 '2년 동안이나 방과 후 교실을 통해 ……'-2017년, 뉴욕 그랜드 센트럴 퍼블리싱, 타이거 우즈 저,《1997년 마스터스: 나의 이야기》, 75쪽

56 '부지불식간에 나는 그 차고에서 터득했다.'-2017년, 뉴욕 그랜드 센트럴 퍼블리싱, 타이거 우즈 저,《1997년 마스터스: 나의 이야기》, 18쪽

57 '내가 잠들 때까지……'-2017년, 뉴욕 그랜드 센트럴 퍼블리싱, 타이거 우즈 저,《1997년 마스터스: 나의 이야기》, 75쪽

4장

주로 제이 브룬자 박사, 메이건 마호니, 톰 서전트, 존 스트리지, 월리 굿윈에게서 정보를 얻었으며 타이거 우즈, 얼 우즈, 하워드 손스의 책 그리고 제이미 디아즈의 기사, CBS 스포츠의 영상을 참조.

58 'TV를 뚫어져라 보고 있었다.'-2017년, 뉴욕 그랜드 센트럴 퍼블리싱, 타이거 우즈 저,《1997년 마스터스: 나의 이야기》, 13쪽

58 '그날 이미 ……'-2017년, 뉴욕 그랜드 센트럴 퍼블리싱, 타이거 우즈 저,《1997년 마스터스: 나의 이야기》, 75쪽

58 '의심의 여지 없이 공이 동면에서 깼습니다!'-1986년 4월 13일, CBS 스포츠 생중계

59 '그가 있던 자리로 내가 가고 싶었고'-2017년, 뉴욕 그랜드 센트럴 퍼블리싱, 타이거 우즈 저,《1997년 마스터스: 나의 이야기》, 14쪽

59 '…… PGA는 …… 규칙을 제정했다.'-2009년, 옥스퍼드 유니버시티 프레스 발간, 앨런 시프닉 저,《오거스타 내셔널과의 전쟁: 후티, 마사 그리고 시대의 거장들》, 310쪽(2004년, 뉴욕 사이먼 & 슈스터 발간)에 따르면 제정 시기는 1943년이며 1934년이 아님.

59 '1961년에서야 비로소 ……'-2009년, 옥스퍼드 유니버시티 프레스 출간, 앨런 시프닉 저,《오거스타 내셔널과의 전쟁: 후티, 마사 그리고 시대의 거장들》, 310쪽(2004년, 뉴욕 사이먼 & 슈스터 출간)

59 '나는 인종 차별 …… 기회와 끊임없이 싸웠다.'-하퍼 콜린스 출판, 얼 우즈 저, 《헤쳐나가기: 타이거 우즈와 함께한 노력, 장대한 꿈, 도전에 대한 직설》, 25쪽

59 '『골프 다이제스트』는 …… 나열했는데'-1997년, 뉴욕 브로드웨이 북스, 존 스트리지 저, 《타이거: 타이거 우즈 전기》, 26쪽

60 '…… 처음 봅니다.'-〈먹이를 쫓는 타이거: 그의 인생〉 공식 발매 DVD 중

60 '그냥 느낌에 ……'-하워드 손스 저, 《까다로운 게임》, 130쪽

60 '존은 비용을 요청하지 않았고 ……'-하워드 손스 저, 《까다로운 게임》, 144쪽

61 '이동은 쿨티다의 책임이었다.'-2009년 4월 8일, 제이미 디아즈의 『골프월드』 기사, '아빠의 외도에서 겨우 타이거를 키울 수 있었다.' 중

61 '타이거는 태국으로 가서……'-2009년 4월 8일, 제이미 디아즈의 『골프월드』 기사, '아빠의 외도에서 겨우 타이거를 키울 수 있었다.' 중

61 '…… 4성 장군이 될 거라고 ……'-존 스트리지 저, 《타이거: 타이거 우즈 전기》, 25쪽, 비슷한 이야기가 게리 스미스의 《선택된 자》에서도 언급

61 '락작미아(Rak Jak Mea)'-2013년 7월 1일, 『골프 다이제스트』의 제이미 디아즈 기사, '태국의 티다'

61 '…… 나는 네게 절대로 거짓말을 하지 않는다.'-2009년 4월 8일, 제이미 디아즈의 『골프월드』 기사, '아빠의 외도에서 겨우 타이거를 키울 수 있었다.' 중

62 '…… 상대의 목을 향해서 ……'-2009년 4월 8일, 제이미 디아즈의 『골프월드』 기사, '아빠의 외도에서 겨우 타이거를 키울 수 있었다.' 중. 존 스트리지의 책에서도 쿨티다는 '숨통을 끊어버려'라고도 언급

62 '…… 아무 느낌이 없는 듯했다.'-〈먹이를 쫓는 타이거: 그의 인생〉 공식 발매 DVD 중

62-63 '타이거는 좋아했다.'-2017년, 뉴욕 그랜드 센트럴 퍼블리싱, 타이거 우즈

저,《1997년 마스터스: 나의 이야기》, 21쪽

63 '제이 브룬자 박사'-제이 브룬자의 경력 증명서 중

65 '스코티가 어릴 적엔,……'-2017년 4월 23일, 제이슨 소벨의 ESPN 기사, '기존의 퍼터들이 왜 타이거에게는 통하지 않았던 것인가?' 중

65 '타이거는 스코티의 퍼터를 사용하기 시작했다.'-2017년 4월 23일, 제이슨 소벨의 ESPN 기사, '기존의 퍼터들이 왜 타이거에게는 통하지 않았던 것인가?' 중

65 '…… 여전히 왜소하고 깡마른 체격이었다.'-2017년, 뉴욕 그랜드 센트럴 퍼블리싱, 타이거 우즈 저,《1997년 마스터스: 나의 이야기》, 98쪽

65 '…… 심리전과 ……'-2017년, 뉴욕 그랜드 센트럴 퍼블리싱, 타이거 우즈 저,《1997년 마스터스: 나의 이야기》, 102쪽

66 '꺼져, 타이거!'-2017년, 뉴욕 그랜드 센트럴 퍼블리싱, 타이거 우즈 저,《1997년 마스터스: 나의 이야기》, 100쪽

66 '…… 몰아주시기를 바랐다.'-2017년, 뉴욕 그랜드 센트럴 퍼블리싱, 타이거 우즈 저,《1997년 마스터스: 나의 이야기》, 98쪽

67 '그 약속의 단어는 '그만해'였다.-1996년 12월, 『SI』의 게리 스미스 기사, '선택된 자'

67 '무자비한 암살자'-2017년, 뉴욕 그랜드 센트럴 퍼블리싱, 타이거 우즈 저,《1997년 마스터스: 나의 이야기》, 98쪽

68 '월리 굿윈의 편지-1989년 3월 28일, 스탠퍼드 대학의 타이거 우즈 영입 서신

68 '월리 굿윈에게 답장-2014년 10월 9일, 『골프 다이제스트』 중 월리 굿윈을 향한 타이거의 편지

70 '타이거의 파트너는 …… 존 댈리였다.-1992년 1월 26일, 『LA 타임스』의 기사, '타이거라는 이름의 어린 사자가 대회 출전할 예정이다'

5장

플로리다주 윈더미어의 아일워스에서의 조사, 캘리포니아와 오하이오주 법원 기록, 돈 크로스비, 디나 그레이블, 조 그로먼, 제이미 디아즈, 오마라 부부, 윌리엄 울리거, 톰 커네프, IMG 임원들과의 인터뷰를 통한 정보 위주로 담았으며, 타이거 우즈의 기자회견 및 인터뷰, 타이거 우즈와 얼 우즈의 책, 존 게러티, 팀 로사포르테, 톰 커네프의 기사 내용도 참고.

73 '1989년 …… 만났다.'-〈그로먼 골프 신보(Gazette) Ⅰ, 1호〉(1998년 4월 28일)(조 그로먼 개인의 블로그나 일기 형식의 문서로 보임:옮긴이)

74 '연습, 연습, 연습이요.'-2017년, 뉴욕 그랜드 센트럴 퍼블리싱, 타이거 우즈 저,《1997년 마스터스: 나의 이야기》, 74쪽

74 '만 시간의 법칙'-2008년, 보스턴 리틀 브라운 앤 컴퍼니 출판, 맬컴 글래드웰 저,《아웃라이어: 성공한 사람들의 이야기》중

75 '조 그로먼은 …… 챔프라는 별명으로 부르기 시작했다.'-〈그로먼 골프 신보 Ⅳ, 1호〉(2002년 6월)

76 '여자친구가 비집고 들어 올 공간이 없습니다. 이게 유년 시절 경험보다 더 나아요.'-1991년 8월 11일, 톰 커네프의『피플』지 인터뷰 중

77 '…… 잭 니클라우스가 …… 방문했다.'-2000년, 뉴욕 토머스 던 북스 출판, 팀 로사포르테 저,《새로운 단계: 타이거 우즈의 제패 시대》xi

77 '…… 흑인 골퍼를 회원으로 받아들이기 시작했다.'-2003년 4월 10일,『LA 타임스』지 '사찰(Private Investigation)' 중

78 '…… 흑인 골퍼의 큰 희망 ……'-1994년 6월 7일,『뉴욕 타임스』래리 도먼의 기사, '출구(A Way Out)' 중

78 '…… 로드니 킹이 …… 폭행당했던 적이 있다.'-2016년 3월 3일,『타임스』

지 첼시 마티아시와 릴리 로스먼의 기사, '미국을 뒤바꾼 한 방' 중

78 '…… 타이거처럼 깔끔한 스윙을 하고 싶었습니다.'-1997년, 뉴욕 브로드웨이 북스, 존 스트리지 저, 《타이거: 타이거 우즈 전기》, 40쪽

79 '아들아, …… 역사의 일부분으로 영원히 남을 것이야.'-1994년 9월 5일, 『SI』의 팀 로사포르테의 기사, '역전의 소년(The Comeback Kid)' 중 얼의 언급, "타이거가 1991년 US 아마추어 대회에서 우승했을 때 아들에게 말했습니다. '미국에서 그 어떤 흑인도 하지 못했던 일을 네가 이뤘다. 그렇지만 지독한 파장을 일으킬 것이다.'라고요."

79 '…… 역대 최고가 되고 싶습니다.'-1991년 8월 1일, 제이미 디아즈의 『뉴욕 타임스』 기사, '저리 비켜, 니클라우스! 10대 골퍼를 조심해라.'

79 '테니스와 축구 대표로 뛸 만큼 ……'-1992~1993년 웨스턴 하이 고등학교 졸업기념 앨범 중

80 '…… 『피플』 지에서 …… 크게 다뤘다.'-1991년 9월 27일, 『피플』 기사, '여러분, 타이거 우즈입니다' 중

83 '이 두 사람은 …… 러브콜을 보냈던 이들이다.'-하워드 손스 저, 《까다로운 게임》, 159쪽

83 '마크 매코맥은 …… 선수 출신이다.'-2016년 뉴욕 사이먼 앤 슈스터 출판, 매슈 푸터먼 저, 《조력자들: 어떻게 스포츠가 사업으로 될 수 있었는가?》

84 '약자를 괴롭히는 데 망설이지 않았다.'-1985년 1월 7일, 쿠야호가 카운티, 가정부(Division of Domestic Relations) 민사소송법원의 캔디스 B. 노턴과 존 휴스 노턴 3세 간의 이혼, 구류, 금지 명령 가처분 소송 기록 중

85 '골프를 진짜로 잘하는 흑인 선수가 처음으로 나타난다면 ……'-2011년, 뉴욕 고담 북스, 톰 캘러핸 저, 《아버지의 아들: 얼과 타이거 우즈》, 43쪽

85 '여부가 있겠습니까.'-2011년, 뉴욕 고담 북스, 톰 캘러핸 저, 《아버지의 아들: 얼과 타이거 우즈》, 43쪽

85 '...... 타이거와 그의 가족들과 ......'-2015년 9월 23일, 휴스 노턴으로부터 받은 이메일 중

85-86 '얼의 연간 수입은 4만 5천 달러가 ......'-1995년 10월 2일, 캘리포니아 고등 법원, 얼 우즈의 수입 및 지출 신고 내역 정확한 액수로는 45,233달러 72센트

86 '한 달 지출이 5,800달러가 ......'-1995년 10월 2일, 캘리포니아 고등 법원, 얼 우즈의 수입 및 지출 신고 내역

86 '주택 담보 대출로 상환'-하퍼 콜린스 출판, 얼 우즈 저, 《헤쳐나가기: 타이거 우즈와 함께한 노력, 장대한 꿈, 도전에 대한 직설》, 100쪽

86 '얼에게 매년 5만 달러씩 ...... 지급했다.'-작가의 IMG 고위급 임원과의 인터뷰를 통해 습득한 정보. 2003년 얼 우즈는 해당 건에 대해서는 부정. '절대로 나는 돈에 넘어가지 않는다. 그 정도로는 어림도 없다. 나는 결코 그렇게 가볍게 넘어가지 않는다.'(하워드 손스의 《까다로운 게임》, 177쪽)

86 '타이거의 아마추어 활동을 위해 매년 5만 달러씩......'-1993년 7월 15일, 프라임-타임 라이브 방송의 '타이거 우화' 대본 중

86 '다만 IMG가 ...... 얼 우즈에게 ...... 제공한 것으로 알고 있다.'-2017년 9월 27일, 앨러스터 J. 존스턴으로부터 받은 이메일 중

86 '아일워스는 606 에이커의 외부 출입이 차단된 지역이다.'-작가가 직접 조사

87 '사립 경비들이 ......'- 작가가 직접 조사

87 '...... 급하게 입문할 필요는 없을 거야.'-1992년 3월 9일, 『SI』의 존 게러티 기사, '이 친구라고!'

89 '...... 항상 긴장됐던 타이거이다.'-1996년 8월 18일, US 아마추어 챔피언십 기자회견 중. "저는 항상 긴장됐습니다. 첫 홀 티 구역에서 티를 꽂을 때엔 항상 긴장이 됩니다. 그러고는 차차 괜찮아졌습니다."

89 '...... 사후 경직을 ......'-1992년 3월 9일, 『SI』의 존 게러티 기사, '이 친구라

고!'

90 '…… 기하학 수업을 듣고 있어야 할 시간이었다.'-1992년 3월 9일, 『SI』의 존 게러티 기사, '이 친구라고!'

90 '…… 여섯 겹의 어마어마한 갤러리가 …'-1992년 3월 9일, 『SI』의 존 게러티 기사, '이 친구라고!'

90 '…… 스폰서 초청을 한낱 '검둥이'에게 행사한 ……'-2004년, 뉴욕 윌리엄 모로 출판, 하워드 손스 저, 《까다로운 게임: 아널드 파머, 잭 니클라우스, 타이거 우즈, 그리고 현대 골프 이야기》

90 '타이거 또한 테러 위협을 받았다.'-1993년 2월 22일, 『LA 타임스』 지의 빌 플라시크 기사, '골프의 천부적인 신동의 새 시대'

91 '잭 니클라우스를 이을 선수야. ……'-1992년 3월 9일, 『SI』 지의 존 게러티 기사, '이 친구라고!'

92 '제가 실수 샷을 해도,……'-1992년 3월 9일, 『SI』 지의 존 게러티 기사, '이 친구라고!'

93 '우즈 가족으로서의 규약 중 하나'-2005년 7월 14일, 브리티시 오픈에서의 타이거 우즈의 기자회견 내용 중

6장

존 머천트, 제프리 올진, 디나 그레이블, 부치 하먼, 그랜트 스패스, 윌리 굿윈, 제이미 디아즈, 조 그로먼과의 인터뷰, 코네티컷주 정부 기록, 타이거 우즈, 얼 우즈, 존 머천트, 존 스트리지의 책, PGA 투어 영상 및 CBS 방송사 스포츠 영상, 웨스턴 하이 졸업 기념 앨범, USGA 연구소, 스탠퍼드 일간지 및 톰 커네프의 기사에서 주로 참고.

94 '…… 우리는 차별하지 않습니다.'-2010년 10월 28일, 『뉴욕 타임스』의 빌 페닝턴의 기사, '골프계를 들썩이게 했던 홀 톰슨, 87세에 사망' 기사 중

95 '그래서 아무리 괴로운 일이 있어도……'-1990년 7월 29일, 『뉴욕 타임스』의 제이미 디아즈의 기사, '인종차별 이슈가 골프 세계를 뒤흔들다'

95 '…… 변호사 S. 가일스 페인이었다.'-2012년, 크릴리브리스(Xlibris) 출판, 존 머천트 저, 《도전할 만한 여정: 예측할 수 없는 모험》, 335쪽

96 '…… 유색인 최초로 졸업하기도 했다.'-2012년, 크릴리브리스 출판, 존 머천트 저, 《도전할 만한 여정: 예측할 수 없는 모험》, 335쪽

96 '코네티컷의 가장 큰 은행에서 …… 최초의 흑인이기도 했다.'-2012년, 크릴리브리스 출판, 존 머천트 저, 《도전할 만한 여정: 예측할 수 없는 모험》, 335쪽

98 '…… 존 앤설모가 연초에 대장암 진단을 받고 ……'-2017년 7월 15일, 『골프월드』의 존 스트리지 기사, '존 앤설모 사망' 중

99 '유진 클로드 하먼 시니어는 …… 마스터스 챔피언이었다.'-1996년 12월 9일, 『뉴스위크』 지의 존 매코믹 기사, '호랑이(타이거)에게도 조련사가 필요하다.'

99 '그렉 노먼의 스윙코치로도 ……'-1996년 12월 9일, 『뉴스위크』 지의 존 매코믹 기사, '호랑이에게도 조련사가 필요하다.'

99 '로킨바 골프클럽도 찾았다.'-2017년, 뉴욕 그랜드 센트럴 퍼블리싱, 타이거 우즈 저, 《1997년 마스터스: 나의 이야기》, 41쪽

99 '…… 팔뚝에 통증이 있었다.'-2000년 4월호 『골프 다이제스트』의 데이비드 킨드레드 기사, '타이거 우즈가 성장하고 있다.' 중

99 '…… 좋아하는 샷이 따로 있나?'-작가의 부치 하먼과의 인터뷰 및 2017년, 뉴욕 그랜드 센트럴 퍼블리싱, 타이거 우즈 저, 《1997년 마스터스: 나의 이야기》, 55쪽("93년 아마추어 대회 후에 스윙이 잘되지 않을 때 자신 있어 하는 샷이 따로 있는지 부치가 내게 물었다. …… 부치에게 내가 하는 거의 모든 샷들이 자신 있는 것이라

고 했다. 모든 샷에서 할 수 있는 만큼 빠르게 휘두르고 모든 걸 쏟아부었다고도 했다.")

99 '최대한 할 수 있는 만큼 빠르게 휘두르는 거요.'-작가의 부치 하먼과의 인터뷰.

100 '…… 시간당 300달러의 비용 ……'-1996년 12월 9일, 『뉴스위크』 지 존 매코믹의 기사, '호랑이(타이거)에게도 조련사가 필요하다.'

101 '타이거는 …… 공식화했다.'-1993년 11월 11일, 스탠퍼드 데일리의 롭 로즈의 기사, '남자 골프 팀이 최고의 거물을 영입하다!'

102 '…… 가장 성공할 동문이라고 ……'-1994년 웨스턴 하이 졸업 앨범 60쪽

102 '평균학점 3.8로'-1995년 2월 5일, 『뉴욕 타임스』 매거진의 피터 디 용의 기사, '타이거 우즈' 중. 피터는 3.79로 밝혔으나 다른 취재원에 따르면 3.86이라고도 알려짐. 본서에서는 3.8로 확인

103 '…… 윤리적인 문제에 대해 ……'-1994년 6월 15일, 제프리 올진의 항명서

104 '…… 수사를 시작했고,'-1997년 9월 2일, 주 윤리위원회의 존 F. 머천트에 대한 판결록 번호 CV960330176

104 '…… 세간에 오르내렸던 부분을 ……'-1996년 3월 7일, 『하트퍼드 커런트』 지의 앨런 레빈 기사, '재직 중에 골프를 즐긴 이사진을 축출한 롤랜드' 참고

104 '…… 총으로 쏴 죽였을 거야!'-2011년, 뉴욕 고담 북스, 톰 캘러핸 저, 《아버지의 아들: 얼과 타이거 우즈》, 96쪽

104 '…… 바람둥이가 아닌 선수라'-2011년, 뉴욕 고담 북스, 톰 캘러핸 저, 《아버지의 아들: 얼과 타이거 우즈》, 31쪽

104 '실오라기 하나 걸치지 않은 채로'-2011년, 뉴욕 고담 북스, 톰 캘러핸 저, 《아버지의 아들: 얼과 타이거 우즈》, 97쪽

105 '…… 기자들이 …… 오해하고 있었다고 한다.'-2015년 12월, 『타임스』 지의 로언 루벤스타인 기사, '알려지지 않은 타이거의 분투' www.time.com/tiger/

106 'US 아마추어 역사상 가장 위대한 역전'-1994년 9월 5일, 『SI』 지의 팀 로사포르테 기사, '역전의 소년(The Comeback Kid)' 중

107 '오클라호마 주립대로 편입하기'-1994년 9월 5일, 『SI』 지 팀 로사포르테 기사, '역전의 소년(The Comeback Kid)' 중

107 '트립의 집에 아버지와 머물렀다.'-2012년, 뉴욕 Three Rivers Press, 행크 헤이니 저, 《빅 미스: 타이거 우즈를 지도했던 시간》, 8쪽

107 '잘나가는 변호사에 은행을 두 곳이나 소유했고,'-1997년 4월 20일, 『뉴욕 타임스』 조 드레이프의 기사, '사람들 가운데에서 비판적으로 변한 신동'

108 '가장 모험적인 샷'-1994년 9월 5일, 『SI』 지 팀 로사포르테 기사, '역전의 소년' 중

108 '그대로 있는 듯하더니'-USGA의 홈페이지 아카이브

109 '…… 개뿔도 아닌 거다.'-톰 커네프의 얼 우즈와의 인터뷰(대화록은 톰 커네프가 작가에 제공)

110 '빌 클린턴조차 타이거에게 우승 축전을 보냈다.'-1994년 9월 8일, 빌 클린턴이 타이거 우즈에게 직접 보냈음.

110 '오늘 …… 놀라운 일입니다. ……'-1997년, 뉴욕 브로드웨이 북스, 존 스트리지 저, 《타이거: 타이거 우즈 전기》, 78쪽

110 '타이거와 얼이 대가 없이 골프장을 이용 ……'-2004년 3월, 〈그로먼의 골프 신보 VI, 2호〉, 조 그로먼과의 직접 인터뷰에서도 해당 내용이 있었음.

110 '…… 타이거는 …… 편지를 여러 통 받았다.'-2004년 3월, 〈그로먼의 골프 신보 VI, 2호〉, 조 그로먼과의 직접 인터뷰에서도 해당 내용이 있었음.

111 '…… 사람들 본 적 있어?'-2004년 3월, 〈그로먼의 골프 신보 VI, 2호〉, 조 그로먼과의 직접 인터뷰에서도 해당 내용이 있었음.

111 '타이거를 골프장에서 쫓아냈다.'-2004년 3월, 〈그로먼의 골프 신보 VI, 2호〉, 조 그로먼과의 직접 인터뷰에서도 해당 내용이 있었음.

111 '…… 어떤 흑인 녀석이 …… 볼을 쳤다고……'-2004년 3월, 〈그로먼의 골프 신보 VI, 2호〉, 조 그로먼과의 직접 인터뷰에서도 해당 내용이 있었음.

111 '…… 그럴 필요 없어요.'-2004년 3월, 〈그로먼의 골프 신보 VI, 2호〉, 조 그로먼과의 직접 인터뷰에서도 해당 내용이 있었음.

112 '…… 망하라고 해! ……'-2004년 3월, 〈그로먼의 골프 신보 VI, 2호〉, 조 그로먼과의 직접 인터뷰에서도 해당 내용이 있었음.

7장

로이스 우즈, 디나 그레이블, 그랜트 스패스, 로리 스패스, 월리 굿윈, 존 머천트, 제이미 디아즈, 존 스트리지, 돈 크로스비, 샌프란시스코 포티나이너스 재단 회원들, 스탠퍼드 경찰서 관계자들과의 인터뷰에서 주요 정보를 얻었으며, 스탠퍼드 대학의 기록, PGA 투어 공식 홈페이지 정보, 타이거 우즈, 얼 우즈, 존 스트리지의 저서, 타이거 우즈와 디나 그레이블 사이에서 친분이 있던 사람들, 타이거 우즈의 기자회견 녹취, 스탠퍼드 데일리, 제이미 디아즈와 피터 디 용의 기사를 참조.

114 '경제학을 전공으로 ……'-1993년 11월 11일, 『뉴욕 타임스』 기사, '타이거 우즈 스탠퍼드 행'

114 '룸메이트 비외른 존슨'-1995년 1월 11일, 『스탠퍼드 데일리』 헤더 나이트의 기사, '타이거와 여름 나기'

114 '수업 일정을 짠 ……'-1994년 10월 26일, 『어소시에이티드 프레스(Associated Press, 이하 AP 통신으로 표기)』의 폴 뉴베리 기사, '역사학도 타이거'

114 '대회가 프랑스 베르사유에서 열렸다.'-1994년 9월 22일, 『스탠퍼드 데일리』의 앨리슨 미즈구치 기사, '타이거 우즈: 과연 보통의 1학년생?'

114 ‘공포의 타이거’-1994년 10월 17일, 『SI』의 제이미 디아즈 기사, ‘타이거 우화’

114 ‘제리 루이스 이후’-1994년 10월 17일, 『SI』의 제이미 디아즈 기사, ‘타이거 우화’

115 ‘친구를 만드는 데에도 어려워했다.’-작가의 샌프란시스코 포티나이너스 재단 전 회원과의 직접 인터뷰 내용

115 ‘약속 없이’-2006년 2월 5일, 두바이 데저트 클래식 기자회견 중(1학년 동안 저는 훌륭한 빌 월시 풋볼 코치와 많은 대화를 나눴다.)

116 ‘게다가 그녀의 이름조차도 타이거는 말하지 않았다.’-1995년 2월 5일, 『뉴욕 타임스 매거진』의 피터 디 용 기사, ‘타이거 우즈’ 중

117 ‘북아메리카 토박이’-1995년 2월 5일, 『뉴욕 타임스 매거진』, 피터 디 용의 기사, ‘타이거 우즈’ 중

117 ‘우르켈이라는 별명’-1995년 2월 5일, 『뉴욕 타임스 매거진』, 피터 디 용의 기사, ‘타이거 우즈’ 중

118 ‘엿을 먹이는 것이라고’-1995년 2월 5일, 『뉴욕 타임스 매거진』, 피터 디 용의 기사, ‘타이거 우즈’ 중

118 ‘투지를 키워줍니다. ……’-1995년 2월 5일, 『뉴욕 타임스 매거진』, 피터 디 용의 기사, ‘타이거 우즈’ 중

118 ‘조 루이스는 … 입대한 ……’-1942년 6월 23일, 『뉴욕 타임스』 기사, ‘조 루이스, 훈련을 끝내고 출국’

119 ‘미국에 현재 잘못된 것들이 많긴 하지만 ……’-1997년 4월 22일, 『뉴욕 타임스』의 아이라 버클로 기사, ‘조 루이스는 이미 가 있었다’

119 ‘내가 인종에 대해 떠올릴 때는 ……’-1996년 12월, 『SI』의 게리 스미스 기사, ‘선택된 자’

119 ‘…… 정말 훌륭한 선수입니다. ……’-1994년 10월 26일, 『AP 통신』 폴 뉴베

리의 기사, '역사학도 타이거'

119 '정말 굉장합니다. ……'-1994년 10월 26일, 『AP 통신』, 폴 뉴베리의 기사, '역사학도 타이거'

120 '…… 우리 팀이 이겼다는 것 ……'-1994년 10월 26일, 『AP 통신』 폴 뉴베리의 기사, '역사학도 타이거'

120 '타이거는 911에 전화를 걸어 ……'-1994년 12월 1일, 산타클라라 카운티의 보안관 사무실 범죄사건 신고. 스탠퍼드 경찰이 작가에 알린 바로는 서의 정책상 녹취는 사후 3년 뒤 폐기

120 '만찬에 제리 라이스를 ……'-1994년 12월 1일, 산타클라라 카운티의 보안관 사무실 범죄사건 신고. 제리 라이스가 대리인을 통해 전해온바 타이거가 스탠퍼드 재학 중에 만난 적은 있으나 그 '사건'에 대해서는 '알지 못했다'고 함. 포티나이너스의 카멘 폴리시에게 이에 대해 물었지만 타이거를 만났던 1994년 당시에 대해서는 기억이 안 난다고 답변.

120 '타이거, 가진 거 다 내놔!'-1994년 12월 1일, 신고 중 추가 사항

122 '맞지도 않았고,'-1994년 12월 2일, 『스탠퍼드 뉴스 서비스』의 기사, '골프선수 우즈의 강도 사건에 대한 성명서'

123 '…… 그 시간에 …… 불운이었습니다.'-1994년 12월 3일, 『LA 타임스』, 마이크 디지오바나의 기사, '타이거 우즈, 심각한 부상은 아니었다'

123 '골프선수 타이거가 강도에게 당했다.'-1994년 12월 4일, 『뉴욕 타임스』

123 '물혹을 제거하는 수술을'-2017년, 뉴욕 그랜드 센트럴 퍼블리싱, 타이거 우즈 저, 《1997년 마스터스: 나의 이야기》, 60쪽

123 '…… 스케이트보드 타다가 넘어지고, ……'-2009년 12월 20일, 『골프 다이제스트』, 제이미 디아즈의 기사, '타이거 우즈에 대한 진실'

123 '…… 긴 수술 자국이……'-2017년, 뉴욕 그랜드 센트럴 퍼블리싱, 타이거 우즈 저, 《1997년 마스터스: 나의 이야기》, 60쪽

123 ‘웃기지 말라고 해. ……’-2017년, 뉴욕 그랜드 센트럴 퍼블리싱, 타이거 우즈 저,《1997년 마스터스: 나의 이야기》, 60쪽

124 ‘통증은 견딜 수 없을 정도였어요. ……’-2017년, 뉴욕 그랜드 센트럴 퍼블리싱, 타이거 우즈 저,《1997년 마스터스: 나의 이야기》, 60쪽

124 ‘정신력이란 …… 생각했다.’-2017년, 뉴욕 그랜드 센트럴 퍼블리싱, 타이거 우즈 저,《1997년 마스터스: 나의 이야기》, 60쪽

125 ‘해당 부문 1위’-1995년 4월 17일,『SI』의 제이미 디아즈 기사, ‘믿을 수가 없어’

125 ‘데이비스 러스 3세가 …… 그 뒤를 이었다.’-1995년 4월 17일,『SI』의 제이미 디아즈 기사, ‘믿을 수가 없어’

125 ‘시즌 평균 드라이브 거리 1위의 ……’-1995년 4월 17일,『SI』의 제이미 디아즈의 기사, ‘믿을 수가 없어’(283.8야드. PGA 투어 공식 홈페이지 기록 참고)

125 ‘저도 해 볼까요?’-1995년 4월 17일,『SI』의 제이미 디아즈 기사, ‘믿을 수가 없어’

125 ‘상업적인 출판’-존 스트리지 저,《타이거: 타이거 우즈 전기》, 158쪽

125 ‘맥스플리를 사용했는지에,……’-1997년, 뉴욕 브로드웨이 북스, 존 스트리지 저,《타이거: 타이거 우즈 전기》, 158쪽

125 ‘스탠퍼드에선 근신,……’-1995년 7월 17일,『SI』의 제이미 디아즈 기사, ‘타이거 우즈의 OB(Out of the Woods)’

126 ‘타이거는 속으로 분개했다.’-1995년 6월 19일,『SI』의 존 스트리지 기사, ‘타이거를 찾아서’

126 ‘…… 타이거는…… 떠날 수도 있다.’-1995년 6월 19일,『SI』의 존 스트리지 기사, ‘타이거를 찾아서’

126 ‘…… 168명이 죽었고,’-2001년 6월 20일,『USA 투데이』

127 ‘타이거는 …… 돌연 기권했다.’-1995년 4월 25일,『스탠퍼드 데일리』, 브라이언 리의 기사, ‘대회 타이틀을 가져갈 유력한 네 명의 선수’

128 '어깨는 괜찮아.'-타이거가 디나에게 보낸 편지 중

129 '…… MRI에서 …… 상흔이 있다고 ……'-1995년 4월 25일, 『스탠퍼드 데일리』, 브라이언 리의 기사, '대회 타이틀을 가져갈 유력한 네 명의 선수'

129 '고등학교 때 야구를 하다가 다친 ……'-1995년 4월 25일, 『스탠퍼드 데일리』, 브라이언 리의 기사, '대회 타이틀을 가져갈 유력한 네 명의 선수'

129 '야구를 할 때 ……'-2006년 9월 1일, 도이치뱅크 챔피언십에서 타이거 우즈의 기자회견 녹취

129 '…… 스포츠 종목 하나만 선택해야 한다고 ……'-2017년, 뉴욕 그랜드 센트럴 퍼블리싱, 타이거 우즈 저, 《1997년 마스터스: 나의 이야기》, 22쪽

130 '진심으로 사과할게.'-타이거가 디나에게 보낸 편지 중

8장

존 머천트, 릭 라이언, 에이선 크리스트, 톰 그레이엄, 에드 모로(Morrow), 코리 마틴, 에드 마우로(Mauro), 부치 하먼, 피터 디바리, 바클레이 더글러스, 빌 하먼, 뉴포트 컨트리클럽 회원, 토미 허드슨 등의 인물들과의 인터뷰, 코네티컷 윤리위원회 서류 및 서신, 코네티컷주 법원 기록, 코네티컷주 최고 법무관 및 윤리위원회, 주지사 사무실 기록, 뉴포트 컨트리클럽, 브루크론 컨트리클럽, 컨트리클럽 오브 페어필드에 대한 직접적인 취재, 『스탠퍼드 데일리』의 기사, 데이비드 페이, 베브 노우드로부터의 서신, 팀 로사포르테와 릭 립시의 기사를 주로 참고.

132 '상당한 사유'-1995년 4월 17일, 코네티컷주 윤리위원회의 보도자료

132 '…… 대해서도 존이 인정했다.'-1997년 9월 2일, 존 머천트와 주 윤리위원회 건, 사건번호 CV960330176

132 '내 기억으로는 ……'-2017년 9월 27일, 앨러스테어 존스턴으로부터의 이메일 중

136 '휴스 노턴이 …… 건에 대해 ……'-2000년, 뉴욕 토머스 던 북스 출판, 팀 로사포르테 저,《새로운 단계: 타이거 우즈의 제패 시대》, 51쪽('휴스 노턴이 AJGA 대회들을 대상으로 '재능 투자'라는 이름으로 꾸민 작당에 얼 우즈는 이미 IMG로부터 급여처럼 돈을 받고 있었다.')

137 '이 성명서를 남긴 이유는 ……'-1997년, 뉴욕 브로드웨이 북스, 존 스트리지 저,《타이거: 타이거 우즈 전기》, 115쪽

138 '특별히 실수는 없었습니다. ……'-원서에 공란으로 되어 있음.(옮긴이)

138 '아버지를 발견했다.'-1995년 6월 2일, 『SI』 기사, '아픈 타이거'

139 '1895년에 설립된'-브루크론 컨트리클럽 공식 홈페이지

140 '심한 식중독에 걸려서'-1995년 5월 22일, 『스탠퍼드 데일리』, 브라이언 리의 기사, '남자 골프팀이 NCAA 대회 출전자격을 획득'

140 '클럽을 땅에 내팽개쳤다.'-1995년 6월 12일, 『SI』, 릭 립시의 기사, 'NCAA 챔피언십 막바지에 오클라호마 주립대가 스탠퍼드를 연장전에서 물리쳤다'

140 '그의 분개한 행동으로 ……'-1995년 6월 12일, 『SI』, 릭 립시의 기사, 'NCAA 챔피언십 막바지에 오클라호마 주립대가 스탠퍼드를 연장전에서 물리쳤다'

141 '처음 연장전을 ……'-1995년 6월 12일, 『SI』, 릭 립시의 기사, 'NCAA 챔피언십 막바지에 오클라호마 주립대가 스탠퍼드를 연장전에서 물리쳤다'

142 '안녕하세요?(Hey, what's going on?)'-코리 마틴과 작가와의 인터뷰

144 '…… 보는 대로 볼이 가지 않아.'-빌 하먼과 작가와의 인터뷰

145 '2층의 발코니가 넘칠 정도로'-1995년 USGA의 연보

145 '메르세데스 벤츠 딜러'-1995년 8월 28일, 『뉴포트 데일리 뉴스』, 댄 질레트의 기사, '워커컵 출전자격을 얻은 만족스러운 마무리'

145 '36번째 홀'-1995년 8월 28일, 『프로비던스 저널-불레틴』, 짐 도널드슨의 기사, '타이거 우즈는 여전히 미국의 1위 골퍼'

146 '18인치에'-1995년 10월, 『골프 저널』, 브렛 에버리의 기사, '시퍼렇게 젊고 활동적인'

146 '…… 브룬자 박사님에게 이 우승을 바칩니다.'-1995년 9월 1일, 『골프월드』, 피트 맥대니얼의 기사, '이보다 더 좋을 수 있나?'

146 '아버지가 세상을 떴다.'-1995년 9월 1일, 『골프월드』, 피트 맥대니얼의 기사, '이보다 더 좋을 수 있나?'

146 '클럽하우스에서 …… 텐트로 왔다.'-뉴포트 컨트리클럽 회원과 작가와의 인터뷰

147 '바비 존스는 기분이 어떨까? ……'-같이 있었던 다른 세 명과 작가와의 인터뷰

147 '…… 엉덩이에 뽀뽀나 하라지!'-같이 있었던 다른 세 명과 작가와의 인터뷰

148 '제가 예측하건대 ……'-1995년 9월 4일, 『SI』, 팀 로사포르테의 기사, '앵콜! 앵콜!'

148 '아버지, 그만 하세요. ……'-당시 상황을 목격했던 개인과 작가와의 인터뷰

9장

부치 하먼, 제이미 디아즈, 존 머천트, 짐 리스월드, 스티브 스콧, 크리스티 스콧, 윌리 굿윈, 에리 크럼 박사, 존 스트리지 등과의 인터뷰, 코네티컷주 법정 기록, 얼 우즈와 존 머천트 간의 개인 서신, NBC 스포츠, ABC 뉴스 및 골프 영화 영상, 타이거 우즈의 기자회견 녹취, 제이미 디아즈의 기사를 참고.

149 '스탠퍼드는 …… 유토피아였다.'-1996년 4월 8일, 『SI』의 제이미 디아즈의

기사, '속성공부(A Fast Study)'("스탠퍼드는 유토피아 같았다. 현실을 느끼지 못했던 세계였다. 그래서 그랬는지 그곳에서 시간을 더 보내고 싶었다.")

149 '정신적으로 몰두하고'-1996년 4월 8일, 『SI』의 제이미 디아즈 기사, '속성공부'

151 '25달러의 수표가 아널드에게 전달'-1996년 4월 8일, 『SI』의 제이미 디아즈 기사, '속성공부'

151 '엿이나 먹으라고'-1995년 10월 21일, 샌프란시스코 크로니클의 팻 설리번의 기사, '아널드와의 만찬에서 타이거도 자신의 음식에 대한 대가를 지불(원문에는 Kiss my yin yang이라 돼 있으나 의역:옮긴이)

154 '두 줄로 분류하여'-1996년 1월 28일, 얼 우즈가 존 머천트에게 보낸 서신, '1996년 비용 예산'

155 '재정적인 부담 …… 아니다.'-'타이거로 불리는 젊은 사자, LA 오픈 출전 예정'(원서에는 제목만 있으나, 검색한바 『LA 타임스』의 1992년 1월 26일, 멜 플로렌스의 기사임: 옮긴이)

155 '코네티컷주는 …… 규정을 위반했다고'-1997년 9월 2일, 존 F. 머천트와 주 윤리위 사무실 간의 양해각서 중

155 '윤리 규범 위반'-1997년 9월 2일, 존 F. 머천트와 주 윤리위 사무실 간의 양해각서 중

155 '윤리 위원회에서 수사가'-1997년 9월 2일, 존 F. 머천트와 주 윤리위 사무실 간의 양해각서 중

157 '존 롤런드마저 문제 삼기 시작'-1996년 3월 7일, 『하트퍼드 커런트』 지 앨런 레빈의 기사, '재직 중에 골프를 즐긴 이사진을 축출한 롤랜드' 참고

159 'IMG는 …… 동의했다.'-1997년 4월, 『뉴욕 포스트』

159 '시가를 피우고'-1996년 6월 10일, 『SI』의 윌리엄 F. 리드의 기사, '그의 시선'

159 '15,000장의 기록적인'-1996년 6월 10일, 『SI』의 윌리엄 F. 리드의 기사, '그의 시선'

160 '취재 출입증도 225장이나'-1996년 6월 10일, 『SI』의 윌리엄 F. 리드의 기사, '그의 시선'

160 '신문부터 …… 팔릴 겁니다.'-1996년 6월 10일, 『SI』의 윌리엄 F. 리드의 기사, '그의 시선'

163 '스탠퍼드로 돌아갈 거라고'-윌리 굿윈과 작가와의 인터뷰

164 '케빈 코스트너가 …… 더했다.'-1996년 8월 16일, 『뉴욕 타임스』의 자넷 마슬린 기사, '골프가 인생이라면 인생은 게임이다.'

164 '프로를 선언할 시기인가?'-1996년 8월 18일, 『뉴욕 타임스』의 래리 도먼 기사, '타이거에 대한 궁금증: 프로가 될 때인가?'

165 '학교에 계속 다니는 게 좋습니다.'-ABC 월드 뉴스 투나잇, 타이거 우즈와 캐롤 린과의 인터뷰

166 '머리를 단정하게 뒤로 묶은'-NBC 스포츠 중계 영상

167 '연속으로 서른 번이나'-2016년 8월 16일, 제프 리터 제작 '대등한 승부: 타이거 우즈, 스티브 스콧 그리고 1996년 US 아마추어' 영상

167 '한 홀 차로 좁혀지자'-NBC 스포츠 중계 영상

168 '타이거 …… '-'대등한 승부: 타이거 우즈, 스티브 스콧 그리고 1996년 US 아마추어'. 스티브 스콧과 작가와의 인터뷰

168 '타이거는 감사해하지 않았다.'-스티브 스콧과 작가와의 인터뷰

169 '냉정하고 무정해 보였다.'-스티브 스콧, 크리스티 스콧과 작가와의 인터뷰

170 '왜 전화했는지 다 알아.'-윌리 굿윈과 작가와의 인터뷰

171 '진짜 비호감이었던 점'-에리 크럼 박사와 작가와의 인터뷰

171 '나는 외로웠고'-2009년 4월 8일, 제이미 디아즈의 『골프월드』 지 기사, '아빠의 외도에서 겨우 타이거를 키울 수 있었다' 중

171 '끝내버려라'-2009년 4월 8일, 제이미 디아즈의 『골프월드』 지 기사, '아빠의 외도에서 겨우 타이거를 키울 수 있었다' 중

171 '심장을 도려내!'-2009년 4월 8일, 제이미 디아즈의 『골프월드』 지 기사, '아빠의 외도에서 겨우 타이거를 키울 수 있었다' 중

173 '트립 퀴니만큼'-2016년 9월 14일, 『골프채널닷컴』의 라이언 래브너의 칼럼, '그때의 아마추어: 트립 퀴니의 프로골프가 없는 삶'

173 '오클라호마 주립대에서 MBA 학위를 얻고'-2016년 9월 14일, 『골프채널닷컴』의 라이언 래브너의 칼럼 '그때의 아마추어: 트립 퀴니의 프로골프가 없는 삶'

173 '영상을 한 번도 보지 않았다.'-2016년 9월 14일, 『골프채널닷컴』의 라이언 래브너의 칼럼, '그때의 아마추어: 트립 퀴니의 프로골프가 없는 삶'

175 '샌님(Wuss)'-2011년 5월 30일, 메모리얼 토너먼트 기자회견 녹취.(어릴 때 우리들 대부분 샌님처럼 보이지 않았는가? 운동선수가 아닌, 운동선수처럼 알려지지 않았다면 운동선수가 아닌 건 당연하다.)

10장

짐 로스월드, 존 머천트, 제이미 디아즈, 존 매코믹, 존 파인스틴, 샤런 베글리, 게리 스미스, 래리 커시보움, 릭 울프, 찰스 피어스, 마크 실과의 인터뷰, 타이거 우즈, 존 파인스틴의 책, PGA 투어 골프채널 방송국, ABC 뉴스, NBC 스포츠 영상, 코네티컷주 법원 기록, 오하이오와 플로리다주 부동산 기록, 게리 스미스, 찰스 피어스, 톰 커네프, 제이미 디아즈의 기사를 참고.

176 '나이키 골프웨어가 들어 있는 백에 ……'-1996년 9월 9일, 『SI』의 리 몬트빌 기사, '밀워키에서의 실전 훈련: 아마추어 챔피언 타이거의 프로 데뷔는 그 자체부터 이미 성공'

176 '타이거의 정식 거주지가 …… 이전함을'-1996년 8월 26일, 타이거 우즈의 거주 신고

176 '1996년 당시 소득세 9.3%'-lao.ca.gov/1996 웹사이트

176 '9724 그린 아일랜드 코브'-타이거 우즈의 거주 신고

176 '클라우드 모네의 그림'-1996년 8월 30일, 『골프월드』의 피트 맥대니얼 기사, '낯선 공기'

177 '그렉 노먼의 조건보다 세 배 이상'-1996년 12월 『SI』 지의 게리 스미스 기사, '선택된 자'

177 '아, 뭐, 아주 대단한데요?'-1996년 12월 『SI』 지의 게리 스미스의 기사, '선택된 자'

178 '충분하다고 여기지 않았다.'-타이거의 가족 측근과 작가와의 인터뷰

179 '그건 당연한 거 아닙니까?'-1996년 9월 2일, 『SI』의 제이미 디아즈의 '맨 앞에서 포효'(121페이지로 적혔지만, 122페이지의 내용임: 옮긴이)

179 '지구에서 나의 유일한 영웅'-1996년 12월 『SI』 지의 게리 스미스의 기사, '선택된 자'

179 '술을 마실 수 없었고, 차를 대여할 수도 없었다.'-1996년 9월 9일, 『SI』의 리 몬트빌의 기사, '밀워키에서의 실전 훈련: 아마추어 챔피언 타이거의 프로 데뷔는 그 자체부터 이미 성공'

180 '여러분, 안녕하세요,라고 하면 되나요?'-1996년 8월 28일, 그레이터 밀워키 오픈 대회의 타이거의 기자회견 녹취

180 '제 삶에 있어서'-1996년 8월 28일, 그레이터 밀워키 오픈 대회의 타이거의 기자회견 녹취

181 '알게 될 거야.'-2017년, 뉴욕 그랜드 센트럴 퍼블리싱, 타이거 우즈 저, 《1997년 마스터스: 나의 이야기》, 2쪽

181 '커티스의 회의적인 표정'-2017년, 뉴욕 그랜드 센트럴 퍼블리싱, 타이거 우

즈 저,《1997년 마스터스: 나의 이야기》, 2쪽

181 '페어웨이 가운데에 안착'-2017년, 뉴욕 그랜드 센트럴 퍼블리싱, 타이거 우즈 저,《1997년 마스터스: 나의 이야기》, 2쪽

181 '가장 널리 알려진 데뷔'-1996년 9월 9일, 『SI』의 리 몬트빌 기사, '밀워키에서의 실전 훈련: 아마추어 챔피언 타이거의 프로 데뷔는 그 자체부터 이미 성공'

181 '시어 스타디움'-1996년 9월 9일, 『SI』의 리 몬트빌의 기사, '밀워키에서의 실전 훈련: 아마추어 챔피언 타이거의 프로 데뷔는 그 자체부터 이미 성공'

181 '2,544달러의 상금만 받았으나'-1996년 9월 9일, 『SI』의 리 몬트빌 기사, '밀워키에서의 실전 훈련: 아마추어 챔피언 타이거의 프로 데뷔는 그 자체부터 이미 성공'

182 '이 질문을 나이키에 던졌다.'-1996년 9월 17일, 『워싱턴 포스트』의 제임스 K. 글래스먼의 기사, '부정직한 광고'

182 '논란을 더 키우기만'-2003년 4월 14일, 『SI』의 L. 존 워트하임 기사, '히트한 광고'

182 '에미상 …… 후보'-1997년 9월 9일, 『뉴욕 타임스』의 스튜어트 엘리엇 기사, '논란의 광고가 TV상을 받다'

182 '스스로 돌아보게 하는 겁니다.'-1996년 8월 27일, 나이트라인에 출연한 타이거 우즈

183 '아주 개인적인 거라서요.'-1996년 8월 27일, 나이트라인에 출연한 타이거 우즈

183 '말을 줄이라고'-1996년 12월, 『SI』 지의 게리 스미스 기사, '선택된 자'

183 '아직 아무도 모른다고!'-2000년, 뉴욕 토머스 던 북스 출판, 팀 로사포르테 저,《새로운 단계: 타이거 우즈의 제패 시대》, 64쪽

183 '흑인 총잡이'-2000년, 뉴욕 토머스 던 북스 출판, 팀 로사포르테 저,《새로운

단계: 타이거 우즈의 제패 시대》, 64쪽

183 '심장 그대로 꺼내 들 것'-2000년, 뉴욕 토머스 던 북스 출판, 팀 로사포르테 저《새로운 단계: 타이거 우즈의 제패 시대》, 64쪽

184 '타이거가 …… 벌기는 아주 어려울 것'-1996년 8월 30일, 『골프월드』의 피트 맥대니얼 기사, '낯선 공기'

184 '뻔뻔한 골프대디'-2011년, 뉴욕 리틀 브라운 앤 컴퍼니 출판, 존 파인스틴 저, 《맨투맨: 골프의 위대한 존재의 알려지지 않은 이야기》, 331쪽

184 '한 푼이라도 더 끌어모으려'-2011년, 뉴욕 리틀 브라운 앤 컴퍼니 출판, 존 파인스틴 저, 《맨투맨: 골프의 위대한 존재의 알려지지 않은 이야기》, 331쪽

184 '스테파노처럼 얼은 …… 본업이 없었고'-2000년, 뉴욕 토머스 던 북스 출판, 팀 로사포르테 저, 《새로운 단계: 타이거 우즈의 제패 시대》, 64쪽

184 '아버지에게 작별인사를'-1996년 9월 21일, 『SI』의 제이미 디아즈의 기사, '인기인'

184 '리젠시 호텔에'-1996년 9월 21일, 『SI』의 제이미 디아즈의 기사, '인기인'

185 '타이거도 …… 책을 하나 써야겠어요.'-제이미 디아즈와 작가와의 인터뷰

185 '누가 쓰는 건가요?'-제이미 디아즈와 작가와의 인터뷰

186 '입찰 전쟁'-릭 울프와 작가와의 인터뷰

186 '220만 달러의 …… 두 권의 책'-래리 커시보움과 작가와의 인터뷰

186 '얼에겐 불만투성이였다.'-얼의 측근과 작가와의 인터뷰

186 '좀 나타나야 하지 않을까요?'-2011년, 뉴욕 리틀 브라운 앤 컴퍼니 출판, 존 파인스틴 저, 《맨투맨: 골프의 위대한 존재의 알려지지 않은 이야기》, 332쪽

187 '20살이었을 때엔 지쳤던 기억'-1996년 12월 『SI』 지의 게리 스미스 기사, '선택된 자'

187 '비교할 수 없는'-1996년 12월 『SI』 지의 게리 스미스 기사, '선택된 자'

187 '갑자기 예전의 스탠퍼드에서 받았던 비호가 그리웠다.'-1996년 12월 『SI』

지의 게리 스미스 기사, '선택된 자'

187 '집을 알아봐주고 있었는데'-존 머천트와 작가와의 인터뷰

187 '4,500평방피트의 집'-캘리포니아주 오렌지 카운티 부동산 감정 기록, 구분번호 501-181-26. 공공기록에 의하면, 1996년 11월 4일에 70만 달러에 매매가 성사. 다른 기록에선 80만 4천 달러에 매매.

188 'PGA 투어에서 첫 우승을 달성'-1996년 10월 14일, 『SI』의 게리 반 시클 기사, '잭팟'

188 '네, 예상하긴 했습니다'-1996년 12월 『SI』 지의 게리 스미스 기사, '선택된 자'

188 '대신하기로'-피트 맥대니얼과 작가와의 인터뷰

189 '간절히 용서를 바랍니다.'-1996년 12월 『SI』 지의 게리 스미스 기사, '선택된 자'

189 '끌어안았다.'-1996년 12월 『SI』 지의 게리 스미스 기사, '선택된 자'

189 '21만 6천 달러를'-1996년 10월 21일, 『뉴욕 타임스』의 래리 도먼 기사, '타이거 우즈가 그의 전설에서 중요한 장을 더했다'

189 '활동할 수 있게'-1996년 10월 21일, 『뉴욕 타임스』의 래리 도먼 기사, '타이거 우즈가 그의 전설에서 중요한 장을 더했다'

189 '경호 해제를 요청'-2011년, 뉴욕 리틀 브라운 앤 컴퍼니 출판, 존 파인스틴 저, 《맨투맨: 골프의 위대한 존재의 알려지지 않은 이야기》, 333쪽

190 '비틀스 다섯 번째 멤버'-2011년, 뉴욕 리틀 브라운 앤 컴퍼니 출판, 존 파인스틴 저, 《맨투맨: 골프의 위대한 존재의 알려지지 않은 이야기》, 333쪽

190 '빌 코스비도 …… 섭외하고 싶어'-1996년 12월 『SI』 지의 게리 스미스 기사, '선택된 자'

190 '꺼지라고 하세요.'-1996년 12월 『SI』 지의 게리 스미스 기사, '선택된 자'

191 '어머니 전화'-톰 커네프의 얼 우즈와의 인터뷰

191 '동맥경화'-톰 커네프의 얼 우즈와의 인터뷰

191 '심전도 검사'-톰 커네프의 얼 우즈와의 인터뷰

191 '괜찮을 거다.'-톰 커네프의 얼 우즈와의 인터뷰

191 '골프에 집중할 수가 없었다.'-2017년, 뉴욕 그랜드 센트럴 퍼블리싱, 타이거 우즈 저,《1997년 마스터스: 나의 이야기》, 8쪽. 1996년 자신의 아버지가 병원으로 이송됐던 날 밤에 대해서 타이거 우즈가 했던 말, "밤새 아버지 옆에서 시간을 보낸 뒤에 집중할 수가 없었다. 아버지가 걱정됐고 2라운드에서 78타를 쳤다."

191 '프로 데뷔 후 가장 안 좋은 스코어'-1996년 10월 26일, 『뉴욕 타임스』의 래리 도먼 기사, '레이먼은 순조로웠지만 타이거는 그렇지 못했다'

191 '아버지를 죽도록 사랑합니다.'-1996년 10월 26일, 『뉴욕 타임스』의 래리 도먼 기사, '레이먼은 순조로웠지만 타이거는 그렇지 못했다'

192 '나이키 의류'-1996년 12월 9일, 『뉴스위크』 지의 존 매코믹과 섀런 베글리의 기사, '타이거를 어떻게 키웠는가?'

193 '괜찮은 사내'-1996년 12월 9일, 『뉴스위크』 지의 존 매코믹과 섀런 베글리의 기사, '타이거를 어떻게 키웠는가?'

193 '계약금으로 왕이 ……'-1996년 12월, 『SI』 지의 게리 스미스 기사, '선택된 자'

194 '그들은 …… 베이힐 클럽 앤 로지에 도착'-2015년 4월 27일, 프리츠 오베어로부터 작가가 이메일 수신.

195 '두 사람 모두 마티니를 다섯 잔씩 비웠다.'-존 머천트와 작가와의 인터뷰

195 '둘은 술기운이 많이 올라 있었다.'-크레이그 보웬과 작가와의 인터뷰

197 '증서를 집행했다.'-1996년 12월 13일, 오하이오주 쿠야호가 카운티의 하자담보 증서(Warranty deed)

197 '타이거 우즈 회수 신탁'-2002년 2월 14일, 플로리다주 오렌지 카운티의 합의 증서(Conformity deed)

11장

부치 하먼, 찰스 피어스, 게리 스미스, 제이미 디아즈, 오마라 부부와의 인터뷰, 타이거 우즈의 책, PGA 투어의 공식 웹사이트 기록 및 영상, CBS 스포츠의 기록 및 영상, 톰 커네프, 찰스 피어스, 게리 스미스, 제이미 디아즈, 릭 레일리와의 인터뷰를 참고.

199 '반짝이는 새 메르세데스'-『젠틀맨 퀄리티(Gentleman Quality, 이하 GQ로 표기)』지 1997년 4월호의 찰스 P. 피어스의 기사, '이 사람입니다. 아멘!' 중

199 '함께 얻은 부상'-『GQ』 지 1997년 4월호의 찰스 P. 피어스의 기사, '이 사람입니다. 아멘!' 중

199 '처음 일곱 개 대회'-1996년 10월 28일, 릭 레일리의 기사, '최고의 맹수(Top Cat)'

200 '57홀에 한 번씩'-PGA 투어 공식 웹사이트 기록

200 '상금 순위 24위'-PGA 투어 공식 웹사이트 기록

200 '타이거를 맞이할 준비가'-1996년 10월 28일, 릭 레일리의 기사' '최고의 맹수(Top Cat)'

201 '타이거에 대해 어느 정도'-게리 스미스와 작가와의 인터뷰

201 '타이거는 …… 더 중요한 일을'-1996년 12월, 『SI』 지의 게리 스미스 기사, '선택된 자'

202 '다른 일에 손도 대지 않았다.'-타이거의 가족 측근과 작가와의 인터뷰

202 '얼은 진짜로 통제할 수 없게 됐다.'-『GQ』 지 1997년 4월호의 찰스 P. 피어스 기사, '이 사람입니다. 아멘!' 중

202 '이런 것들이 전혀 두렵지 않아'-1996년 12월, 『SI』 지의 게리 스미스 기사, '선택된 자'(두렵다거나 부담되는 건 하나도 없다)

203 '나는 정신적으로 가장 강력한 골퍼이다.'-1996년 12월, 『SI』 지의 게리 스미스 기사, '선택된 자'

203 '리무진 뒷자리에 몸을 실었다.'-『GQ』 지 1997년 4월호의 찰스 P. 피어스 기사, '이 사람입니다. 아멘!' 중

203 '토마스 아퀴나스가 인도하듯'-『GQ』 지 1997년 4월호의 찰스 P. 피어스 기사, '이 사람입니다. 아멘!' 중

203 '너무 깊게 갔습니다.'-『GQ』 지 1997년 4월호의 찰스 P. 피어스 기사, '이 사람입니다. 아멘!' 중

205 '중요한 건'-『GQ』 지 1997년 4월호의 찰스 P. 피어스 기사, '이 사람입니다. 아멘!' 중

205 '방콕에 도착하자.'-1997년 2월 17일, 제이미 디아즈의 기사, '태국으로 결속되다'

205 '44만8천 달러를 받았고'-1997년 2월 17일, 제이미 디아즈의 기사, '태국으로 결속되다'

205 '혈관 조영술을 진행'- 얼 우즈와 톰 커네프와의 인터뷰

205 '금연, 금주하면서'-얼 우즈와 톰 커네프와의 인터뷰

205 'UCLA 메디컬 센터에서'-2017년, 뉴욕 그랜드 센트럴 퍼블리싱, 타이거 우즈 저,《1997년 마스터스: 나의 이야기》, 8쪽

205 '신호가 사라진 적이 있었다.'-2017년, 뉴욕 그랜드 센트럴 퍼블리싱, 타이거 우즈 저,《1997년 마스터스: 나의 이야기》, 8쪽

206 '빛을 향해서 걸어가는'-2017년, 뉴욕 그랜드 센트럴 퍼블리싱, 타이거 우즈 저,《1997년 마스터스: 나의 이야기》

206 '손잡고 포옹 한 번 했으면 그게 다 말한 겁니다.'-얼 우즈와 톰 커네프와의 인터뷰

206 '앞면에 나온 자신의 사진을 봤다.'-1997년 4월 7일, 『SI』의 제이미 디아즈

기사, '오래오래 기억될 존재'

207 '내가 왜 그렇게 멍청했지?'-1997년 4월 7일, 『SI』의 제이미 디아즈 기사, '오래오래 기억될 존재'

207 '타이거에게도 타격이 있었다.'-1997년 4월 7일, 『SI』의 제이미 디아즈 기사, '오래오래 기억될 존재'

209 '타이거가 그것에 대해 물었다.'-2017년, 뉴욕 그랜드 센트럴 퍼블리싱, 타이거 우즈 저, 《1997년 마스터스: 나의 이야기》, 84쪽

209 '마크는 잘 모르겠다고 했다.'-2017년, 뉴욕 그랜드 센트럴 퍼블리싱, 타이거 우즈 저, 《1997년 마스터스: 나의 이야기》, 84쪽

209 '타이거는 마크가 이미 누리고 있는 것들'-타이거 우즈 측근과 작가와의 인터뷰

210 '10타를 줄인'-2017년, 뉴욕 그랜드 센트럴 퍼블리싱, 타이거 우즈 저, 《1997년 마스터스: 나의 이야기》, 5쪽

210 '흰색의 엄청난 구름 같은 것'-2017년, 뉴욕 그랜드 센트럴 퍼블리싱, 타이거 우즈 저, 《1997년 마스터스: 나의 이야기》, 5쪽

210 '발사장면을 본 적이 없었다'-2017년, 뉴욕 그랜드 센트럴 퍼블리싱, 타이거 우즈 저, 《1997년 마스터스: 나의 이야기》, 5쪽

210 '진짜 위대한 업적이야.'-2017년, 뉴욕 그랜드 센트럴 퍼블리싱, 타이거 우즈 저, 《1997년 마스터스: 나의 이야기》, 5쪽

210 '캐디는 흑인일 것이다'-1997년 4월 21일, 『SI』의 릭 레일리 기사, '새로운 마스터'

210 '흑인을 멤버십으로 받기 시작'-1997년 4월 21일, 『SI』의 릭 레일리 기사, '새로운 마스터'

210 '하늘을 바라보면서'-2017년, 뉴욕 그랜드 센트럴 퍼블리싱, 타이거 우즈 저, 《1997년 마스터스: 나의 이야기》, 5쪽

210 ‘우주여행에 감탄하고’-2017년, 뉴욕 그랜드 센트럴 퍼블리싱, 타이거 우즈 저,《1997년 마스터스: 나의 이야기》, 5쪽

211 ‘들뜬 채로 타이거는 골프 카트에서 내려서는’-2017년, 뉴욕 그랜드 센트럴 퍼블리싱, 타이거 우즈 저,《1997년 마스터스: 나의 이야기》, 5쪽

211 ‘수술을 받은 지 6주 정도 지났지만’-2017년, 뉴욕 그랜드 센트럴 퍼블리싱, 타이거 우즈 저,《1997년 마스터스: 나의 이야기》, 8쪽

211 ‘손이 조금 낮은 거 같구나.’-2017년, 뉴욕 그랜드 센트럴 퍼블리싱, 타이거 우즈 저,《1997년 마스터스: 나의 이야기》, 8쪽

212 ‘배우 윌포드 브림리’-1997년 5월 26일, 『SI』의 릭 레일리 기사, ‘대단한 여정이었다’

212 ‘플러프는 …… 즐겨 들었고,’-1997년 5월 26일, 『SI』의 릭 레일리 기사, ‘대단한 여정이었다’

213 ‘흥분한 탓인지’-1997년 5월 26일, 『SI』의 릭 레일리 기사, ‘대단한 여정이었다’

213 ‘뭐가 문제인지’-1997년 5월 26일, 『SI』의 릭 레일리 기사, ‘대단한 여정이었다’

213 ‘겨우 아홉 개 홀’-1997년 5월 26일, 『SI』의 릭 레일리 기사, ‘대단한 여정이었다’

214 ‘골프의 흑인 영웅’-1994년 6월 7일, 『뉴욕 타임스』의 래리 도먼 기사, ‘출구’

214 ‘이제 괜찮을 거야.’-2017년, 뉴욕 그랜드 센트럴 퍼블리싱, 타이거 우즈 저,《1997년 마스터스: 나의 이야기》

214 ‘심리적인 훈련’-2017년, 뉴욕 그랜드 센트럴 퍼블리싱, 타이거 우즈 저,《1997년 마스터스: 나의 이야기》

215 ‘플러프와 부치는 …… 감상하고 있었다.’-부치 하먼과 작가와의 인터뷰

215 ‘악몽이 따로 없을 거야.’-2017년, 뉴욕 그랜드 센트럴 퍼블리싱, 타이거 우즈 저,《1997년 마스터스: 나의 이야기》

215 ‘아버지의 방으로 향했다.’-2017년, 뉴욕 그랜드 센트럴 퍼블리싱, 타이거 우

즈 저,《1997년 마스터스: 나의 이야기》

216 '절대로 거드름 피우지 마라.'-2017년, 뉴욕 그랜드 센트럴 퍼블리싱, 타이거 우즈 저,《1997년 마스터스: 나의 이야기》

216 '냉정한 암살자가 다시 되어야겠어.'-2017년, 뉴욕 그랜드 센트럴 퍼블리싱, 타이거 우즈 저,《1997년 마스터스: 나의 이야기》

216 '이런 일이 진짜 일어나는 건지'-2017년, 뉴욕 그랜드 센트럴 퍼블리싱, 타이거 우즈 저,《1997년 마스터스: 나의 이야기》

216 '미국에서만 4,400만이 넘는 사람들'-1997년 4월『뉴욕 포스트』의 마이클 스타와 리처드 윌너의 기사, 'CBS도 기록을 경신했다'

216 '65퍼센트나 더 증가'-1997년 4월『뉴욕 포스트』의 마이클 스타와 리처드 윌너의 기사, 'CBS도 기록을 경신했다'

216 '잠시 마음을 놓고'-2017년, 뉴욕 그랜드 센트럴 퍼블리싱, 타이거 우즈 저,《1997년 마스터스: 나의 이야기》

216 '잭 니클라우스조차도 엄청난 관중을 제치고'-1997년 4월 21일,『SI』의 릭 레일리 기사, '새로운 마스터'

217 '우리가 해냈어!'-CBS 스포츠 중계영상

217 '사랑한다.'-2017년, 뉴욕 그랜드 센트럴 퍼블리싱, 타이거 우즈 저,《1997년 마스터스: 나의 이야기》, 160쪽. 이후에 타이거가 덧붙였다. "그 후로도 수년 동안 그 단어들이 귀에 맴돌았고 지금도 맴돈다. 아버지와 어머니와 함께했던 포옹의 순간을 영원히 잊지 않고 간직할 것이다."

12장

마이크 샤피로, 칩 랭, 부치 하먼, 존 파인스틴, PGA 투어 관계자, 밝힐 수 없는 측근들과의 인터뷰, 타이거 우즈의 책, ABC 뉴스 영상, 오프라 윈프리 쇼 참고.

218 '단순히 …… 기록들을 보면'-PGA 투어 공식 웹사이트

219 '리 엘더는 …… 흑인으로는 최초로'-1997년 4월 21일, 『SI』의 릭 레일리 기사, '새로운 마스터'

219 '이걸 가능하게 해 주셔서 고맙습니다.'-1997년 4월 21일, 『SI』의 릭 레일리 기사, '새로운 마스터'

219 '저는 항상 마스터스를 재패하는 것과 …… 꿈꿨습니다.'-CBS 스포츠 중계 방송

220 '빌 클린턴 대통령이 …… 전화하여'-2017년, 뉴욕 그랜드 센트럴 퍼블리싱, 타이거 우즈 저, 《1997년 마스터스: 나의 이야기》

220 '대통령은 게다가 …… 초대했다.'-1997년 4월 19일, 『뉴욕 타임스』의 모린 도드의 기사 '타이거의 더블보기'

220 '흑인 직원들'-1997년 4월 21일, 『SI』의 릭 레일리의 기사 '새로운 마스터'

220 '의전차량인 캐딜락'-2017년, 뉴욕 그랜드 센트럴 퍼블리싱, 타이거 우즈 저, 《1997년 마스터스: 나의 이야기》

220-221 '밀어 넣고 …… 틀었다.'-2017년, 뉴욕 그랜드 센트럴 퍼블리싱, 타이거 우즈 저, 《1997년 마스터스: 나의 이야기》, 165쪽

221 '두통과 함께 일어났고'-2017년, 뉴욕 그랜드 센트럴 퍼블리싱, 타이거 우즈 저, 《1997년 마스터스: 나의 이야기》, 167쪽

221 '머틀 비치의 올스타 카페'-1997년 4월 15일, 『뉴욕 타임스』의 래리 도먼의 기사 '타이거 우즈라면 그랜드 슬램은 더이상 꿈이 아니다'

221 '플래닛 할리우드와 …… 체결했는데'-1997년 4월 15일, 『뉴욕 타임스』의 래리 도먼의 기사, '타이거 우즈라면 그랜드 슬램은 더이상 꿈이 아니다'

221 '데이비드 레터맨과 제이 레노'-1997년 4월 15일, 『뉴욕 타임스』의 래리 도

먼의 기사, '타이거 우즈라면 그랜드 슬램은 더이상 꿈이 아니다'

221 '타이거는 단칼에 거절했다.'-1997년 4월 15일, 『뉴욕 타임스』의 래리 도먼의 기사, '타이거 우즈라면 그랜드 슬램은 더이상 꿈이 아니다'

221 '적잖이 마음에 두고 있었다.'-타이거 측근 인물과 작가와의 인터뷰. 또 1997년 5월 14일, 『뉴욕 타임스』의 조 드레이프의 기사, '타이거는 (퍼지) 젤러에게 동질감을 느끼며 대통령에게는 반감을 보였다'

222 '멕시코행 비행기'-2017년, 뉴욕 그랜드 센트럴 퍼블리싱, 타이거 우즈 저, 《1997년 마스터스: 나의 이야기》, 168쪽

222 '먹고 마시고'-2017년, 뉴욕 그랜드 센트럴 퍼블리싱, 타이거 우즈 저, 《1997년 마스터스: 나의 이야기》, 168쪽

222 '지금 장난합니까?'-2011년 뉴욕 리틀 브라운 앤 컴퍼니 출판, 존 파인스틴 저, 《맨투맨: 골프의 위대한 존재의 알려지지 않은 이야기》, 336쪽

223 '다 알 수는 없잖습니까?'-2011년 뉴욕 리틀 브라운 앤 컴퍼니 출판, 존 파인스틴 저, 《맨투맨: 골프의 위대한 존재의 알려지지 않은 이야기》, 334쪽

223 '여기 이 두 얼간이'-2011년 뉴욕 리틀 브라운 앤 컴퍼니 출판, 존 파인스틴 저, 《맨투맨: 골프의 위대한 존재의 알려지지 않은 이야기》, 335쪽

223 '본사의 …… 비버턴으로'-2017년, 뉴욕 그랜드 센트럴 퍼블리싱, 타이거 우즈 저, 《1997년 마스터스: 나의 이야기》, 168쪽

224 '당혹스럽다.'-1997년 4월 19일, 『뉴욕 타임스』의 모린 도드의 기사, '타이거의 더블보기'

224 '실수를 범했다.'-2017년, 뉴욕 그랜드 센트럴 퍼블리싱, 타이거 우즈 저, 《1997년 마스터스: 나의 이야기》, 171쪽

224 '사과의 편지'-2017년, 뉴욕 그랜드 센트럴 퍼블리싱, 타이거 우즈 저, 《1997년 마스터스: 나의 이야기》, 172쪽

224 '제법 잘하고 있어 보이네요.'-CNN 유튜브 클립(https://www.youtube.com/

watch?v=9ufpU#X-t4w)

224 '자리에 있을 필요가 있을 것인지'-1987년 4월 6일, 나이트라인 영상, 알 캄파니스와 테드 코플과의 인터뷰

225 '뭔가를 의도한 건 아니었을지도 몰라'-2017년, 뉴욕 그랜드 센트럴 퍼블리싱, 타이거 우즈 저,《1997년 마스터스: 나의 이야기》, 169쪽

225 '인종차별적인 뉘앙스'-2017년, 뉴욕 그랜드 센트럴 퍼블리싱, 타이거 우즈 저,《1997년 마스터스: 나의 이야기》, 169쪽

225 '아무 말하지 않기로'-2017년, 뉴욕 그랜드 센트럴 퍼블리싱, 타이거 우즈 저,《1997년 마스터스: 나의 이야기》, 179쪽

225 '유감입니다.'-1997년 4월 22일, 『뉴욕 타임스』의 기사 '(퍼지) 젤러, 우즈에 대한 자신의 말에 사과 표명'

225 '사랑하는 나의 아들 타이거'-1997년 4월 24일, 오프라 윈프리 쇼

226 '캐블리내시언(Cablinasian)'-1997년 4월 24일, 오프라 윈프리 쇼

227 '퍼지가 …… 후원을 중단하기로'-1997년 4월 24일, 『뉴욕 타임스』의 리처드 샌도머 기사, '젤러는 인종에 대한 발언으로 대가를 치르게 된다는 것을 배웠다'

227 '아웃 오브 바운즈'-2017년, 뉴욕 그랜드 센트럴 퍼블리싱, 타이거 우즈 저,《1997년 마스터스: 나의 이야기》, 170쪽

227 '사과를 할 필요가 있다.'-1997년 4월 27일, 『뉴욕 타임스』의 데이브 앤더슨 기사, '타이거 역시 그의 불쾌한 농담에 대한 사과를 할 필요가 있다'

228 '이미 휴가 계획을 잡은'-1997년 5월 14일, 『USA 투데이』의 해리 블러벨트, 기사, '일터로 돌아갈 시간'

228 '로버트 에드워드 리밖에'-1997년 5월 2일, 『월스트리트 저널』의 앨버트 R. 헌트 기사, '타이거가 마이클과 함께 낯선 분위기에 합류하다'

13장

부치 하먼, 마크 오마라, 크리스 마이크, 섀런 베글리, 에드 셔먼, 지미 로버츠와의 인터뷰, 타이거 우즈, 스티브 윌리엄스의 책, 게리 반 시클, 앨런 시프넉의 기사를 참고.

229 '입장권까지만 판매할 수밖에'-1997년 5월 20일, 『SI』의 게리 반 시클 기사, '홍겨운 열기는 계속된다'
229 '뭔가 순조롭지 않다는 느낌이'-2017년, 뉴욕 그랜드 센트럴 퍼블리싱, 타이거 우즈 저, 《1997년 마스터스: 나의 이야기》, 175쪽
229 '휴스턴에서 차로 달려왔다.'-2017년, 뉴욕 그랜드 센트럴 퍼블리싱, 타이거 우즈 저, 《1997년 마스터스: 나의 이야기》, 175쪽
230 '158퍼센트나 뛰었다.'-1997년 5월 20일, 『SI』의 게리 반 시클 기사, '홍겨운 열기는 계속된다'
230 '85,000명이 넘는 갤러리가'-1997년 5월 20일, 『SI』의 게리 반 시클 기사, '홍겨운 열기는 계속된다'
230 '역사상 …… 최연소 선수이며'-1997년 5월 20일, 『SI』의 게리 반 시클 기사, '홍겨운 열기는 계속된다'
230 '자신의 경기를 돌아봤다.'-2017년, 뉴욕 그랜드 센트럴 퍼블리싱, 타이거 우즈 저, 《1997년 마스터스: 나의 이야기》, 174쪽
230 '아아, 이게 뭐야.' 속으로 생각했다.'-1999년 7월 12일, 『SI』의 게리 반 시클 기사, '승승장구'
230 '부치는 …… 걱정하는 눈빛은 없었다.'-1999년 7월 12일, 『SI』의 게리 반 시클 기사, '승승장구'
231 '이거 바꾸고 싶습니다.'-1999년 7월 12일, 『SI』의 게리 반 시클 기사, '승승

장구'

231 '얼은 잠시도 마음을 놓을 줄 모릅니다.'-1996년 12월 『SI』의 게리 스미스 기사, '선택된 자'

232 '내가 얼마나 더 좋아질 수 있는가?'-2017년, 뉴욕 그랜드 센트럴 퍼블리싱, 타이거 우즈 저, 《1997년 마스터스: 나의 이야기》, 177쪽

232 '하루 연습에'-2017년, 뉴욕 그랜드 센트럴 퍼블리싱, 타이거 우즈 저, 《1997년 마스터스: 나의 이야기》, 176쪽

232 '쇼트게임과 퍼팅도'-2017년, 뉴욕 그랜드 센트럴 퍼블리싱, 타이거 우즈 저, 《1997년 마스터스: 나의 이야기》, 175쪽

232 '제가 원하는 삶'-2017년, 뉴욕 그랜드 센트럴 퍼블리싱, 타이거 우즈 저, 《1997년 마스터스: 나의 이야기》, 176쪽

232 '강박은 …… 나오는 것이며'-2017년 뉴욕 사이먼 앤 슈스터 출간, 섀넌 베글리 저, '그냥 멈출 수가 없을까?-강박관념에 대한 조사' 2쪽

232 '…… 기분이 진짜 더럽더군요.'-2017년 뉴욕 사이먼 앤 슈스터 출간, 섀넌 베글리 저, '그냥 멈출 수가 없을까?-강박관념에 대한 조사' 2쪽

233 '중요하지 않았습니다.'-2017년, 뉴욕 그랜드 센트럴 퍼블리싱, 타이거 우즈 저, 《1997년 마스터스: 나의 이야기》, 176쪽

233 '스윙을 더 탄탄하게'-2017년, 뉴욕 그랜드 센트럴 퍼블리싱, 타이거 우즈 저, 《1997년 마스터스: 나의 이야기》, 176쪽

234 '저녁을 사고 영화 〈맨 인 블랙〉을 보러'-1997년 7월 14일, 『SI』의 앨런 시프닉 기사, '돌격!'

234 '55,000명이 넘는 갤러리'-1997년 7월 14일, 『SI』의 앨런 시프닉 기사, '돌격!'

234 '페어웨이로 쏟아지다시피'-1997년 7월 7일, 『시카고 트리뷴』의 에드 셔먼 기사, '유일무이한 타이거 우즈가 드디어 해냈다'

234 '그냥 들어가자!'-1997년 7월 7일, 『시카고 트리뷴』의 에드 셔먼의 기사, '유

일무이한 타이거 우즈가 드디어 해냈다'

234 '크게 신경 쓰지 않은'-1997년 7월 7일, 『시카고 트리뷴』의 에드 셔먼의 기사, '유일무이한 타이거 우즈가 드디어 해냈다'

235 '창조적인 마음'-2006년 캘리포니아주 버클리 율리시스 프레스 출판, 스티브 윌리엄스와 휴 드 레이시 저, 《스티브 윌리엄스의 최정상에서의 골프: 레이먼드 플로이드, 그렉 노먼, 타이거 우즈의 캐디였던 스티브 윌리엄스의 조언과 테크닉》, 52쪽

235 '타이거가 자신의 우수한 경기를 시작하는 순간'-1997년 7월 14일, 『SI』의 앨런 시프넉 기사, '돌격!'

235 "'경쟁'이라는 단어를 좋아하는'-2017년, 뉴욕 그랜드 센트럴 퍼블리싱, 타이거 우즈 저, 《1997년 마스터스: 나의 이야기》, 227쪽

14장

존 스트리지, 제이미 디아즈, EA 스포츠, 나이키, 아메리칸 익스프레스 관계자, 뎁 겔먼, 존 파인스틴, 돈 트랜세스, 마이크 섀피로, 샤리 레서 웽크와의 인터뷰, 타이거 우즈 기자회견 녹취록, 톰 커네프의 기사, 오하이오, 캘리포니아주 법원 기록, PBS 영상을 참고.

236 '1,300만 달러를 …… 제공했다.'-1997년 5월 20일, 『뉴욕 타임스』의 리처드 샌도머 기사, '타이거 우즈, 아메리칸 익스프레스와의 계약에 서명'

236 '전 세계에서 …… 최연소 회원이'-아메리칸 익스프레스 고위 임원과 작가와의 인터뷰

236 '가장 이상적이고 세계적인'-1997년 5월 20일, 『월스트리트 저널』의 스티븐

E. 프랭크 기사, '타이거 우즈가 금융 서비스 상품을 팔 수 있을까?'

237 '대표적인 인물'-1997년 5월 20일, 『뉴욕 타임스』의 리처드 샌도머 기사, '타이거 우즈, 아메리칸 익스프레스와의 계약에 서명'

237 '롤렉스는 …… 발표했다.'-1997년 5월 28일, 『뉴욕 타임스』의 스튜어트 엘리어트 기사, '타이거 우즈, 롤렉스와의 계약에 서명'

237 '의지할 사람'-1997년 5월 7일, 찰리 로즈 대담에 출연한 얼 우즈

237 '하드커버가 233,000부 넘게'-2015년 6월 15일, 작가가 하퍼 콜린스로부터 이메일로 받은 집계

238 '시간 없다고요!'-제이미 디아즈와 작가와의 인터뷰

238 '뭘 얻으려고'-1998년 3월 3일, 도럴-라이더 오픈의 타이거 우즈의 기자회견 녹취록

239 '존 스트리지한테 엿이나 먹으라고 해.'-존 스트리지와 작가와의 인터뷰

239 '제가 느낀 점은'-존 스트리지와 작가와의 인터뷰

239 '타이거는 모탈 컴뱃 게임을 많이 했다.'-톰 커네프와 제이미 디아즈와의 인터뷰 기록

241 '별로 안 합니다.'-돈 트랜세스와 작가와의 인터뷰

241 '타이거의 대답'-돈 트랜세스와 작가와의 인터뷰

241 '계약서를 잘 읽어 보시죠.'-마이크 섀피로와 작가와의 인터뷰

242 '이혼 법정에서 전 부인과'-1985년 1월 27일, 캔디스 B. 노턴과 존 휴스 노턴 3세 간의 이혼, 구류, 금지 명령 가처분 소송 기록

242 '뭐야, 어떻게 돼 가는 거예요?'-마이크 섀피로와 작가와의 인터뷰

243 '340야드까지 칠 수 있습니다.'-돈 트랜세스와 작가와의 인터뷰

243 '지쳐 있었고 기운이 없었다.'-뎁 겔먼과 작가와의 인터뷰

245 '눈 밑에 상처가'-1998년 5월 26일, 메모리얼 토너먼트 기자회견 녹취록.('작년에 팬들이 너무 과격했고, 셔츠나 모자, 온몸에 펜 자국이 묻었던 적도 있었다. 몇 번은

누가 펜을 잘못 들고 있다가 눈 밑에 긁힌 적도 있었다. 사람들은 너무 과격했다.')(171쪽 내용임: 옮긴이)

245 '술을 많이 마시고'-뎁 겔먼과 작가와의 인터뷰

245 '민트 캔디'-뎁 겔먼과 작가와의 인터뷰

246 '자기 나 보고 싶었어?'-존 파인스틴과 작가와의 인터뷰

248 '무서운 게 없는 거 같습니다.'-존 파인스틴과 작가와의 인터뷰

249 '인터뷰도 …… 하기로 했다.'-존 파인스틴과 작가와의 인터뷰

249 '비유는 적절했다.'-1998년 뉴욕 밸런타인 출판, 《최초 공개: 타이거 우즈: 달인인가, 의인인가?》

15장

오마라 부부, 페기 루이스, 부치 하먼, 존 파인스틴, 제이미 디아즈와의 인터뷰, 타이거 우즈의 기자회견 녹취록, 제이미 디아즈의 기사를 참고.

250 '쉽게 접하기 어려운 이 동물'-1998년 4월 13일, 『SI』의 빌 콜슨 기사, '표지 사진: 호랑이들의 우화'

250 '걱정스러웠다.'-1998년 4월 13일, 『SI』의 제이미 디아즈 기사, '마스터스 플랜'

250 '그 젊은 친구'-1998년 4월 13일, 『SI』의 제이미 디아즈 기사, '마스터스 플랜'

251 '생명의 위협을 느꼈다.'-앨리시아 오마라와 작가와의 인터뷰

251 '20파운드 정도 체중이 늘었다.'-1998년 4월 13일, 『SI』의 제이미 디아즈 기사, '마스터스 플랜'

251 '벤치프레스 운동에 225파운드까지'-1998년 4월 13일, 『SI』의 제이미 디아즈 기사, '마스터스 플랜'

252 '타이거는 많이 지쳐 있었다.'-1998년 4월 13일, 『SI』의 제이미 디아즈 기사, '마스터스 플랜'

253 '대체 타이거에게 무슨 일이 있는 거지?'-1998년 3월 23일, 『SI』의 제이미 디아즈 기사, '주문을 외워라'

253 '무조건 강하게 때리는 접근방식'-1998년 7월 27일, 『SI』의 게리 반 시클 기사, '호랑이 길들이기'

253 '샤프트를 그래파이트 재질로'-1998년 7월 27일, 『SI』의 게리 반 시클 기사, '호랑이 길들이기'

254 '좋은 친구들이 많이 있습니다.'-1998년 3월 3일, 도럴-라이더 오픈 기자회견 녹취록

254 '켄 그리피 주니어'-1998년 4월 13일, 『SI』의 제이미 디아즈 기사, '마스터스 플랜'

255 '믿을 만한 사람인지는'-앨리시아 오마라와 작가와의 인터뷰

255 '대학생 조애나'-2000년 8월 2일, 『뉴욕 포스트』의 피터 셰리던 기사, '타이거의 애인'

255 '고등학교 시절에 치어리더로도 활동'-2000년 8월 2일, 『뉴욕 포스트』의 피터 셰리던 기사, '타이거의 애인'

255 '기자들 앞에서 무거운 입으로'-2000년 8월 2일, 『뉴욕 포스트』의 피터 셰리던 기사, '타이거의 애인'

255 '아일워스 집에서 함께 살게 됐다.'-2000년 8월 2일, 『뉴욕 포스트』의 피터 셰리던 기사, '타이거의 애인'

256 '그냥 흔한 령'-1998년 10월 16일, 『LA 타임스』의 토머스 봉크 기사, '타이거를 부자로 만들어 준 노턴에게 돌아온 대가는 해고'

256 '받아들이기 어려웠다.'-1998년 10월 16일, 『LA 타임스』의 토머스 봉크 기사, '타이거를 부자로 만들어 준 노턴에게 돌아온 대가는 해고'

256 '휴스는 완강한 친구입니다.'-마크 오마라와 작가와의 인터뷰

257 '타이거에게 '지나치게 헌신'-1998년 10월 16일, 『LA 타임스』의 토머스 봉크 기사, '타이거를 부자로 만들어 준 노턴에게 돌아온 대가는 해고'

257 '녹취했는데도'-1999년 6월 17일, US 오픈 기자회견 녹취록

257 '아버지께서 그렇게 …… 의도는 없었을 겁니다.'-1999년 6월 17일, US 오픈 기자회견 녹취록

258 '미안하게 됐습니다.'-존 파인스틴과 작가와의 인터뷰

259 '그녀는 타이거의 비밀병기'-2000년 8월 2일, 『뉴욕 포스트』의 피터 셰리던 기사, '타이거의 애인'

16장

톰 윌슨, 릭 실로스, 마크 오마라, 부치 하먼, 행크 헤이니, 베리 프랭크, 알 에이브럼스와의 인터뷰, 타이거 우즈의 기자회견 녹취록, 스티브 윌리엄스의 책, 제이미 디아즈, 존 게러티, 게리 반 시클, 데이비드 킨드레드의 기사를 참고.

261 '데이비드의 경기를 분석하고'-1995년 6월 15일, US 오픈 기자회견 녹취록

261 '데이비드는 …… 부상했다.'-1999년 3월 5일, 『SI』의 제이미 디아즈 기사, '손바닥도 마주쳐야 소리가 난다.'

262 '바이런 벨에게 캐디를'-1999년 2월 22일, 『SI』의 제이미 디아즈 기사, '블래스트'

262 '타이거와 조애나 자고다가 만나는 데에'-2000년 8월 2일, 『뉴욕 포스트』의 피터 셰리던 기사, '타이거의 애인'

262 '너는 뛰어난 골프선수'-2000년 8월 2일, 『뉴욕 포스트』의 피터 셰리던 기사,

'타이거의 애인'

263 '오직 우승만을'-2002년 6월 16일, US 오픈 기자회견 녹취록

263 '트로피에만 …… 큰 것'-1993년 2월 22일, 『LA 타임스』 지의 빌 플라시크 기사, '골프의 천부적인 신동의 새 시대'

264 '야디지북 들고 있는 지긋지긋한 인간'-1999년 5월 5일, 『골프월드』의 테마 기사, '타이거가 플러프에게: 내가 먼저야'

265 '아, 뭐, 어때? 괜찮아.'-PGA 투어 관계자와 작가와의 인터뷰

266 '수화기를 내려놓았다.'-2015년 뉴질랜드 오클랜드, 펭귄 랜덤 하우스 출판, 스티브 윌리엄스 저,《러프 탈출: 세계의 어마어마한 골퍼들과 함께했던 코스 안 이야기》

266 '갈라섰습니다.'-2015년 뉴질랜드 오클랜드, 펭귄 랜덤 하우스 출판, 스티브 윌리엄스 저,《러프 탈출: 세계의 어마어마한 골퍼들과 함께했던 코스 안 이야기》

266 '레이먼드는 …… 지켜봤다.'-2015년 뉴질랜드 오클랜드, 펭귄 랜덤 하우스 출판, 스티브 윌리엄스 저,《러프 탈출: 세계의 어마어마한 골퍼들과 함께했던 코스 안 이야기》

267 '어서 오세요. 들어오시죠.'-2015년 뉴질랜드 오클랜드, 펭귄 랜덤 하우스 출판, 스티브 윌리엄스 저,《러프 탈출: 세계의 어마어마한 골퍼들과 함께했던 코스 안 이야기》

267 '도움에 감사하며 …….'-1999년 3월 9일, 『AP 통신』의 기사, '공식적인 결별: 타이거가 플러프를 해고했다'

268 '부치에게, …… 고맙습니다.'-1999년 12월 30일, 『USA 투데이』의 해리 블러벨트 기사, '우즈: 무휴(無休)'

268 '세계랭킹 2위로 밀려났다.'-골프 세계랭킹 공식 웹사이트(www.owgr.com/ranking)

268 '열세 명과 함께'-1999년 5월 31일, 『SI』의 앨런 시프닉 기사, '제가 챔피언입니다'

269 '억만장자 디에트마르 호프'-1999년 5월 31일, 『SI』의 앨런 시프닉 기사, '제가 챔피언입니다'

269 '대단한 겁니다.'-1999년 6월 6일, 메모리얼 토너먼트 녹취록

269 '이렇게 경기를 하는 선수는 처음 봅니다.'-1999년 6월 6일, 메모리얼 토너먼트 녹취록

270 '다른 사람이 …… 저도 모르겠습니다.'-1999년 6월 6일, 메모리얼 토너먼트 녹취록

270 '당신이 슈퍼맨 골프선수인'-2000년 4월호 『골프 다이제스트』의 데이비드 킨드레드 기사, '타이거 우즈가 성장하고 있다'

271 '더그는 …… 카메라를 가져와'-2015년 12월 5일, 『비즈니스 인사이더』의 코크 게인스 기사, '타이거 우즈의 상징적인 '나이키 저글링 광고'의 놀라운 뒷이야기'

271 '영상을 …… 내보내기로'-2015년 12월 5일, 『비즈니스 인사이더』의 코크 게인스 기사, '타이거 우즈의 상징적인 '나이키 저글링 광고'의 놀라운 뒷이야기'

271 '기록적인 TV 방송권'-2011년 4월 4일, 『스포츠 비즈니스 저널』의 트립 미클 기사, '영광의 얼굴들: 베리 프랭크, 거래의 달인'

272 '광고 수익으로 2백만 달러가 추가로'-1999년 8월 4일, 『뉴욕 포스트』의 리처드 윌너 기사, 'ABC 방송사, 타이거를 등에 업고 모험을 시도'

272 '셔우드에서의 결투'-1999년 8월 4일, 『뉴욕 포스트』의 리처드 윌너 기사, 'ABC 방송사, 타이거를 등에 업고 모험을 시도'

272 '라스베이거스에서 함께 연습도 하고'-2000년 4월호 『골프 다이제스트』의 데이비드 킨드레드 기사, '타이거 우즈가 성장하고 있다'

272 '시청률 6.9까지'-1999년 8월 4일, 『뉴욕 타임스』의 클리프턴 브라운 기사,

'우즈-듀발 시청률 선방'

273 '그 애송이 몇 타 쳤대?'-행크 헤이니와 작가와의 인터뷰

273 '저 선수 표정 봤어요?'-2015년 뉴질랜드 오클랜드, 펭귄 랜덤 하우스 출판, 스티브 윌리엄스 저,《러프 탈출: 세계의 어마어마한 골퍼들과 함께했던 코스 안 이야기》

273 '세르히오는 …… 가위차기 하는 듯'-유튜브 클립(www.youtube.com/watch?v=ShDwNijsLww.)

274 '세르히오, 어휴, 정말 대단했습니다.'-유튜브 클립(www.youtube.com/watch?v=ShDwNijsLww.)

275 '344야드나'-1999년 11월 15일, 『SI』의 제이미 디아즈 기사, '그의 지난날을 넘어선 올해,

275 '1953년 벤 호건이'-1999년 11월 8일, 『USA 투데이』의 존 게러티 기사, '호랑이의 눈'

275 '역사상 가장 위대한 세 시즌에'-1999년 11월 8일, 『USA 투데이』의 존 게러티 기사, '호랑이의 눈'

275 '잭 니클라우스는 …… 훌륭했다고'-1999년 11월 8일, 『USA 투데이』의 존 게러티 기사, '호랑이의 눈'

275 '과일과 요거트류를'-2000년 1월 17일, 『SI』의 존 게러티의 기사(제목 없음: 옮긴이)

275 '리바이스 청바지 대신 아르마니 바지를'-2000년 4월호 『골프 다이제스트』의 데이비드 킨드레드 기사, '타이거 우즈가 성장하고 있다'

275 ''균형'이 좋아하는 단어가 됐다.'-2000년 4월호 『골프 다이제스트』의 데이비드 킨드레드 기사, '타이거 우즈가 성장하고 있다'

275 '얼굴 찡그리는 것을 줄였고 미소를 짓는 모습이 미디어에 자주 비쳤다.'-2000년 2월 21일, 『SI』의 릭 레일리 기사, '약속 수호자'

275 '저에 대해 어떻게 생각하실지 모르겠지만'-2000년 4월호 『골프 다이제스트』의 데이비드 킨드레드 기사, '타이거 우즈가 성장하고 있다'

276 '조애나 자고다는 대학 졸업 후'-2000년 8월 2일, 『뉴욕 포스트』의 피터 셰리던의 기사, '타이거의 애인'

276 '제너럴 모터스와 도장을 찍었다.'-1999년 12월 15일, 『USA 투데이』의 게리 스트러스와 브루스 호로위츠의 기사, '타이거의 등장으로 뷰익이 다시 부르릉 할까? 알 에이브럼스와 작가와의 인터뷰'

276 '커피 음료 광고'-1999년 12월 15일, 『USA 투데이』의 게리 스트러스와 브루스 호로위츠의 기사, '타이거의 등장으로 뷰익이 다시 부르릉 할까? 알 에이브럼스와 작가와의 인터뷰'

276 '스티브 윌리엄스와 포옹을'-CBS 스포츠 중계 영상

277 '알 파치노, 빌리 크리스털'-CBS 스포츠 중계 영상

278 '페인 스튜어트가 …… 명을 달리했다.'-1999년 11월 11일, 『SI』의 게리 반 시클의 기사, '페인과 함께'

17장

지미 로버츠, 부치 하먼, 켈 데블린, PGA 투어 관계자, 마크 롤핑과의 인터뷰, 타이거 우즈의 기자회견 녹취록, 타이거 우즈의 책, 법원 기록 및 NBC 스포츠 중계 영상을 참고.

280 '뭐 하나만 해 볼까?'-부치 하먼과 작가와의 인터뷰

281 '생각조차 할 수 없었던 역전'-2000년 2월 8일, 『뉴욕 타임스』의 클리프턴 브라운 기사, '타이거, 잊히지 않을 역전 승부를 만들다'

281 '여섯 개 대회 연속 우승은'-2000년 2월 8일, 『뉴욕 타임스』의 클리프턴 브라

운 기사, '타이거, 잊히지 않을 역전 승부를 만들다'

281 '골프라는 스포츠는 태동기나'-2000년 2월 3일, 『SI』의 존 게러티 기사, '범접할 수 없는 연속 우승'

281-282 '바이런이 …… 30,250달러였다.'-2000년 2월 3일, 『USA 투데이』의 해리 블러벨트 기사, '바이런도 타이거를 응원한다'

282 '오늘 경기 대단했다는'-켈 데블린과 작가와의 인터뷰

286 '아쿠시네트는 …… 나이키에 소송을 걸었다.'-1999년 7월 9일, 『뉴욕 타임스』의 기사, '타이거 우즈의 골프 광고로 인해 나이키에게 소송이 걸렸다'

288 '타이거가 무대 뒤에서'-켈 데블린과 작가와의 인터뷰

288 '뭐야? 여기가 어디라고 올라오는 거야?'-켈 데블린과 작가와의 인터뷰

289 '우리 본격적으로 시작하기 전에'-2000년 12월 18일, 『SI』의 마이클 뱀버거 기사, '역사의 산증인'

289 '해가 뜰 때까지 파티를'-켈 데블린과 작가와의 인터뷰

289 'NBC 방송국에선 …… 47대의 카메라를 …… 설치했다.'-2000년 7월 27일, 『SI』의 기사, '그분입니다'

289 '21정의 장총이 고인을 기리는'-2000년 7월 14일, CNN 방송 대본

290 '다른 선수들은 글렀겠구먼'-부치 하먼과 작가와의 인터뷰

290 '어두운 조명 앞에 앉아서는'-부치 하먼과 작가와의 인터뷰

290 '아이씨, 어디다 친 거야, 이 병신아!'-NBC 스포츠 중계 영상

291 '분개한 시청자들'-2000년 6월 18일, 『뉴욕 포스트』의 매기 헤이버먼 기사, '타이거의 실수 샷 장면에 시퍼런 불꽃이 일다'

291 '부인께서는 어떠신가요?'-지미 로버츠와 작가와의 인터뷰

292 '물어봐야 할 것 같습니다만'-지미 로버츠와 작가와의 인터뷰

292 '뒷구멍 좀 쑤셔봐야 돼.'-부치 하먼과 작가와의 인터뷰

293 '네, 조금 화가 났습니다.'-NBC 스포츠 중계 영상

293 '너의 골프클럽으로 보여줘라.'-2017년, 뉴욕 그랜드 센트럴 퍼블리싱, 타이거 우즈 저,《1997년 마스터스: 나의 이야기》, 22쪽

294 '뭘 말하고 싶은 건데?'-지미 로버츠와 작가와의 인터뷰. 작가의 노트: 부치 하먼은 '그 따위냐고' 상황이 지미 로버츠가 아닌 2년 전 다른 기자에게 말했던 것이라고 주장

294 '중요한 파 퍼트'-2000년 6월 18일, PGA 챔피언십 기자회견 녹취록(2000년 6월 18일 주간에 US 오픈이 열렸고, PGA 챔피언십은 8월 16일 주간에 개최로 원서의 오류로 보임: 옮긴이)

294 '그런 기록들, 중요합니다.'-2000년 6월 18일, PGA 챔피언십 기자회견 녹취록

18장

부치 하먼, 앨리시아 오마라, 허브 수그덴, 앰버 로리아, 밥 메이, 타이거 우즈 가족 측근 및 톰 서전트와의 인터뷰, 마이클 뱀버거, 스티브 러신, 릭 레일리, 톰 커네프, S. L. 프라이스의 기사, 플로리다 부동산 등기, ETW 회사의 경영기록, 스티브 윌리엄스의 책을 참고.

295 '만찬으로 조촐하게 자축'-부치 하먼과의 인터뷰

296 '살짝 미소지으며 묵례로'-부치 하먼과의 인터뷰

296 '23만 명의 기록적인 골프 팬이'-2000년 7월 31일, 『SI』의 스티브 루신 기사, '웅장함'

296 '올려놨다'-2000년, 뉴욕 토머스 던 북스 출판, 팀 로사포르테 저,《새로운 단계: 타이거 우즈의 제패 시대》, 31쪽

296 '112군데 벙커가'-2000년 12월 18일, 『SI』의 마이클 뱀버거의 기사, '역사의

산증인'

297 '쿨티다는 기쁨의 눈물을 흘렸다.'-2009년 4월 8일, 제이미 디아즈의 『골프월드』 지 기사, '아빠의 외도에서 겨우 타이거를 키울 수 있었다'

297 '저 먼저 갈게요. 사랑해요.'-2000년 7월 31일, 『SI』의 스티브 루신 기사, '웅장함'

297 '국왕 공군기지'-2000년 7월 31일, 『SI』의 스티브 루신 기사, '웅장함'

297 '247만 5천 달러에'-플로리다주 오렌지 카운티의 부동산 감정사 및 부동산 등기 열람

298 '바하마로'-2000년 8월 14일, 『타임스』 지의 댄 굿게임 기사, '위험천만한 게임'

298 '동시에 세상에 나왔다.'-2000년 8월 14일, 『타임스』 지의 기사, '타이거 우화', 2000년 8월 21일, 28일, 『뉴요커』의 '선택된 자'

298 '아메리칸 익스프레스에서도'-2000년 6월 30일, 조 파이트카 제작, '맨해튼의 타이거'

299 '메이저에서 우승한 적은 없지만'-2000년 발매 DVD, '루이빌의 대결! : PGA 발할라'

299 '쉽게 물러서지 않을 듯'-2015년, 뉴질랜드 오클랜드, 펭귄 랜덤 하우스 출판, 스티브 윌리엄스 저, 《러프 탈출: 세계의 어마어마한 골퍼들과 함께했던 코스 안 이야기》

299 '코스에만 집중하자고'-밥 메이와 작가와의 인터뷰

299 '컷 더 코너'-마스터스 공식 웹사이트(오류로 보임. PGA 챔피언십 개최코스는 발할라 골프클럽: 옮긴이)

300 '스티브, 우리 어머니도'-2015년, 뉴질랜드 오클랜드, 펭귄 랜덤 하우스 출판, 스티브 윌리엄스 저, 《러프 탈출: 세계의 어마어마한 골퍼들과 함께했던 코스 안 이야기》

300 '카트 도로를 …… 타이거가'-타이거 우즈 측근과 작가와의 인터뷰

301 '벤 호건 다음으로'-2000년 발매 DVD, '루이빌의 대결! : PGA 발할라'

301 '비너스가 윔블던 테니스 대회에서 정상에 오르며'-2000년 7월 9일, 『뉴욕 타임스』의 셀레나 로버츠 기사, '비너스 윌리엄스, 윔블던 정상에 올라'

301 '만난 적도 없고'-2000년 7월 24일, 『SI』의 릭 레일리 기사, '얼 우즈를 향한 관중'

302 '타이거는 결국 다 자라면 제 곁을 떠납니다.'-2000년 4월 3일, 『SI』의 S.L. 프라이스 기사, '편협한 시각'

302 '제 주변에 사람들이 많이 모여서'-2000년 7월 24일, 『SI』의 릭 레일리 기사, '얼 우즈를 향한 관중'

302 '이거 인제 그만 하세요.'-얼 우즈와 톰 커네프와의 인터뷰

302 '다른 여자들로'-ETW 회사의 인사 기록 및 얼 우즈 측근과 작가와의 인터뷰

303 '몇몇은 …… 고용인이었지만'-ETW 회사의 인사 기록 및 얼 우즈 측근과 작가와의 인터뷰

303 '한 젊은 여자를 데리고'-호주행 비행기에 동승했던 PGA 투어 관계자와 작가와의 인터뷰

303 '자신의 전화번호를 …… 바꾸곤'-얼 우즈 측근과 작가와의 인터뷰

304 '아버지하고 저는 그렇게 대화를 많이 하지 않았습니다.'-2000년 8월 14일, 『타임스』 지의 댄 굿게임 기사, '위험천만한 게임'

304 '미리 잘라둔 과일을 담은 저장용기'-얼 우즈의 측근과 작가와의 인터뷰

304 '괜찮을 것 같아요, 아버지.'-2000년 12월 18일, 『SI』의 마이클 뱀버거 기사, '역사의 산증인'

19장

켈 데블린, 배리 프랭크, 지미 로버츠, 오마라 부부, 디나 그레이블, 나이키 관계자, 부치 하먼, 앰버 로리아와의 인터뷰, 타이거 우즈의 기자회견 녹취록, CBS와 PGA 투어 중계 영상, 마이클 뱀버거의 기사를 참고.

305 '지면으로 구부려서 살펴봐야 했다.'-2000년 8월 27일, NEC 인비테이셔널 기자회견 녹취록

305 '암흑 가까운 상황에서 스트로크를'-2000년 12월 18일, 『SI』의 마이클 뱀버거 기사, '역사의 산증인'

305 '아버지와 일몰 즈음해서'-2000년 8월 27일, NEC 인비테이셔널 기자회견 녹취록.("이랬던 적이 있습니다. 이렇게 하면서 어렸을 때 시간을 보냈습니다. 아버지하고 저는…… 아마 두 홀은 컴컴한 어둠 속에서 플레이했습니다.")

305 '라이터 불을'-PGA 투어 공식 웹사이트 클립

306 '이렇게도 할 수 있는 건가요?'-PGA 투어 공식 웹사이트 클립

307 '한 골수팬이 '타이거!'라고'-2000년 12월 18일, 『SI』의 마이클 뱀버거 기사, '역사의 산증인'

307 '…… 선수는 거의 없을 것이다.'-2000년 12월 18일, 『SI』의 마이클 뱀버거 기사, '역사의 산증인'

307 '타이거에게 한계는 없습니다.'-골프 온라인의 기사, '그만의 길을 가는 타이거 우즈'

308 '후광 효과'-나이키 관계자와 작가와의 인터뷰

308 '타이거를 마이클 조던과 비교하곤'-2000년 9월 15일, 『뉴욕 타임스』의 클리프턴 브라운 기사, '최근의 나이키와 타이거와의 계약 규모가 역대 최고일 전망'

309 '사업 확장에 제한이 있었던'-2000년 9월 25일, 『SI』의 기사, '숲(우즈) 탐험

해서 금 캐기'

309 '1억 3천만 달러 정도의'-켈 데블린과 작가와의 인터뷰

309 '한 시즌 6,800만 달러'-PGA 투어 공식 웹사이트

309 '닐슨 기준 7.6'-2001년 7월 31일, 『AP 통신』의 더그 퍼거슨 기사, '황금 시간대의 골프 중계가 크게 화두에 오르다'

310 '당신 때문에 졌다고는'-배리 프랭크와 작가와의 인터뷰

311 '그냥 …… 유대인인 줄'-배리 프랭크와 작가와의 인터뷰

311 '올해의 스포츠 선수상'-2000년 12월 18일, 『SI』의 프랭크 디포드 기사, '기대했던 것보다 나았던'

312 '사실이 아닙니다.'-2000년 2월 22일, WGC 앤더슨 컨설팅 매치플레이 챔피언십 기자회견 녹취록

314 '거슬릴 것도 같은데'-2001년 3월 13일, 베이힐 인비테이셔널 기자회견 녹취록

314 '짜증이 나는군요.'-2001년 3월 13일, 베이힐 인비테이셔널 기자회견 녹취록

314 '타이거를 애당초 옹호하는'-지미 로버츠와 작가와의 인터뷰

314 '듣기나 한 건가?'-2001년 3월 13일, 베이힐 인비테이셔널 기자회견 녹취록

314 '어이, 걱정하지 마.'-2001년 3월 13일, 베이힐 인비테이셔널 기자회견 녹취록

316 '그렇게 생각하기 시작하는 거'-2001년 4월 8일, 마스터스 토너먼트 기자회견 녹취록

20장

부치 하먼, 찰스 바클리, 켈 데블린, 에드 셔먼, 래리 커시보움, 릭 울프, 페기 루이스, 앨리시아 오마라, 놈 클라크, 라스베이거스 정보원, 마크 오마라, MGM 관계자

와의 인터뷰, 라스베이거스의 키스 클리븐 인스티튜트 취재, 타이거 우즈의 기자회견 녹취록, 마크 실, 샌드라 소비에르지 웨스트폴, 마크 뱀버거, 제이미 디아즈, 앨런 시프닉의 기사 및 하워드 손스, 팀 로사포르테의 책을 참고.

319 '스탠퍼드 시절부터 면식이 있던 키스 클리븐도'-2009년 12월 28일, 『뉴욕 데일리 뉴스』의 테리 톰슨 기사, '키스 클리븐 …… 침묵하다'

319 '철저히 독립된'-MGM 그랜드 공식 웹사이트

320 '상상 이상의 친절함'-MGM 그랜드 공식 웹사이트

320 '한 판에 2만 달러가 일상이었고'-'맨션' 관계자와 작가와의 인터뷰

320 ''꾼'이라고'-'맨션' 관계자와 작가와의 인터뷰

320 'MGM에서 21번째 생일잔치를'-1997년 9월 20일, 『SI』의 제이미 디아즈 기사, '마치 그의 샷처럼'

321 '즐겨도 된다고 봅니다.'-찰스 바클리와 작가와의 인터뷰

321 '지금까지 손자국이 있을 정도'-2010년 5월 2일, 『배니티 페어』의 마크 실 기사, '타이거 우즈에게 향하는 유혹: 2탄: 갈피를 못 잡아'

322 '타이거는 …… 마이클을 태우고 ……'-2001년 6월 17일, 『뉴스위크』의 앨리슨 새뮤얼 기사, '타이거의 형제들'

323 '마이클은 제게 큰형 같은 사람입니다.'-2000년, 뉴욕 토머스 던 북스 출판, 팀 로사포르테 저, 《새로운 단계: 타이거 우즈의 제패 시대》, 151쪽

323 '쉽게 동의하지 않을 것'-라스베이거스 정보원과 작가와의 인터뷰

324 '100달러 팁을 남기는'-PGA 투어 관계자와 작가와의 인터뷰

324 '술집에서 일하는 젊은 여자가 나체로'-2000년 7월 24일, 『인디펜던트』 지의 앤디 패럴 기사, '나체로 달려든 여자와 열성 팬들로 인해 얼룩진 타이거의 특별한 순간'

324 '타이거는 전혀 반응하지 않았습니다.'-2000년 12월 18일, 『SI』의 마이클 뱀

버거 기사, '역사의 산증인'

325 '스톡홀름에서 태어났다.'-2004년 9월 14일, 『SI』의 앨런 시프넉 기사, '이 여자는 누구?'

325 '쌍둥이 조제핀'-2004년 9월 14일, 『SI』의 앨런 시프넉 기사, '이 여자는 누구?'

325 '토마스 노르데그렌은 …… 유명한 기자였다.'-2004년 9월 14일, 『SI』의 앨런 시프넉 기사, '이 여자는 누구?'

325 '바르브로 홀름베리는 고등교육을 받은 ……'-2004년 9월 14일, 『SI』의 앨런 시프넉 기사, '이 여자는 누구?'

325 '그들은 이혼했다.'-2004년 9월 14일, 『SI』의 앨런 시프넉 기사, '이 여자는 누구?'

325 '스칸디나비안 『플레이보이』 성인 잡지에서 일하는'-2004년 9월 14일, 『SI』의 앨런 시프넉 기사, '이 여자는 누구?'

325 '『카페 스포츠』'-2004년 9월 14일, 『SI』의 앨런 시프넉 기사, '이 여자는 누구?'

325 '모델 일에 그다지 관심이 없었다.'-2017년 5월 30일, 『피플』에서 엘린 노르데그렌과 샌드라 소비에르지 웨스트폴과의 인터뷰

325 '쇼핑하러 온 미아 파르네비크'-2004년 9월 14일, 『SI』의 앨런 시프넉 기사, '이 여자는 누구?'

326 '3천 평방피트의'-2004년 9월 14일, 『SI』의 앨런 시프넉 기사, '이 여자는 누구?'

326 '별난 경우에다가 불쾌하기까지'-2004년 9월 14일, 『SI』의 앨런 시프넉 기사, '이 여자는 누구?'

326 '유명한 운동선수'-2004년 9월 14일, 『SI』의 앨런 시프넉 기사, '이 여자는 누구?'

326 '저는 그렇게 쉽게 넘어가지 않았습니다.'-2004년, 뉴욕 윌리엄 모로 출판,

하워드 손스 저, 《까다로운 게임》, 238쪽

326 '예스페르 파르네빅이 …… 가만히 있질 못했다.'-2004년 9월 14일, 『SI』의 앨런 시프넉 기사, '이 여자는 누구?'

326 '타이거 가까이에서 그녀는 걱정거리가 없었다.'-엘린 노르데그렌과 샌드라 소비에르지 웨스트폴과의 인터뷰

327 '그레타 가르보가 된 듯'-2004년 9월 14일, 『SI』의 앨런 시프넉 기사, '이 여자는 누구?'

327 '미시건에 …… 석패했던'-sports-reference.com/cbb/postseason/1989-ncaa

328 '백만 부가 팔려나가'-닐센 북스캔(판매 부수 집계 서비스회사: 옮긴이)

328 '빙고 리메르를 찾아가서'-2004년 9월 14일, 『SI』의 앨런 시프넉 기사, '이 여자는 누구?'

328 '그녀는 개별적으로 엄선한'-2004년 9월 14일, 『SI』의 앨런 시프넉 기사, '이 여자는 누구?'

329 '맨션에서 없어서는 안 될 타이거의 존재'-라스베이거스 정보원과 작가와의 인터뷰

329 '무료로 이용할 수 있었다.'-타이거의 무료 초대권을 작가가 직접 확인

329 ''드링크'나'-라스베이거스 정보원과 작가와의 인터뷰

329 '타이거가 여러분을 초대했습니다.'-대화를 목격한 라스베이거스 정보원과 작가와의 인터뷰

329 '온수를 채운 욕조에'-대화를 목격한 라스베이거스 정보원과 작가와의 인터뷰

330 '옷장 안으로 들어갔다.'-당시 상황을 잘 아는 정보원과 작가와의 인터뷰

330 '타이거는 …… 4시 30분에 일어났다.'-2002년 4월 22일, 『SI』의 릭 레일리 기사, '야생본능'

330 '오랜 라이벌인'-2002년 4월 22일, 『SI』의 릭 레일리 기사, '야생본능'

330 '타이거 …… 위협을 느낄 정도'-2002년 4월 22일, 『SI』의 릭 레일리 기사,

'야생본능'

331 '축하할 예정입니까?'-2002년 4월 14일, 마스터스 토너먼트 기자회견 녹취록

331 '축하하는 시간은 가질 겁니다.'-2002년 4월 14일, 마스터스 토너먼트 기자회견 녹취록

332 '다음에 또다시 와서 지낼 수 있으면 좋겠습니다.'-조애나 자고다가 페기 루이스에 친필로 남긴 메모

333 '엘린이 그 뒤에 서 있었다.'-2002년 5월 6일, 『SI』의 조시 엘리어트 기사, '타이거 잼의 타이거 우즈'(타이거 잼: 타이거가 주관해 매년 열리는 자선기금 마련 콘서트: 옮긴이)

333 '검은 예수가 …… 두렵게 하는 겁니다.'-2002년 5월 6일, 『SI』의 조시 엘리어트 기사, '타이거 잼의 타이거 우즈'

334 '온라인 세상은 …… 선정적인 사진들로 뜨거웠다.'-2004년 9월 14일, 『SI』의 앨런 시프넉 기사, '이 여자는 누구?'

334 '요염한 스웨덴 여자'-2002년 5월 6일, 『뉴욕 포스트』의 브리짓 해리슨과 빌 호프먼의 기사, '요염한 스웨덴 여자가 타이거를 흔들다'

334 '파멜라 앤더슨과 신디 마골리스와의'-2002년 5월 6일, 『뉴욕 포스트』의 브리짓 해리슨과 빌 호프먼의 기사, '요염한 스웨덴 여자가 타이거를 흔들다'

21장

찰스 바클리, 부치 하먼, 행크 헤이니, 켈 데블린, 마크 오마라, 크리스 마이크, 마이크 새피로, 돈 트랜세스, 챕 랭, 허브 수그덴, 칼 룬드, 페기 루이스, 아일워스 주민, PGA투어 관계자와의 인터뷰, 타이거 우즈, 필 미컬슨, 마크 오마라의 기자회견 녹취록, 타이거 우즈의 알려지지 않은 인터뷰, 스티브 윌리엄스와 행크 헤이니의 책,

플로리다주 법원기록, 라이트 톰슨의 기사를 참고.

335 '미컬슨 가자!'-2004년 6월 24일, 『SI』의 마이클 실버 기사, '절반 정도 왔다'
336 '그 어느 프로 골프선수가'-2004년 6월 24일, 『SI』의 마이클 실버 기사, '절반 정도 왔다'
336 '천천히 균열이 가기 시작했다.'-부치 하먼과 작가와의 인터뷰
336 "'유지'라는 단어는 타이거가 싫어하는 말이었다.'-2012년, 뉴욕 Three Rivers Press, 행크 헤이니 저, 《빅 미스: 타이거 우즈를 지도했던 시간》
337 '관절경 수술을 받았다.'-2012년 1월 29일, 『데저레트 뉴스』의 리 벤슨 기사, '유타주 소식: 번 쿨리 박사, 타이거 우즈 만나기 전에 타이거 우화의 일부분을 장식'
337 '인대가 20퍼센트 정도만'-타이거 우즈의 알려지지 않은 인터뷰. 비공개 정보원으로부터 얻은 내용
338 '얼마나 버틸 수 있나요?'-타이거 우즈의 알려지지 않은 인터뷰. 비공개 정보원으로부터 얻은 내용
338 '스윙을 바꿔야겠군요.'-2012년, 뉴욕 Three Rivers Press, 행크 헤이니 저, 《빅 미스: 타이거 우즈를 지도했던 시간》, 35쪽
339 '고개 좀 쳐들고'-2015년, 뉴질랜드 오클랜드, 펭귄 랜덤 하우스 출판, 스티브 윌리엄스 저, 《러프 탈출: 세계의 어마어마한 골퍼들과 함께했던 코스 안 이야기》
340 '메릴랜드 …… 포인트가드였다.'-1989년 2월 4일, 『볼티모어 선』의 돈 마커스 기사, '매릴랜드에 필요한 나레드의 활약'
341 '당신이 행복한 만큼 저도 기쁩니다.'-2004년 3월 7일, 두바이 데저트 클래식 기자회견 녹취록
341 '누군가를 알아봐야 ……'-2012년, 뉴욕 Three Rivers Press, 행크 헤이니 저,

《빅 미스: 타이거 우즈를 지도했던 시간》, 36쪽

341 '누가 좋을까요?'-2012년, 뉴욕 Three Rivers Press, 행크 헤이니 저,《빅 미스: 타이거 우즈를 지도했던 시간》, 36쪽

342 '행크 헤이니와 타이거의 첫 대면은'-행크 헤이니와 작가와의 인터뷰

343 '복권 당첨인가?'-2012년, 뉴욕 Three Rivers Press, 행크 헤이니 저,《빅 미스: 타이거 우즈를 지도했던 시간》, 36쪽

343 '휴가를 위해'-엘더릭 '타이거' 우즈와 프라이버시 유한회사 대 크리스텐슨 조선소. 플로리다 지방법원 사건번호 04-61432

345 '함께할 시간이'-2012년, 뉴욕 Three Rivers Press, 행크 헤이니 저,《빅 미스: 타이거 우즈를 지도했던 시간》, 42쪽

346 '1년에 5만 달러씩'-2012년, 뉴욕 Three Rivers Press, 행크 헤이니 저,《빅 미스: 타이거 우즈를 지도했던 시간》, 54쪽

347 '행크, 행운을 빕니다.'-2012년, 뉴욕 Three Rivers Press, 행크 헤이니 저,《빅 미스: 타이거 우즈를 지도했던 시간》, 53쪽

348 '수준 낮은 장비들'-2003년 3월 『골프』 지

348 '웃기려고 하는 겁니다.'-2003년 2월 12일, 뷰익 인비테이셔널 기자회견 녹취록

348 '마음가짐이 조금 달랐습니다.'-2004년 4월 11일, 마스터스 토너먼트 기자회견 녹취록

348 '아버지와 함께 떠났다.'-2016년 4월 21일, 『ESPN 더 매거진』 라이트 톰슨 기자의 '타이거 우즈의 알려지지 않은 이야기'

348 '단체 하강'-2012년, 뉴욕 Three Rivers Press, 행크 헤이니 저,《빅 미스: 타이거 우즈를 지도했던 시간》, 138쪽

348 '내가 살던 세상을 이제 조금 알 수 있겠니?'-2016년 4월 21일, 『ESPN 더 매거진』 라이트 톰슨 기자의 '타이거 우즈의 알려지지 않은 이야기'

349 '타이거는 지금 경기가 잘 풀리지 않고 있습니다.'-ESPN 공식 웹사이트

349 '스티브는 …… 카메라를 망가뜨리고 말았다.'-2004년 7월 1일, 『AP 통신』의 기사, '윌리엄스, 카메라 셔터 소리 탓하다'

349 '골프는 충분히 한 것 같아요.'-2015년, 뉴질랜드 오클랜드, 펭귄 랜덤 하우스 출판, 스티브 윌리엄스 저, 《러프 탈출: 세계의 어마어마한 골퍼들과 함께 했던 코스 안 이야기》

350 '소큼'이라는 …… 게임에'-2012년, 뉴욕 Three Rivers Press, 행크 헤이니 저, 《빅 미스: 타이거 우즈를 지도했던 시간》, 78쪽

351 '뉴욕에 갔다왔어요?'-아일워스의 주민과 작가와의 인터뷰. 익명의 주민은 해당 대화를 들었다고 확언

352 '시가를 피우며'-찰스 바클리와 작가와의 인터뷰

353 '큰 무릎 보호대를 끼고'-당시 현장에 있었던 네 명의 관계자와 작가와의 인터뷰

353 '걱정 붙들어 매세요, 다들.'-당시 현장에 있었던 네 명의 관계자와 작가와의 인터뷰

354 '왜 안 틀어지고 지랄이야!'-당시 현장에 있었던 네 명의 관계자와 작가와의 인터뷰

356 '축하해야 할 일이에요.'-2012년, 뉴욕 Three Rivers Press, 행크 헤이니 저, 《빅 미스: 타이거 우즈를 지도했던 시간》, 86쪽

22장

모린 데커, 짐 해리스, 마이크 섀피로, 켈 데블린, 짐 로스월드, 바트 맨델, 프레드 칼릴리언과의 인터뷰, 세리토스 초등학교 취재, 타이거 우즈의 기자회견, CBS 스

포츠 중계 영상 및 하워드 스턴 쇼 영상, 행크 헤이니, 존 스트리지의 책, 게리 스미스와 마크 실의 기사를 참고.

359 '알게 됐습니다.'-2005년, 뉴욕 펭귄 출판, 찰스 바클리 저,《덩치 큰 흑인 남자를 누가 두려워하겠는가?》

360 '다시 떠올랐다.'-1993년 2월 22일, 『LA 타임스』 지의 빌 플라시크 기사, '골프의 천부적인 신동의 새 시대'

360 '조금 더 부풀려졌다.'-1996년 12월, 『SI』의 게리 스미스 기사, '선택된 자'

360 '충격적인 인종차별 사례'-1997년, 뉴욕 브로드웨이 북스 출판, 존 스트리지 저,《타이거: 타이거 우즈 전기》, 18쪽

360 '온몸이 피투성이가 된 채로'-1997년 5월 11일, 바버라 월터스와 타이거 우즈와의 인터뷰

362 '그런 이야기는 듣지도 못했습니다.'-2004년, 뉴욕 윌리엄 모로 출판, 하워드 손스 저,《까다로운 게임》, 128쪽

362 '기록은 전혀 없습니다.'-2016년 1월 8일, 서배나 학교 지구의 교육감인 수 존슨 박사로부터 받은 이메일

362-363 '전설적 인물로 자라게 해야 한다.'-1996년 12월, 『SI』의 게리 스미스 기사, '선택된 자'

366 '타이거가 만나고 싶어 합니다.'-2010년 3월 20일, 『배니티 페어』의 마크 실 기사, '타이거 우즈의 유혹' 작가의 추가 노트: 제리 챙에게 이메일 문의를 했으나 답이 없었음.

366 '거칠어졌습니다.'-2010년 3월 20일, 『배니티 페어』의 마크 실 기사, '타이거 우즈의 유혹'

367 '즐거웠어.'-2010년 3월 20일, 『배니티 페어』의 마크 실 기사, '타이거 우즈의 유혹'

367 '작은 커피 잔'-2010년 3월 10일, 하워드 스턴 쇼

367 '체크인을 같이하는 이는 바이런 벨이 맡았다.'-2010년 3월 20일, 『배니티 페어』의 마크 실 기사, '타이거 우즈의 유혹'

367 '바이런을 통해서만 그를 만날 수 있었습니다.'-2010년 3월 20일, 『배니티 페어』의 마크 실 기사, '타이거 우즈의 유혹' 작가의 추가 노트: 타이거 우즈와의 관계에 대해 문의했지만 답변 없었음.

367 '타이거에게 알려 주세요.'-2010년 3월 20일, 『배니티 페어』의 마크 실 기사, '타이거 우즈의 유혹'

368 '자기도취자는 …… 벽을 쌓는다고 한다.'-뉴욕, 시티테라피 카운슬링 서비스의 바트 맨델과 작가와의 인터뷰

368 '조건부적인 가치'-더 메도우, 젠틀 패스의 모니카 마이어 박사와 작가와의 인터뷰(젠틀 패스, Gentle Path는 더 메도우의 성 중독 치료 프로그램 이름: 옮긴이)

368 '당신에게 화를 낼 수 없었습니다.'-더 메도우, 젠틀 패스의 모니카 마이어 박사와 작가와의 인터뷰

23장

로이스 우즈, 행크 헤이니, 브랜들 챔블리, 루스 스트리터, 조 그로먼, 찰스 바클리, 제이미 디아즈, 마이크 몰러, 존 머천트, 타이거 우즈 가족 측근, 마크 실, 빌 클린턴 측근, 케이시 웨서먼, 타이거 우즈 재단 관계자 등과의 인터뷰, 타이거 우즈, 행크 헤이니의 책, 타이거 우즈의 대회 기자회견, CBS 뉴스 원고, ESPN 방송 영상, 라이트 톰슨의 기사를 참고.

370 '급히 전화를 걸어'-로이스 우즈 및 타이거 우즈 가족 측근과 작가와의 인터뷰

370 '개인 비서도'-로이스 우즈 및 타이거 우즈 가족 측근과 작가와의 인터뷰

370 '헌신적으로 보살폈다.'-로이스 우즈 및 타이거 우즈 가족 측근과 작가와의 인터뷰

371 '타이거는 알고 있었다.'-로이스 우즈 및 타이거 우즈 가족 측근과 작가와의 인터뷰

371 '쿨티다로서는 …… 늘 불만이었지만'-로이스 우즈 및 타이거 우즈 가족 측근과 작가와의 인터뷰

372 '해군 특수부대'-2016년 4월 21일, 『ESPN 더 매거진』의 라이트 톰슨 기자의 기사, '타이거 우즈의 알려지지 않은 이야기'

372 '그게 인생입니다.'-2016년 4월 21일, 『ESPN 더 매거진』 라이트 톰슨 기자의 기사, '타이거 우즈의 알려지지 않은 이야기'

372 '올랜도까지 운전해'-2017년, 뉴욕 그랜드 센트럴 퍼블리싱, 타이거 우즈 저, 《1997년 마스터스: 나의 이야기》, 222쪽

372 '아버지와 전화한 후'-2017년, 뉴욕 그랜드 센트럴 퍼블리싱, 타이거 우즈 저, 《1997년 마스터스: 나의 이야기》, 222쪽

372 '한정 짓지 않겠다고'-2017년, 뉴욕 그랜드 센트럴 퍼블리싱, 타이거 우즈 저, 《1997년 마스터스: 나의 이야기》, 222쪽

372 '서커스 투어를 다니는 것 같았고'-2006년 1월 25일, 뷰익 인비테이셔널 기자회견 녹취록

373 '3만 5천 평방피트의'-타이거 우즈 재단 공식 웹사이트

373 '캘리포니아 주지사에게 의향을 물었지만'-타이거 우즈 재단과 깊은 관계의 정보원과 작가와의 인터뷰

374 '타이거를 싫어했다.'-타이거 우즈 재단과 깊은 관계의 정보원과 작가와의 인터뷰

374 '조건을 제시했다.'-타이거 우즈 재단과 깊은 관계의 정보원과 작가와의 인

터뷰

374 '초대하는 것'-타이거 우즈 재단과 깊은 관계의 정보원과 작가와의 인터뷰

374 '불만을 토로하다가'-타이거 우즈 재단과 깊은 관계의 정보원과 작가와의 인터뷰

374 '이렇게 쉬운 일이었어요?'-타이거 우즈 재단과 깊은 관계의 정보원과 작가와의 인터뷰

374 '안 텔렘, 케이시를 만나'-그날 있었던 일에 대해 잘 알고 있는 정보원과 작가와의 인터뷰

374 '더러운 얘기만 들을 줄 알아.'-그날 있었던 일에 대해 잘 알고 있는 정보원과 작가와의 인터뷰

375 '어떻게 …… 기억하고 계셨습니까?'-그날 있었던 일에 대해 잘 알고 있는 정보원과 작가와의 인터뷰

375 '완전히 다른 사람처럼 …… 걸어 나갔다.'-그날 있었던 일에 대해 잘 알고 있는 정보원과 작가와의 인터뷰

375 '나는 타이거 우즈야.'-그날 있었던 일에 대해 잘 알고 있는 정보원과 작가와의 인터뷰

375-376 '브래들리는 …… 인터뷰를 맡아 왔다.'-2009년 11월 9일, CBS 뉴스 공식 웹사이트의 재클린 앨리매니 기사, '에드 브래들리를 기억하며'

377 '개인적인 이야기하기를 좋아하지 않습니다.'-2006년 3월 26일, '60분 스포츠: 아들, 영웅 그리고 챔피언'

377 '저를 나무에 묶은 뒤'-2006년 3월 26일, '60분 스포츠: 아들, 영웅 그리고 챔피언'

377 '그의 가장 빛나는 능력'-2007년, 뉴욕 사이먼 슈스터 출판, 제프 페이거 저, 《60분의 50년: TV에서 가장 영향력 있었던 뉴스 방송의 내부 이야기》

378 '인생의 반려자를 찾았습니다.'-2006년 3월 26일, '60분 스포츠: 아들, 영웅

그리고 챔피언'

378 '가족이 언제나 우선시돼야 합니다.'-2006년 3월 26일, '60분 스포츠: 아들, 영웅 그리고 챔피언'

378 '뉴포트 비치의 호화 콘도에'-2012년 5월 4일, 『오렌지 카운티 레지스터』의 제프 콜린스 기사, '뉴포트에 있는 타이거 우즈의 '사랑의 은신처' 매물로 나오다' 소식통에 따르면 타이거 우즈는 오션 블바드에 위치한 2층짜리 콘도를 2004년 4월에 3백만 달러에 매입했던 적이 있음.

379 '정신은 다른 곳에 있었고'-2009년 12월 13일, 『뉴욕 데일리 뉴스』의 케이티 넬슨의 기사, '액센추어가 타이거와 계약을 해지'

379 '눈물을 흘리지 않았고'-2009년 12월 13일, 『뉴욕 데일리 뉴스』의 케이티 넬슨의 기사, '액센추어가 타이거와 계약을 해지'

379 '마지막 순간을 맞이했다.'-로이스 우즈와 작가와의 인터뷰

380 '노인네가 참 여려요.'-2008년 6월 17일, 『뉴욕 타임스』의 데이비드 브룩스 기사, '차가운 시선'

381 '제목이었다.'-리츠키: 골프: 타이거 우즈 부친상(얼 우즈)

382 '총검을 다루고'-2016년 4월 21일, 『ESPN 더 매거진』의 라이트 톰슨 기자의 기사, '타이거 우즈의 알려지지 않은 이야기'

382 '여기서 지금 이러고 있을 때인가요?'-2016년 4월 21일, 『ESPN 더 매거진』 라이트 톰슨 기자의 기사, '타이거 우즈의 알려지지 않은 이야기'

383 '진짜 총알이 오간다고요.'-2012년, 뉴욕 Three Rivers Press, 행크 헤이니 저, 《빅 미스: 타이거 우즈를 지도했던 시간》, 139쪽

383 '타이거가 만나고 싶어 합니다.'-2010년 5월 2일, 『배니티 페어』의 마크 실 기사, '타이거 우즈에게 향하는 유혹: 2탄: 갈피를 못 잡아'

384 '무척 질투심이 강했습니다.'-2010년 5월 2일, 『배니티 페어』의 마크 실 기사, '타이거 우즈에게 향하는 유혹: 2탄: 갈피를 못 잡아'

384 '벙커에 단 한 번도'-2006년 7월 31일, 『SI』의 마이클 뱀버거 기사
384 '북받쳐 올랐습니다.'-2006년 7월 31일, 『SI』의 마이클 뱀버거 기사

24장

닐 볼튼, 행크 헤이니, 로이 S. 존슨, 모니카 메이어 박사, 『NE』 지 정보원들, 프레드 칼릴리언, 타이거 우즈 측근과의 인터뷰, 타이거 우즈, 행크 헤이니의 책, 뉴욕주 법원 기록, 제프리 투빈, 마크 실, 래리 도먼의 기사를 참고.

388 '탐지망으로 인해'-『NE』 지 정보원들과 작가와의 인터뷰
388 ' …… 고용한다'-『NE』 지 정보원들과 작가와의 인터뷰
389 '『NE』 지는 …… 설립했다.'-2017년 7월 3일, 『뉴요커』의 제프리 투빈 기사, 'NE의 트럼프를 향한 열정'
389 '670만 부가 넘게 ……'-2017년 7월 3일, 『뉴요커』의 제프리 투빈 기사, 'NE의 트럼프를 향한 열정'
389 '사람의 행동이 예측 가능하다고'-『NE』 지 정보원들과 작가와의 인터뷰
390 '비밀제보 채널을 통해'-2017년 7월 3일, 『뉴요커』의 제프리 투빈 기사, '『NE』의 트럼프를 향한 열정'
390 '안녕하세요, 티예요.'-2010년 3월 20일, 『배니티 페어』의 마크 실 기사, '타이거 우즈의 유혹'
391 '이성의 사로잡힘(hijacked brain)'-모니카 마이어스 박사와 작가와의 인터뷰
391 '여기서 나가면 어디 가실 건가요?'-2010년 3월 20일, 『배니티 페어』의 마크 실 기사, '타이거 우즈의 유혹'
392 '찰싹 때리기까지 했다.'-2010년 3월 20일, 『배니티 페어』의 마크 실 기사,

'타이거 우즈의 유혹'

392 '관계를 시작하기 전에'-『NE』 지 정보원들과 작가와의 인터뷰

393 '우리 대어를 낚았어!'-닐 볼튼과 작가와의 인터뷰

393 '데이비드 페컬은 …… 전화를 걸어'-『NE』 지 정보원들과 작가와의 인터뷰

393 '이제부터는 우리가 알아서 합니다.'-2010년 3월 20일, 『배니티 페어』의 마크 실 기사, '타이거 우즈의 유혹'

393 '10억 달러가 계약돼'-스태티스타 공식 웹사이트 열람(시장 및 소비자 데이터 통계 업체: 옮긴이)

394 '데이비드 페컬이 주도권을 가진 상황에서'-『NE』 지 정보원들과 작가와의 인터뷰

397 '민디의 어머니가'-2017년 7월 3일, 『뉴요커』의 제프리 투빈 기사, '『NE』의 트럼프를 향한 열정'(정보 제공자는 민디 로턴의 어머니였다.)

397 '2007년 4월, 제이미 그럽스와'-2010년 5월 2일, 『배니티 페어』의 마크 실 기사, '타이거 우즈에게 향하는 유혹: 2탄: 갈피를 못 잡아'

398 '기분 나쁘게 듣지 않았으면 좋겠는데요.'-2010년 5월 2일, 『배니티 페어』의 마크 실 기사, '타이거 우즈에게 향하는 유혹: 2탄: 갈피를 못 잡아'

398 '일어나시죠, 잠꾸러기 공주님.'-2010년 5월 2일, 『배니티 페어』의 마크 실 기사, '타이거 우즈에게 향하는 유혹: 2탄: 갈피를 못 잡아'

399 '니키의 여자들'-2009년 5월 9일, 『뉴욕 데일리 뉴스』의 기사, '할리우드 마담 미셸 브라운, 연방 요원들에게 접근 시도'

399 '850만 달러는 넘게'-2009년 5월 9일, 『뉴욕 데일리 뉴스』의 기사, '할리우드 마담 미셸 브라운, 연방 요원들에게 접근 시도' 작가의 추가 노트: 미셸 브라운에게 연락을 시도했으나 응답이 없었음.

399 '안녕, 타이거인데요.'-2010년 5월 2일, 『배니티 페어』의 마크 실 기사, '타이거 우즈에게 향하는 유혹: 2탄: 갈피를 못 잡아'

399 '하와이언 트로픽 모델 출신이며'-2010년 5월 2일, 『배니티 페어』의 마크 실 기사, '타이거 우즈에게 향하는 유혹: 2탄: 갈피를 못 잡아'

399 '타이거가 만오천 달러를 쓰며'-2010년 5월 2일, 『배니티 페어』의 마크 실 기사, '타이거 우즈에게 향하는 유혹: 2탄: 갈피를 못 잡아'

399 '흥청망청 쇼핑하게 해 주었고'-2010년 5월 2일, 『배니티 페어』의 마크 실 기사, '타이거 우즈에게 향하는 유혹: 2탄: 갈피를 못 잡아'

399 '바하마 ……에서 밀회를'-2010년 5월 2일, 『배니티 페어』의 마크 실 기사, '타이거 우즈에게 향하는 유혹: 2탄: 갈피를 못 잡아'

399 '곧바로 비행기에 올랐다.'-2012년, 뉴욕 Three Rivers Press, 행크 헤이니 저, 《빅 미스: 타이거 우즈를 지도했던 시간》, 157쪽

400 '샘'이라고 외치면서'-2017년, 뉴욕 그랜드 센트럴 퍼블리싱, 타이거 우즈 저, 《1997년 마스터스: 나의 이야기》, 150쪽

401 '철 지난 구닥다리 전화기는'-행크 헤이니와 작가와의 인터뷰

401 '미연방 수사국이 …… 수색하면서'-2013년 5월 23일, 『마이애미 뉴 타임스』의 테런스 매코이 기사, '미셸 브라운: 저명한 LA 마담의 남 플로리다 탐험기'

401 '미셸은 나중에 …… 혐의를 인정했다.'-2017년 11월 17일, 미국 법무부 대변인 톰 므로젝으로부터 작가가 받은 이메일

401 '일에 대해서는'-캘리포니아주 남부 지방법원 사건번호 SACR09:0068, 미합중국 대 미셸 루이스 브라운

401 '미셸은 유죄를 선고받으며'-2017년 11월 14일, 미국 법무부 대변인 톰 므로젝으로부터 작가가 받은 이메일

401 '제대로 보내 버리겠어.'-2009년 12월 9일, 『뉴욕 포스트』의 기사, '타이거 우즈와 제이미 그럽스 사이에 오간 문자 메시지'

401 '변태 같은 사진 좀 보내 줘.'-2009년 12월 9일, 『뉴욕 포스트』의 기사, '타이거 우즈와 제이미 그럽스 사이에 오간 문자 메시지'

402 '해군 특수부대 특수전 전담팀이 있는 코로나도를'-2012년, 뉴욕 Three Rivers Press, 행크 헤이니 저,《빅 미스: 타이거 우즈를 지도했던 시간》, 140쪽

402 '빠져나갈 수 없습니다.'-2012년, 뉴욕 Three Rivers Press, 행크 헤이니 저,《빅 미스: 타이거 우즈를 지도했던 시간》, 140쪽

403 '진짜 전투였으면'-2012년, 뉴욕 Three Rivers Press, 행크 헤이니 저,《빅 미스: 타이거 우즈를 지도했던 시간》, 140쪽

403 '지금 …… 경력이 끝나더라도'-2012년, 뉴욕 Three Rivers Press, 행크 헤이니 저,《빅 미스: 타이거 우즈를 지도했던 시간》, 140쪽

404 '마크는 …… 만찬을 준비했다.'-2012년, 뉴욕 Three Rivers Press, 행크 헤이니 저,《빅 미스: 타이거 우즈를 지도했던 시간》, 140쪽

404 '타이거가 체력적으로 잘 유지가 된다면'-2007년 12월 13일, 『뉴욕 타임스』의 래리 도먼 기사, '타이거 우즈의 전성시대에, 시간은 타이거의 편'

405 '저는 그 단계에선 많이 떨어져 있습니다.'-2007년 12월 13일, 『뉴욕 타임스』의 래리 도먼 기사, '타이거 우즈의 전성시대에, 시간은 타이거의 편'

25장

조 디복, 드보라 갠리, 행크 헤이니, PGA 투어 정보원과의 인터뷰, 공개되지 않은 타이거 우즈의 인터뷰, 타이거 우즈의 기자회견 녹취록, 타이거 우즈, 스티브 윌리엄스, 행크 헤이니의 책, CBS 스포츠, NBC 스포츠 중계 영상을 참고.

406 '삼각인대'-2012년, 뉴욕 Three Rivers Press, 행크 헤이니 저,《빅 미스: 타이거 우즈를 지도했던 시간》, 168쪽

406 '다르지'-비공개 정보원을 통해 얻은 타이거 우즈의 비공개 인터뷰

407 '진통제로 해결하면'-2012년, 뉴욕 Three Rivers Press, 행크 헤이니 저,《빅 미스: 타이거 우즈를 지도했던 시간》, 165쪽

407 '타이거가 진통제를 복용했던 …… 2002년'-2009년 12월 20일,『골프 다이제스트』의 제이미 디아즈 기사, '타이거 우즈에 대한 진실'

407 '비코딘이라는 …… 복용했다고'-2009년 12월 20일,『골프 다이제스트』의 제이미 디아즈 기사, '타이거 우즈에 대한 진실' 165쪽

407 '저는 수술을 선택했고'-2008년 4월 16일,『AP 통신』의 기사, '타이거 우즈, 왼쪽 무릎 수술 받아'

407 '손상된 연골조직을'-2012년 1월 29일,『데저레트 뉴스』의 리 벤슨 기사, '유타주 소식: 번 쿨리 박사, 타이거 우즈 만나기 전에 타이거 우화의 일부분을 장식'

407 '전방십자인대가 …… 삽입 수술로'-2012년 1월 29일,『데저레트 뉴스』의 리 벤슨 기사, '유타주 소식: 번 쿨리 박사, 타이거 우즈 만나기 전에 타이거 우화의 일부분을 장식'

408 '토마스 로센버그는 본능적으로'-2012년, 뉴욕 Three Rivers Press, 행크 헤이니 저,《빅 미스: 타이거 우즈를 지도했던 시간》, 169-170쪽

408 ''두둑'하는 느낌'-2012년, 뉴욕 Three Rivers Press, 행크 헤이니 저,《빅 미스: 타이거 우즈를 지도했던 시간》, 169-170쪽

409 'US 오픈에 나갈 겁니다.'-2012년, 뉴욕 Three Rivers Press, 행크 헤이니 저,《빅 미스: 타이거 우즈를 지도했던 시간》, 171쪽

410 '진정한 운동선수'-2012년, 뉴욕 Three Rivers Press, 행크 헤이니 저,《빅 미스: 타이거 우즈를 지도했던 시간》, 153쪽

410 '그렇게 해야 한다고 여깁니다.'-비공개 정보원을 통해 얻은 타이거 우즈의 비공개 인터뷰

411 '새로운 약물 관리 규정'-2013년 1월 31일, PGA 투어의 약물 실험 규정에

대한 연대표(PGA.com)

411 '타이거는 이미 예상하고 있었습니다.'-행크 헤이니와 작가와의 인터뷰

412 '두 군데 금이 갔다는'-2017년, 뉴욕 그랜드 센트럴 퍼블리싱, 타이거 우즈 저,《1997년 마스터스: 나의 이야기》, 220쪽

413 '나를 절대적으로 믿어 봐요.'-2015년, 뉴질랜드 오클랜드, 펭귄 랜덤 하우스 출판, 스티브 윌리엄스 저,《러프 탈출: 세계의 어마어마한 골퍼들과 함께했던 코스 안 이야기》

413 '남은 퍼트는 무척 까다로웠다.'-토리파인스의 헤드 프로 조 디복과 작가와의 인터뷰

414 '어려운 지면이었다.'-토리파인스의 헤드 프로 조 디복과 작가와의 인터뷰

414 '볼 두 개 반 오른쪽으로'-2008년 7월 15일, US 오픈 기자회견 녹취록

415 '제가 거머쥔 트로피 중에 가장 훌륭한 트로피임엔'-2008년 6월 16일, US 오픈 기자회견 녹취록

416 ''내적 수양의 모범 사례'라고'-2008년 6월 17일,『뉴욕 타임스』의 데이비드 브룩스 기사, '차가운 시선'

26장

행크 헤이니, 키스 파인 박사, 빌 놀스, 빌 로마노프스키, 브라이언 H. 그린스펀, 빅터 콘티와의 인터뷰, 공개되지 않은 타이거 우즈의 인터뷰, 타이거 우즈의 기자회견 녹취록, 타이거 우즈, 행크 헤이니의 책, 뉴욕주 법원 기록, 플로리다주 보건부의 수사기록, 팀 엘프링크, 거스 가르시아-로버츠, 돈 반 나타 주니어의 기사를 참고.

417 '푸시업은 해도 되나요?'-비공개 정보원을 통해 얻은 타이거 우즈의 비공개

인터뷰

418 '마법의 손'-2014년, 뉴욕 하퍼 콜린스 출판, 밥 매켄지 저,《하키 컨피덴셜: 게임에 몸담았던 사람들의 그들만의 이야기》, 18쪽

418 '린지 박사를 추천했다.'-빌 로마노프스키와 작가와의 인터뷰. 마크 린지 박사 측근 정보원으로부터 재확인

419 '스윙을 시작했다.'-2012년, 뉴욕 Three Rivers Press, 행크 헤이니 저,《빅 미스: 타이거 우즈를 지도했던 시간》, 182쪽

419 '오른쪽 아킬레스건을 다쳤다.'-2014년 4월 1일,『AP 통신』의 기사, '타이거 우즈의 전체 부상 부위'

419 'PRP: 혈소판 풍부 혈장치료'-뉴욕주 서부 지방법원의 협의의 인정 여부 및 진술(Arraignment and Plea) 미합중국 vs 앤서니 갈리아 사건번호 10-CR-307A.(협의의 인정 여부 및 진술 과정은 대한민국 법에서는 존재하지 않는 제도: 옮긴이)

420 '아주 효과적입니다.'-2014년, 뉴욕 하퍼 콜린스 출판, 밥 매켄지 저,《하키 컨피덴셜: 게임에 몸담았던 사람들의 그들만의 이야기》, 25쪽

420 '드라마의 주인공처럼'-2014년 뉴욕 플럼 출판, 팀 엘프링크와 거스 가르시아-로버츠 저,《피의 스포츠: 알렉스 로드리게스 그리고 야구의 스테로이드 시대의 종지부를 위한 여정》, 125쪽

420 '40세에 이혼했다.'-2014년 뉴욕 플럼 출판, 팀 엘프링크와 거스 가르시아-로버츠 저,《피의 스포츠: 알렉스 로드리게스 그리고 야구의 스테로이드 시대의 종지부를 위한 여정》, 126쪽

420 '…… 취미인 그는'-뉴욕주 서부 지방법원의 협의의 인정 여부 및 진술 미합중국 vs 앤서니 갈리아 사건번호 10-CR-307A

421 '그 친구 좀 없어졌으면 좋겠더군요.'-2014년, 뉴욕 플럼 출판, 팀 엘프링크와 거스 가르시아-로버츠 저,《피의 스포츠: 알렉스 로드리게스 그리고 야구의 스테로이드 시대의 종지부를 위한 여정》, 125쪽

421 '비아그라와 …… 제공하는'-뉴욕 서부 지방법원의 기소장. 미합중국 vs 앤서니 갈리아. 사건번호 10-cr-00307-RJA-HBS
421 '비아그라는 미끼였습니다.'-비공개 정보원과 작가와의 인터뷰
421 '마사지 침대에'-행크 헤이니와 작가와의 인터뷰
422 '여러 물질을 혼합한 주사'-뉴욕 서부 지방법원의 기소장. 미합중국 vs 앤서니 갈리아, 10쪽
422 '가장 좋은 치료가'-2009년 12월 15일, 『뉴욕 타임스』의 돈 반 나타 주니어 기사, '정상급 선수들이 의사를 찾았던 이유가 약물 처방을 위한 것'
422 '열네 차례나 …… 출장'-2011년 1월 7일, 플로리다주 보건부 수사기록
422 '3,500달러씩 받았고,'-2011년 1월 7일, 플로리다주 보건부 수사기록
422 '76,000달러가 넘었다.'-2011년 1월 7일, 플로리다주 보건부 수사기록
422 '피스 브리지를 통과하려다가'-뉴욕 서부 지방법원의 기소장. 미합중국 vs 앤서니 갈리아. 19쪽
422 '이 과정에서 …… 드러났다.'-뉴욕 서부 지방법원 형사 고소. 미합중국 vs 앤서니 갈리아 사건번호 0-cr-00307-RJA-HBS. 11쪽
422 '갈리아 박사의 '의료상자'-2009년 12월 15일, 『뉴욕 타임스』의 돈 반 나타 주니어 기사, '정상급 선수들이 의사를 찾았던 이유가 약물 처방을 위한 것'
423 '부정표시의약품 수입 혐의'-뉴욕 서부 지방법원의 기소장. 미합중국 vs 앤서니 갈리아, 20쪽
423 '100차례 넘게'-뉴욕 서부 지방법원의 기소장. 미합중국 vs 앤서니 갈리아, 20쪽
423 '타이거 우즈를 비롯해 20명이 넘는 운동선수에게'-뉴욕주 서부 지방법원의 혐의의 인정 여부 및 진술(Arraignment and Plea) 미합중국 vs 앤서니 갈리아 사건번호 10-CR-307A.
423 '80만 달러가 넘었다.'-뉴욕주 서부 지방법원의 혐의의 인정 여부 및 진술 미

합중국 vs 앤서니 갈리아 사건번호 10-CR-307A.

423 '그녀의 진술은 …… 성장 호르몬 성분이 들어간 칵테일 주사를'-2010년 9월 27일, 『SI』의 데이비드 엡스타인과 멜리사 세구라의 기사, '교묘하게 피해가는 갈리아,' 이민 및 관세 집행 특수요원 저스틴 번햄의 경위서

423 '수표는 …… 명시됐지만'-2010년 9월 27일, 『SI』의 데이비드 엡스타인과 멜리사 세구라의 기사, '교묘하게 피해가는 갈리아,' 이민 및 관세 집행 특수요원 저스틴 번햄의 경위서

424 '가장 중요한 화두였다.'-2010년 4월 5일, 마스터스 토너먼트 기자회견 녹취록

424 '조사가 있었는데.'-2010년 5월 12일, 『골프닷컴』의 기사, '『SI』에서 조사한 내용: 타이거가 운동력 향상 의약품을 사용한 여부에 대해 동료 선수들에게 물었는데, 1/4 가까운 이들이 사용했다고 응답했다'

424 '타이거 우즈가 …… 사용한 가능성에 대해서는'-2010년 1월 1일, 『블리처 리포트』의 데이비드 페이시 기사, '타이거 우즈와 스테로이드 또는 성장 호르몬'

424 '빅터 콘티는 …… 주장하는 사람'-빅터 콘티와 작가와의 인터뷰

425 '접한 적도 없습니다.'-2010년 4월 5일, 마스터스 토너먼트 기자회견 녹취록

425 '갈리아 박사가 …… 한 번도 없습니다.'-브라이언 H. 그린스펀과 작가와의 인터뷰

425 '엄격한 규제의 의무'-2017년 10월 9일, 브라이언 H. 그린스펀으로부터 작가에게 온 이메일

426 '타이거를 …… 49차례나 치료했다.'-린지 스포츠 치료 법인 청구서. 플로리다주 보건부 수사 보고서

426 '연습 레인지에 치료용 탁자를'-타이거 우즈 측근 정보원과 작가와의 인터뷰

27장

앰버 로리아, 라이트 톰슨, 행크 헤이니, 라스베이거스 정보원과의 인터뷰, 타이거 우즈의 기자회견 녹취록, 타이거 우즈, 행크 헤이니, 스티브 윌리엄스, 로버트 루스티치, 스티브 헬링의 책, NBC 스포츠 중계, PGA 투어 영상, 마크 실, 모린 캘러핸의 기사, 플로리다주 고속도로 순찰대 경찰 보고서를 참고.

429 '내가 뭐라고 했는지'-NBC 스포츠 중계 영상

430 '평균 버디 기록수, …… 1위 기록에'-PGA 투어 공식 웹사이트

431 '뉴욕을 찾았다.'-2010년, 케임브리지 MA; 다 카포 프레스, 스티브 헬링 저, 《타이거: 실제 이야기》, xii쪽

431 '아버지께선 …… 돌아가셨습니다.'-2010년, 케임브리지 MA; 다 카포 프레스, 스티브 헬링 저, 《타이거: 실제 이야기》, xii쪽

431 '수면제 엠비언을 다시 복용하기 시작했다.'-2010년 4월 5일, 마스터스 토너먼트 기자회견 녹취록

433 '특권을 안고 자란.'-2010년, 뉴욕 아트리아 북스 출판, 로버트 루스티치 저, 《언플레이어블: 타이거의 가장 혼란스러웠던 시즌의 속 이야기》 킨들 버전

433 '입소문을 탔다.'-라스베이거스 정보원과 작가와의 인터뷰

433 '타이거는 레이철에게 바로 사로잡혔다.'-2010년 5월 2일, 『배니티 페어』의 마크 실 기사, '타이거 우즈에게 향하는 유혹: 2탄: 갈피를 못 잡아'

433 '곰으로 저장'-2013년 11월 24일, 『뉴욕 포스트』의 모린 캘러핸 기사, '타이거 우즈가 상습적인 난봉꾼으로 발각됐던 그날 밤'

434 '너무 기분이 좋아.'-라이트 톰슨과 작가와의 인터뷰

434 '뭔가 숨기는'-행크 헤이니와 작가와의 인터뷰

434 '타이거가 다른 사람하고 있었던 적을 저는 보지 못했습니다 · '-행크 헤이니

와 작가와의 인터뷰

435 '제 스윙 때문에 고생 좀 했습니다.'-2012년, 뉴욕 Three Rivers Press, 행크 헤이니 저,《빅 미스: 타이거 우즈를 지도했던 시간》, 187쪽

435 '당신 편에 …… 생겼을 것'-2012년, 뉴욕 Three Rivers Press, 행크 헤이니 저,《빅 미스: 타이거 우즈를 지도했던 시간》, 187쪽

435 '무슨 질문이 그렇습니까?'-2009년 8월 14일, PGA 챔피언십 기자회견 녹취록

436 '처음 골프클럽을 손에 들었고'-2015년 8월 8일, ESPN의 이언 오코너 기사, '양용은이 타이거를 꺾었을 때'

436 '7피트 퍼트를 …… 성공시키며'-2015년 8월 8일, ESPN의 이언 오코너 기사, '양용은이 타이거를 꺾었을 때'

437 '선수들은 자리에서 벌떡 일어났고'-2015년 8월 8일, ESPN의 이언 오코너 기사, '양용은이 타이거를 꺾었을 때'

437 '눈덩이처럼 커지는 효과'-2006년, 캘리포니아주 버클리 율리시스 프레스 출판, 스티브 윌리엄스와 휴 드 레이시 저,《스티브 윌리엄스의 최정상에서의 골프: 레이먼드 플로이드, 그렉 노먼, 타이거 우즈의 캐디였던 스티브 윌리엄스의 조언과 테크닉》, 57쪽

438 '이 친구 머릿속이 복잡한가 보군.'-2012년, 뉴욕 Three Rivers Press, 행크 헤이니 저,《빅 미스: 타이거 우즈를 지도했던 시간》

438 '음흉하고 더러운 문자를'-2010년 3월 18일, 『슬레이트닷컴(slate.com)』의 조시 레빈의 기사, '그녀가 말했습니다'

438 '내가 제대로 보내주겠어.'-2010년 3월 18일, 『슬레이트닷컴』의 조시 레빈의 기사, '그녀가 말했습니다'

438 '내가 완전히 자유로운 유일한 시간이야.'-2009년 12월 10일, 『레이다온라인닷컴(radaronline.com)』

439 '예약자 이름은 벨이야.'-2010년 5월 2일, 『배니티 페어』의 마크 실 기사, '타

이거 우즈에게 향하는 유혹: 2탄: 갈피를 못 잡아'

439 '세부 내용 확인하시길'-2009년 12월 4일, TMZ 스포츠의 기사, '타이거 우즈 밀회의 구체적인 정황'

440 '이 골프장은 …… 까다로운 코스입니다.'-2009년 11월 15일, 『선데이 모닝 헤럴드』 지의 기사, '타이거 우즈가 오스트레일리안 마스터스 정상에 오르다'

441 '엄청난 뉴스를 맞닥뜨려야 할 것'-2010년, 뉴욕 아트리아 북스 출판, 로버트 루스티치 저,《언플레이어블: 타이거의 가장 혼란스러웠던 시즌의 속 이야기》킨들 버전

442 '행크, 먼저 알려드릴 게 있어서'-2012년, 뉴욕 Three Rivers Press, 행크 헤이니 저,《빅 미스: 타이거 우즈를 지도했던 시간》, 193쪽

442 '그냥 모른 척하고 있으면 됩니다.'-2006년, 캘리포니아주 버클리 율리시스 프레스 출판, 스티브 윌리엄스와 휴 드 레이시 저,《스티브 윌리엄스의 최정상에서의 골프: 레이먼드 플로이드, 그렉 노먼, 타이거 우즈의 캐디였던 스티브 윌리엄스의 조언과 테크닉》

442 '우린 사랑에 빠졌다고요.'-2010년 5월 2일, 『배니티 페어』의 마크 실 기사, '타이거 우즈에게 향하는 유혹: 2탄: 갈피를 못 잡아'

443 '이례적으로'-2010년, 뉴욕 아트리아 북스 출판, 로버트 루스티치 저,《언플레이어블: 타이거의 가장 혼란스러웠던 시즌의 속 이야기》킨들 버전

443 '허겁지겁 …… 음성 메시지를'-2010년, 케임브리지 MA; 다 카포 프레스, 스티브 헬링 저,《타이거: 실제 이야기》

443 '세계적인 특종'-2009년 11월 28일, 『NE』 지

443 '자기도 즐거운 연휴 보내요.'-2010년 5월 2일, 『배니티 페어』의 마크 실 기사, '타이거 우즈에게 향하는 유혹: 2탄: 갈피를 못 잡아.'-이 문구는 다른 매체에서도 확인 가능

444 '내가 사랑한 사람은 당신이 유일해.'-2013년 11월 24일, 『뉴욕 포스트』의

모린 캘러핸 기사, '타이거 우즈가 상습적인 난봉꾼으로 발각됐던 그날 밤'

444 '보고 싶다.'-2013년 11월 24일, 『뉴욕 포스트』의 모린 캘러핸 기사, '타이거 우즈가 상습적인 난봉꾼으로 발각됐던 그날 밤'

444 '…… 경우는 매우 드뭅니다.'-2010년, 뉴욕 하퍼 콜린스 출판, 에스더 퍼렐 저, 《불륜의 상태: 부정을 재고하다》

444 '2009년 11월 27일'- 2009년 11월 27일, 플로리다 고속도로 순찰대가 재리어스 애덤스와 킴벌리 해리스에게 심문

445 '입술과 이에는 피가 묻어 있었다.'-2009년 11월 27일, 플로리다 고속 순찰대 경찰 보고서

28장

칩 랭, 찰스 바클리, 킴 몬테스 경사, 마크 오마라, 행크 헤이니, 라스베이거스 정보원과의 인터뷰, 플로리다 고속도로 순찰대 및 윈더미어 경찰의 경찰 보고서, 『피플』의 엘린 노르데그렌의 인터뷰 기사, 마크 실의 기사를 참고.

446 '조사 중인 경관 두 명이'-2009년 11월 27일, 플로리다 고속도로 순찰대 경찰 보고서

446 '두 종류의 약을'-2009년 11월 27일, 플로리다 고속도로 순찰대 진술서

447 '낡은 책'-플로리다 고속도로 순찰대 사건 사진

447 '우리는 …… 판단하지 않습니다.'-2009년 11월 30일, ESPN의 기사, '타이거 차량 사고로 경상'

447 '타이거는 지금 좋은 컨디션이라는'-2009년 11월 27일, 『뉴욕 타임스』의 래리 도먼 기사, '차량 사고의 타이거 우즈, 퇴원'

447 '우리 …… 도와줄 수 있을까요?'-조제핀 노르데그렌 측근과 작가와의 인터뷰

447 '리처드는 …… 참여한 적이 있었고'-맥과이어우즈 닷컴(Mcguirewoods.com)

448 '수사관이 …… 집을 찾았다.'-2009년 11월 27일, 플로리다 고속도로 순찰대 진술서

449 '1,600여 통에 가까운 이메일이'-킴 몬테스 경사와 작가와의 인터뷰

450 '기자회견과 …… 취소했다.'-2009년 11월 30일, 『뉴욕 타임스』의 조셉 버거와 래리 도먼의 기사, '경찰과 얘기하지도 않은 타이거, 대회도 건너 뛰었다'

450 '직접 조사하는 시간을 다시 잡아야'-2009년 11월 27일, 플로리다 고속도로 순찰대 진술서

450 '마크 네제임은 …… 통보하였다.'-2009년 11월 27일, 플로리다 고속도로 순찰대 진술서

450 '관련 서류를'-2009년 11월 27일, 플로리다 고속도로 순찰대 진술서

450 '폐쇄회로 카메라'-2009년 11월 27일, 플로리다 고속도로 순찰대 진술서

451 '호기심이라고'-2009년 11월 30일, 『뉴욕 타임스』의 조셉 버거와 래리 도먼의 기사, '경찰과 얘기하지도 않은 타이거, 대회도 건너 뛰었다'

452 '조사에 대한 소환장을'-2009년 11월 27일, 플로리다 고속도로 순찰대 진술서

452 '네, 그가 바람을 피웠습니다.'-2009년 12월 1일, 『US 위클리』의 기사, '네, 그가 바람을 피웠습니다'

453 '가족에게 실망감을 안겼고'-2009년 12월 2일, 『TMZ 스포츠』의 기사(원서에 제목이 없습니다: 옮긴이)

453 '나이키는 타이거의 편에 함께 하겠다고'-2009년 12월 12일, 『뉴욕 타임스』 래리 도먼의 기사, '질레트는 자사 홍보에서 타이거의 역할을 제한하기로 결정'

453 '글로리아 알레드 변호사를 고용했다.'-2010년 5월 2일, 『배니티 페어』의 마크 실 기사, '타이거 우즈에게 향하는 유혹: 2탄: 갈피를 못 잡아'

454 '레이철이 …… 천만 달러를 제시했다고'-2010년 5월 2일, 『배니티 페어』의

마크 실 기사, '타이거 우즈에게 향하는 유혹: 2탄: 갈피를 못 잡아'

454 '바보가 되는 느낌이었습니다.'-2010년 9월 6일 『피플』 지의 엘린 노르데그렌의 인터뷰 기사, '내 스스로의 이야기'

454 '어쩌면 이렇게 속아 넘어간 것일까?'-2010년 9월 6일, 『피플』 지의 엘린 노르데그렌의 인터뷰 기사, '내 스스로의 이야기'

455 '배신이란 단어로는 표현할 수 없어요.'-2010년 9월 6일 『피플』 지의 엘린 노르데그렌의 인터뷰 기사, '내 스스로의 이야기'(『피플』 지의 엘린 노르데그렌의 인터뷰 노트의 시점이 오류로 보입니다. 『피플』 지와 엘린이 인터뷰했던 적이 2010년과 2014년이었습니다. 2010년이 유력하여 모두 2010년으로 바로잡았습니다.-옮긴이)

455 '프로골프를 떠나 있기로'-2009년 12월 11일, 『뉴욕 타임스』 래리 도먼의 기사, '타이거 우즈, 기한 없이 골프하지 않기로 결정'

455 '익히 알고 있습니다.'-2009년 12월 11일, 『뉴욕 데일리 뉴스』, 타이거 우즈의 성명서 전문

455 '가장 먼저 타이거와 결별했던 기업은 …… 액센추어 회사였다.'-2009년 12월 16일, 『뉴욕 타임스』의 브라이언 스텔터 기사, '액센추어, 마치 타이거 우즈가 없었던 것처럼'

456 '강렬한 효과를'-2009년 12월 16일, 『뉴욕 타임스』의 브라이언 스텔터 기사, '액센추어, 마치 타이거 우즈가 없었던 것처럼'

456 '갈리아 박사가 …… 투여했는지'-2009년 12월 15일, 『뉴욕 타임스』의 돈 반 나타 주니어의 기사, '정상급 선수들이 의사를 찾았던 이유가 약물 처방을 위한 것'

456 '아메리칸 미디어 …… 밀실 거래로'-2009년 12월 18일, 『월스트리트 저널』의 리드 앨버고티 기사, '어떻게 타이거는 그의 이미지를 지켰는가?'

457 '한 가지만 물어볼게요.'-찰스 바클리와 작가와의 인터뷰

458 '체중이 계속 줄었고'-2010년 9월 6일, 『피플』 지의 엘린 노르데그렌 인터뷰

기사, '내 스스로의 이야기'

458 '불면증은'-2010년 9월 6일, 『피플』 지의 엘린 노르데그렌의 인터뷰 기사, '내 스스로의 이야기'

458 '엄마, 엄마 예쁜 얼굴 어디 있어요?'-2010년 9월 6일, 『피플』 지의 엘린 노르데그렌 인터뷰 기사, '내 스스로의 이야기'

459 '제가 말하고 싶은 건'-2012년, 뉴욕 Three Rivers Press, 행크 헤이니 저, 《빅 미스: 타이거 우즈를 지도했던 시간》, 195쪽

460 '저 어디에 한동안 다녀와야겠어요.'-2012년, 뉴욕 Three Rivers Press, 행크 헤이니 저, 《빅 미스: 타이거 우즈를 지도했던 시간》, 196쪽

29장

모니카 마이어스, 바트 맨델, 아리 플라이셔, 그래티튜드에 입원했던 환자들, 행크 헤이니와의 인터뷰, 타이거 우즈의 기자회견을 참고.

461 '휴대전화를 사용하지 않기로 약속했고'-그래티튜드에 입원했던 환자들과 작가와의 인터뷰

461 '그의 책'-1983년, 콤프케어 퍼블리셔스 출판, 패트릭 칸스 박사 저, 《어둠에서 벗어나라: 성 중독의 이해》

461 '성 중독은 …… 자라납니다.'-애리조나 위켄버그 젠틀 패스 프레스 출판, 패트릭 칸스 박사 저, 《어둠에서 벗어나라: 성적인 관계의 회복을 시작하기 위해》, 1-2쪽

462 '소통이나 친밀도는 거의 없이'-애리조나 위켄버그 젠틀 패스 프레스 출판, 패트릭 칸스 박사 저, 《어둠에서 벗어나라: 성적인 관계의 회복을 시작하기

위해》, 1-2쪽

462 '돌파구의 증세라고'-애리조나 위켄버그 젠틀 패스 프레스 출판, 패트릭 칸스 박사 저, 《어둠에서 벗어나라: 성적인 관계의 회복을 시작하기 위해》, 1-2쪽

462 '전반적인 진단 조사를'-모니카 마이어스 박사와 작가와의 인터뷰

465 '엄청난 양의 일기를 적었다.'-2010년 9월 6일, 『피플』 지의 엘린 노르데그렌 인터뷰 기사, '내 스스로의 이야기'

465 '역경이 …… 더 단단하게 만들었다.'-2010년 9월 6일, 『피플』 지의 엘린 노르데그렌 인터뷰 기사, '내 스스로의 이야기'

465 '여러 …… 관련된 강연을 들었다.'-모니카 마이어스 박사와 작가와의 인터뷰

466 '제가 그녀를 실망시켰습니다.'-2017년, 뉴욕 그랜드 센트럴 퍼블리싱, 타이거 우즈 저, 《1997년 마스터스: 나의 이야기》, 217쪽

466 '제 아들의 첫 돌에 함께하지 못했습니다.'-2010년 4월 5일, 마스터스 토너먼트 기자회견 녹취록

466 '사랑했던 이들과'-2010년 4월 5일, 마스터스 토너먼트 기자회견 녹취록

467 '『NE』는 …… 전면적인 활동을 시작했다.'-『NE』의 정보원과 작가와의 인터뷰

467 '타이거에게는 최악의 시간이었으며'-2012년, 뉴욕 Three Rivers Press, 행크 헤이니 저, 《빅 미스: 타이거 우즈를 지도했던 시간》, 196쪽

468 '2년 동안은 골프를 하지 말아 달라고'-2012년, 뉴욕 Three Rivers Press, 행크 헤이니 저, 《빅 미스: 타이거 우즈를 지도했던 시간》, 197쪽

468 '경기력 향상 약물을 복용했음을 인정했다.'-2010년 1월 10일, 『AP 통신』의 기사, '마크 맥과이어의 성명서 전문'

469 '고군분투했습니다.'-아리 플라이셔와 작가와의 인터뷰

469 '분위기는 침울했다.'-2010년 2월 19일, 『뉴욕 타임스』 하비 어레이턴의 기사, '사과와 함께 골프에 언제 복귀할지는 미정'

469 '안녕하십니까?.'-CNN 공식 웹사이트, 타이거 우즈의 성명
469 '마술 같은 13분여 동안'-2010년 2월 22일, 『뉴욕 타임스』 도널드 G. 맥닐 주니어의 기사, '12분 넘는 사과의 메아리'
469 '약 3천만 명이'-2010년, 케임브리지 MA; 다 카포 프레스 출판, 스티브 헬링 저, 《타이거: 실제 이야기》
471 '너무나 자랑스럽습니다.'-2010년 2월 13일, 『AP 통신』의 더그 퍼거슨의 기사 중
472 '그녀가 제게 짚어 줬습니다.'-CNN 공식 웹사이트, 타이거 우즈의 성명
472 '한 가지는 명확합니다.'-2012년, 뉴욕 Three Rivers Press, 행크 헤이니 저, 《빅 미스: 타이거 우즈를 지도했던 시간》, 197쪽

30장

행크 헤이니, 켈 데블린과의 인터뷰, 타이거 우즈의 기자회견 녹취록, 타이거 우즈의 공식 성명서, 『피플』의 엘린 노르데그렌의 인터뷰 기사, 타이거 우즈, 행크 헤이니, 스티브 윌리엄스의 책을 참고.

474 '창문에는 종이를 붙여'-2012년, 뉴욕 Three Rivers Press, 행크 헤이니 저, 《빅 미스: 타이거 우즈를 지도했던 시간》, 201쪽
474 '통원 치료를 이어갔다.'-2010년 4월 5일, 마스터스 토너먼트 기자회견 녹취록
474 '주변 사람들과'-2010년 4월 5일, 마스터스 토너먼트 기자회견 녹취록
474 '자신을 속이면서까지'-2010년 4월 5일, 마스터스 토너먼트 기자회견 녹취록
475 '그가 …… 죄악으로 받아들였다.'-2009년 12월 2일, 타이거 우즈의 공식 성명서, '죄악에 대해서 보도자료가 필요한가?(Personal sins should not require press

release)'

475 '…… 마주쳤다.'-2010년 4월 8일, 『뉴욕 포스트』 크리스 윌슨의 기사, '타이거, 스물한 살의 이웃집 딸을 범했다'

475 '관계를 가졌다.'-2010년 4월 8일, 『뉴욕 포스트』 크리스 윌슨의 기사, '타이거, 스물한 살의 이웃집 딸을 범했다'

476 '저는 그냥 깊은 구멍을 파고'-2010년 4월 8일, 『뉴욕 포스트』 크리스 윌슨의 기사, '타이거, 스물한 살의 이웃집 딸을 범했다'

476 '타이거는 미안하다고 답했다.'-2010년 4월 8일, 『뉴욕 포스트』 크리스 윌슨의 기사, '타이거, 스물한 살의 이웃집 딸을 범했다'

476 '엘린에게 …… 말하지 않았다.'-2010년 4월 7일, 『NE』의 기사, '타이거 우즈, 이웃의 젊은 딸과 놀아나다'

476 '온전한 가족에서의'-2010년 9월 6일, 『피플』 지 엘린 노르데그렌의 인터뷰 기사, '내 스스로의 이야기'

477 '행크는 …… 놀랐고'-2012년, 뉴욕 Three Rivers Press, 행크 헤이니 저, 《빅 미스: 타이거 우즈를 지도했던 시간》, 205쪽

477 '…… 중요한 이벤트일 것으로'-2010년 3월 22일, 『뉴욕 타임스 매거진』의 조너선 말러 기사, '타이거 거품?'

478 '스티브는 …… 반복적으로 해명했다.'-2015년, 뉴질랜드 오클랜드, 펭귄 랜덤 하우스 출판, 스티브 윌리엄스 저, 《러프 탈출: 세계의 어마어마한 골퍼들과 함께했던 코스 안 이야기》

478 '자신의 행동에 대해서 사과했다.'-2015년, 뉴질랜드 오클랜드, 펭귄 랜덤 하우스 출판, 스티브 윌리엄스 저, 《러프 탈출: 세계의 어마어마한 골퍼들과 함께했던 코스 안 이야기》

479 '마크 스타인버그가 약속했다.'-2012년, 뉴욕 Three Rivers Press, 행크 헤이니 저, 《빅 미스: 타이거 우즈를 지도했던 시간》, 209쪽

479 '이유를 모르겠습니다.'-2012년, 뉴욕 Three Rivers Press, 행크 헤이니 저, 《빅 미스: 타이거 우즈를 지도했던 시간》, 209쪽

480 '성적을 잘 내야 했다.'-2012년, 뉴욕 Three Rivers Press, 행크 헤이니 저, 《빅 미스: 타이거 우즈를 지도했던 시간》, 211쪽

481 '제가 했던 것들로 인해'-2010년 4월 5일, 마스터스 토너먼트 기자회견 녹취록

481 '개인적인 일 때문이었습니다.'-2010년 4월 5일, 마스터스 토너먼트 기자회견 녹취록

483 '그는 잊은 듯합니다.'-2010년 4월 5일, 마스터스 토너먼트 기자회견 녹취록

483 '회복할 여지는 있을까요?'-2010년 4월 5일, 마스터스 토너먼트 기자회견 녹취록

484 '저 자신도 실망했습니다.'-2012년, 뉴욕 Three Rivers Press, 행크 헤이니 저, 《빅 미스: 타이거 우즈를 지도했던 시간》, 212쪽

484 '타이거의 외도는 …… 이어졌다.'-2010년 4월 8일, 『뉴욕 포스트』 크리스 윌슨의 기사, '타이거, 스물한 살의 이웃집 딸을 범했다'

485 '이 새끼야!'-2017년, 뉴욕 그랜드 센트럴 퍼블리싱, 타이거 우즈 저, 《1997년 마스터스: 나의 이야기》, 100쪽

485 '형편없는 녀석 같으니'-2017년, 뉴욕 그랜드 센트럴 퍼블리싱, 타이거 우즈 저, 《1997년 마스터스: 나의 이야기》, 100쪽

485 '좀스러운 깜둥이'-2017년, 뉴욕 그랜드 센트럴 퍼블리싱, 타이거 우즈 저, 《1997년 마스터스: 나의 이야기》, 100쪽

486 '타이거, 엉덩이교를 믿는다고 했던가요?'-2012년, 뉴욕 Three Rivers Press, 행크 헤이니 저, 《빅 미스: 타이거 우즈를 지도했던 시간》, 212쪽

486 '타이거의 과오는 결국 만천하에 드러났다.'-2009년 12월 2일, 타이거 우즈의 공식 성명

486 '후회는 평생 갈 것이라고'-2017년, 뉴욕 그랜드 센트럴 퍼블리싱, 타이거 우

즈 저,《1997년 마스터스: 나의 이야기》, 217쪽

487 '좋은 사람 코스프레는 그만하시지'-2015년, 뉴질랜드 오클랜드, 펭귄 랜덤 하우스 출판, 스티브 윌리엄스 저,《러프 탈출: 세계의 어마어마한 골퍼들과 함께했던 코스 안 이야기》

487 '뭘 잘못 들었나 싶었습니다.'-2015년, 뉴질랜드 오클랜드, 펭귄 랜덤 하우스 출판, 스티브 윌리엄스 저,《러프 탈출: 세계의 어마어마한 골퍼들과 함께했던 코스 안 이야기》

487 '이번이 …… 마지막일 거야.'-2012년, 뉴욕 Three Rivers Press, 행크 헤이니 저,《빅 미스: 타이거 우즈를 지도했던 시간》, 216쪽

489 '잘 되길 바랍니다.'-2012년, 뉴욕 Three Rivers Press, 행크 헤이니 저,《빅 미스: 타이거 우즈를 지도했던 시간》, 218쪽

489 '행크가 이해해 주셨으면 합니다.'-22012년, 뉴욕 Three Rivers Press, 행크 헤이니 저,《빅 미스: 타이거 우즈를 지도했던 시간》, 220쪽

31장

행크 헤이니, 브랜들 챔블리와의 인터뷰, 타이거 우즈의 기자회견 녹취록, 행크 헤이니, 스티브 윌리엄스의 책, 엘린 노르데그렌의『피플』지와의 인터뷰, 플로리다주 법원 기록을 참고.

490 '출전 대회 수가 93차례였고'-PGA 투어 공식 웹사이트

490 '127차례 대회에 나와서 34승'-PGA 투어 공식 웹사이트

490 '다섯 페이지에 달하는 이메일을'-행크 헤이니와 작가와의 인터뷰

491 '타이거와 자신의 아이가 있다고'-2012년, 뉴욕 Three Rivers Press, 행크 헤

이니 저,《빅 미스: 타이거 우즈를 지도했던 시간》, 222쪽

491 '작별하시죠.'-2010년 5월 9일, 『뉴욕 타임스』 캐런 크로스의 기사, '타이거, 플레이어스 챔피언십에서 기권

491 '웃기지 말라고 해.'-행크 헤이니와 작가와의 인터뷰

493 '타이거에게 …… 알렸습니다.'-2012년, 뉴욕 Three Rivers Press, 행크 헤이니 저,《빅 미스: 타이거 우즈를 지도했던 시간》, 223쪽

494 '운동능력을 높이기 위해 약물을 사용하지 않은 것으로'-2012년, 뉴욕 Three Rivers Press, 행크 헤이니 저,《빅 미스: 타이거 우즈를 지도했던 시간》, 227쪽

494 '성 중독 치료받았다는 걸'-2012년, 뉴욕 Three Rivers Press, 행크 헤이니 저,《빅 미스: 타이거 우즈를 지도했던 시간》, 227쪽

495 '타이거는 …… 10억 달러를'-2009년 9월 29일, 『포브스』 커트 바덴하우센의 기사, '스포츠 최초 10억 달러의 사나이!'

495 '타이거와 엘린은 …… 서명했다.'-2010년 7월 3일, 이혼 합의서

495 '1억 달러가 넘는'-지면에 나왔던 수치. 확인된 바는 없으나 대부분의 매체에서 1억 달러부터 7억 5천 달러라고 보도했으나 이혼 합의에 정통한 관계자와 작가와의 인터뷰에서 1억 달러는 넘겠지만, 7억 5천 달러는 너무 부풀려진 수치라고 확인.

495 '9천 평방피트의 저택을'-『AOL 부동산』의 셔리 R. 커리의 기사, '타이거의 주피터 아일랜드 부동산 공개'

495 '집을 구하기로 했다.'-2011년 3월 18일, 허핑턴 포스트의 애슐리 리치의 기사, '엘린 노르데그렌의 새집, 1,220만 달러의 플로리다 저택'

496 '결혼 전 이름을 다시 돌려받았다.'-이혼신청자/부인의 혼인 종결 신청, 마리아 페르닐라 우즈 vs 엘드릭 톤트 우즈, 사건번호 10-1709

497 '용서에는 시간이 필요합니다.'-2010년 9월 6일, 『피플』 지의 엘린 노르데그렌의 인터뷰 기사, '내 스스로의 이야기'

497 '팬들은 타이거에게 야유를 보냈고'-2010년 5월 9일, 『뉴욕 타임스』의 캐런 크로스의 기사, '타이거, 플레이어스 챔피언십에서 기권'

497 '새로운 교습의 선봉에 있었다.'-브랜들 챔블리와 작가와의 인터뷰

497 '근막 사슬'-2015년 뉴질랜드 오클랜드, 펭귄 랜덤 하우스 출판, 스티브 윌리엄스 저,《러프 탈출: 세계의 어마어마한 골퍼들과 함께했던 코스 안 이야기》

498 '네, 그렇게 하시죠.'-2015년 뉴질랜드 오클랜드, 펭귄 랜덤 하우스 출판, 스티브 윌리엄스 저,《러프 탈출: 세계의 어마어마한 골퍼들과 함께했던 코스 안 이야기》

498 '그 요청에 대해 다시 생각해 보라고'-2015년, 뉴질랜드 오클랜드, 펭귄 랜덤 하우스 출판, 스티브 윌리엄스 저,《러프 탈출: 세계의 어마어마한 골퍼들과 함께했던 코스 안 이야기》

499 '마크는 IMG와 결별한 후에'-2011년 3월 31일, 『뉴욕 포스트』 마크 디캠버의 기사, '타이거 우즈의 에이전트, IMG에서 짐을 쌌다'

499 '그럼 끝내죠.'-2015년, 뉴질랜드 오클랜드, 펭귄 랜덤 하우스 출판, 스티브 윌리엄스 저,《러프 탈출: 세계의 어마어마한 골퍼들과 함께했던 코스 안 이야기》

500 '다리를 탁자 위에 올려놓고'-2015년, 뉴질랜드 오클랜드, 펭귄 랜덤 하우스 출판, 스티브 윌리엄스 저,《러프 탈출: 세계의 어마어마한 골퍼들과 함께했던 코스 안 이야기》

500 '변화의 시기'-2011년 7월 20일, ESPN의 기사, '타이거 우즈, 스티브 윌리엄스와 헤어지다'

500 '13년 동안의 헌신이 있었지만'-2011년 7월 20일, ESPN의 기사, '타이거 우즈, 스티브 윌리엄스와 헤어지다'

500 '타이거의 '노예'나'-2015년, 뉴질랜드 오클랜드, 펭귄 랜덤 하우스 출판, 스티브 윌리엄스 저,《러프 탈출: 세계의 어마어마한 골퍼들과 함께했던 코스

안 이야기》

501 '제 이력에서 역대 최고의 우승입니다.'-2013년 4월 15일, 『골프닷컴』의 기사, '스티브 윌리엄스, 다시 한번 마스터스 우승의 영광에 빛나다'

32장

브랜들 챔블리, 행크 헤이니와의 인터뷰, 공개되지 않은 타이거 우즈의 인터뷰, 타이거 우즈의 기자회견 녹취록, 행크 헤이니의 책, '60분 스포츠'에서의 린지 본의 인터뷰 녹취록, 마이클 뱀버거, 앨런 시프넉의 기사를 참고.

502 '구조적인 변화를 …… 제안하며'-브랜들 챔블리와 작가와의 인터뷰

503 '최악의 경험'-2012년, 뉴욕 Three Rivers Press, 행크 헤이니 저,《빅 미스: 타이거 우즈를 지도했던 시간》, 196쪽

503 '진정으로 마음이 가는 사람이 아니라면 절대로 잠자리를 함께하지 않았다.'-2012년, 뉴욕 Three Rivers Press, 행크 헤이니 저,《빅 미스: 타이거 우즈를 지도했던 시간》, 205쪽

503 '저는 그걸 바로 지나갈 수 있었습니다.'-2010년 2월 19일, 타이거 우즈 사과문 발표

504 '특히나 거친 애들은 …….'-2012년, 뉴욕 Three Rivers Press, 행크 헤이니 저,《빅 미스: 타이거 우즈를 지도했던 시간》, 205쪽

504 '신데렐라로 기억할'-2004년 9월 14일, 『SI』의 앨런 시프넉 기사, '이 여자는 누구?'

505 '그 친구들한테 알려주지 않았습니다.'-행크 헤이니와 작가와의 인터뷰

505 '일종의 배신으로'-2012년 4월 5일, 뉴요커의 기사, '타이거 우즈를 가르치고

등을 치고'

506 '타이거가 …… 전화 한 통화 없었다.'-행크 헤이니와 작가와의 인터뷰

506 '탁상공론의 심리'-2012년 2월 29일, 『AP 통신』 더그 퍼거슨의 기사

506 '그의 아버지 때문에'-2012년 2월 29일, 『AP 통신』 더그 퍼거슨의 기사

507 '저는 이미 …… 다뤘습니다.'-2012년 2월 29일, 혼다 클래식 기자회견 녹취록

508 '재단에서 …… 둘을 소개해줬다.'-공개되지 않은 타이거 우즈의 인터뷰. 믿을 만한 정보원으로부터 획득

509 '신경 쓰였다.'-'60분 스포츠' 방송본의 린지 본의 인터뷰

509 '가장 자신 있어 했던'-'60분 스포츠' 방송본의 린지 본의 인터뷰

509 '엉망이었던 상황이어서'-2015년 11월 15일, 『뉴욕 타임스』 빌 페닝턴의 기사, '대담하게 쓸고 내려가기'

510 '자유 하강 상태로 내려오는'-2015년 11월 15일, 『뉴욕 타임스』 빌 페닝턴의 기사, '대담하게 쓸고 내려가기'

510 '샘을 다른 곳으로 데려가라고'-공개되지 않은 타이거 우즈의 인터뷰. 믿을 만한 정보원으로부터 획득

510 '전방과 중간 십자인대가 찢어졌고'-2015년 11월 15일, 『뉴욕 타임스』 빌 페닝턴의 기사, '대담하게 쓸고 내려가기'

510 '많이 고통스러울 거예요.'-공개되지 않은 타이거 우즈의 인터뷰. 믿을 만한 정보원으로부터 획득

510 '페이스북을 통해 …… 관계를 공식화했다.'-2013년 3월 20일, 『AP 통신』 더그 퍼거슨의 기사, '타이거와 린지는 공개 연애, 파파라치의 사진은 무용지물'

511 '골프 규칙을'-2014년 3월 19일, 『골프닷컴』의 마이클 뱀버거의 기사, '마스터스에서 타이거의 규칙 적용에 대한 뒷이야기', 2014년 4월 24일, 『골프닷컴』의 앨런 시프넉의 기사, '타이거 우즈의 볼 드롭: 골프의 가장 쟁점이 됐던

상황의 내면의 이야기'

512 '샷은 까다로웠다.'-2014년 3월 19일, 『골프닷컴』의 마이클 뱀버거의 기사, '마스터스에서 타이거의 규칙 적용에 대한 뒷이야기', 2014년 4월 24일, 『골프닷컴』의 앨런 시프넉의 기사, '타이거 우즈의 볼 드롭: 골프의 가장 쟁점이 됐던 상황의 깊은 이야기'

512 '여기에서 거리를 좀 둬야겠어.'-2014년 3월 19일, 『골프닷컴』의 마이클 뱀버거의 기사, '마스터스에서 타이거의 규칙 적용에 대한 뒷이야기', 2014년 4월 24일, 『골프닷컴』의 앨런 시프넉의 기사, '타이거 우즈의 볼 드롭: 골프의 가장 쟁점이 됐던 상황의 깊은 이야기'

513 '짐 낸츠가 …… 전화를 걸어'-2014년 3월 19일, 『골프닷컴』의 마이클 뱀버거의 기사, '마스터스에서 타이거의 규칙 적용에 대한 뒷이야기', 2014년 4월 24일, 『골프닷컴』의 앨런 시프넉의 기사, '타이거 우즈의 볼 드롭: 골프의 가장 쟁점이 됐던 상황의 깊은 이야기'

514 '관톈랑에 대해 …… 벌타를 알렸다.'-2013년 4월 12일, 『AP 통신』의 낸시 아머의 기사 '관, 1벌타 받아'

514 '규칙은 그냥 규칙이지 않습니까?'-2013년 4월 12일, 마스터스 토너먼트 기자회견 녹취록

514 '검지를 옆으로 흔들며'-브랜들 챔블리와 작가와의 인터뷰

515 '선수에 대한 실격을'-2014년 3월 19일, 『골프닷컴』의 마이클 뱀버거의 기사, '마스터스에서 타이거의 규칙 적용에 대한 뒷이야기', 2014년 4월 24일, 『골프닷컴』의 앨런 시프넉의 기사, '타이거 우즈의 볼 드롭: 골프의 가장 쟁점이 됐던 상황의 깊은 이야기'

516 '벌타 상황이 또'-2013년 9월 4일, 『AP 통신』 기사, '타이거, BMW 대회에서 2벌타'

517 '영상제작자의 카메라에'-2013년 9월 4일, 『AP 통신』 기사, '타이거, BMW

대회에서 2벌타'

517 '뭐가 문제죠?'-2013년 9월 4일, 『AP 통신』 기사, '타이거, BMW 대회에서 2벌타'

517 '영상을 봤는데'-2013년 9월 17일, 『AP 통신』 기사, '미세한 움직임의 명상: 벌타에 수긍하지 않으며 동료 선수들에게서 인정받지 못할 수도'

518 '선수들 부인에 대한 신뢰를 져버렸고'-브랜들 챔블리와 작가와의 인터뷰

518 '가운뎃손가락을 준다고 했다는'-2013년 10월 28일, 『AP 통신』 기사, '챔블리의 비난에 타이거는 사과를 요구'

518 '법적인 대응을 고려하고 있음을'-2013년 10월 28일, 『AP 통신』 기사, '챔블리의 비난에 타이거는 사과를 요구'

518 '선을 넘었음을'-2013년 10월 28일, 『AP 통신』 기사, '챔블리의 비난에 타이거는 사과를 요구'

518 '말씀드리고 싶습니다.'-2013년 10월 28일, 『AP 통신』 기사, '챔블리의 비난에 타이거는 사과를 요구'

519 '정신수양을'-공개되지 않은 타이거 우즈의 인터뷰. 믿을 만한 정보원으로부터 획득

519 '타이거는 치료를 싫어했다.'-공개되지 않은 타이거 우즈의 인터뷰. 믿을 만한 정보원으로부터 획득

519 '고통을 감내하는 것이었다.'-공개되지 않은 타이거 우즈의 인터뷰. 믿을 만한 정보원으로부터 획득

519 '무릎이 다시 망가졌다.'-2015년 11월 15일, 『뉴욕 타임스』 빌 페닝턴의 기사, '대담하게 쓸고 내려가기'

520 '아빠 …… 뭐 하세요?'-2015년 12월 『타임스』 로언 루벤스타인의 기사, '알려지지 않은 타이거의 분투' "www.time.com/tiger/"

33장

마크 오마라, 브랜들 챔블리, 드보라 갠리와의 인터뷰, 타이거 우즈의 기자회견 녹취록, PGA 투어 공식 웹사이트 기록을 참고.

521 '척추 원반이 …… 신경을 압박하고 있었다.'-2014년 4월 1일, 『AP 통신』 기사, '타이거 우즈의 전체 부상 부위'

522 '본선에 들지 못했다.'-PGA 투어 공식 웹사이트

522 '최종 챔피언과는 스물세 타 차이로'-PGA 투어 공식 웹사이트

522 '일곱 개 대회에 나와서'-PGA 투어 공식 웹사이트

522 '정리할 때입니다.'-2014년 8월 25일, 『골프채널닷컴』의 라이언 레브너 기사, '타이거 우즈, 스윙코치 숀 폴리와 결별'

522 '행크 헤이니와 함께했던 동안에는'-PGA 투어 공식 웹사이트

523 '숀은 …… 뛰어난 교습가'-2014년 8월 25일, 『골프채널닷컴』의 라이언 레브너 기사, '타이거 우즈, 스윙코치 숀 폴리와 결별'

523 '생체역학으로 박사 학위를'-2014년 11월 24일, 『비즈니스 인사이더』의 토니 맨프레드의 기사, '타이거 우즈가 고용한 스윙코치는 무명의 대학원생'

523 '비디오테이프들을'-2014년 11월 24일, 『비즈니스 인사이더』의 토니 맨프레드의 기사, '타이거 우즈가 고용한 스윙코치는 무명의 대학원생'

524 '왜 왔어요?'-2015년 1월 20일, 『데일리메일닷컴』의 조시 가드너와 리디아 워런의 기사, '카메라 기자와의 충돌로 타이거의 이가 빠지는 사고'

525 '휴대전화를 집어 던져서'-2015년 1월 21일, 『뉴욕 데일리 뉴스』 네세니얼 빈튼의 기사, '카메라맨과의 충돌로 타이거 우즈의 이가 빠진 사건의 자세한 내막'

525 '몰려들었던 기자들'-2015년 1월 21일, 『워싱턴 포스트』 프레드 바배시의 기

사, '도대체 타이거 우즈의 이는 어떻게 빠진 걸까?'

525 '제가 동행했는데'-2015년 1월 21일, 『워싱턴 포스트』 프레드 바배시의 기사, '도대체 타이거 우즈의 이는 어떻게 빠진 걸까?'

525 '타이거가 출전할 만한'-2015년 1월 21일, 『워싱턴 포스트』 프레드 바배시의 기사, '도대체 타이거 우즈의 이는 어떻게 빠진 걸까?'

526 '영상 카메라를 메고 있던 친구가'-2015년 1월 27일, 피닉스 오픈 기자회견 녹취록

526 '먹지도 마시지도 못했고'-2015년 1월 27일, 피닉스 오픈 기자회견 녹취록

527 '타이거 우즈 맞아?'-2015년 1월 30일, 『골프채널닷컴』의 윌 그레이의 기사, '타이거의 빈틈이 만천하에'

527 '11 오버 파 82타의 스코어가'-2015년 1월 30일, 『골프채널닷컴』의 윌 그레이 기사, '타이거의 빈틈이 만천하에'

528 '그게 골프 아닙니까?'-2015년 1월 30일, 피닉스 오픈 기자회견 녹취록

528 '최악의 라운드였다.'-2015년 1월 30일, 『골프채널닷컴』의 윌 그레이 기사, '타이거의 빈틈이 만천하에'

528 '그에 대해서는 더 말씀드릴 게 없습니다.'-2015년 1월 27일, 피닉스 오픈 기자회견 녹취록

529 '괜찮습니다.'-드보라 갠리와 작가와의 인터뷰

529 '둔근 쪽이'-유튜브 영상(https://www.youtube.com/watch?v=DXR1SCZ0t7g)

529 '작동하지 않는 엉덩이'-2013년 2월 5일, sbnation.com의 브렌던 포러스의 기사, '작동하지 않는 엉덩이로 웃음거리가 되다'

530 '아이를 대동했다.'-2015년 4월 9일, 『USA 투데이』 낸시 아머의 기사, '오거스타에서 즐거운 가족'

530 '아이들이 참 멋져요.'-2015년 4월 21일, 『골프닷컴』의 기사, '타이거 우즈와 그의 아이들과 함께 즐거운 시간의 린지 본'

531 '저도 들어갈 예정입니다.'-마크 오마라와 작가와의 인터뷰

531 '땀에 쩔어서 연습했습니다.'-2015년 4월 7일, 마스터스 토너먼트 기자회견 녹취록

532 '새로운 사람과 관계를 만들었던'-2015년 11월 15일, 『뉴욕 타임스』 빌 페닝턴의 기사, '대담하게 쓸고 내려가기'

533 '우리들 대부분 개인주의적인 성향이 강합니다.'-2015년 12월, 『타임스』의 로언 루벤스타인 기사, '알려지지 않은 타이거의 분투' "www.time.com/tiger/"

533 '타이거는 밤잠을 설쳤다.'-2015년 5월 5일, 플레이어스 챔피언십 기자회견 녹취록

533 '13 오버 파 85타'-PGA 투어 공식 웹사이트

534 '타이거에게 연락을'-마크 오마라와 작가와의 인터뷰

534 '자신의 인생을 바꿔준'-마크 오마라의 명예의 전당 입회 소감 영상(https://www.pgatour.com/video/2015/07/13/mark-0-meara-s-2015-world-golf-hall-of-fame-acceptance-speech.html.)

535 '여러분 중에는 …… 생각하는 거'-2015년 7월 14일, 브리티시 오픈 기자회견 녹취록

535 '골프 코스 설계 사업인'-타이거 우즈 개인 공식 웹사이트 (www.tigerwoods.com)

536 '조직을 제거했다.'-2015년 9월 19일, 『USA 투데이』 스티브 디메글리오의 기사, '타이거 우즈, 두 번째 허리 수술'

536 '성공적인 수술이라고'-2015년 9월 19일, 『USA 투데이』 스티브 디메글리오의 기사, '타이거 우즈, 두 번째 허리 수술'

536 '통증을 덜기 위한'-2014년 4월 1일, 『AP 통신』 기사, '타이거 우즈의 전체 부상 부위'

34장

마크 오마라, 힐크레스트 컨트리클럽 회원, 글렌 프레이의 측근과의 인터뷰, 타이거 우즈의 책, 2016년 찰리 로즈의 타이거 우즈와의 인터뷰, 같은 해 로언 루벤스타인과 타이거 우즈의 인터뷰, 타이거 우즈 공식 웹사이트, 타이거 우즈 재단의 정보원, '60분 스포츠' 방송 대본, PGA 투어 관계자, 주피터 경찰서 보고서와 대시캠 영상, 『뉴욕 타임스』의 기사를 참고.

537 '해변에서 잘해야 10분 정도'-2015년 12월, 『타임스』 지의 로언 루벤스타인 기사, '알려지지 않은 타이거의 분투' "www.time.com/tiger/"

537 '앞으로도 그럴 겁니다.'-2018년 1월 24일, 『골프 다이제스트』의 존 스트리지 기사, '타이거 우즈의 복귀 도전에 대한 여정은 시작됐지만 우승에 대한 기대는 없다'

538 '조금 많이 걸어서 그랬을 거야.'-2015년 12월, 『타임스』 지의 로언 루벤스타인 기사, '알려지지 않은 타이거의 분투' "www.time.com/tiger/"

538 '아직 정해진 건 하나도 없습니다.'-2015년 12월, 『타임스』 지의 로언 루벤스타인 기사, '알려지지 않은 타이거의 분투' "www.time.com/tiger/"

539 '아빠, 같이 나가서 놀고 싶어요.'-2016년 10월 20일, PBS 방송사의 찰리 로즈와 타이거 우즈의 인터뷰

539 '가장 중요한 건'-2015년 12월, 『타임스』의 로언 루벤스타인 기사, '알려지지 않은 타이거의 분투' "www.time.com/tiger/"

540 '가족에게 연락도 하지 않았고'-친지의 지인과 작가와의 인터뷰

540 '연락을 취하지 않았다.'-2016년 12월 9일, '60분 스포츠' 프로그램의 섀린 알폰지와 린지 본과의 인터뷰

540 '1억 명이 넘는 사람들이 …… 힘겨워하는데'-2017년 6월 18일, 『뉴욕 타임

스』 샘 퀴농의 기사, '새로운 종류의 진정제 시대'

541 '삶의 의미가 결여됐다고'-2015년 1월 12일, 『워싱턴 포스트』 레이철 노블의 기사, '만성 통증은 고통스러울 뿐만 아니라, 우울증, 고독을 유발하기도'

541 '이제 좀 라커에서 섞이려고 하더라고요.'-PGA 투어 정보원과 작가와의 인터뷰

542 '당신은 팀에 들지 않았잖아요.'-PGA 투어 정보원과 작가와의 인터뷰

542 '누워있는 것조차도 고통이었다.'-2017년 5월 24일, 타이거 우즈 공식 웹사이트의 타이거 블로그, '타이거 잼과 내 몸의 상태에 대한 근황'

543 '발을 끌면서 걷는 게.'-힐크레스트 컨트리클럽 회원과 작가와의 인터뷰

543 '완전히 과다복용한'-힐크레스트 컨트리클럽 오찬에 참석했던 익명인과 작가와의 인터뷰

544 '알러뷰(I love you)'-마크 오마라와 작가와의 인터뷰

545 '막다른 길에 몰려 있었다.'-2017년 5월 24일, 타이거 우즈 공식 웹사이트의 타이거 블로그, '타이거 잼과 내 몸의 상태에 대한 근황'

545 '수술하지 않고 …… 애를 썼지만'-2017년 5월 24일, 타이거 우즈 공식 웹사이트의 타이거 블로그. '타이거 잼과 내 몸의 상태에 대한 근황'

545 '가장 이상적일 겁니다.'-2017년 4월 20일, 타이거 우즈 공식 웹사이트 소식 '통증을 덜기 위한 타이거의 허리 수술은 성공적이었다'

546 '통증에서 벗어난 게 너무 좋아서'-2017년 5월 24일, 타이거 우즈 공식 웹사이트의 타이거 블로그, '타이거 잼과 내 몸의 상태에 대한 근황'

546 '혼합해서 복용했는데 치명적일 가능성이'-2017년 6월 8일, 팜비치 카운티 파출소의 약물 오남용 보고서

546 '어디서 오시는 길입니까?'-2017년 5월 29일, 주피터 경찰서 사건/수사보고서/부가 보고

547 '타이거의 말투가 분명하지 않고'-2017년 5월 29일, 주피터 경찰서 사건/수

사보고서/부가 보고

547 '양손을 뒤로 젖혀 주십시오.'-2017년 5월 29일, 주피터 경찰서 사건/수사보고서/부가 보고

548 '호리호리한 다리만 쳐다보느라'-2017년 5월 30일, 『뉴욕 포스트』 기사 제목

548 '스스로 폐위시킨 주군'-2017년 5월 30일, 『데일리 뉴스』의 마이크 루피카의 기사 제목

548 '심각함을 알고 있습니다.'-2017년 5월 30일, 『뉴욕 포스트』의 애런 스타인버크의 기사, '플로리다에서 약물 과다복용으로 붙잡힌 골프선수의 새로운 구설수'

548 '사망 원인 중에 의약품 남용으로 …… 주도하고 있었다.'-미국 의약품 중독 협회 '2016년 진통제 중독 현황'

549 '저도 한 사람입니다'-2017년 9월 24일, 『뉴욕 타임스』의 캐런 크로스 기사, '마이클 펠프스, 스타들의 카운슬러'

549 '도와달라고 울부짖는 것'-2017년 9월 24일, 『뉴욕 타임스』의 캐런 크로스 기사, '마이클 펠프스, 스타들의 카운슬러'

550 '삶과 미래를 구하고 싶었습니다.'-2017년 9월 24일, 『뉴욕 타임스』의 캐런 크로스 기사, '마이클 펠프스, 스타들의 카운슬러'

35장

작가의 파머스 인슈어런스 오픈 참관 및 취재, PGA 투어 공식 웹사이트, CBS 스포츠 홍보부, 『뉴욕 타임스』의 기사를 참고.

551 '살아있는 전설을 만나는 거'-2017년 11월 29일, ESPN의 크리스 라이트의

기사, '타이거의 딸이 아버지를 '골프의 리오넬 메시'라고 부르다'

552 '그는 대단합니다.'-2017년 6월 20일, 『뉴욕 타임스』의 『AP 통신』 기사, '타이거 우즈, 진통제 취급에 대한 도움을 찾아 나서다'

553 '취한 상태로 운전한 데 대한 교정 과정을 마치는 것'-2017년 10월 27일, 사우스 플로리다 선 센티넬의 마크 프리먼의 기사, '타이거 우즈의 약물 영향 중 운전 단속: 골프선수의 재활 프로그램 참여'

553 '50시간의 사회봉사까지'-2017년 10월 27일, 사우스 플로리다 선 센티넬의 마크 프리먼의 기사, '타이거 우즈의 약물 영향 중 운전 단속: 골프선수의 재활 프로그램 참여'(DUI: Drive Under the Influence의 약자로 음주운전이기도 하지만, 타이거의 경우에는 약물 영향 중 운전으로 봐야 합니다.-옮긴이)

555 '기대가 조금은 누그러졌습니다.'-2018년 1월 24일, 타이거 우즈의 PGA 투어 대회 기자회견 녹취록

역자의 말

타이거 우즈, 이 이름은 골프를 모르는 사람들조차도 다 알고 있을 만큼 대단한 스포츠 아이콘이다. 역자 또한 PGA 투어를 10년 넘게 중계하면서 정말 입이 마르고 닳도록 언급해도 결코 지나치지 않는 전설적인 존재라 항상 느꼈다.

'어떻게 하면 골프를 더 많은 사람들에게 알릴 수 있을까?' 고민하던 참에 친구를 통해서 번역서를 추천받았고, 적절한 책을 찾다가 본 서적을 접했다. 2018년 초에 원어로 발간됐던 책을 늦게나마 한국어로 낼 수 있도록 기회를 주신 출판사에 감사드린다.

이 책이 세상에 나올 때 타이거 우즈는 다시 우승 반열에 올랐을 때이다. 2018년 투어 챔피언십에서 우승해 PGA 투어 통산 79승에서 5년 만에 80승(장활영 해설위원 말씀을 인용하자면 아홉수를 넘어섰다!)의 고지에 올랐으며, 마스터스에서도 우승하며 11년 만의 메이저 우승 그리고 2019년 가을, 조조 챔피언십 우승으로 샘 스니드와 함께 PGA 투어 역대 최다승의 업적을 이뤘다. 중요한 것은 우승의 기록행진은 현재 진행형이라는 것 그리고 골프 팬들은 물론이요 많은 스포츠팬들은 여전히 타이거의 경기에 열광하고 있다는 것이다.

2021년, 안타까운 교통사고로 타이거 우즈를 한동안 만날 수 없게 되었다. 그러나 그의 영원한 라이벌 필 미컬슨의 메이저 대회 우승에 자극받아 재활에 힘쓰고 있다는 근황이 들려 너무나 반가웠다. 그가 PGA 투어 대회의 1번 홀 티에 다시 올라설 날을 기다리고 있다.

이 책을 읽으면 타이거 우즈를 더욱 이해할 수 있을 듯하다. 어떤 이유에서 그가 한 차원 더 높은 경기력을 선보였는지, 절망적인 상황에서도 다시 일어설 수 있었던 원동력은 무엇이었는지, 이 책을 통해 확인하시기 바란다. 이 책을 읽기 위해서는 전문적인 배경 지식이 조금은 필요하다. 골프 경기 진행에서 파(Par)의 의미, 또는 골프스윙에서의 특정 움직임 등에 대한 부분을 알고 접하면 이 책을 읽기 더욱 수월해질 것이다. 또한 미국 정서나 특유의 문화 그리고 운(Rhyme) 맞추기 등에 대해서도 해당 참고 정보 등을 세세하게 파악하고 완전히 이해한 후 번역 작업을 이어가려 노력했으며, 관용표현 또한 사실과 주변 인물들의 관계에 유추해 번역했음을 밝힌다. 결코 쉽지 않은 번역 작업이었음을 말씀드린다. 그리고 지명, 인명의 한글 표기에 대해선 국립국어원의 표기에 등재된 사례를 기준으로 정리했다. 이 책을 통해 많은 이들이 타이거 우즈에 대해 더 알았으면 좋겠다. 왜 그렇게 대단한 선수가 됐는지, 역경의 시기에는 어땠는지 이 책을 통해 해결하시길 바란다.

골프스윙에 대해 조언을 아낌없이 전해 주신 장활영 프로, 나상현 프로께 진심으로 감사드린다. 미국 문화에 정통한 멋쟁이이자 '모터 시티' 레스토랑의 John Kim에게도 고마움을 전한다. 번역하는 과정에서 John은 나의 이런저런 궁금한 부분을 탄산 가득한 마가리타처럼 시원하게 해결해 줬다. 질풍노도의 시기였던 고3 때 내 짝으로 고생했던 김형준 변호사에게도 큰 도움을 받았다. 법정 용어에 대해 '고생스럽게' 조언을 아끼지 않았다.

미국에서 3년 가까이 지내며 터득한 생존 영어(?)와 초등학교 5학년부터 멀리하지 않았던 영어였다. 그래도 혹시나 번역에 대해 지도편달을 전수해 주신다면 얼마든지 환영하겠다. 출판사와 역자의 이메일을 열어 놓겠다. hanstx@gmail.com

그리고 내게 동기부여가 된 번역서의 선배 정우영에게도 감사의 인사를 전한다. 훌륭한 친구 덕에 매진할 수 있었음을 고백한다.

끝으로 이 책이 세상에 나오도록 이끌어주신 하나님께 감사하며, 인내하고 기다려 준 우리 가족께 이 책을 바친다.